Amélie

Dass die Mutter der Erzählerin ein Wunderkind ist, das steht schon vor ihrer Geburt fest – mehr Wunder als Kind, denn von der Kindheit hält der Großvater noch weniger als von der Schönheit. Beides steht ihm nur im Weg bei dem Plan, mit seiner Tochter und seinem Modegeschäft das zu schaffen, was ihm als Wehrmachtsoffizier nicht gelungen ist: die Welt zu erobern. Gefühle gewöhnt er ihr dabei vorsorglich ab. Hochintelligent, hochbegabt und nur heimlich hochgradig einsam, ist die Mutter auf dem besten Weg, genau das Leben zu führen, das ihr Vater sich für sie ausgedacht hat. Doch dann schlägt die Liebe mit einem Mal doch zu, und das mit einer solchen Wucht, dass die Mutter ein halbes Leben braucht, um sich davon zu erholen.

SARAH STRICKER wurde 1980 in Speyer geboren, studierte deutsche, französische und englische Literaturwissenschaften und besuchte die Deutsche Journalistenschule in München. Seit 2009 lebt sie in Tel Aviv, wo sie für deutsche Medien über Israel und für israelische über Deutschland berichtet. 2013 erschien ihr hoch gelobter Roman »Fünf Kopeken«, für den sie unter anderem mit dem Mara-Cassens-Preis, dem höchst dotierten Preis für ein deutschsprachiges Debüt, ausgezeichnet wurde.

SARAH STRICKER
FÜNF KOPEKEN

Roman

btb

Verlagsgruppe Random House FSC® N001967
Das für dieses Buch verwendete FSC®-zertifizierte
Papier *Lux Cream* liefert Stora Enso, Finnland.

1. Auflage
Genehmigte Taschenbuchausgabe Mai 2015
Copyright © 2013 by Bastei Lübbe AG, Köln
Umschlaggestaltung: semper smile, München nach einem
Umschlagentwurf von Christina Hucke; Umschlagmotiv:
© Michel Chelbin / INSTITUTE
Druck und Einband: CPI – Clausen & Bosse, Leck
SK · Herstellung: sc
Printed in Germany
ISBN 978-3-442-74878-5

www.btb-verlag.de
www.facebook.com/btbverlag
Besuchen Sie auch unseren LiteraturBlog www.transatlantik.de!

1. Kapitel

Meine Mutter war sehr hässlich. Alles andere hätte mein Großvater ihr nie erlaubt. Sie war dürr und bleich, ihre Haut wollte keine rechte Farbe annehmen, nur ihre Nase lief pausenlos rot an, wenn sie sich ärgerte oder zu sehr freute, wenn sie fror, wenn sie schwitzte oder einfach nur so, aus purer Boshaftigkeit des Körpers. Sie hatte ein spitzes Kinn und einen noch spitzeren Mund, hinter dem ihre Schneidezähne zackig nach vorne drängten, auch wenn das von all den Schönheitsfehlern meiner Mutter wahrscheinlich noch das kleinste Übel war, denn viel zu lachen hatte sie nicht. Wenigstens war sie blind wie ein Fisch, sodass ihr der eigene Anblick die ersten Jahre erspart blieb. Erst als in der dritten Klasse ihre Lehrerin bemerkte, dass sie kein einziges Wort von der Tafel lesen konnte, bekam meine Mutter eine dicke Nana-Mouskouri-Brille, hinter der ihre Augen wie zwei Wasserfarbenkleckse verschwammen.

»Soll sie sich halt in die erste Reihe setzen«, jammerte ihre Mutter, meine Großmutter, während sie sich redlich mühte, den Flaum auf dem Kopf meiner Mutter zu Zöpfen zu flechten. Sie küsste sie auf die Backen und verwischte heimlich die Lippenstiftreste, um ihr wenigstens etwas Leben ins Gesicht zu reiben, aber mein Großvater rief »Das ist keine Modenschau, verdammt noch mal, sie geht dahin, um was zu lernen«, und die Brille blieb, obwohl meine Großmutter in der Nacht von so schlimmen Kopfschmerzen befallen wurde, dass sich mein Großvater am nächsten Morgen zwanzig Minuten in der Toilette einschließen musste.

Aber auch später, als meine Mutter Kontaktlinsen bekam und ihr Bauch weich und das Gesicht hart wurde, war sie noch hässlich.

Erst kurz vor Schluss, als sie sich schon nicht mehr alleine aufrichten konnte und ich sie mit dem Löffel füttern musste, wurde sie mit einem Mal schön. Die Farbe, die nie wirklich eine gewesen war, blätterte von ihrem Haar wie alter Putz, unter dem ein silbriges Grau zum Vorschein kam. Ihre Augen begannen zu glänzen, die beiden steilen Falten über der Nasenwurzel glätteten sich. Je weiter der Tod sich in ihren Körper fraß, desto lebendiger wurde sie. Sie schäkerte sogar mit dem Doktor, der einmal am Tag nach ihr sah. Sie kannten sich noch aus der Charité, wo meine Mutter nach meiner Geburt gearbeitet hatte, aber damals war sie keine Frau gewesen, sondern Ärztin. Ihr neues, kokettes Lächeln, der Augenaufschlag, wenn er sich über sie beugte und das kalte Stethoskop auf ihre Brust drückte, sodass sie kurz zusammenzuckte, brachten ihn sichtlich durcheinander. Aber ab einem gewissen Alter und Bauchumfang muss man die Flirts nehmen, wie sie kommen. Er turtelte zurück, nannte sie »junge Frau« oder »mein kleines Fräulein«, wofür meine Mutter ihn ein halbes Jahr zuvor noch aus dem Haus geworfen hätte. Sie plauschten über die alten Zeiten, die plötzlich gut gewesen sein sollten, über Professoren, gemeinsame Bekannte, die Unfähigkeit der Kollegen. Meine Mutter kicherte, wie ein kleines Mädchen, das sie erst recht nie gewesen war. Sie legte die Finger an den Hals, den Kopf ein wenig schief, und er strahlte zurück, wie ein Metzgergeselle, der zum ersten Mal einer Sau mit bloßen Händen den Darm entleert hat. Nur ab und zu, wenn er doch mal zur Abwechslung einen Wert maß oder sein Blick auf die Plastikbeutel an ihrem Bett fiel, rieb er sich die Stirn und schaute sehr besorgt, was die Laune meiner Mutter nur noch hob.

Sie war unheimlich stolz, es am Ende doch noch zu einer vorzeigbaren Krankheit gebracht zu haben, die ihr keiner wegreden konnte. Manchmal weigerte sie sich sogar, ihre Medikamente zu nehmen, obwohl die Schmerzen kaum erträglich gewesen sein müssen.

»So lange einem was weh tut, weiß man wenigstens, dass es noch da ist«, sagte sie, und ihre Lippen entblößten ein Grinsen, das ich noch nie bei ihr gesehen hatte.

Das Merkwürdigste aber war, dass sie überhaupt nicht mehr aufhören wollte, zu erzählen. Sie lag in meinem Bett, das früher mal ihres war und jetzt wieder, die Hände auf dem Nabel gefaltet, als erwarte sie noch ein Kind, und redete und redete und redete. Ich saß daneben, irgendwelche Kopien für einen Artikel, den ich zu schreiben hatte auf dem Schoß, damit sie glauben konnte, ich lege nur mal eine Arbeitspause ein, damit das alles ein kleines Schwätzchen bleiben konnte und nicht so nach Lebensbeichte zu müffeln begann, und sagte Dinge wie »geht's noch?« oder »willst du dich nicht doch etwas ausruhen?« Aber meine Mutter plapperte einfach weiter, als habe sie mich gar nicht gehört, sprang an den Anfang zurück, um irgendein Detail zu ergänzen, verzettelte sich in Banalitäten, die im Rückblick schöner und größer, mickriger, hässlicher, schrecklicher oder sonst wie zugespitzt werden mussten, bis sie zum Scheitelpunkt im Leben taugten. Anderes, Wichtiges erzählte sie gar nicht, oder ich reimte es mir nur zusammen, malte die dürren Umrisse später mit eigenen Bildern aus, zu denen ich in meiner Erinnerung ihre Stimme hörte, auch wenn die im Präteritum etwas holperte. Solange ich denken kann, hatte meine Mutter immer nur über die Zukunft gesprochen. Erst jetzt, wo die zusammenschnurrte wie ein Planschbecken, wenn man am Ende des Sommers den Stöpsel zieht, fand sie plötzlich Geschmack an der Vergangenheit. Nur die Gegenwart rührte sie bis zuletzt nicht an.

Meine Mutter war zu hässlich, um der Schönheit lange nachzutrauern. Nur hübsche Mädchen verbringen Stunden vorm Spiegel, um ihre Makel auswendig zu lernen wie Vokabeln, die sie auf ein Kompliment hin runterrattern. Sie hingegen war nicht bereit, mit ihrem Aussehen zu hadern. Damit hätte sie ihm nur noch mehr Aufmerksamkeit gegeben. Und das hatte »die alte Fratze« ja nun wirklich nicht verdient.

»Lass gut sein«, sagte sie, wenn ich ihr meinen Lippenstift anbot, »da ist Hopfe und Malz verloren.«

»Schad't doch nicht«, erwiderte ich, aber zum Schminken war sie nicht zu bewegen. Sie behauptete, ihre Lippen seien zu rau, nichts sei widerlicher als Hautfetzen, unter denen sich Farbe sammle. Behauptete, die Haut könne unter dem »Kleister« nicht atmen. Von Wimperntusche würden ihr die Augen tränen.

Aber das Schlimmste war, wie sie sich anzog. Bei der Arbeit nahm sie sich noch zusammen: Kostüm, weiße Bluse, Pumps. Aber wenn sie nach Feierabend zur Tür reinkam, ließ sie alle Hemmungen und Hüllen fallen. Noch halb im Flur riss sie sich stöhnend die Kleider vom Leib und rannte erstmal eine halbe Stunde in Unterwäsche herum, sodass ich etwaige Freundinnen, die sich doch mal zu uns nach Hause trauten, schnell in meinem Zimmer versteckte. Erst wenn sie vollends ausgekühlt war, willigte sie ein, ein altes Paar Shorts meines Vaters überzuziehen, unter denen ihre verdellten Oberschenkel herauslugten wie frisch aufgegangener Hefeteig. Obenrum Achselshirts, die sie im Fünferpack kaufte und so lange trug, bis sie sich auflösten. Und natürlich nie einen BH. Weil sie der Spitzenbesatz angeblich am Rand wund scheure. Wenn sie schwitzte, und wann tat sie das nicht, klammerten sich ihre Brustwarzen an den nassen Stoff, wie Kinder an ihre Eltern in einer wogenden Menschenmenge. Sie stellte ihre Hässlichkeit richtiggehend zur Schau. »Stolz« sagte sie. »Trotz« hörte ich. Ihr Haar schnitt sie selbst, hinten lang genug, um es mit einem Küchengummi zusammenzuwurschteln, vorne rappelkurz, sodass ihr eilig zusammengeschraubtes Gesicht den Blicken schutzlos ausgeliefert war. Aber es war das Gesicht meiner Mutter, und ich liebte es. Zumindest bis ich es in meinem wiederentdeckte.

Bei meinem Großvater war es genau umgekehrt. Das Einzige, was ihn am Äußeren meiner Mutter interessierte, waren die Spuren, die er darin hinterlassen hatte. Von Schönheit hielt er nichts. Die sah Oberflächlichkeit viel zu ähnlich. Und wenn er eins nicht ausstehen konnte, dann oberflächliche Menschen, »bei Gott«, auch wenn er den noch weniger ausstehen konnte. Er war fest davon überzeugt, dass einem jungen Menschen nichts Besseres passieren könne, als »ein bisschen Sand im Getriebe«, das bilde den Charakter, »vorausgesetzt natürlich, die Anlagen stimmen«, wie er der

Schwester, die meine kleine Mutter aus dem Bettchen hob, mit vor Selbstgewissheit in die Stirn wachsenden Brauen erklärte. Er schob seine Brille auf die Nase und betrachtete das bisschen Körper, das sie ihm entgegenhielt, die kümmerlichen Beinchen, den Rumpf, so lang und dürr und zerbrechlich, dass man befürchten musste, der Kopf könne jeden Moment abfallen, vor allem einer wie der meiner Mutter. »Än Kopp wie än Pferdearsch. Sooo groooß«, sagte er und streckte die Arme von sich wie ein Grieche beim Sirtaki.

Angeblich, so will es zumindest die von meinem Großvater gepflegte Legende, fehlte meiner Mutter bei der Geburt jene Delle, die »gewöhnliche Kinder« am Kopf haben, jene Knochenlücke, die den Schädel biegsam hält, bis das Gehirn ausgewachsen ist. Dadurch soll ihr Kopf in den ersten Jahren unverhältnismäßig groß gewirkt haben.

Medizinisch ist das äußerst fragwürdig. Aber mit der Wissenschaft hielt es mein Großvater wie mit Schokolade: Mal war sie das einzig Wahre, Energiespender, Blutdrucksenker, Antidepressivum, Soldatenfutter. Dann überfraß er sich maßlos und konnte sie monatelang nicht mehr riechen. Alle Einwände befreundeter Ärzte, am Ende sogar meiner Mutter selbst, brachten ihn nur dazu, seine Geschichte umso vehementer zu verteidigen. »Schlüsselfertig geliefert«, rief er und tätschelte ihren Hinterkopf. Von meiner Großmutter war keine Klärung zu erwarten. Die hatte sich das mit der Wahrheit gleich nach der Hochzeit abgewöhnt, zusammen mit Schach. In beidem war mein Großvater einfach unschlagbar.

Er nahm der Schwester also das Bündel aus der Hand, drehte es hin und her, als suche er nach dem Etikett, und fand es schließlich tatsächlich. Mit gestrecktem Zeigefinger stach er in das Grübchen im Kinn, sein Grübchen, eine dunkle Mulde, die sich tief ins Fleisch bohrte. Bei ihm. Bei meiner Mutter war es noch eher ein Pünktchen, als habe jemand mit der Bleistiftspitze in die Haut gepiekst, aber zweifelsohne seine Signatur. Er drückte meiner Großmutter einen Kuss auf die Stirn und das Kind zurück in ihre Arme, sagte »Gut gemacht, Hilde, kannst stolz auf dich sein« und lief hinaus auf den Gang, um jemanden zum Anstoßen zu suchen.

Die Einzige, die sich beim besten Willen nicht an das Aussehen meiner Mutter gewöhnen konnte, war meine Großmutter. Natürlich liebte auch sie meine Mutter. Alles andere hätte *sie* sich nie erlaubt. Aber jedes Mal, wenn sie sie ansah, spürte sie ein Ziehen, ungefähr drei Fingerbreit unter der Brust. Manchmal, wenn sie sich unbeobachtet glaubte, strich sie darüber, wie über eine kitzelige Stelle, von der man hofft, sie würde irgendwann taub werden. Aber so lange sie auch rieb, das Ziehen wollte einfach nicht verschwinden.

»Nicht doch, kucken Sie sich doch nur mal diesen bezaubernden, kleinen Mund an! Und der wache Blick«, rief die Schwester, als sie die rotgeweinten Augen meiner Großmutter sah. »Sie reden sich da was ein. Ich sag Ihnen, die wird so manchem Jungen den Kopf verdrehen.« Sie stemmte die Arme in die Hüften und schüttelte lachend den Kopf, aber meine Großmutter konnte sehen, dass sie log.

»Ich hatte einfach gehofft, dass sie mir ähnlich sieht«, stammelte sie unter Tränen.

»Tut sie doch!«, rief die Schwester, »ganz die Mama!« Und Letzteres glaubte meine Großmutter natürlich und heulte sich so richtig ein.

Vielleicht wäre es ihr leichter gefallen, wenn sie noch einen Versuch gehabt hätte, eine zweite Chance, ihr Erbe in eine etwas ansehnlichere Form zu gießen. Aber als sie »wie durch ein Wunder!« doch noch schwanger wurde, war sie schon 36. Sie wusste, dass meine Mutter alles war, was sie an Familie zu erwarten hatte. Mal abgesehen von der meines Großvaters. Aber da war keine fast besser.

Meine Großmutter hatte für die »Mischpoke« ihres Mannes nur Verachtung übrig, auch wenn ihre gute Erziehung sie zwang, das hinter vereinzelten, von einem Seufzer begleiteten Verweisen auf die Großstadt, in der man unter Kultur noch etwas anderes verstünde als die jährliche Weihnachtsfeier des Turnvereins, zu verstecken. Dabei spreizte sie den kleinen Finger von der Tasse und ließ hinter flatternden Lidern die Augen rollen, bis mein Großvater vor lauter Glück ihre Hand unterm Tisch ergriff. Er selbst hasste seine Familie noch mehr, wenn auch mit weniger Grazie, und bei ihm hieß sie »Bagaasch«, was in Wahrheit gar nicht Pfälzisch, sondern Französisch war, wie meine Großmutter ihm erklärte. Wofür er sie gleich noch mehr liebte. Für ihn war die junge Frau, die eines Tages in den Kurzwarenladen seines Vaters, meines Urgroßvaters, gekommen war und die ihr angebotenen fleischfarbenen Schlüpfer mit ausgesuchter Höflichkeit, aber unmissverständlichem Ekel zurückgeschoben hatte, nicht nur der Inbegriff einer Dame; er spürte auch, dass sie in ihm jenen Funken Weltgewandtheit erkannte, den man in seiner Heimat partout übersah, ganz egal wie viele Seidenschals er sich über die Schulter warf.

Mein Großvater kam aus einem winzigen Nest, dessen Namen nur mit vor Verachtung näselnder Stimme ausgesprochen werden durfte. Der Einzige im Dorf, bei dem außer der Bibel und »Mein Kampf« noch ein drittes Buch im Regal einstaubte, war sein Bruder Helmut (der Helm), der wenigstens eine Banklehre gemacht hatte und seither in der Kreissparkasse am Schalter stand, in der Dorfrangfolge gleich hinter Pfarrer und Bürgermeister. Mein Urgroßvater hatte ein bisschen Geld gehabt und, wenn schon keine Bildung, so doch genug Verstand, um seine beiden Söhne aufs Gymnasium zu schicken, was damals weder normal noch billig gewesen war. »Ein feiner Kerl«, wie auch meine Großmutter eingestand, der jedoch wenige Wochen nach ihrem kurzen Kennenlernen an den Spätfolgen einer Kriegsverletzung gestorben war. Die restliche Verwandtschaft war mehrheitlich in der Kfz-, Sanitär- und Elektrobranche tätig, was die Renovierung des ererbten Hauses enorm erleichterte. Erkauft wurden die Reparaturen jedoch mit unzähligen verstopften Toiletten, deren Inhalt die Onkel mit einer solchen Hingabe am Kaffeetisch meiner Großmutter ausbreiteten, dass die spätestens nach einer halben Stunde eine ungesunde Blässe im Gesicht meiner Mutter zu entdecken glaubte und ganz schnell mal mit ihr an die Luft musste. Trotzdem ließ sie es sich nicht nehmen, am darauf folgenden Tag jedem Gast ein mit Veilchen verziertes Kärtchen zu schicken, in dem sie sich für den schönen Abend bedankte und auf baldige, ganz baldige Wiederholung drängte.

Sie selbst war in Berlin aufgewachsen, Tochter aus gutem Hause, das jedoch genauso wie seine Bewohner größtenteils dem Krieg zum Opfer gefallen war. Meine Großmutter war die Einzige, die den Luftangriff 1943 überlebt hatte. Und auch das nur, weil sie trotz der Beruhigungsversuche ihrer Mutter so ausdauernd um sich geschlagen hatte, dass sich der Griff um ihre Handgelenke endlich gelöst hatte und sie aus dem Kellerloch hinausgerannt war, wo sie angeblich noch den Flieger sah, der die Bombe durchs Giebelfenster warf. Sie wusste, dass sie ihr Leben nur der Angst verdankte.

Das vergaß sie ihr nie.

Halb besinnungslos lief sie durch die Straßen auf der Suche nach einem bekannten Gesicht oder wenigstens etwas zu essen, aber alles, was sie fand, war nur noch mehr Leid und noch mehr Schrecken. Sie blieb allein mit ihrer Angst in den Resten des Gemäuers, das sowohl ihre Eltern als auch ihren kleinen Bruder unter sich begraben hatte, und als der Krieg endlich vorbei war, war sie ihr so lieb geworden, dass sie nicht mehr ohne sie konnte. Sie fürchtete sich vor allem, vor den Russen, den Amerikanern, vor den Deutschen eigentlich auch, vor schreienden Katzen, quietschenden Türen, vor Schritten, ganz gleich welcher Nationalität, von denen sie schließlich ein besonders kräftiges, mit Eisenkappen beschlagenes Paar aus der Ruine trieb, weil meine Großmutter annahm, der Besitzer wolle ihr außer dem Tafelsilber »noch etwas anderes rauben. Das musst du jetzt noch nicht verstehen.« Tatsächlich besorgte das dann ein junger Mann, den sie auf der Flucht kennenlernte, ihr aber ebenfalls beim Marsch über ein Minenfeld wegstarb. Aber das war schon nach der Niederlage, die jetzt Befreiung hieß, zählte also nicht wirklich. Außer bei Regen. Da war er die Liebe ihres Lebens und die mittels eines rhythmisch geschüttelten Pillendöschens angezeigte Gicht nur Zeichen ihrer Sehnsucht.

Letztlich war natürlich beides Unsinn. Die erste und einzig wahre Liebe meiner Großmutter war die Angst. Alles was danach kam, waren nur Variationen. Sie liebte meinen Großvater aus Angst vor dem Leben, davor, nicht mehr wegrennen, sondern ankommen zu müssen. Sie liebte meine Mutter aus Angst vor dem Tod. Mich aus Angst, die Angst zu verlieren. Noch im Alter, als sie sich wohl behütet, fett und endlich auch wieder reich hinter einer Alarmanlage dem Infarkt entgegenfraß, genügte ein Rascheln vorm Fenster, dass sie mich bat, hochzukommen und nach meinem Großvater zu sehen, während sie sich ein neues Päckchen verschreibungspflichtiger Placebos aus der Apotheke holte. Wenn ich den »lästigen« (sie), »kläglichen« (meine Mutter), »gutgemeinten« (ich), aber fraglos »fruchtlosen« (wir alle) Versuch unternahm, ihre Sorgen mit gesundem Menschenverstand zu zerstreuen, erzählte sie mit einem Glänzen in den Augen, das nur ein ungeübter Beobachter als Tränen missdeuten konnte, von den in Hinterhöfen verbrachten Nächten, in denen ihr die Angst der einzig verlässliche Begleiter gewesen war. Ohne eine Menschenseele an ihrer Seite hatte sie das halbe, wenn auch wenigstens mittlerweile leicht zusammengeschrumpfte Land durchquert, bis sie es wie durch ein weiteres Wunder zu einer Cousine schaffte, die »glücklich! Das sagt doch alles! Glücklich!« ins Süddeutsche geheiratet hatte.

Meine Großmutter war damals 18 Jahre alt, sechs davon hatte sie im Krieg verbracht, zwei weitgehend auf der Straße gelebt. Und mindestens zehnmal so lang hatte sie nicht mehr geschlafen. Als die Cousine ihr die Tür öffnete, war sie so müde, dass ihr nicht mal mehr das Hirschgeweih über der Eckbank einen spitzen Kommentar entlockte. Sie war schwach und hungrig, trotzdem noch ganz hübsch, abgesehen von den Knochen, die sich wie Angelhaken durchs Fleisch drückten, aber die hatte mein Großvater auch. Und nach ein paar Wochen, in denen sie wahlweise die überhäkelten Klopapierrollen der Cousine und die Kunststücke von Rottweiler Hasso hatte bestaunen müssen, kam auch ihre Überheblichkeit zurück.

»Isch wäß ned«, murmelte Derhelm beim Antrittskaffee.

»Bissel iwwerkandiddelt, findste ned?«, sagte seine Frau Gundula (die Gundl). Aber die Mutter meines Großvaters, meine Urgroßmutter, war ganz begeistert von der guten Kinderstube, die meine Großmutter in die ihre brachte. Mit großen Augen betrachtete sie die nach hinten gedrückten Schultern, den geraden Rücken, folgte der Tasse, die meine Großmutter so leicht zum Mund führte, dass es aussah, als würden ihre Lippen sie gar nicht berühren, bis ihr vor lauter Bewunderung selbst der kleine Finger vom Henkel sprang. »Wenn nicht die, dann weiß ich nicht«, raunte sie meinem Großvater zu, und ganz ehrlich, das wusste er auch nicht.

Zum Glück starb die Cousine dann auch bald, warum auch immer, waren ja alle irgendwie krank und ohnehin schon halb tot, sodass Nägel mit Köpfen gemacht wurden. Mein Großvater hatte sich noch nicht ganz die Knie vom Antragstellen abgewischt, da hielt meine Großmutter schon den Koffer in der Hand, bereit, sofort einzuziehen. Und mit ihr ein Hauch von Kultiviertheit. Sie brachte meiner Urgroßmutter »dessen« bei und Geschmack, »von gutem soll gar nicht die Rede sein«, die Kittelschürzen wichen Blüschen und Röcken, in denen so viel Stoff steckte, dass der Schäfer Marie, die als Einzige im Dorf eine Nähmaschine hatte, die Verschwendung im Herzen weh tat. Und zum Dank setzte sich meine Urgroßmutter das Ziel, »dass des Mädel widder was uf ihr Rippe grischd.« Am Mittag duftete das Haus nach Kuchen, den meine Großmutter jeden Tag etwas weniger damenhaft von den neuen Ziertellerchen schlang, bis ihre Knochen wieder völlig im Fleisch verschwunden waren. Und noch ein bisschen weiter. Und dann noch etwas weiter. So sehr sie sich auch mahnte, ihre Herkunft nicht zu vergessen – was Sattsein bedeute, fiel ihr nie wieder ein. Als meine Urgroßmutter eines Tages das nach Mottenkugeln riechende Hochzeitskleid aus dem Schrank holte und ihr überstülpen wollte, blieb es auf halber Strecke stecken.

Aber auch die Süße des Ehelebens konnte meiner Großmutter die Angst nicht ersetzen. Sie war immerzu nervös, zehrte ihren Körper mit sinnlosen Panikattacken aus, gönnte ihm kaum Schlaf, geschweige denn Vergnügen, und er rächte sich so gut er eben konnte. Vor meiner Mutter hatte sie zwei Fehlgeburten, ein drittes Kind starb nach ein paar Tagen im Brutkasten. Sie hatte solche Angst, das vierte könne ihr auch noch verlustig gehen, dass sie meiner Mutter nicht von der Seite wich. »Ich kann nicht anders«, jammerte sie, wenn Diegundl mal wieder in der *Brigitte* gelesen hatte, dass das gar nicht gut sei. »Sie ist doch alles, was ich habe.«

Viel war es nicht. Schlimm genug, dass sie mit meinem Großvater teilen musste, aber sie war nicht bereit, sonst noch jemandem etwas abzugeben. Meine Mutter verbrachte in ihrem Leben genau zwei Stunden im Kindergarten, eine Stunde fünfundvierzig davon auf dem Schoß meiner Großmutter, die es einfach nicht über sich brachte, die kleine, weiße Hand loszulassen. Die Kindergärtnerin musste den von all der Furcht selbst schon zitternden Körper förmlich aus den Armen meiner Großmutter herauswinden. Sie setzte meine Mutter in die Puppenecke, zog sich eins der Stühlchen heran und redete auf meine Großmutter ein. Sie kenne ja den schmerzhaften Prozess des Abnabelns, aber ein Kind müsse ein Gefühl für sein Ich aufbauen, sich abgrenzen, blablabla. Sie hatte einen asymmetrischen Haarschnitt, der den Blick auf einen – »einen!« – Papageienohrring freigab, und diese leise, einfühlsame Art, »so wie in diesen linken WGs, in denen alle auf dem Boden hocken und einander ausreden lassen.« Meine Großmutter nickte höflich, kostete den unsichtbaren Kuchen, den ihr ein Mädchen anbot, und tat so, als würde sie der Kindergärtnerin zuhören, aber sie hatte ihre Zweifel, dass sich hier irgendetwas aufbauen ließ, außer ein paar Vorurteilen über ihren Berufsstand. Dann hustete ein Kind. Ein zweites nieste in die Buntstiftkiste. Und damit hatte es sich. Am nächsten Morgen setzte sie eine Annonce in die Zeitung und besorgte meinem Großvater eine Sekretärin, sodass sie zu Hause bleiben und meine Mutter keimfrei halten konnte.

Nach dem Tod seines Vaters hatte der den Kurzwarenladen übernommen, der jetzt »Butieke« hieß, und das Nachbarhaus gekauft, das seit 38 leer stand, »zu einem Spottpreis«, wie er verkündete, von einem Ehrgeiz getrieben, der sich keinen Blick zurück leisten wollte. Das ehemalige Wohnzimmer wurde zum Warenlager umfunktioniert. Das Nähgarn und die Stricknadeln verschwanden. Stattdessen zogen lange, wuchtige Kleider ins Schaufenster. Vor dem Verkauf ließ er die Stücke für einen Katalog fotografieren, mit dem man die aktuelle »Mode Schneider«-Kollektion auch per

Post bestellen konnte. Für jeden neuen Kunden musste meine Großmutter ein Fähnchen in die Landkarte pieksen, die hinter dem Schreibtisch meines Großvaters hing. Sie suchte die Ware aus, machte ihm die Bücher, ging ans Telefon, gab ein paar Mal sogar das Mannequin. Bis mein Großvater vor lauter Aufbruchseuphorie Anfang der 90er beschloss, der Umzug in die Hauptstadt sei noch nicht genug, im neuen Deutschland brauche es auch ein neues Logo, waren es ihre Beine, die in geschlitztem Rock auf der unteren Kurve des »S« balancierten, das sowohl auf der Titelseite als auch über der Ladentür prangte. Sie war seine »rechte Hand«, wie er Lieferanten, die zu Besuch kamen, erzählte. Dabei ließ er die Finger in seinen Hemdsärmel rutschen und schob den Herren stattdessen den Arm meiner Großmutter zum Handschlag hin, was die die ersten paar Mal noch lustig, dann etwas peinlich, und schließlich, als sie mit Schrecken feststellte, dass sie Gefahr lief, ihre Liebe durch eine eigene Meinung zu besudeln, wieder lustig fand.

War sie am Anfang noch die Überlegene in der Beziehung, machte sie sich schon nach wenigen Monaten daran, sich so weit wie möglich in meinem Großvater aufzulösen. Fragen Sie meinen Mann. Frag den Papa. Später: Frag den Opa, »do kenn ich mich ned aus.« Sogar ihre Sprache driftete immer mehr ins Pfälzische ab. Von eigenen Interessen oder Überzeugungen hielt sie sich fern. Das Einzige, was sie für sich selbst beanspruchte, war die Kränkung, wenn ihr Mann ihre Selbstaufopferung nicht genug würdigte.

Mein Großvater war so verliebt, dass er die Veränderung zuerst gar nicht bemerkte. Und als er es schließlich doch tat, dachte wohl auch er, das müsse so sein. So sei das eben: Ehe. Nur manchmal, wenn ihn meine Großmutter am Ende eines 48-Stunden-Tages bat, noch mal eben schnell ihr Haushaltsbuch durchzusehen, »nicht, dass ich mich verrechnet hab«, rief er »Hilde, der Kopf ist nicht nur da, dass du einen Platz für die Dauerwellen hast. Selbst ist die Frau!«, bis selbige, erschrocken von der Schärfe seiner Stimme, so zu heulen begann, dass die Zahlenreihen in ihren Händen verliefen.

Der Feminist in der Familie war er. In erster Linie wegen der

Lacher, die er erntete, wenn er das sagte. In zweiter war ihm die verschwitzte, nach Leberwurstebrot und abgestandenem Bier stinkende Männlichkeit seiner Kindheit schlichtweg zuwider. Es gefiel ihm, eine Frau an seiner Seite zu haben. Erst als meine Großmutter das Geschäft verließ, bemerkte sie, dass ob nun »eine« oder »seine« dabei keine besonders große Rolle spielte. Und vergaß es vorsorglich gleich wieder.

Schon nach einer Woche hatte er Ersatz gefunden, und als er sah, wie schnell er die Neue angelernt hatte, stellte er gleich noch eine zweite ein. Am Ende kommandierte er ein ganzes Heer von Fräuleins, die man damals noch so nennen durfte. Junge Mädchen mit viel zu vielen Zähnen und gemeißelten Wangenknochen, über denen die Gesichter spannten wie zu enge Kissenbezüge, während sie in den Hörer lachten, Bestellungen aufnahmen oder zum Diktat stöckelten. In zwei Reihen saßen sie rechts und links von seinem Büro und beugten die Köpfe über ihre Schreibmaschinen, während mein Großvater den Gang entlang marschierte und Anweisungen verteilte. Wenn er eine kleine Aufheiterung brauchte, ließ er sie »zum Appell!« antreten, wie er mit gespielt stolzer, tatsächlich todernst gemeinter Napoleonhand im Jackett aus seinem Büro donnerte, worüber zuletzt nicht mal mehr meine Großmutter lachte.

Mein Großvater war Offizier gewesen, und sei »noch immer einer!«, wie er mir entrüstet erklärte, als ich mir einmal die Frechheit herausnahm, den Krieg der Vergangenheit zuzuordnen. Er war noch keine 19, als man ihm den Rang eines Oberleutnants verliehen hatte, und auch 50 Jahre später nicht bereit, sich diese Ehre wieder nehmen zu lassen – selbst wenn er, wie er sich hinzuzufügen beeilte, die Nazis »in der Sache« natürlich abgelehnt habe. Wie alle Deutschen hatte auch er eine Tante, die ein paar Juden im Keller versteckt hatte, und war selbst ein glühender, wenn auch »der Mutter zuliebe« heimlicher Antifaschist gewesen. Von solcherart ideologischen Bredouillen abgesehen waren die Jahre zwischen 39 und 45 jedoch »die besten seines Lebens«, wie er ebenfalls gerne verkündete (siehe oben).

Die Zeit war wie geschaffen für Männer wie ihn. Männer, die

eigentlich noch Jungs waren und das so schnell wie möglich ändern wollten. Die sich für so ziemlich alles begeisterten, was ihnen ein paar Abzeichen auf die Uniform bringen konnte. Und mein Großvater war der Schlimmste von allen. Er sagte »Verantwortung« und meinte »Herausforderung«. Im Radio redeten sie von »Volk und Vaterland«. Er hörte »raus in die große, weite Welt«. Er brachte alles mit, was man damals suchte: Siegeswillen, Machthunger, Leidenschaft. Und völlige Blindheit für die eigenen Defizite. Andere mochten größer und stärker und vielleicht, »vielleeeicht«, sogar schlauer sein. Aber mein Großvater war einer von den Menschen, die sich ihrer selbst so sicher sind, dass sich ihrem Gegenüber jeder Zweifel verbietet. Er wirkte nicht, als halte er sich für etwas Besseres. Er tat es. Und das mit einer solchen Überzeugung, dass ihm die meisten glaubten. Blutjung führte er eine Truppe an, in der die meisten doppelt so alt waren wie er. Einmal eingezogen und von der Konsequenz, mit der »der Führer« seine Vision verfolgte, dann irgendwie ja doch beeindruckt, wollte er es auch zu was bringen. Am Ende schaffte er es bis nach Kaliningrad, das da noch Königsberg hieß, wo er 44 schließlich in russische Gefangenschaft fiel. Die Rote Armee brachte ihn nach Kasan, ins »Tatarenland«, wie mein Großvater so geheimnisvoll durch die Zähne rollte, dass ich es als Kind irgendwo zwischen Transsilvanien und Taka-Tuka-Land ansiedelte.

Und das war die größte Herausforderung. Am schlimmsten war es im Winter, wenn die vom Ural kommende Luft so kalt war, dass sie einem die Lunge zerschnitt. So kalt, dass es einem die Haut von den Wangen schälte. So kalt, dass die Menschen nicht wagten, sich zu umarmen, aus Angst, aneinander festzufrieren. Und es war immer Winter, immer, außer im Sommer. Aber der war noch schlimmer, weil es dann überall stank, nach Kot und Mensch und faulem Fleisch, das die Russen vor sich hinschimmeln ließen, sodass die Stechmücken einem in den offenen Wunden nisteten. Nur einem gewissen Mischa Sergewitsch, einem Aufseher, der meinem Großvater hie und da ein paar Kartoffeln aus dem Vorratslager zu schmuggeln half, hatte er es zu verdanken, dass er nicht verhungerte. »Ein Antisemit wie er im Buche steht, aber ein wahrer Freund der Deutschen«, sagte er und nickte anerkennend. »Wir haben immer gesagt, wenn sie mich nach Hause lassen, kommt er mit, und dann suchen wir ihm ein echtes deutsches Mädel, das sauber ist und beim Küssen nicht aus dem Mund riecht, dass man glaubt, eine tote Ratte läge unterm Bett.« Kurz bevor es so weit war, wurde der Mischa dann aber von seinen eigenen Leuten erschossen, und das nicht mal mit Absicht. »Nach ner ganzen Flasche Wodka zielt man halt nicht mehr so gut«, lachte mein Großvater und stach sich mit dem ausgestreckten Zeigefinger in den Nacken, dahin, wo die Kugel den Mischa angeblich getroffen und den halben Kopf zerfetzt hatte.

Mein Großvater liebte es, seine Zuhörer so richtig schön mit Blut und Eiter einzuseifen, bis ihnen von all dem Grauen die Augen überliefen. »So was kennt ihr heitzudach jo bloß noch vum Fernseher«, sagte er dann und musterte einen von oben bis unten, sodass man die eigene Verweichlichung förmlich in den Kniekehlen spürte. Keine Härte des Lebens konnte es mit der Härte seines Lebens aufnehmen. Durch Zuspätgeborensein hatte man schon versagt. Trotzdem mochte ich seinen »Kriesch« viel lieber als den meiner Großmutter, der einen über nicht aufgegessenem Blumenkohl hinweg mit vorwurfsvollen Augen ansah. Manchmal, wenn ich mich langweilte, was in meiner Familie unter Höchststrafe stand, begann ich nach dem Mittagessen sogar absichtlich ein bisschen über die Hausaufgaben zu nörgeln, nur um ihn dazu zu bringen, wutentbrannt von Kasan loszulegen und mich »Jammerlappen« bis auf den letzten Tropfen Selbstmitleid auszuwringen. Mein Großvater war ein hervorragender Erzähler. Im Laufe der Jahre hatte er seine Geschichten an den Reaktionen des Publikums so lange geschliffen, dass die Sätze wie die Zacken eines Zahnrads ineinandergriffen. Er wusste, wo er einen Schreckensschrei herauskitzeln konnte und wo er etwas zurückhalten musste, um es in dem Moment, in dem die Zuhörer sich in Sicherheit wähnend wieder ihrem Käsekuchen widmeten, aus einem Nebensatz herauszuplatzen zu lassen. Dabei schwoll seine Stimme immer weiter an, während er abwechselnd mit der Handfläche im Takt auf die Tischplatte schlug oder die Faust in die Höhe reckte, wie man das damals noch tun durfte, und sich über das Schauern freute. Nur manchmal, wenn ich oben bei meinen Großeltern schlafen durfte, weil meine Mutter mal wieder in eine Filiale musste, schreckte ich schweißgebadet auf, weil seine von russischen Brocken durchsetzten Schreie bis in meine Träume drangen.

Über so was wurde natürlich nicht geredet. Am Anfang, weil die Zeit fehlte. Musste ja losgewundert werden. Mein Haus, mein Auto, mein Imperium. Später nicht, weil man dann hätte zugeben müssen, dass man jetzt eigentlich welche hatte, Zeit, und soviel davon, dass mein Großvater noch ein halbes Jahr, bevor sein Alzheimer so schlimm wurde, dass er seinen eigenen Namen vergaß, beschloss, Herrenmode ins Sortiment aufzunehmen, nur um die leeren Stunden irgendwie zu füllen. Nichts war in meiner Familie schlimmer als Zeit. Außer die, die man nicht hatte und/oder einem weglief, die mochten alle, Beweis der Emsigkeit, die einen Schneider erst zum Schneider macht. Die andere, hässliche, die mit dem F-Wort vornedran, kam nur in Zusammenhang mit der Außenwelt zur Sprache, jenen verachtenswerten Geschöpfen da draußen, die ihre »Freizeit« in Cafés oder auf Liegewiesen verplemperten, anstatt eine Fremdsprache zu lernen oder ein Atom zu spalten. Wenn überhaupt, gab es höchstens Pausen, nicht Zeit, nur den Spalt, wenn die fehlende von zwei Seiten aneinanderstieß. Und selbst die hieß es um jeden Preis zu vermeiden. Am Ende war man sonst abends vielleicht noch frisch und munter und musste sich die vorwurfsvollen Blicke der anderen gefallen lassen, die selbst von tiefen, wohlerschufteten Augenringen gezeichnet waren. Müdigkeit war in meiner Familie eine harte Währung. Wer nach zehn noch die Augen aufhalten konnte, hatte sich nicht genug verausgabt. Und da konnte einem nicht mal mehr Hässlichkeit helfen.

Drei Dinge hatte mein Großvater im Krieg gelernt (so wie es in seinen Erzählungen immer *drei* Dinge gab, wie gesagt, er wusste, wie man eine Geschichte erzählt). Das Erste war, dass Stillstand den Tod bedeuten kann. Seinem Freund, mit dem zusammen er auf dem Foto im Esszimmer den rechten Arm in die Luft reckte, beide so voller Tatendrang, dass es sie fast aus dem Rahmen riss (der jedoch trotz wiederholter Veilchenkärtchenerinnerungen meiner Großmutter »nicht einmal!« zum Essen kam, weil er Kasan nicht ganz so lustig in Erinnerung behalten hatte wie mein Großvater), war ein Zeh abgefroren, als er sich während der Arbeit kurz auf einen Stein gesetzt hatte. Das war meinem Großvater eine Lehre. Ich kann mich nicht erinnern, dass ich ihn in meiner Kindheit je länger als zehn Minuten habe stillsitzen sehen. Müßiggang war für ihn ein Virus. Er lauerte vor dem Fernseher, in Zeitschriften, in ungemachten Betten, in die man allzu leicht schnell zurückschlüpfen konnte, in Wannen, am meisten in Schwimmbädern. Und wenn man sich so einen Virus erst mal eingefangen hatte, war es schwer, ihn wieder loszuwerden. Einmal zu lange geblinzelt, und schon erging es einem wie dem Max, Helm und Gundls Sohn, eigentlich ein lieber Junge, bis man ihn eines Sommers von seinem Ferienjob im Laden entbunden und stattdessen auf eine »Jugendfreizeit! Wenn ich so ebbes bloß hät! Die junge Leid machen doch ehs ganze Johr nix anneres wie frei« geschickt hatte, während der er den Drogen und infolgedessen der Kunst verfiel, schließlich nach Berlin zog und Maler sein wollte, wovon er erst wieder kurierte, als die subventionierte Faulheit zusammen mit der DDR abgeschafft wurde.

Das einzige Mittel, um solchen Fällen vorzubeugen, war, ständig in Bewegung zu bleiben. Selbst beim Essen sprang mein Großvater unentwegt auf, sei es, um ein Buch zu holen, mithilfe dessen er die törichten Argumente seines Gegenübers widerlegen wollte, sei es, weil dringend ein aus dem rechten Winkel gerutschtes Möbelstück geradegerückt werden musste. Und wenn ihm gar nichts anderes einfiel, trieb ihn seine genauso nervöse Blase auf die Toilette, von der er mit noch offenem Hosenschlitz zurückgeeilt kam, um den angebrochenen Satz zu einem bösen Ende zu bringen, das Ganze mit einer Hektik, die in meiner Mutter schließlich zur Meisterschaft reifen sollte.

Er ging nicht, er rannte. Er fuhr nicht, er raste. Er überlegte nicht, er wusste. Vor allem: es besser. In seinem Wortschatz gab es kein »Ich finde/glaube/würde sagen«, kein »Ich bin der Meinung, dass«, nur: »Es ist.« Bisweilen watete er so tief in Allgemeingültigkeit, dass ihm die erste Person Singular vollends abhanden kam. »Selbstverständlich hat man getötet. Ist man stolz darauf? Nein. Würde man es wieder tun? Und ob.« Die Wirklichkeit musste sich an ihm messen, nicht umgekehrt. Es gab kaum ein Thema, bei dem er sich nicht auskannte, wobei seine Expertise von Erfahrung weitgehend ungetrübt war. Die dauerte ihm zu lang. »Ich muss keine Scheiße fressen, um zu wissen, dass sie scheiße schmeckt«, sagte er und gab einem die Antworten auf die drängendsten Fragen aus Politik und Geschichte, Biologie und Psychologie, was dasselbe war, aus Kunst, Musik, auch wenn keiner eine gestellt hatte.

Aber am allermeisten wusste er übers Geschäftsleben. Das war das Zweite, was er im Lager gelernt hatte. Während der endlosen Märsche entlang der Wolga hatten seine Mitgefangenen neben all dem Stuss über irgendwelcher Mütter Essen, das man nicht mehr, und anderer Mütter Töchter, die man zwar nie wirklich, aber wirklich gern gehabt hätte, auch eine Menge Brauchbares erzählt. Mein Großvater lernte die deutschen Philosophen kennen, ein aus dem Elsass stammender Apotheker brachte ihm etwas Französisch bei, aber die meiste Zeit verbrachte er mit einem Fabrikbesitzer, der ihm systematisch Unterricht erteilte. Als ihn die Russen nach drei Jahren in den Zug nach Hause setzten, kannte er sich in Buchhaltung, Bilanzierung und Betriebsführung so gut aus, dass er meinem Urgroßvater bei seiner Ankunft erstmal erklärte, dass er alles falsch macht.

Das Dritte und vielleicht Wichtigste, was er gelernt hatte, war, dass ein Traum nicht zu klein sein darf, wenn man in einer eiskalten Nacht darunter Zuflucht finden will. Vor dem Krieg hatte er sich nie sonderlich für das Geschäft seines Vaters interessiert. Jetzt sah er darin die Chance, sich etwas aufzubauen. Etwas. Was genau, war nebenläufig, Hauptsache er war an der Spitze davon, und natürlich musste es groß sein, groß, größer, am größten, auf jeden Fall größer als alles, was es bisher gab. Mein Großvater konnte sich gar nicht sattträumen an der Vorstellung, Frauen in Paris, in Rom, in London würden mit seinem Namen im Nacken durch die Gegend laufen. Erstmal musste er sich jedoch damit begnügen, Ware aus ihren Heimatländern zu importieren, um der deutschen Frau wenigstens zu ein bisschen Stil zu verhelfen, »und das war überhaupt die allergrößte Herausforderung!« Er hatte weder eine richtige Ausbildung noch Ersparnisse, aber einen eisernen Willen und das Glück, in eine Zeit geboren zu sein, in der das reichte. Als einer der Ersten erkannte er, dass Menschen, die nichts haben, vor allem das wollen, was sie nicht brauchen. Innerhalb von drei Jahren hatte er den Umsatz verdoppelt. Im fünften Jahr erschien der Katalog, von dem ich heute noch manchmal auf Flohmärkten zwischen alten Burdas und Erotikmagazinen voll haariger Achseln ein Exemplar finde. Am Ende des achten Jahres standen die Wimpel auf der Landkarte schon so dicht, dass von Süden nach Norden kaum ein weißes Fleckchen zu sehen war. Er nahm das Land ein, so wie auch sonst alles und jeden, und irgendwo unterwegs vergaß er selbst, dass er Mode im Grunde verabscheute.

Er konnte stundenlang über Farbe, Schnitt und Qualität reden, vor allem über die, an der es bei der Konkurrenz haperte. Seine eigenen Anzüge waren alle maßgeschneidert – angeblich, weil er, jetzt wo meine Großmutter nicht mehr da war, um die Blicke auf sich zu ziehen, seine eigene Visitenkarte sei. In Wahrheit passte ihm die Kleidung von der Stange einfach nicht. Mein Großvater war ziemlich klein. Wenn er auf seinem Lederstuhl im Büro saß, hingen seine Beine in der Luft. Auf dem Hochzeitsfoto haben sie ihn auf eine Stufe gestellt, damit er neben meiner Großmutter mit ihren Stöckelschuhen nicht unterging, aber am Ende war es doch wieder er, der das Bild beherrscht. Er trägt einen Frack, weiße Fliege, Lackschuhe, die halb von dem Rock meiner Großmutter verdeckt sind, dazu ein breites, gestelltes Grinsen, von dem ihm das Blut in die Nase steigt. Im Hintergrund ist eine Marmortreppe zu sehen, mit mächtigen Säulen an der Seite. Es dauert eine Weile, bis man merkt, dass sie nur gemalt ist, eine Leinwand, die im Studio des Fotografen hing. Meine Großmutter hingegen scheint zwischen all den zusätzlichen Rüschen, die die Schäfer Marie aufgenäht hatte, um die eingesetzten Stoffbahnen zu überdecken, fast zu ertrinken. Um ihren Hals hängt ein Kreuz, dem mein Großvater nur unter größtem Protest zugestimmt hatte. Sie hat den Arm bei ihm eingehängt und schaut ein bisschen zu ihm auf. Sein Grübchen ist noch kaum zu sehen, aber von Foto zu Foto wächst es, genauso wie die kahle Stelle auf seinem Schädel. Bei der Taufe meiner Mutter reicht ihm nur noch ein dünner Haarkranz von Ohr zu Ohr, bis sein Kopf ab Mitte des Fotoalbums auf einmal wieder von dichtem, leicht gewelltem Haar bedeckt ist, sogar dicker als das meiner Großmutter, die neben ihm herläuft. »Toulouse 1969«, steht auf der Rückseite in ihren winzigen Bleistiftbuchstaben. Dahinter hat sie ihre drei Namen geschrieben, als könne sie vergessen, wer sie sind.

Mein Großvater posiert braungebrannt auf braunem Gras, nur in Shorts und Sandalen. Auf seiner Brust kräuseln sich ein paar verlorene Löckchen. Daneben hat das künstliche Haar etwas Groteskes, wie eine Fellkappe im Sommer. Obwohl er ganz ruhig dasteht, sieht es aus, als würde meine Großmutter neben ihm herrennen, die eine Hand in der Luft, um notfalls meine Mutter aufzufangen, die wie die Spitze einer Pyramide über ihnen beiden thront. Sie sitzt auf den Schultern meines Großvaters, die Hände auf seinen Augen, sodass nur sein offener Mund zu erkennen ist, der lacht oder schreit. Die Beine hat sie um seine Oberarme gewickelt, sodass man kaum sieht, wo sie anfängt und er aufhört. Fast wirkt es, als würde sie aus seinem Rücken wachsen. Sie trägt einen korallroten Badeanzug, dessen Ausschnitt so tief hängt, dass ihre hellbraunen Brustwarzen deutlich zu sehen sind. Unter der Butterbrotpapierhaut schimmern grünlich ihre Adern.

Nur meine Großmutter beteiligt sich nicht an der Hautzeigerei. Sie trägt eine Seidenbluse und eine steife Tasche am Arm, als sei sie auf dem Weg ins Theater. Obwohl es ziemlich heiß gewesen sein muss, schimmern ihre Beine in einer Perlmuttstrumpfhose. Schon damals wiegt sie ein paar Pfund zu viel, aber noch täuscht ihre Eleganz darüber hinweg. Das blonde Haar ist zu einer Hochsteckfrisur aufgenadelt, aus der sich keine Strähne zu lösen wagt, die Haut darunter pudrig weich, als würde das Gesicht beim ersten Windstoß auseinanderstäuben. Im Gegensatz dazu wirkt mein Großvater, als sei sein Schnittbogen mit einer stumpfen Schere ausgeschnitten worden. Die Augenbrauen über den Kinderfingern meiner Mutter sind lang und struppig. Über seine Wangen haben die Tage fernab deutscher Steckdosen ein Netz aus schwarzen Stoppeln geworfen. Er hat einen eckigen Kiefer und endlich auch unverkennbar die Kerbe im Kinn. Die Zartheit meiner Großmutter lässt ihn größer wirken, als er ist. Sie ist weich, er ist hart, er dunkel, sie hell, und beide sind es umso mehr, je weniger es der andere ist. Ein schönes Paar. Nur heben sich plus und minus eben gegenseitig auf.

2. Kapitel

Meine Mutter war zu hässlich, um dumm zu sein. Mit fünf konnte sie lesen. Vielleicht auch schon mit vier oder drei, das hing ganz davon ab, wie dringend mein Großvater es brauchte, auf sie stolz sein zu können. Niemand wusste, wo sie es gelernt hatte. Eines Morgens beim Frühstück nahm sie angeblich einfach die Zeitung in die Hand und begann, die Überschriften vorzulesen.

»Meine Gene!«, rief mein Großvater, wobei seine Wangen leuchteten, wie bei dem Mädchen auf den Rotbäckchenflaschen, aber meine Großmutter hatte den Verdacht, dass er es ihr heimlich beigebracht hatte, während sie beichten war, das einzige Vergnügen, das sie sich bisweilen gönnte. Meine Mutter selbst behauptete, sie habe einfach die Aufschriften auf den Verpackungen auswendig gelernt und sich den Rest zusammengereimt, aber man wächst nicht im Haus meines Großvater auf, ohne ein gewisses Gespür für Legendenbildung zu entwickeln.

Mein Großvater fuhr in die Stadt und karrte stapelweise Bücher an. *Die Geschichte des alten Roms*, *Einführung in die Tierwelt in drei Bänden*, einen Atlas, *Harenbergs Schlüsseldaten Astronomie*. Seine Auswahl war wahllos, aber üppig. Hie und da brachte er auch mal ein bisschen Belletristik mit, sofern ihm die Dame im Buchladen glaubhaft versichern konnte, dass sie zum Kanon der Weltliteratur gehöre und nicht von der Art, die man in der Hängematte überfliegt und einen am Ende selig seufzen lässt. Jeden Monat suchte er meiner Mutter drei Werke aus und trug ihr auf, sich jedem 30 Minuten am Tag zu widmen, was mit Häkchen auf einer Liste quittiert werden musste.

»Sie kann doch noch nicht mal die Uhr lesen«, jammerte meine Großmutter, aber mein Großvater hörte gar nicht hin. Und meine Mutter sowieso nicht. Wann auch immer sie das Lesen gelernt haben mochte, meine Großmutter zu ignorieren, lernte sie früher.

Abends wurden ihre Fortschritte kontrolliert. Über seinen dampfenden Teller gebeugt, feuerte mein Großvater eine Frage nach der anderen auf sie. Wie heißt die Hauptstadt von Burundi? Aus was besteht Wasser? Was ist 12 mal vier?

»Lass sie doch erstmal essen«, quengelte meine Großmutter, »'s wird doch alles kalt.«

»Drei, drei, drei ...« rief mein Großvater.

»... bei Issos Keilerei«, brüllte meine Mutter zurück. Zwischendurch schlug er sich auf den Schenkel oder ihr und rief »Hilde, das Kind ist ein Genie« oder »eine echte Schneider« oder einfach nur »Ich hab's doch gesagt«, was eigentlich immer passte.

Meine Großmutter kratzte mit der Gabel Ringe in die Kartoffeln und murmelte »Genie sein kann sie doch auch nachher noch.«

Am Ende ließen sie sie alleine sitzen, um irgendein Land auf dem Globus zu suchen, das die Dagmar Berghoff auf ihrem gelben Zettel hatte, und meine Großmutter musste reihum die Teller leeressen, um auch ja nichts verkommen zu lassen, weil: »Als ich in deinem Alter war ...«, später auch: »Die Kinder in Afrika ...«

Sonntags wurde durch Museen gerannt, danach Oper/Theater/Ballett, was eben gerade geboten wurde. Vom Stillsitzen schmerzten meinem Großvater die Glieder, als wäre er einen Marathon gelaufen, aber er betrachtete es als seine Pflicht, meine Mutter sowohl intellektuell als auch kulturell zu fördern, auch wenn er natürlich wusste, dass das in Deutschland praktisch unmöglich ist.

Wann immer es sein randvoller, überquellender, eigentlich gar nicht zu bewältigender Zeitplan irgendwie erlaubte, musste verreist werden, »damit das Kind mal rauskommt aus diesem Mief«, wie mein Großvater sagte. Dank des Modehauses hatte er ein weit verzweigtes Netz von Bekannten überall im nichtkommunistischen Europa (und um den Rest war es in seinen Augen eh nicht schade, »eine Ansammlung durch und durch korrupter Staaten,

Diebe, allesamt, vom kleinsten Natschalnik bis zum Minister!«, zumindest bis der eiserne Vorhang fiel und es plötzlich nichts Besseres mehr als den Osten gab, aber dazu später), die er regelmäßig besuchte, um die Ware zu begutachten, neue Verträge auszuhandeln, oder endlich mal wieder einen »gscheiten Kaputschkino zu trinken, die Brüh, die sie einem hier als Kaffee andrehn, ist ja nicht auszuhalten.« Und fast immer brachte er eine Einladung für die ganze Familie mit.

Noch bevor sie richtig laufen konnte, sprach meine Mutter vier Fremdsprachen.

»Fließend!«, rief meine Großmutter.

»Fünf«, mein Großvater.

Wieder fuhr er in den Buchladen, diesmal auf der Suche nach »irschenwas Auslännischem«, um das Gelernte zu vertiefen. Das Einzige, was die Dame auf Lager hatte, war ein Band über die Malerei der Renaissance mit französischen Bildunterschriften.

»Nehm ich«, rief er und ließ sich, nicht, dass das Sprachlich-Schöngeistige am Ende Überhand nehme, auch noch »Mitgemacht, Mitgedacht – Das Buch der 1000 Rätsel« einpacken, das meine kleine Mutter ihm jedoch schon am nächsten Tag fertig ausgefüllt auf den Kaffeetisch schob.

»Heijeijei, das ist doch nicht normal«, rief die Gundl, »ein Kind muss doch auch noch Kind sein!« und »Isch sachs eisch, isch bin vun Herze froh, dass sisch moin Max mitm Großwerre Zeit losst. Was hot er geschern noch emol so Drolliches gsacht? *Mama, ich tann nur den Fuß von der Tatze sagen.* Is des net drollisch, Oskar, jetzt sach doch emol, is des net drollisch?«

Aber mein Großvater war nicht bereit, in die Begeisterung über das Mangelhafte, Defizitäre, die auf butterweichen Beinchen über den Boden schwankenden Schritte, den fast getroffenen Klositz, die nach schlechtgewordener Milch riechenden Rülpser, über diese ganzen kläglichen Menschwerdversuche mit einzustimmen.

»Man hängt auch kein Kunstwerk ins Museum, bevor es fertig ist«, sagte er und holte meiner Mutter den Bunsenbrenner aus dem Schrank, um die von Gundl mitgebrachten Gummibärchen, wie in »Das große Chemie-ABC« beschrieben, in Kaliumchlorat explodieren zu lassen.

Von Anfang an behandelte er meine Mutter wie eine Erwachsene in zu kurz geratenem Körper und jeder, der es nicht tat, musste sich solange vorhalten lassen, ihre Entwicklung zu gefährden, bis er sich zusammen mit dem »Wauwau? Ich geb dir Wauwau« kleinlaut trollte. In seinem Haus wurde nicht »Dada« gegangen oder »Kaka« gemacht, es gab kein Kinderprogramm, keine Kinderbücher, kein »dafür bist du noch zu klein.« Die Unschuld und Sorglosigkeit, von denen andere im Alter schwärmen, blieb meiner Mutter dank der unerschütterlichen Abwehr meines Großvaters fremd. Aber genauso entzog er sie auch der Dunkelheit, die an den Rändern der Kindheit wohnt, half ihr, das diffuse Durcheinander von Düften, Geräuschen und Bildern in seine Einzelteile zu zerlegen, bevor es Zeit gehabt hätte, zu einem Gefühl zu verklumpen. Meine Mutter wusste, dass die Pillen meiner Großmutter keine Bonbons, die Familie im Nachbarhaus nicht einfach so umgezogen und der besagte Zeh in Wahrheit nicht dem Freund vom Fuß gefroren war. Und mein Großvater stand immer bereit, um ihren Wissensdrang weiter anzustacheln.

In den ersten Jahren passte kaum ein Blatt zwischen sie und ihn. Morgens lasen sie zusammen in der *Rheinpfalz* und er erklärte ihr den Schwachsinn, den Schmidt und Konsorten wieder verzapft hatten, auch wenn der ja eigentlich gar nicht zu erklären war, sozialistischer Jetset; der Kohl, alter Oggersheimer, das ist einer, den sie nach Bonn holen sollten. Nach der Schule kam sie ins Büro und aß mit ihm zu Mittag, und danach durfte sie meistens dableiben und Ware sortieren oder den Fräuleins die Bestellzettel abtippen, bis sie abends zusammen mit meinem Großvater nach Hause stapfte und ihm dabei die paar Stunden, die sie zwischendurch getrennt gewesen waren, bis aufs kleinste Fitzelchen nacherzählte, jeden Gedanken, jedes runtergefallene Butterbrot, jeden Schluckauf, alles, alles, erzählte, weil alles, was er nicht wusste, schon gelogen war.

Er hörte ihr zu, stellte hie und da ein paar Fragen, und dann überschrieb er ihre Geschichten wieder mit seinen, die natürlich viel größer und viel schrecklicher klangen, sein Schluckauf war ein Epochenbeben, sein Butterbrot eine Handgranate, »das glaubst du aber, dass ich die nicht mehr aufgehoben habe, ich sag dir, so schnell hast du noch keinen rennen sehen.« Er nahm das Gerüst, das sie ihm gab, und zog sein eigenes Leben daran hoch. Und wenn meine Großmutter in der Nähe und ausnahmsweise mal nicht in einer Panikattacke gefangen war, klatschte sie auch noch eine Handvoll Mörtel drauf, bis die Streben vollends zugespachtelt waren.

Andere Einflüsse, Nachkriegsgeborene etwa, die auch ein Problem unterhalb des Verhungerns hätten gelten lassen, gab es kaum. Der Kontakt zu Gleichaltrigen, die mit dem ganzen Schund, den ihr Kindermund kundtat, meine Mutter hätten verwirren können, musste so weit wie möglich vermieden werden. An ihren Geburtstagen lud mein Großvater seine eigenen Gäste ein, Männer, die gut zu seinen Zigarren passten, Wirtschaftswundler wie er, ehemalige Kameraden, Anwälte, Professoren, die statt Geschenken ihre letzte Publikation mitbrachten. Man saß um die Buttercremetorte meiner Großmutter, die die als Einzige aß, und schachtelte aufgeregt Thesen ineinander, die meine Mutter auf dem Schulhof so eifrig nachplapperte, dass sich das mit den Gleichaltrigen ohnehin erübrigte.

Wenigstens blieb ihr so genug Zeit, sich ungestört ihren Talenten zu widmen. Und davon hatte sie so viele, dass mein armer Großvater sich in den ersten Jahren gar nicht entscheiden konnte, welche ihrer Gaben das ganze Gewicht seiner übersteigerten Erwartungen am meisten verdiente.

Zuerst kam das Zeichnen. Natürlich war meine Mutter auch dafür viel zu jung und natürlich wusste im Nachhinein keiner, wie jung genau, aber will man die Chronologie, die mein Großvater im Laufe der Jahre aufgebaut hat, nicht völlig aushebeln, muss der Zeitpunkt im Grunde noch vor ihrer Geburt liegen. In jedem Fall fand meine Großmutter eines Tages eine Bleistiftzeichnung auf dem Boden, was umso erstaunlicher war, als sich niemand erinnern konnte, meiner Mutter auch nur ein Blatt Papier geschweige denn einen Stift gegeben zu haben, und natürlich war sie mit minus zwei zu klein, um es selbst aus der Schublade zu holen. Meine Großmutter fand also die Zeichnung einer kleinen Figur, die ihr haargenau glich (meiner Großmutter, nicht meiner Mutter, auch dafür war sie schon klug genug, um zu wissen, dass von einem Selbstporträt keine Begeisterungsstürme zu erwarten waren), haargenau, die Perlenohrringe, der Spitzenkragen, die nervösen Flecken am Hals, was meine Großmutter jetzt nicht so begeisterte. Und noch weniger, dass mein Großvater das Ding auch noch rahmte und in den Eingang hängte, gleich neben die Garderobe, wo es jeder sofort sehen musste.

»Eine Künstlerin, das hatten wir bei den Schneiders noch nie«, rief er.

Aber da begann meine Mutter auch schon Rad zu schlagen, einfach so, mit zwei, einer, dann ganz ohne Hände, sodass er loslief und eine alte DDR-Turnerin auftat, die nach der Weltmeisterschaft nicht mehr zurückgefahren war und meine Mutter solange mit ihrer Testosteronstimme malträtierte, bis die sich wie eine Gummipuppe verbiegen ließ. Beine vor, hinter, um den Kopf herum, Spagat, hoch, runter, unten durch. Schöner machte sie aber auch das nicht. Eher wurde sie sogar noch ein bisschen knochiger. Wenn sie, kaum dass die Siegerehrung vorüber war, zur Tribüne rannte, damit mein Großvater den Triumph mit einem »gut gemacht!« auch beglaubigen konnte, schlugen ihr die Medaillen gegen die Rippen, dass es schepperte. Dann wurde sie im Trainingslager von einer besorgten Begleitmutter gefragt, ob man ihr zu Hause denn auch genug zu essen gäbe, sodass man sich schnell dem nächsten Talent widmete, diesmal ihrer Stimme, die wirklich wunderschön war. Und natürlich mal wieder viiiel zu reif für ihr Alter.

Wieder wurde ein Privatlehrer gesucht und dann ein zweiter, weil der erste es sich hatte einfallen lassen, ihr unter jedes auswendig gelernte Lied ein Sternchen zu kleben, womit er seinen Job gleich wieder los war. Sein Nachfolger war ein ehemaliger Opernsänger, der mit meiner Mutter sehr viel atmete und sehr, sehr wenig sang, was mein Großvater erst als »Unfug«, »Zeitverschwendung«, ja »Betrug!« bezeichnete, nachdem er im Flur des Lehrers ein Foto entdeckte, auf dem selbiger in einem Monstrum aus grünen und gelben Federn neben Demgöring posierte, dann aber doch als einzig wahre Methode anerkannte. Auch wenn er »in der Sache« ... Aber das hatten wir ja schon.

»Ich weiß nicht, ich weiß nicht«, sagte die Gundl, die mittlerweile die *Brigitte* abonniert hatte. »Das Mädel ist ja ständig unter Strom. Ihr müsst sie doch mal zur Ruhe kommen lassen.«

»Otium est pulvinar diaboli«, sagte mein Großvater und guckte stolz, weil er der einzige Mann auf der Welt war, der Latein sprach.

Er mästete sein Ego an den Wundertaten meiner Mutter, und je mehr es anschwoll, desto hungriger wurde er. So sehr, dass er, der die letzten 20 Jahre jedem, der es hören wollte, und allen anderen natürlich auch, erzählt hatte, dass er »lieva Fliesche fresse däd«, als ein Gotteshaus zu betreten, eines Sonntagmorgens mit meiner Mutter zur Kirche stiefelte und dem Pfarrer erklärte, eine Gabenbereitung ohne das Halleluja meiner Mutter sei nur eine Backoblate ohne Belag, was der zwar so nicht gelten lassen wollte, sich nach einer kurzen Hörprobe aber doch bereiterklärte, sie ein paar Lieder singen zu lassen.

»Ausgerechnet jetzt«, stöhnte meine Großmutter, als sie meinen Großvater am Telefon dem Helm von dem Essen erzählen hörte, das sie anlässlich des Debüts planten (er), drei Gänge natürlich, nein, was genau stünde noch nicht fest, aber sie würden schon was zaubern (meine Großmutter). Er lud die ganze Familie ein, sogar die andere Tante meiner Mutter, seine Schwester Ilse, deren Nummer ihm sonst ob des penetranten Optimismus, der ihr wie Pickel aus den Poren sprießte, immer wieder zu verlieren gelang.

Die Ilse war ein bisschen aus der Art geschlagen. Wäre da nicht das Grübchen gewesen, das sich auch in ihr Kinn bohrte, man hätte nicht glauben mögen, dass sie zu den Schneiders gehörte. Immer heiter, immer verständnisvoll für alle und jeden. Sie glaubte fest daran, dass ihr keiner etwas Böses wollte, war also alleinstehend, dennoch ungebrochener – »untätiger« – Hoffnung, dass der liebe Gott, denn ja, natürlich glaubte sie auch an den, sie schon an den richtigen Platz im Leben stellen würde.

Als mein Großvater ihr zwischen zwei wahnsinnig dringenden Terminen, wirklich, ticktack, erzählte, dass meine Mutter am folgenden Sonntag das *Lobe den Herren* »neu interpretiere«, freute sie sich so pappsüß, dass er erstmal ein paar Fräuleins zusammenscheißen musste, um sich wieder abzuregen.

Am Morgen vor der Messe kamen sie schon eine Stunde früher, um Plätze freizuhalten. Die Arme leicht vorm Körper gespreizt, um den bei jeder Berührung knitternden Stoff – »alles annere is jo nix!« – zu schonen, saß mein Großvater in der vordersten Kirchenbank, daneben meine Großmutter, der vor lauter Panik, meine Mutter könne Panik kriegen, das Pillendöschen in der Hand zitterte. Drumherum Helm, Gundl, Max, ganz am Rand Ilse, ein bisschen außer Atem, weil sie alle paar Minuten wiederholen musste, dass bestimmt alles gut gehen würde.

Nur meine Mutter schien völlig gelassen.

»Ein echter Profi«, sagte mein Großvater, »keine Spur von Lampenfieber.«

»Pscht«, sagte meine Großmutter.

»Blödsinn!«, sagte meine Mutter. »Klar hatt ich Schiss!« Sie nahm die Brille ab, die sie seit Beginn der Krankheit wieder trug, weil ihr von den Kontaktlinsen die Augen brannten, und wischte mit dem Ärmel ihres Nachthemds daran herum. Ihre Oberlippe bog sich ein wenig nach oben und ließ wieder dieses neue Grinsen aufblitzen. »Mach dir mal keine Illusionen, die Oma steckt genauso in uns drin wie der Opa«, lachte sie und klopfte mir auf den Arm. »Als ich am Weihwasserbecken vorbei bin, dacht ich einen Moment, ich kipp um, so aufgeregt war ich.« Mehr als das Publikum habe sie jedoch das »Angst? In Kasan haben sie jeden, der ihnen zu langsam war, in ein Kellerloch zu den Ratten geworfen und so lange da hocken lassen, bis es angefangen hat zu stinken. Das nenn ich Angst« meines Großvaters gefürchtet.

Sie schob die Bügel wieder über die Ohren. Die windschutzscheibendicken Gläser schillerten in allen Farben. »Glaub mir, da reißt du dich lieber zusammen.«

Ohne sich einmal umzudrehen, war sie also auf die Empore

gestiegen, hatte tief Luft geholt und dann einfach losgesungen, laut und klar und mit einer solchen Wucht, dass sich ihre Stimme fast überschlug von all der Kraft, die sie noch nicht zu bändigen wusste, als würde man einem Kugelstoßer einen Tennisball in die Hand drücken. Unten reckten sich die Hälse, aber meine Mutter sah nichts, sang einfach weiter bis zum letzten Ton und lief dann genauso schnurstracks zurück auf ihren Platz, während mein Großvater unten aufsprang und losapplaudierte.

»Oskar«, zischte meine Großmutter, »doch nicht im Haus des Herren.«

»Mach dir mal keine Sorgen«, sagte mein Großvater, »der Herrgott vergibt mir schon. Das ist sein Metier.« Nur mit Mühe ließ er sich dazu bewegen, sich wieder zu setzen und bis zum Ende auszuharren, »auch wenn der Rest der Vorstellung im Vergleich ganz schön abgestunken hat.«

Als es endlich vorbei war, stellte er sich an den Ausgang und sammelte die Komplimente für meine Mutter ein, die ihm so gut gefielen, dass er ganz vergaß, sie weiterzugeben.

»Oskar, wir müssen«, jammerte meine Großmutter, »die Gäste stehen doch jeden Moment vor der Tür.« Aber erst als auch der Pfarrer aus der Sakristei kam und »manchmal bedenkt der Herr eins seiner Schäfchen so großzügig mit Gaben, dass man nur in Ehrfurcht erstarren kann« sagte, war er bereit, sich zu verabschieden, nicht ohne selbigen zum Essen einzuladen, was meine Großmutter – fehlendes Platzkärtchen, etwaige Lebensmittelallergien – die erste Beruhigungstablette kostete, dann, als er dankend ablehnte, »sind wir ihm etwa nicht gut genug?«, die zweite.

Bei der Ankunft zu Hause stand sie kurz vorm Kollaps. »Das Hühnchen krieg ich nie durch, bis die kommen«, schrie sie aus der Küche, und »Ach herrje, die Kerzen, geh schnell!«, »Nicht *so* schnell, du wirst doch wieder ganz rot!«, »Oskar, hol du doch bitte die Kerzen«, und dann, das schon nicht mehr rufend, sondern leise hinter den fast vollzählig im Esszimmer wartenden Gästen zischelnd, »Wenn die nicht bald kommt, kann ich das Hühnchen auch gleich wegschmeißen«, denn wie immer war die Gundl natürlich zu spät. Angeblich soll sie einmal sogar von der Küche ins Esszimmer eine halbe Stunde gebraucht haben, weil ihr unterwegs immer wieder etwas eingefallen war, was sie vergessen hatte, sodass sie sich hilflos hin und her drehte, wie jene Häschen in der Duracell-Werbung, die kein Duracell haben. Mein Großvater spielte das gerne nach. Meiner Mutter kam dabei die Aufgabe zu, die Hände an die Wangen zu schlagen und mit kreischender Stimme »Dud ma werklisch läd« zu rufen, wie die Gundl das immer und immer schon mit zehn Metern Abstand tat, so auch an diesem Tag, als sie endlich mit Helm und Max im Schlepptau die Einfahrt hinaufgehetzt kam und, wie meiner Großmutter nicht entging, ganz leicht die Nase Richtung Küche rümpfte.

»Nicht doch! Wir sind ja auch gerade eben erst angekommen. Ich hatte ohnehin noch ein paar letzte Handgriffe zu erledigen«, rief meine Großmutter.

»Mein Gott, werklisch wie ausm Gsicht gschnidde«, sagte die Gundl, während sie ihren Mantel aufhängte, und »mir sinn noch emol schnell häm un ham en Tordehäwa gholt, wann ihr kenner hen«, wobei sie meiner Großmutter eine unter Plastikfolie zitternde Schwarzwälderkirsch entgegenschob, die diese, tödlich beleidigt, dass man ihr einen fremden Kuchen ins Haus brachte, »Danke Liebes!« flötend entgegennahm, am Abend in die Tiefkühltruhe stopfte und dort für immer vergaß.

»Na du, wie läuft's in der Bank. Noch nicht festgewachsen hinterm Schalter«, rief mein Großvater und klopfte seinem Bruder auf die Schulter.

»Nix da Schalter. Ich bin jetzt bei den Anlagen. Da musste zum Arbeiten nicht mal aufstehen und kriegst zur Belohnung ne Gehaltserhöhung«, sagte der Helm und rannte hinter meinem Großvater durchs Haus, um zu schätzen, wie viel die neue Saftpresse und der neue Fernseher und die neue Spiegelreflex gekostet hatten.

»Neu! Dass ich nicht lache«, rief Helm und tat es trotzdem. »Die hat ja noch nicht mal einen Zoom, meine macht das alles schon automatisch!«

Die Frauen wetteiferten auch, aber mit umgekehrten Vorzeichen.

»Wie geht es denn deinem Vater?«, fragte meine Großmutter

»Wie solln dem schun gehe?«, rief die Gundl. »Furchtbar. Des Bett hot er ma vollgepinkelt. Isch hab die ganz Nacht ned geschlofe.«

»Du Ärmste«, erwiderte meine Großmutter, die in Gundls Gegenwart wieder ostentativ hochdeutsch sprach. »Glaub mir, wenn er eines Tages mal nicht mehr ist, wirst du dir wünschen, jemand würde dich wach halten«, Hand auf Brust, leises Seufzen, »ich weiß, wovon ich spreche.«

Es wurde gegessen und getrunken, man wünschte, auf Drängen meines Großvaters: versicherte meiner Mutter eine goldene Zukunft. Sie wurde den Tisch herum gereicht und bekam den Kopf gerieben, als rechne man damit, dass ihr früher oder später ein Goldstück aus dem Mund fallen würde, während meine Großeltern hinter der Kamera herumturnten.

»Bitte lächeln«, rief mein Großvater.

»Nicht so doll!«, meine Großmutter. Aber die Zähne waren schon drauf auf dem Foto. Meine Mutter sieht darauf sogar noch kleiner aus als auf dem aus Toulouse, dabei ist sie schon einige Jahre älter. Vielleicht liegt es an der Art, wie sie dasteht, die Beine überkreuzt, die Arme hinterm Rücken, sodass sie richtiggehend in den Boden einzusinken scheint. Aber wenn man genau hinschaut, kann man doch schon die winzigen Höcker erkennen, die sich wie Saugnäpfe unter dem kirschroten Nicki-Pullover abzeichnen, die ersten, zaghaften Wehen der Pubertät.

»Eins hab ich noch«, rief mein Großvater.

»Moment!«, meine Großmutter und gab ihm ein schrecklich auffällig unauffälliges Zeichen, woraufhin er ins Arbeitszimmer lief und mit einem riesigen Strauß zurückkam. »Danke für dieses wunderschöne Essen«, sagte er und überreichte ihr die Blumen, die sie am Vortag selbst gekauft hatte.

»Ach, was für eine Überraschung! Das wäre doch nicht nötig gewesen«, rief sie.

Auf dem Foto, das schließlich der Helm – »Was? Die hat nicht mal Selbstauslöser!« – schoss, sehen sie wieder richtig verliebt aus. Eben auch echte Profis.

Mein Großvater hatte noch immer nicht genug und schleppte die »Skulptur« an, die meine Mutter zwischen zwei Preisverleihungen mal eben schnell getöpfert hatte.

»Gibt es eigentlich was, was das Kind nicht kann?«, rief die Ilse und klatschte in die Hände.

»Klar doch. Versagen«, antwortete er und tat nicht mal so, als sei das ein Scherz.

Meine Großmutter schüttete Sekt nach und sich über, zog sich um, zog wieder die alten Sachen an, weil sie nicht eitel erscheinen wollte, und rubbelte solange an dem Fleck herum, bis sie doch einen frischen Rock brauchte.

Mein Großvater erzählte zum 100. Mal die Geschichte, wie sein Mischa Sergewitsch mit den Wachen am Vorratslager Wodka gekippt hatte, während sie hinten die Kartoffelsäcke rausgeschleppt hatten. »Der Verwalter des Magazins war ein einäugiger Jude. Der Mischa hat sich einen abgelacht, wenn die Bücher nicht stimmten«, sagte er und machte das mit dem Lachen gleich mal vor. Dann schlug er auf den Tisch und hielt meine Mutter in die Luft. »Wer möchte noch mal unsere Sängerin hören?« Der Küchenschemel wurde geholt und meine Mutter lobte noch mal den Herrn, und dann den großen Gott, seine Stärke, seine Werke, vor aller Zeit, in Ewigkeit, bis die Ilse vor Rührung weinte.

»Das Mädel gehört ins Fernsehen«, schmatzte einer der Sanitärcousins. Er ließ den Blick über meine Mutter gleiten. »Vielleicht auch ins Radio!«

»Ihr müsst sie zu so einem Gesangswettbewerb schicken. Mit ein bisschen Glück wird sie genauso berühmt wie der Heintje und kann auch überall in der Welt rumreisen«, warf ein anderer ein.

»Nicht doch! Sie ist doch alles, was ich habe«, schrie meine Großmutter und schloss die Arme um den winzigen Körper, während sie mit Sorge feststellte, dass »alles« schon wieder weniger geworden war.

»Glück?«, schrie mein Großvater noch lauter. »Mit solchen Märchen kannst du deiner Großmutter kommen! Glück ist eine Erfindung von Faulpelzen, damit sie sich einreden können, das Schicksal sei schuld an ihrem Elend, und nicht sie selbst. Was der Mensch braucht, ist Fleiß und sonst gar nichts.«

»Gott wie schä!«, seufzte die Ilse, die endlich wieder zu Atem kam, »die Stimme eines Menschen ist doch wirklich sein zweites Gesicht.«

»So klingt das, wenn ein Kind unter Strom steht«, sagte mein Großvater spitz und fand doch noch ein 37. Bild auf seinem Film, um der Gundl seine Schadenfreude ins Gesicht zu blitzen. Woraufhin die beschloss, dass ihr Max jetzt auch mal was singen sollte. Was der absolut nicht konnte, nachdem Gundls Faust seine Finger unterm Tisch so zusammenquetschte, dass er fast aufschrie, aber doch versuchen wollte, seinerseits den Schemel bestieg und das Hänschenklein auch tatsächlich ein paar Töne in die weite Welt hinein trieb, bis ihn sowohl Text als auch Stimme im Stich ließen und er gar nicht wohlgemut in Tränen ausbrach, für was er zu Hause so den Po versohlt bekam, dass die Nachbarn den Derrick lauter drehen mussten.

So ganz verzieh der Max das meiner Mutter nie. Die ganze Schulzeit über sprach er kein Wort mit ihr. Erst als sie sich in Berlin wiedertrafen, er auf der Flucht vor dem Bund und seinen Eltern, sie vor dem leeren Zuhause, in dem sie einen Monat lang so getan hatte, als könne sie ohne ihre leben, nahm er sie ein paar Mal mit, so verloren schien sie in dieser Stadt, die so gar nicht zu ihr passte, in der alles, was man überall sonst auf der Welt wenigstens den Anstand zu verstecken gehabt hätte, Drogen, Dreck, Lärm, Laster, plötzlich etwas Gutes sein sollte, in der überhaupt alles gut war, oder nicht, oder scheiße, oder nicht, aber immer irgendwie okay, vor allem irgendwie, so wert- und schmerz- und alles frei, dass meine Mutter sich ganz schön anstrengen musste, ihr Leben kaputt zu kriegen.

Aber darin hatte sie ja wenigstens jede Menge Übung. Im sich Anstrengen meine ich, im sich Abmühen, sich Abstrampeln, Abrackern, so viel, dass sie gar nicht wusste, wie sie damit hätte aufhören sollen, wie das eigentlich geht, *mal langsam machen*. Und mein Großvater tat sein Möglichstes, dass sie es auch nicht lernte. Sobald sie eine ihrer Fähigkeiten so gut beherrschte, dass deren Ausübung nicht mehr totale Erschöpfung bedeutete, suchte er ihr sofort eine neue Herausforderung. Die Beste zu sein reichte nicht, es musste auch ihr Bestes sein, und der Weg dahin hatte weh zu tun. Ohne Fleiß kein Preis. Aber: Ein Preis ohne Fleiß war noch schlimmer. Was dann auch der Grund war, warum der Gesangslehrer wenige Wochen nach dem Auftritt einen Anruf bekam, dass es sich ausgeatmet habe: Das Singen fiel ihr einfach zu leicht.

»Wir können keine Zeit verschwenden für etwas, was am Ende nur ein Hobby bleiben muss«, sagte mein Großvater. Die nächste potentielle Berufung habe an die Tür geklopft und ließe sich leider noch vielversprechender an: »Sie verstehen sicher.«

Und meine Mutter verstand es natürlich auch und begann ohne Widerrede mit dem Oboespielen. Oder Rhönrad fahren. Was mein Großvater sich halt gerade hatte einfallen lassen, um das Regal mit neuen Pokalen zu füllen. Erst zwanzig Jahre später, die klatschenden Kellner zu ihren Füßen, *Schnuckiputzi*, der ebenfalls auf dem Tisch tanzte, im Rücken, sang sie wieder, selbst überrascht von der tiefen, sinnlichen Stimme, die unbemerkt in ihr gereift war und der zuzuhören sie richtiggehend genoss. Aber auch was das bedeutet, *etwas genießen*, wusste sie damals noch nicht, glaubte noch, ihr Tagesablauf diene nur dem einen Ziel: herauszufinden, welche ihrer Meisterleistungen die allerallermeisterhafteste sei, die, mit der sie einmal hoch hinaus und vor allem: raus kommen würde, aus diesem »Kaff«, wie sie fast schon genauso angeekelt wie mein Großvater sagte.

Zunächst musste sie es aber durch die Jugend schaffen. Und für die war sie erst recht zu klug, zumindest für ihre, in der das mit dem Jungsein tatsächlich noch die Jungen zu besorgen hatten, und die ganze Last des Spaß-Habens und Sau-Rauslassens und Daneben-Benehmens auf ihren Schultern lag, damit die Erwachsenen sich in Ruhe totackern konnten. Sie hasste alles daran: Das

Getuschel in ihrem Rücken, weil sie wie immer als einzige null Fehler hatte und die ganze Klassenarbeit an der Tafel vorrechnen musste. Weil es ihr nicht gelang, sich in einen Schauspieler oder Sänger zu verlieben, geschweige denn in sonst jemanden. Sie hasste das Gekicher über ihre knielangen Röcke, während die Banknachbarin mit tintigen Fingern den Ratzefummel über die Tischplatte schrubbte. Die schmutzig gemeinten Witze, über die man lachen musste, nie konnte, heimlich stolz darauf war, es nicht zu können, und sich noch heimlicher fragte, was denn eigentlich nicht mit einem stimmte. Hasste die törichte Aufmüpfigkeit, die Dummheit, die sich als Idealismus tarnte. Und die noch größere Dummheit, auch noch damit zu prahlen, selbst Jahre später, wenn die zerrissenen Jeans längst Anzughosen mit Bügelfalte gewichen waren.

Die Großzügigkeit, mit der andere ihrem früheren Ich begegneten, war ihr zuwider. Was auch immer in Wahrheit an Kopfdellen oder Löchern oder Lücken bei ihr da gewesen sein mochte, um sie biegsam zu halten oder nicht, es war längst zugewachsen. Ob mit zehn, mit 20, mit 30, mit 40 (und genauso mit 49, nur die 50 schaffte sie nicht mehr ganz), immer schon wollte sie dieselbe gewesen sein, die, die auch ich kennenlernte, eine Ungeduldige, Fahrige. Eine, die es sich leicht zu schwer macht. Eine, die sagt, dass es ihr egal ist, was die andern von ihr denken, und dann noch mal lauter, damit es auch die in der hintersten Reihe hören. Die sich so anstrengt, sie selbst zu sein, dass sie dabei vergisst, wer das ist.

Am meisten aber hasste sie an der Jugend, was sie mit ihr machte. Solange ich denken kann, stand meine Mutter mit ihrem Körper auf Kriegsfuß, was damals noch nicht die Regel war. Er schien ihr fremd, seltsam, abstoßend, vor allem aber fühlte sie sich von ihm hintergangen. Die Drähte und Schläuche in ihrem Inneren, die sich unkontrolliert erhitzten, ihr das Blut in die Wangen trieben und aller Welt ihre Verlegenheit verrieten, schwitzige Hände, Magengrummeln, Zittern, all das schien ihr nur einem einzigen Zweck zu dienen: sie bloßzustellen. Kein Gefühl, keinen Gedanken, den ihr Körper sie für sich behalten ließ, jedes noch so kleine Geheimnis ließ er nach außen sickern, wie ein löchriger Müllsack, durch den es auf die Straße sifft. Und als wäre das nicht schlimm genug, begannen ihr plötzlich überall Haare zu wachsen, unter den Achseln, an den Beinen. Und dazwischen natürlich auch.

Mein Großvater war davon genauso wenig begeistert. So eilig er es auch damit hatte, meine Mutter aus der finsteren Kindheit ins Reich der Erwachsenen zu führen – dass er dabei den Umweg durch die Pubertät nehmen musste, fand er überaus ärgerlich. Es fiel ihm schwer, sich daran zu gewöhnen, dass unter den wachen Augen, die an seinen Lippen hingen, auf einmal auch ein Paar Brüste mit am Tisch saß, das sich noch dazu so ächzend langsam durch die Rippen zwängte, dass man kaum den Blick davon lassen konnte, als würde man an einem schrecklichen Unfall vorbeifahren.

Meine Großmutter stand ihm dabei in nichts nach. Nur wollte sie die Jugend nicht möglichst schnell durchschleusen, sondern gar nicht erst reinlassen. Mit aller Kraft stemmte sie sich gegen die Zeit, versuchte den letzten Rest Kindheit vor ihr zu bewahren, versteckte, was sich verstecken ließ, leugnete notfalls und sonst auch. Noch als meine Mutter 14 war, verbat sie ihr, im Bad abzuschließen, sagte »Soll dich etwa die Feuerwehr holen, wenn du allein nicht aufkriegst?« und benötigte mit schöner Regelmäßigkeit gerade dann etwas aus dem Medizinschränkchen, wenn meine Mutter aus der Dusche kam und sich abtrocknete. Meine Großmutter hängte sich sogar noch mehr an ihre Fersen als zuvor schon, folgte ihr überall hin, kam unvermittelt ins Zimmer geplatzt, als hoffe sie, die Frau, die in ihr heranwuchs, so zu erschrecken, dass sie sich nicht mehr heraustraute. Als meine Mutter trotz all ihrer Mühe dann doch ihre Periode bekam, riet sie ihr, sich einfach öfter zu waschen und ein paar Blatt Toilettenpapier zwischen die Beine zu stecken, das sei »bei dem Mückenschiss« ja wohl genug.

Die ersten Monate waren die Hölle. Meine Mutter duschte zweimal täglich. Die Pausen verbrachte sie damit, sich auf der Toilette aus einer Sprudelflasche Wasser zwischen die Oberschenkel zu spritzen. Als einmal ein Junge vor ihr in die Knie ging, um sich die Schuhe zu binden, hatte sie solche Angst, er könnte etwas gerochen haben, dass sie zum ersten Mal im Leben die Schule schwänzte und nach Hause fuhr, um sich umzuziehen. Trotzdem musste sie erst ihre komplette Unterwäsche durchbluten, bevor meine Großmutter das Päckchen mit den Damenbinden freigab.

Aber die Wascherei blieb, wurde sogar immer schlimmer, je älter sie wurde. Jeden Morgen, lange bevor mein Wecker klingelte, stand meine Mutter auf und versuchte, ihren Körper ungeschehen zu machen. Sie drehte die Dusche voll auf, so heiß, dass sie es gerade noch aushielt, und schrubbte sich die Nacht vom Körper. Sie spritzte und sprudelte und schäumte, hielt sich den Duschkopf zwischen die Pobacken, unter die Achseln, in die Ohren, in den Mund, gurgelte und spuckte, fuhr mit der Wurzelbürste zwischen Zehen und Finger, bis ihre Haut rot und fusslig war, wie Wäsche, wenn versehentlich ein Tempotaschentuch mit in die Trommel geraten ist. Und wenn sie endlich alles Unbeherrschbare, alles Wilde und Abgestorbene, Schweiß und Hautschüppchen, jedes Überbleibsel der Zersetzung abgeschmirgelt hatte, sodass ihr Körper nur noch eine spiegelglatte Fläche für ihren Verstand bot, machte sie mit der Wohnung weiter, die »vor Dreck stand«. Immer.

Solange ich zu Hause lebte, war es schon ziemlich schlimm, aber als sie die beiden Zimmer endlich ganz für sich hatte, verwandelte sie sie in einen Ort völliger Sterilität, so sauber und kalt und zweckmäßig, dass sich niemand länger als nötig dort aufhalten wollte.

Jahrelang war ich nicht mehr da gewesen. Als sie mich dann schließlich anrief und ich sie mitten in der Nacht zu mir holte, war ich zu abgelenkt von all den Tabletten, dem Infusionsständer, dem Sauerstoffgerät, von all diesen Requisiten der Krankheit, von der ich bis zu dem Zeitpunkt noch keine Ahnung gehabt hatte, um mich umzusehen.

Erst als alles vorbei war, ging ich wieder in ihre Wohnung. Ich lief durch die kahlen, weißen Zimmer, in denen ich selbst groß geworden war, auf Zehenspitzen, als könne ich sonst jemanden erschrecken, dabei war ich es, die den Atem anhielt, so furchteinflößend war die Leere, die einen von allen Seiten bedrängte. Die einzigen Gegenstände, die in einem Glasschrank in der Küche standen, waren ihre Reiniger, fein säuberlich aufgereiht wie Souvenirs aus fremden Ländern. Die Flüssigkeiten waren bunt und grell, pink, neongrün, kreischgelb, auf den meisten Fläschchen prangten Totenköpfe.

Ich ging in ihr Schlafzimmer und öffnete die Schränke, nahm eine ihrer Hosen vom Bügel und zog sie über meine Jeans. Der Bund reichte mir bis zur Brust. In den letzten Monaten war sie ziemlich dick geworden, hatte plötzlich gar nicht mehr aufhören können, alles in sich reinzustopfen, sie, die man das ganze Leben zum Essen hatte zwingen müssen – nur um dann innerhalb weniger Wochen das ganze Gewicht wieder zu verlieren.

Ich ließ den Stoff nach unten sinken und setzte mich aufs Bett, ein sehr schmales Bett, gerade mal 90 auf 200 Zentimeter. Ein Bett für eine Person. Eine, die sich keine Hoffnungen macht, dass sich daran noch mal etwas ändert. Oder besser: keine Sorgen. Ich drückte die Nase in den Bezug. Es roch nach nichts, also wahrscheinlich nach ihr. Ein Geruch, der meinem eigenen zu ähnlich war, um ihn wahrzunehmen. Ich ließ den Blick über die weißen Wände gleiten, die weißen Schränke, den weißen Laminat, den sie über die schönen Dielen hatte legen lassen, weil in Rillen Krümel hätten rutschen können, zurück zur Hose vor mir, sah plötzlich den dunklen Schmutzrand, der um den Bund lief. Ich hob sie vom Boden und betrachtete sie genauer. Zog eine zweite aus dem Schrank, eine dritte, um sicherzugehen. Immer dasselbe. Schmutzränder, Flecken, manche waren richtig klebrig. Ich stand auf und hob den Stapel mit den T-Shirts aus dem Regal, dann die wenigen Pullover, fand immer mehr Zeichen dafür, wie sehr sie offenbar schon abgebaut hatte, zuletzt sogar zwei getragene Unterhosen, ganz hinten im Eck, als habe sie sie dort versteckt. Sie muss solange gewartet haben, mir die Wahrheit über ihren Zustand zu sagen, bis sie überhaupt nicht mehr alleine zurechtkam.

Ich nahm eine Schere und begann, alles in quadratische Teile zu schneiden, Putzlappen für ein ganzes Leben. Dann ging ich ins Wohnzimmer und suchte dort weiter, auch wenn ich nicht genau wusste, wonach eigentlich. Wahrscheinlich einfach nach irgendetwas, das ich mitnehmen könnte, bevor die Wohltätigkeitsorganisation kam, die meine Großmutter in ihrem immer dringender werdenden Bedürfnis, vor dem Tod noch ein paar Punkte beim Herrn gutzumachen, aufgetan hatte, und die den Rest abholen sollte. Ich zog Ordner aus den Regalen, wühlte in ihren Unterlagen, riss Schubladen heraus, in der Hoffnung auf einen persönlichen Gegenstand, einen Briefbeschwerer, eine Lieblingstasse, irgendwelchen Nippes, wie er bei andern Leuten auf dem Fenstersims rumsteht. Aber natürlich fand ich nichts dergleichen. Natürlich stand bei meiner Mutter nichts rum. Natürlich gab es hier nichts, dessen Existenzberechtigung allein in einer sentimentalen Anhänglichkeit bestanden hätte. Meine Mutter hing ja an nichts. Abgesehen vielleicht von dem berauschenden Gefühl, sich des »Ballasts«, der bei ihr schon mit einem ans Telefon geklebten Notizzettel begann, zu entledigen. So unermüdlich meine Großmutter hortete, alles, Lebensmittel, Geld, Fett, man konnte ja nie wissen, wann der nächste Krieg ausbricht, so eifrig warf meine Mutter weg. Bei uns gab es keine Bilder, keine Magneten am Kühlschrank, keine windschiefe Tonschale. Selbst die Geschenke, die ich am Muttertag aus der Schule brachte, hielten sich nur ein paar Tage. Sobald sich auch nur ein bisschen was angesammelt hatte, nahm sie einen Müllsack und stopfte alles hinein, was nicht festgenagelt war, von einer unbändigen Lust getrieben, reinen Tisch zu machen. Sie wütete durchs Haus, bis ihr Blick nur noch über unverstellte Flächen glitt, auf denen nichts lag als Neuanfang.

Dieselbe Angst, die meine Großmutter hatte, das Gewonnene zu verlieren, hatte meine Mutter davor, das Verlorene wiederzufinden. Angst, von Erinnerungen überrollt zu werden. Angst, jede Nachlässigkeit, jeder noch so kleine Fehler könne ihr schön sortiertes, Kante auf Kante gefaltetes Leben noch mal durcheinanderbringen.

Ich ging also mit leeren Händen nach Hause. Hatte mich schon damit abgefunden, dass ich außer den paar Fotos, die meine Großmutter beizeiten gerettet hatte, eben kein Andenken kriegen würde,

zumindest kein physisch greifbares, was ja eigentlich auch ganz g
zu meiner Mutter passte – als mir plötzlich wieder die Kette einfiel,
die ich als Kind auf dem Speicher entdeckt hatte, am Boden eines
Einmachglases, das bis zum Rand mit Reißnägeln gefüllt war. Damals war ich auf der Suche nach Material für eine Collage gewesen,
die wir im Kunstunterricht machen mussten, und hatte nur so mit
dem Glas herumgespielt, als der schimmernde Anhänger darin aufgeblitzt war. Beim Versuch, ihn herauszuziehen, hatte ich mir den
ganzen Handrücken aufgerissen. Und wo das Ding nun schon mal
raus war, hatte ich es nicht einfach oben liegen lassen wollen.

Ich lief zu meinem Nachttisch, kramte in meinem alten
Schmuckkästchen und da, zwischen all den Ohrclips, die ich als
Teenager trug, weil mir meine Mutter keine Löcher erlaubt hatte, war er tatsächlich, wenn auch mittlerweile etwas angelaufen.
Ich musste ins Licht gehen, um zu sehen, dass es tatsächlich eine
Münze war, in Silber gefasst, dabei wirkte sie eigentlich überhaupt
nicht besonders, fast wie Spielgeld. Auf der Vorderseite stand eine
schnörkellose Fünf. Die Rückseite war so abgegriffen, dass die
Schrift kaum noch zu lesen war. Nur mit Mühe ließen sich zwei
Ähren erkennen, darunter die Buchstaben CCCP. Die Kette selbst
war völlig verrostet. Schon damals, als ich sie gefunden hatte, hatte
sie so unangenehm nach Metall gerochen, dass ich mich ein wenig
ekelte, sie umzulegen. Aber ich hatte sie trotzdem unter meinem
bisschen eigenen Schmuck vergraben, weil ich mir einredete, sie
würde meiner Mutter etwas bedeuten. Erst jetzt verstand ich, dass
sie das wirklich getan hatte.

3. Kapitel

Das Einzige, wozu meiner Mutter leider völlig das Talent fehlte, war die Liebe. Sie hielten es einfach nicht miteinander aus. Dafür waren sie einander zu ähnlich. Herrisch. Besitzergreifend. Kompromisslos. Beide nahmen einen völlig in Beschlag, mussten auf Gedeih und Verderb die Oberhand behalten, ganz gleich, wie laut ihnen die Welt entgegenschrie, dass sie im Unrecht waren. Sie zehrten einen aus, bis nichts mehr neben ihnen bestehen konnte, und je heftiger man sich wehrte, je mehr man versuchte, sich ihrem Griff zu entziehen, umso stärker wurde ihr Gift.

Nach außen hin begegneten sie einander mit größtmöglicher Geringschätzung. Meine Mutter behauptete steif und fest, sie sei kein einziges Mal im Leben verliebt gewesen. Sie habe Menschen kennengelernt, sie gemocht oder auch nicht, meistens nicht, manche doch, weil sie klug waren oder gebildet oder beides, zur Not auch einfach nur witzig, aber immer »weil«, ergo habe sie sich für sie entschieden. Sie verschränkte die Arme vor der Brust. Und manchmal einer von denen auch für sie.

»Schmetterlinge«, pflegte sie zu sagen, ein Zucken im Mundwinkel vor Vorfreude auf das Augenrollen, das sie am Ende des Satzes ernten würde, »Schmetterlinge gehören in die freie Natur oder noch besser aufgespießt in ein Album, aber mit Sicherheit nicht in den Bauch.« Als sie noch jung und dumm war – was sie beides nie war –, habe sie sich wohl eine Weile eingeredet, »dergleichen« zu empfinden. Das habe sich jedoch als Anfängerfehler herausgestellt.

Die Liebe ließ sie nur in Verbindung mit mir gelten, und selbst da wand sie sich um das Wort wie um eine überquellende Mülltonne. Mit der ihr eignen Lust, Zuhörer vor den Kopf zu stoßen, musste sie jedem auf die Nase binden, dass sie ja eigentlich gar keine Kinder hatte haben wollen. Dass ich ein Unfall gewesen sei, einer von der übelsten Sorte. Dass ich heute genauso gut mit dem netten kinderlosen Pärchen aus Rügen, deren Akte ihr die Dame von der Adoptionsagentur wärmstens ans Herz gelegt habe, Krabben pulen könnte. Dass es ihr, hätte ich mich nicht als so »angenehme Gesellschaft« entpuppt, ja im Traum nicht einfiele, mich den ganzen Tag mitzuschleppen, nur weil ich neun Monate mit ihr die Magensäfte geteilt hatte. Für so was gäb's heutzutage ja Ganztagsbetreuung, das einzig Gute, was die Ossis mitgebracht hätten, haha.

Die Wahrheit war, dass sie es kaum einen halben Tag ohne mich aushielt. Es kam immer wieder vor, dass sie mich früher von der Schule abholte, weil sie mir ganz dringend von einem Bericht erzählen musste, den sie in der Mittagspause gelesen hatte. Oder weil sie hören wollte, was ich über das neue Dawkins-Buch dachte, das sie mir auf den Küchentisch gelegt hatte. Selbst als ich schon lange ausgezogen war, stand sie manchmal plötzlich vor meiner Tür, zwei Karten für irgendeine Premierenvorstellung in der Hand, die wir zusammen hassen sollten. »Schuhe an, dein komisches Geschminks kannste im Auto machen. Ich fahr langsam in den Kurven«, rief sie und schnappte sich meine Handtasche, bevor ich widersprechen konnte. Aber ich erinnere mich an genau ein Mal, dass sie sagte, dass sie mich liebt.

Die Liebe wiederum strafte meine Mutter mit Missachtung. Während sie die anderen Mädchen von einer Gefühlswallung zur nächsten trieb, so dass einer sie eigentlich nur ein bisschen scheiße behandeln musste, damit sie ihm ihr Herz hinschmissen, schien meine Mutter gegen die kuhäugig glucksende Glückseligkeit gefeit, für die sie die Liebe hielt.

Als die dann endlich doch zuschlug, und diesmal richtig, mit voller Kraft, dabei so gut getarnt, dass sie mit bloßem Verstand nicht zu sehen war, traf sie meine Mutter völlig unvorbereitet. Das ist wie mit den Windpocken. Wenn man die nicht beizeiten hinter sich bringt, geht man fast daran ein. Sie wusste nicht, wie umgehen, mit der Angst und Sehnsucht und Verzweiflung, die sich plötzlich in ihr ausbreiteten, kannte nicht mal die simpelsten Regeln, die andere schon als Teenager lernen, die Hebel und Griffe, um ihre Gefühle im Zaum zu halten, hatte nicht gelernt, wie weit sie sich hinauswagen konnte, und wo die Strömung zu stark wurde, um alleine zu stehen. Sie verstand nicht, dass die Unendlichkeit des Schmerzes, der sie mit einer solchen Wucht mitriss, dass ihr all ihre schönen Überzeugungen unter den Fingern wegflutschten, eben doch ein Ende hatte, oder zumindest eins hätte haben können. Dass sie nicht im Schmerz verharren musste. Und sie hatte niemanden, der es ihr hätte erklären können. Sie war dem Angriff schutzlos ausgeliefert, und die Liebe nutzte ihre Schwäche aus, trieb sie vor sich her, als wolle sie sich für die Überheblichkeit rächen. Sie kämpften sich aneinander ab, machten es sich schwer, schwerer als nötig. Am Ende gewann meine Mutter. Zumindest glaubte sie das, auch wenn sie bis zuletzt darauf wartete, dass es sich endlich auch nach Sieg anfühlen würde.

Das erste Mal trafen sie in der neunten Klasse aufeinander. Ein kurzer, schmerzhafter Zusammenstoß, der im Nachhinein heftiger wirkte, als er war. Der Junge selbst hat in ihrer Erinnerung nicht mal einen Namen hinterlassen, nur die Ahnung eines Gesichts. Und Finger mit weißen Kalkmangelflecken auf den Nägeln, die plötzlich ihren Arm packten und sie auf seinen Schoß zogen.

Sie lernte ihn auf einer Party kennen, *Fete* damals, der ersten, zu der sie je eingeladen wurde, und auch das nur aus Versehen, weil ihr Banknachbar den Packen mit den Einladungen einfach weitergereicht hatte. Sie hatte eigentlich gar nicht hingehen wollen. Ihr graute vor dem Lärm und den Leuten und dem Lachen. Vor dem Dreck und den Drogen, die man ihr ins Getränk mischen könnte, um sie abhängig zu machen, wie sie das in der Zeitung gelesen hatte. Vor den anderen Gästen, vor den Dingen, die sie sagten, und denen, die sie taten. Vor allem miteinander. Auch davon hatte sie gelesen. Und sie machte den Fehler, das genauso zu sagen, in eben diesen Worten, »mir graut davor«, woraufhin mein Großvater »dir was?« schrie, in den Laden lief, der Schaufensterpuppe das Kleid aus- und es meiner Mutter anzog und sie ins Auto setzte, um sie zur Fete zu fahren. So sehr er Zusammenrottungen Halbwüchsiger auch hasste, Feigheit hasste er mehr.

»Und's wird Spaß gehabt! Dass das klar ist!«, rief er, während er den Schlüssel im Zündschloss drehte.

Meine Großmutter steckte den Kopf durchs Autofenster und wischte zwei Küsse an den Wangen meiner Mutter ab. »Wird schon nicht so schlimm, wie du denkst«, flüsterte sie, bevor sie winkend in der verschneiten Einfahrt zurückblieb.

»Recht hat sie gehabt«, stöhnte meine Mutter durch den Krebs, der auf ihre Lunge drückte. Sie lachte heiser, wie eine Schauspielerin mit zu großen Brüsten, wenn in den Regieanweisungen *verbittert* steht. »Es war schlimmer.« Und als würde das noch immer nicht reichen. »Viel schlimmer.«

»Na komm«, erwiderte ich, »es war doch nur eine Party, ein einziger Abend.«

Aber auch jetzt, Schläuche im Arm, Schläuche in der Brust, so schwach, dass sie nicht mal mehr alleine einen Löffel heben konnte, war sie nicht bereit, den Schmerz von damals zu verraten. Sie schaffte es kaum von einem Satz zum nächsten, ohne sich dazwischen zu schütteln, und dabei gleichzeitig die Schultern hoch- und den Mund aufzureißen, als habe sie eine Handvoll Pfefferkörner geschluckt. Die Milde des Alters, die den Erinnerungen angeblich die Schärfe nimmt, setzte bei meiner Mutter nie ein. Dafür war die Zeit, die ihr zum Altsein blieb, wohl auch zu kurz. Oder meine Mutter zu sehr meine Mutter.

Sie wusste nicht, wie normal das alles war, das Sichfehlamplatzfühlen, das Anderssein. Und sie wollte es auch gar nicht wissen. Der Glaube daran, dass sie nichts mit ihrer Umwelt gemein hatte, war Teil dessen, was sie ausmachte, vielleicht der wichtigste. Das Ganze als eine Erfahrung unter vielen von vielen abzulegen, brachte sie nicht fertig. Mit einer unglaublichen Sturheit bestand sie auf der Schrecklichkeit des Abends, machte sie in ihrer Erinnerung immer größer, wie bei ihr eben alles großgemacht, großgeredet und großgedacht werden musste, um neben der Wagenladung an zerfetzten Gliedern, die meine Großeltern auffuhren, zu bestehen.

Es begann damit, dass sie viel zu früh kam. Auf der Einladung hatte keine Uhrzeit gestanden. Als beim zweiten Klingeln endlich die Tür geöffnet wurde, hatte Michaela, so hieß das Mädchen, Michaela Thies, daran konnte sich meine Mutter komischerweise erinnern, wahrscheinlich weil Zurückweisung tiefere Spuren hinterlässt als das Gegenteil, als Michaela also endlich die Tür öffnete, war sie noch nicht mal fertig angezogen.

»Oh«, sagte meine Mutter.

»Oh«, sagte Michaela.

Von da an ging es mit der Unterhaltung bergab.

Durch nichts miteinander verbunden als der beiderseitigen Einsicht, dass sie nichts miteinander verband, standen sie in der Küche und schwiegen sich an, lauschten Bata Illic, der im Hintergrund immer wieder Michaelas Namen rief, und tranken eifrig beziehungsweise nippten angewidert an ihrem Bier, das sich meine Mutter aus lauter Verzweiflung geben ließ, obwohl sie es natürlich »widerlich«, Schulter hoch, Mund auf, Zunge raus, »wiiiiiderlich!« fand. Wie ein Häftling durchs Zellengitter schaute sie über den Tresen hinweg ins Wohnzimmer und betrachtete die kackbraunpissgelbgeblümte 70er-Jahre-Gemütlichkeit, den Fliesentisch, die weinenden Pierrots und Cognacschwenker im Wandschrank, sah endlich sie beide im Spiegel, links Michaela, von der ihr allmählich dämmerte, dass sie doch schon angezogen war, auch wenn das hauchdünne Oberteil, dessen Träger ihr im Laufe des Abends bei jeder Bewegung von der Schulter rutschen sollten, manchmal versehentlich, bei meiner Großmutter nicht mal als Unterhemd durchgegangen wäre; rechts meine Mutter in ihrem rosafarbenen Kleidchen, das Haar in zwei fädchendünnen Zöpfen um den Kopf gebunden, so altbacken, wie es nur meine Großeltern fertigbrachten, eine 14-Jährige zu verunstalten. Die Saugnäpfe hatten sich mittlerweile in leere Spritztüten verwandelt, die sich unübersehbar durch den Stoff drückten, aber meine Großmutter hatte »zwei Nägel auf nem Brett. Wär' schad ums Geld« gerufen und den BH, den ihr meine Mutter gezeigt hatte, ärgerlich zurückgehängt. Über die Arme hatten sie ihr ein rosa Westchen gezogen und ein rosa Täschchen gehängt, alles passend zum Kleidchen, das sich mit jeder Minute mehr mit der Nase meiner Mutter biss.

Meine Mutter und Michaela redeten ein bisschen, erkannten aber schnell, dass Schweigen im Vergleich dazu dann doch besser war. Meine Mutter stierte auf die Uhr, trat von einem Bein aufs andere, dann vom anderen aufs eine, während Michaela regungslos am Tresen hing. Nur hier und da, wenn es ihr gelang, sich ein Geräusch einzubilden, fuhr sie herum, rannte ein paar Mal sogar zur Tür, was meine Mutter so erschreckte, dass sie endlich das Bier fallen ließ. Sich tausendmal entschuldigend begann sie, die Splitter aufzulesen und hätte sicher noch eine Weile weiterlesen können, hätte Michaela nicht irgendwann »lass nur«, und dann noch mal bestimmter »lass!«, gesagt.

Meiner Mutter blieb nichts anderes übrig, als wieder auf den Zeiger der Uhr zu glotzen, der mittlerweile rückwärts ging. Sie zappelte herum, wünschte sich sehnlichst die anderen Gäste herbei – und als die dann endlich, endlich, »äändlich!« kamen, gleich wieder weg.

So lange es gedauert hatte, bis der Erste auftauchte, so schnell ging es, dass man sich kaum noch rühren konnte. Innerhalb einer halben Stunde war das Haus pickepackevoll mit Michaelas Freunden, die meine Mutter alle irgendwie vom Sehen, aber alle sie nicht, dafür einander umso besser kannten. Die einander unheimlich viel zu erzählen hatten, und ihr nicht. Die miteinander rauchten und tanzten, und mit ihr nicht. Die alle völlig gleich aussahen, und anders als sie. Die gleich redeten, über was und auch wie, dieselben Witze machten, dasselbe Lachen lachten und bei jeder Gelegenheit ihre harmlos provokanten Thesen anbrachten.

Sie standen im Grüppchen, Schulter an Schulter, Mund an Ohr, um sich bei dem Lärm zu verständigen, und wollten streitlustig sein. Mehr lustig als Streit. Dann irgendwann gar nicht mehr Streit und nur noch lustig, aber das umso doller, hahahahaha, so sehr, dass sie sich kaum noch einkriegten von all den Dingen, die ihnen auf einmal irre komisch erschienen, vor allem die, die immer ausgerechnet dann hinter, rechts oder links von meiner Mutter passierten, wenn die in die andere Richtung schaute.

Ein Mädchen heulte, und weil es eine Party war, tat sie es mitten im Flur, sodass die Vorbeigehenden über ihr Leid drübersteigen mussten.

»Pubertärer Scheiß«, ächzte meine Mutter.

»Ihr ward halt in der Pubertät«, sagte ich und hielt ihre Hand fest, bevor sie sich vor Aufregung wieder blutig kratzen würde.

»Ich noch nicht«, konnte sie sich nicht verkneifen, obwohl sie natürlich wusste, dass es nicht das war, was ich meinte.

Sie wusste so wenig mit sich anzufangen, dass sie zurück in die Küche ging und weiter Scherben suchte. Auf allen vieren kroch sie unter den von der Theke baumelnden Beinen herum und tastete die Fliesen ab. Die Musik war so laut, dass der Bass gegen ihre Brust hämmerte, während Tony Marshall auf die Pauke haute und Juliane Werding, die denkt, dass sie denkt, sie könne mit ihrem Kleinmädchenfeminismus irgendjemanden hinterm Herd hervorlocken, aus dem Lautsprecher nölte. Und dazwischen immer wieder der Bata, für den ein Vogel sang, während er am Fluss entlang die Michaela sah, am Ufer stehn, und es war ja so schön, und auch ziemlich traurig, weil meine Mutter merkte, dass sie den Text im Stillen mitsang, während die auf der Theke plötzlich Spaß an ihrem Scherbenlesen fanden.

»Da drüben«, riefen sie, »da hast du einen vergessen«, und meine Mutter rutschte ihren ausgestreckten Fingern hinterher ins Eck, wo sie vor lauter Scham dann auch tatsächlich einen Glasbrocken fand.

Michaela machte das Aschengeputtel jetzt nichts mehr aus, vorausgesetzt, dass sie überhaupt noch etwas mitbekam. Die Augen geschlossen, den Kopf im Nacken, hüpfte sie wie eine Götter beschwörende Eingeborene im Kreis, was durch die in die Luft gereckten, sie in die Gegenrichtung reißenden Arme jedoch erheblich erschwert wurde. Immer wieder schwankte sie bedrohlich zur Seite, stieß sich an irgenwelchen Stuhl- oder sonstigen Beinen, geriet ins Trudeln und verdankte es schließlich nur der Hand, die sich plötzlich auf ihre Schulter legte, dass sie nicht gegen den Spiegel knallte. Eine große, fleischige Hand, die meine Mutter nur ganz kurz sah, ohne sie wirklich zu sehen und auch gleich wieder vergessen hätte, wäre sie ihr nicht wenig später auf ihrem eigenen Arm wiederbegegnet. Der Name des Jungen, der an der Hand hing, ist ihr wie gesagt auf dem Weg von den schlammigen Ufern der Erinnerung zur Anekdote, in der nichts einfach nur, sondern immer bedeutsam ist, oder eben ganz fehlt, abhanden gekommen. »Rudi oder Hansi oder Manni«, sagte sie, »was weiß denn ich.«

»Grüner Ford Taunus! LD: T665!«, sagte mein Großvater und tippte sich stolz an die Schläfe.

»Der Unfall«, sagte meine Großmutter mit finsterer Miene. Zumindest, bis ich geboren wurde und meine Mutter diesen Namen für mich beanspruchte, sodass sie auf »der schwarze Fleck« umstieg, »der auf der weißen Weste deiner Mutter«, wie sie raunte und sich dabei vertraulich nach vorne beugte, als spreche sie über die Zeit, als meine Mutter sich mal ein paar Mark im Bordell dazu verdient hat.

Der Junge legte also seine Hand auf Michaelas Schulter, sodass der Spaghettiträger, der ausnahmsweise mal oben geblieben war, wieder runterrutschte, schob die Finger um ihren Nacken und wiegte sich mit ihr hin und her, während er die, die er noch übrig hatte, langsam unter ihr Unterhemd schob.

Die Beine über meiner Mutter begannen hin und her zu zucken. »Oouh«, machte es, als würde ein Wolf in die Nacht heulen. Meine Mutter drehte sich um, erinnerte sich aber gleich wieder daran, dass ihr das ja alles völlig egal war. Und der Michaela ging es anscheinend genauso. Zumindest ließ sie die Augen weiterhin geschlossen, bog sich nur weiter im Takt ihres Lieds, das sie auch dann noch zu hören schien, als jemand die Schätze der Wählt, weil nur die Liebe zählt, durch Gitarrengeschrammel ersetzte. Erst als sich die Hand so weit voranpirschte, dass man, also natürlich nicht meine Mutter, und wenn, dann wirklich nur versehentlich, dass man also die Fingerkuppen schon wieder oben aus dem T-Shirt linsen sah, schoss Michaela herum. Sie zog die Lider nach oben wie ein Pflaster von einer Wunde. Öffnete den Mund. Dann stieß sie Rudi oder Hansi oder Manni mit beiden Händen von sich. Sie legte ihr ganzes Gewicht in den Stoß, sprang ihm förmlich in die Brust. Er ruderte mit den Armen, griff nach einem Stuhl, der unter seinem Handballen wegrutschte, stolperte rückwärts, verlor das Gleichgewicht, bis er endlich auf den Po donnerte und der Stuhl auf ihn.

Der Junge über meiner Mutter brach in Gelächter aus.

»Spinnst du?«, schrie Rudi oder Hansi oder Manni (sagen wir jetzt einfach mal Rudi). Er schubste den Stuhl von sich und stützte sich ein Stück weit auf. »Du hast sie doch nicht alle!«

»Du haschd schi alle«, schrie Michaela und kickte mit dem Fuß in die Luft. Die Umstehenden sprangen auseinander. Meine Mutter senkte den Kopf, der unversehens nach oben gehüpft war. Aber tatsächlich war es ganz schön anstrengend, nicht hinzusehen.

»Was soll denn das?«, rief Rudi noch mal. Er sprang auf und versuchte Michaela am Arm zu fassen, aber mit einer plötzlichen Klarheit wand die sich unter seiner Hand weg und begann schallend zu lachen. Die Musik verstummte. Rudi schnaubte.

»Wart du nur«, rief er und das taten alle, aber es schien ganz so, als wüsste er selbst nicht so genau auf was. Unruhig fuhr er sich über das schwarze, speckige Haar, während Michaela immer lauter lachte. Er strich sein Hemd glatt, klappte den Kragen wieder um, der ihm vom Hals abstand wie diese Trichter, die Hunde tragen, damit sie nicht an sich selbst lecken. Seine Arme steckten in einer Lederjacke, auch wenn er die zu dem Zeitpunkt wohl noch nicht wirklich anhatte. Und wahrscheinlich war sie auch nicht ganz so zerschlissen, wie meine Mutter sich das gemerkt haben will, denn so krawallig und alternativ und »dagegen« ihr alle hier auch schienen, so waren die Jugendlichen in ihrem Kaff und den Käffern drumherum am Ende doch wohlerzogene Bitte- und Dankesager, die sich vorm Weggehen mit Mamaspucke übers Gesicht reiben ließen und am Weltspartag ihr Schweinchen gegen einen »Unsere schöne Pfalz«-Kalender eintauschten. Genauso fraglich scheint mir deshalb auch das ganze Sodom-und-Gomorra-Szenario an sich, am meisten die Michaela darin, die angeblich noch immer ein irres Lachen im Gesicht hatte und mit den glasigen Augen und katzenkrallig in die Luft schlagenden Fingern auf mich mehr wie ein Junkie auf Acidtrip als ein besoffener Teenager wirkt. Aber als meine Mutter mir die Geschichte erzählte, waren mehr als drei Jahrzehnte vergangen. Es braucht leuchtende Farben, um ein Bild über einen so langen Zeitraum am Ausbleichen zu hindern.

»Pass auf!«, rief Rudi, aber auch diese Ankündigung blieb folgenlos.

»Na komm«, sagte einer der Jungen aus der Menge und hielt ihn an der Schulter fest. »Jetzt wollen wir uns mal alle wieder beruhigen, Freunde«, aber Rudi sah ihn alles andere als freundlich an.

»Lass mich«, rief er.

»Das bringt doch nix.« Der Junge legte seinen Arm um ihn und zog ihn weg, also: in die Küche. Meiner Mutter blieb nicht mal Zeit, über Flucht nachzudenken, schon drängten sie sich an ihr vorbei und ein Haufen Schaulustiger hinterher. Der Junge nahm ein Bier aus dem Kühlschrank und hielt es Rudi hin.

»Die hat sie doch nicht alle«, murmelte der noch mal und schüttelte den Kopf, griff dann aber doch nach der Flasche und klackte sie mit einem Feuerzeug auf. Er trank so schnell, dass die Hälfte daneben ging. Meine Mutter sah von unten das Bier an seinem Kinn hinabrinnen, und jetzt erkannte sie ihn auch, obwohl sie »so einen« natürlich nicht wirklich kannte, aber gesehen hatte sie ihn wohl schon mal, beim Abi-Scherz, als er die Fünftklässler mit einer Wasserpistole beschossen hatte.

Er legte den Kopf nach hinten, bis auch der letzte Tropfen in seinen Mund gelaufen war, und knallte dann die Flasche auf die Theke. Mit der einen Hand wischte er sich den Mund ab, mit der anderen strich er sich das Haar hinter die Ohren, das jetzt nicht nur schwarz und speckig, sondern auch noch lang und verfilzt sein sollte.

»Gut so«, sagte der Junge, wie eine Krankenschwester, die einen widerspenstigen Patienten dazu gebracht hat, seine Pillen zu nehmen. Er legte Rudi den Arm auf die Schulter, der unter dessen Last nach unten sackte. Als hätte jemand einen Dominostein angestoßen, klappten auch die anderen nach vorne, bis die ganze Belegschaft vor meiner Mutter auf den Fliesen saß.

»Da sind doch noch überall Scherben«, murmelte die, aber es quetschen sich nur immer mehr Neugierige in die Küche, Knie stießen in ihren Rücken, Absätze wackelten bedrohlich nah, sodass meine Mutter beschloss, dann doch noch mal auf die Toilette zu müssen. Die Ellenbogen an den Körper gepresst zwängte sie sich Richtung Badezimmer. Und konnte gerade noch sehen, wie das weinende Mädchen, das jetzt offenbar nicht mehr weinte, mit einem Jungen darin verschwand.

Sie stellte sich in die Schlange zu den andern Wartenden, die ihr, nachdem die beiden zehn Minuten später noch immer da drin waren, erklärten, die hätten etwas Dringendes zu besprechen, was offenbar nirgendwo anders besprochen werden konnte, auch wenn die Gründe dafür im Dunkeln blieben. Stattdessen tanzte hinter dem Rücken meiner Mutter mal wieder ein Clown oder sonst was, was zur allgemeinen Belustigung taugte, für was jedoch ebenfalls keinerlei Erklärung gegeben wurde. Meine Mutter lachte ein bisschen mit, woraufhin der Clown offenbar wahre Purzelbäume schlug, so wurde sich ausgeschüttet. Erst als sich nach weiteren zehn Minuten noch immer nichts getan hatte, klopfte sie zaghaft an der Tür, woraufhin der Junge tatsächlich herauskam, allerdings ohne das Mädchen, das stattdessen erneut lautstark zu weinen begann, wofür nun offenbar meiner Mutter die Schuld gegeben wurde. Sodass die sich schließlich dachte, dass sie ja eigentlich auch draußen mit dem Spaßhaben weitermachen könnte.

Sie suchte ihre Weste, die sie irgendwo verloren haben musste, fand sie schließlich unter den Füßen einer Gruppe von Mädchen, die so taten, als würden sie tanzen und sich erst, nachdem sie meiner Mutter mehrfach gegen den Kopf getreten hatten, widerwillig bereiterklärten, einen Moment beiseite zu gehen.

Vor der Haustür türmten sich die Mäntel, die vom Kleiderständer gefallen waren, sich, als meine Mutter sie aufhängen wollte, dann aber doch als noch mehr Menschen entpuppten, die dort vor der Haustür ein Nickerchen machten. Oder vielleicht auch etwas anderes, »wenn ich's dir sag«, wie sie angesichts meines immer heftigeren Kopfschüttelns hinzufügte, obwohl sie zugeben musste, dass sie damals noch nicht mal genau gewusst hatte, was dieses »andere« überhaupt war – »und es auch gar nicht wissen wollte!« –, sodass sie einen großen Bogen um den Berg aus Wolle und/oder Wollust machte, die Klinke drückte und sich nach draußen schob.

Der Wind klatschte ihr ins Gesicht. Sie lief über die Straße und suchte unter den in den Vorgärten zitternden Tannen nach einem Mäuerchen, auf dem sie ungestört auf meinen Großvater warten könnte. Aber es war viel zu kalt, um sich irgendwo hinzusetzen, fast schon Kasan-kalt, was Letzterer natürlich nicht gelten lassen würde, aber doch zumindest so kalt, dass meine Mutter am nächsten Tag im Krankenhaus ewig würde warten müssen, so oft hatte es auf den spiegelglatten Straßen zuvor geknallt.

Erstmal versuchte sie aber, sich irgendwie aufzuwärmen. Sie lief hin und her, presste die Arme an sich und das Kinn auf die Brust, sie sah ihren Atem, der weiß in der Luft stand, biss Ober- und Unterkiefer zusammen, hörte trotzdem noch, wie ihre Zähne klapperten und dann plötzlich den Lärm, der in die Einfahrt schwappte, die Schritte auf dem Gehweg, das Klimpern der Schlüssel.

Aus den Augenwinkeln sah sie die Lederjacke, die der Junge jetzt wohl wirklich trug und die richtig quietschte, während er »Scheiße, blöde Scheiße blöde!« brüllend an der Autotür riss, sah, wie die schließlich mit einem Krachen aufsprang und ihm entgegen flog, so plötzlich, dass er beinahe wieder hingefallen wäre. Ein wimmerndes Geräusch ertönte. Er verschwand halb im Wagen, kramte fluchend im Handschuhfach, auf dem Rücksitz, unter der Fußmatte, kam endlich hinter seinen Beinen wieder rausgekrochen, eine Parkscheibe in der Hand. Die Kante schrammte über die Scheibe, während er immer weiter und immer lauter »Scheiße!« schrie, wie ein Aufseher auf einer Galeere, der den Takt angeben muss, Schei-ße, Schei-ße, Schei-ße und dann ganz plötzlich »Kannste vielleicht mal helfen?«

Meine Mutter zuckte zusammen.

»Wie?«, rief sie, während ihr vor lauter Schreck, dass er sie bemerkt hatte, ohne dass sie das bemerkt hatte, die Röte ins Gesicht schoss.

»Ob du mal helfen kannst!«, rief er ungeduldig, »wenn du da eh nur rumstehst.«

»Mmh, klar, mmh«, sagte meine Mutter. Sie schaute nach rechts und links, als könne jede Sekunde ein Laster angerast kommen, und lief auf die andere Straßenseite.

Rudi tauchte wieder im Wagen ab und kam mit einer Kassettenhülle zurück. Er zog das Papier heraus, brach die Hülle in der Mitte auseinander und drückte ihr eine der beiden Hälften in die Hand.

Zweifelnd setzte sie das dünne Plastikstück auf der Scheibe auf.

»Feste«, rief er.

Meine Mutter senkte den Kopf und begann so doll zu kratzen, dass die Eisspäne vor ihr in die Luft flogen. Ein paar Minuten rubbelte Rudi auf der andern Seite weiter, dann kletterte er zurück in den Wagen und fummelte am Lenkrad herum, bis sich die Scheibenwischer auf einmal schmatzend aus ihrer Umklammerung lösten.

Meine Mutter riss erschrocken die Hände zurück.

»Geht doch«, rief Rudi und schlug aufs Lenkrad.

Meine Mutter ging zur Fahrertür und hielt ihm die halbe Kassettenhülle hin.

»Ey, danke«, sagte er und warf das Stück Plastik neben sich.

»Bitte«, murmelte sie.

Er zog die Autotür zu und ließ den Motor an. Der Wagen holperte ein Stück die Straße entlang, wendete am Ende und kam wieder auf meine Mutter zu. Sie hob die Hand, in der kaum noch Gefühl war. Aber anstatt an ihr vorbeizufahren, hielt er direkt neben ihr an und kurbelte das Fenster runter.

»Gehste wieder rein?«, fragte er und steckte seinen Kopf ein Stück heraus.

»Nee, ich glaub ich wart' hier, bis mein Vater mich abholt«, sagte meine Mutter.

»Wann kommt der denn?«

»Bald«, sagte sie, und weil er sie noch immer ansah, »so um 11.«

»Das ist noch mehr als ne Stunde bis hin«, sagte Rudi, »soll ich dich vielleicht wo absetzen?«

»Ne, schon okay.«

»Macht mir echt nix.«

Sie schüttelte den Kopf.

»Warum denn nicht?«, fragte Rudi.

Meine Mutter machte einen Schritt nach hinten. »Ich, äh, also, ich steig nicht bei Fremden ein«, sagte sie verlegen.

»Das ist jetzt nicht dein Ernst!«, rief Rudi. »Glaubst du, ich raub dich aus?«

»Quatsch«, sagte meine Mutter. Die Kälte kroch unter ihren Rock. »Vielleicht geh ich auch wieder rein.« Ihr Kiefer wollte ihr kaum noch gehorchen.

»Na komm schon!«, rief Rudi und grinste, »ich beiß nicht!«, und »du holst dir doch den Tod.«

Sie schaute an ihm vorbei zum Haus.

»Macht mir echt nix«, sagte er noch mal.

Meine Mutter zog die Weste unterm Hals zusammen, machte noch einen Schritt rückwärts, sah die Beine, die in der Strumpfhose zitterten, und auf einmal, als stoße jemand gegen ihren Hinterkopf, nickte sie, erst mehr versuchsweise, mit dem Kinn allein, dann noch mal richtig mit dem ganzen Kopf. Ihre Lackschuhe rutschten auf dem Boden, während sie um das Auto herumlief und schnell in den Wagen schlüpfte, bevor sie es sich anders überlegen konnte.

»Geht doch«, sagte Rudi, während sie die Tür zuzog und nach dem Gurt tastete.

»Der fehlt«, sagte er.

Wieso das denn?, wollte sie fragen, begnügte sich dann aber doch damit, mit angstgeweiteten Augen aus dem Fenster zu starren. Und das Fenster starrte zurück. Ihre Augen spiegelten sich in der Scheibe, die von drinnen noch völlig zugefroren schien. Rudi musste sich fast aufs Lenkrad drauflegen, um durch das winzige Guckloch nach draußen schauen zu können. Aus seinem Ärmel tropfte es auf die Handbremse, unter der sich ein kleiner See bildete.

Ein dumpfer Knall war zu hören. Meine Mutter fuhr herum, sah ganz kurz den Mann am Straßenrand, der auf den Kofferraum schlug und im Rückspiegel die Hand hin und her drehte.

»Ups«, kicherte Rudi und bückte sich zur Seite. Die Scheinwerfer schossen einen Tunnel in die Dunkelheit.

Die Nägel meiner Mutter bohrten sich durch die Strumpfhose.

Er tastete unter seinen Sitz, presste die Lippen aufeinander und das Blut in die Stirn, als säße er auf dem Klo, fand endlich, was er gesucht hatte, und zog mit einem Ruck die Hand nach oben. Der Wagen rutschte ein wenig nach links.

»Ups«, sagte er noch mal und packte das Lenkrad. In der anderen Hand hielt er die Kassette fest, die er da unten offenbar gefunden hatte, steckte den Zeigefinger in eines der Rädchen und rollte das Band auf, das wie ein brauner Wurm nach unten hing, schob die Kassette in den Rekorder. Aus den Lautsprechern ertönte neues Gitarrengeschrammel. Rudis Daumen trommelte aufs Lenkrad, während er über den Lärm hinwegschrie: »Wo soll's denn hingehen?«

Meine Mutter nannte ihm die Adresse.

Er strich sich das Haar hinter die Ohren, das sofort wieder nach vorne fiel. Zwischen den Strähnen hingen weiße Bröckchen, Eis oder Dreck, auch das ließ sich schwer sagen. »Wo issn das?«, fragte er.

»Gleich neben dem Rathaus«, sagte meine Mutter. »Am Marktplatz.«

»Da beim Mode-Schneider?«

»Ja, das sind wir.«

»Ihr seid das!«, rief Rudi. Sein Kopf flog zu ihr.

Meine Mutter nickte.

»Das gehört euch?« Er schüttelte den Kopf, sodass ihm das Haar noch weiter vor die Augen fiel. »Ist ja irre. Das ist doch ein riesen Geschäft!«

»Ja, schon«, sagte meine Mutter und schaute angestrengt geradeaus, in der Hoffnung, dass er es ihr nachtun würde.

»Irre! Deine Alten müssen ja scheißereich sein!«, rief er.

»Äh, kann sein.«

»Irre!«, rief er noch mal, schaute aber wenigstens wieder auf die Straße. »Wenn ich so viel Geld hätte, ich sag dir ...« Er lachte laut auf.

Sie wartete, dass er weitersprechen würde, aber er schüttelte nur den Kopf. Der Wagen rollte auf die Autobahnauffahrt.

»Was dann?«, fragte meine Mutter. »Was würdest du machen, wenn du soviel Geld hättest?«

Er drehte sich überrascht zu ihr und wieder weg. »Keine Ahnung!«, sagte er. »Wahrscheinlich spenden.«

»Ach was?«, sagte meine Mutter. Aber das Lachen, auf das sie gewartet hatte, blieb aus. Stattdessen schnalzte er mit der Zunge und nickte, als verpasse er sich selbst ein Häkchen.

Meine Mutter runzelte die Stirn. »Wem denn?«

Er blies die Backen auf. »Ppppch«, machte er, »keine Ahnung. Afrika, denk ich.«

»Ach, Afrika«, sagte meine Mutter.

»Ja«, sagt er und nickte sich zu.

»Und wem da?«

»Ppppch«, machte er, »am besten allen. Denen geht's so dreckig, das kannst du dir gar nicht vorstellen.« Sein Daumen trommelte wieder los. »Der weiße Mann ist da einfach reinspaziert, hat den Kontinent ausgeplündert und jetzt, wo sie da unten verhungern, ist er sich zu fein, sein Schnitzel zu teilen.« Er ruckelte am Schaltknüppel, ohne den Gang zu wechseln.

Meine Mutter betrachtete seine Fingernägel, die von winzigen, weißen Punkten übersät waren. Vielleicht isst er nicht genug Obst, weil er es den Kindern in Afrika nicht wegnehmen will, dachte sie und schaute wieder aus dem Fenster, zu den Pflöcken am Seitenstreifen, versuchte, immer dann die Zähne zusammenzubeißen, wenn einer von ihnen vorbeiflog.

»Woher kennst du denn die Michaela?«, fragte er plötzlich.

Meine Mutter drehte sich um. »Wir gehen zusammen zur Schule.«

»Aufs Gym? Ja, da war ich auch.«

»Ich weiß.«

»Ach echt?« Er lächelte ein wenig, dann wanderte sein Blick zum Rückspiegel, unter dem ein Duftbäumchen in der Form einer Erdbeere zitterte. »Dir ging's heut Abend nicht so gut, he?«

»Mhm.«

»Ja, das dacht ich mir. Ich bin jemand, der sieht so was«, sagte er, ohne sie anzusehen, »das sagen alle.« Vor ihnen tauchten zwei Lichter auf. Rudis Gesicht schimmerte blutrot. »Versteh ich total. Seit ich auf der Uni bin, kann ich mit diesem Kindergarten auch nichts mehr anfangen.«

»Was studierst du denn?«

»Das Leben.« Er setzte den Blinker und zog an den Bremslichtern vorbei nach links, lachte in sich hinein. Der Kragen hüpfte auf seinen Schultern.

Nein, fuhr er fort, offiziell studiere er BWL, seinen Alten zuliebe, die darauf bestünden, dass er »was Gscheites« lerne, für später. »Später. Immer später. Was ist denn mit jetzt?«, rief er und zog zurück auf die rechte Spur. In Wahrheit sei er Fotograf. Kunst, nicht Mode. Nichts für ungut, gell? Aber die ganze kommerzielle Scheiße kotze ihn an. »Das kotzt mich an«, sagte er und steckte den Finger in den Mund, damit auch keine Missverständnisse aufkamen. An der Uni habe er endlich Leute gefunden, die genauso dächten wie er. »Die haben auch keine Lust, sich in ein Hamsterrad sperren zu lassen. Das sind Leute, die was machen wollen«, er drehte sich zu ihr, »was verändern.«

»Schon was verkauft?«, fragte meine Mutter, was, wie er ihr erklärte, jedoch die völlig falsche Frage war. Vielmehr sei die Verweigerung jeglichen kommerziellen Erfolgs geradezu die Voraussetzung künstlerischen Vorankommens. Es gehe ihm nicht darum, etwas her-zu-stellen. »Ich bin kein Rädchen im Getriebe.« Kunst, die pro-duziere, sei ein schwarzer Schimmel. »Nur wer bereit ist, auf materielle Anerkennung zu verzichten, kann sich freimachen von den Erwartungen der Gesellschaft und etwas tatsächlich Neues schaffen.« Und seine Jungs an der Uni, die wüssten das zu schätzen. Die wüssten auch, der Rudi, »der ist vielleicht ein bisschen verrückt, aber Mann, der traut sich was.«

Es gefiel ihm sehr, Worte in ihre Silben zu zerlegen, um den »Mann auf der Straße« an ihre ur-sprüng-li-che Bedeutung zu erinnern. Den liebte er noch mehr. Besonders den kleinen, auch wenn er dem, wie er einräumen musste, vor allem in der Zeitung begegnete, weil sein Vater darauf bestanden hatte, ihm eine eigne Wohnung zu kaufen, anstatt ihn in einer Kommune »leben zu lassen.« Ihm selbst bedeute Geld ja nichts. Ganz anders als seinen Alten, die ja schon einen riesen Terz machten, wenn er mal ein paar »Kröten« für Benzin wolle.

Meine Mutter saß schweigend da, dachte daran, wie sie das alles später meinem Großvater nacherzählen würde, während er immer weiter redete, über die Kraft der Bilder und wie verrückt er sei, dass ihn ja zum Beispiel Perfektion überhaupt nicht interessiere, dass er es im Gegenteil viel spannender fände, die Abgründe zu beleuchten, was er, dem Pathos nach zu urteilen, von dem ihm die Stimme vibrierte, wohl tatsächlich für innovativ hielt.

Und dann? Machte er meiner Mutter ein Kompliment. Oder so was Ähnliches.

Neid, Hass, das Hässliche, Ab-stoßende, das sei es, was den Menschen an-zöge, in der Kunst genauso wie im wirklichen Leben, »wenn das überhaupt ein Unterschied ist.« Schönheit hingegen sei einfach so schrecklich langweilig.

Er drehte sich nach rechts, legte den Kopf zur Seite. Über seine Schulter blendeten die Scheinwerfer eines vorbeifahrenden Autos, sodass meine Mutter sein Gesicht nicht sehen konnte. Blind starrte sie ins Licht. Dann sagte er: »Vielleicht fotografier ich ja mal dich.«

Der Wagen raste vorbei.

Er legte die gespreizten Daumen aneinander, sodass seine Hände ein nach oben offenes Rechteck bildeten, und hielt es wie einen Rahmen vor ihr Gesicht, während er das Lenkrad mit dem Oberschenkel ruhig hielt.

Einen Augenblick dachte meine Mutter darüber nach, beleidigt zu sein.

Er zuckte mit dem Zeigefinger, als würde er den Auslöser drücken, schnalzte wieder mit der Zunge.

Und das gefiel ihr dann irgendwie doch.

»Ja, vielleicht«, sagte sie, so leise, dass sie sich nicht sicher war, ob er es gehört hatte. Sie schaute unsicher nach links, betrachtete zum ersten Mal sein Gesicht, das immer wieder im Schein der vorbeifahrenden Autos aufblitzte, die Bartstoppel, das runde Kinn, das schon fast etwas schwammig wurde. Man konnte sehen, dass er älter war als die Jungs in ihrer Klasse. Und so sehr meine Mutter es auch leugnete, ein bisschen gefiel ihr auch das.

»Was fotografierst du denn so?«, fragte sie.

»Alles Mögliche«, sagte er und tastete nach dem Kassettenrekorder. »Vor allem Menschen.« Das Geschrammel wurde leiser. Er machte eine Kopfbewegung zum Rücksitz. »Ich hab auch vorhin ein paar Bilder geschossen. Auf ner Fete sind die Leute einfach entspannter, da kriegste die echtesten Bilder. Das ist gelebte Kultur!«

Außer dem Schimmel im Badezimmer habe sie keine Kulturen erkennen können, erwiderte meine Mutter.

Einen Moment sah Rudi sie an. Dann lachte er. »Mhm, haste vielleicht recht«, sagte er und kratzte sich an der Stirn. An seiner Nase hing ein Tropfen. »Sind ja schon alles ziemliche Langweiler.«

»Woher kennst du denn die Michaela?«, fragte meine Mutter.

Er stieß die Luft durch die Nase. »Keine Ahnung.« Der Wagen wurde schneller. Wie Eiskristalle blitzten die Lichter vor ihnen auf.

Er drehte mechanisch den Kopf zum Rückspiegel und wieder zurück, aber diesmal blieben seine Augen auf dem Lenkrad hängen, hoben sich kaum, auch dann nicht, als er auf die Überholspur zog. Die Scheinwerfer flogen vorbei, sprangen in den Seitenspiegel, wurden zu immer kleineren Punkten, bis sie endlich ganz verschwanden.

In den Kurven konnte man schon die Kirche sehen, ein riesiger, meteoritenhaft zwischen den Schindeldächern herausragender Klumpen, in dem meine Großmutter am nächsten Tag stellvertretend für meinen Großvater die Sünden beichten würde, die er in jener Nacht noch begehen sollte. Über was er, als sie das dann wiederum ihm beichtete, sich so ärgerte, dass er zur Strafe zwei Tage außer Haus essen und bei seiner Rückkehr jedes Mal »Mmm, das war ja mal lecker« rufen würde. Aber noch erinnerte sich meine Mutter bei dem Anblick nur an ihren Gesangsauftritt, stieg in Gedanken wieder die Empore hinauf, als Rudi plötzlich »Keine Ahnung, woher ich die eigentlich kenn« rief, »die hat einfach irgendwann angefangen, mir total nachzurennen.« Sein Daumen begann wieder zu trommeln, aber jetzt war ihm der Takt egal. »Ich wollt eigentlich schon Schluss machen, aber meine Kumpels haben gesagt, wart noch, also dacht ich, gut, die ist ja eigentlich ganz okay.« Er schüttelte den Kopf. »Den ganzen Weg hier raus in die Pampa bin ich gefahren wegen der!« Er wischte sich mit dem Handrücken über die Nase, aber der Tropfen blieb hängen, oder vielleicht kam auch gleich der nächste. Er schoss an zwei Lastern vorbei, die sich kaum zu bewegen schienen. Meine Mutter hielt die Luft an, bis die Pflöcke wieder auftauchten.

»Eigentlich kenn ich die gar nicht!« Er schluckte, als würde ihm von der Schwere seiner Worte die Kehle zuschwellen, zog endlich den Blick vom Lenkrad. »Wen kennt man denn überhaupt?« Einen Moment sah er meiner Mutter durch die fingerdicken Gläser direkt in die Augen. »Manchmal weiß ich echt nicht, was los ist mit euch Frauen!«

Das Herz meiner Mutter, die beim Straßeüberqueren noch immer die Hand meiner Großmutter halten musste, hämmerte gegen die Brust.

Rudi drehte sich wieder nach vorne, rief »Ich kapier das nicht«, was ihn aber nicht davon abhielt, weiter Vermutungen anzustellen. »Die hat sie doch nicht alle!«, war eine davon. »Die denkt wohl, sie kann mich für blöd verkaufen!«, eine andere. Sein Daumen, der jetzt klang wie das Klopfen eines Spechts, wurde immer schneller. Und der Wagen wurde es auch.

Meine Mutter drückte sich ein wenig zur Seite, tastete nach dem Türgriff, krallte dann aber doch die Finger in den Oberschenkel und den an den Sitz, hielt sich an sich selbst fest und er sich an seiner Wut, die ihn um eine Kurve nach der anderen jagte.

»Aber«, schrie er nun schon richtig, »nicht mit mir! Das sag ich dir, mit mir nicht!« Sein Knie begann ebenfalls auf und ab zu hüpfen, während er nun die ganze Hand zur Hilfe nahm und sich redlich bemühte, das Lenkrad in zwei Teile zu schlagen. »Das hat die sich so gedacht!«, rief er. »Dass ich nach ihrer Pfeife tanz! Dass ich der auch noch nachrenn. Die glaubt wohl, dass sie mit mir Schlitten fahren kann!«, was stattdessen dann aber die Reifen machten, die mit einem Mal nach links ausscherten. Der Wagen raste gegen die Leitplanke, schrammte ein paar Meter an ihr entlang, bevor er wieder in die Mitte schoss. Meine Mutter sah zu Rudi, der wie versteinert dahockte, sah sein Gesicht, über das die entgegenkommenden Scheinwerfer blitzten, griff endlich an ihm vorbei und riss das Lenkrad nach rechts, wieder nach links, worauf sie seitlich noch mal gegen die Planke schlugen, die sich kreischend durch den Lack fraß. Meine Mutter spürte, wie die Kraft unter ihren Händen davonglitt, sah die Tannenwand, Lichter, Straße, Nacht. Sie flog gegen die Tür, schloss die Augen, oder nicht, dachte, dass sie nicht denken könnte, tat es doch, sah Michaela und die anderen, wie sie auf ihrer Beerdigung am Grab stehen und sich unglaublich elend fühlen würden, weil sie sie so schlecht behandelt hatten, dachte an Schnee und Kälte, an verdrehte Glieder, sie stellte sich vor, wie friedlich es sein würde, in einem Bett zu liegen ohne Arme und ohne Beine und vielleicht mit noch weniger, fühlte die Ruhe in ihr und dann den Schlag, erst nur als Widerhall in ihrem Rücken, dann auch an ihrem Kopf, der gegen die Scheibe donnerte und wie ein Dopsball zurückschoss. Etwas kratzte an ihrem Ohr entlang. Sie roch die Erdbeeren, fühlte seine Hand, die sich um ihren Arm schloss und sie auf seine Seite zog, sodass ihr für einen Moment die

Augen aufflogen und sie auf seine dicken Finger blickte, die ihre Haut zusammenpressten, dann auf das Straßenschild, das auf sie zuraste und die Beifahrertür streifte, sodass der Wagen sich noch mal um die eigene Achse drehte, an den Tannen entlangratschte, bis er endlich zum Stehen kam. Die Zweige knackten.

Und dann war erstmal nichts.

Gar nichts.

Kein Geräusch.

Keine Bewegung.

Nur Schwärze, die meine Mutter nach unten zog und unter sich begrub.

Sie fühlte sich leicht.

Sie fühlte sich schwer.

Fühlte überhaupt nichts, außer der Stille.

Und dann einen Schlag, als würde ihr jemand die Faust in die Brust rammen.

Sie sprang nach oben, hörte einen gellenden Schrei. Kalter Schweiß rann ihr über den Nacken. Sie drehte sich im Kreis, während der Schrei von überall gleichzeitig kam.

»Ruhig«, hörte sie seine Stimme, fühlte seine Finger an ihrem Mund. Der Schrei wurde dumpf und dunkel. Sie spürte ihren eigenen Atem, die warme Feuchtigkeit in seiner Handfläche, dann die andere Hand auf ihrem Rücken, seinen Arm, der sie so fest an sich drückte, dass sie sich kaum rühren konnte. Vor ihren Augen tanzten bunte Flecken. Seine Finger drückten gegen ihre Zähne, bis der Schrei endlich verebbte und sich die Laute in ihrem Ohr zu einem Wort formten. »Ok«, sagte er immer wieder, »ok«, während er hektisch über ihren Rücken streichelte.

Sie roch seinen Mund, der nach Kuchenteig duftete, spürte die Wärme, die sich von ihrem Gesicht löste. »Alles okay?«, fragte er.

»Ich glaub schon«, brachte sie mühsam heraus. Ihr Gaumen schmeckte faulig.

»Verdammte Scheiße!«, rief Rudi und lachte. Ein paar Knöpfe verirrten sich zwischen ihre Lippen, während er sie an sich drückte, die Nase hochzog. Dann nahm er seinen Arm von ihrer Schulter, rutschte ein wenig zurück, um sein Bein freizubekommen, und schob sie vorsichtig zurück auf den Sitz. Sein Ellenbogen streifte ihre Strumpfhose, während er ihre Brille aus dem Fußraum fischte und mit seinem Hemdzipfel abwischte. Sie fühlte seine Finger an ihrem Ohrläppchen, sah sein Gesicht, das wilde Haar, den Wald hinter ihm, dann auch das Schild mit der 100, die auf dem Kopf stand und in den nächsten Wochen durch eine 80 ersetzt werden sollte – was meinen Großvater so freute, dass er, als er davon hörte, sofort zur Unfallstelle fuhr und wieder ein Bild knipste. Meine Mutter musste sich danebenstellen und auf den roten Ring zeigen, wie die Mädchen in den Paillettenkleidern beim Großen Preis, während er auf die Straße rannte, um die Füße mit draufzukriegen. Nicht mal auf diese Sache stolz zu sein, ließ er sich nehmen, darauf, dass seine Tochter »eine Gefahr erkannt und für die Zukunft gebannt« hatte, wie er sagte. Aber nur wenn meine Großmutter gerade nicht in der Nähe stand. Sonst brach die gleich wieder in Tränen aus, ob all der Dinge, »die da hätten passieren können!«, auch wenn wie durch ein weiteres Wunder im Grunde eigentlich gar nichts passiert war, weder meiner Mutter noch Rudi. Und dem Ford Taunus auch nicht. Der Motor knurrte ein bisschen, als er den Zündschlüssel drehte, dann machte der Wagen einen Satz und schob sich ächzend aus dem Graben nach oben.

Er stieg aus und trat gegen die Reifen, schrie »verdammte Scheiße« und »Scheiße verdammte«, während er immer weiter lachte, die Motorhaube öffnete und den Kopf hineinsteckte. Meine Mutter drückte die Hand auf den Magen, der plötzlich zu gluckern begann, sah die Haube zufallen. Rudi lief wieder am Fenster vorbei, klopfte gegen alles, was ihm einfiel, bis er endlich den Kopf ins Auto steckte. In seiner Hand hielt er einen abgerissenen Seitenspiegel. »Ist alles ok!« rief er und schüttelte sich vor Lachen. Seine Oberlippe glänzte gelblich. Er setzte sich auf den Fahrersitz, strich sich über die Haare, bis sie wieder ganz so aussahen, als hätte er sich seit Monaten nicht mehr gewaschen. »Ich denke, wir können wieder«, sagte er dann und trat zaghaft aufs Gas. Ein bisschen holprig aber ohne größere Probleme rollte der Wagen zurück auf die Fahrbahn.

»Irre«, rief Rudi, aber nur so halblaut, als sei ihm das alles noch nicht ganz geheuer. Er fuhr so langsam, das man neben dem Wagen hätte herlaufen können, aber sie waren ohnehin fast am Ziel. Der Unfall hatte sich keine Minute von der Ausfahrt ereignet, gerade noch außerhalb der Sichtweite der Schäfer Marie, der neben dem Weitermachen von Hochzeitskleidern und ähnlichen Näharbeiten auch die Aufgabe zukam, die Dorfbewohner mit Klatsch zu versorgen. Zu diesem Zweck hatte sie sich eigens ein Kissen angeschafft, das sie auf die Fensterbank legte, sodass ihre Ellenbogen beim Gaffen weich gebettet waren. So hielt sie auch in dieser Nacht Wache und sah unweigerlich den Wagen mit der gesprungenen Scheibe und meine Mutter dahinter, »middäm Kerl!«, wie sie am nächsten Tag beim Bäcker, beim Metzger, auf dem Friedhof, schließlich sogar direkt vorm Mode-Schneider kundtat, bis mein Großvater aus dem Laden gestürzt kam und davonraste, sodass sie in der Hoffnung auf eine Fortsetzung lieber wieder Posten bezog.

Der Wagen schlich also im Schneckentempo an ihrem Fenster vorbei, sodass sie einen guten Blick auf Rudi werfen konnte, dessen Hals tief zwischen die Schultern gerutscht war. Meine Mutter daneben glotzte aus dem Fenster, ohne etwas zu sehen, bis er unter den Perlmuttbeinen meiner Großmutter hielt und ausstieg. Mit schnellen Schritten ging er zum Eingang, als sei das sein Haus und nicht ihres, während sie ihm benommen nachlief.

Und vor der Tür küsste er sie dann. Auch das wohl eher ein Versehen, weil sie sich nicht einigen konnten, in welche Richtung sich umarmt werden sollte. Wie zwei Boxer vorm ersten Schlag trippelten sie voreinander her, bis er endlich auf dem Weg zu ihrer rechten Schulter, sie zur seiner linken, irgendwo zwischen Mund und Nase hängenblieb und sich gerade noch mit einem Kuss aufs Auge retten konnte.

Sie hielt die Luft an, während seine Lippen ihr Lid berührten, roch wieder seinen Atem. Dann schob er sie ein wenig von sich und klopfte ihr fester als nötig auf den Rücken.

»Ist auch wirklich alles ok?«, fragte er noch mal und klimperte mit dem Schlüssel.

»Mhm«, sagte sie und knautschte das Täschchen in ihren Fingern.

Er ließ den Schlüssel in seiner Hand auf und ab springen. »Ich muss dann mal«, sagte er und nickte. Und meine Mutter tat es auch, hörte gar nicht mehr damit auf, nickte immer weiter, während er zurück zum Wagen ging, den Schlüssel ins Schloss steckte, »alles Gute« rief. Er ließ den Motor an, hob die Hand ins Fenster und fuhr davon. Eine Weile hörte man noch die Stoßstange, die über den Boden schleifte. Dann war es still.

Meine Mutter blieb stehen wie eine Uhr, die man vergessen hat, aufzuziehen. Regungslos sah sie das Licht, das im Haus anging und von einem zum anderen Fenster sprang, dann meine Großmutter aus dem Haus rennen, die in ihrem weißen Nachthemd wie ein Gespenst aussah.

»Wo kommst du denn jetzt her?«, rief sie, »der Papa sollte dich doch abholen!«, und in die andere Richtung: »Oskar, du wolltst sie doch abholen!« Sie schlang ihre Arme um meine Mutter, zog sie ins Innere, den Flur entlang, ins Arbeitszimmer, wo mein Großvater, die Brille auf der Stirn wie ein zweites Paar Augen, am Schreibtisch saß und etwas schrieb. Er trug noch immer seinen Anzug, aber das Haar hatte er abgenommen. Auf seinem Schädel schimmerten bräunliche Flecken.

»Du wollst sie doch abholen«, rief meine Großmutter noch mal, aber mein Großvater hob nur den linken Zeigefinger in die Luft, schrieb in Ruhe weiter, bis er endlich den Füller auf die Schreibunterlage legte und den Kopf hob. »Ja?«, fragte er.

»Das Kind!«, rief meine Großmutter und schob ihm meine Mutter entgegen, wie eine Melone, bei der man nicht genau weiß, ob sie schon reif ist.

Mein Großvater schaute auf seine Uhr. »Hatten wir nicht vereinbart, dass ich dich um elf abhole?« Er schob seine Gläser auf die Nase und faltete die Hände.

»Doch.« Meine Mutter versuchte, gerade zu stehen.

»Und was machst du dann hier?«

»Ich weiß nicht.«

»Wie, du weißt nicht?«, mein Großvater legte die Stirn in Falten, »was ist denn das bitte für eine Antwort?«

Meine Mutter schob die Arme hinter den Rücken. »Ich war schon fertig.«

Mein Großvater lehnte sich in seinem Ledersessel zurück. »Was soll das heißen? War die Party vorbei?«

»Nicht so richtig.« Ihre Knie fühlten sich, als würden darin Brausebläschen platzen.

»Dann versteh ich nicht, was du hier tust.«

Der Schreibtisch verschwamm vor ihren Augen.

»Nun?«, fragte mein Großvater.

Meine Mutter kniff die Pobacken zusammen, zuppelte an ihrem Kleid. »Ich hab's da einfach nicht mehr ausgehalten«, murmelte sie.

»Du hast was?«, schrie mein Großvater.

»Oskar!«, rief meine Großmutter und legte meiner Mutter eine Hand auf die Schulter.

»Ich hab's da nicht ausgehalten«, wiederholte meine Mutter.

»Ich glaub, dir geht's zu gut!« Die Flecken auf dem Schädel meines Großvaters wurden größer und dunkler. »Hast du überhaupt eine Ahnung, was das bedeutet, *etwas nicht mehr auszuhalten*. In Kasan ...«

»Oskar!«, rief meine Großmutter noch einmal und legte den Finger an die Lippen. Sie machte eine Kopfbewegung zum Fenster.

»Was denn?«, schrie mein Großvater noch lauter. Er schob die Blätter zusammen und ließ sie mit der Unterkante auf die Tischplatte stoßen. »Und wie bist du hierher gekommen, wenn ich fragen darf?«

Meine Mutter knotete ihre Finger ineinander. »Mich hat jemand mitgenommen.«

»Getrampt?«, schrie meine Großmutter, »getrampt isse, Oskar, getrampt!«

»Mit wem?«, fragte mein Großvater trocken.

Meine Mutter überlegte, aber sie konnte sich beim besten Willen nicht an Rudis Namen erinnern. Ihr Kopf war so schwer, dass sie sich anstrengen musste, nicht vornüberzufallen. »Einer von der Party.«

»Oh mein Gott!«, schrie meine Großmutter vorsichtshalber.

Mein Großvater rieb sich über die Stirn. Er legte den Ringfinger auf den Füller und schubste ihn hin und her. »LD: T665, wenn ich nicht irre«, sagte er schließlich und zog die Augenbrauen nach oben.

Meine Mutter schaute auf.

»Grüner Ford Taunus, nicht wahr?« Er tippte sich gegen die Schläfe und dann aus dem Fenster, von dem aus man die Straße sehen konnte. »Ich weiß Bescheid.«

Meine Großmutter zog die Hand von der Schulter meiner Mutter und drückte sie stattdessen auf ihre eigne Brust.

»Und das war sein Auto?«

Meine Mutter nickte.

»Ich verstehe.« Er schob den Papierstapel ans Tischende und stellte einen Briefbeschwerer darauf, aus dem sich ein gläsernes »S« nach oben bog. »Ein bisschen mitgenommen das Ding, findest du nicht?«

Meine Mutter öffnete den Mund, kippte von einer Seite zur anderen. »Wir hatten einen kleinen Unfall«, flüsterte sie endlich.

»Oh mein Gott!«, schrie meine Großmutter. Aber jetzt so richtig, als wolle sie alles aufholen, was sie seit der Ankunft meiner Mutter versäumt hatte. »Ohmeingottohmeingottohmeingottohmeingott!« Sie drehte meine Mutter zu sich, ließ sich auf die Knie fallen und hob die Ärmchen nach oben, fummelte in den Achselhöhlen herum, tastete die Beine ab, während sie »bist du verletzt?«, »tut dir was weh?«, »hast du dir was getan?« rief. Meine Mutter sackte kraftlos nach vorne.

»Alles noch dran?«, fragte mein Großvater, als meine Großmutter endlich unter ihrem Rock hervorkam.

Meine Mutter nickte.

»Gut, dann wäre das ja geklärt«, sagte er, und »also gut«, und als das noch immer nichts half, »Hilde, das ist verdammt noch mal keine Sanierung, du siehst doch, dass sie in Ordnung ist«, woraufhin meine Großmutter endgültig in Tränen ausbrach und »sieht das für dich etwa in Ordnung aus?« schluchzend meine Mutter, Kopf voran, zum Tisch zog, damit mein Großvater die Beule bewundern konnte, die unter dem fädeligen Haar hervortrat. »Da!«, heulte sie.

»Ich seh nichts«, sagte mein Großvater.

»Daaa!«, jammerte meine Großmutter und strich mit dem Finger darüber.

»Nix da«, sagte mein Großvater und schaute in die entgegengesetzte Richtung, parkte seinen Blick auf der Straße, bis meine Großmutter sich endlich ergeben auf die Ballen sinken ließ und die Lippen zu einem schmalen Strich zusammendrückte.

Meine Mutter starrte auf den Perserteppich, betrachtete die Krieger, die auf ihren Pferden dahingaloppierten. Ihre Augen fuhren das Muster entlang, folgten den Hügeln, die die Krieger hinauf oder hinab ritten, je nachdem, von wo man schaute, bis an die Stelle, wo sie der Schreibtisch verdeckte. Nur in der Mitte konnte man die sehen, die oben am Hang standen, und die Schuhe meines Großvaters, einen Socken oben drauf, den anderen noch am Fuß.

»Nun gut«, hörte sie ihn endlich sagen. »Wir hatten eine Vereinbarung und du hast sie gebrochen.« Er verschränkte die Arme vor der Brust. »Aber wie ich meine Tochter kenne, hatte sie triftige Gründe für ihr Handeln.« Das Grübchen in seinem Kinn zog sich zusammen. »Also bitte.«

Meine Mutter holte tief Luft, kratzte an ihrer Strumpfhose. Und dann fing sie an zu erzählen, von dem furchtbaren Lärm und den furchtbaren Leuten, von dem weinenden Mädchen und dem Jungen, die sich in der Toilette eingeschlossen hatten, wobei das Schnaufen in ihrem Rücken in ein Rasseln umschlug. Sie erzählte von dem Bier und den Scherben, von der Michaela, die sich so im Kreis drehte, dass ihr schwindelig wurde. Ihr Magen machte Geräusche. Die Pferde sprangen durcheinander. Sie erzählte von der Hand in ihrem Unterhemd und dem Stuhl, der auf den Boden fiel leicht war er auch darüber gestolpert so genau konnte sie sich nicht mehr erinnern konnte sie sich aber an die bösen Blicke, die ihr folgten und sie nach draußen war es so kalt war es, dass ihr die Beine zitterten, sie musste sich an der Tischkante festhalten, um nicht umzufallen, während sie weitersprach, von der vereisten Scheibe im Auto, das sich drehte, und von der Michaela, die sich auch drehte, alles drehte sich vor ihr war so schwindelig reicht jetzt, rief er, es reicht. Der Tisch driftete zur Seite, sodass ihr das Lenkrad entglitt, die Tanne knallte gegen die Scheibe und dann die Hand meines Großvaters auf den Tisch. »Es reicht, verdammt noch mal! Was redest du denn für einen Unsinn?« Die Füße unter dem Tisch suchten den Boden ab. »Ist das etwa alles, was du zu deiner Verteidigung vorzubringen hast?« Der Ehering kratzte über die Tischplatte. Meine Mutter drückte die Hand auf den Mund.

»Nun?«

»Ich hab's einfach nicht mehr ausgehalten«, nuschelte sie durch die Finger.

»Ich glaub's nicht!«, schrie mein Großvater und haute sich, halb aus Wut, halb aus Mangel an Alternativen, auf den eigenen Oberschenkel. »Duckmäuser! Das sind die Worte eines Duckmäusers!« Er sprang auf, knallte mit dem Bauch gegen die Tischplatte. Meine Mutter sah, wie der Füller, von dem Schlag angestoßen, ins Rollen kam und auf die Kante zusauste. Sie überlegte, ihn aufzufangen. Aber kurz vor dem Abgrund hielt er plötzlich an und rollte rückwärts.

»Soll mich der Teufel holen, wenn ich ein Kind großgezogen habe, das vor ein paar Halbstarken den Schwanz einzieht!«, brüllte mein Großvater an ihrem Ohr und packte sie an den Schultern.

»Oskar!«, rief meine Großmutter.

»Was?«

»Das Kind hat doch schon genug durchgemacht!«

»Ein Loch im Kopf ist noch lange kein Grund, die Zügel schleifen zu lassen«, brüllte er.

Er ließ meine Mutter los und setzte sich auf die Couch, die dort natürlich eigentlich nicht zum Sitzen, sondern nur zum Anschauen stand. »Ich weiß nicht, was schlimmer ist. Dass du so dumm warst, dein Leben aufs Spiel zu setzen. Oder dass du mit dem Schrecken davongekommen bist.« Er blickte aus dem Fenster und rieb sich gedankenverloren den Bart, den er schon seit seiner Rückkehr aus Russland nicht mehr hatte.

Meine Mutter nickte wieder.

»Willst du etwa eine von denen werden, die bei jeder Kleinigkeit kneifen.«

Meine Mutter schüttelte den Kopf.

»Will mir erzählen, sie hat es nicht ausgehalten, ein paar Stunden Musik zu hören und sich nett mit ihren Klassenkameraden zu unterhalten.«

»Du kannst dir nicht vorstellen, wie hohl die alle waren«, flüsterte meine Mutter.

»Ein Grund mehr, durchzuhalten!«, schrie mein Großvater. »Ins Gesicht hättest du denen lachen sollen!« Er riss den Arm in die Luft. »Da schlägt man zurück!« Er starrte sie an. Seine Hand krallte sich zur Faust. Und vielleicht wollte er einfach beweisen, dass er das nicht nur so dahergesagt hatte. Meine Mutter wehrte sich nicht, als er sie zu sich zog, sie wie eine Decke über seinem Schoß ausbreitete und das Kleid nach oben schob. Schaute nicht auf, als meine Großmutter Ohmeingottohmeingottohmeingottohmeingott jammerte, als er ihren Kopf nach unten drückte, ausholte und sie dann doch wieder von seinen Knien hob und vor sich aufstellte.

»Nein«, sagte er, »den Po versohlt man kleinen Kindern. Du bist alt genug, deiner Strafe ins Gesicht zu sehen.« Sein Grübchen schob sich vor und zurück wie ein kauender Mund. »Verstehst du?«

Meine Mutter schwankte zur Seite.

»Ob du mich verstehst, hab ich gefragt?«, schrie er.

Und meine Mutter? Nickte wieder. Zuckte nicht mal zurück, als seine Hand auf ihre Wange sauste, »was ihm mehr weh tat als ihr«, wie meine Großmutter sich auch Jahre später noch gezwungen sah zu ergänzen. Seine ganze Kraft musste er zusammennehmen, so sehr schmerzte es ihn, ihr Schmerzen zuzufügen, aber »was muss, das muss«. Er schlug zu, so fest er konnte. Der kleine Kopf meiner Mutter flog zur Seite.

»Lass sie!«, brüllte er, als meine Großmutter herbeistürzte, und zu meiner Mutter: »Schau her! Hier spielt die Musik!«

Aber sie sah ihn nicht, so sehr sie auch versuchte, die Lider oben zu halten. Sah nicht das Zucken in seinem Mundwinkel, wenn er ausholte. Nicht die vor Anstrengung knitternde Stirn, auch wenn er vom nächsten Morgen an jedem erzählte, dass er seiner Tochter »auf Augenhöhe« begegne, »in guten wie in schlechten Zeiten«. Alles was sie sah, war seine Hand, die gegen ihr Gesicht prallte, einmal, zweimal, viermal, die silbrige Stelle in der Mitte, die sie an der Schläfe traf, sechsmal, und noch mal, und den Schmerz, der schwarz und rot war und nach Galle schmeckte, der sich über sie stülpte und ihr schließlich doch die Augen zudrückte.

»Oskar!«, hörte sie meine Großmutter in den Pausen kreischen.

»Bleibst du stehen«, brüllte er, als sängen sie im Duett, und meine Mutter blieb, rührte sich nicht, bis die Schläge schwächer wurden.

»Das dürfte reichen«, sagte er schließlich und räusperte sich.

Meine Mutter versuchte die Augen zu öffnen, aber so ganz wollte es ihr nicht gelingen. Wie durch einen über den Kopf gezogenen Pullover sah sie, wie mein Großvater seinen Arm ausschüttelte, die Finger knetete, »und jetzt wag's nicht beleidigt zu sein!« sagte, während meine Großmutter in ihrem Rücken schluchzte. Er räusperte sich noch mal, schaute auf seine Uhr.

»Wird höchste Zeit, dass das Kind ins Bett kommt«, brummte er, »schlaf jetzt« und meine Mutter gehorchte auch diesmal und schlief noch beim Ausziehen ein. Meine Großmutter fand sie, das Kleid unterm Kinn zusammengeknüllt wie eine Halskrause, auf dem Badezimmerteppich liegen. Sie klemmte sich das halbnackte Bündel unter den Arm, erklärte meinem Großvater, dass ihre Migräne heute Abend besonders schlimm sei, es würde sie nicht wundern, wenn die diesmal gleich ein paar Tage anhielte, und packte meine Mutter ins Bett.

»Du bist doch alles, was ich habe«, flüsterte sie, während sie die Enden des Lakens unter die Matratze stopfte, wie den Gurt, den sie nicht gehabt hatte, was da alles hätte passieren können, nicht auszudenken.

Meine Mutter schreckte erst mitten in der Nacht wieder auf, in

Schweiß gebadet. Sie zog die Decke weg, aber statt ihrer Beine sah sie nur Schilf, das aus der Matratze wuchs. Sie wunderte sich ein bisschen, dass Schlingpflanzen im Winter gediehen, aber ihr war zu übel, um darüber nachzudenken. Der Fluss unter ihr schäumte gegen die Bettpfosten, und dann stand plötzlich Rudi vor ihr. »Komm, ich bring dich nach Hause«, rief er und winkte ihr zu.

Ich bin doch schon zu Hause, dachte sie, aber da sah sie ihn auch schon auf sie zukommen, spürte, wie ihr Herz in den Schädel schlug die Pauke, ja wir machen durch bis morgen früh, wer hat die denn reingelassen zog sie hinter sich her am Ufer entlangsam rief sie langsam mir ist schlecht, nicht so schneller, immer schneller rannte er, ihre Backe schleifte über den Boden, sie versuchte, sich loszumachen, aber er hielt ihren Arm feste, na los feste, sie spürte seine Lippen auf ihrer Haut ihr eine runter, dass es knallt gegen die Scheibe ist kalt, so kalt. In ihrem Magen gluckerte es. Und auf einmal verstand sie, was mit ihr passierte: Sie war verliebt.

Das ist es also, von was alle reden, dachte sie, öffnete den Mund und erbrach das ganze Herzklopfen in die Toilette.

Sie wischte sich den Mund ab und versuchte, sich aufzustützen, aber die Klobrille wich ihr aus. Ihr Arm griff immer wieder ins Leere, bis sie endlich das Waschbecken zu fassen bekam. Sie zog sich hoch, wankte den Gang entlang. Von irgendwoher hörte sie es wieder rauschen, dann zog ihr jemand die Füße weg. Ein spitzer Schrei fuhr ihr in die Brust. »Wie? Was?«, rief sie, sprang auf, aber ihr Körper blieb liegen. Sie sah die Absätze, die vor ihr zum Stehen kamen, den Blümchenstoff über ihrem Gesicht, spürte den Griff um ihre Brust und wie sie zurück auf den Boden sackte. Sie hörte das Klappern auf dem Parkett. Dann lief ihr Kopf mit Dunkelheit voll.

Meine Großmutter hingegen steigerte sich innerhalb weniger Sekunden in eine Panik hinein, wie es nur jahrelanges Training erlaubt. Mein Großvater war schon weg, und um selbst mit der Situation umzugehen, war der Prozess ihrer Selbstauflösung längst zu weit fortgeschritten. Sie stürzte also den Flur entlang zum Telefon. Griff nach dem Hörer. Ließ ihn fallen. Schrie auf. Zog ihn an der Schnur nach oben. Steckte den Finger in die Wählscheibe. Blieb hängen. Schrie wieder. Wählte von vorne. Eins der Fräulein nahm ab. Nein, der Chef sei im Lager, ob man was bestellen dürfe. Ihn holen? Ja, natürlich. Und als es endlich so weit war, dass sie meinem Großvater ins Ohr schreien konnte, waren ihr die Worte abhandengekommen. Mehr als ein Keuchen war nicht mehr übrig.

Mein Großvater, der immerhin ein sehr beschäftigter Mann war, sagte »Hilde, jetzt überlegst du dir erstmal, was du sagen willst, und dann rufst du mich noch mal an«, und drückte auf die Gabel.

Meine Großmutter starrte in die Muschel. Und schrie. Sie presste den Hörer erneut ans Ohr, aber jetzt wollten ihr die Finger gar nicht mehr gehorchen. Sie zitterte so, dass sie das Telefon vom Tisch riss und mit ihm die Vase meiner mittlerweile ebenfalls verstorbenen nicht-Berliner Urgroßmutter, ließ sich auf den Boden fallen und versuchte, das Telefon hervorzuziehen, während es lang und unerbittlich tutete. Sie zerrte an der Schnur, die sich um die Tischbeine gewickelt hatte und immer weiter wickelte, während sie das bisschen Verstand, das ihr die Angst noch ließ, dazu missbrauchte, den »Herrgott im Himmel!« um Hilfe anzuflehen, die dieser jedoch erstmal nicht schickte. Stattdessen rammte er ihr einen Splitter in den Daumen, sodass meine Großmutter, na was wohl: schrie. In dem völlig die Prioritäten verkennenden, dank perfekter Dressur jedoch unbezwingbaren Bemühen, der von meinem Großvater ausgegebenen Order, ihm »jo kän Flegge uf de guude Läufer zu mache« Folge zu leisten, drückte sie den blutenden Daumen mit den übrigen Fingern ab und reckte den Arm in die Luft, während sie mit dem anderen nach dem Telefon grapschte wie eine Katze nach einem Wollknäuel, schrie und schrie und schrie, keine Luft mehr bekam, trotzdem weiter schrie und wohl ihrerseits ohnmächtig geworden wäre, wenn nicht endlich eine Nachbarin an der Tür geklopft und schüchtern gefragt hätte, ob denn bei ihnen alles in Ordnung sei. Mit letzter Kraft schaffte es meine Großmutter, ihr aufzumachen und sich vor ihre Füße zu werfen, woraufhin die Nachbarin selbst ein bisschen schrie, dann aber relativ schnell die Lage erkannte und sowohl meine Mutter als auch meine Großmutter ins Krankenhaus fuhr, wo Letztere erstmal ein Beruhigungsmittel bekam.

Meine Mutter selbst hatte zu warten. Die Station war wie gesagt furchtbar voll, das Personal obendrein furchtbar faul, wenigstens wenn man meinem Großvater glaubte, der dann irgendwann doch kam und das Ruder übernahm. Im Einzelnen bedeutete das, dass er ins Schwesternzimmer stapfte und mit Auditoriumsstimme erklärte, dass er keinerlei Sonderbehandlung wünsche, ach, wo bleiben denn meine Manieren, Schneider, ja, ebender, wobei er zielsicher den einen Mantel auf der Stuhllehne ansteuerte, in dem das geschwungene »S« im Futter blitzte, und zärtlich darüberstrich. »Tausend« und »vielen« und »furchtbar vielen« Dank säuselnd, lehnte er die angebotenen Kekse ab und hielt sie stattdessen mit gönnerhafter Miene den Schwestern hin, als habe er sie eben eigenhändig aus dem Ofen geholt, ich bitte Sie, Sie können doch nicht mehr auf die Waage bringen, als meine kleine Tochter, was Sie nicht sagen?, ich hätte Sie höchstens halb so alt geschätzt, bis sich eine von ihnen anbot, einen Arzt zu holen.

Der hätte aber wohl auch erstmal einen Keks gebraucht. Seine Laune war nach den vielen Quetschwunden so mies, dass er einer völlig unversehrten 14-Jährigen mit vormontäglichen Kopfschmerzen keine große Aufmerksamkeit schenkte und sie mit einem Päckchen Aspirin nach Hause schickte, wo sie dann schließlich bewusstlos wurde. Oder vielleicht auch gleich ins Koma fiel. Mein Großvater telefonierte einen anderen Arzt herbei, einen Mithäftling aus Kasan, der damals wohl auch den Zehenstumpf des Freundes, zwinkerzwinker, so gut verarztet hatte, dass der mit seinen neun heute besser unterwegs sei als so mancher mit zehn gesunden Zehen, und meine Mutter nach kurzer Untersuchung in sein eigenes Krankenhaus nach Heidelberg bringen und dort in ein CT schieben ließ, das dann auch tatsächlich eine heftige, aber, nicht doch, kein Grund zu weinen, Gnädigste, keineswegs bedrohliche Epiduralblutung zeigte. Man bohrte ihr ein Loch in den Schädel, meine Großmutter bekam so schlimme Kopfschmerzen, dass die Schwestern ihr eine Liege leerräumen mussten, auf der sie lautstark gegen die Ohnmacht ankämpfte, bis meine Mutter aus dem OP kam. Nach ein paar Stunden konnte sie wieder aufstehen. Meine Mutter hingegen musste drei Wochen im Bett bleiben, die sie, auch das dank des Kasanfreunds, jedoch größtenteils zu Hause abliegen durfte. Zu tun gab es wenig. Aber davon jede Menge. Lesen. Mehr Lesen. Schlafen. Noch mehr lesen. Essen. Beim Essen Lesen. Nach dem Essen Weiterlesen. Schlafen. Zwischendurch kam meine Großmutter ins Zimmer, schüttelte die zehn Kissen auf und ließ sich ein bisschen trösten ob all der Dinge, die da ja schon wieder hätten passieren können und in ihrem Kopf derart real waren, dass sie beim Gedanken daran doch ein paar Tränen zerquetschte, bis sie vor Erschöpfung neben meiner Mutter einschlief.

Und die weiterlesen konnte.

Der Kasanfreund hatte ihr aufgetragen, »mal ein bisschen zu faulenzen«, »fünfe grade sein« und »es sich gutgehen« zu lassen. Ruhe sei das beste Heilmittel. Bei meiner Mutter entfaltete das jedoch leider die gegenteilige Wirkung: Je weniger sie tat, desto angespannter wurde sie. Die Beine unter der Bettdecke zappelten umher, ihr Verstand suchte verzweifelt nach Fragen, die er beantworten könnte. Aber das Schlimmste waren die Nebenwirkungen: Sie wurde noch klüger. Am Ende der ersten Woche hatte sie bereits ihre Monatsliste und obendrein den Lehrplan fürs komplette Schuljahr durch. »Ich kauf dir jedes Buch, das die im Laden haben«, sagte mein Großvater. Und »jedes« war genau das, was meine Mutter lesen wollte. Ihre Wange wurde blau, dann grün, dann gelb, dann weiß, und als sie schließlich zurück in die Schule durfte, war die geschlossen. Winterferien. Also lernte sie noch mal zwei Wochen weiter, bis sie zu drei Erkenntnissen kam (man verbringt eben nicht sein halbes Leben mit meinem Großvater, ohne dass was hängenbleibt).

Die erste war, dass sie für ihre Klasse völlig verdorben war. Die Unterforderung und vor allem die Zurschaustellung derselben nahm solche Ausmaße an, dass die Klassenlehrerin entnervt vorschlug, sie solle doch eine Klasse überspringen.

Die zweite Erkenntnis war, dass es in deutschen Krankenhäusern nicht nur an Engagement, sondern auch an Grips fehlte. Meine Mutter verfügte über beides, was sie auf die Idee brachte, Ärztin zu werden. Zumindest war das die Erklärung, die sie gab, wenn sie jemand danach fragte. In Wahrheit war der Grund wohl ein anderer, einer, den sie sich mal wieder bei meinem Großvater abgekuckt hatte: Kenne deinen Feind. Ich glaube, insgeheim hoffte sie, durch das Medizinstudium so viel Wissen über den Körper anzuhäufen, dass sie ihn besiegen könnte, ihn ruhigstellen, sodass sie und ihr Verstand endlich ungestört glücklich werden könnten. Vor allem wollte sie sich ein für allemal gegen die mieseste Hinterlist aus ihrem Inneren wappnen, wobei wir bei der dritten und wichtigsten Einsicht wären: der, dass Liebe eine Krankheit ist.

Nachdem die Gefühlswallungen, die in jener Nacht »aufgetreten« waren, mit dem Abklingen der Schwellung ebenfalls verschwanden, war sie mehr denn je der Überzeugung, dass Verliebtsein lediglich das Symptom eines Mangels sei, eines Fehlers im System, den der menschliche Organismus durch ein trügerisches Glück überdeckt, so wie bei Menschen, die kurz vor dem Tod plötzlich einen Energieschub erleben. Selbst als sie jenes Glück selbst kennenlernte, und merkte, wie viel mehr es war, als das Herzrasen von damals, suchte sie weiter nach einer physischen Ursache, so wenig konnte sie glauben, dass sie allein für all den Unsinn verantwortlich sein sollte, den sie da zusammenfühlte. Und ganz allein war sie das ja vielleicht auch nicht. Vielleicht lag es ja tatsächlich auch ein Stück weit an dem, was da in ihrem Körper vor sich ging, dass sie sich plötzlich wie eine völlig Fremde benahm. Auch wenn es kein Zuwenig, sondern ein Zuviel war, das ihr Herz aus dem Tritt brachte. Aber das erfuhr sie erst, als schon alles vorbei war.

4. Kapitel

Meine Mutter tat sich so schwer mit der Liebe, dass auch ihr Hass etwas Bemühtes, geradezu Verzweifeltes hatte, wie wenn ein Kind versucht, in Stöckelschuhen zu gehen. Sie strengte sich an, wollte wenigstens hier alles geben, aber solange ihr das Gegengewicht fehlte, kippte sie immer wieder vornüber. Ihr Hass wog zu schwer für die winzigen Vergehen, die sie zur Begründung anführen konnte, war zu absolut, als dass man ihn ihr hätte glauben wollen, vor allem, weil er einfach viel zu vielen galt, der Michaela, den Partygästen, im Grunde allen Menschen ihres Alters, allen, die jünger waren und sich dementsprechend verhielten, allen, die älter waren und sich nicht dementsprechend verhielten, der Lehrerschaft, der Ärzteschaft. Und im Herbst nach dem Unfall waren es eben die neuen Mitschüler, die sie hasste. Aus vollem Herzen. Weil sie angeblich noch viel kindischer waren als die alten. Und so dumm. So dumm, dass meine Mutter schon nach wenigen Wochen wieder Klassenbeste war. Weil sie, anstatt das vielleicht mal als Ansporn zu nehmen, die Stunde lieber dazu nutzten, zweideutige Witze zu machen, von denen meine arme Mutter weder die eine noch die andere Bedeutung verstand, sodass sie letztendlich beschloss, dass es das Klügste sei, sich von der ganzen Meute fernzuhalten.

Aber ausnahmsweise waren die anderen mal in einer Sache noch besser als sie: Wo immer sie sich hinsetzte, blieben die beiden Plätze daneben frei – was ihr jedoch die Freundschaft mit Babsi einbrachte, eine Freundschaft, die ein Leben lang halten sollte, obwohl – »*weil*, mein Gott, *weil!*« – die beiden so gut wie nichts gemeinsam hatten. Bis vielleicht auf das eine: Sie mochten die Schule.

Meine Mutter die Bücher. Das Lernen. Die guten Noten. Babsi die Briefchen unterm Tisch. Die Pausen. Die Freistunden. Die waren so unterhaltsam, dass sie fast immer zu spät kam und zwangsläufig neben meiner Mutter landete, die »diese Barbara«, wie sie anfangs hartnäckig sagte, allein schon des bekloppten Spitznamens wegen für ein bisschen dämlich hielt (womit sie, nichts für ungut, jetzt wohl auch nicht sooo falsch lag). Aber auch abgesehen davon hätten die beiden kaum unterschiedlicher sein können.

Zum einen verkörperte Babsi die Phantasie eines jeden schamvoll ein Buch übers Hosenzelt pressenden Halbwüchsigen. Die Betonung liegt auf Körper. Sie hatte einen absurd runden Mund, der immer einen Spalt weit offen stand, einen prächtigen Busen, einen noch prächtigeren Hintern, weiche, blonde Locken, oben wie unten, wie auf dem Jungsklo nachzulesen war, und war so durch und durch schön, nicht hübsch, schön!, dass ihr der Blick für die Hässlichkeit völlig fehlte. Selbst für die meiner Mutter.

»Du spinnst«, rief sie, als die sich kurz vorm Abstillen der letzten Eitelkeit einen Pony schneiden lassen wollte, um ihre Augen dahinter zu verstecken. Und dann, als sie es wirklich und auch gleich selbst tat, gleich noch mal: »Ach Quatsch, sieht spitze aus«, und »steht dir super!«

Zum anderen war Babsi die Art von Mensch, der niemals Pläne macht. Nicht sie lebte ihr Leben, ihr Leben lebte sie. Auf dem Ball nach dem Abitur, das sie nur deshalb bestand, weil sie während der Geschichteklausur zufällig einen fremden Spickzettel auf der Toilette fand, betrank sie sich so hemmungslos, dass sie von der Bühne fiel, direkt in die Arme des Schlagzeugers, der sie erst zu sich nach Hause mit- und dann in seine Band aufnahm. Sie bekam ein Mikro in die Hand gedrückt, wackelte mit den Hüften und lernte ihrem schönen Mund ein genauso rundes »Uh-hu« zu entlocken. Ein paar Monate tourten sie durch die Gegend, bis Babsi auf der letzten Station einen angehenden Regisseur derart von den Socken uhte, dass er ihr eine Rolle in seinem Film anbot. Sie zog nach Paris, schlief mit sehr vielen, sehr viel älteren Männern, lernte auch auf Französisch zu ühen und versuchte sich an irgendeiner Modedroge, die sie endlich in eine Entziehungsklinik brachte und Babsi den dortigen Leiter um den Verstand.

Nachdem wohl auch diese Beziehung zerbrochen war, schlief sie mal ein paar Tage bei uns auf der Couch. Ich war damals erst vier oder fünf. Das Einzige, woran ich mich noch erinnern kann, ist, dass sie stundenlang mit meiner Mutter in der Küche redete. Manchmal hörte ich sie nachts weinen. Aber wenn ich morgens aufwachte, war das Laken immer schon abgezogen und im Geschirrständer tropften zwei Weingläser.

Erst als sie auf der Beerdigung am Arm eines Mannes durchs Friedhofstor schritt, den sie mir als eben jenen, wenn auch zwischenzeitlich pensionierten Klinikleiter vorstellte, verstand ich, dass es nicht Babsis Trauer war, die sich damals unter dem Türspalt in mein Zimmer geschoben hatte. Dass die Tränen in Wahrheit meiner Mutter gehört hatten. Dass es deren gebrochenes Herz war, das nicht heilen wollte. Ihre Wunden, die immer wieder aufrissen, wenn sie mich ansah, dieses Gesicht, das sie umso mehr an ihn erinnerte, je weniger ich ihm ähnelte.

Einen Moment überlegte ich, Babsi darauf anzusprechen. Aber ich wollte ihr kein Verständnis abnötigen, das ich nicht mehr brauchte. Stattdessen nahm ich ihren anderen Arm und ließ mich von ihr zum Grab begleiten, weil ich meine Großmutter, die mit ihren 86 Jahren nicht müde wurde, die Knäuel schwarzer Mäntel abzuklappern und Beileidswünsche einzusammeln wie Kinder Bonbons an Fasching, alleine nicht ertragen konnte. Ich genoss es, sie an meiner Seite zu haben, auch wenn sie, wie sich während des Leichenschmauses zeigte, tatsächlich etwas einfach gestrickt war, dabei aber doch so liebenswürdig und sanft und weich, dass ich nicht aufhören konnte, mich zu wundern, dass meine Mutter sie gemocht hatte. Und umgekehrt natürlich sowieso.

Glaubt man dem Gründungsmythos, den die beiden einander immer wieder vorkauten, war es eben diese Gegensätzlichkeit, auf der ihre Freundschaft fußte. Für Babsi mag das sogar stimmen. Sie bewunderte meine Mutter dafür, wie begabt sie war und wie klug, was sie alles wusste (alles) und konnte (noch mehr), fand sogar diese ganze Hasserei irgendwie lustig, vielleicht weil sie selbst, die von so vielen gemocht wurde, dass sie niemanden nicht mögen brauchte, sich so wenig damit auskannte.

Aber bei meiner Mutter lag der Fall viel einfacher. Babsi war nicht ihre beste Freundin. Babsi war ihre einzige Freundin. Nicht mal das. Sie war die Einzige, die überhaupt mit ihr sprach. Und es war sie, die ihr endlich jene Dinge erklärte, die sowohl mein Großvater als auch all die Bücher bisher ausgespart hatten.

Meine Mutter war so entsetzt, dass sie meiner Großmutter eine Woche lang nicht mehr in die Augen schauen konnte. Sie beschloss, so lange sie lebe, nie, nie, nie einem Mann zu erlauben, so etwas mit ihr zu machen. Erst als Babsi sie einige Monate später im Flüsterton fragte, für wen sie sich denn eigentlich aufspare, Gott oder die Ehe, änderte meine Mutter ihre Meinung und entschied, dass es dann doch das Beste sei, die Sache so schnell wie möglich hinter sich zu bringen. Unglücklicherweise fiel ihr jedoch beim besten Willen niemand ein, der sich dem Problem hätte annehmen können, sodass sie bis auf weiteres erstmal Jungfrau blieb. Und auch sonst völlig unbedarft. Das bisschen, was sie bis zu ihrem 17. Lebensjahr über Sex wusste, roch nach Schweiß und nasser Katze, und nahm sich so abartig aus, dass man es normalen Menschen eigentlich nicht zutrauen wollte. Daran änderte auch Babsi nichts, die sich eifrig mühte, meine Mutter davon zu überzeugen, »dass das schon irgendwie Spaß« mache. Und manchmal ginge es ja auch so schnell, dass man's gar nicht richtig merke.

Sie erzählte gern von den Jungs, die vorbeikamen, wenn ihre Eltern beim Bridge waren. Denen, bei denen ihr nicht mal die Zeit blieb, die Hose ganz runterzuziehen, und denen, die schon etwas älter waren und sie auch danach noch küssten. Sie saß auf dem Bett, ein Kissen im Arm zur Veranschaulichung, und meine Mutter hörte und sah aufmerksam zu, als lerne sie für eine Klausur. Manchmal schlief sie danach da und wurde mitten in der Nacht davon wach, dass Babsis Eltern nicht mehr Bridge spielten. Dann lag sie da, erstarrt von Abscheu und Neugier, und stellte sich vor, wie das wohl sei, *es*.

Wollen tat sie nicht. Aber nicht Wollen noch viel weniger. Das bedeutete nämlich, dass man »frigide« sei, wie sie der von Babsi geliehenen Einstiegsliteratur entnahm. Was das genau bedeutete, wusste sie nicht. Aber es klang gar nicht gut, konnte also nicht auf sie zutreffen. Die Artikel, auf deren Fotos die Leute so nackt waren, dass meine Mutter zum Ansehen sogar die Taschenlampe ausmachen musste, wimmelten nur so von Wörtern, die sie weder verstand noch im *Brockhaus Taschenlexikon* fand.

Das Interessanteste waren jedoch die Zusendungen von Lesern, die alle wie Charaktere aus einem 5-Freunde-Roman hießen und vor »Geilheit« ganz verrückt wurden. Die meisten waren so was von geil, dass sie sich alle möglichen Gegenstände »reinsteckten«, wohin genau, wusste meine Mutter nicht. Auch hier versagte das Lexikon. Klar war nur, dass die ganzen Bananen und Gurken das Ziel verfehlten, denn im Anschluss waren die Absender sogar noch geiler, so dass sie mit der kompletten Fußballmannschaft schlafen mussten und am nächsten Morgen schwanger waren.

Das Thema Jungfräulichkeit kam hingegen kaum zur Sprache und schien tatsächlich nur etwas für Mädchen zu sein, die auf irgendwas warteten, meistens die große Liebe, der sie ihren Körper zum Geschenk machen wollten.

Meine Mutter hatte nichts zu verschenken. Und wenn, wäre es mit Sicherheit kein Fetzen zerrissener Haut gewesen. Je mehr sie von dem Getuschel zu verstehen begann, desto deutlicher trat ihr Wissensrückstand zutage. Das konnte sie natürlich nicht auf sich sitzen lassen. In ihrer Welt waren Un-s auf ihren semantischen Wert reduziert: Un-wissen, Un-vermögen, Un-sinn – Unschuld. Je länger sie mit ihrer blöden Keuschheit durch die Gegend lief, desto unfertiger kam sie sich vor. In ihrer Verzweiflung versuchte sie einmal sogar selbst, einem Jungen ein Lächeln zuzuwerfen, an was sie sich mit derartigem Schrecken erinnerte, dass sie nicht auf die Schnapsidee kam, so was noch mal auszuprobieren.

Und dann kam Uwe.

»Na wenn er denn mal gekommen wär!«, rief meine Mutter, das natürlich schon wieder am Ende und auch nur, weil der Arzt gerade dagewesen war und sie es wohl nicht schnell genug geschafft hatte, von einem Modus in den anderen zu schalten. Sie hatten sich mal wieder köstlich amüsiert mit ihrem Bauerntheater – »Küss die Hand, junge Frau«/»Wieso denn die Hand, Herr Doktor?« –, und als er ging, war sie so albern gestimmt, dass ich mir nicht sicher war, ob ich davon genervt sein durfte oder mich freuen musste, weil es ihr ja offenbar wenigstens gut ging.

Uwe war wohl ziemlich klug, was aber fast niemand wusste, weil er so unheimlich gut aussah, was wiederum meine Mutter nicht wusste. Sie sah nur die schmalen, dicht beieinander stehenden Augen, über denen sich richtiggehende Augenbrauenwülste aufstauten, die Boxernase, diese Lippen, die immer ein wenig so aussahen, als hätte jemand mit einem Brett darauf gehauen. Als sie merkte, wie sehr er angehimmelt wurde, fühlte sie sich fast ein bisschen betrogen, als habe er sie absichtlich in die Falle laufen lassen. Dabei ging es diesem Uwe wohl genauso. Das gute Aussehen war ohne Vorwarnung über ihn gekommen. Eines Morgens war es plötzlich dagewesen, ohne dass er es bemerkt hatte. Erst die Blicke der Mädchen in der Schule verrieten ihm, dass etwas nicht stimmte, wie ein Kulifleck im Mundwinkel, den alle sehen außer einem selbst.

Sein Ego konnte mit der plötzlichen Beliebtheit nicht Schritt halten. Er schwieg, behandelte die Mädchen, die ihm mit klappernden Lidern nachliefen, wie Luft. Vor lauter Unsicherheit wurde er arrogant. Und das kam natürlich noch besser an.

Meine Mutter und er hatten Bio Leistung zusammen, eins der wenigen Fächer, in denen sie ohne Babsi auskommen musste. Uwe wusste fast alle Antworten, aber anders als meine Mutter behielt er das mal schön für sich. Den Mund machte er nur auf, um irgendwelchen Schwachsinn in den Raum zu brüllen, was wiederum bei den Jungs sehr gut ankam. Man dachte sich alle möglichen Aufgaben für ihn aus, wie die, die Französischlehrerin zu fragen, wie man »Cunnilingus« buchstabiere, oder dem Hausmeister den nackten Hintern aus dem Fenster entgegenzustrecken. Manchmal wartete man auch, bis ein Mädchen um die Ecke kam, das er anwhaaa!!!en konnte. Und der arme, hübsche Uwe hatte so einen Schiss, mit dem Liderklappern allein zu bleiben, dass er den ganzen Unfug mitmachte. Er wurde zum Draufgänger aus Furcht. Aber wahrscheinlich trifft das auf jeden Draufgänger zu.

Vielleicht war es diese Ängstlichkeit, die meine Mutter von ihrer Mutter her kannte und sie irgendwie anzog. Vielleicht war es die Tatsache, dass sie das einzige Mädchen weit und breit war, das nicht heimlich unheimlich in ihn verliebt war. Auf jeden Fall begannen die beiden eines Tages auf dem Weg zum Bus, sich zu unterhalten und fanden sich fernab aller Beobachtung wohl ganz nett, vielleicht auch nur harm- beziehungsweise alternativlos. Wiederholten das ganze ein paar Mal. Und schafften schließlich, was unter den gegebenen Umständen schon an ein Wunder grenzte: Sie verabredeten sich, wenn auch erstmal noch unter dem Deckmantel eines angekündigten Tests. Man traf sich zwei, drei, vier Mal zum Lernen und tat es wirklich, beim fünften redeten sie über das Universum, beim siebten schon fast gar nicht mehr, weil sie immer deutlicher merkten, dass sie auf verschiedenen Seiten des Geschlechtergrabens standen. Am Ende des neunten nahm er sie mit auf den Balkon, um die Sterne zu beobachten, was meine Mutter, wenn sie ehrlich war, etwas albern fand. Und, wenn sie noch ehrlicher war, auch ganz schön romantisch.

Kurz bevor mein Großvater sie abholte, drückte er dann seine Lippen auf ihren Mund. Sie fühlten sich noch dicker an, als sie aussahen, aber gut. Seine Zunge schmeckte nach dem Kaba, den sie getrunken hatten, und währenddessen fragte meine Mutter sich die ganze Zeit, ob sie wohl genauso gut schmecke.

In der Schule behandelte er sie weiterhin wie Luft. Die Voraussetzungen waren also vielversprechend, trotzdem wollte meine Mutter sich auch diesmal nicht so recht verlieben. Nach ein paar Tagen hatte sie die Sache fast vergessen, während sich Uwe, ganz zerfressen von schlechtem Gewissen, kaum traute, zu ihr rüberzusehen. Nach dem Unterricht ging er dreimal zurück ins Schulgebäude und suchte nach dem Schlüssel, der in seiner Tasche steckte, bis meine Mutter endlich herauskam. Er lief schweigend neben ihr her, starrte ihr Gesicht im Busfenster an, während sie den Finger die Formelreihen hinabgleiten ließ, ohne ihn auch nur ein einziges Mal anzusehen – was bei ihm im Gegensatz zu ihr sofort Wirkung zeigte. Kurz bevor sie den Knopf zum Aussteigen drückte, fragte er sie, ob sie ihn am Wochenende in seine Stammkneipe begleiten wollte.

Er holte sie ab. Meine Großmutter, fast selbst ein bisschen verlegen bei Uwes Anblick, bestand darauf, ihm einen Tee zu machen, den er jedoch nicht trank, dann zumindest auf ein Beweisfoto, das ebenfalls seinen Weg in das Album gefunden hat: Meine Mutter ist rechts im Bild, das Gesicht so fettig, als habe sie es mit einem Stück Butter eingeschmiert, den Mund von Pickeln umzuckert, die sie natürlich nicht in Ruhe gelassen, sondern in blinder Wut rot und eitrig gequetscht hatte. Pünktlich zum ersten Rendezvous hatte sich die Pubertät aus dem Würgegriff meiner Großmutter befreit. Auf den nackten Waden sind lange, schwarze Härchen zu sehen. Darüber trägt sie wieder irgendein Schneider-Kleidchen, für das es mittlerweile wenigstens heiß genug war. Aber eigentlich war meiner Mutter jetzt ohnehin immer heiß. Das Schwitzen hatte begonnen. Und das Riechen auch, was man auf dem Foto zwar nicht sieht, wohl aber die Ellenbogen, die sie so fest an den Körper presst, als wolle sie die Rippen damit eindrücken. Links steht Uwe, der wirklich sehr gut und sehr, sehr unbehaglich aussieht, und mittendrin meine Großmutter, »weil jetzt haben wir schon eine mit Selbstauslöser anschaffen müssen, dann können wir sie auch mal benutzen.« Die eine Hand hat sie um die Hüfte meiner Mutter gelegt, mit der anderen klammert sie sich so fest an Uwes Arm, als wolle sie nicht nur den Moment, sondern auch ihn für die Ewigkeit festhalten.

Als die beiden das Haus endlich verließen, war das Unbehagen auf ein Niveau gestiegen, das sich auch durch die Unmengen Alkohol, die Uwe in den folgenden Stunden in sich hineinschüttete, nicht mehr senken ließ.

Meine Mutter wartete geduldig, dass sein Durst gestillt und er so weit sei, mit ihr zu sprechen. Aber hier in dieser Bar, in der ihn seine Freunde stirnrunzelnd beobachteten, hatte er ihr nichts mehr zu sagen. Und zuhören wollte er auch nicht so richtig. Nachdem sie sich eine Weile angeschwiegen hatten, kam irgendeiner rüber, schrie »Mach mal den Uwe!«, und Uwe machte.

Es lief Hot Chocolate. Uwe kletterte auf den Fußballkicker, ließ die Hüften kreisen und hielt sich die Bierflasche wie ein Mikro an den Mund.

Der Wirt ließ die Platte noch einmal laufen. Uwe willigte ein, sich die Wangen mit Edding zu schwärzen, woraufhin ein anderer laut kreischend vorschlug, ihn bei der nächsten Zugabe mit Klopapier einzuwickeln. Als er die Hose runterließ, bezahlte meine Mutter und erreichte gerade noch den letzten Bus nach Hause.

Zum Glück waren meine Großeltern zum Essen eingeladen, sodass sie weder Strafe noch sonst wem ins Gesicht sehen musste. Ein, zwei, drei Stunden las sie. Dann klingelte es plötzlich an der Tür. Uwes Augen waren unter dem Schatten der Brauen kaum zu sehen. Er stehe hier, weil auf sie. Er sei so dumm, so dumm, so dumm. Sein Hemd war falsch geknöpft. So dumm sei er. Sooo dummm.

Meine Mutter fragte ihn, ob er nicht reinkommen wolle. Er wollte. Sie machte ihm noch einen Tee, den er wiederum nicht anrührte, weil ihn das dabei behindert hätte, sich immer wieder selbst zu verwünschen, bis er endlich auf den Boden ihres Zimmers sackte und dort mit ausgestreckten Armen liegen blieb wie der Jesus am Kreuz. Meine Mutter ging neben ihm in die Hocke und fühlte sicherheitshalber seinen Puls, woraufhin er sich in Embryonalhaltung um ihre Hand kauerte. Wimmernd begann er von dem Unglück zu reden, für das er trotz heftiger Suche keine rechten Worte fand. Meine Mutter hatte einen kurzen Anfall von Mitleid, der ihr Gesicht an seine schwarze Wange drückte und Zuneigung schon sehr ähnlich sah, jedoch schnell abklang, als sie bemerkte, wie er seinen Rotz hinter ihrem Rücken am Teppich abwischte. Sie erhob sich und wollte ihn schon bitten, zu gehen, aber er sprang auf und begann sie wieder zu küssen, schob sie schließlich auf die Tischkante und sich zwischen ihre Beine. Als sie merkte, wie die

Häkchenliste unter ihrem Po knitterte, spürte sie fast so etwas wie Lust aufkommen.

Sie stolperten weiter zum Bett, küssten sich verbissen aneinander ab, aber jetzt, wo der Kaba- durch Biergeschmack ersetzt war, machte es nicht mehr ganz so viel Spaß. Meine Mutter drückte den Rücken durch und die Augen zu, schob sich ihm entgegen, zog schließlich selbst seine Hand auf ihre Brust und fragte ihn, ob er sich und/oder sie nicht vielleicht mal ausziehen wolle. Er wollte. Konnte aber leider nicht. Ob sie ihm nicht gefalle? Doch, doch, sehr sogar, erwiderte er, als würde er einen Waschlappen auswringen. Vor lauter Scham machte sie sich an seinem Reißverschluss zu schaffen. Aber es nützte nichts. Er küsste noch ein wenig an ihrem Nacken rum. Dann rutschte er kleinlaut etwas von meinen sicherlich bald zurückkehrenden Großeltern murmelnd vom Bett und ließ meine Mutter mit ihrer handwarmen Lust allein.

»Gefällt mir, dein Uwe«, sagte meine Großmutter beim Frühstück und las zum Beweis ihr Horoskop vor, auch wenn sie, wie sie meinem stöhnenden Großvater gekränkt erklärte, den Unterschied zwischen Astronomie und Astrologie selbstverständlich kenne. »Aber ich kann mir ja nicht gleich ein Teleskop kaufen!«

In der Schule fiel der gemeinsame Unterricht aus. Der Biolehrer hatte sich in einem seltenen Anflug von Motivation verstiegen, Pilze zu sammeln und beim anschließenden Verzehr vergiftet. Als er nach einer Woche genesen war, erkrankte Uwe an einer Mandelentzündung, die es ihm unmöglich machte, zu sprechen, zumindest mit meiner Mutter. Er kam ihr nicht zu nah, und sie ging wieder allein zum Bus, wo sie sich ganz nach vorne setzte, weil: »Wenn einer nach hinten muss, dann ja wohl der!«

Wahrscheinlich hätten sie nie wieder ein Wort miteinander gewechselt, hätte Babsi meine Mutter nicht überredet, dem Unterfangen noch eine Chance zu geben. Zu deren Ehrenrettung sei gesagt, dass das Bild, das sie sich von den Geschehnissen machen konnte, wahrscheinlich kein ganz vollständiges war. Bei dem Talent, mit dem meine Mutter fast schon mechanisch Verletzungen aus ihren Geschichten tilgte, darf man Babsi durchaus zugestehen, dass sie tatsächlich glaubte, es bestünde noch Hoffnung.

Man entschied, sich in der Gruppe zu treffen, ein Filmabend bei Babsi, deren Eltern sich dank eines glücklichen Blatts für die Landesmeisterschaften qualifiziert hatten und fünf Tage außer Haus weilen würden. Uwe, den man über die Anwesenheit meiner Mutter in Unkenntnis gelassen hatte, »um ihn zu überraschen!« (Babsi), »um nicht zu riskieren, dass er gar nicht kommt!« (meine Mutter), wurde unter einem Vorwand von dem Jungen mitgeschleppt, mit dem Babsi den doppeltglücklichen Erfolg ihrer Eltern eigentlich zu feiern gedacht hatte. Kurz nachdem Bambi und Trinity dem fiesen Parker begegneten, geriet sie jedoch mit ihm in Streit und machte über einer Schlägerei, bei der die vier Fäuste mal so richtig im Saloon aufräumten, schließlich Schluss, woraufhin der Junge türeknallend aus dem Haus lief. Die drei blieben allein zurück, meine Mutter am einen Ende der Eckbank, Uwe, dem vor Schreck, sie zu sehen, gleich wieder die Mandeln angeschwollen waren, am anderen Ende, im Knick Babsi, deren Lippen mit jeder Minute mehr zu zittern begannen.

»Alles klar?«, murmelte meine Mutter, was mit einem schwächlichen Nicken bejaht wurde, sodass sie sich wieder dem Film zuwendete, den Babsi unbedingt hatte sehen wollen, obwohl im Dritten eine Dokumentation über das Laichen des nordamerikanischen Glasaugenbarsches lief, aber: »So schön kucken wie der Terence Hill kann der bestimmt nicht.« Der schien Babsi jetzt jedoch überhaupt nicht mehr zu interessieren. Sie starrte knapp einen halben Meter unter dem Fernseher hinweg. Ihre Augen wurden noch größer. Dann kullerte eine kugelrunde Träne ihre Wange hinab.

Babsi konnte sehr schön weinen. Meine Mutter nicht. Nicht nur nicht schön, sondern gar nicht. Und mit Weinenden umgehen, das konnte sie noch weniger. Sie drückte sich noch weiter ins Eck und sah irritiert zu, wie es in Babsis Ausschnitt tropfte, fuhr endlich einen Finger aus und ließ ihn zaghaft über Babsis Schulter streichen.

Der zitternde Körper kippte zur Seite, als sei alle Muskelkraft aus ihm gewichen, sackte gegen Uwe, der überrascht den Arm wegzog, um Babsis Kopf Platz zu machen, der direkt auf seinen Oberschenkel fiel. Er sah meine Mutter fragend an, zum ersten Mal an diesem Tag, nicht nur fragend, sondern überhaupt, aber die behielt nur ihren gekrümmten Finger in der Luft und schüttelte den Kopf.

»Na, na«, sagte er, was Babsi noch mehr zum Weinen brachte.

»Warum passiert mir so was nur?«, stammelte sie. Ihre Wimpern schlossen sich über den feuchten Augen und klappten glitzernd wieder auf.

Uwe hob vorsichtig ihren Kopf ein Stück an und strich ihr Haar darunter hervor. »Weißt du vielleicht, wo die die Taschentücher haben?«, flüsterte er meiner Mutter zu, als sei ihre Anwesenheit noch immer ein Geheimnis.

Meine Mutter wusste es nicht, kletterte aber trotzdem über die beiden hinweg und ging in die Küche. Sie öffnete Schubladen, suchte im Bad, fand endlich im Elternschlafzimmer, halb unterm Bett versteckt, eine Packung Kleenex.

Als sie zurückkam, lag Babsis Kopf wieder sanft auf Uwes Schoß gebettet, als gehöre er genau dorthin. Mit der einen Hand streichelte er ihren Rücken, mit der anderen irgendetwas anderes, »so genau wollt ich schon gar nicht mehr hinkucken.«

»Ich hab ihm doch nichts getan«, schniefte Babsi, »und dann lässt der mich einfach stehen!«

»Du hast doch Schluss gemacht«, murmelte meine Mutter.

Aber die beiden schienen weder den Einwand noch sie zur Kenntnis zu nehmen.

»Ich hab sogar das Bett frisch bezogen«, jammerte Babsi stattdessen noch lauter. Sie stützte sich auf und sah Uwe in die Augen. Ob er sich eigentlich vorstellen könne, wie es sei, sich jemandem zu öffnen und zurückgewiesen zu werden. Gerade als Frau. »Ich fühl mich so gedemütigt.« Ihre Augen bogen sich nach unten, die Mundwinkel in einem neuen, nach Luft ringenden Tränenschwall nach oben.

»Nicht doch«, rief Uwe, »wer wird denn so einem nachweinen!

Du hast was Besseres verdient!« Er strich ihr eine Strähne von den Wangen und ließ seine Hand gleich da, aber Babsi wollte nicht aufhören zu weinen.

»Es ist nicht nur das«, hauchte sie, »in letzter Zeit geht einfach alles schief. Meine Eltern machen mir voll den Stress wegen der Schule. Ich kann machen, was ich will, nie ist es ihnen gut genug«, ihre Lippen glänzten, »und ... und ...«, sie schaute sich um, als hoffte sie, noch ein bisschen mehr Pech zu finden, sackte dann aber doch zurück auf die Eckbank, diesmal zur anderen Seite.

»Na, na«, sagte Uwe wieder und kam ihr nach, »das wird schon wieder.« Er fuhr mit dem Arm unter ihren Rücken und zog sie an seine Brust. Babsi drückte den Kopf in seine Schulter und ließ sich hin und her wiegen, während sie in unregelmäßigen Abständen »ich halt das alles nicht mehr aus« flüsterte.

Meine Mutter zog selbst ein Kleenex aus der Packung, wischte sich über die heiße Stirn, während Babsi ihr gestohlenes Leid an Uwes Pullover abrieb. »Ach du«, sagte er, und sie musste hilflos zusehen, wie er sich direkt vor ihren Augen wegverliebte.

Und das war's.

Hätte es zumindest sein können, wenn meine Mutter mal so gnädig mit sich gewesen wäre, einfach zu gehen. Stattdessen stellte sie die Packung auf den Tisch und setzte sich wieder neben die beiden, die sich mit weichen Stimmen unterhielten, wie zwei Menschen, die nach schwerer Krankheit zum ersten Mal aufstehen, während sie dem Film immer enger aneinandergekuschelt nicht folgten. Meine Mutter sah alleine zu, wie Bambi mal wieder irgendwen vermöbelte. »Machst du das noch mal, mach ich aus deinen Ohren Wäschetrockner«, rief er und steckte die Pistole ins Holster. Dann schoben sich wieder Terence Hills Augen ins Bild, die wirklich ganz schön waren, obwohl sie doch lieber dem Glasaugenbarsch beim Laichen zugesehen hätte. Aber der war jetzt wahrscheinlich eh schon tot. Nur sie harrte immer weiter dem Ende entgegen, zog ihr Elend in die Länge. »Trotz.« »Stolz.« Aber das hatten wir ja auch schon.

Erst als die ARD-Sprecherin die Schalte zu den Tagesthemen

nach Hamburg ankündigte, erklärte meine Mutter, dass sie dann mal gehen würde.

»Ich bring dich«, sagte Babsi.

»Ich komm mit«, sagte Uwe.

Es war Sommer und noch immer fast hell draußen. Sie nahmen einen Feldweg, eine Abkürzung, die sie und Babsi mal entdeckt hatten, wie Babsi dem Uwe mal einfach so erzählte.

»Echt?«, fragte der.

»Echt«, sagte Babsi. Sie zog den um ihre Hüfte geknoteten Pullover über. Im Licht der untergehenden Sonne konnte man noch immer ein paar funkelnde Tropfen sehen, die sich hartnäckig an ihre Wangen klammerten. Uwe schob ihr das Etikett nach innen.

»Das kitzelt«, kicherte Babsi und schüttelte sich. Meine Mutter lief schneller.

Der Himmel war rosa. Auf den Feldern blühte der Tabak, Ähren im Wind, ein Häschen am Wegrand, das über die Maulwurfshügel flüchtete. Wäre das Ganze ein Gemälde in einem Hotelzimmer gewesen, meine Mutter hätte es sofort abgehängt.

Uwes Haus war das erste, aber keiner von ihnen machte auch nur den Versuch, so zu tun, als seien sie noch drei, nicht zwei und einer. Sie liefen an der Gabelung vorbei, meine Mutter ein Stück voraus, sodass sie das Wimmern als Erste hörte. Aber natürlich war es an Babsi, ein paar Sekunden später zusammenzufahren und »was war das?« zu rufen. Sie riss die Augen auf und quetschte Uwes Hand, die irgendwie in ihre gekommen war, wann genau wusste meine Mutter nicht. Er drehte sich hin und her, rang sich endlich durch, Babsis Finger loszulassen, die wie in einem Liebesfilm mit zu vielen Sonnenuntergängen in der Luft hängen blieben, und machte ein paar unentschlossene Schritte auf den Grasstreifen.

»Ich glaub es kam von da drüben«, rief meine Mutter und lief an ihm vorbei. Sie bog die Tabakstauden auseinander, quetschte sich zwischen den langen, runzligen Blättern durch, bis sie plötzlich gegen etwas Hartes stieß. Die Apfelkiste war fast völlig von blassrosa Blüten bedeckt, die sich am Rand schon bräunlich nach oben rollten. Erst als Uwe, der mit Babsi hechelnd hinterher gewatet kam, vorsichtig gegen eine Latte trat, blitzten die Zitzen auf.

Babsi stieß einen Schrei aus.

Meine Mutter beugte sich über die Kiste und schob die Blüten beiseite. Die Katze lag auf dem Rücken. Ihre Hinterbeine fielen seitlich auseinander wie bei einer Kröte. Ein Ohr war abgerissen, das rechte Auge so geschwollen, dass man nicht sicher sein konnte, ob es unter all dem Blut und Madenbrei überhaupt noch da war.

»Lebt sie noch?«, fragte Uwe und schaute zu meiner Mutter.

»Ich weiß nicht«, sagte sie. Sie strich ihre Haare hinter die Ohren, ließ die Finger knacken. Dann hob sie die Kiste hoch und trug sie an Babsi vorbei, die quietschend zurücksprang. Das haarige Bündel dopste ein wenig nach oben, als es auf dem Weg aufschlug. Meine Mutter ging in die Knie und betrachtete die Rippen, die sich durch die dünne Haut bohrten.

»Und?«, rief Uwe, ganz hin und her gerissen zwischen seiner Neugier und dem Wunsch, sich um Babsi zu kümmern, deren Brust schon wieder zu zittern begann.

»Ich glaub sie atmet noch«, sagte meine Mutter. Sie hob einen Stock vom Boden und pickte damit in die Kiste. Wieder ertönte das Wimmern. Dann ein zweites, diesmal von Babsi. Die Hand vor den Mund gepresst lief sie durchs Feld, blieb dann aber doch in sicherem Abstand stehen.

Meine Mutter ließ den Stock auf den Boden fallen. »Die wird nicht mehr«, sagte sie.

»Können wir sie nicht mit nach Hause nehmen und aufpäppeln?«, fragte Babsi.

»Jaaa«, sagte Uwe, wie ein kleiner Junge, der dann auch ein Pony will.

Meine Mutter schüttelte den Kopf. »Das wäre reinste Quälerei.« Sie sah nach rechts und links, lief zielstrebig auf den anderen Acker und kam mit einem Stein zurück. Sie brauchte beide Hände, um ihn zu tragen.

»Was machst du denn da?«, rief Babsi. Sie drehte sich zu Uwe, der nicht minder verschreckt aussah. Aber meine Mutter hob den

Stein ungerührt über die Kiste und ließ ihn mit einem Krachen hineinfallen. Die Katze machte keinen Mucks.

»Oh mein Gott«, schrie Babsi und rannte aus dem Tabak. Ihr Haar wehte im Wind. Sie sah sehr hübsch aus, die rote Sonne im Rücken, wie sie so auf meine Mutter zugestürzt kam und »Ist sie tot?« kreischte.

Meine Mutter bückte sich wieder. Sie schob die Hände unter den Stein und warf ihn mit einem Satz neben Babsi auf den Boden. Der Kopf der Katze war kaum noch zu sehen. Das linke Auge hing an einem Faden Fleisch in der einen Ecke. Auf den Latten rannten aufgeregt die Maden durcheinander.

»Oh mein Gott«, schrie Babsi noch mal und ließ den gerade erst getrockneten Tränen neue folgen, was Uwe sich natürlich nicht entgehen ließ. Mit drei Schritten war er hinter ihr und drückte sie an sich.

»Was muss, das muss«, sagte meine Mutter trocken und umfasste die oberen beiden Latten.

»Was machst du denn jetzt?«, kreischte nun auch Uwe.

»Soll sie etwa hier bleiben, bis ein Traktor drüber fährt?«, fragte meine Mutter und hievte die Kiste hoch.

Babsi begann zu schluchzen. Uwe presste ihr Gesicht an sich und schüttelte den Kopf. Seine Augen kamen hinter den Brauenwülsten hervor, bohrten sich in meine Mutter, die mit der Kiste vor ihm stand, wie ein Lieferant, der auf sein Wechselgeld wartet, und wurden immer dunkler. »Du bist echt widerlich«, sagte er endlich.

Meine Mutter wischte sich mit dem Ellenbogen die Fliegen aus dem Gesicht. Die Kiste in ihren Händen kippte, eins der blutverkrusteten Beine flutschte durch die Ritzen nach draußen.

»Wie du meinst«, sagte sie und ging mit schnellen Schritten den Feldweg entlang. Hinter sich hörte sie Babsi etwas rufen, aber sie drehte sich nicht um, starrte nur geradeaus, bis sie wieder Teer unter den Füßen hatte. An der erstbesten Mülltonne blieb sie stehen und stopfte die Kiste hinein. Dann lief sie nach Hause und verkroch sich in ihrem Zimmer. Eine Viertelstunde versuchte sie, Babsi und/oder Uwe zu hassen. Aber so viel Spaß wie sonst machte es nicht. Immer wieder funkte ihr der Verstand dazwischen, der bei aller Liebe fürs bodenlose Verachten ein Verachten aus enttäuschter Liebe dann doch nicht durchgehen lassen konnte. Sie gab sich einer sorgsam abgezirkelten Verzweiflung hin, raufte sich ein bisschen die Haare, rieb sich die Stirn, aber schon währenddessen kam sie sich ziemlich doof vor.

Als sie meine Großmutter vor der Tür hörte, strich sie sich die Haare aus dem Gesicht und trat in den Flur.

»Du bist schon zu Hause?«, rief sie. »Soll ich dir was vom Essen aufwärmen? Ich dachte, du schläfst heute bei Meiers. Alles in Ordnung? Wie war der Film?«

»Gut«, sagte meine Mutter.

»Wie geht's denn Deimuwe?«, rief meine Großmutter.

»Auch gut«, antworte sie und versprach, bei Gelegenheit Grüße zu bestellen.

Die Lippen meiner Großmutter hoben sich zu einem breiten Lächeln. »Ich glaub, von dem jungen Mann werden wir in Zukunft noch mehr hören«, sagte sie zu meinem Großvater, als er seine kalten Füße unter der Bettdecke an ihren rieb, und ließ ihn vor Glück und Dankbarkeit oben weitermachen.

Diesmal war dem Problem mit Unterrichtsausfall allein nicht beizukommen. Babsi und meine Mutter saßen in so vielen Fächern nebeneinander, dass sie sich auf Dauer nicht aus dem Weg gehen konnten, auch wenn Babsi nach dem ersten Tag des Kalte-Schulter-Zeigens so erschöpft war, dass sie die Zeit bis zur Rückkehr ihrer Eltern erstmal blau machte. Aber auch nach deren Rückkehr bekam meine Mutter sie kaum zu Gesicht, weil eigentlich immer Uwe daran hing. Eng umschlungen standen sie in der Pausenhalle, kicherten, knutschten und versuchten so unverkennbar, meine Mutter nicht zu kennen, dass die mal wieder viel Zeit auf dem Klo verbrachte.

Wie sich herausstellte, war die Sache mit der Katze ein Segen, und das für alle Beteiligten. Zwei Wochen lang durften Uwe und Babsi meine Mutter derart verabscheuen, dass sie nicht nur keinen Funken schlechtes Gewissen zu haben brauchten, sondern einander auch so nah kamen, dass sie schon nach weiteren drei Wochen wieder genug voneinander hatten.

Meine Großmutter erfuhr ungefähr auf halber Strecke von der jungen Liebe, als sie Babsi und Uwe Hand in Hosentasche vorm Bäcker vorbeiwanken und dann in der Eisdiele ein – »ein!« – Schokoladeneis schlecken sah. Nachdem sie drei Mal die Straße hin- und hergefahren war, um eine Verwechslung auszuschließen und dann mehrere Stunden darüber gegrübelt hatte, wie man meiner armen Mutter die Nachricht am schonendsten beibringen könne, war sie so durch den Wind, dass sie, als sie den Schlüssel im Schloss hörte, nur noch »er hat eine andere« hauchen konnte und nicht mal merkte, dass meine Mutter schon Bescheid wusste. Es tue ihr ja so leid, jammerte sie und weinte an ihrer Statt. »Wie kann er nur? Wie? Kann? Er? Nur?« Sie lief in die Küche, wild entschlossen, den Schmerz unter einem Berg aus Zucker zu begraben, und buk los, Törtchen und Mohnkugeln und sogar Weihnachtsplätzchen, mitten im Sommer, so verzagt war sie, dass sie sogar das Christkindl beschiss. Meine Mutter rührte natürlich nichts davon an, woraufhin meine Großmutter wieder stoßweise zu atmen begann. »Nur einen Biss«, stöhnte sie und stopfte sich selbst eine handvoll grün-rot-weißen Spritzgebäcks in den Mund, als sei meine Mutter eine Vierjährige, der man das mit dem Essen noch vormachen muss. Am Ende war ihr von all der Einfühlsamkeit so übel, dass meine Mutter ihr die Wärmflasche bringen und die Stirn streicheln musste, bis sie völlig aufgelöst einschlief.

Babsi hatte ihr die Liebe weggenommen und meine Großmutter nahm ihr die Trauer darüber. Tagelang war sie kaum ansprechbar. Sie lief gegen Türrahmen, rieb sich bei jedem Liebeslied hektisch die Augen, und wenn im Fernsehen ein Mann einer Frau gegenüber weniger als das perfekte Arschloch war, schaltete sie sofort um. Dann schlug ihre Schwermut allmählich in Wut um, erst gegen Uwe, der sich ja auch nie für den Tee bedankt habe. Dann gegen Babsi, die die ihr servierten Getränke zwar gebührend gewürdigt, sich durch ihre trügerische Nettigkeit jedoch in noch größeres Unrecht gesetzt hatte. »Verräterin«, zischte sie, wenn sie meine

Mutter, der sie in diesen schweren Tagen den Bus dann doch wieder ersparen wollte, von der Schule abholte und sie in der Ferne vorbeilaufen sah.

Sie war so böse auf Babsi, dass meine Mutter ihr endlich verzeihen konnte. Obwohl es da ja eigentlich gar nichts zu verzeihen gab, »ich bitte dich. Man kann doch niemanden zwingen, einen zu mögen. Der Uwe konnt' die Babsi halt besser leiden als mich. Hätt' sie deshalb ins Kloster gehen sollen, oder was?« Als sie an der Tür klingelte, einen Korb mit Schneckennudeln in der Hand, damit meine Großmutter wenigstens die mal nicht selber aufaß, schloss Babsi sie in die Arme und erzählte ihr, dass sie »diesen Scheißkerl!« wenn auch vielleicht nicht hauptsächlich, aber wohl auch nicht zu allerletzt deshalb abserviert habe, weil ihr die Freundschaft mit meiner Mutter mehr bedeute als jeder Mann.

Meine Großmutter begann, die Nächte wieder durchzuschlafen. Sie vergaß, dass sie Widder war und irgendwann auch ihren Groll, sodass Babsi wieder gelegentlich zum Essen kommen durfte. Uwe, der versehentlich den Hausmeister mit dem Schulleiter verwechselt hatte, kam auf ein anderes Gymnasium, und meine Mutter hatte wieder Kopf und Nächte frei, um das zu machen, was sie am besten konnte: alle stolz. Nachdem sich die Geschichte, wie sie mit bloßen Händen ein Kätzchen ermordet hatte, rumgesprochen hatte, hatte sie sogar noch etwas mehr Zeit zur freien Verfügung, sodass sie die Hausaufgaben gleich in der Schule erledigen und direkt danach in den Laden konnte. Sie half, die neue Ware auszupacken, orderte fehlende Größen und entschied, welche Teile so schlecht liefen, dass man den Preis hochsetzen musste. »Zwanzig Prozent drauf, und schon ist der Verschluss nicht mehr unpraktisch, sondern modern«, sagte sie, und mein Großvater rief »meine Tochter!« und übertrug ihr schließlich die Aufsicht über den Laden.

Sie hatte vier Verkäuferinnen, Frauen um die 50, die sich von meiner gerade so volljährigen Mutter sagen lassen mussten, dass die Bluse in den Rock gesteckt und ein Kunde an der Tür begrüßt gehört. Mein Großvater verfügte großzügig über ihre Fügsamkeit. Am so genannten Wochenende ließ er sie Inventur machen, das

Schaufenster dekorieren, und wenn sie fertig war, sah sie die Bücher durch und zeigte ihm, wo sie Geld verschwendeten, das sie stattdessen in eine neue Werbeanzeige stecken könnten, die sie ihm dann auch gleich mal skizzierte.

Uwe begegnete sie nie wieder. Erst ein, zwei Jahre später las sie seinen Namen in der Zeitung und brauchte mehrere Minuten, bis ihr einfiel, woher sie ihn kannte, was vielleicht sogar stimmte. Schließlich fand sie auch die Boxernase auf dem Foto, die mittlerweile wohl wirklich einige Schläge abgekriegt hatte. Das Spiel hatte er verloren, aber darüber freuen konnte sie sich nicht.

Was blieb, war die Erinnerung an ihn, als ersten Mann, der beinahe, aber dann doch nicht wirklich, mit ihr schlief, so wie Rudi oder Manni oder Hansi der Erste war, der sie, irgendwie, aber doch nicht so richtig, küsste. Und der Erste, der sie nicht liebte, war ein Arzt, ihr Anatomieprofessor im ersten Semester.

Sie war die einzige Frau in seinem Seminar und so jung, dass er nichts anderes sah als das. Das Suchen der Unterwäsche zwischen den Laken danach dauerte länger als der eigentliche Akt. Es blutete nicht, was sie ein wenig enttäuschte, und ihn erst recht, aber meine Mutter gab sich keine Mühe, ihn von ihrer Unbefleckheit zu überzeugen. Das Hochzeitsfoto auf dem Nachttisch, das er noch schnell umgedreht hatte, bevor er die Hose auszog, war schon Klischee genug.

Sie selbst fand den Sex nicht ganz so schlimm wie erwartet, aber doch weit entfernt von dem, was sie in Babsis Magazinen gelesen hatte. Ein paarmal glaubte sie, gekommen zu sein, was sich jedoch nach weiterer Recherche ebenfalls als Anfängerfehler herausstellte. Dann begannen die Semesterferien. Meine Mutter bekam einen Praktikumsplatz irgendwo im Ausland, was damals auch noch nicht die Regel war. Zum ersten Mal in ihrem Leben sollte sie ohne ihre Eltern verreisen. Aber stattdessen wurde meine Großmutter krank. Die Lunge. Was genau wusste man nicht, aber schlimm war es und erstmal nicht in den Griff zu kriegen, auch wenn meine Mutter das Praktikum natürlich absagte.

Der Kasanfreund empfahl frische Luft, vor allem Rauch solle

meine Großmutter unbedingt meiden, was in den späten 80ern gar nicht so leicht war. Aber mein Großvater brauchte keinen Staat, um seine Familie zu schützen. Von heute auf morgen führte er in allen Filialen totales Rauchverbot ein. Einem Gabelstaplerfahrer, der nicht schnell genug weggeworfen hatte, wurde fristlos gekündigt. In seinem Zeugnis schrieb mein Großvater etwas von »Suchtverhalten«, »Ansteckungsgefahr« und »Fürsorgepflicht gegenüber unseren Untergebenen«.

Und wie immer setzte meine Mutter noch eins drauf.

Meine Jugend (von der ich im Gegensatz zu ihr eigentlich schon ganz gerne was gehabt hätte) war ein einziger Spießrutenlauf. Man konnte nirgendwo mit ihr hingehen, ohne Gefahr zu laufen, dass sie wieder eine Szene machen würde. Es begann mit Naserümpfen, zur Seite Rutschen, Augenrollen, gefolgt von fünf, sechs »äkelhaft!«, die mit jedem Mal anschwollen. Sie wedelte mit der Hand, fasste sich an Stirn, Mund, schließlich Hals, krächzte ein wenig, und wenn man sie dann nicht schnell genug rausschaffte, musste man damit rechnen, dass sie wutentbrannt zum Nachbartisch marschierte, um der perplexen Runde einen Vortrag darüber zu halten, welchen Schaden sie sich und der Gesellschaft (ihr) antaten.

Ihr missionarischer Eifer machte selbst vor Geschäftskunden nicht halt. Mehrfach brach sie ein Gespräch ab, weil sie es einfach nicht mit einem Raucher im Zimmer aushielt. Wenn ich von einer Party heimkam, musste ich mich unmittelbar hinter der Tür bis auf die Unterhose ausziehen und »ohne Umwege« in der Dusche verschwinden, während sie die Kleidung mit Beißzangenfingern in die Waschküche trug. Einen traurigen Monat lang gab sie die Order aus, dass ich nirgendwo mehr hingehen dürfe, wo man mir »Teer ins Gesicht« blase, bis sie erkannte, dass das bedeutete, dass ich nur noch zu Hause rumhockte und ihr die Arbeiten, um mich vom schändlichen Nichtstun abzuhalten, allmählich ausgingen. Ich hielt ihren Raucherhass für eine ihrer vielen Marotten, einen Spleen, in dem sich die von meinem Großvater geerbte Neigung zum Absoluten mit der Alles-Angst meiner Großmutter zu herrlichstem Fundamentalismus paarte – bis ich sie auf einem Rastplatz kurz nach München mit einem Päckchen roter Gauloises erwischte. Den extra langen 100ern, aber wahrscheinlich war das eher ein Versehen.

Wir wollten über ein verlängertes Wochenende nach Salzburg. Sie wollte und sie wollte auf keinen Fall, dass ich nicht wollte, also hatte sie mich sicherheitshalber gar nicht erst gefragt. Donnerstagmittag hatte sie mich bei der Arbeit angerufen und vor vollendete Tatsachen gestellt: Hotel sei schon gebucht, Blick auf den Kapuzinerberg, dazu Karten für ein Konzert im Schloss Mirabell. Mozart, auch wenn ihr der eigentlich ein bisschen zu ladidi-ladida sei, aber was solle man machen, 's is halt Salzburg, ohne geht's nicht.

»Montagfrüh sind wir zurück.« Sie klang richtig aufgedreht, also gab ich nach. Darum, und weil ich keine Lust auf die Vorwürfe hatte, die ich mir hätte anhören müssen, wenn ich es nicht getan hätte. Sie wusste, dass ich keine anderen Pläne hatte, von besseren ganz zu schweigen. Und ich wusste, dass sie das nicht durchgehen lassen würde, zumindest nicht ohne eine Strafpredigt.

Ich arbeitete damals als Praktikantin bei einem Zeitschriftenverlag. Es gab nicht besonders viel zu tun, aber meine Mutter war trotzdem der Meinung, ich müsse irgendwelche Hürden auftun, an denen ich mir ein Bein ausreißen könnte, damit man auf mich aufmerksam werden und mir einen Job anbieten würde, auf den ich nicht wirklich scharf war.

»Wieso denn bitte nicht? Ich dachte, du willst unbedingt schreiben?«

»Schon, aber doch nicht so.«

»Ach, ist der Bestseller denn fertig? Nein, nicht? Na, dann ist das ja wohl kaum der Zeitpunkt, um eine feste Stelle in den Wind zu schlagen. Hab ich recht oder hab ich recht?«

Das Hin und Her war tausendmal erprobt, wir wussten beide, dass sie gewinnen würde, und auch wenn ich darauf bestand, eigentlich auch unveröffentlicht ganz glücklich zu sein, hätte ich mich am Ende insgeheim doch gefragt, ob ich mein Leben vielleicht vertrödelte. Außerdem hatte ich wirklich Lust auf Salzburger Nockerln.

»Na was soll's, wir haben ja wirklich schon lange nicht mehr spontan was unternommen«, sagte ich, während ich die Maus über die Bildergalerie der Hotelhomepage zog, die sie mir gemailt hatte. In Wahrheit hatte sie die Reise lang geplant. Es sollte unsere letzte sein, und sie wollte wohl noch ein wenig Zeit, in der sie die Einzige war, die das wusste.

Sie hatte im Auto geschlafen, was mir eigentlich schon hätte zu denken geben müssen. Dann schlug sie plötzlich die Augen auf und wollte unbedingt rausfahren. Die Hand am Türgriff, starrte sie aus dem Fenster, rief »da, hier«, obwohl ich schon den Blinker gesetzt hatte, und ich erinnere mich, dass ich zum ersten Mal dachte, dass meine Mutter alt wird.

Ich wartete im Auto, während sie zur Toilette ging. Erst als sie nach einer Viertelstunde noch immer nicht zurück war, ging ich ihr nach, suchte sie in der Tankstelle, auf dem Klo, lief endlich ein wenig die Böschung hinunter. Und da saß sie. In der Hocke, den Oberkörper nach vorne gebeugt, während sie den Mund mit der Hand abschirmte.

»Mein Gott, was machst du denn hier?«, rief ich und lief auf sie zu.

Sie sprang auf und machte einen Schritt rückwärts. »Gar nichts.«

Ich berührte sie an der Schulter.

»Lass!«, rief sie.

»Was ist denn?«, fragte ich und lachte, auch wenn sie mir fast ein bisschen unheimlich war. Ihr Kopf steckte tief zwischen den Schultern. Die Arme hatte sie hinter dem Rücken verschränkt.

»Was hast du denn?«, fragte ich noch mal und suchte ihren Blick, der mir immer wieder entwich, griff endlich nach ihrem Arm, aber sie riss sich barsch los.

»Kannst du mir mal sagen, was der Scheiß soll?«, rief ich und packte wieder ihr Handgelenk. Sie zerrte an ihrem Arm, aber ich hielt dagegen, bog ihr förmlich die Faust auf, bis endlich ein verdrücktes Streichholzheftchen hervorkam. Daneben klebte eine Zigarette in der feuchten Handfläche. Die Spitze war abgekokelt, in der Mitte war sie geknickt, sodass der Tabak wie trockenes Stroh herausquoll.

Ich sah zu ihr auf. Ihre Augen waren fast schwarz.

»Bist du jetzt zufrieden?«, rief sie. Mit einem Ruck befreite sie ihren Arm, legte die Hand um die Stelle, an der ich sie festgehalten hatte, als hätte ich sie verletzt. Ihre Pupillen zuckten hin und her.

In meiner Schläfe hämmerte es. »Was soll denn das?«, hörte ich meine Stimme wie von weit her, während ihr Kopf immer größer wurde, als rase er auf mich zu.

»Mir war halt danach«, stieß sie durch die Zähne und wandte mir den Rücken zu. Sie ging in die Hocke, senkte den Kopf, sodass sich die Wirbelsäule in rundem Bogen unter dem T-Shirt abzeichnete. Die Flamme war mehr zu hören, als zu sehen.

Sie krümmte sich noch weiter, fluchte leise, ließ schließlich die Zigarette auf den Boden fallen und zerrieb sie unter der Sohle. Ihre Hand fuhr in die Hosentasche. Sie zog ein Päckchen Gauloises heraus und schüttelte es wie eine Rassel, half mit dem kleinen Finger nach, bis gleich drei, vier Zigaretten auf einmal herausfielen.

Und ich? Stand einfach so am Wegrand und sah zu ihr hin, wie einer, der mit dem Hund Gassi geht und darauf wartet, dass er sein Geschäft verrichtet. Sah über ihre Schulter, wie sie ein neues Streichholz anzündete, dann noch eins, und noch eins, wie sie sich weit über die Flamme beugte, sie mit der Hand abschirmte, endlich den Rücken herumbog und ärgerlich »Kannst du mir vielleicht mal helfen?« rief.

»Was?«, rief ich, »spinnst du jetzt?«

Sie drehte sich auf den Zehenspitzen, wippte hin und her, und dann sagte sie, »bitte«, und noch mal, fast weinerlich »bitte, ich brauch deine Hilfe.«

»Bei was denn?«, rief ich und schüttelte den Kopf.

Sie hielt die Zigarette ein Stück nach oben. »Ich weiß, dass du weißt, wie's geht.« Sie ließ sich auf die Knie sacken. »Bitte, ich werd auch nicht böse.«

»*Du* wirst nicht böse?«, schrie ich.

Aber sie sah mich nur an, mit einem so flehentlichen Ausdruck, wie ich ihn noch nie an ihr gesehen hatte.

Ich weiß nicht, was ich damals dachte. Wahrscheinlich dachte ich gar nichts und machte einfach nur, was sie mir sagte, weil sie eben meine Mutter war, weil ich ja eigentlich immer machte, was sie mir sagte, selbst wenn sie es nicht sagte. Vielleicht wusste ich auch einfach nicht, was ich sonst machen sollte. Vielleicht war es leichter, sich neben sie zu knien und ihr die Streichhölzer aus der Hand zu nehmen, als weiter so dazustehen und sie anzusehen.

Ich brach ein Streichholz aus dem Pappkamm und strich es über den Rand.

Meine Mutter steckte die Zigarette zwischen die Lippen und hielt sie dicht über die Flamme, aber sie glühte nicht auf.

»Du musst ziehen«, sagte ich.

»Mach ich doch!«, nuschelte sie ungeduldig.

Ich nahm ihr den Filter aus dem Mund und schob das bereits völlig aufgeweichte Ding zwischen meine eigenen Lippen, zündete die Zigarette an und gab sie ihr zurück.

»Nicht so weit rein«, rief ich, während sie so fest zog, dass sich zwischen ihren Brauen drei tiefe Zornesfalten bildeten.

»Tss, gib schon her!«, sagte ich und nahm ihr die Zigarette wieder aus den Fingern. Ich füllte meinen Mund mit Rauch. Dann rief ich »Ahhh, deine Mutter kommt!«, jenen Satz, mit dem mir vor vielen Jahren ein Freund das Rauchen beigebracht hatte.

Sie nickte gereizt und schnippte mit den Fingern, bis ich ihr die Zigarette zurückgab, kam nur bis »Ahhh, deine Mu«, bevor sie wie wild zu husten begann. Sie schlug sich auf die Brust, workste richtig, bis ihr Keuchen endlich in schallendes Gelächter umschlug.

Ich nahm ihr die Zigarette weg, bevor sie sich noch verbrannte, und sah ihr zu, wie sie lachte. Ihr Gesicht verschwand hinter den Fingern, während ihr ganzer Körper auf und ab hüpfte. Dann fuhr sie sich mit der Hand über den Hals und sagte: »Rauch du sie fertig, ja?« Sie ließ sich auf den Po fallen, mitten ins nasse Gras, und sah mich wieder mit diesem Bettelblick an.

Ich fasste mir an die Stirn, schüttelte verwirrt den Kopf. Und nahm schließlich doch einen Zug nach dem anderen, bis die Zigarette völlig runtergebrannt war. Sie legte den Kopf in den Nacken und sog den Rauch ein, als seien es ätherische Dämpfe und sie in einem Kurbad. Dann schlug sie sich plötzlich auf die Oberschenkel und sprang auf. Sie wischte sich die Hände an ihrem grün gefärbten Po ab, warf einen Blick auf ihre Armbanduhr, sagte »wenn wir richtig Stoff geben, sind wir in einer Stunde da« und stapfte los.

Ich rappelte mich schwerfällig auf, als sei ich die ältere von uns beiden, lief hinter ihr her zum Auto, wo sie schon vor der Fahrertür trippelte. Wie selbstverständlich nahm sie mir den Schlüssel aus der Hand und setzte sich wieder ans Steuer, haute den Rückwärtsgang rein, ließ den Wagen aus der Parklücke schießen und gab Gas.

Erst als wir am Abend in einen Gasthof gingen und sie in ihrem üblichen Befehlston einen Nichtrauchertisch verlangte, konnte ich nicht mehr an mich halten. »Das ist jetzt ja wohl nicht dein Ernst«, raunte ich ihr zu, während wir einer Kellnerin im Dirndl zu unserem Tisch folgten. Meine Mutter tat, als habe sie nichts gehört. Ob wir auch einen Platz haben könnten, auf dem nicht das ganze Mittagessen hänge, fragte sie stattdessen mit jener Liebenswürdigkeit, die sie für Ironie reserviert hielt. Sie ließ sich auf den Bauernstuhl nieder und ich das Thema wieder fallen. Hier im grellen Licht, das Uffdada der Blaskapelle im Rücken, den zusammengequetschten Busen der Kellnerin, die kleinlaut das Tischtuch abzog, im Gesicht, schien jener Moment auf der Raststätte zu unwirklich, als dass er Worten standgehalten hätte, wie ein Traum, der in sinnlose Bruchstücke verfällt, sobald man versucht, ihn aus der Nacht in den Tag zu retten. Sie öffnete die Karte, bestellte ein Gericht, an dem sie alles änderte bis auf die Soße, mir gleich eins mit und hielt mir vor, dass ich in »meiner« Redaktion jetzt endlich mal »was reißen« müsse. »Glaub mir, du brauchst die Erfahrung«, sagte sie und erklärte mir mit Altkanzlerstimme, wie naiv ich sei, darauf zu warten, von der Muse geküsst zu werden (was ich nicht tat; ich tat einfach gar nichts, aber damit brauchte ich ihr erst recht nicht zu kommen).

»Ich hab mich umgehört, Journalismus ist der beste Weg in die Schriftstellerei. Wenn du dir erstmal einen Namen gemacht und ein paar Preise gewonnen hast«, die einzige Währung, in der sie Vorankommen messen konnte, »ist es viel leichter, einen Roman zu veröffentlichen, dann braucht's nur noch ein bisschen Phantasie! Daran sollte es ja bei dir nicht fehlen!« Dann ging sie dazu über, mich über mein Beziehungsleben auszufragen, in dem ich mich jedoch auch nicht viel besser anstellte. Sie war wieder die Mutter, meine Mutter, die alle Antworten wusste. Und ich das Kind, das keine Fragen stellte. Und was hätte ich auch fragen sollen? Warum findest du Rauch so toll? Warum hast du mein ganzes Leben behauptet, dich davor zu ekeln? Wer bist du eigentlich? Ich würde gerne sagen, dass mir dazu der Mut fehlte, aber die Wahrheit ist, dass ich wahrscheinlich gar nicht wirklich auf die Idee kam. So absurd ihr Verhalten war, so viel absurder wäre der Gedanke gewesen, dass da *etwas* sein sollte, etwas, von dem ich nichts wusste, was in ihr schlummerte und sich zu befreien versuchte. Als Kind ist man es so gewohnt, dass das Leben der Eltern um das eigne kreist, man das ihre kaum betrachtet. Anderen Alten, Politikern, Schauspielern, vielleicht sogar noch den Großeltern, mag man eine Vergangenheit zutrauen. Aber bei den eigenen Eltern endet die Vorstellungskraft. Es ist eine Grenze, die auf Naivität gebaut ist, auf Ignoranz und ein bisschen auch auf Angst. Wer will schon riskieren, hinter den streng-strafenden Vorbildgesichtern einen Menschen zu finden, der einem womöglich fremd ist? Eine wirkliche Person, aus Fleisch und Blut, mit Bedürfnissen, die nichts mit mir zu tun hatten, wurde meine Mutter für mich erst kurz vor ihrem Tod. Und selbst da war ich das Ziel, die Pointe, auf die die ganze Geschichte hinauslief.

5. Kapitel

Wen meine Mutter am meisten hasste, war die Schwäche. Ihr Leben lang war ihr eingeschärft worden, sich von ihr fernzuhalten, wie von einem Sumpf, den man noch nie gesehen, dafür aber so viele Schauergeschichten über die darin Versunkenen gehört hat, dass die Erwähnung des Namens genügt, um einen ängstlich zurückweichen zu lassen. Umso schlimmer traf es sie, als die Schwäche auf einmal mitten in ihrem Leben auftauchte und einfach nicht mehr ging. Jeden Morgen wurde meine Mutter noch vor Sonnenaufgang von ihr geweckt. Sie drückte sich das Kissen auf den Hinterkopf, versuchte sie zu ignorieren, aber die Schwäche gab nicht nach, bis meine Mutter dem Wimmern und Schnaufen und Husten ins Schlafzimmer ihrer Eltern folgte, wo meine Großmutter sich die Lunge aus dem Hals keuchte. Sie rang nach Luft, während meine Mutter ihr den Rücken streichelte, presste die Hände vor den Mund, um meinen Großvater nicht zu wecken – was natürlich zwecklos war, weil sich niemand in meiner Familie eine Chance, noch weniger Schlaf zu kriegen, hätte entgehen lassen –, lief endlich aus dem Zimmer, um im Flur weiterzukeuchen, dafür aber so laut, dass man glauben konnte, ein alter Traktor rattere über Kopfsteinpflaster. Die Nächte wurden immer kürzer, die Morgen, an denen sie sich alle mit verquollenen Augen ansahen, immer länger. Am Frühstückstisch gähnte mein Großvater so ausgiebig, dass meine Großmutter vor Schuldgefühlen erst leise in ihren Kaffee weinte, dann, wenn er die Tränen mit keinem Wort erwähnte und einfach ins Büro stapfte, zu schluchzen begann, ihm, nachdem sie sich einige Stunden vollends in ihr Elend hineingesteigert hatte, nachlief und händeringend Entschuldigungen stotterte, die er doch tatsächlich widerspruchslos annahm, woraufhin sie sich so alleingelassen mit ihrem Leid und überhaupt unverstanden, unbeachtet und ungeliebt fühlte, dass der nächste Anfall auf den Fuß folgte.

Sie dürfe sich nicht so aufregen, sagte der Kasanfreund, über was sich meine Großmutter ganz fürchterlich aufregte. Er gab ihr einen Inhalator, mit dem sie sich bei jeder Gelegenheit in den Mund schoss, und das half ein bisschen, wobei das hübsche, zischende Geräusch, bei dessen Ertönen den Zuschauern der Kopf mitleidig auf die Schulter kippte, mindestens ebenso viel dazu beitrug wie das Aerosol. Aber um wie früher die Geschäftspartner meines Großvaters zu besuchen, geschweige denn Gäste zu bewirten, fehlte ihr die Kraft. Sie schaffte es kaum noch in einer Tour vom Bäcker zum Metzger. Den Großteil des Tages verbrachte sie auf einem Liegestuhl im Garten, die Beine in eine Decke gehüllt, und nippte an einem Tee mit Honig. Nur ganz langsam ging es ihr besser.

Und meinem Großvater in rasendem Tempo schlechter.

Es war das erste Mal, dass die Kluft zwischen ihnen unübersehbar aufriss. Rastlosigkeit war immer die Grundlage ihrer Beziehung gewesen. Außer der Angst vorm Stehenbleiben verband sie nur die schiere Dauer ihrer Ehe. Das war genug, damit mein Großvater sich verpflichtet fühlte, den liebenden Gatten zu geben, der »natürlich nicht!« ohne sie ausging. Aber zu wenig, um die Leere in ihm zu füllen.

Wie ein Alkoholiker, der nach 20 Jahren zum ersten Mal nüchtern ist und sich entgeistert in seiner Welt umsieht, stellte er fest, dass er sich mit seiner Frau nicht unterhalten konnte. Die unappetitliche Unterwürfigkeit, die ewigen Klagen, das ganze weinerliche Vibrato, das er bei all der Rennerei bis dato nie wirklich wahrgenommen hatte, begannen ihn jetzt wahnsinnig zu nerven. Und er zeigte es, schnauzte sie immer öfter an, manchmal allein wegen der Art, wie sie ihn ansah.

»Ich hab dir doch nix getan«, schniefte sie, was ihn nur noch mehr aufregte, damit natürlich auch sie, sodass er schließlich flüchtete. Ein paar Monate versuchte er, die gewonnenen Stunden mit Arbeit vollzustopfen. Doch selbst die war irgendwann gemacht. Er geisterte durch den Laden, suchte nach schlecht gefalteten Oberteilen, rückte Kleiderständer herum, schlug die Zeit tot, und die Zeit schlug zurück. Seine Falten wurden tiefer, die Brauen länger, heller, bis der Unterschied zu dem künstlichen Felldeckel auf seinem Kopf kaum noch zu übersehen war. Er wurde alt. Er fühlte sich alt. Er langweilte sich. Er brauchte eine neue Herausforderung, einen dieser glücklichen Winke des Schicksals, an die er leider nicht glaubte.

Aber das Glück fand ihn trotzdem, in Gestalt eines untersetzten Juweliers, den mein Großvater, wie könnte es anders sein, aus Kasan kannte, der Quelle alles Guten in seinem Leben. Damals ein milchgesichtiger Hänfling, der sich jeden Abend erst in den Schlaf geweint und dann, unter heftigem Quietschen seines Feldbetts »Annie, meine süße Annie« stöhnend, die anderen aus dem ihren gerissen hatte, war er mittlerweile zu einem stattlichen Vermögen gekommen. »Deimändsaägörlsbestfränd« kläffte er in die Herrenabteilung jenes Nobelkaufhauses, in dem er meinem Großvater plötzlich in die Arme fiel, ihm das Sakko, das der gerade anprobieren wollte, aus der Hand und ihn mit sich in ein benachbartes Lokal riss, in dem man noch »was Gscheits« bekäme, um das Wiedersehen zu feiern. Bis die Kellnerin die Rechnung brachte, ließ er meinen Großvater kein einziges Mal zu Wort kommen, was an sich schon das Erzählen wert wäre, aber es kam noch besser.

Nach dem Tod seines Schwiegervaters, der zwar nicht der Vater jener Annie, »die Schlamp«, dafür aber ein »Jud, hamsevergessezuvergase« und somit, wie er meinem Großvater über drei schwitzenden Scheiben Fleischkäse ins Gesicht lachte, natürlich »scheißereich« gewesen sei, habe er dessen Juweliergeschäft geerbt. Die Geschäfte seien gut gelaufen. Er und seine Frau »bildschä, netwiedieanniemitihreglubschaache, die Schlamp« hätten gut gelebt. Man hatte ein Häuschen in der Toskana mit einem Gärtchen und einem Mädchen, das sich der Blümchen und manchmal auch seiner annahm, aber! – und hier begann mein Großvater aufzuhorchen – aber so richtig habe die Kasse erst vor einem Jahr geklingelt, als sie sich entschieden hatten, in den Osten zu gehen.

Ursprünglich seien sie nur deshalb rübergefahren, um zu kucken, ob einer aus der Familie des Juds, der »vor der schlimmen Zeit« in Dresden einen Gemischtwarenladen betrieben hatte, wider Erwarten überlebt hatte. Aber irgendwann habe selbst seine Frau eingesehen, dass ihren Verwandten das gleiche Schicksal wie der Mauer widerfahren sei. »Beide gefallen!«, lachte der Juwelier und wischte sich den Fleischsaft vom Kinn.

Nach ihrer Rückkehr in die Pfalz habe sich dann jedoch überraschend ein Anwalt bei ihnen gemeldet und mitgeteilt, dass der Gemischtwarenladen, wenn auch mittlerweile ein Acht-Parteien-Wohnhaus, noch immer auf den Namen des Bruders eingetragen sei und, in Ermangelung anderer Erben, denn nein, da lägen auch ihm keine anderen Informationen vor, ihnen zustehe.

Zuerst habe er, der Juwelier, gar nicht gewusst, was sie mit dieser riesigen, völlig verfallenen Immobilie überhaupt anfangen sollten, bis ihm »ein Vögelchen« gezwitschert habe, dass der Aufbau Ost fast die gesamten Renovierungskosten übernehme.

Das Beste seien jedoch die kaufwütigen Ossis.

»Er sagt, die haben jede Menge Geld. Aber nichts zu kaufen«, rief mein Großvater, als er Stunden später völlig aufgekratzt nach Hause kam und meiner Großmutter von seiner Idee erzählte, nach Berlin zu ziehen und in ihrem Elternhaus, von dem bestimmt auch noch etwas übrig sei, die erste Schneider-Filiale im Osten zu eröffnen, womit sie ein Vermögen machen würden.

»Wie? Du hast schon gegessen, ich hab doch gekocht«, nörgelte meine Großmutter, die nach der Erwähnung des Lokals auf Autopilot geschaltet hatte.

»Jetzt hör doch mal zu, Hilde, es geht hier um unsere Zukunft«, rief mein Großvater. »Das ist eine Chance, die im Leben kein zweites Mal kommt.«

»Was sollen wir denn in Berlin?«, murmelte meine Großmutter, »da ist doch nix!«

»Eben!« schrie mein Großvater. »Deshalb müssen wir ja dahin!«

Es ginge darum, zuzuschlagen, bevor ihnen jemand die Gelegenheit wegschnappe. Sonst, donnerte er, sonst stünden sie am Ende mit gar nichts da. »Der Bensheim hat sicher auch ne tote Oma drüben. Wenn der spitzkriegt, wie leicht sich da Geld machen lässt, sind wir weg vom Fenster.« Er riss den Arm in die Luft. »Weck.«

Der Bensheim war der größte Konkurrent meines Großvaters, oder zumindest wurde er es mal in diesem Moment. In der Vergangenheit hatte der Katalog, den mein Großvater sich unter dem Mädchennamen meiner Großmutter nach Hause schicken ließ, ihm nur zu halbjährlichem Spott gereicht. Jetzt sah er den »Erzfeind« im Osten Geld anscheffeln, das der wieder investieren könne, in neue Geschäfte, Werbung, mit der er die strohdumme, beim Anblick eines hübschen Plakats, oder gar, Gott bewahre, einer Fernsehreklame, sowohl Qualität als auch lang gewachsene Loyalität in den Wind schlagende Kundschaft verführen und meine Familie eher früher als später in den Ruin treiben würde. In immer leuchtenderen Farben skizzierte er den drohenden Bankrott auf der einen Seite, den glorreichen Aufstieg auf der anderen. »Die brauchen doch jetzt Leute wie uns«, sagte er, Leute mit Geschäftssinn, die Arbeitsplätze schaffen, gerade wir als Elite, nicht zuletzt sei es staatsmännische Pflicht wieder aufzubauen, was ja, zu Recht, aber eben doch zerstört, ansonsten wüsste doch niemand, Geschichte wiederhole sich bekanntlich, nicht dass am Ende, die Vergangenheit sei ja drüben, anders als hier, nie aufgearbeitet worden, Armut bekanntlich das beste Futter für den Faschismus. Nie. Wie. Der.

»Es geht auch um Verantwortung«, rief er und war sich selbst für ein »Sollen deine Eltern etwa umsonst gestorben sein?« nicht zu schade.

Die Unterlippe meiner Großmutter begann merklich zu zittern. Sie drehte sich zum Herd und hustete in ihr Weinsößchen.

»Und außerdem«, brüllte mein Großvater, berauscht von seinem eigenen Untergangsszenario, außerdem stehe ihm dieser ganze Etepetefraß bis hier, er wolle endlich mal wieder was Gscheits essen, woraufhin meine Großmutter vollends die Fassung verlor. Und sie im Grunde nicht wiederfand, bis sie in Berlin eintrafen.

Die Reste des Hauses, die nach dem Bombenangriff übrig geblieben waren, standen tatsächlich noch. Vom Onkel her gäbe es sogar noch eine Villa, in der allerdings mittlerweile eine karitative Vereinigung untergebracht sei, wie die Dame der Pankower Stadtverwaltung am Telefon sagte. »Das holen wir uns später. Erstmal müssen wir eben zusammenrücken«, rief mein Großvater. Seine Hybris kam zu ihm zurück wie eine alte Liebe und wich ihm nicht mehr von der Seite.

»Ihr habt doch keine Sicherheiten«, sagte die Gundl, »man weiß doch gar nicht, wie sich das da oben entwickelt.« Aber als Sachverwalter der Wahrheit bestimmte mein Großvater darüber, was sicher war und was nicht.

Auf dem Laden flatterte neben der Fahne mit dem Firmenwappen nun auch eine Deutschlandflagge. Innerhalb weniger Wochen stellte mein Großvater mehrere neue alte Landsmänner ein und schwärmte, mehr vor als mit ihnen, vom Osten, der schmerzlich vermissten Heimat, der Wiege deutscher Kultur, vor allem aber dem weißen Fleck der Geschmacklosigkeit auf der Landkarte, der nun endlich in den Genuss von Mode aus der großen weiten Welt käme. Halleluja.

»Sieh sich doch mal einer diese Fetzen an!«, rief er begeistert, wenn sie abends die Tagesthemen schauten, »was da für ein Potential brachliegt. Da muss man zugreifen!«

Übers Zugreifen sprach er jetzt oft. Ganz Berlin war ihm ein Sonntagsbüfett, an dem man sich bedienen musste, solange man durfte.

Für die Krankheit meiner Großmutter war da kein Platz.

»Natürlich schaffst du das«, rief er empört, »im Gegenteil. Dir wird's da oben viel besser gehen. So was wie unseren Laden haben die doch noch nie gesehen. Wenn sich erstmal rumgesprochen hat, dass es bei uns nicht nur Kartoffelsäcke gibt, läuft das Ding wie von selbst. Dann werd ich viel mehr Zeit für dich haben.«

»Und was wird aus dem Kind?«, wagte meine Großmutter einen letzten Versuch, das Projekt zu stoppen.

»Was soll aus dem werden?«, rief mein Großvater. »Kommt mit.«

Aber meine Mutter kam nicht mit. Eines Abends, die Umzugsvorbereitungen waren schon in vollem Gange, schlug sie in einem Anfall von Schneid mit der Gabel gegen ihr Glas und verkündete zitternd vor Mut, dass sie bleiben werde.

»Ich glaube, ich wollte einfach mal sehen, ob ich es kann«, sagte sie und lächelte betreten, weil sie den Ausgang der Geschichte ja schon kannte.

»Du whasch?«, rief mein Großvater durch die Kartoffel in seinem Mund und verschluckte sich so, dass meine Großmutter ihre gerade anrollende Hustenattacke unterbrechen musste, um stattdessen seinen Rücken zu klopfen.

Sie habe sich das gut überlegt, sagte meine Mutter, auch wenn sie sich auf einmal an keine dieser Überlegungen mehr erinnern konnte. Es sei Zeit für sie, auf eigenen Füßen, alt genug ...

»Nicht ohne meine Tochter«, schrie meine Großmutter, was damals noch niemand lustig fand, »dann bleib ich auch!«

»Gewidder Dunnerkeil, keiner bleibt«, krächzte mein Großvater und tastete mit flammend rotem Gesicht nach der Sprudelflasche.

Meine Mutter drehte den Verschluss auf und schenkte ihm ein. Sie hielt ihm das Wasserglas hin und holte Luft, ließ endlich jenen Stoßseufzer der Pubertät erklingen, den ihr niemand, am wenigsten sie sich selbst, zugetraut hätte: »Doch.«

Mein Großvater verschluckte sich gleich wieder.

Es sei auch wegen der Uni viel besser, sagte sie schnell, solange seine Sprachlosigkeit anhielt, im Sekretariat habe man ihr gesagt, dass sie die meisten Prüfungen wiederholen müsse, im schlimmsten Fall verlöre sie mehrere Semester ...

»Aber dann wären wir wenigstens zusammen!«, rief meine Großmutter.

Mein Großvater setzte sein Glas ab. »Wie viele Semester?«

»Ich weiß nicht«, sagte meine Mutter leise, »vielleicht drei.«

»Was spielt denn das für eine Rolle?«, rief meine Großmutter und widmete sich wieder ganz ihrem eigenen Schock. »Sie kann doch nicht alleine hierbleiben.«

»Maaama«, sagte meine Mutter.

»Was?«, schrie meine Großmutter, und: »Oskar, das Kind kann doch nicht alleine hierbleiben! Jetzt sag doch was!«

Aber mein Großvater sagte nichts mehr.

Zwei Tage nicht.

Kein Wort. Weder zu meiner Mutter noch zu meiner Großmutter, auch wenn die ja eigentlich gar nichts verbrochen hatte. Aber wenn man schon mal am Fasten ist, macht man ja nicht ausgerechnet für einen Teller Leber eine Ausnahme.

Dann ließ er meine Mutter eines Nachmittags in sein Büro zitieren.

»Kommen wir gleich zur Sache«, sagte er und begann von seinem Urgroßvater mütterlicher-, nein väterlicherseits zu erzählen, vielleicht auch Großonkel, von dem es jedenfalls heiße, dass er während der Wanderschaft, Schreiner, eines Nachts sein letztes Stück Käse gegen eine verlotterte Bibel eingetauscht habe, nicht etwa aus religiösen Gründen, *au contraire*, sondern vielmehr, um sich damit selbst das Lesen beizubringen. Es folgte ein Abstecher zu dessen Kindern, Volksschullehrer der eine, immerhin Gattin eines Rechtsanwaltsgehilfen die andere, von wo aus mein Großvater mit riesen Schritten durch die von Zeugnissen der Wissbegier nur so strotzende Familiengeschichte eilte, vorbei an der Schneider-Oma, die ganz allein nach Marbach geradelt war, um Schillers Geburtshaus zu sehen, bis hin zu seinem eigenen Vater, der seine Söhne bekanntlich als Erste im Dorf! aufs Gymnasium geschickt habe, »was damals weder normal noch billig war.«

»Wenn bei den Schneiders etwas groß geschrieben wird, dann Bildung«, rief er feierlich, an welchem Punkt meine Mutter kurz davor war, einzuwerfen, dass das eigentlich nicht nur bei den Schneiders, sondern überall im deutschsprachigen Raum so sei, dann aber doch mit wachsender Verwirrung zuhörte, wie er ihr erklärte, dass das Niveau in Heidelberg dem in Berlin, wie er erfahren habe, bei Weitem überlegen sei, dass ihr durch einen Wechsel des Studienorts beträchtliche Nachteile entstünden. Dass durch das Konstrukt des Föderalstaats die eine Universität nicht wisse, was die andere tue, und man ihr einen Großteil der Scheine wohl gar nicht anerkennen würde, dass sie womöglich Jahre verlieren würde. Weshalb er sich überlegt habe, dass es das Beste sei, wenn sie erstmal hierbliebe.

»Er sich!«, rief meine Mutter, »*er*!«, und strampelte die Decke von den Beinen, während sie nach ihrem Wasserglas griff, »lieber hätt' er sich die Zunge abgebissen als zuzugeben, dass mal ein anderer Recht hat«, und dabei schwappte es aus ihrem Glas, das ihr vor Aufregung gegen den Nachttisch stieß, so wütend wurde sie, wahrscheinlich vor allem deswegen, weil sie es damals nicht geworden war. Da hatte sie nämlich keinen Ton herausgebracht. Nicht mal die Augen gerollt. Nur verständig genickt hatte sie und am Ende »ja, natürlich, wenn du meinst« gemurmelt.

»Alles geklärt?«, fragte meine Großmutter erleichtert, als sie die beiden zusammen zum Essen kommen sah.

»Jap, sie hat's eingesehen«, antwortete mein Großvater und war in dem Moment wohl selbst davon überzeugt, mal wieder einen Sieg davongetragen zu haben.

Trotzdem und auch im Nebel seines Größenwahns erkannte er, dass er mit meiner Großmutter allein das Ding nicht wuppen könnte. Es dauerte zwei Wochen, seinen Bruder davon zu überzeugen, dass er sich in der Bank auf verlorenem Posten abrackere, eine weitere, und Helm kündigte, »weil sich mit der ganzen Sicherheit ja nichts reißen« lasse, wie er am Abend der entsetzten Gundl erklärte.

»Er war doch immer zufriede uff de Bank!«, klagte sie meiner Großmutter, »un jetzt will er uf ähmol Gschäftsmann werre. Noch fünf Johr, dann hätt er in Rente gehe kinne. Was solln aus em Vadder werre? Isch krieg kä Aach mehr zu.«

»Ruhiger Schlaf kann nicht Sinn und Zweck des Lebens sein«, rief mein Großvater, während er die Kamera für seine erste Erkundungstour zusammenschraubte. Und überhaupt sei die ganze Aufregung verfrüht. »Bis die zwischen ihren Stasi-Akten die Besitzurkunde gefunden haben, gehen sicher noch ein paar Monate ins Land.«

Tatsächlich waren die Behörden jedoch bereits geübt im Umgang mit Alteigentümern, die sich plötzlich ihrer Wurzeln erinnerten. Überall in der Stadt forderten Familien Besitz zurück, von dem die Hälfte bis dahin noch nicht mal gewusst hatte. Aber außer meinem Großvater kam keiner auf die Idee, dort auch wieder einzuziehen. Dafür war es zu trostlos, vor allem so nah an der Mauer, mit den zugemauerten Fenstern und den leeren Geschäften.

»In unserem ist wenigstens was drin«, rief er gut gelaunt, »damit sind wir den anderen schon einen Schritt voraus.«

Der Laden kam unten ins Haus. Darüber ließ er drei Wohnungen in Stand setzen, eine für ihn und meine Großmutter, eine für Helm und Gundl, je mit einem kleinen Balkon, auf den sich niemand setzen wollte, weil einem nach fünf Minuten der Hals kratzte von den Kohleöfen, die damals alle noch hatten. Darunter eine etwas kleinere, die er »aus purer Nächstenliebe« an die bisherigen Bewohner vermietete, ein entzückendes, junges Paar mit einem entzückenden, rauscheengelblonden Sohn, »so deutsch, wie man es bei uns gar nicht mehr find.«

Das Haus war das erste in der Straße, das saniert wurde, ein persilweißer Streifen Luxus inmitten rußgeschwärzter Wände. Nebenan wohnte eine Gruppe Studenten, die sich sehr intensiv und sehr laut um die Zukunft der Vergangenheit sorgten. In Schubkarren trugen sie allen möglichen Tand zusammen und in die Wohnung hinauf, Straßenschilder, die kommunistische Führer priesen, Plakate irgendwelcher DDR-Aufführungen, gläserweise Ostkost, die sie, bevor sie aus den Regalen des Konsums verschwand, lieber in den eigenen vergammeln lassen wollten.

»Was, wenn die uns die Kundschaft weghalten?«, rief meine Großmutter, als mein Großvater sie und meine Mutter das erste Mal mitnahm, um die Renovierungsarbeiten zu bestaunen. Wie ein kleiner Junge rannte er von Raum zu Raum und zeigte ihnen die abgezogenen Dielen, den Stuck, die hohen Fenster.

»Ach herrje, wer soll die denn alle putzen?«, stöhnte meine Großmutter.

»Kein Problem. Da nehmen wir uns jemanden«, antwortete mein Großvater, »sind ja jetzt alle arbeitslos.«

»Eine Fremde soll ich für mich putzen lassen?«, jammerte meine Großmutter und tastete schon mal nach dem Inhalator in ihrer Tasche. »Wer weiß, was die alles anfasst? Da wär ich ja doppelt so lang damit beschäftigt, nachher hinterherzuwischen!«

»Dann hängste halt Vorhänge hin, dann sieht man den Dreck nicht so!«

»Die müssen doch auch gewaschen werden«, nörgelte sie, bis er endlich »Dunnerkeidel, jetzt stell dich doch nicht so an, Hilde!« schrie. Wochenlang habe er sich abgerackert, um alles auf Vordermann zu bringen, habe Kabel verlegt, Rohre geflickt. Es habe ja nicht mal eine Dusche gegeben, geschweige denn eine elektrische Heizung. »Du hast doch keine Ahnung, wie es hier ausgesehen hat!«

Eigentlich habe sie das schon, murmelte meine Großmutter, immerhin sei sie hier aufgewachsen.

»Eben! Ich mach das doch alles nur für dich«, rief er. Er wisse doch, dass sie sich im Süden nie richtig heimisch gefühlt habe. Er habe geglaubt, der Umzug würde sie freuen. »Was glaubst du denn, warum ich mich so ins Zeug gelegt habe, he? Du warst es doch, die immer davon geträumt hat, irgendwann zurück zu gehen!«

Das hatte sie nicht, aber am Ende fühlte sie sich so undankbar, dass sie tatsächlich eine Kante wiedererkennen wollte, an der sie sich als Sechsjährige gestoßen habe.

Ansonsten schien meiner Großmutter das Haus seltsam fremd, genauso wie die Stadt selbst. Sie lief mit meiner Mutter durch Berlin, um ihr die alten Plätze zu zeigen, aber jede Straße, durch die sie gingen, war eine Straße, in der niemand mehr wohnte, den sie kannte, jedes Haus, auf das sie zeigte, war nicht mehr da, stattdessen eine dreckige Platte, ein Klumpen Schutt oder einfach ein Loch zwischen zwei vollgekritzelten Wänden.

»So viel Baufläche«, seufzte mein Großvater, »wer da nicht zugreift, ist doch wirklich selber schuld!«

Die Eröffnung fand am 9. November statt. Kleiner ging's nicht. Umgezogen wurde erst ein paar Tage davor.

Meine Mutter klebte Kisten zu und Schildchen drauf, während

meine Großmutter eine nach der anderen wieder aufriss, um eine Steppdecke oder ein Waffeleisen oder ein schickes Nachthemd für meine Mutter rauszuziehen, damit ihr nicht kalt sei im Winter und sie was anzubieten habe, falls jemand zum Kaffee käme und anständig aussehe, falls der über Nacht bliebe, was sie sich aber doch bitte noch mal gut überlegen solle.

Mein Großvater rannte von Zimmer zu Zimmer und zog die Nägel aus der Wand, damit die neuen Besitzer nicht auf die Idee kamen, sie bekämen was geschenkt. Meine Mutter würde in die kleine Wohnung über dem Laden ziehen, die mein Großvater ein paar Jahre zuvor für die Fahrer hatte bauen lassen.

Sie freute sich darauf. Oder sagte das zumindest. Glaubte es ganz sicher auch. Und alle glaubten es ihr. Aber ihr Mut war für den Kampf, alleine leben zu dürfen, schon verbraucht. Zum tatsächlich Alleineleben war nichts mehr übrig. Sie wollte stark sein, so sehr, dass sie nicht wusste, wie das geht, schwach sein. Sich einsam und hilflos zu fühlen, das ertragen. Und es letztlich auch nicht lernen sollte.

Aber das konnte meine Großmutter natürlich nicht wissen, als sie zum Abschied ein solches Theater abzog, dass die Schäfer Marie noch die ganze Woche damit auf Tour ging. Sie spulte das volle Programm ab, Wimmern, Keuchen, Luftzufächeln, Schwächeanfall auf dem Weg zum Auto. Mit vereinten Kräften musste sie die Treppe hinuntergezogen werden, während sie erneut ihren Tod ankündigte; eine Mutter von ihrem Kind zu trennen, da könne man ihr ja auch gleich den rechten Arm abhacken, Herrgottimhimmel, mein Herz.

Meinem Großvater war das alles herzlich schnuppe. Vor Vorfreude konnte er kaum noch gerade kucken. Eine der gerade noch rechtzeitig eingetroffenen Schneider-Schirmmützen auf dem Kopf, saß er hinterm Steuer und hupte im Dreivierteltakt. »Wenn wir warten, bis dein griechischer Chor eintrifft, kommen wir heute gar nicht mehr los«, rief er, woraufhin meine Großmutter sich schluchzend in das Sprungtuch aus hilfsbreit hinter ihr aufgespannten Armen fallen ließ. Kurz vor der Autotür verweigerte sie schließlich ganz die Mithilfe und warf sich auf ihr »Ein und Alles«, während zwischen ihren Lippen Laute hervorkrochen, wie sie meine Mutter nur von einer rolligen Katze kannte.

»Na lass mal gut sein, Hilde«, fasste sich endlich der Helm ein Herz und schob meine Großmutter in den Wagen. Er selbst hatte in den vergangenen Monaten so viel Zeit mit meinem Großvater über Bau- und Geschäftsplänen gebrütet, dass er dessen Euphorie bisweilen für seine eigene hielt. In der Bank war man seinem Kündigungswunsch derart verständnisvoll nachgekommen, dass er eh keinen von denen mehr leiden konnte. Außerdem freute er sich auf Max, der, nachdem beim letzten Heimatbesuch die Frage, was er eigentlich mit seinem Leben anzustellen gedenke, wieder nicht zur Zufriedenheit aller hatte beantwortet werden können, seit Monaten keine Mitfahrgelegenheit nach Hause mehr gefunden hatte.

Von der anderen Seite zog Ilse, eigentlich nur zum Winken gekommen, jetzt aber völlig von der Aufgabe beseelt, meiner Großmutter das bisschen Weisheit aufzudrängen, das sie ihrem eigenen kleinen Leben abgerungen hatte; für jede Tür, die sich schließt, öffnet sich eine neue, Abschied ist immer ein wenig Sterben, man muss eine Fliege verlieren, um einen Fisch zu gewinnen, et al.

»Jetzt aber mal los!«, rief mein Großvater. Der Helm rannte außenrum, drückte vor Übermut selbst auf die Hupe und setzte sich dann doch auf die Rückbank, weil der Beifahrersitz so voll mit Taschen war, dass er nicht mehr reinpasste. Ilse wünschte ihnen zum x-ten Mal eine gute Fahrt und einen noch besseren Start ins neue Leben, den sie »garantiert« hätten, das fühle sie einfach, wer nicht wagt, der nicht gewinnt. Und zuletzt trottete auch Gundl hinterher, quetschte sich neben die beiden andern und schaute mit Todeszellenkandidatenmiene aus dem Fenster. Sie wollte nicht weg von ihrem Vater und den Freundinnen und dem Gemecker über das Leben am Arsch der Welt. Aber die Einzige, die das wusste, war meine Großmutter.

»Red doch mit Helm«, hatte die noch einen allerallerletzten Versuch gewagt. »Du musst ihm sagen, dass du nicht nach Berlin willst!«

Das könne sie ihm nie antun, hatte die Gundl geantwortet. »Liever ded isch dod umfalle, als moinem Mann in de Rücke falle.« Also tat sie genau das. Obwohl sie wie immer spät dran war. Sie waren schon an Eisenach vorbei, als sie sich plötzlich an die Brust fasste und leise stöhnte, was eigentlich gar nicht ihre Art war. Das Leise, nicht das Stöhnen. Mein Großvater raste an zwei Ausfahrten vorbei, bevor er das Geschrei meiner Großmutter ernst nahm. Als sie Gundl vor der Notaufnahme aus dem Auto zogen, war sie schon ohnmächtig.

Die folgenden Stunden sind schwer zu rekonstruieren, weil jeder der Beteiligten so damit beschäftigt war, dem anderen sein Verhalten zu verübeln, dass spätere Erzählungen nur darum kreisten, wer wen »faschd in de Wahnsinn getriwwe« habe, und auf Fakten weitgehend verzichteten, allen voran Gundls Zustand betreffend, die nur noch einmal aufwachte und »isch hab so Angschd ghabt« murmelte, woraufhin meine Großmutter vehement den Kopf schüttelte und »woher denn? Ist ja gar nix passiert!« rief, als spreche sie mit einem Kind, das sich das Knie aufgeschürft hat.

»Was hätt's ihr denn bitte genützt, wenn ich gesagt hätt', das nächste Mal, wenn du die Augen aufmachst, siehste die Radieschen wohl von unten?«, wehrte sie sich gegen die nicht abreißen wollende Kritik von späteren Zuhörern (mir), und darauf fiel den andern am Tisch (meine Mutter: völlig ihrer Meinung; mein Großvater: grundsätzlich ihrer Meinung, solange er nicht das Wort hatte, aber eh auf Durchzug; Helm: betrunken, abwesend, oder tatsächlich abwesend) auch keine Antwort ein.

Ungeachtet dieses nachträglichen Triumphs widmete sie ihre gesamte Erzählzeit der Erinnerung ans Gekränktsein. Darüber, wie mein Großvater sie angeschrien habe, die solle »verdammt noch emol s Maul halde. Bei dem Gflenne kann sisch jo kän Mensch konzentriere!« Wie er und der Helm mit der Gundl in den Armen so schnell ins Krankenhaus gerannt seien, dass sie kaum hinterhergekommen sei. Und natürlich, die schlimmste Kränkung von allen: dass die Gundl sie im Kampf um den Titel der vom Schicksal Verfolgtesten geschlagen hatte. »Dabei war sie doch alleweil noch gut beisammen«, wie meine Großmutter selbst auf Gundls Beerdigung anklagend hinzufügte, und auf der meiner Mutter auch noch mal.

Mein Großvater ärgerte sich, weil sein schöner Plan durcheinanderkam. Weil der Helm nach seinem Gespräch mit dem Arzt völlig verstummte und es stattdessen ihm überließ, sich um die gebotene Bevorzugung vonseiten der Schwestern zu kümmern. Weil die für sein Süßholz hier völlig unempfänglich waren, ein erster Vorgeschmack auf die Zukunft im Osten, die gerade erst begonnen hatte, und doch schon kurz vor dem Aus zu stehen schien.

»Wenn wir bis morgen Abend nicht da sind, muss ich die Eröffnung verschieben!«, rief er immer wieder und trommelte auf seine Armbanduhr.

Und der Helm war einfach nur sauer. Sauer auf meinen Großvater, weil er ihn überredet hatte, mit nach Berlin zu kommen, auf sich selbst, weil er zugestimmt hatte, auf meine Großmutter, weil sie »ned verdammt noch emol s Maul« hielt, wie es nach Stunden der Warterei auch aus ihm herausbrechen sollte. Vorerst konzentrierte man sich aber ganz darauf, einander böse Blicke zuzuwerfen. Erst als der Arzt fragte, ob sie einen Priester sehen wollten, was mein Großvater kategorisch ablehnte, schickte der meine Großmutter los, »die Hiobsbotschaft« zu verkünden.

Es war schon nach Mitternacht, als meine Mutter und Ilse eintrafen. Aber noch war Gundl nicht ganz tot.

»Ach herrje, es hätt doch gereicht, wenn ihr morgen früh gekommen wärt!«, rief meine Großmutter. Sie küsste meine Mutter auf die Wangen und verwischte unwillkürlich die Lippenstiftreste.

»Morgen früh sind wir hoffentlich selbst nicht mehr hier«, murrte mein Großvater.

Meine Mutter befreite sich aus der Umarmung. »Warum habt ihr denn nicht gleich angerufen?«

»Wieso? Du hättst doch eh nix ändern können«, sagte meine Großmutter.

»Vielleicht weil ihre Tante im Sterben liegt«, antwortete Ilse, in die sie nicht mal die 30 Pfennig für den Münzsprecher investiert hatten. Sie war schon im Bad gewesen, um sich für die Tagesschau hübsch zu machen, als der Mercedes meiner Mutter in die Einfahrt gerollt gekommen war.

»Ich weiß wirklich nicht, was ihr von mir wollt«, keuchte meine Großmutter. »Sie ist doch nicht mal wach!« Sie zeigte auf das Bett, in dem die Beatmungsmaschine Gundls Brust aufblies, und kramte ihren Inhalator aus ihrer Handtasche.

Meine Mutter ließ den Blick durchs Zimmer schweifen. »Wo ist denn der Max?«

»Aus!«, rief mein Großvater, »mehr war aus diesem bekloppten Mitbewohner von ihm nicht rauszubringen. *Aus* ist er, während seine Mutter hier verreckt.«

»Oskar!«, zischte meine Großmutter, »das kann er ja nun nicht wissen.«

Mein Großvater stapfte auf. »Wenn er es endlich mal schaffen würde, eine Stelle mehr als drei Tage zu behalten, wäre er um die Zeit zu Hause wie normale Leute und wüsste es!«

Ilse hängte ihre Tasche über die Stuhllehne. Unsagbar vorsichtig, als habe sie Angst, die Sterbende zu wecken, trat sie aufs Bett zu, die Hände vom Körper gespreizt wie eine Seiltänzerin, und begann Gundls Arm zu streicheln, während sie ein sanft-selig-glückliches Lächeln über den reglosen Körper gleiten ließ.

Meine Großmutter erhob sich, was nicht ohne ein bisschen Gehüstel abging, und beugte sich ebenfalls über die Schlafende. Sie raschelte in ihrer Handtasche, zog ein zwanzigmal gefaltetes Taschentuch heraus und tupfte Gundl den Speichel vom Kinn.

»Lass doch, Hilde«, sagte mein Großvater. Woraufhin meine Großmutter das Taschentuch abrupt zusammenknüllte und mit noch mehr Geraschel wieder zurückstopfte, sich beleidigt auf den Stuhl fallen ließ, die Tasche auf ihre Knie knallte. Stöhnte. Sich gegen die Lehne warf. Weiter stöhnte, bis auch der Helm kurz aufsah, sich, die Finger auf den Kehlkopf gepresst, räusperte. Dann aber doch wieder wortlos erstarrte. Was wiederum meinen Großvater heftig schnaufen ließ.

Der Arzt kam, ein sehr langsam gehender, sehr, sehr langsam

sprechender Mann, der auch nach fünf Minuten im Grunde nichts anderes gesagt hatte, als dass die Lage ernst sei.

»Am besten besprechen Sie das mit meiner Tochter«, konnte sich mein Großvater dennoch nicht verkneifen, »eine zukünftige Kollegin von Ihnen.«

Meine Großmutter zuppelte meiner Mutter am Pullover. »Die ganze Nacht ist sie durchgefahren, um bei ihrer Tante zu sein. Hat nicht mal mehr Zeit gehabt, sich die Haare zu waschen, das Kind!«

Der Arzt erzählte etwas von einem, bisher offenbar unbemerkten, Herzfehler, womöglich ein genetischer Defekt. Es sei aber auch denkbar, dass eine Infektion im Kindesalter oder ein falsches Medikament die Fehlbildung verursacht habe, das ließe sich zum jetzigen Zeitpunkt noch nicht feststellen.

Natürlich war das alles Quatsch. Meine Großmutter wusste, dass es nur einen Grund für Gundls plötzlich kränkelndes Herz gab: Sturheit.

»Ausgerechnet jetzt!«, stöhnte sie. Wo man doch gerade dabei sei, zu expandieren, buchstäblich auf dem Weg nach Berlin, die erste Filiale in der alten DDR.

»Um unseren Beitrag zu leisten«, ergänzte mein Großvater und schaute herausfordernd, als erwarte er eine Belobigung dafür, dass er hier einer patriotischen Bürgerpflicht nachkam, anstatt sein Vermögen wie andere Männer seines Schlags ins Bordell zu tragen.

»Mode-Schneider«, erklärte er, und, einer plötzlichen Eingebung folgend, »grenzenloser Geschmack«, was es letztlich eine Saison lang sogar als Slogan auf den Katalog schaffen würde.

»Hauptsache, man quält sie nicht für nichts und wieder nichts«, rief meine Großmutter, »wir wollen ihr Leiden nicht unnötig in die Länge ziehen.«

»Sicherlich«, murmelte der Arzt, und: »Rufen Sie mich, wenn sich etwas ändert.« Dann schlurfte er wieder aus dem Zimmer.

Aber es änderte sich nichts. Nicht in der Nacht und auch nicht am nächsten Morgen. Das Krankenhauspersonal, angeblich ganz und gar mit der Pflege anderer Patienten beschäftigt (denen es jedoch nach einhelliger Meinung unmöglich so schlecht gehen konnte wie Gundl, von meiner Großmutter, das weniger einhellig, ganz zu schweigen), überließ meine Familie weitgehend sich selbst, was man schon als grob fahrlässig bezeichnen darf. In größtmöglichem Abstand standen sie im Raum verteilt, warfen einander böse Blicke und manchmal auch vereinzelt ein paar Worte zu, wie in einem modernen Theaterstück, in dem die Darsteller den ganzen Abend über im selben Raum sitzen und sich anstarren. Nur mein Großvater lief immer mal wieder zur Telefonzelle und versuchte Max zu erreichen, oder, wenn das schon nicht klappte, wenigstens seine Lieferanten zu überreden, etwas später zu kommen, »höhere Gewalt, glauben Sie mir, Sie wollen nicht mit mir tauschen.« Wenn er zurückkam, hatte er blaue Lippen und noch mieseren Laune. »Allein die Tanzgruppe kostet 20 Mark«, murmelte er und schüttelte den Kopf ob so viel Ungerechtigkeit.

Woraufhin meine Großmutter, offenbar von dem Wunsch getrieben, auch etwas zu sagen, Helm zurief: »Was meinst, hätt die Gundl lieber ein offenes Grab gewollt oder eine von diesen Marmorplatten, wo man nur nen Blumenstock draufstellt?«

Helm reagierte nicht.

»Wenn du mich fragst, wäre ein geschlossenes Grab besser, jetzt wo wir nicht mehr so oft da sind, um uns zu kümmern«, sagte meine Großmutter.

»Wer sagt denn, dass die Gundl nicht nach Berlin mitkommt und da beerdigt wird?«, knurrte mein Großvater.

»In Berlin! Da würd sie doch gar keinen kennen!«

»Das müssen wir doch nicht jetzt besprechen«, flüsterte die Ilse.

»Was du heute kannst besorgen«, antwortete meine Großmutter, als würde ein Gummi zurückschnalzen.

Helm schüttelte kaum merklich den Kopf.

»Oder sollen wir sie verbrennen?«, fuhr meine Großmutter fort. »Das machen sie doch jetzt alleweil auch bei uns.«

»Ja, wenn se zu knausrig sind für nen Sarg«, antwortete mein Großvater.

Meine Großmutter riss die Hände in die Luft. »Was du mir wieder unterstellst!«

»Ich unterstell dir gar nix. Ich sag nur, die Schneiders wurden noch nie verbrannt, da fangen wir jetzt nicht damit an.«

Ilse schluckte. »Ich fände die Vorstellung furchtbar, dass mich jemand anzündet. Ich hätte immer Angst, noch was zu spüren.«

Meine Mutter schaute zur Sicherheit noch mal auf ihr Kinn.

»Also wenn ihr mich fragt, hätte die Gundl nicht in Berlin beerdigt werden wollen«, redete meine Großmutter unbeirrt weiter.

»Dich fragt aber niemand«, sagte mein Großvater.

»Ach ja?«, rief meine Großmutter, »ach ja? Am besten sag ich gar nix mehr!« Sie presste die Lippen aufeinander, wie ein kleines Mädchen, dem die beste Freundin gerade erzählt hat, dass die Mutter manchmal den Nachbarn zum gemeinsamen Baden einlädt, konnte, als Ilses Magen unüberhörbar knurrte, sich dann aber doch nicht verkneifen, »Liebes, du kannst wirklich was essen gehen! In der Kantine gibt's heute diesen Kalten Hund« zu rufen, selbst hier noch die Rolle der Gastgeberin einnehmend.

Ilse schüttelte den Kopf. »Ich kann jetzt nicht weg.« Sie streichelte eisern weiter, woraufhin mein Großvater das letzte bisschen Zurückhaltung aufgab und »Herrje, als wären du und die Gundl so dicke gewesen!« rief.

»Was soll das denn bitte heißen?«, flüsterte Ilse.

»Du tust grad so, als wär ihr Tod weiß Gott was für ein Verlust«, rief mein Großvater. »Ihr habt euch doch wenn's hochkommt dreimal im Jahr gesehen! Und jetzt kannst du auf einmal nicht mal mehr ohne sie pinkeln gehen?«

Und da flippte Helm plötzlich aus.

Er schlug mit der flachen Hand gegen das Bettgestell und begann loszubrüllen, als hätte endlich jemand den Stecker reingedrückt. »Zum Deiwel noch emol«, schrie er, »so kann man doch nicht mit uns umgehen!« Er stapfte mit dem Fuß auf, schlug noch mal gegen den Bettrahmen, aber diesmal anscheinend mehr, um sich abzustoßen. Dann rannte er in den Gang hinaus ins Schwesternzimmer und verlangte, sofort, versteht ihr das hier? He? SOFORT einen Arzt zu sprechen, am besten einen, der auch einen Satz zu Ende bringen könne, ohne dass er erst ein Aufputschmittel einschmeißen müsse. »Oder braucht ihr dafür erst einen Bezugsschein?« Mit hochrotem Kopf schwankte er in der Tür und schimpfte über die Unverschämtheit und die Unverschämtheit des Staates, der solche Unverschämtheiten dulde, während ihm meine restliche Familie nachgelaufen kam.

»Wo ist denn hier die Dankbarkeit«, schrie er, »ohne uns wüsstet ihr doch nicht mal, was eine Banane ist!«, woraufhin sich eine der Schwestern gewohnt träge erhob.

Aber der Helm war jetzt in Fahrt. Immer weiter brüllend rannte er um sie herum, wie ein Hund vorm Gassigehen, beschuldigte sie gleichzeitig des Kommunismus, der Schwerhörigkeit und ganz generell der Unfähigkeit, schrie sich so heiß, dass er sich das Jackett von den Schultern riss, worunter ein kurzärmeliges Hemd zum Vorschein kam, das vielleicht »einer auf dem Bau, aber Helm, ich bitte dich!, doch kein Entrepreneur« tragen könne, wie meine Großmutter anmerkte, wofür sie endlich den bereits angekündigten Anschiss kassierte.

Es war Ilse, der es letztlich gelang, Helms Redefluss, der in immer heftigeren Wellen über die Ufer des Vertretbaren schlug, einzudämmen. Genauso langsam und vorsichtig wie zuvor bei Gundl legte sie ihre Finger auf seine Schulter, ließ sie in kreisenden Bewegungen hinabwandern, bis sie ihn schließlich hinterrücks umschloss und nicht mehr losließ, so sehr sich sein plötzlich von heftigem Schluchzen geschüttelter Körper auch dagegen wehrte. Stattdessen begann sie selbst zu weinen. »Es ist gut«, wimmerte sie in seine Achselhöhle, »schon gut« und auch einfach nur »gut.«

Eine Weile blieben sie so in ihrem doppelten Katzenbuckel gefangen. Dann rutschte Ilse endlich von seinem Rücken und nahm sein Gesicht in ihre Hände.

»Wut ist leichter zu ertragen als Trauer«, sagte sie, während Helms aufgequollenes Gesicht zwischen ihren Fingern hindurchlugte. Es sei leichter, auf die Ärzte und die Schwestern oder auf den Oskar böse zu sein – »Was? Was hab ich denn bitte damit zu tun?« –, als den Schmerz zu fühlen.

Dann begann plötzlich irgendetwas zu piepen.

»Es ist so weit«, schrie meine Großmutter aufgeregt wie ein Kind am Weihnachtsabend.

Der Arzt kam »angerannt«. Helms Gesicht wurde leichenblass. »Hundertirgendwasundirgendwaskommavielzuwenig«, erklärte meine Mutter emsig und bot auch gleich die restliche Diagnose an.

Aber der Arzt schüttelte nur entschuldigend den Kopf.

»Falscher Alarm«, sagte er, worüber meine Mutter sich noch ihr ganzes Leben furchtbar aufregen konnte. »Ist sie tot oder ist sie tot?«, würde sie später rufen und dabei die Lippen fast so schön aufeinanderdrücken wie meine Großmutter.

Aber erstmal ging die Warterei weiter, auch wenn meine Großmutter den Arzt nochmals darauf hinwies, dass man Gundl wirklich, wirklich nicht leiden lassen wolle, manchmal sei es das Menschlichste, Schluss zu machen, »wenn Sie sagen, es ist Zeit, ist es Zeit.« Der Helm kriegte sich langsam wieder ein, auch wenn Ilse ihr Möglichstes tat, das zu verhindern. Er müsse »es« raus- beziehungsweise zulassen, die Gundl gehe jetzt an einen besseren Ort, die Liebe ist stark wie der Tod – was sie dann auch der Fasttoten selbst erklären wollte. »Hab keine Angst«, flüsterte sie, »wir sind bei dir«, und »es ist in Ordnung, du musst jetzt nicht mehr stark sein«, wobei sie abwechselnd Helm und die arme Gundl befingerte, der das dann endlich auch zu viel wurde.

Gerade noch rechtzeitig, dass man es, wenn man »so richtig Bleifuß« gebe, noch nach Berlin schaffen konnte, erinnerte sie sich ihrer Verantwortung. Um halb zwei begann die Zappellinie auf dem Monitor auszuschlagen, Viertel vor drei öffnete sie für eine halbe Sekunde die Augen, in denen meine Großmutter »zweifelsohne« Schadenfreude erkannt haben will. Und wenige Minuten später war es vorbei. Hätte der Arzt nicht betreten den Kopf gesenkt und jedem Einzelnen die Hand geschüttelt, sie hätten nicht mal gewusst, wann. Ihr Herz, von dem es hieß, es sei ein kleines Wunder, dass sie damit überhaupt so alt geworden war, hörte einfach zu schlagen auf. Kein Aufbäumen, kein letztes Ringen. Ein höflicher, sehr gesitteter Tod, wie ihn sonst keiner in meiner Familie zustande brachte. Als die Schwestern den Kiefer nach oben banden, hatte mein Großvater den Papierkram schon erledigt.

Meine Mutter versprach, die Überführung zu übernehmen, denn selbstverständlich kam die Gundl am Ende wieder zurück ins Kaff, und ja, auch sich warm anzuziehen und, etwas leiser, den Wagen gleich einzusprühen, wenn sie die Gundl abgegeben hätten, damit der »Leichenmief« nicht in die Polster krieche. Es wurde sich gedrückt, mein Großvater schenkte dem Arzt eine Schneider-Mütze, dann rasten sie wieder los, meine Großmutter und Helm auf dem Rücksitz, jetzt mit etwas mehr Beinfreiheit.

»Hätten wir den Kopf in den Sand stecken sollen, oder was? Es war doch alles geplant«, empörte sich meine Großmutter, wenn Zuhörer (wie gehabt) die große Eile beanstandeten.

»Wenigstens der Helm hätte doch noch mal zurück gekonnt«, sagte ich.

»Ferz«, rief meine Großmutter. Ablenkung sei das einzig Richtige gewesen. Außerdem habe keiner ein Wort gesagt, als er nach dem Leichenschmaus eine halbe Woche verschwunden war. »Obwohl im Geschäft die Hölle los war!«

Niemand wusste, wo er war. Meine Großmutter musste mit Max (der rechtzeitig zur Beerdigung dann doch wieder aus dem Berliner Nachtleben aufgetaucht war) alleine zurück nach Berlin fahren, mit dem Zug!, weil der Helm das Auto rücksichtsloserweise auf seinen kleinen »Selbstfindungstrip« mitgenommen hatte, worüber ebenfalls »keiner ein Wort verlor«, wie meine Großmutter den übriggebliebenen Trauernden im *Zum Engel* erzählte.

Mein Großvater war gar nicht erst gekommen. Ich bitte dich! So kurz vor der Eröffnung? »Umäglich!« Vor allem jetzt, wo seine rechte Hand die Frage, ob ihre Strümpfe nun blickdicht anthrazit oder opaque schwarz seien, offenbar mehr beschäftigte als die bevorstehende Insolvenz.

»Brauchst dich nicht wundern, wenn bei deiner Rückkehr ein Kuckuck an der Tür klebt«, rief er ihr nach, als sie nach nur drei Nächten in der neuen Wohnung wieder gen Süden fuhr, denn sie ließ sich die Beerdigung nicht nehmen. So sehr sie Gundls Tod anfangs gefuchst hatte, so erfreut erkannte sie jetzt, dass deren Leid auf magische Weise in ihr eigenes Unglücksreservoir übergegangen war. Ein gestärktes Taschentuch in der Hand stand sie hinter dem Kondolenzbuch und berichtete mit gebrochener Stimme von den letzten Stunden ihrer »liewi Schwäscherin«, von ihrem »guude Herz«, das, wie sich jedoch herausgestellt hatte, in Wahrheit leider gar nicht gut gewesen war, ach ja, Lippenzittern, Lidertupfen. »Und diese Angst in den Augen, als sie mich am Ende angesehen hat!«, seufzte sie, bis man ihr mitfühlend die Hand drückte. Sogar den bettlägerigen Vater beanspruchte sie für sich, war sie es doch gewesen, die ihm die Todesnachricht ins Heim hatte bringen müssen, weil der Helm dazu nicht mehr in der Lage gewesen sei, »der Ärmste.«

Sie ging derart darin auf, das unverhoffte Erbe auszuplündern, dass ihr gar nicht auffiel, wie der Helm plötzlich aufstand und grußlos verschwand. Als er am Abend noch immer nicht zurück war, brachte meine Mutter sie zum Bahnhof, wo meine Großmutter das ganze Verabschiedungsdrama noch mal abzog, bis Max sie schließlich ins Abteil ziehen und bis Göttingen im Arm halten musste – man möchte annehmen, selbst ein bisschen traurig darüber, dass ihm so mir nichts dir nichts die Mutter weggestorben war. Aber in den Geschichten meiner Großmutter war neben ihrem eigenen Trennungsschmerz nicht mal für ein paar Tränchen seinerseits Platz.

Der Helm ließ sich erst am Eröffnungstag wieder blicken, sternhagelvoll, wie er es von da an jeden Tag sein sollte. Mein Großvater schaffte es gerade noch, ihn mit sich in die Warenannahme zu ziehen, bevor er das in Gold gehüllte Mädchen an der Spitze der Pyramide von den Schultern der Rot- und Schwarzberockten reißen konnte. Aber als er auch in den nächsten Wochen mit schon morgens nebligem Blick ins Büro wankte und sich dort nur noch bewegte, um den Kopf unter den Schreibtisch zu stecken und einen Schluck aus der Flasche zu nehmen, wurde klar, dass er zu nichts mehr zu gebrauchen war – sodass mein Großvater schließlich meine Mutter anrief, um ihr »ein Angebot zu unterbreiten«.

»Was denn bitte für ein Angebot! Er nutzt dich doch nur aus«, sagte Babsi, »was ist denn mit dem, was du willst?«

»Was will ich denn?«, fragte meine Mutter spöttisch.

»Keine Ahnung!«, rief Babsi aus ihrer Pariser Telefonzelle. »Aber wenn du jetzt gehst, wirst du es nie erfahren.«

»Ist doch nur vorübergehend«, sagte meine Mutter und klebte die Umzugskartons, die sie gerade erst ausgepackt hatte, wieder zu.

Nach Gundls Tod war sie wie geplant in die kleine Wohnung über dem Laden gezogen, hatte frisch gestrichen, ihren eigenen Namen ins Telefonbuch eintragen lassen, aber schon als es daran ging, die Schränke einzuräumen, zögerte sie, weil sie sich nicht entscheiden konnte, in welcher Reihenfolge sie die Socken, Unterhosen und BHs (mit denen sie damals noch nicht gebrochen hatte, damit wartete sie schön bis zu der Zeit nach der Schwangerschaft, als ihre Brüste mit einem Mal zwei Körbchengrößen zulegten, und sie sie, statt das Geld in ein neues 5er Set zu investieren, einfach der Schwerkraft freigab) anordnen sollte.

Sie las viel. Lernte viel. Von dem Geld, das ihr mein Großvater beim Abschied verstohlen in die Hand geschoben hatte, leistete sie sich eine neue Geige, auf der sie nun, wo sie auf niemanden Rücksicht nehmen musste, auch mitten in der Nacht spielen konnte, es aber nicht tat. Manchmal ertappte sie sich, wie sie einfach so dasaß und vor sich hinglotzte. Und als sie schließlich die letzte Tupperdose Großmutterauflauf aufwärmte, spürte sie tatsächlich etwas, was sie in Ermangelung eines besseren Wortes Einsamkeit nannte. Sie stand noch vor dem Leben in der Schlange, unentschlossen, ob sie einsteigen sollte oder nicht. Der Anruf war nur der letzte drängelnde Rüpel, den sie brauchte, um das Ticket in der Hand zusammenzuknüllen und auf dem Absatz kehrtzumachen.

Das Geschäft laufe schleppender an als erwartet, hörte sie meinen Großvater am Telefon widerwillig zugeben. Die Nachbarschaft, so schrecklich sie sich auch kleide, »Schulterpolster! Das hältst du doch im Kopf nicht aus!«, sei skeptisch, er selbst kaum im Laden, weil er ständig damit beschäftigt sei, Lieferungen anzunehmen, Hosen aufzubügeln oder einen Bestellschein zu suchen, den die

Sekretärin (die hier nicht nur nicht mehr Fräulein heiße, sondern auch »beileibe« keines sei) falsch abgelegt habe. »Arbeitsethisch verwahrlost«, wie die Menschen nach einem halben Jahrhundert Sozialismus nun mal seien, sei das »Material«, das ihm zur Verwirklichung seines deutsch-deutschen Traums zur Verfügung stehe, »unter aller Sau«, die mitgereiste Familie wie gesagt weitgehend unbrauchbar, sodass er alles Wichtige selbst übernehmen müsse. Und wichtig sei in dieser Phase natürlich alles. Er arbeite 80, 90, 100 Stunden die Woche, was selbst ihm irgendwann zu viel werde.

An den letzten paar Worten ging er fast ein.

Wenn meine Mutter nicht ganz schnell nach Berlin käme, solle sie sich darauf gefasst machen, ihre erste Autopsie am eigenen Vater durchführen zu müssen, rief meine Großmutter im Hintergrund.

Meine Mutter wand sich, zögerte die längst gefällte Entscheidung heraus, so schön war es, sich bitten zu lassen. Als sie am dritten Abend jedoch noch immer behauptete, erst noch mal mit der Freien Universität sprechen zu müssen, ob man ihr wenigstens das Physikum anerkenne, kehrte mein Großvater übergangslos in die herrische Tonart zurück und erklärte, die Wohnung verkaufen zu wollen, vielleicht sogar schon verkauft zu haben, man brauche jetzt das Geld, ansonsten Bankrott, Bensheim, er erwarte sie Anfang der Woche. Das Gästebett sei schon bezogen.

»In Ordnung«, sagte meine Mutter kleinlaut, und mein Großvater hatte die Güte so zu tun, als habe es ihrer Zustimmung noch bedurft.

Sie zog zu meinen Großeltern, vorübergehend. Die Wohnung war groß und schön, aber eben doch eine Wohnung, kein Haus, noch dazu eine Berliner Wohnung, also eine Katastrophe. Wenn der Wind von Westen kam, wehte der ganze Industriedreck durch die Fenster, die natürlich nicht dicht waren. Statt des üblichen zartgelben Heischens um Aufmerksamkeit hustete meine Großmutter schwarzen Ruß in ihr Taschentuch. Dann kam der Winter, schob die Kälte durch die Ritzen und die Wärme an die hohen Decken, die auf einmal auch nicht mehr so toll waren.

»Das härtet ab«, sagte mein Großvater, »ein bissel Sand im Getriebe hat noch keinem geschadet.« Wie die meisten Konvertiten schoss er erstmal übers Ziel hinaus. Die große Wendeeuphorie war vorbei, aber seine eigene, kleine verteidigte er eisern. Und jetzt, wo meine Mutter da war, würde es ja ohnehin bergauf gehen.

Vorübergehend dauerte drei Monate, sechs Monate, weil das Geschäft noch immer nicht lief, neun, weil es dann endlich doch lief und meine Mutter meinen Großvater nun wirklich nicht alleinelassen konnte, jetzt, wo ihnen die Leute die Bude einrannten.

Morgens ging sie in die Uni, mittags ins Geschäft, abends in die Bibliothek, dann ins Bett für ein paar Stunden, bis sie das mit dem Schlafen irgendwann ganz bleiben ließ. Aber das war ja damals normal. Wenn man den Erzählungen der Glücklichen, die »dabei« waren, Glauben schenkt, hat in den ganzen 90ern in Berlin ja überhaupt nie einer geschlafen, wenn auch natürlich eher, um in irgendwelchen abbruchreifen Stasibauten irre Partys zu feiern, die jetzt auch so hießen und nach Angaben meiner Mutter allen, allen, allen, die sie kannte, einziger Sinn- und Lebenszweck waren. Viele waren das natürlich nicht, denn hier, in der Heimat des ewigen Proletariers, wurde sie mit den Menschen erst recht nicht warm. Die Ossis mit ihren faulen Zähnen und verrupften Haaren sahen aus, als hätten sie sich seit dem Mauerfall nicht mehr gewaschen, was aber niemanden störte, »weil jetzt ja keinen mehr was störte!« Gesetze, Vorschriften, Zwänge gab es nicht mehr. Außer dem zur Freiheit. Aber selbst die war den Alteingesessenen nur ein endloses Fest, nicht die Summe der ungelebten Leben, die sie für meine Mutter war. Langeweileverwöhnt, wie sie aus der Planwirtschaft geschlüpft kamen, wussten sie gar nicht, was das ist: Zeitdruck. In die Uni gingen sie nur, um Freunde zu treffen und über Wessis zu lästern (Männer: öde, Frauen: prüde). Sie fürchteten nichts und wollten nichts, außer beieinander sein. Immer gab es einen See, an den gefahren, oder ein Hinterhofspontankonzert, auf dem die Sau rausgelassen werden musste. Und wenn es ihnen tatsächlich mal gelang, sich für ein paar Stunden voneinander loszueisen und in ihre eigenen Wohnungen zu gehen, teilten sie immer noch alles, die Musik, das Fernsehprogramm, den Soljankagestank, das Geschrei des Nachbarkindes, das aus der Nähe nicht mehr ganz so entzückend war, das Geschrei des Nachbarsmanns, der das Geschrei nicht mehr ertrug, das Geschrei der Nachbarsfrau, die den Nachbarsmann nicht mehr ertrug, Stühlerücken, Türenschlagen, dann das Gehechel, wenn sie sich wieder versöhnten. Die Wände waren aus Pappe, aber anstatt wie richtige Deutsche Drohbriefe an den Vermieter zu schreiben, wurde einfach noch mehr Zeit miteinander verbracht. Bis tief in die Nacht dröhnte der Lärm der Brüderlichkeit durch die Flure, über den sich nie, nie, nie einer beschwerte, weil sie gar nicht wussten, was es heißt, schlafen zu müssen. Aufstehen zu müssen. Arbeiten zu müssen. Einfach irgendetwas müssen zu müssen, weil man vom immer nur Können und Wollen doch durchdreht!

Die Wessis waren noch schlimmer, wenn auch mit besseren Zähnen, dafür aber wirklich faul. Die, die schon vor der Wende gekommen waren: Drückeberger, die danach: Abenteurer, die nicht erwachsen werden wollten und stattdessen Aufbau spielten. Die in einem Fort von Neuanfang und Chance und Freiräumen quatschten. Die nach fünf Minuten in Berlin jeden als »Provinzler« verlachten, der den Fixern auf dem Bahngleis auswich.

Der Einzige, der Berlin noch mehr hasste als meine Mutter, war mein Vater. Das war das Zweite, was er zu ihr sagte: »Ich hasse diese Stadt.« Das Erste war: »Du scheinst dich ja blendend zu amüsieren, was?«, wofür sie von ihrem Glas aufschaute und fast lächelte. Später, als er schon neben ihr lag und sie wieder und wieder küsste, gestand er ihr, dass das seine Masche war, nach dem gelangweiltesten Mädchen Ausschau halten. Aber da war ihre Hoffnung, doch noch jemanden gefunden zu haben, der ähnlich anders war wie sie, schon zu groß, um kleinlich zu sein.

Er liebte sie. Er liebte sie, wie nur jemand lieben kann, der nicht im selben Maße wiedergeliebt wird. Er liebte sie, vom ersten Moment an, und das verzieh sie ihm nie.

»Warum denn?«, schrie sie, wenn nichts Gutes im Fernsehen lief und sie aus Langeweile vorm Schlafengehen ein bisschen stritten.

»Ich tu es eben.«

»Aber warum? Was ist es denn, was du an mir liebst?«

»Das kann man nicht erklären«, sagte er mit seiner ruhigen, zärtlichen Stimme, die sie zur Weißglut trieb. »Ich liebe dich einfach.«

»Unsinn«, rief sie und schlug seine Hand von ihrem Arm, »du musst doch Gründe haben!« Aber er zuckte nur die Schultern, was sie natürlich noch mehr aufregte.

Meine Mutter ertrug es nicht, dass ihr sein Herz einfach so in den Schoß gefallen sein sollte. Sie wollte es sich verdienen, wollte es als Preis für all die Mühe, die sie sich gegeben hatte, die zu werden, die sie war. Seine »bedingungslose Liebe«, wie sie mit abgewandtem Gesicht sagte, als handle es sich um etwas Anstößiges, war in ihren Augen etwas für Menschen, die die Bedingungen nicht erfüllen können. Eine Liebe, die Menschen wie sie nicht nötig hatten. Sie experimentierte damit herum, war mal lieb, mal zickig, mal einfach gemein. Zwei Mal machte sie Schluss, nur um zu sehen, wie er reagierte. Aber erst als sie aufhörte, sich Mühe zu geben, schaffte sie es, seine Hingabe zu erschüttern, ganz überrascht, wie leicht es dann doch gegangen war.

Er kam aus Friedrichshain, was ihm sehr peinlich war, wie so vieles. Seine Kindheit war kein Spaß, die Jugend mochte er fast so wenig wie meine Mutter. Beides überlebte er nur, indem er sich ein paar handfeste Störungen zulegte. Er war kompliziert, komplexbeladen, paranoid, ein bisschen suizidal, aber zu schmerzempfindlich, um etwas damit anfangen zu können. Tag für Tag fand er neue Gründe, sich selbst zu verachten. Manchmal ertrank er förmlich in seiner Melancholie, dann war er wieder von einem schnell erschöpften Tatendrang erfüllt, deren Überreste meine Mutter ein paar Tage später in den Müll stopfte, nicht ohne ihm einen Vortrag über sein mangelndes Durchhaltevermögen zu halten. Sie führten ausufernde Diskussionen, die bei meinem Vater fast immer eine Flut von Einschränkungen, Berichtigungen, Rücknahmen, endlich Entschuldigungen freisetzten, aus der meine Mutter ihn dann wieder retten musste, bis sie selbst triefendnass war von all der

Selbsterniedrigung, die er an ihre Brust rieb. Mit ihm zusammen zu sein war eine Herausforderung. Aber wäre ihre Beziehung nicht anstrengend und schwierig und herausfordernd gewesen, wäre es nicht die meiner Mutter gewesen.

Der Vater meines Vaters, mein anderer Großvater, den ich nie getroffen habe, war selbst in der DDR ein totaler Versager, »und da gehörte schon was dazu«, wie mein erster Großvater sagte. Er war bekennender Müllfahrer, erzählte eine Menge schlechter Witze, verzockte beim »Goldene 6«-Spielen sowohl sein Vermögen als auch seinen Ruf, fand aber trotzdem noch reichlich Gelegenheit, seine Frau zu betrügen. Danach hatte er ein so schlechtes Gewissen, dass er sie grün und blau schlug, sie und meinen Vater, erstere irgendwann in die Flucht über die Elbe, dann nur noch ihn.

Mein Vater kam zu dem Schluss, der einzige Weg aus seiner kläglichen Existenz sei der, ein so bedeutender Liedermacher zu werden, dass man ihn auch im Westen hören, bejubeln und schließlich dahin ausweisen würde. Weit, weit weg von seinem Vater. Leider hatte er weder Geld für ein Instrument, noch eine Spur von Talent, geschweige denn Freunde, mit denen man eine »Kapelle« hätte gründen können. Also entschied er sich für die zweitbeste Lösung: verstecken. Neben der Setzer-Lehre, die er mit größtmöglichem Desinteresse antrat, verbrachte er den Großteil seiner Zeit in der Stadtbücherei, dem einzigen Ort, an dem er vor meinem zweiten Großvater sicher war. Dann kam die Wende, durch die sich für meinen Vater gar nicht so viel wendete, außer dass er seine Mutter besuchen durfte, was er aber jetzt nicht mehr wollte. Mein Großvater verschwand seinerseits, zumindest für eine Weile, sodass mein Vater zwischen den Buchdeckeln hervorkommen konnte. Aber das angelesene Wissen blieb, wenn auch ein bisschen eingerostet, und meine Mutter war ein dankbarer Sparringspartner. Die ersten Wochen verbrachten sie fast nur damit, den anderen mit vermeintlich achtlos hingeworfenen Behauptungen zu beeindrucken beziehungsweise dessen Einwürfe zu falsifizieren, was in der prä-wikipedialen Epoche noch ganz lustig war. Sie gingen in Museen, ins Theater, liefen an der Spree entlang und erzählten einander ihren Bildungsroman, der bei ihnen noch vor allem aus Büchern bestand. Noch war ihr Leben das derer, über die sie gelesen hatten. Oder zumindest glaubten sie das, hatten noch nicht erkannt, dass sie bereits dabei waren, an ihrer eignen Geschichte zu schreiben.

Sie hatten sich in einem Irish Pub kennengelernt, bei einem Treffen für die ausländischen Studenten, zu dem sich meine Mutter von Max, gerade mal wieder am Ende irgendeiner nie wirklich begonnenen Karriere, hatte mitschleppen lassen. Er selbst war nach fünf Minuten mit einer dunkelhaarigen Schönheit abgezogen und hatte sie inmitten einer Gruppe aus Italienern, Engländern und einem Kolumbianer zurückgelassen. Unglücklicherweise entpuppten sich die Ausländer aus der Nähe jedoch als noch langweiliger als die Deutschen. Die einen waren nur gekommen, um die Mauer zu sehen, von der fast nichts mehr da war, die anderen, um mit einem deutschen Mädchen zu schlafen, das meine Mutter noch nie war, zumindest nicht das große, starke, blonde Bärenweib, das sie sich darunter vorstellten. Man sagte, was zu sagen ist: Unglaubliche Stadt. Was für eine Geschichte! Und der Hitler ist wirklich gleich hier drüben über die Brücke? Wahnsinn! Dann versandete das Gespräch so schnell zwischen Wegbeschreibungen zu Häusern, in denen mal, aber natürlich nicht mehr, Seufzen, Kopfschütteln, Juden, Nazis, Stasis oder alle drei gewohnt hatten, dass meine Mutter es nicht mal mehr als Fremdsprachenunterricht verbuchen konnte. Sie las die englisch-deutsche Speisekarte, fand zwei Fehler, diskutierte mit der Kellnerin darüber, ob die richtige Übersetzung von Fish 'n' Chips wirklich Fisch und Chips sein könne und wartete nur noch darauf, dass der Kolumbianer wie schon mehrfach angekündigt endlich »Pipi« machen würde, sodass sie ohne Aufmerksamkeit zu erregen hinter ihm aus der Bank kriechen und nach Hause flüchten könnte.

Stattdessen setzte sich dann aber mein Vater auf den freigewordenen Platz. Arno, wie auch ich ihn nannte, das heißt, auch noch immer nenne. Niemals »Papa« oder »Vati«, wie das die Berliner machen. Wahrscheinlich wollte meine Mutter es nicht, und er wollte nichts wollen, was sie nicht wollte.

Nein, es sei kein »Funke übergesprungen«, sagte sie ungeduldig. Er habe ihr den Weg versperrt und, nachdem sie seinen Einstiegssatz mit eben jenem Lächeln belohnt hatte, einfach weitergeredet, über Vergnügungskultur im alten Rom, die Unmöglichkeit der Kommunikation, über den Einfluss der Bodhrán auf die irische Musik, so genau könne sie sich daran nicht erinnern. Er hatte seltsame, verworrene Gedanken, meistens musste sie zweimal nachfragen, bis sie seine verschachtelten Fragen zwischen dem Dudelsackgeplärre verstand. Klug war er, ganz klar, und – »aber!« – trotzdem nicht unattraktiv, schmale Lippen, schwarze Locken, schwarze Augen, »nicht, dass das wichtig gewesen wäre!«

Er war der erste Mann, mit dem sie sich einen ganzen Abend unterhalten konnte, ohne sich zu langweilen, selbst wenn sie ihn auch mal was sagen ließ. Und als die Kellnerin gegen zwei oder drei Uhr morgens zwar noch immer nicht mit dem Notizblock zum Fehlernotieren, dafür aber mit der Bitte ankam, sie mögen doch jetzt endlich mal gehen, als sie sie nach dem letzten und allerletzten Gedanken, den meine Mutter noch schnell zu Ende führen wollte, Sekunde, ja, sofort, schließlich rausschmiss, sie sich lachend draußen wiederfanden und meine Mutter auch die andere Hälfte von dem verstand, was er sagte, merkte sie, dass er wirklich witzig war.

Sie drückten sich unter dem Hausdach rum, die Arme um den Bauch geschlungen, und wussten nicht, wie weitermachen, bis endlich eine dicke Amerikanerin hinter ihnen aus der Bar getaumelt kam, die so wunderbar laut und stumpf und ignorant war, wie man es sich in so einer Situation nur wünschen kann. Ein Fremdkörper, neben dem das kleine Häufchen Gemeinsamkeit, das sie in den letzten Stunden zusammengetragen hatten, plötzlich riesig wirkte. »Oh my Gosh, really?«, schrie die Amerikanerin, sie habe ja keine Ahnung gehabt, dass es auch in der »GDR« fließend warmes Wasser gegeben habe, »but didn't you guys have communism?«

»Wir Deutschen ...«, sagte meine Mutter.

»Also bei uns ...«, sagte mein Vater und wagte sogar ein paar Mal, meine Mutter an sich zu ziehen, vergrub dann aber schnell wieder die Fäuste in den Taschen.

Er wollte sie unbedingt nach Hause bringen, weil er ja ganz in ihrer Nähe wohne, was nicht stimmte. Sie schlug vor, ein Taxi zu nehmen, was er sich weder leisten, noch das zugeben konnte. Die Nacht sei so schön, man könne doch zu Fuß, es sei denn, du bist zu müde? Womit er meine Mutter natürlich an der Angel hatte.

Sie liefen los, einen halben Meter Abstand voneinander, drehten sich bis zur ersten Kreuzung immer wieder nach der Amerikanerin um, die in die andere Richtung losgetorkelt war, ob die es denn überhaupt nach Hause schaffe, wer weiß, vielleicht wartet sie auf die Postkutsche! Lachten bis zur zweiten Kreuzung. Schmunzelten dem Bild bis zur dritten hinterher. Dann wurde es still. Mein Vater hatte solche Angst, kurz vorm Ziel etwas Falsches zu sagen und alles zu vermasseln, dass er lieber gar nichts sagte, was meine Mutter so verwirrte, dass sie gar nicht mehr aufhören konnte zu reden, in der Hoffnung, dass irgendetwas Richtiges dabei sei, während sie fast neben ihm herrennen musste. Für einen von seinen Schritten brauchte sie drei. Erst jetzt sah sie, wie groß er wirklich war. Beim Gehen zog er den Kopf ein, wie einer, der über Nacht in die Höhe geschossen ist und befürchtet, an der Decke anzustoßen.

Allmählich gingen meiner Mutter die Geschichten aus. Hinzu kam, dass sie tatsächlich hundemüde war. Um fünf Uhr aufgestanden. Vielleicht sogar schon um vier. Die Faktura gestartet, mit dem Lieferanten gestritten, die Fehler der tatsächlich vollends unfähigen Belegschaft ausgebügelt, acht Stunden gebüffelt und dazu das alles offenbar noch auswendig gelernt, um es mal der Tochter erzählen zu können, damit die auch ja nicht auf die Idee käme, man habe beim erstbesten Anwärter einfach so widerstandslos klein beigegeben, womöglich sogar jemanden zum Anlehnen gesucht. Was sie »rein physisch!« jetzt aber tatsächlich tat. So, so, so müde sei sie gewesen, »quasi besinnungslos!«

So war, wie ja zugegebenermaßen die Mehrzahl der ersten Küsse, auch der meiner Eltern in erster Linie ein Produkt von Erschöpfung. Irgendwann konnte meine Mutter einfach nicht mehr. Weitergehen. Die Augen offenhalten. Warten. Eine Hand vor dem Mund, um das Gähnen zu unterdrücken, lugte sie zu meinem Vater, der immer schneller wurde, sodass es von der Seite fast aussah, als würde er vornüberfallen. Er trat nur mit den Zehenspitzen auf, wie Schweine es tun. Dabei schlackerte er mit den Armen, die in einem gräulichen, leicht taillierten Jäckchen steckten. Am Kragen war ein kleiner schwarzer Fleck. Von der Zigarette einer schönen Frau, der er zu sehr auf die Pelle gerückt sei, wie er meiner Mutter ebenfalls noch in derselben Nacht gestand. Die eigentlich schon längst der nächste Morgen war, so lange dauerte es, bis er sich an einer roten Ampel endlich ein Herz fasste und meine Mutter mit hängendem Kopf fragte, ob er sie womöglich küssen dürfe, so leise, dass sie sich nicht sicher war, ob sie ihn richtig verstanden hatte. Sie streckte das Kinn in die Höhe, schaffte noch ein »W«, aber bis zum »iebitte?« kam sie nicht mehr, da hatte er schon, freudig überrascht von dem Entgegenkommen, als das er den leicht geöffneten Mund interpretierte, seine Lippen auf ihre gedrückt. Ein Missverständnis, auch das, wie es am Anfang fast jeder Liebesgeschichte steht, das meine Mutter jedoch nicht aufklärte. Vielleicht weil sie das mit dem Durchhaltevermögen schon ahnte und den Eifer, mit dem seine Zunge durch ihren Mund schlingerte, nicht im Keim ersticken wollte. Vielleicht weil sie zu höflich war. Vielleicht, vielleicht sogar, weil es ihr ja eigentlich doch ganz gut gefiel, zumindest aber offenbar wieder ein bisschen Energie gab, denn wenn man ihr Glauben schenkt, machten sie an dieser Stelle, noch ehe die Ampel auf Grün sprang, kehrt und gingen zu ihm. Müdigkeit hin oder her.

Mein Vater hingegen behauptet, meine Mutter wie ein Gentleman nach Hause gebracht, am nächsten Tag in irgendeinen Tiefgang schwitzenden Film, dann auf eine Currywurst und erst nach weiteren Minuten, Stunden, Tagen der Verlegenheit in seine »Bude« eingeladen zu haben, was allein schon durch das Ausbleiben eines großmütterlichen Infarkts infolge des unangekündigten Wegbleibens meiner Mutter glaubwürdiger scheint. Auf jeden Fall schlugen sie, sei es nun noch am selben oder nächsten Morgen, in dieser Wohnung auf, die im Grunde nur ein winziger Raum mit Bett und Bücherstapeln statt Regalen, auf denen sich noch mehr

Bücher stapelten, und einer sowohl fenster- als auch brillenlosen Toilette war, die von meinem Vater zärtlich Bad genannt wurde. Zum Duschen musste er ins Stadtbad. Wenn in der Nebenzelle das Licht angeschaltet wurde, ging es bei ihm aus.

Meine Mutter war so peinlich berührt, dass sie schnell ein bisschen von dem Ruß und der Kälte in ihrer Wohnung lamentierte, von dem Lärm und dem Geschrei, endlich bei den Nachbarn ankam, deren Geschichte sie mittlerweile ganz gut zusammen hatte. Offenbar war der Rauscheengeljunge, den die Nachbarn in all den Jahren nie anders als »den Pimpf« nannten, keine drei Monate vor dem Mauerfall gezeugt worden. Der Nachbarsmann hatte in einer Fabrik am Band gearbeitet, die Nachbarsfrau in der Buchhaltung. Ab Mittag war nichts mehr zu tun gewesen. Beide hatten sich gesehnt, sie nach Freiheit, nach dem Westen, nach Revolution. Er nach dem Feierabend. Beides schien in ziemlich weiter Ferne zu liegen, also hatten sie sich damit begnügt, sich auf der Toilette miteinander zu trösten. »Hätt ick dit jewusst. Drei Monate mehr und ick hätte hier weg jekonnt!«, äffte meine Mutter die Nachbarsfrau nach, »stattdessen hock ick hier mit dir fest.« Dann mit tieferer Stimme: »Meinste mir jefällt dit? Wat willste denn von mir hörn?« Wieder hoch: »Nüscht! Janüscht will ick von dir hörn! Ich wünschte, ick müsste nie wieda n Wort von dir hörn!«, und »mein Jott, wat kreischt er denn jetz schon wieda rum?«, wobei sie den Mund aufriss und andeutungsweise ein bisschen plärrte.

Aber auch ihre kleine Showeinlage vermochte meinem Vater nicht den schamvoll zwischen den Knien hängenden Kopf zu heben. Fast schien es ihr, als würde er immer weiter von ihr abrücken, und das Einzige, was ihr einfiel, um die Kluft zwischen ihnen zu überbrücken, war, so viele Demütigungen wie möglich hineinzustopfen. Also tat sie genau das, selbst überrascht, wie leicht sie die Risse und Kratzer wiederfand, die sie sonst sogar vor sich selbst leugnete, den gescheiterten Abnabelungsversuch, die Arbeit, die ihr, ja, wenn sie ganz ehrlich sei, manchmal doch über den Kopf wachse, gerade letzte Woche die Null zuviel auf der Rechnung, die in Wahrheit, wahrscheinlich, sicher wüsste sie es nicht, aber doch womöglich gar nicht die Sekretärin dort hingeschrieben habe, und dabei immer diese Müdigkeit, von der, und nur von der, ihr endlich so die Stimme zitterte, dass Arno erstaunt aufschaute.

Er rutschte auf sie zu und nahm sie erst schüchtern, dann immer fester in die Arme. Aber jetzt war meine Mutter nicht mehr zu bremsen. Die plötzliche Lust sich zu offenbaren riss sie mit, ohne dass sie etwas dagegen tun konnte. Sie schoss sich einen Katheter in die Vene und ließ den ganzen Dreck herauslaufen, zeigte sich ihm, bäuchlings, mit offenem OP-Hemdchen. Die hässlichen Gedanken, die Ängste, die ihr, wenn sie nachts wach lag, manchmal auflauerten, die kleinen Wunden, die sie einen Moment lang weit aufriss, damit er auch das rosa Fleisch in den Ecken sehen konnte. »Verachtest du mich jetzt?«, fragte sie und drückte ihm den Salzstreuer in die Hand, aber seine Arme schlossen sich nur noch fester um sie. Mit jedem Geständnis rutschte sie tiefer in die Höhle seiner warmen Umarmung, bis sie kaum noch zu sehen war unter seinem langen Körper. Sie erzählte ihm alles und noch ein bisschen mehr, von einem fiebrigen Zwang zur Ehrlichkeit getrieben, die sie für Aufrichtigkeit hielt. Und als es endlich nichts mehr zu entblößen gab, zog sie sich aus. Genauso gehetzt, ohne sich an Knöpfen und Schnallen aufzuhalten. Mein Vater hinterher, der sein Glück gar nicht fassen konnte.

Als er den Pullover über den Kopf zerrte, roch es nach Chlor. Seine Brust war weiß wie ein Betttuch und wölbte sich seltsam nach vorne.

»Bist du dir sicher?«, fragte er ohne seine Lippen von ihren zu nehmen.

»Bist *du* dir denn sicher?«, fragte sie und verzog das Gesicht, weil ihr das alles zu süß und rücksichtsvoll war.

»Du!«, lachte er und küsste sich wieder in ihren Nacken. Und dann »taten sie es«.

Meine Mutter hatte eine seltsam spöttische Art, über Sex zu sprechen. Meist nannte sie es so, »es tun.« Oder »miteinander ins Bett gehen.« »Ficken« oder »Bumsen« hätten besser getroffen, was sie meinte, aber solche Worte in den Mund zu nehmen, verbot ihr die Erziehung. Sie schien es zu brauchen, den Akt nach so wenig wie irgendmöglich klingen zu lassen. Sex blieb bei ihr immer ein Trieb, etwas Tierisches. Dabei war der mit meinem Vater natürlich alles andere als das. Die meiste Zeit ließ er sie oben sitzen, sodass er sie dabei mit seinem Hundeblick ansehen und die Hände auf ihre Brüste legen konnte, ganz leicht, als habe er Angst, sie könnten abfallen, wenn er zu fest daran zöge. Erst kurz vor Schluss fragte er sie, ob sie wechseln könnten, und kam gleich darauf auf ihren Bauch.

Meine Mutter hatte ein bisschen Spaß, aber auch nicht zu viel. So wie sie es gern hatte. So wie sie es vertragen konnte. Und als sie danach nebeneinander im Bett lagen, die Glieder so ineinander verwickelt, dass man kaum noch sagen konnte, wem was gehörte, und über den ganzen Unsinn redeten, über den man nur reden kann, wenn man miteinander nackt ist, war es schon schön, irgendwie, »halt wie wenn man Champagner aus der Schnabeltasse trinkt«.

Als der Nachbar oben aufwachte und der Putz von der Decke bröckelte, zogen sie sich an und gingen frühstücken. Meine Mutter lief einen halben Meter vor Arno, sie hatte es eilig, etwas zu tun, und wenn es nur Essen war. Beim Gehen schwang ihr Rock hin und her. Als sie um die Ecke bog, drehte sich ein Mann um, und mein Vater glaubte tatsächlich, er sehe ihr nach. Er griff nach ihrer Hand, legte schließlich den ganzen Arm um ihre Hüfte, dann auf ihre Schulter und ließ auch dann nicht los, als sie sich nebeneinander durch die Tür quetschen mussten.

Es war stickig in dem Café. Sie fanden einen Tisch, der klein genug war, dass er sie auch über das schmutzige Geschirr des Vorgängers hinweg küssen konnte. Lang und innig, wobei er die Hände zur Hilfe nahm. Wie ein Schraubstock schlossen sich seine Finger um ihre Wangen und zogen sie zu sich heran. Bis die Kellnerin kam, um abzuwischen, hatte er sein Territorium schon einmal rundrum angepinkelt.

Er bestellte nur einen Kaffee, weil er angeblich nichts essen könne, aber meine Mutter bekam plötzlich Appetit. Sie ließ sich ein Bauernfrühstück kommen mit allem Drum und Dran. Das

Eidotter rann über die Kartoffeln, während sie schaufelte. Erst als ihr Teller halb leer war, sah sie Arnos wartenden Blick.

»Mal probieren?«, fragte sie.

»Mmm«, machte er, und seufzte leise, geriet richtig ins Schwärmen über das Essen meiner Mutter, wobei er nicht müde wurde, Letzteres zu betonen, »dein« Essen, »dein« Omelett, »deine« Eier, als habe sie sie gerade selbst gelegt, bis meine Mutter ihm vorschlug, doch selbst etwas zu bestellen.

Er küsste sie wieder, diesmal freihändig. Dann rief er die Kellnerin.

»Dasselbe?«, fragte sie ohne von ihrem Block aufzuschauen.

Nein, erwiderte mein Vater, dazu müsse meine Mutter das gerade Verspeiste ja erst erbrechen. Aber »das Gleiche« nehme er gerne.

»Da hab ich's gewusst«, schrieb meine Mutter Babsi an die letzte Adresse, die sie von ihr hatte, »der ist es«, und steckte sich gleich sein Foto ins Portemonnaie, damit sie es auch nicht vergaß.

Meiner Großmutter sagte sie nichts, die hätte sich so gefreut, dass nichts mehr für sie übriggeblieben wäre. Erst als sie und Arno, Hand in Hand, eines Nachmittags in eine der Verkäuferinnen rannten, lud sie ihn überstürzt zum Essen ein. Sie brächte einen »Bekannten« mit, kündigte sie ihn von einer Telefonzelle aus an, peinlich bemüht, es so klingen zu lassen, als habe man sich gerade erst kennengelernt. Was Arno nun nicht wissen konnte. Aber musste er denn wirklich jede gemeinsame Unternehmung, jedes in irgendeiner Form datierte Ereignis erwähnen? Ach, die Sache mit dem Kunden, der noch eine Woche nach dem Sommerschlussverkauf seine Badehose zurückgeben wollte, meinen Sie? Klar, kenn ich doch!

»Ich bin's dir offenbar nicht mal wert, dass du mich informierst, mit wem du dein Leben teilst«, jammerte meine Großmutter, als meine Mutter endlich ihr Zischeln erhörte und ihr in die Küche folgte, um beim Apfelstrudelschneiden zu helfen.

»Ich teil gar nichts«, sagte meine Mutter, begann dann aber doch, mit butterwarmen Worten die Kränkung Schicht für Schicht abzublättern, bis meine Großmutter bereit war, zurück ins Esszimmer zu kommen, wo mein Großvater seinerseits kurz davor war, meinem Vater einen Heiratsantrag zu machen.

Zwischen den beiden war es Liebe auf den ersten Blick. Es begann damit, dass Arno die statt einer Begrüßung gerufene Großvaterfrage, ob er mit dem Kopf im Rasenmäher hängengeblieben sei, zur allgemeinen Überraschung mit einer eiskalten Retourkutsche konterte (an die sich leider, leider, niemand erinnern konnte, aber zum Thema Kopfhaar drängen sich bei meinem Großvater ja auf Anhieb ein paar ganz nette Pointen auf) und dabei so ernst kuckte, dass meiner Mutter und Großmutter die Münder offenstehen blieben, während mein Großvater nach einer Schrecksekunde zur noch größeren Überraschung aller losprustete.

Nach fünf Minuten bot er Arno einen Schnaps an, nach zehn das Du, nach zwanzig sein Erstgeborenes, ach, haste ja schon, na dann noch nen Calvados, warst du schon mal in Frankreich? Musst du hin, jetzt, wo endlich alles offen ist!

Als meine Mutter am nächsten Morgen ins Geschäft kam, stand Arno schon davor, um meinen Großvater zu treffen, der ihm (und wohl insgeheim auch schon »die«) Lagerführung versprochen hatte. Danach besuchte er sie in ihrem Büro, das sie sich nun mit Helm teilte. Und da sie ihm vor Ort nicht erklären konnte, warum es unter dessen Tisch ständig klapperte, nahm sie ihn mit nach oben, wo er schließlich den Nachmittag über blieb, um ihr beim Lernen »zu helfen«, was sie natürlich nicht nötig hatte. Aber schön war es schon, dass er den ganzen Kram auch verstand. Meine Großmutter brachte einen zweiten Teller Kräuterspätzle, von denen Arno sagte, dass er noch nie so etwas und erst recht nichts so Gutes gegessen habe, womit dann auch sie versöhnt war.

Als er im Begriff war zu gehen, begann es so zu schütten, dass mein Großvater meine Mutter ins Wohnzimmer schickte und ihm das Gästezimmer anbot. Meine Großmutter ließ die Schlafzimmertür einen Spalt weit offen, aber in der Nacht schlich Arno sich trotzdem zu meiner Mutter, die auf dem komischen Biedermeiersofa ohnehin schon kaum Platz fand. Dazu die tausend Sitzkissen meiner Großmutter, seine spitzen Ellenbogen in ihrem Rücken.

Es wurde zu eng.

Mein Großvater half ihnen, eine eigene Wohnung zu finden. Meine Großmutter lag mal wieder eine Weile im Sterben und erwähnte bei jeder möglichen und unmöglichen Gelegenheit Gundl, die sie ja jetzt bald wiedersehen würde. Dann verlegte sie sich darauf, meiner Mutter so viele furchtbar teure, furchtbar hässliche Möbel zu vermachen, bis es in der neuen Wohnung fast genauso aussah wie in der alten. Meine Eltern richteten sich zwischen sperrigen Tropenhölzern und auch sonst politisch zweifelhaften Materialen ein. Aber selbst der zwei Meter hohe Mahagonischrank war für Arnos Liebe noch zu klein.

Überall hinterließ er Zettel mit kleinen Botschaften, wünschte meiner Mutter einen schönen Morgen, eine gute Nacht. Wenn sein Studium es erlaubte, das er, jetzt wo er durfte, dann doch noch mal angefangen hatte, an das Fach konnte er sich selbst nicht mehr erinnern, folgte er seiner Sehnsucht sogar mittags in ihr Büro, bis er schließlich dank eines plötzlichen Schneefalls gar nicht mehr ging.

Die Stadt versank im grauen Matsch, die Leute brauchten Winterkleidung. Mein Großvater zwang seine Verkäuferinnen länger zu bleiben, aber mit der Tüchtigkeit der Pfälzer Fräuleins konnten sie es nicht aufnehmen. Als eine von ihnen sich schließlich erdreistete, mit flachen Schuhen zur Arbeit zu kommen, platzte ihm der Kragen. Er begann wie wild um sich zu feuern. Erst sie, dann eine zweite, die der Kollegin mit nach oben gereckter Faust beigesprungen war. Eine dritte, die sich weder auf die eine noch auf die andere Seite schlagen wollte, wegen Charakterlosigkeit.

»Farbe bekennen, meine Damen!«, schrie er, was einige offenbar solcherart missverstanden, nun ihrerseits zu kündigen. »Du kriegst en Erich ausm Land, aber nich aus de Leut«, brüllte er, als er am Morgen vor verschlossenen Türen stand, weil die Frühschicht sich dem Klassenkampf angeschlossen hatte.

Das Weihnachtsgeschäft stand vor der Tür. Er brauchte Hilfe, am besten zweisprachig, um das Vertrauen der »bis zur Lächerlichkeit auf Solidarität dressierten« Kundschaft zurückzugewinnen.

Mein Vater kam da wie gerufen. Er bekam eine neue Frisur und eine Rasur, wurde gewaschen, poliert und in der Kinderabteilung postiert, wo er sich, diesmal vor allem zu seiner eigenen Überraschung, hervorragend machte. Die Kinder mochten ihn, weil er mit ihnen sprach und nicht mit den Müttern, die Mütter mochten ihn, weil sie das drollig fanden, Väter gab es damals noch nicht, zumindest nicht tagsüber.

Als mein Großvater kurz vor Silvester beobachtete, wie Arno eine Kassiererin maßregelte, die nach dem Preis einer »Nietenhose« gefragt hatte, kommandierte er Helm kurzerhand auf einen der verwaisten Sekretärinnentische ab und quartierte stattdessen meinen Vater bei meiner Mutter ein, woraufhin der sein Studium endgültig vergaß und voll ins Schneider-Imperium einstieg, das er als Einziger auch dann noch so nannte, wenn mein Großvater nicht daneben stand.

Er wurde zum leitenden Angestellten, dann zum Abteilungs-, schließlich wie gesagt zum Lagerleiter ernannt, was mit einem eigenen Ring klirrender Schlüssel belohnt wurde. »Dem Ehrenschlag«, wie meine Mutter sagte, als sie ihm den Gefängniswärterbund an den Gürtel klackte.

So schafften sie es durchs erste Jahr, und nach den bereits erwähnten Trennungen, die jeweils kaum mehr als fünf Minuten dauerten, auch ins zweite Jahr – was meinen Vater jedoch nicht dazu brachte, in seinem täglichen Bestreben, meine Mutter seiner Liebe, Treue, Aufopferung zu vergewissern, auch nur im Mindesten nachzulassen.

Wenn einen jemand lange genug liebt, liebt man ihn am Ende entweder zurück oder man beginnt diesen Menschen zu hassen. Noch hatte meine Mutter sich nicht ganz entschieden.

»Ich dich auch«, sagte Arno manchmal, wenn er ihr zum Abschied einen Kuss auf die Stirn drückte, und anfangs gefiel ihr auch das. Dass er sie nicht zwang, es selbst zu sagen. Dass er sie so gut kannte, dass er wusste, dass sie das Gleiche fühlte, von ganzem Kopf. Wie denn auch nicht? Er war ja perfekt, perfekt für sie.

Morgens nahm er den Stapel mit den über Nacht eingegangenen Bestellungen von ihrem Tisch, mittags holte sie sich das, was er noch nicht geschafft hatte, zurück und legte ihm stattdessen ihre korrigierte Klausur hin, auf der eine weitere, dicke rote Eins prangte. Als sie mit dem Praktischen Jahr fertig war und mit der Vorbereitung aufs Staatsexamen begann, hatte sie zwei Stellen sicher, Universitätsklinikum oder Edelpraxis, sie brauche sich nur zu entscheiden. Und wenn sie sich zwischen einer dummen Kundin und einem strunzdummen Lieferanten mal schnell von meinem Vater in die Arme nehmen ließ, passierte es ihr tatsächlich manchmal, dass sie ausatmete und eine halbe Sekunde lang vergaß, einzuatmen.

Das Glück biederte sich an und für einen Augenblick fühlte sie sich so sicher, dass sie vor Schreck fast aufgeschrien hätte, als die Liebe ihr plötzlich über den Rand der Zeitung hinweg in die Augen starrte.

6. Kapitel

Sie saß in der U-Bahn, »was ja an sich schon Grund genug ist, dass einem mal ne Sicherung durchbrennt«, wie sie noch mal schnell anflickte. Aber das war dann fürs Erste ihre letzte Ausrede, denn mit Erklärungen war dieser Sache sowieso nicht beizukommen. Das wusste sie auch. Oder vielleicht wusste sie es auch nicht und dachte einfach, die Kulisse spreche für sich, da könne man sich den epischen Erzähler, der nach jedem Vorhang »schrecklich!« hinterherraunzt, auch mal sparen.

Ihre Arme lagen reglos neben der Körperwulst, die sich durch die Decke nach oben wölbte, sodass man die Kratzspuren sehen konnte, die sie sich nachts zufügte, wenn ich sie doch mal kurz allein ließ. Sie starrte geradeaus, während sie ungewohnt leise sprach und so gleichmäßig, dass ich ihn am Anfang beinahe überhört hätte.

»Willst du vielleicht mal ne Pause machen?«, fragte ich, weil mir kein anderer Grund als Müdigkeit für das plötzlich ganz dünn und schwach klingende Stimmchen aus ihrem Mund einfiel. Und auch, weil ich ja annahm, die Geschichte sei sowieso schon fast zu Ende. Vater war da, meine Geburt stand kurz bevor, wie es danach weiterging, wusste ich ja.

Aber sie sah nicht mal auf, um sich über die Unterstellung aufzuregen, redete einfach weiter, den Blick auf das kochweiße Laken gerichtet, das sich kaum von ihren Händen unterschied. Selbst die Probeprüfung an der Uni, wegen der sie in der Bahn saß, schon auf dem Nachhauseweg, blieb seltsam blass, »gut, ja, wie immer halt«, als seien ihr plötzlich die Ausrufezeichen ausgegangen.

Sie war in der Bahn. Irgendwo in Mitte, Friedrichstraße, Alexanderplatz. Freitagnachmittag. An der Tür drängelten sich Schüler, die mit ihren spitzkantigen Ranzen auf dem Rücken gegen die Umstehenden stießen, Hände legten sich schützend auf die getroffenen Stellen, Köpfe fuhren zischend herum. Könnt ihr vielleicht mal aufpassen? Ahso, und nochad miassa ma no ins Schloss Bäivüä. D'Frau vom Sigl Woifgang sogt, des is a Wohnsinn. Von fünf Händen umzingelte Straßenkarten, Regenschirme, Anzugbeine, in denen eine Faust nach dem Schlüssel tastete, Jungs, die die Beine nicht aneinanderkriegten, so groß war die Beule unter dem Reißverschluss, an die sie sich vorsichtshalber alle paar Sekunden fassten, um sicherzugehen, dass sie noch nicht abgefallen war. Und dazwischen meine Mutter, ganz hinten im Eck, vor lauter Menschen kaum zu sehen.

Die Türen schnappten zu, eine Frau mit Multifunktionsweste und Wanderschuhen warf sich gegen die Scheibe, lachte und keuchte und lachte. Sie streckte die Zunge aus dem Mund wie ein Hund. Irgendjemand erbarmte sich und lächelte zurück, jerade noch jeschafft, wa? Die Bahn ruckte an.

Ein Baby schrie. Die Frau stolperte, griff nach einer Stange, lachte wieder. Meine Mutter schaute auf.

Und da hat er sie.

Sie dreht den Kopf zur Seite, sieht an der roten Backe vorbei aus dem Fenster, als würde sie das da draußen interessieren, oh, ein Haus, ach was, gleich noch eins. Sie sieht den Fluss, in den es regnet, die Bötchen darauf und den leuchtenden Schriftzug am Steg. Die Buchstaben flackern vor ihren Augen wie Eisblumen.

An den Schlaufen vor ihr wackeln Menschen hin und her. Meine Mutter starrt an ihnen vorbei, sieht die verfallenen Hauswände, die Graffitis am obersten Stockwerk, sie reckt das Köpfchen als sei sie eine Touristin, betrachtet die Baumkronen, die schnurgeraden Autoreihen darunter, zwei in die eine, drei in die andere Richtung, wie Holzperlen in einem Rechenrahmen. Sie sieht die Köpfe am Fenster, Halbglatze, Strickmütze, zählt die Streifen bis zum Bommel, nur um irgendwas zu tun, die Anstecker auf der Jacke, sieht die Fingerabdrücke auf der Scheibe.

Ihn sieht sie nicht.

Nur seine Blicke sieht sie. Spürt sie, auf sich, was denn, wieso, fährt sich durchs Gesicht, über den Rock, das Haar, aber sie bleiben an ihr kleben, während sich die Bahn in die Kurve legt und in den Schacht rast.

Sie stiert geradeaus, sieht im letzten Licht irgendein Gekritzel an der Wand, make love not, ein rotes Warnlämpchen, und dann plötzlich sich selbst, die großen Augen, die sie aus der schwarzen Scheibe heraus anstarren, und dahinter vielleicht auch, ganz kurz nur …

Ihr Kopf fällt nach vorne.

An ihren Füßen gruschelt es herum, eine Plastiktüte knallt gegen ihr Bein. Sie hält den Henkel ihrer Tasche fest, während die Bahn bremst. Das Baby schreit noch immer.

Die Türen springen auf. Lärm drängt herein. Vielleicht bitte erstmal raus? Sie schaut auf die Füße, die vor ihr durcheinandertrippeln, zieht die Knie zur Seite. Erst jetzt merkt sie, dass sie zittern.

Hände tasten nach Stangen, Ärmeln, Lehnen, bleiben im Menschenknäuel stecken, warten Sie halt auf die nächste, Sie sehen doch, dass ich nicht weiter rein kann.

Die Türen schnappen zu.

Sie schlägt die Zeitung auf und die Augen nieder, verschwindet hinter einem zerknitterten Christdemokraten und zwei Kindern vor einer Ruine. Hunderte obdachlos nach Erdbeben in der Türkei. Die Bundesregierung hat Hilfsleistungen angekündigt. Sie glotzt auf die Buchstaben wie ein kleines Kind, das glaubt, wenn es sich die Augen zuhält, laufen die anderen an ihm vorbei. Liest einen Artikel, einen zweiten, selbst die Bildunterschriften, drei Mal, ohne ein Wort zu verstehen.

Die Bahn zieht nach links. Ihr Bein drückt gegen den Nachbarhintern, ein Ellenbogen stößt zurück, während sie sich mit dem Zeigefinger von Zeile zu Zeile hangelt, links, rechts, links. Mindestens vierhundert Todesopfer. Mit weiteren Erschütterungen muss gerechnet werden. Sie wischt sich eine Strähne aus dem Gesicht, steckt den Kopf zwischen die Seiten, aber seine Blicke rutschen keinen Millimeter von ihr ab. Wie ein Schlangenbiss bohren sie sich in den Streifen nackter Haut, der zwischen Kragen und Haaransatz schutzlos freiliegt.

Ein Arm stößt von hinten gegen die Zeitungsseite. Vom Geradeauskucken wird ihr ganz schwindelig.

Neue Verfassung in Burundi. Getty Pictures, der Präsident aus dem einen Land, in dem neulich diese Sache mit dem da aus dieser Stadt, zu Verhandlungen mit dem anderen, er starrt sie so an, dass sie sich selber sehen kann, in dem verbeulten Blazer, den aufgekratzten Pickel am Kinn, die Nase, die riesige Nase, und seine Blicke, wie ein brennender Ausschlag in ihrem Nacken, als würden sie mehr zu ihr gehören als zu ihm. Ihn sieht sie nicht.

Sie hält das letzte Wort am Gaumen fest, während sie umblättert. Keine Sekunde schließt sich die Zeitung, während sie mit dem linken Daumen die gezackten Ecken der rechten Seite auseinanderzieht, aber das reicht schon, dass ihr der Blick entgleitet, ganz kurz nur, ein Stück seiner Jacke, Stirn, Mund, kaum mehr als ein paar dunkle Flecken sind es, die an ihr vorbeihuschen, bevor sie die Zeitung wieder aufschlägt. Ihre Augen kriechen schnell unter eine Autobombe. Vertreter aller Parteien verurteilten den Anschlag scharf. Aber es ist zu spät.

Sie streicht wieder den Rock glatt, schiebt die Hand unter den Po, was will er denn von mir doch egal stimmt was nicht dass er denkt ich würde ihn ansehen, sie schlägt die Beine übereinander, reibt sich mit dem Ringfinger am Auge entlang, blinzelt, findet endlich die nächste Überschrift. Und verliert sie sofort wieder.

Die Türen öffnen sich.

Die Wand aus Rücken vor ihr wird noch dichter.

Musst du nicht hier? Scheiße! Ranzen links gegen Schulter, rechts ins Kreuz. Ein BimBamBino-Pullover taucht unter dem Gewimmel weg. Du Deppschepp! Tschüss, bis morgen.

Das Warnzeichen piept, dreimal, Zurückbleiben bitte!, die Türen schließen sich.

Die von der Europäischen Gemeinschaft in Klammern EG vermittelten Gespräche zwischen den drei Volksgruppen in der jugoslawischen Teilrepublik Bosnien-Herzegowina werden in der Hauptstadt Sarajewo fortgesetzt. Bei den Verhandlungen über eine neue Verfassung, die die Rechte aller ethnischen Gruppen sicherstellen soll, werde der Botschafter, dessen Absätze suchen trippelnd nach Halt, die Multifunktionsweste fällt nach vorne, meine Mutter rutscht zur Seite, dreht unwillkürlich den Kopf in die andere Richtung. Er zuckt nicht mal, als ihre Blicke ineinanderrammen, als hätte er die ganze Zeit nur darauf gewartet.

Sie schaut zu Boden, während die Bahn wieder bremst, der Mantel neben ihr in die Höhe schießt, nach draußen läuft. Sein Bein streift nur ganz leicht ihren Oberschenkel, als er sich neben sie setzt.

Ihre Knie springen erschrocken zu Seite. Sie kreuzt die Arme vor dem Bauch, da, wo die Strumpfhose unter ihrem Rock das Fleisch zusammendrückt. Ihre Brust zieht sich zusammen. Vor den Fenstern wird es wieder schwarz.

Sein Oberkörper biegt sich nach vorne. Er riecht bitter, nach Schweiß oder Mann. Oder nach beidem.

Sie presst die Hand auf die Brust, spürt, wie er ihr sofort nachkommt, wie seine Augen ihren Fingern zum Ohr folgen, hinter das sie nervös ihre Haare streicht. Ihre Wange brennt.

Sie legt die Hand vor den Mund, drückt ihr Gesicht in die Finger, die Augen zu. Erst durch die geschlossenen Lider erlaubt sie sich, ihn anzusehen, legt die Bildschnipsel aneinander, die in ihren Augenwinkeln kleben, an den Kanten entlang, von außen nach innen, das kurz geschorene Haar, zu kurz, als dass sich die Farbe erkennen ließe, die Bartstoppeln, nur die Mitte bleibt verschwommen. Das Gesicht, seine Augen, dabei sind sie es doch, die sie die ganze Zeit angestarrt haben, wenn er sie überhaupt wirklich, vielleicht hat er eigentlich jemand ganz anderen, oder sie hat sich das nur eingebildet, warum sollte er denn sie ist sich nicht mal, sicher doch, sicher schaut er sie noch an, sie spürt doch ganz genau weiß sie es natürlich nicht dass das wichtig wäre.

Es zieht an ihren Lidern.

Blödsinn, lächerlich ist das, irgend so ein Kerl, bestimmt nur ein Zufall, und überhaupt, was macht es denn, ob er sie jetzt an schaut sie auf, ohne dass sie es will, ihre Augen öffnen sich von ganz alleine, nur einen Moment sieht sie ihn, wie er sie ansieht, von der Seite, genauso wie zuvor, völlig ruhig, und diesmal auch den Rest, Nase, Mund, die Augen, gelblichgrün. Wie die einer Katze, denkt sie, als sie ihre schnell wieder zudrückt.

Ihr Handballen presst gegen ihren Augapfel. Sie streicht über ihre heiße Nase, dreht das Gesicht gegen die Scheibe. Ihre Schläfe pulst in ihren Daumen. Etwas schiebt sich an ihrem Schienbein vorbei. Durch den Spalt unter ihren Lidern blitzen die weichspülerblauen Fliesen an der Haltestelle auf, der altmodische Schriftzug. Sein Anorak berührt ihren Handrücken. Sie zieht die Finger zur Seite, blinzelt in die Helligkeit, springt plötzlich auf, der Schreck ist schneller in ihrem Körper als in ihrem Kopf. Sie stolpert über die Beine im Gang, tschuldigung, ich muss hier, Verzeihung, tut mir leid. Sie hält ihre Tasche vor die Brust wie einen Schutzschild, quetscht sich zur Tür, auf den Bahnsteig. Fäuste im Rücken, Ellenbogen, Taschen, ihre Füße treiben ohne sie zum Ausgang. Erst auf der Rolltreppe bleibt sie stehen, drückt die Hand auf ihre Brust. Der Wind fährt in den Schacht. Um den Hinterkopf vor ihr schiebt sich ein Paar lederner Handschuhe, unter denen rote Ohren verschwinden.

Sie dreht sich nicht um, nicht mit Absicht zumindest, zupft nur den Rock hinten nach unten, als sie plötzlich den Fellkragen in der Menge sieht, den sie auch schon davor, an seinem Hals oder vielleicht auch an dem daneben? Ihr Atmen rast.

Sie macht einen Schritt nach links, zwängt sich an den Stehenden vorbei nach oben, zu den Zeitungs- und Blumenverkäufern, die sich vorm Regen in den U-Bahnhof geflüchtet haben.

Sie kramt in ihrer Handtasche, schaut nach rechts und links, als wüsste sie nicht, wo sie hin muss. Es prasselt auf ihren Kopf. Sie läuft unter das Vordach des Dönerladens, greift sich an die Stirn, während ihre Augen immer wieder zurück in den Schacht huschen.

Die Rolltreppe pumpt immer mehr Menschen auf den Gehweg

mit Schirmen und Koffern und noch mehr Menschen mit noch mehr Koffern, eine Reisegruppe, Kinder, ein paar Stufen lang gar nichts und dann wieder Menschen, nur nicht ihn, natürlich nicht ihn, und dann kommt er doch, die Hände in den Hosentaschen, den Kopf im Nacken, als würde er sich sonnen.

Sie macht einen Schritt auf den Gehsteig. Eine Fahrradklingel schrillt. »… keine Augen im …«, schreit es ihr nach, aber sie rührt sich nicht, bleibt wie erstarrt stehen, bis er oben ankommt, den Kopf nach vorne zieht, sich umschaut. Erst als seine gelben Augen bei ihr ankommen, läuft sie los.

Sie drängelt sich zwischen den Passanten durch, schnell, so schnell sie kann, ohne zu rennen, weil, das wäre ja dann doch übertrieben, was soll denn schon, es ist ja sicher nur ein, sie schafft es nicht, einen Gedanken zu Ende zu bringen, zu schnell reißt der Verstand ihr die albernen Worte weg.

Sie stopft ihren Kram zurück in ihre Tasche, schiebt den Henkel über die Schulter, während sie weiterläuft, um das Auto herum, das an der Kreuzung beim Einparken steckengeblieben ist. Die Scheinwerfer blenden auf. Das Klackern ihrer Absätze hallt von den Wänden wider. Aber das Echo kommt nicht von ihren Schuhen, das weiß sie auch so, dafür muss sie sich nicht umdrehen und tut es doch, während sie noch schneller läuft. Und er auch.

Der Regen fällt in langen Fäden aus den Straßenlaternen. In einem Hauseingang stehen zwei Männer, schauen in den Himmel.

Das Wasser aus dem Rinnstein spritzt auf ihre Beine, als sie die Straße überquert, auf die Haustür zuläuft. In ihrer Tasche kramt. Die feuchte Zeitung klebt sich an ihre Finger.

Sie wirft sich gegen den Türknopf, drückt sich durch den Spalt in den Eingang, den Blick über der Schulter, auf die Tür gerichtet, die unendlich langsam hinter ihr zurückschwingt.

Sie hebt die Werbeblättchen auf, die unter den Briefkästen liegen. Geht weiter, während sie auf das Einrasten des Schlosses wartet. Sie ringt nach Luft, wischt sich die nassen Strähnen nach hinten, und da ist er, ein schwarzes Bein, mehr sieht sie nicht, bevor sie losrennt, jetzt wirklich rennt, durch den Innenhof, an den

Mülltonnen vorbei, das Hämmern im Hals, im Kopf, im Mund, dem ein Schrei entfährt.

Sie stürzt die Treppen hinauf. Hält sich am Geländer fest, während sie mit der anderen Hand nach dem Schlüssel sucht, die Prospekte noch immer unterm Arm. Die Tasche knallt gegen ihr Knie. Ein Stockwerk. Noch eins. Das wirre Haar fällt ihr in die Augen. Sie fährt mit dem Arm in die Tasche, reißt wieder die Zeitung heraus, den Geldbeutel, klemmt sich den ganzen Kram zwischen die Beine, während sie weiterwühlt, endlich die zackige Metallkante spürt, die Hand aus dem Futter reißt. Der Schlüssel fällt ihr aus den Fingern. Sie zerrt die Fußmatte hoch, klopft mit den Handflächen auf die Dielen, ihre Oberschenkel, findet ihn schließlich, schließt die Tür auf und wirft sich von der anderen Seite dagegen. Die Klinke knallt gegen ihren Arm.

Sie hält den Atem an, der sich nicht anhalten lässt. Ihre Finger tasten nach dem Holz. Sie schaut durch den Türspion, sieht wie er auf sie zukommt, sieht die Hand am Geländer umgreifen, seinen gesenkten Kopf, dann die Schultern.

Sie weicht zurück, hört die Schritte, die immer näher kommen, das Knistern der Zeitung, die sie draußen liegen gelassen haben muss.

Ihre Hand schlägt ihr auf den Mund, während seine Schuhe an ihrer Tür vorbeigehen, weitergehen, die nächste Stufe betreten, immer weiter, das nächste Stockwerk hinauf, wo die Treppe noch so alt und morsch ist wie direkt nach der Wende und man jede Bewegung hört, die Dielen, die unter seinem Gewicht nachgeben, das Geländer, das Knarren, das sich allmählich entfernt. Eine Tür fällt ins Schloss. Dann ist es still.

Sie drückt sich zurück an den Spion, aber die Treppe liegt leer vor ihr.

Ihre Stirn sackt gegen die Tür. Sie drückt das Gesicht in die Handflächen, atmet in die warme Höhle. Ihr Herzschlag rast in ihren Fingerspitzen wie eine Mücke im Marmeladenglas. Was war das? War das? War er? Ist er also? Sie wischt sich das Haar hinter die Ohren, immer wieder, als könne sie das ganze Wirrwarr dort verstauen, fällt fast über die Sporttasche im Flur. Die Badehose quillt aus dem Inneren. Die Dusche rauscht.

Sie läuft ins Arbeitszimmer, zum Fenster, von dem aus man den Innenhof sehen kann. Die Fahrräder an der Hauswand schimmern im Schein des Lämpchens, das am Durchgang zum Vorderhaus schwächlich blinzelt.

Sie nimmt die Kopien, die sie am Morgen noch mal durchgesehen hat, vom Tisch und legt sie auf den Stuhl, schiebt das Knie auf die Schreibunterlage und sich hinterher, während ihr Blick die Stockwerke entlangfährt.

Aus dem Bad krächzt das wortlose Kinderenglisch meines Vaters, whawhawhuwhu, als hätte er eine heiße Kartoffel im Mund.

Sie stützt sich aufs Fensterbrett, drückt die Stirn an die Scheibe und schaut nach links. Sie sieht das weiß erleuchtete Treppenhaus durch die Glasbausteine, sucht die Fenster der Wohnungen ab, die nach rechts rausgehen, immer zwei große, doppelseitige, ein kleines schmales, und dann noch mal ein großes, genau wie die in ihrer Wohnung, nur spiegelverkehrt.

Ihre Finger spreizen sich auf dem Sims.

Sie hebt die Füße hoch, um die Tischplatte nicht dreckig zu machen, beugt sich noch weiter nach vorne.

Im Badezimmer wird die Dusche abgedreht. Das Krächzen wird lauter.

Das Lämpchen im Innenhof erlischt.

Das Treppenhaus wird ebenfalls dunkel, lässt das Haus schwarz zurück, als hätten ihn die Wände verschluckt.

Nur im Erdgeschoss flimmert es bläulich, wahrscheinlich ein Fernseher.

Und dann platzt plötzlich über ihr ein gelbes Quadrat aus der Finsternis, drittes Fenster von links, eins von den kleinen, im eins, zwei, drei, vierten Stockwerk, eines über ihr, darüber ist nur noch der Speicher.

Ein verschwommenes Dreieck taucht hinter dem Milchglas auf. Von oben gluckert die Klospülung. Sie glaubt, etwas Dunkles zu erkennen, eine schwarze Linie, die das Dreieck in der Mitte zerteilt.

Sie presst den Kopf an die Scheibe, ihr Atem malt einen weißen Rahmen um das Bild, das ganz leicht vor und zurück schwankt, hin und her, plötzlich ganz nah kommt. Das Fenster kippt zurück, nur einen Spalt, Fliesen, etwas Rotes.

Ihre Hand fährt ihr vor die Augen, das grelle Licht sticht durch die Fingerzwischenräume.

Was machst du denn hier im Dunkeln, fragt mein Vater in ihrem Rücken. Sein nasses Gesicht berührt sie an der Schulter. Sie rutscht vom Tisch, in seine Arme, weil sie sonst nirgendwo hin kann. In seinen Achseln riecht es scharf nach Duschgel.

Er streicht ihr über den Kopf. Seine Augen sind rot vom Chlor.

»Hab was gesucht«, nuschelt sie und läuft ins Schlafzimmer.

Sie setzt sich auf den Stuhl neben dem Bett, hört das Herunterlassen der Rollläden im Arbeitszimmer, die Schritte, die ihr nachkommen.

»Deine Mutter hat angerufen.« Arno nimmt das Handtuch von den Hüften, wickelt es zu einem Schlauch.

Sie streift die Schuhe ab. »Was wollte sie denn?«

Er zerrt das Handtuch hinter seinem Rücken hin und her wie eine Säge. »Wissen, wie die Prüfung war, denk ich.« Er läuft nackt an ihr vorbei und zieht eine Unterhose aus dem Schrank. Die Wäsche fällt ihm entgegen.

Sie stellt die Schuhe an die Wand, rückt die Spitzen parallel.

Mein Vater stopft den Stapel zurück in den Schrank. Auf einem Bein balancierend schiebt er den freien Fuß in die Hose, stützt sich mit der Hand an der Bettkante ab. Seine Zehen sind milchig weiß.

Er verschwindet unter seinem Pullover, murmelt etwas.

Meine Mutter fasst sich in den Nacken. Die Haut brennt noch immer. »Was?«, fragt sie.

Der Rollkragen zieht seine Locken lang über die Ohren. »Wie es denn nun gelaufen ist?«

Sie legt die Hand an die Lippen, starrt auf seine Füße, die auf dem Fußboden ganz platt und breit werden.

»Alles klar?«, fragt er. Er geht neben ihr in die Knie. Sein rechter Arm kommt aus dem Pullover hinterhergekrochen, als habe er ihn davor darin vergessen. Seine Hände berühren ihren Hals, lupfen den Blazer von ihren Schultern. Sein Atem streicht über ihren Nacken.

»Nicht.« Sie springt auf, macht einen Schritt zur Tür.

Seine Stirn legt sich in Falten.

»Ich bin völlig durchgefroren«, sagt sie und schüttelt sich, »muss erstmal unter die Dusche.« Sie nimmt sein Handtuch vom Bett und läuft den Flur entlang.

»Ich bring dir ein trockenes«, hört sie ihn rufen, während sie die Tür hinter sich zuwirft.

Sie pellt sich aus ihren Sachen, umfasst ihr Handgelenk, um es ruhigzuhalten.

Im Wohnzimmer geht der Fernseher an.

Sie klettert in die Wanne und dreht den Hahn auf, hält sich die Düse über den Kopf. Das Wasser rinnt an ihr hinab, über den Rücken, die Brust, schließt sie in eine durchsichtige Hülle ein.

Sie legt den Kopf in den Nacken, lässt sich den Strahl ins Gesicht prasseln.

Das Wasser rauscht in ihren Ohren, während ihre Hand in den Nacken fährt, sich den Hals hinauftastet, die Stelle findet, an der sie seinen Blick noch immer sehen kann, wenn sie die Augen schließt. Ihre Finger reiben über die unsichtbare Narbe. Mit dem anderen Arm umschlingt sie ihren Bauch, presst die Finger ins Fleisch wie um eine zu volle Einkaufstüte, die jeden Moment durchzureißen droht.

Sie greift nach dem Duschgel am Beckenrand, lässt die dunkelgrüne Flüssigkeit in ihre Hand laufen.

Mit schnellen Bewegungen seift sie sich ein, fährt sie sich unter die Arme, über den Bauch. Ihr Handballen reibt kreisförmig über ihre Hüfte wie über einen Mühlstein, schäumt das Gel zu Flocken auf. Mit der anderen Hand verteilt sie den Schaum auf ihrem Körper, bis ihre Haut völlig von einer dicken, weißen Schicht bedeckt ist.

Die Kälte fährt ihr über den Rücken.

»Es ist doch nicht zu viel verlangt, Bescheid zu sagen«, hallt es in ihr Ohr. Die Stimme meiner Großmutter überschlägt sich. Arno hält ihr den Hörer an die Wange. Sein zerknirschtes Lächeln taucht neben dem Duschvorhang auf.

»Hast du ihr ausgerichtet, dass ich angerufen hab?«, plärrt es aus dem Hörer.

Meine Mutter tritt unter dem Strahl hervor. »Ich bin dran, Mama«, sagt sie.

»Gott sei Dank, wo warst du denn solange? Ich hab's schon drei Mal bei euch versucht. Hat dir der Arno nicht gesagt, dass du mich sofort zurückrufen sollst?«

»Doch, hat er«, sagt meine Mutter. Der Schaum tropft von ihrer Brust. »Hätt' ich schon noch gemacht.«

»Du hättest es schon noch gemacht?«, kreischt meine Großmutter. »Du weißt doch, dass wir warten. Ich hab den ganzen Tag an nix anderes denken können. Beinah geschnitten hätte ich mich, als ich Kartoffeln geschält hab. Aber ich hab nicht aufgehört, die Daumen zu drücken, das kannst du mir glauben.«

»Maaama«, stöhnt meine Mutter.

»Was?«

»Das musst du doch nicht machen.«

»Ich mach's aber trotzdem«, sagt meine Großmutter giftig.

Meine Mutter dreht den Hahn zu. »Ich wollte nur schnell unter die Dusche, weil ich so durchnässt war«, sagt sie und nimmt meinem Vater den Hörer ab.

»Wieso das denn?«

»Hast du mal rausgekuckt?«

»Entschuldige bitte, ich saß am Telefon und hab auf den Anruf meiner Tochter gewartet. Da hatte ich leider keine Zeit, auch noch die aktuelle Wetterlage zu überwachen.«

Arno zieht die Mundwinkel nach oben. Mit dem Zeigefinger piekt er in die Bläschen auf ihrem Körper.

»Es gießt in Strömen«, erwidert meine Mutter, und »jetzt bin ich ja da.«

»Mein Gott, dann sag halt«, ruft meine Großmutter, »wie war's denn?«

»87 Prozent.« Unter den Füßen meiner Mutter knistert es.

»Oskar, 87 Prozent!«, hört sie meine Großmutter vom Hörer wegschreien, dann meinen Großvater im Hintergrund: »Warum keine 100?«

»100 Prozent hat niemand«, sagt meine Mutter, »87 ist schon wie ne eins.«

»Hörst du, Oskar, das ist wie ne eins«, brüllt meine Großmutter und »Gott sei Dank, ich hab mir schon solche Sorge gemacht.«

»Wieso denn? Du weiß doch, dass ich den Stoff vor und zurück kann.«

»Das verstehst du nicht. Wenn du selbst mal eine Tochter hast, wirst du wissen, was ich meine.«

»Wenn.«

»Was?«

»Ach nichts«, sagt meine Mutter.

Mein Vater lässt genüsslich Luftbläschen platzen, bis sie völlig nackt vor ihm steht. An ihren Oberarmen bildet sich Gänsehaut.

»Darf ich jetzt zu Ende duschen?«, sagt sie, »ich verspreche auch, dich nie wieder warten zu lassen. Kann mir ja eins von diesen tragbaren Telefonen kaufen.«

»Um Himmels willen, die machen doch Krebs!«

»Unsinn, Krebs ist eine Frage des Erbguts. Und bei uns in der Familie gab's noch nie einen Fall.«

»Pah. Wir wissen doch gar nichts von meiner Berliner Seite. Vielleicht sind die einfach nicht dazu gekommen, an Krebs zu sterben, weil sie davor schon tot waren.«

»Mama, komm, ich frier.«

»Ja, ja, ich weiß, du denkst, die spinnt wieder, aber wenn ich mal nicht mehr bin ...«, sagt meine Großmutter, legt dann aber doch endlich auf.

Mein Vater nimmt meiner Mutter den Hörer aus der Hand.

»Ne eins also«, sagt er und schlingt die Arme um ihre Hüfte. »Das muss gefeiert werden! Lass uns ganz schick ausgehen, ja?«

Meine Mutter reibt sich die Augen. »Ich bin müde.«

»Das verfliegt, wenn wir erstmal unterwegs sind.« Das Rot in seinen Augen verästelt sich.

Sie schaut auf ihn herab, während er ihre Arme nimmt und sie sich wie einen Pullover um die Hüfte knotet. »Wir könnten tanzen gehen.« Seine Lippen kriechen ihren Hals hinauf.

Sie windet sich aus seiner Umklammerung. »Ich muss morgen um halb sieben raus.« Sie dreht ihm den Rücken zu und den Regler auf.

Er greift nach ihrem Handgelenk und hängt sich daran. »Es ist doch noch früh.« Ihr Arm schlackert hin und her.

»Du machst doch alles nass«, ruft sie und reißt sich los. Das Wasser spritzt auf seinen Arm. Er dreht sich zum Waschbecken. An seinen Schultern hängen die Reste ihres Schaums.

Durch den Schleier aus nassem Haar sieht sie, wie er seine Zahnbürste unter einem viel zu dicken Strang blauweiß gestreifter Paste begräbt und sich unwirsch im Mund herumschrubbt. Der Bürstenkopf beult seine Backe aus. Sein Zahnfleisch muss jetzt für ihre Lustlosigkeit büßen.

Sie dreht den Hahn zu. Klettert über den Wannenrand. »Tut mir leid«, sagt sie und versucht ihre Stimme sanft klingen zu lassen. »Ich will echt nur noch ins Bett.«

Er spuckt aus, vergräbt sein Gesicht im Becken.

»Nicht böse sein«, sagt sie und wickelt sich in das frische Handtuch, das er ihr auf den Wäschekorb gelegt hat.

Er zieht den nassen Kopf nach oben. Das Wasser gluckert im Ausfluss.

Sie macht einen Schritt auf ihn zu und reibt ihm die Zahnpastareste aus dem Mundwinkel. »Morgen nach der Arbeit«, sagt sie, »versprochen.«

7. Kapitel

Im Laden roch es nach Neuwagen. Wahrscheinlich vom Teppichkleber auf dem Boden und an den Wänden, die mein Großvater völlig mit bordeauxfarbenem Velours hatte verkleiden lassen. Er fand das schick. Und die Asbestflecken verdeckte es auch. Wenn die Absätze in den langen, weichen Haaren einsanken, fühlte es sich an, als würde man über nasses Gras gehen. Es war Samstag, noch dazu ein »langer«. *Grenzenlos guter Geschmack – heute bis 18 Uhr* stand an der Tür und dahinter auf der Treppenstufe »Oskar Schneider, Geschäftsführer«, wie mein Großvater jedem Eintretenden zwei Oktaven tiefer, als es seine normale Stimmlage war, entgegencharmierte, im Zweireiher, ein blütenweißes Schnupftüchlein in der Brusttasche. Wenn irgend möglich begrüßte er die Kunden mit Handschlag und geleitete sie persönlich in die passende Abteilung, den rechten Arm ausgestreckt, irgendwo zwischen Hotelpage und dem salutierenden Freund überm Küchentisch. Er ließ die Fingerknöchel über die glatten Hosenbeine gleiten, sodass die Bügel hin und her schwangen, als würde ein Windstoß durch die Stoffreihen gehen, sprach von Qualität, von Tradition, von Familie und schnippte in die Luft, bis eine verfügbare Mitarbeiterin angelaufen kam, also meistens meine Mutter, weil: Mit dem Laufen hatte es auch die zweite Fuhre Verkäuferinnen nicht so.

»Ist ja auch schwer, mit der Kaffeetasse in der Hand und dem Telefonhörer unterm Kinn«, sagte meine Mutter und senkte den Kopf, wie ein Bulle vorm Angriff. An Samstagen kam ihr Hass auf die Belegschaft so richtig in Fahrt, das ganze Training der Woche zahlte sich da aus. Faul waren sie alle, »das kriegen die ja hier schon mit der Muttermilch eingetrichtert«, inkompetent die meisten, dazu völlig ironieresistent. »*Nicht doch, lassen Sie sich nicht von mir beim Telefonieren stören. Ich füll die Bestellungen einfach selbst aus.* Und was machtse? Labert weiter!«

Die Einzigen, die sie noch mehr verachtete als die Angestellten, waren die Kunden. Und auch die waren am Samstag schlimmer als sonst, die Schülerinnen, die »nur mal anprobieren« wollten, ich komm dann nächste Woche noch mal mit der Mutti. Die Pärchen, die nach dem dritten Milchkaffee nichts mehr mit sich anzufangen wussten, als sich gegenseitig pinkfarbene Pullover aus der »Madame 48«-Kollektion anzuhalten und sich dabei scheppich zu lachen. Die Familienmütter, die ihre Bälger zwischen den Cocktailkleidern Verstecken spielen ließen, während sie genau »dieselbe« Hose, wie die, die sie anhatten, noch mal wollten, »nur ein bisschen tiefer geschnitten. Und mit Taschen und vielleicht in einer anderen Farbe? Etwas frecher.«

Mit eingefrorenem Lächeln hängte meine Mutter die erbetene Größe über die Kabinentür und die tatsächliche daneben, sagte »die fallen sehr klein aus«, »da gibt man besser mal ein, zwei Nummern zu«, »man will ja auch noch atmen können, was?« und am Ende »klar weiten die sich beim Tragen«, weil es natürlich doch die kleinere sein musste. Ihre Finger teilten feucht gerändertes Fleisch, drückten Knöpfe durch Löcher, bei denen schon die Nähte ratschten, zogen Röcke von geblümten Schlüpfern und schließlich dring, dring, dringend über die Kasse. Die Klingel hatte mein Großvater extra kommen lassen, ein scheppperndes, altmodisches Ding, eigentlich gar nicht sein Stil, aber: »Der Mensch ist ein Herdentier und der Altgenosse erst recht. Kauft der eine, kauft der andere.« Er fuhr sich über das Haupthaar, das er endlich dem ins Gräuliche driftenden Kranz über den Ohren angepasst hatte. »Man muss sie nur richtig konditionieren. Kuck doch, dem Vokuhila dahinten läuft schon der Speichel aus dem Mund, wenn es bimmelt.«

Meine Mutter reichte die doppelt verstärkten Papiertüten über den Tresen, sagte viel Spaß damit und auf Wiedersehen, wobei sie das letzte so auseinanderzog, dass es einem Rudi (oder Hansi oder Manni) Ehre gemacht hätte: »Auf wieder-sehen!« Und dabei hob sie leicht die Hand, wartete, bis der Kunde aus der Tür war. Bevor sie zum nächsten eilte.

»Schneller«, zischte mein Großvater.

»Nicht *so* schnell, du wirst schon wieder ganz rot«, meine Großmutter, die an den langen Samstagen auch wieder in den Laden kam. In erster Linie, damit sie das entrüstet ausgerufene »und natürlich das Geschäft!« nicht von der Liste der Dinge, derentwegen sie völlig überlastet, todmüde und sicher auch bald wirklich tot sein würde, streichen musste. In zweiter, weil mein Großvater fand, das sei gut fürs Geschäft. »Die Leute mögen Familienkonzerne, da fühlen sie sich, als wären sie zum Kaffee bei den Kennedys.«

Hilde Schneider. Mitglied der Direktion, zitterte es auf der Sicherheitsnadel an ihrer Brust, im Katalog noch ein bisschen schwammiger durch *Besondere Aufgaben* ergänzt, worunter meine Großmutter verstand, zwischen Mann und Tochter hin und her zu laufen, den Finger im Rhythmus eines Buntspechts in die jeweilige Schulter zu pieken und »darf ich dich mal unter vier Augen sprechen« zu zischeln, »nur einen Moment«, »dringend!«, bis derjenige ihr endlich folgte, um sich anzuhören, dass nur noch acht Paar karierte Herrensocken im Regal lägen. Dass die Jablonsky schon wieder, ich will ja nix sagen, aber hast du gesehen, dass der ihr Unterhemd oben aus der Blus' rauskuckt? Vor allem aber, dass das Essen allmählich kalt würde, »sogar der Salat«, wie Arno jedes Mal hinzufügte, weil er auch ein bisschen böse sein wollte. Aber dann auch wieder nicht so böse, dass meine Großmutter ihm am Ende noch böse wäre.

Die gemeinsame und nur gemeinsam einzunehmende Mahlzeit, die zum ersten Mal versuchsweise um zwölf und von da an im Halbstundentakt immer wieder neu, mit den immer alten Klagen, serviert wurde, war eine Geduldsprobe für alle Beteiligten, die die natürlich nie bestanden. Anfangs hatte meine Großmutter das Essen noch in der betriebseigenen Mikrowelle aufgewärmt. Dann las sie eines Tages in der *Brigitte*, deren Abo nach Gundls Tod ebenfalls auf sie übergegangen war, einen Artikel über die krebsverursachende Strahlung und war danach so besorgt, dass sie den sich gerade leise knisternd im Kreis drehenden Braten sofort wegwarf und zurück nach oben in die Wohnung lief, um ein zweites Mahl zuzubereiten und im Büro meines Großvaters anzurichten.

In dem jedoch trotz mehrfacher Appelle niemand auftauchte.

Das Telefon an der Kasse wurde im Fünfminutentakt angerufen, immer mit der Bitte, den Rest der Direktion »sofort!« zum Essen zu schicken, bis meine Großmutter schließlich selbst in den Laden stiefelte, um meiner Mutter tödlich beleidigt über einen Kunden mit offenem Hosenstall hinweg zu erklären, sie gehe jetzt mal wieder hoch und fange von vorne an. Meist brauchte es vier, fünf Durchgänge, bis sowohl mein Großvater, meine Mutter als auch Arno sich gleichzeitig zehn Minuten »loseisen« konnten. Mein Großvater war zu diesem Zeitpunkt allerdings meist schon so geladen, dass er den Großteil der Mittagspause damit vertat, gegen die glücklicherweise auch schalldämpfenden Teppichbahnen anzuschreien – so auch an diesem Tag, den meine Mutter in ihrem Gedächtnis als »den danach« bestimmte, auch wenn sie sich erstmal alle Mühe gab, so zu tun, als habe es den davor nie gegeben.

Nach der Sache in der U-Bahn hatte sie einfach weitergeredet, über meinen Vater, der wenigstens schon mal eine Bar hatte aussuchen wollen, in der sie das »sensationelle Prüfungsergebnis«/»war doch nur zur Probe!«/»sensationell ist es trotzdem!« feiern könnten. Wie sie ihm die Prüfungsfragen gestellt und er mit Freude den gleichen Fehler wie sie gemacht hatte. Hatte stur mit ihrer Geschichte weitergemacht, so, als sei seither überhaupt nichts passiert. Und ich hatte zugehört, wie sie einen neuen Tag begann und mich mit ins Geschäft nahm, wie sie einen Kunden nach dem nächsten abfertigte, jedem Einzelnen eine neue blöde Frage in den Mund legte. Erst als die Brokkoliröschen vom ständigen Aufwärmen so traurig aussahen, dass meiner Großmutter die Tränen kamen, fragte ich, was denn jetzt eigentlich mit diesem Mann sei.

»Mit welchem Mann?«, fragte meine Mutter, und ihre Stimme

klang wieder ganz normal, genauso laut und gehetzt und ruppig wie sonst auch.

»Der, der bei dir im Haus gewohnt hat.«

»Wie kommst du denn jetzt auf den?« Sie sah mich an, wie man einen überfahrenen Vogel auf der Straße ansieht.

»Ich wollt nur wissen, ob noch was mit dem kommt«, sagte ich. Und bedauerte es sofort.

»Langweil ich dich, oder was?«

»Nein, natürlich nicht. Du schienst nur vorhin so nervös ...«

»Wieso denn nervös?«

»Nicht nervös. Vielleicht eher, irgendwie, aufgewühlt. Deshalb dacht ich, dass, also, dass du mir vielleicht erstmal von ihm ...«

»Also was?«, rief sie und schlug mit beiden Händen aufs Bett wie ein Kind im Schwimmbad, wenn es aus dem Wasser muss. »Wenn's dir nicht passt, wie ich erzähl, kannst du ja gehen!«, »Zwingt dich niemand, hier zu bleiben!«, rief »Ich kann auch ganz die Klapp halten!«, und »Hol dir doch nen Film aus der Videothek, da kannste vorspulen wenn's dir zu lange dauert«, sodass ich mich schließlich entschuldigte, ohne genau zu wissen wofür.

»Der Opa war also mal wieder geladen«, fuhr sie fort und machte eine kurze Pause, um sicherzugehen, dass ich sie nicht noch mal unterbrach, bevor sie meinen Großvater wieder schreien und stöhnen und schimpfen ließ, so laut, dass sie sich eine Weile hinter ihm verstecken konnte.

»Inpardonnable«, rief er und knallte die Hand auf den Aktenberg vor meiner Großmutter, die bei der letzten Tour, um Zeit zu sparen, den Haupteingang genommen und, die Kasserolle zwischen zwei selbstgehäkelten Topflappen, wie eine Irre durch den Laden gerannt war, »in dem ich mich bemühe, den Anschein von Professionalität zu wahren, verdammt noch mal!« Meine Mutter saß schweigend daneben und überschlug im Kopf, wie lange sie später dafür brauchen würde, meine Großmutter wieder aus dem Schlafzimmer zu reden. Auf ihrem Oberschenkel lag Arnos Hand, seine andere krampfte sich um eine Gabel, die er voreilig aufgenommen hatte, sich jetzt aber weder traute, sie zurückzulegen, noch endlich loszuessen. Nebenan hörte man eine Verkäuferin ins Telefon lachen. In dem kleinen Fenster auf den Hinterhof regnete es schon wieder.

»Indiskutabel«, rief mein Großvater und schlug sich mit der Hand gegen den Schädel.

»Wenn ihr halt nie kommt«, jammerte meine Großmutter.

»Wenn wir nicht kommen? Glaubst du, wir drehen hier Däumchen? Es geht hier um unsere Existenz«, schrie er, von wo aus er nahtlos in den seit seiner Premiere tausendmal erprobten und immer wieder verfeinerten Monolog fand, Chance, Risiko, beim Schopf er- und zugreifen, sonst …! Er redete sich in Rage, wurde immer lauter, während die anderen wortlos zu Boden blickten. Nur wenn er eine Sekunde innehielt, um Luft zu holen und/oder sich neue *in*-s einfallen zu lassen, schwappte das Lachen in die Stille, ebenfalls immer lauter, bis mein Großvater endlich von meiner Großmutter abließ und aus dem Büro stürzte.

»Ja wo sind wir denn hier?« Die Glastür flog gegen die Wand. Das Lachen brach ab. Das Profil meines Großvaters tauchte über der grauen Trennwand auf. Seine Arme flogen in die Luft, der Handrücken knallte in die Handfläche, während er in einer Lautstärke, gegen die selbst das ganze Velours machtlos war, seine Liste von hinten durchdeklinierte. »Inakzeptabel«, brüllte er, noch nie vorgekommen, ständig an der Strippe, aber, aber, in ihrer Pause dürfe sie ja wohl, ein Notfall, einen Dreck, einen Dreck interessiere ihn das. »Ich hab Sie nicht eingestellt, damit Sie die Eheprobleme Ihrer Freundin lösen.«

»Unter diesen Arbeitsbed…«

»Arbeit!«, schnitt ihr mein Großvater das Wort ab, »Arbeit? Sie wissen doch gar nicht, was das bedeutet!«

Arnos Finger drückten sich durch den Rock meiner Mutter. Ihr Oberschenkel darunter war eingeschlafen.

»Hören Sie«, sagte die Angestellte. Ihre Hand kroch über die Schulter, nestelte am Ärmel.

»Ich hab genug von Ihnen gehört«, rief mein Großvater.

Meine Mutter zog die Zehen nach oben. Das klumpige Blut in

ihrem Bein war so schwer, dass sie das Knie kaum heben konnte. Sie betrachtete die Rückseite meiner Großmutter, das Kleid, durch das sich drei dicke Röllchen drückten, die ersten beiden über und unter dem Verschluss des Büstenhalters, die dritte entlang der Miederhose. Dazwischen schnitt der Stoff tief ins Fleisch, wie Sofarillen, in denen sich die Krümel sammeln.

»Das können Sie nicht machen«, rief die Angestellte. Aber mein Großvater stapfte schon zurück ins Büro. Er riss die Schranktür auf, zog sein Jackett aus. Meine Großmutter kam herbeigeeilt und half ihm, die Knöpfe am Handgelenk zu öffnen, während er sich mit dem anderen Arm ungeduldig das Hemd von der Schulter schüttelte. Durch das Feinripp am Rücken drückte sich ein dunkler, rautenförmiger Fleck.

Die Angestellte starrte durch die Scheibe. Das Oberteil rutschte ihr ein wenig von der Schulter. Dann nahm sie ihre Handtasche und lief den Flur entlang.

Der Hauch von Salbei und Zeder wehte vom Schrank herüber. Mein Großvater klatschte sich auf die Wangen. »Bei der ist wahrscheinlich das Maul das einzige entwickelte Organ«, brummte er, während er ein frisches Hemd vom Bügel nahm.

»Kohl?«, fragte meine Mutter.

»Strauß«, sagte mein Großvater, während er im Spiegel an der Innenseite der Schranktür die braungrauen Haarspitzen mit den grauen verstrich.

Meine Großmutter stopfte ihm das Hemd in die Hose und klappte den Kragen um, stellte sich auf die Zehenspitzen, obwohl ihre Schultern fast gleichauf waren.

In den Fußsohlen meiner Mutter begann es zu kribbeln. Sie hob den Oberschenkel mit beiden Händen an, Arnos Hand fiel von ihrem Rock.

Mein Großvater kam zurück zum Schreibtisch und ließ sich in seinen Sessel sinken.

»Kümmer du dich um die Annonce«, sagte er. »Ich sag der Wolff Bescheid, dass sie die offenen Bestellungen an die anderen verteilt.«

Meine Mutter nickte. Sie griff über ihren Teller hinweg nach einem Stift.

»Aber schreib diesmal *qualifiziert* rein«, sagte er und tippte mit dem Zeigefinger auf ihren Notizblock.

»Jetzt esst aber endlich, es wird doch alles kalt«, rief meine Großmutter und zog stöhnend einen Stuhl an den Tisch. Sie setzte sich vor ihren eigenen Teller, der etwas kleiner war als die der anderen und auf dem neben den mittlerweile wirklich jämmerlich unter der Soße hervorschauenden Brokkoliröschen nur zwei Löffel Reis lagen, »weil sie ein bisschen aufpassen« wolle, wie sie sagte.

Erstmal passte sie aber darauf auf, dass das Projekt Nahrungsaufnahme nicht wieder aus den Augen verloren wurde. Den Kopf hin und her drehend, als sei sie beim Tennis, schaute sie von meinem Großvater zu meiner Mutter, die die Namen der Tageszeitungen, in denen sie inserieren sollte, eifrig mitschrieb, schob meinem Großvater eine Papierserviette unter das Besteck, bis er sich endlich über seine Roulade beugte.

»Wie schlimm ist es?«, rief sie, noch bevor der Bissen in seinem Mund verschwand. Sie drehte sich wieder zu meiner Mutter, die nun ihrerseits misstrauisch den Zahnstocher aus dem Röllchen zog, stürmte schließlich selbst auf den Tenniscourt wie ein verzweifelter Trainer, die Katastrophe schon ins Gesicht geschrieben. Ihr Bauch warf den obersten Schnellhefter vom Aktenberg, während sie sich über den Teller meines Großvaters beugte. Mit zusammengekniffenen Lippen zerrte sie das Messer über die Roulade, die sich quietschend wand, immer wieder auf den mit Petersilie ausgelegten Tellerrand flüchtete, bis sie sich schließlich doch er- und ein Stück Fleisch freigab.

Die Augen meiner Großmutter wurden groß und nass, während ihr Kiefer hin und her mahlte. Sie schluckte krampfartig, schüttelte sich, warf sich endlich über den Tisch, wobei sie zwei weitere Hefter vom Stapel fegte, packte die Kasserolle und kippte sie mit Schwung über dem Papierkorb aus. »Das esst ihr mir nicht«, rief sie.

»Nicht doch«, rief Arno und hielt entsetzt seinen Teller fest, den sie ihm mit beiden Händen zu entreißen versuchte. Er rammte seine Gabel ins Fleisch und biss davon ab, während er meiner Mutter einen verzweifelten Blick zuwarf, sodass sie sich auch ein Stückchen absäbelte und brav in den Mund schob. Das Fleisch zog Fäden zwischen ihren Zähnen. Es schmeckte nach Old Spice.

»Köstlich«, sagte Arno mit vollem Mund.

»Mmm«, machte auch meine Mutter. Sie piekte ein paar Reiskörner auf und nickte meiner Großmutter aufmunternd zu.

»Unsinn«, schnaubte sie und entriss Arno endgültig den Teller. Sie kratzte die Zwiebelnester vom Boden, nahm den Hörer vom Telefon. »Frau Jablonsky? Seien Sie doch bitte so gut, nehmen Sie sich ein bisschen Geld aus der Kasse und laufen Sie eben zum Bäcker«, sagte sie, worauf mein Großvater die Stirn in die Hand fallen ließ und unter dem kleinen Finger hinweg blinzelte, als sei er gerade aufgewacht.

»Hilde!«, schrie er, als sie mit den Worten »mein Mann braucht was Süßes« auflegte.

»Was?«

»Geht's dir noch gut?«

»Aber irgendwas müsst ihr doch essen?«

»Das ist ja wohl nicht dein Ernst!«

»Habt ihr schon Pläne fürs Wochenende?«, fragte Arno schnell und ein bisschen zu laut, während seine Hand das Knie meiner Mutter suchte.

Mein Großvater warf sich gegen die Lehne. »Der Jablonsky die Taschen durchsuchen«, brummte er.

»Was denn?«, rief meine Großmutter wieder. »Ich kann hier doch nicht weg!«

Mein Großvater zog die Brauen nach oben. »Ja, das geht natürlich unmöglich.«

Meine Großmutter machte einen spitzen Mund. »Euch kann man's auch nie recht machen«, rief sie. Sie stand aufrecht mitten im Raum, obwohl ihr das sichtlich schwer fiel. Ihre Hüfte zuckte immer wieder zur Seite, während sie versuchte, ihr Gewicht gleichmäßig auf die Beine zu verteilen.

»Also wir gehen heute Abend ganz schick aus«, rief Arno, diesmal definitiv zu laut.

Meine Mutter schaute von ihrem Notizblock auf.

»Kennt ihr vielleicht ein hübsches Lokal?«, fuhr Arno fort. »Wir wollen feiern.«

Meine Großmutter schwankte ein bisschen nach links.

Meine Mutter klickte mit dem Kuli in die Luft. Fuhr sich über die Schläfe. »Muss das sein? Ich bin total übermüdet.«

Meine Großmutter legte die Hand an den Mund und gähnte.

»Nix da!«, rief Arno, »du hast es versprochen!«

Meine Großmutter machte einen Schritt nach vorne. »Ihr habt euch wirklich ein bisschen Spaß verdient«, sagte sie, »ich würde auch gerne mal wieder ausgehen. Man sieht ja nichts mehr als die eigenen vier Wände.«

»Ihr seid herzlich eingeladen, mitzukommen!«, rief Arno, der die Falle nicht sah. Meine Mutter stieß die Luft durch die Nase aus, aber er schaute sie nur mit seinen harmlosen großen Augen an und lächelte. »Wir würden uns freuen.«

»Unmöglich!«, stieß meine Großmutter aus, »bis wir hier fertig sind, ist es bestimmt neun. Dann mach ich Abendessen, jag eine Maschine Wäsche durch, und während die läuft, geh ich hoch zum Helm und kuck, dass der nicht in seinem eigenen Dreck erstickt, am Ende bleibt ja doch alles an mir hängen!« Sie hielt sich an der Tischkante fest. »Und morgen müssen wir ja auch wieder ins Geschäft.«

»Am Sonntag?«, fragte Arno.

»Einer muss doch dafür sorgen, dass am Montag alles wieder auf Vordermann ist!« Sie legte wieder die Hand vor den Mund, ihre Augen wurden länglich, während sich in ihren Wangen diagonale Falten bildeten. »Aber schön, dass ihr beide für so was Zeit habt.«

Meine Mutter klopfte sich mit dem Kugelschreiber gegen die Schläfe.

Das Telefon klingelte, mein Großvater nahm ab. »Ja, meine Frau kommt gleich nach vorn«, sagte er, »ich hoffe, Sie haben die Rechnung mitgebracht.«

Meine Großmutter ließ die Lippen brrren wie ein Pferd.

»Hören Sie«, fuhr mein Großvater fort, »die Frau Berenth ist heute gegangen worden. Sagen Sie der Wolff, wenn sie im Laden fertig ist, soll sie sich bei mir melden.«

»Du hast es versprochen«, flüsterte Arno.

Meine Mutter verzog die Lippen, ohne aufzusehen.

»Wir machen überhaupt nichts mehr zusammen.«

»Wir sehen uns doch den ganzen Tag.«

»Das gilt nicht«, sagt Arno, »ich mein so richtig!«

»Was geht denn bitte mich das an, ob Sie schon zusammen bei den Pionieren waren«, rief mein Großvater in den Hörer. »Wenn's Ihnen da so gut gefallen hat, gehen Sie doch nach Kuba, ich höre, da sucht man derzeit händeringend Ihresgleichen.«

»Komm schon«, bettelte Arno, »nur ein paar Stunden.« Er nahm ihr den Kuli aus der Hand. »Wir rufen Babsi an, ob sie mitkommt. Die sitzt dir doch schon die ganze Zeit im Nacken. Dann schlägst du zwei Fliegen mit einer Klappe.« Er legte den Kopf schief und schob die Unter- über die Oberlippe.

»Ich bezahl Sie nicht dafür, dass Sie mir eine Geschichtsstunde geben«, brüllte mein Großvater. Er hielt den Hörer wie ein Funkgerät vor den Mund. »Und machen Sie um Himmelswillen den Knopf zu. Wir sind hier nicht im Interhotel.« Er drückte auf die Gabel. »Als ob sie alle vom selben Wurf wären«, stöhnte er, und zu meiner Großmutter gewandt: »Deine Plunder sind da.«

»Meine?«, sagte sie. »Ich tu das doch alles nur für euch! Wenn ihr halt nie pünktlich kommt.«

»Ja, ist gut jetzt«, sagte mein Großvater und wedelte mit dem Hörer in der Hand zur Tür.

Meine Großmutter fasste sich an den Magen, als sei der Rouladenbrocken noch immer nicht ganz durch. Sie presste die Lippen aufeinander, dass ihr Kinn weiß anlief, lief dann aber doch in den Gang hinaus, nicht ohne die Glastür hinter sich zuzuschmeißen.

»Wenn auch nur ein Pfennig fehlt!«, rief er ihr nach. Er legte den Hörer auf und fuhr sich durchs Gesicht. Auf seinem Handrücken breiteten sich die gleichen grauen Härchen aus, wie über den Ohren. »Die haben ihr ganzes Leben nichts anderes gelernt, als den Staat zu bescheißen. Ein bisschen Fahnenwedeln und an Weihnachten in Thailand Pina Colada trinken macht das nicht weg.« Er wippte zur Seite. »No offence.«

»Non täkin«, antworte Arno und machte eine wegwerfende Handbewegung. Er drückte den Rücken durch wie ein Oberschüler beim Abhören und legte die Hände in den Schoß. »Sagt ein Grenzsoldat an der Berliner Mauer zum anderen: Was hältst du von der DDR? Antwortet der: Dasselbe wie du. Sagt der erste: Dann muss ich dich verhaften.«

Mein Großvater schnalzte mit der Zunge. »Gefällt mir«, sagte er.

Das Telefon klingelte wieder. »Nein, was Schlimmes?«, fragte mein Großvater und nahm das Jackett von der Lehne. Mit der freien Hand schlüpfte er in den Ärmel. »Hm. Ja. Rühren Sie sich nicht vom Fleck. Ich bin sofort da!« Er stieß sich am Fensterrahmen ab, rollte herum. »Mein Gott, einer bekloppter als der andere«, rief er und lief aus dem Büro.

Meine Mutter zupfte sich das Halstuch zurecht.

»Was ist jetzt mit heute Abend?«, fragte Arno. »Glaub mir, das wird dir gut tun. Mal ein bisschen raus. Man wird ja blöd sonst.«

Sie strich sich über den Oberschenkel, in dem endlich wieder Gefühl war. »Meinetwegen«, sagte sie gequält, »aber wirklich nicht lang.«

»Großes Pionierehrenwort«, antwortete er und lachte breit, während meine Mutter sich erhob.

Meine Großmutter kam zurück, vier braune, vom Fett aufgeweichte Bäckertüten im Arm. »Wo willst du denn hin?«, rief sie.

»Wieder vor«, sagte meine Mutter und versuchte, sich an ihr vorbeizuschieben.

Die Bäckertüten versperrten ihr den Weg. »Und die Teilchen?«

»Ich ess später nebenher was.«

»Aber mach dir ein bisschen den Zucker runter. Du kriegst schon wieder diese Pickelchen am Mund.« Der linke kleine Finger meiner Großmutter hob sich aus der Kralle, mit der sie die Tüten umklammerte. »Wie damals, als du mit diesem Jungen auswarst, der sich nie für meinen Tee bedankt hat«, sie fuhr meiner Mutter über die Wange, »aber da wirst du dich nicht mehr dran erinnern, was?«

»Kann sein.« Meine Mutter wand sich unter der Berührung weg. In ihrem Rücken hörte sie, wie meine Großmutter meinem Vater von Uwe und dessen Händen in Babsis Hosentasche erzählte, während sie in den Laden lief, an einer Gruppe barsockiger Mädchen vorbei, die inmitten dutzender Schuhe die Hände auf die Münder pressten. Am Ende ihres Gekichers stand mein Großvater, die Hand auf der Schulter einer jungen, stark geschminkten Frau.

Frau Jablonsky (oder vielleicht auch eine andere Verkäuferin. Aber sie ist die Einzige, die ich mit Namen kenne, weil sie als Letzte aus der Zeit noch immer für uns, beziehungsweise jetzt eigentlich nur noch für den Max, arbeitet, also fällt es mir am leichtesten, mir die Szene mit ihr vorzustellen), Frau Jablonsky kam also auf meine Mutter zugerannt und hielt ihr eine aufgeschlagene Illustrierte hin. »Bei dem Lächeln dieser brasilianischen Schönheit geht die Sonne auf«, stand neben dem Foto, auf dem ebenjene junge Frau abgebildet war.

»Das ist doch die Ex von diesem Sportler«, murmelte sie aufgeregt und stach mit dem Finger in die Seite.

»Kenn ich nicht«, sagte meine Mutter.

»Der blonde, der, der damals da so viel gewonnen hat«, sagte Frau Jablonsky.

Mein Großvater lachte laut. Ohne die Hand von der schmalen Schulter zu nehmen, lehnte er sich über die Kasse. Die Lade sprang auf, die Klingel schepperte. »Wie die Pawlowschen Hunde«, rief er und lachte noch lauter.

Aus der Sportbekleidung kam eine andere Verkäuferin herübergelaufen. »Ist das nicht die …?«, murmelte sie.

»Doch! Das ist sie«, antwortete Frau Jablonsky stolz, als habe sie sie eigenhändig in den Laden geschleift, und hielt ihr die Zeitschrift hin.

Die andere Verkäuferin riss die Augen auf. »Die haben Schluss gemacht!«, rief sie.

»Das wusstest du nicht?«

Meine Mutter stöhnte laut. Sie schob die Zeitschrift aus dem Weg und ging auf meinen Großvater zu, dessen Arm von rechts nach links fuhr, wie der Schweinwerfer über einer Industrieparkdisko. Erst als sie direkt vor ihm stand, bemerkte er sie.

»Da kommt meine lohnenswerteste Anschaffung«, rief er und zog die Berühmtheit sanft herum. Seine Mundwinkel zuckten. Er hob den Arm und ließ die Finger im Hemdsärmel verschwinden. »Darf ich vorstellen, meine rechte Hand«, sagte er und schob ihr den Arm meiner Mutter entgegen.

Die Exfreundin des Sportlers strich sich das lange schwarze Haar über die Schultern und berührte ganz leicht die Hand meiner Mutter. Ihre Fingernägel waren weiß und eckig, als hätte sie sie mit der Papierschneidemaschine abgehackt.

»Meine Tochter wird sich um Sie kümmern«, sagte mein Großvater und, heftig nickend, »gerne auch in Ihrer Muttersprache!«

Er legte meiner Mutter die Finger auf den Rücken, ließ sie über ihre Wirbelsäule nach unten gleiten, als suche er nach dem richtigen Knopf. Und tatsächlich sprudelte es auch gleich »Prazer em conhecê lo« aus meiner Mutter heraus, »o que posso fazer por você?«, und wahrscheinlich noch ein bisschen mehr, aber dafür reichen meine Fremdsprachenkenntnisse leider nicht aus.

Und die der Berühmtheit offenbar genauso wenig.

Eigentlich sei nur ihr Vater Brasilianer, sagt sie verlegen, sie selbst spreche leider nur »un poquito« Portugiesisch.

»Um pouquinho«, sagte meine Mutter augenrollend, das allerdings nur zu mir, »*un poquito* ist Spanisch« und »aber natürlich, dann eben auf Deutsch«, das dann wieder zu der Berühmtheit, während sie sie zu den Ständern mit den Modellen der neuen Frühlingskollektion führte. »An was hatten Sie denn gedacht?«

»Ach, ich hab eigentlich noch gar nicht gedacht«, sagte die Exfreundin des Sportlers, und man konnte ihr ansehen, dass das stimmte.

Meine Mutter strich über die Ständer, schob zwei Paar Hosen auseinander, schüttelte den Kopf, zog schließlich ein Kleid heraus. »Das haben wir ganz neu reingekriegt«, sagte sie und hielt den Bügel in die Luft.

Die Berühmtheit berührte vorsichtig den Stoff. »Hm, schön.«

Meine Mutter hielt das Kleid vor den schmalen Körper. »Das ist genau Ihre Farbe.«

»Hm«, sagte die Berühmtheit nochmal.

»Wollen Sie es vielleicht mal anprobieren?« Meine Mutter zog die Ärmel auseinander und ließ sie wie ein paar Flügel auf und ab schlagen.

Die Berühmtheit streichelte unschlüssig über das Muster. »Ja, vielleicht.« Sie sah meine Mutter an, als läge die Entscheidung bei ihr, kratzte sich am Po, ließ sich dann aber doch den Weg zur Umkleide zeigen.

Meine Mutter wartete diskret in einigem Abstand, die lauernden Augen meines Großvaters auf der einen, die der Verkäuferinnen auf der andern Seite. Der Vorhang begann zu zittern.

»Lassen Sie mich wissen, falls Sie etwas brauchen.«

Die Pumps kippten gegen die metallenen Beine des Hockers. »Ich glaube, es ist mir etwas zu weit«, kam es dumpf hinter den samtenen Vorhangwellen hervor.

»Kein Problem, ich bringe Ihnen sofort eine Größe kleiner«, rief meine Mutter und folgte der gepunkteten Spur, die die Bleistiftabsätze auf dem Teppich hinterlassen hatten.

»Und? Was will sie?«, zischelte mein Großvater.

»Und? Wie ist sie?«, Frau Jablonsky.

Meine Mutter verdrehte die Augen. »Na was wohl? Kleiner will sie's.«

»Sieht sie traurig aus?«, fragte die andere Verkäuferin.

Meine Mutter rieb sich die Stirn. »Nicht wirklich.«

»Da kann man nix drauf geben«, sagte Frau Jablonsky. »Wenn man so unter Beobachtung steht wie die, darf man natürlich keine Schwäche zeigen. Aber tief drinnen …«, sie nickte sich zu.

»Wir sollten echt anfangen, andere Größen draufzuschreiben«, stöhnte meine Mutter. »Einfach alles zwei Nummern runter und alle sind glücklich«, sie drehte sich zu der anderen Verkäuferin. »Holen Sie mir bitte ne 34 aus dem Lager.«

»Moment.« Mein Großvater hielt die Verkäuferin am Arm fest. »Was hat sie denn im Moment an?«

»36«, sagte meine Mutter.

»Das is genau richtig für sie, für ne 34 ist ihr Busen zu groß.«

»Versuch du mal, ihr das zu erklären.« Meine Mutter stieß die Luft durch die Nase.

Frau Jablonsky fasste sich an die Brust. »Einfach so sitzen gelassen zu werden! Dabei hatten sie sogar schon die Hochzeit geplant!«

»Mein Gott! Können Sie dieses Gespräch vielleicht woanders weiterführen!«, rief mein Großvater, und: »gib mir mal eine andere 36.« Er zog seinen Schlüsselbund aus der Hosentasche, nahm meiner Mutter das Kleid aus der Hand und zupfte das Etikett nach oben. Die Zackenkante fuhr unter das Etikett. Drei Mal hin und her und der Faden löste sich. »Stift!«, rief mein Großvater und schnipste in die Luft. Die andere Verkäuferin zog einen Kugelschreiber aus dem Jackett.

Er griff nach dem Papierschild, auf das der Preis gedruckt war, und malte eine schöne runde 34 darauf.

»Die Leute wollen belogen werden«, sagte er bestimmt, »das erspart ihnen die Mühe, es selbst zu tun.«

Meine Mutter sah ihn misstrauisch an, lief aber doch zurück zur Umkleide und reichte das Kleid durch den Vorhang. Aus der Kabine kamen hektische Geräusche, als habe sie ein Tier in seiner Höhle aufgeschreckt.

Die erste Sechsunddreißig fiel zu Boden, während die nackten Füße in die neue stiegen. Der Regen prasselte schräg gegen das Fenster.

»Und?«, fragte meine Mutter, »passt die?«

»Ich glaub schon«, hörte sie es von drinnen. Der Vorhang wurde zurückgeschoben. Die Berühmtheit tapste zum Spiegel und drehte sich auf den Zehenspitzen hin und her. »Ja, das sitzt viel besser.«

»Wie eine zweite Haut«, rief mein Großvater und kam von hinten angerannt. Er schlug sich mit der Hand auf den Mund, lief im Halbkreis um sie herum, als würde er eine Skulptur im Museum bestaunen. »Wunderschön!«

Die Berühmtheit im Spiegel strahlte. »Macht die Farbe mich nicht etwas blass?«

»Blass?« Mein Großvater trat näher an sie heran. »Wenn da manchmal so ein aufgeschwemmtes Weißbrot hier reinkommt«, er legte vertraulich die Hand an den Mund, »das nenne ich blass. Aber bei Ihrem Teint!« Er drehte wieder eine Runde. »Und diese Figur! Gibt es eigentlich etwas, was Sie nicht tragen können?«

Die Exfreundin des Sportlers lächelte wieder. Sie schlüpfte in die Kabine zurück, zog den Vorhang zu. Mein Großvater winkte Frau Jablonsky herbei und zischelte ihr etwas zu.

»Wunderschön«, sagte er nochmal, als die Berühmtheit heraustrat, auch wenn sie das Kleid jetzt nur noch über dem Arm trug. Er nahm es ihr ab, legte eine Hand an ihren Rücken. Aber statt direkt mit ihr zur Kasse zu gehen, drehte er sie, sehnsüchtig »Brasilien!« und »die sanfte Hälfte Südamerikas« seufzend, in die andere Richtung.

»Mmm«, sagte die Berühmtheit, während er sie durch die Winterabteilung bugsierte.

»Man sagt ja, Rio de Janeiro sei die schönste Stadt der Welt!«, schwärmte mein Großvater.

»Mmm«, sagte die Berühmtheit nochmal.

»Mein Unternehmen«, wieder Scheinwerferarm, »nimmt mich ja leider sehr in Beschlag, aber ich möchte nicht sterben, ohne mal am Zuckerhut gewesen zu sein!« Er schlug einen weiteren Haken, schob sie an den Hüten vorbei. »Haben Sie vielleicht irgendwelche Empfehlungen?«

»Ja, ähm, also, in Rio selbst war ich eigentlich nur einmal«, murmelte die Berühmtheit, »zum Karneval.«

»Ach, der Karneval! Das ist doch etwas anderes als unser Fasching, was?«, rief mein Großvater. »Die Deutschen glauben ja, sie seien sonstwas für Spaßvögel, weil sie sich einmal im Jahr ein paar

Punkte auf die Nase malen. Aber in Brasilien! Da ist das Feiern Teil der Kultur, über Jahrhunderte gewachsen! Für die, wie sagt man nochmal?, Cariocas, nicht wahr?, für die gehört das ja zum Lebensgefühl!«

»Mmm«, sagte die Berühmtheit zum dritten Mal und schaute unsicher zu den Handschuhen, sodass mein Großvater einen Schwenk zu den Urwäldern einlegte, zur Musik, schließlich sogar den Fußball streifte, ach ja, Pélé, aber selbst von dem schien die Exfreundin des Sportlers keine Ahnung zu haben, sodass ihr die Erleichterung anzusehen war, als Frau Jablonsky endlich zurückkam, die aktuelle Kamera meines Großvaters in der Hand.

»Ein Foto fürs Familienalbum?«, fragte er, während er die Berühmtheit nun doch zielstrebig zur Kasse, genauer auf das mannshohe *Schneider*-Schild dahinter zuschob.

»Nicht doch«, sagte sie und kicherte gekünstelt, ließ sich dann aber doch zwischen das »e« und »i« postieren. Mein Großvater legte den Arm um ihre Taille. Mit der anderen Hand zog er eine Schneider-Tüte hinterm Rücken hervor, als habe er sie die ganze Zeit dort versteckt.

»Pommes mit Soße!«, rief Frau Jablonsky.

Mein Großvater hielt die Tüte zwischen sie beide, sodass das neue Logo, das jetzt wie gesagt nicht mehr die Großmutterbeine sondern ein kunstvoll ineinander verschlungenes »M« und »S« zeigte, gut zu sehen war. Die Berühmtheit lächelte. Es regnete trotzdem weiter.

Es blitzte einmal, zweimal. Noch ein drittes? Ach, warum nicht, kost ja nix, was?

»Wunderschön«, sagte mein Großvater, als die Verkäuferin die Kamera schließlich runternahm.

Die Berühmtheit griff in ihre Handtasche.

»Nicht doch, es ist uns eine Ehre«, rief mein Großvater und wehrte ihren wenig überzeugenden Widerspruch mit einem Handkuss ab. Sein charmantestes Lächeln auf den Lippen, begleitete er sie zur Tür, rief ihr irgendetwas nach, während sie hinter dem beschlagenen Schaufenster verschwand. Dann drehte er sich um und rieb sich die Hände. »Das hätten wir!«, sagte er. Auf seinen Wangen glänzte es feucht.

»Frau Hoffmann! Fünf Abzüge davon am Montag auf meinem Tisch!«

»Mach mir auch einen mit, Michi«, rief eine dritte Verkäuferin, und schnell zu meinem Großvater, »das zahl ich natürlich selbst.«

»Das will ich hoffen«, sagte er.

Von der Kabine kam Frau Jablonsky angelaufen. »Sie hat was vergessen«, rief sie aufgeregt und hielt eine Haarspange in die Luft.

Meine Mutter stöhnte. »Geben Sie her«, sagte sie, »vielleicht krieg ich sie ja noch.« Sie nahm die Spange und lief hinaus.

Der Regen wehte ihr ins Gesicht. Sie hielt die Hand vor die Stirn, aber der Gehsteig war völlig leer. Die Feuchtigkeit zog an ihrem Rücken entlang.

Sie lief in die Mitte der Straße, die allmählich tatsächlich eine wurde. Die Fahrbahn war neu geteert, neben dem Bürgersteig leuchteten weiß umrandete Haltebuchten, für die es noch kaum Autos gab, dafür aber schon eine Menge Parkverbotsschilder, nur tagsüber, nur Frauen, direkt vor ihr: Nur Kunden, widerrechtlich abgestellte Fahrzeuge werden kostenpflichtig abgeschleppt. Hier und da war ein Haus wie ein Kind in seinem Laufstall von einem Gerüst eingezäunt, aber inmitten des Drecksgraubrauns stach der Laden noch immer heraus, als sei man mit dem Lappen einmal schnell über eine staubige Tischplatte gefahren. Sie blickte die renovierte Fassade hinauf, sah plötzlich den Nachbarsjungen am Fenster im ersten Stock, die Gardine wie einen Schleier auf dem blonden Haar. Sein Finger steckte bis zum Anschlag in der Nase. Sie sah, wie sich die Kuppe durch die Haut bog, hin und her kreiste, schließlich wieder hervorkam und stattdessen in seinem Mund verschwand. Eine an die Wand gelehnte Mülltüte raschelte im Wind.

Sie drehte sich um und lief zurück in den Laden.

»Zu spät«, sagte sie zu den Verkäuferinnen, die noch immer an der Kasse standen.

»Vielleicht kommt sie ja wieder«, sagte eine hoffnungsvoll.

»Wegen so nem Haarding?«, sagte Frau Jablonsky, »Quatsch, dafür würd nicht mal ich zurücklaufen.«

Meine Mutter legte die Spange, an der noch ein paar schwarze Strähnen hingen, auf die Kasse.

»In echt ist die noch hübscher, was?«, sagte eine der Verkäuferinnen.

»Das ist der Schmerz, der lässt die Augen glänzen«, antwortete Frau Jablonsky, »das ist so mies, wie der die sitzen gelassen hat. Ich könnte echt selbst losheulen.«

Mein Großvater zog die Brauen nach oben. »Labor omnia vincit«, sagte er trocken.

Die Verkäuferinnen sahen ihn verständnislos an.

»Mein Gott, die Menschen werden wirklich immer dümmer«, murmelte er und fuhr sich übers Gesicht. An seinem Kragen hing etwas Blätterteig. »Arbeiten sollen Sie! Wir haben auch noch andere Kunden.«

Die Verkäuferinnen wechselten einen Blick.

Mein Großvater klappte die Hand nach vorne und ließ die Fingerspitzen schnell nach oben schnalzen. »Kschksch«, machte er.

»Also!«, rief eine.

»Kschksch«, machte er noch mal, wie zu einer Katze, die einem an den Schuhspitzen nagt. Er drehte den dreien den Rücken zu und schaute stoisch geradeaus, bis sie endlich davonliefen, »natürlich nicht, um endlich mal was zu schaffen, sondern um sich in der Teeküche weiter das Maul zu zerreißen. Glaub nicht, dass ich das nicht weiß!« Er drehte sich zu meiner Mutter. »Die sollten uns einen Orden verleihen, dass wir sie nicht einfach sich selbst überlassen«, sagte er und blähte die Brust, als wolle er sich selbigen gleich anstecken lassen. Er ließ sich die Krümel vom Jackett pieken. »Manchmal bekommt man den Eindruck, die hätten nicht hinter der Mauer, sondern hinterm Mond gelebt.«

Mein Großvater trat einen Schritt zurück und zupfte die Manschetten unter dem Ärmel hervor. »Komm noch mal zu mir ins Büro, bevor du gehst«, sagte er dann.

Meine Mutter schaute auf. »Was gibt's denn?«, fragte sie.

Er ließ die Arme hängen. Sein Gesicht nahm einen ernsten Ausdruck an. »Lass uns da später drüber reden«, sagte er. Von draußen zog feuchtkalte Luft herein. Seine Mundwinkel sprangen nach oben. Den rechten Arm schon mal vorausgereckt, lief er zum Eingang. »Schneider, wie der Name an der Tür«, bellte er und ließ meine Mutter allein an der Kasse stehen. Sie sah ihm nach, wie er vor einem Pärchen herlief, an deren Jeansbeinen sich die Nässe schwarzblau nach oben zog, wie er über einen seiner eigenen Witze lachte. Wie die Frau nickte.

Meine Mutter ging um die Kasse herum, öffnete die Faust und ließ die Blätterteigreste in den Papierkorb fallen. Mit der anderen kratze sie den warmgewordenen Matsch von der Handfläche, während ihr Magen sich zusammenzog, »weil ich natürlich dachte, ich hätte was falsch gemacht!«

»Warum denn *natürlich*?«, fragte ich.

Sie runzelte die Stirn. »Weil ich wusste, dass ich nichts besonders richtig gemacht hab«, sagte sie. Ihr Haar lag auf dem Kissen ausgebreitet wie Spinnweben. »Drei Stunden hat er mich zappeln lassen, bis der letzte Kunde endlich raus war. Aber damit war noch immer nicht gut. Ab ins Auto, durch die halbe Stadt, ohne ein Wort. Erst als wir in Zehlendorf rausgefahren sind, hat er mit der Sprache rausgerückt. Dass er ein Grundstück gekauft habe, um eine zweite Filiale in Berlin aufzumachen. Einfach so. Gefragt hat er natürlich keinen von uns, aber toll finden, das sollten wir's!« Sie versuchte, sich auf den Ellenbogen zu stützen. Die Schulter stach aus der dünnen Haut wie ein Baseballschläger. Ich sprang auf und schob ihr das Kissen hinter den Rücken, während sie energisch den Kopf schüttelte. »Bei strömendem Regen, im Matsch über den Bauplatz. Um mir einen Laden anzusehen, den's noch gar nicht gibt!«

Ich nahm die Wasserflasche vom Nachttisch und goss ihr ein.

»Er wollte halt, dass du dich für ihn freust«, sagte ich.

»Das ist es ja«, antwortete sie stöhnend und rieb sich müde die Stirn.

Ich hielt ihr das Glas hin. Widerwillig nahm sie einen Schluck, bevor sie sich wieder nach hinten sinken ließ. An ihrem Haaransatz glitzerten Schweißperlen. Ich zog ein Kleenex aus der Packung und tupfte ihr die Stirn ab. Sie ließ es zu, obwohl ihr die Geste eigentlich zuwider war, aber für einen Streit hatte sie es jetzt zu eilig, weiterkommen, wieder ins Auto, in dem mein Großvater ihr lang und breit auseinandersetzte, was er mit der Firma so alles vorhabe (viel) und sich dabei von ihr erwarte (noch mehr), zurück ins Zentrum, wo sich der Verkehr wie Karamell zwischen den Zähnen zog. Sie konnte ihn gerade so davon abhalten, noch mal im Laden vorbeizufahren, um ihr die Pläne zu zeigen. Aber zu spät war sie trotzdem. Als sie endlich die Tür aufschloss, war Arno schon nicht mehr da. Stattdessen hing ein Zettel über dem Waschbecken mit der Adresse der Bar, darunter: »Denk gar nicht dran!« Das Ausrufezeichen, dessen Punkt sich durch das Papier bohrte, was das Einzige, was sie erkennen konnte, während sie die dunkle Straße entlanglief, in der natürlich keine einzige Laterne richtig funktionierte. Nur mit Mühe ließ sich die Hausnummer ausmachen, unter der ein Pärchen lehnte und knutschte. Und im Inneren war es nicht viel besser. Der langgezogene Raum war so finster, dass es eine Ewigkeit dauerte, bis sie die anderen entdeckte. Das heißt, eigentlich war es Babsi, die endlich *sie* entdeckte. Quer durch die Bar »Da bist du ja endlich!« rufend, beugte sie sich über Arno und winkte meine Mutter herbei, zog sie so stürmisch zu sich, dass sie fast auf das Mädchen zu Babsis anderer Seite fiel. Erst als sich die Arme um ihren Hals lösten, schaffte sie es, auch meinen Vater zu begrüßen, woraufhin Babsi sofort aufsprang und ihr den Platz freimachte, peinlich bemüht, jedwedem Verdacht einer Wiederholung des Uwe-Intermezzos vorzubeugen.

»Ich hab meine Lektion gelernt«, hatte sie meiner Mutter versichert, als sie ein paar Monate zuvor plötzlich aufgetaucht war, ohne Geld, ohne Plan, aber mit unheimlich guter Laune. Sie machte irgendetwas, wie alle hier, vor allem sich keine Gedanken. Natürlich war sie begeistert von Berlin und Berlin von ihr. Innerhalb einer Woche hatte sie tausend Freunde gefunden, die ihr alles beibrachten, was es über das neue Deutschland zu wissen gab. Sie kannte jeden Winkel, jeden versteckten Club, jede besetzte Wohnung, in der man alles bekam, was meine Mutter nicht wollte, aber doch wenigstens mal ausprobieren sollte, nur einen Schluck, nur einen Zug, komm schon, das macht Spaß, mir nicht, woher willst du das wissen, wenn du's nicht mal versuchst, ich muss keine Scheiße fressen, um zu wissen, dass sie scheiße schmeckt, etc. pp. Aber vor allem liebte sie noch immer meine Mutter. Und meine Mutter liebte sie, obwohl ihr, als Babsi nach dem ersten Essen zu dritt endlich hinter ihrer Kusshand verschwand, außer einem entschuldigenden »Wir kennen uns halt schon ne Ewigkeit« selbst nichts einfiel, womit sie Arnos gerunzelte Stirn hätte glätten können. Aber der tat einen Teufel, Kritik an ihrer besten Freundin zu üben und am Ende zu riskieren, meine Mutter mit einer eigenen Meinung daran zu erinnern, dass sie doch noch nicht vollends miteinander verwachsen waren. Stattdessen suchte er beharrlich nach Argumenten, die für Babsi sprechen konnten, was ihm einiges abverlangte, denn die war auch mit Ende 20 noch genau dieselbe wie zu Schulzeiten. Genauso naiv (»weise«, sagte er), genauso infantil (»natürlich«), genauso schön, höchstens vielleicht ein wenig eitler. Zumindest glaubte ich, es sei das, auf was meine Mutter hinauswollte, als sie erwähnte, dass Babsi an jenem Abend die ganze Zeit mit ihren Haaren beschäftigt gewesen sei.

Offenbar hatte sie eine neue Frisur, die meiner Mutter zwar nicht, Arno dafür aber sofort auf- und natürlich auch unheimlich gut gefiel, was er auch sofort unheimlich begeistert kundtat.

»Dankeschön!«, erwiderte Babsi strahlend. »Hat Jule geschnitten.« Sie legte die Hand auf den Rücken des Mädchens, das offenbar auch neu war, sowohl in Berlin als auch in Babsis WG, noch dazu »eine grandiose Frisöse!«, wie Babsi rief und erneut ihr Haar tätschelte.

»Noch nicht wirklich«, wehrte das Mädchen ab, »ich bin in der Ausbildung, aber ich freu mich immer, wenn mich jemand ein bisschen an sich üben lässt.«

»Ist das nicht toll? Frisöse? Auf die Idee hätt ich mal kommen müssen«, rief Babsi, »jeden Tag lernst du neue Leute kennen, darfst die ganze Zeit quatschen und am Ende wirst du sogar dafür bezahlt! Das ist doch der geilste Beruf der Welt!« Sie schaute zur Seite. »Findst du nicht?«

Die Augenbrauen meiner Mutter krochen in einander entgegengesetzte Richtungen, wie ein in der Mitte zerhackter Wurm. »Mmm«, sagte sie.

»Ach du«, rief Babsi und stieß sie gegen die Schulter, »kann ja nicht jeder seine Erfüllung darin finden, sich total zu verausgaben.«

»Ist schon manchmal ein bisschen öde«, sagte Jule etwas verlegen, »aber man hat halt auch noch Zeit für andere Sachen.«

Die Brauen rannten noch weiter auseinander. »Was für Sachen denn?«

Jule zog die Schultern nach oben. »Ausruhen. Weggehen. Freunde treffen. Gerade in Berlin gibt's doch immer tausend Dinge zu tun.«

»Und ob!«, rief Babsi und setzte zu einer weiteren Lobeshymne auf die Stadt an. Die meine Mutter natürlich mit einer weiteren Hasstirade beantwortete. Die sie mir gegenüber dann natürlich auch noch mal eins zu eins wiedergeben musste, einschließlich der Einwürfe Arnos, der sein Bestes gab, sie in ihrem Berlin-Hass noch zu übertreffen. Was ihr natürlich Anlass bot, sich auch über ihn mal wieder gründlich aufzuregen.

Ansonsten habe ich über die nächsten Stunden nicht viel behalten, auch wenn ich mir sicher bin, dass meine Mutter mir auch den Rest des Gesprächs erzählt hat. Aber damals schien es mir, als diene ihr das Ganze nur als Gelegenheit, um meinem Vater möglichst viele, in ihren Augen völlig lächerliche, Aussagen in den Mund zu legen. Und dafür wollte ich ihr einfach nicht das Publikum bieten. Ich ließ sie reden, ohne wirklich zuzuhören, merkte nicht, dass sie mit den endlosen Beschreibungen seiner Anhänglichkeit weniger ihn als vielmehr ihre eigene Unruhe bloßstellte. Dass ihr Geätze nur ein Puffer war, um den drohenden Aufprall ein wenig abzufedern.

Erst als sie die Bar schon verlassen hatten und durch die kalte

Nacht nach Hause liefen, als sie bereits am Dönerstand vorbei waren und auf ihre Haustür zugingen, ließ sie Arno plötzlich so abrupt stehen bleiben, dass auch ich wieder aufhorchte.

»Wir haben gar nicht richtig angestoßen!«, rief er und warf die Hände in die Luft, schaute nach rechts und links, bevor er meine Mutter entschlossen über die Kreuzung führte.

»Ach lass doch jetzt!«, sagte sie.

»Nichts da«, erwiderte er und lief mit schnellen Schritten auf ein schummrig beleuchtetes Fenster zu. *pätkauf* blinkte es königsblau über dem Schaufenster, durch das man die Bierkästen sehen konnte, die sich wie Leitplanken in zwei langen Reihen durch den Laden zogen. Hinter dem Tresen saß ein kleiner Mann mit ziemlich wenigen, ziemlich langen Haaren, die er seitlich über den Schädel gekämmt hatte, und schaute in einen Fernseher. Als sie reinkamen, sprang er auf und sagte »Gtnabend«, als sei er eins der Mainzelmännchen.

Er machte einen kerzengeraden Rücken und ein rundes Gesicht. Seine Arme und der Großteil des Bauchs steckten in einem geringelten Wollpullover, der aussah, als würde er kratzen.

Arno steuerte auf ein Regal zu.

»Was meinst du? Piccolo oder eine richtige?«, fragte er und zog eine Flasche aus dem Regal.

»Ne kleine reicht doch!«, sagte meine Mutter. Aus dem hinteren Teil dröhnte Musik.

»Vielleicht haben die ja auch Champagner«, rief Arno und lief weiter in den Laden. Meine Mutter rückte die Flasche gerade und trottete hinter ihm her.

Am Ende des Gangs war ein Durchgang zu einem zweiten Raum mit ein paar Telefonkabinen, in einer davon eine Frau mit Kopftuch, die sich so weit über den Hörer beugte, als müsse sie ihn unter sich verstecken. Daneben stand ein Flipperautomat, noch ein bisschen weiter ein Computer, vor dem sich zwei junge Männer abwechselnd in die und zur Seite stießen. Der eine hatte zwei Silberstecker im Ohr, an denen er ständig herumdrehte. Von einem dritten, der auf einem Bürostuhl saß, waren nur die Hände zu sehen, die auf der Tastatur tippten. »Bite nicht zu stöhnen, ruhe von Wertekunden!« stand mit Bleistift auf einer DIN-A4-Seite über dem Türrahmen, darunter wohl dasselbe auf Russisch, wie meine Mutter, bei allem Genie, jedoch nur vermuten konnte. »Der Opa hat halt gemeint, das sei Zeitverschwendung«, sagte sie und schien tatsächlich ein bisschen verlegen ob ihrer fehlenden Russischkenntnisse, was ich ihr tatsächlich glaubte.

Sie schlenderte auf der anderen Seite zurück, sah den kleinen Mann am Tresen, noch immer in Habachtstellung, Schultern nach hinten, Brust raus. In seinem Gesicht hing ein starres Lächeln. Auf dem Bildschirm neben ihm flimmerten in vier bläulichen Quadraten die Bilder der Überwachungskamera.

Meine Mutter ließ den Blick über die klapprige Metallkonstruktion schweifen, in der kaum etwas stand. Zwei Flaschen Shampoo hier, ein Packen Klopapier da, eine Handvoll Glühbirnen in Pappschachteln, die so aussahen, als habe schon jemand darauf geschlafen. Erst weiter vorne füllten sich die Regale wieder, Kekspackungen, Salzstängchen, Einmachgläser undefinierbaren Inhalts.

Aus dem Hinterzimmer hörte man Gegröle.

Sie nahm eines der Einmachgläser und drehte es auf den Kopf. Die aufgewirbelten Senfkörner sanken wie in einer Schneekugel durch die mehlige Brühe. Der Verkäufer schrie irgendetwas. Meine Mutter stellte erschrocken das Glas zurück und lief in die Richtung, aus der sie gekommen war.

Arno kam auf sie zu, in jeder Hand eine Flasche, hob abwechselnd die Arme. »Champagner haben sie nicht.«

Die drei jungen Männer lachten laut. Der mit den Glitzersteckern haute einem der anderen beiden gegen die Schulter.

»Rot oder weiß?«, fragte Arno. Er drückte meiner Mutter eine Flasche Erdbeersekt in die Hand. Sie warf einen lustlosen Blick auf das Etikett. Die Musik wurde noch lauter.

Von der Kasse hörte man wieder wütende Rufe.

»Ist doch schon spät«, sagte sie, »wollen wir's nicht einfach lassen?«

»Kommt nicht infrage«, rief Arno, »wir haben gesagt wir feiern, also feiern wir auch.«

»Wir waren doch schon aus, reicht das nicht?« Meine Mutter hielt Arno die Flasche hin. »Wenn ich so kurz vorm Schlafengehen noch was trinke, hab ich morgen einen riesen Schädel!«

»Dann hast du wenigstens was, was dich den ganzen Tag daran erinnert, dass du die weltbeste Studentin aller Zeiten bist«, sagte mein Vater und lachte vor Stolz, wie bös er war. »Sieh's als Souvenir«, setzte er noch eins drauf, aber die jungen Männer machten jetzt so einen Lärm, dass man ihn kaum noch verstehen konnte. Der ohne Stecker beugte sich über den auf dem Stuhl und hämmerte auf die Tastatur, woraufhin der mit dem Stecker wieder irgendwen irgendwohin haute.

»Ach komm«, sagte meine Mutter. Sie probierte erneut, ihm die Flasche zurückzugeben, aber er hob abwehrend die Hände.

»Du willst also wirklich, dass ich leide, ja?«, sagte sie.

»Ferz, du kriegst kein Kopfweh«, sagte er und vielleicht noch ein bisschen mehr, aber das konnte nun wirklich keiner mehr verstehen, weil plötzlich der kleine, runde Mann angerannt kam, mit der Hand ausholte und wieder etwas schrie, was ziemlich furchterregend klang, aber das konnte auch am Russischen liegen. Aus seinem Rachen zischte und krachte es, wie kurz vor einem Gewitter. Nur hier und da schob sich ein deutsches Wort dazwischen, kurwa, rabota, Kundschaft, saidnizja.

Er stürzte an meiner Mutter und Arno vorbei ins Hinterzimmer, begann wild zu gestikulieren, als gebe er zusätzlich die Version für Gehörlose.

Der ohne Stecker richtete sich auf. Er war drei Köpfe größer als der Verkäufer, aber die Verunsicherung in seinem Gesicht war deutlich zu sehen. Halbherzig schrie er etwas zurück, worauf der kleine Mann wieder den Arm nach oben riss. Seine kleine Hand ballte sich zur Faust, was den mit den Silbersteckern dazu brachte, ebenfalls vom Computer angelaufen zu kommen und wie am Spieß zu schreien, was ihm schon deutlich besser gelang als seinem Freund.

Sie standen mitten im Raum und versuchten einander zu übertönen, die beiden jungen Männer auf der einen Seite, der Verkäufer auf der anderen, machten im Wechsel einen Schritt vor und zurück, wie ein Tanzpaar mit einem Tänzer zuviel. Erst als der mit den Steckern aus dem Verbund ausbrach und sich auf die Brust trommelte, sah meine Mutter den nach hinten rollenden Bürostuhl und dann auch die Katzenaugen, die sie über die Lehne hinweg fixierten.

Das Krachen war so laut, dass meine Mutter es bis in den Magen spürte.

Sie sprang zurück, sah den Sekt, der sich zwischen den Scherben auf die Fliesen ergoss, die Fugen entlangschoss, in den Gang, unter die Regale. Sie ging in die Hocke, begann, die Glassplitter in die Hand zu lesen, hörte, wie Arno »Ach herrje!« rief. Er beugte sich nach unten, blieb dann aber doch irgendwo auf halber Strecke hängen und schaute sich hilflos um. Das Geschrei brach ab, sogar die Frau mit dem Kopftuch öffnete die Kabinentür und lugte hinaus.

Der kleine Verkäufer rannte herbei und warf wieder die Hände in die Luft.

»Bitte nicht Freilein, ich machen«, rief er und lief zur Kasse.

Meine Mutter kroch über den Boden, von dem ein künstlich süßes Aroma aufstieg. Von den Scherben in ihrer Hand lief es in roten Bächen ihren Arm hinab. Nur ganz undeutlich sah sie die schwarzen Hosenbeine, die sich aus dem anderen Raum auf sie zubewegten, immer näher kamen, endlich kurz vor ihr stehen blieben, gerade weit genug entfernt, dass die schäumende Brühe nicht die Lederschuhe berührte.

Aus der anderen Richtung kam der Verkäufer zurückgelaufen, einen Eimer Wasser in der Hand. Er ließ einen schmutzigen Putzlappen auf den Boden fallen, der sich sofort leuchtend pink färbte.

»Freilein, nicht«, rief er, »Sie kaufen, ich machen.« Er wies mit der Hand zur Kasse. Dann schaute er über die Schulter und brüllte wieder etwas, was meine Mutter nicht verstand. Arnos Hand berührte sie am Arm. »Lass doch«, sagte er.

»Dawai«, rief der Verkäufer und fuchtelte aufgeregt, bevor er selbst in die Hocke ging und den Lappen über den Boden zog.

Die Lederschuhe kamen noch näher. Meine Mutter zuckte zurück, während sie neben ihr über die Pfütze stiegen. Sie sah die Sohlen, die wohl doch ein bisschen was abgekriegt hatten, sah die zartrosa Spur, die sie hinterließen, während er den Gang entlanglief, hinter den Bierkästen verschwand, sodass sie endlich aufsehen konnte. Und direkt in die Augen meines Vaters blickte, die schon ungeduldig auf sie warteten. Seine Hand legte sich ganz um ihren Oberarm.

Meine Mutter schüttelte den Kopf. »Ich will nur schnell ...«

»Nix«, sagte der Verkäufer. Er wrang den Lappen über dem Eimer aus und ließ ihn zurück auf den Boden klatschen. »Ich machen, ruckizucki«, sagte er und trieb die Sektwelle vor seinem Lappen auf meine Mutter zu.

»Na komm«, sagte Arno.

Meine Mutter ließ sich von ihm nach oben ziehen, schaute betreten auf den geringelten Buckel, der sich unter ihr krümmte. »Tut mir wirklich leid.«

»Nix schlimm«, sagte der Verkäufer und machte eine wegwerfende Bewegung, mit der er noch mehr Sekt auf sie spritzte.

Meine Mutter rieb sich die Hände am Hosenboden ab. »Sind Sie sicher?«

»Sicher, sicher«, rief er ungeduldig. »Sie kaufen.«

Arno nickte meiner Mutter zu. Er tänzelte um die Lache herum, die immer weiter auseinanderlief, wartete, bis sie ihm nachgekommen war und legte seine Hand in ihren Rücken. Mit der anderen hielt er noch immer die zweite Flasche fest.

»Dann wohl den Weißen, was?«, sagte er lachend und schob sie den Gang entlang, so schnell, dass ihr keine Zeit zum Nachdenken blieb. Nur zum Rotwerden, dafür reichte es natürlich. Sie senkte die Augen, folgte dem Rinnsal, das zwischen den Fliesen bis zur Kasse stand.

Arno stellte die Flasche auf den Tresen.

»Außerdem?«, hörte sie seine Stimme, zum ersten Mal, zumindest seitdem sie wusste, dass es seine war.

»Ein Yes-Törtchen, bitte«, sagte Arno und beugte sich neugierig nach vorne, um einen Blick auf den Fernseher zu werfen. »Und natürlich die Flasche auf dem Fußboden.«

Hinten rumpelte es erneut.

»Er sagt, die geht aufs Haus«, sagte er.

»Nicht doch«, rief Arno aus, und dann noch mal lauter den Gang entlang, »das zahlen wir natürlich!«

Der kleine Mann rief etwas zurück.

»Lassen Sie uns doch den Schaden übernehmen«, versuchte es Arno noch einmal.

»Nichts zu machen. Er sagt, solange die Ware das Geschäft nicht verlässt, wird auch nicht bezahlt«, übersetzte er.

Aus den Augenwinkeln sah sie seine Hände, die unter den Tresen griffen und einen Block hervorzogen, ein paar Zahlen darauf schrieben, mit dem Stift von einer Zeile zur anderen fuhren.

»Mein Geld ist in deiner Handtasche«, sagte Arno.

Meine Mutter zog den Henkel von der Schulter, zupfte mit ihren roten Fingern einen Schein aus dem Portemonnaie und legte ihn schnell auf den Tresen, bevor er ihn ihr aus der Hand nehmen konnte. Aber ihre Augen hielten es nicht länger da unten aus. Ohne dass sie es ihnen erlaubt hätte, schossen sie nach oben und fuhren blitzschnell über sein Gesicht, das jetzt ganz nackt war. Die Bartstoppeln waren verschwunden. Stattdessen wirkten seine Wangen ganz weich und irgendwie unfertig.

Meine Mutter ließ den Blick nach unten wandern, sah das weiße Hemd, an dem der oberste Knopf offen stand. Aus seiner Brusttasche schaute eine schwarze Fliege.

Was macht er denn in diesem Aufzug hier?, dachte sie und kuckte schnell wieder weg, während sie ihre immer klebriger werdenden Hände hinter dem Rücken verschränkte.

»Ihr Wechselgeld«, sagte er.

Sie hob den Kopf, aber Arno hielt schon die Hand hin. »Spasiba«, sagte er und deutete eine kleine Verbeugung an.

Die Katzenaugen rührten sich nicht.

Arno räusperte sich. »Spasiba tjebes da pomosch«, sagte er, jetzt schon ein bisschen drängender.

Meine Mutter spürte, wie sie noch röter wurde.

»Ich hab in der Schule ein paar Jahre Russisch gehabt«, fuhr er fort, und »Sie sind doch aus Russland, nicht wahr?«

Hinten schwoll wieder die Musik an.

»Ukraine«, sagte er.

»Und was hat Sie nach Berlin verschlagen?«

Was soll denn das Verhör?, er muss ja glauben, wir sind von der Stasi, dachte meine Mutter und trat dichter an den Tresen, um nichts zu verpassen.

»Arbeit«, sagte er und reichte Arno die Plastiktüte.

»Ach, verdient man hier wirklich so viel mehr als bei Ihnen zu Hause?« Mein Vater schaute zu den Getränkekisten.

Er schüttelte den Kopf. »Ich helf nur aus.«

Und als was arbeitet er sonst? Und wo? Irgendwo hier in der Nähe?

Aber Arno hatte genug vom Fragen. »Na, dann mal noch einen schönen Abend«, sagte er und griff nach der Hand meiner Mutter. Er sprang über die letzten Sektausläufer, passte auf, dass auch sie nicht hineintrat. Erst als sie an der Tür waren, schaute er noch mal über die Schulter und rief »Dobre Wjetschera« den Gang entlang. Meine Mutter folgte seinem Blick, drehte den Kopf zu dem kleinen Mann und an ihm vorbei, immer weiter, sah für einen Augenblick ein Lächeln, sein Lächeln, oder vielleicht doch eher ein Grinsen, ein spöttisches, oder herzliches?, auf jeden Fall völlig schiefes Grinsen, die Oberlippe seitlich nach oben gerafft, als habe man sie mit einem Bindfaden an der Nase festgebunden. Darunter blitzte ein gelblicher Schneidezahn auf. Sie sah das Zucken in seinem Mundwinkel, das sauber rasierte Gesicht, die Lottowerbung, ein Schild, dann den Arm meines Vaters, der die Tür noch mal aufstieß, damit sie meiner Mutter nicht gegen die Schulter knallte.

Sie wich zurück, stolperte hinter ihm her, während er die Straße überquerte, ein wenig lachte, kopfschüttelnd »das sind ja vielleicht welche!« sagte.

Meine Mutter schaute zu Boden. »Was denn für welche?«

»Keine Ahnung, die sind mir irgendwie nicht geheuer.« Er nahm die Tüte in die andere Hand, ohne ihre Hand dabei loszulassen, suchte mit den freigewordenen Fingern nach dem Schlüssel in seiner Hosentasche. Die Flasche stieß gegen ihre Hüfte.

»Mein Gott, wie's hier wieder aussieht«, schimpfte er, während er die Prospekte mit der Fußspitze beiseiteschob und meine Mutter durch den Innenhof zog, die Treppe hinauf, endlich doch ihre Hand loslassen musste, um aufzuschließen.

»Dann wollen wir mal!«, sagte er und fummelte die Flasche aus der Tüte.

»Ich muss erst Hände waschen«, sagte meine Mutter und hielt ihm wie zum Beweis ihre Finger hin.

Er lachte wieder, und sie fragte sich, warum er lachte.

Sie lief ins Bad, drehte den Hahn auf, walkte die Seife in ihren Händen, bis es schmatzte. Sie fuhr in die Fingerzwischenräume, kratzte mit dem Daumennagel über die Haut, sah die Maserung ihrer Fingerkuppen, in die sich die Farbe fraß wie Altersringe in einen Baumstamm. Sie hielt die Finger in den Strahl, wusch den Schaum ab, aber was darunter zum Vorschein kam, sah noch genauso furchtbar aus wie zuvor. Sie fing von vorne an, nahm ein Wurzelbürstchen zur Hilfe, rieb und rubbelte und schrubbte, aber ihre Hände blieben rot, wurden von dem ganzen Gescheure eher noch etwas röter und das Handtuch, mit dem sie sie endlich doch abtrocknete, weil sie einsah, dass das alles nichts half, wurde es auch, sodass sie ein neues aus dem Schrank holte. Und dann auch davon die roten Fingerabdrücke abwaschen musste.

Sie trat in den Flur, linste durch die offene Küchentür zum Fenster, hörte sich selbst »ich geh mal Gläser holen« murmeln.

Aber Arno rief »hab schon!« und etwas leiser »wo muss das denn jetzt wieder rein?« Die Lautsprecher der Stereoanlage kreischten auf. Irgendetwas fiel zu Boden.

Meine Mutter drehte sich um und ging ins Wohnzimmer, sah die brennende Kerze auf dem Couchtisch, das Yes-Törtchen in der Papiermanschette.

»Tschuldigung«, sagte Arno und hob eine der CDs auf, die

mein noch immer in alles Neue verliebter Großvater jetzt statt der Bücher ankarrte, »ich hatte was falschrum eingestöpselt.«

Er drückte auf die Fernbedienung, hielt sie ausgestreckt auf das Display, obwohl er direkt davorstand. Eine sämig nölende Stimme erklang.

»Dann wollen wir mal!«, rief er wieder und klemmte sich den Flaschenbauch zwischen die Beine. Der Korken ploppte in die Luft. Über dem Flaschenhals krisselte feuchter Dunst.

Er schenkte umständlich ein, hin und her und hin, hier noch ein Tröpfchen, bis sie beide genau gleich viel hatten, hob eins der Gläser in die Höhe. »Auf die beste Studentin aller Zeiten!«

Ihr Arm folgte seinem. »Prost«, sagte er und prostete ihr zu.

Meine Mutter legte die Lippen an ihr Glas.

»Ich bin so stolz auf dich«, sagte er und kuckte stolz, küsste sie lange, während er seine Hand auf ihren Rücken drückte. Sie behielt die Augen offen, starrte geradeaus, aber er war so nah, dass sie ihn nicht sehen konnte, nur ein Stück seines Nasenflügels und die Lider, die fleckig ineinanderverliefen, wie wenn man an einem gleißend hellen Tag von draußen reinkommt.

Seine Zunge fuhr an ihren Zähnen entlang, als würde er sie zählen. Dann hob er auf einmal ihr Kinn mit dem Zeigefinger an und strich darüber.

»Was machst du dir wegen so was einen Kopf!«, rief er, »sind doch nur ein paar Scherben!« Er schob sie ein Stück von sich und nahm ihr Gesicht in beide Hände. »Ist doch nichts passiert.« Seine Finger schlossen sich fest um ihre Wangenknochen. »Stimmt's?«

Er beugte sich zu ihr nach unten. Sein Kopf kroch unter seinem runden Buckel nach vorne wie der einer Schildkröte. Meine Mutter sah seine tiefhängenden Lider, die grünblau schimmerten, fast so, als seien sie geschminkt, und dann nickte sie, einmal nur, kurz und schnell.

Das war das erste Mal, dass sie ihn anlog.

Und es war das erste Mal, dass er ihr ihre Lüge glaubte.

»Na siehst du«, sagte er. Er zog ihre zusammengekrallten Finger zu sich und drückte sein Gesicht hinein, küsste ihre Handflächen.

Küsste wieder ihren Mund. Begann endlich, ihr irgendetwas zu erzählen. Und meine Mutter hörte zu. Versuchte wirklich, zuzuhören. Und verstand doch kein Wort. Sie erzählte ihm von der geplanten neuen Filiale. Wartete, dass er wieder etwas sagen würde, und war genervt, dass er es sagte. Sie sah ihn an, um nicht aus dem Fenster zu sehen, lehnte den Kopf an seine Schulter, schloss die Augen. Bat ihn, die Musik auszuschalten, weil sie der Sänger nervös mache, der keinen Ton traf, und die lauten Bässe, die alle anderen Geräusche übertönten, was es wahrscheinlich eher traf.

»Endlich ruhig«, sagte sie, als er den Knopf gefunden hatte. Und redete schnell weiter, weil diese Ruhe noch viel schlimmer war.

Er nahm das Yes-Törtchen aus der Manschette und hielt es ihr hin. Die Kerze hatte die Schokolade etwas angeschmolzen. Seine Finger hinterließen matt glänzende Abdrücke in der Glasur, wie nasse Reifen auf einer frisch geteerten Straße.

Meine Mutter schüttelte den Kopf. »Ist schon so spät.«

»Wie du willst«, meinte er und schob sich das Törtchen in den Mund.

Er sagte wieder was und sie sagte wieder was und dann schwieg er, und es nervte sie, dass er schwieg.

»Es wird wirklich Zeit, dass wir ins Bett kommen«, rief sie und sprang auf.

Arno folgte ihr ins Schlafzimmer und zog sich aus, faltete die Kleider zusammen, wie sie es ihm beigebracht hatte. Legte sie auf den Stuhl, nicht in den Schrank, wo nur die frischgewaschene Wäsche hingehörte, was sie ihm auch beigebracht hatte. Er schlüpfte in seinen Schlafanzug und legte sich ins Bett, während sie mit ihrem Rock kämpfte, dessen Stoff sich an ihren Hintern klammerte.

»Ich hätte wirklich nicht ausgehen sollen«, rief sie, »ich muss doch morgen früh raus!«

Er richtete sich ein Stück auf, wollte ihr den Reißverschluss aufziehen.

»Geht schon«, sagte sie, und »du hättest mich wirklich nicht überreden sollen, ich hab doch so viel zu tun.« Sie zerrte den Pullover über den Kopf, nahm ein T-Shirt aus dem Schrank. Ließ sich endlich von seinen ausgestreckten Armen aufs Bett ziehen.

Er beugte sich über sie und streichelte ihren Hals, mit der flachen Hand, von oben nach unten ohne abzusetzen, so wie man es tut, um ein Pferd zu beruhigen. »Schsch«, machte er und legte ein Bein über sie, drückte sie so fest an sich, dass sie sich nicht rühren konnte. Ihr Ellenbogen, der unter ihrer Brust eingeklemmt war, stach zwischen ihre Rippen. Oder vielleicht war es auch seiner, das wusste sie nicht.

»Mach dir keine Sorgen, alles wird gut«, flüsterte er. Und als sie nichts antwortete, »Schlaf jetzt, morgen ist ein neuer Tag.« Und als sie noch immer nichts sagte, »Schlaf gut.«

Aber meine Mutter schlief nicht.

Sie lag da, mit offenen Augen, während sich Arnos Brust gleichmäßig zu heben und zu senken begann. Schob ihn von sich. Kroch wieder hinter ihm her und schmiegte ihr Gesicht an seinen warmen Rücken, leise hoffend, sich an seinem Pulsschlag ruhigatmen zu können. Sie wartete, auf was wusste sie nicht. Und natürlich wusste sie es doch, aber eben nicht so, wie sie sonst Dinge wusste. Sie hörte, wie Arno atmete, und es nervte sie, wie er das tat, wie langsam und leise, als schleiche er sich an. Und dann begann er zu schnarchen, und das nervte sie auch. Sie berührte ihn am Arm. Er verstummte sofort, selbst im Schlaf noch so höflich, dass es kaum auszuhalten war.

Sie spürte die Nacht, so wie man sie nur spürt, wenn man wach liegt und der andere schläft.

Ein Streifen Licht schoss unter dem Vorhang durch. Sie presste die Hand auf den Mund, um keinen Laut zu machen und keinen Laut zu verpassen, lauschte auf die Schritte im Hof. Sie hörte eine Flasche in den Container krachen, sah das schiefe Grinsen vor sich, den gelben Zahn, die hochgezogene Lippe.

Die Schritte wurden lauter und dann leiser, die Tür kratzte über den Boden, fiel zu, dann war es wieder still.

Aber das half auch nichts mehr.

Sie strampelte die Decke von den Beinen, fror, zog sie wieder bis über die Schultern. Sie drehte sich nach rechts. Nach links. Und kroch endlich vorsichtig aus dem Bett.

Sie versuchte, nur auf die Dielen zu treten, die nicht knarzten, oder wenigstens weniger knarzten. Ein Berliner Holzboden ist wie eine Partitur, die man auswendig lernen muss. An der einen Stelle knackt und knirscht er kaum hörbar, wie ein Flüstern, aber einen Schritt zu weit und plötzlich kreischt die Latte so auf, dass man unwillkürlich auf die nächste springt. Meine Mutter hatte Monate gebraucht, um den Klang der neuen Wohnung zu studieren. Wie beim Gummitwist sprang sie hin und her, ohne einen Laut zu machen, den Flur entlang in die Küche. Sie nahm ein Glas aus dem Schrank und hielt es unter den Hahn, glaubte wirklich, dass sie etwas trinken wolle, als sie plötzlich vorm Fenster stand. Das Wasser tropfte von ihren nassen Fingern auf den Stuhl, während sie sich über die Lehne beugte und das Milchglasfenster suchte.

Aber die Hauswand war völlig dunkel.

Sie sah nach oben. Sie sah in den Himmel und der Himmel war schwarz. Sie schaute nach unten. Sie sah die Fahrräder und fragte sich, warum sie die sehen konnte, wo der Himmel doch schwarz war. Sie dachte, es müsse wohl der Mondschein sein und fand das furchtbar kitschig.

Sie schaute auf die Tür zum Vorderhaus, die nicht ganz so schwarz war. Aber zu sehen war trotzdem nichts.

Geh zurück ins Bett, sagte sie sich.

Aber ihre Beine rührten sich nicht.

Der Stuhl machte Geräusche. Sie hörte die Küchenuhr die Sekunden verticken, den Wasserhahn tropfen. Sie betastete ihre Lippen. Sie fühlte ihren Mund, der trocken war, und ihre Augen, die da waren, spürte plötzlich überdeutlich, dass sie Augen hatte, dass sie sich bewegten, unendlich langsam, unendlich schwer, dass sie brannten und das immer mehr, aber ins Bett gehen, weggehen, diese Unruhe im Raum stehen lassen, das konnte sie nicht, so wenig wie sie eine schmutzige Tasse im Waschbecken stehen lassen konnte.

Die Zeit kroch dahin. Lief vor und zurück. Drehte sich im

Kreis. Rechtsherum. Linksherum. Und dann raste sie plötzlich los, Dielenknarzen, Schritte, der Klodeckel schlug gegen das Rohr.

Meine Mutter sprang vom Stuhl und rannte ins Schlafzimmer, warf sich ins Bett. Hielt den Atem an, bis mein Vater hinter ihr angeschlurft kam.

»Ich wollte nur schnell einen Schluck trinken«, rief sie. Aber er kroch nur neben ihr unter die Decke, schlief sofort wieder ein.

Und sie wieder nicht.

Sie drückte das Gesicht ins Kissen. Die Fäuste in die Augen. Sie sah sein Grinsen an ihren Lidern, fühlte es in ihrem Magen, wie ein schwer verdauliches Stück Fleisch. Sie dachte, dass sie mit diesem Grinsen im Bauch nie einschlafen würde, dass niemand mit so einem Grinsen im Bauch jemals einschlafen können würde. Und dann schlief sie ein.

8. Kapitel

Und wollte erstmal gar nicht mehr aufwachen.

»Nee, mach du erstmal deinen Artikel fertig«, sagte sie, »ich will dir nicht den ganzen Tag stehlen.«

»Keine Sorge«, sagte ich, »ich kann ja später, wenn der Arzt da ist, ein bisschen schreiben.«

»Von ein bisschen gewinnt man keinen Kisch-Preis«, antwortete sie und verschränkte die Arme vor der Brust. Sie hob das Kinn, das jetzt, wo sie kaum noch 40 Kilo wog, noch spitzer hervorstach, und sah mich mit diesem Na-hab-ich-etwa-nicht-recht?-Blick an. Vielleicht wollte sie auch einfach nicht, dass ich merkte, wie stolz sie war, dass sie nicht »Blumentopf« hatte sagen müssen, sondern sich das mit dem Journalistenpreis gemerkt hatte.

»Wie du willst«, sagte ich und stand auf, nicht ganz schlüssig, ob ich wirklich gehen sollte. Ich stellte die Wasserflasche auf den Nachttisch, damit sie sich nicht bücken brauchte, goss ihr ein, legte das Buch daneben, das sie in Reichweite haben wollte, obwohl sie es nicht las.

»Ruf aber, wenn was ist, ja?«, sagte ich. Ich schob den Stuhl zum Fenster, klemmte meine Kopien unter den Arm, packte meinen Laptop, der aufgeklappt auf dem Boden stand, und zog ihn hoch.

Sie stieß die Luft durch die Nase. »Wenn du so mit deinen Sachen umgehst, brauchst du dich nicht zu wundern, dass alles kaputtgeht!«

Ich bückte mich, um einen Zettel aufzuhalten, der aus dem Packen rutschte.

»Mein Gott, da reißt doch der Bildschirm ab!«, rief sie.

Ich versuchte ihr zu erklären, dass man einen Bildschirm nicht einfach so abreißen kann, nicht mal dann, wenn man sich Mühe gibt.

»Ach ja?«, sagte sie spitz. »Bei der Oma aufm Speicher steht ne ganze Kiste mit Büchern, bei denen allen der Deckel abgerissen ist. Kuckste am besten mal, dann red ma weiter.«

Einen Augenblick sah sie wieder aus wie früher.

Ich setzte mich ins Arbeitszimmer, tat so, als würde ich schreiben, obwohl ich die meiste Zeit nur mit dem Textmarker zwischen den Zeilen herumkritzelte. Um Punkt fünf hörte ich das zaghafte Klopfen des Arztes. Er klingelte nie, weil er meine Mutter nicht aus dem Schlaf schrecken wollte. Dass ich ihm immer wieder sagte, dass sie sowieso wach sei, änderte nichts daran.

Er reichte mir förmlich die Hand und fragte »nach dem werten Befinden«. Ich war mir nie sicher, ob er meines oder das meiner Mutter meinte, also sagte ich »wie gehabt«, was in jedem Fall stimmte.

Er ließ sich von mir den Flur entlangführen, als sei er zum ersten Mal in dieser Wohnung. Seine Gummisohlen machten schmatzende Geräusche auf dem Boden, während er seinen massigen Körper in Fahrt brachte. Auf Höhe des Spiegels fiel er kurz zurück und sortierte sein Haar, oder was davon noch übrig war. Dann klopfte er genauso sanft wie zuvor gegen die Schlafzimmertür, fast so, als würde er sie streicheln.

»Herein, wenn's kein Schneider ist«, rief meine Mutter von drinnen, und während er eintrat, sah ich, dass sie sich aufgesetzt und die Decke von sich geschoben hatte.

Ich wartete draußen, weil meine Anwesenheit sie und ihr Landmädelgetue mich aufregten. »Aber Herr Doktor!«, hörte ich sie kichern und ihn im Echo verlegen hüsteln, während er mit seinen Instrumenten klimperte. Erst als er fertig war, steckte er den Kopf aus der Tür und bat mich hereinzukommen, um mir zu zeigen, welche Medikamente sie nehmen müsste und welche sie aber wirklich auf jeden Fall nehmen müsste.

»Keine Ausreden diesmal, dass das klar ist«, sagte er und versuchte streng zu kucken. Sein Bauch wackelte über dem Bund. Er schob die Hände unter den Hosenbund und zog ihn über die kreisende Hüfte wie einen Hulahupreifen nach oben. Die Hemdsärmel hatte er hochgekrempelt, sodass man die von Sommersprossen gesprenkelten Unterarme sehen konnte.

Er zog einen Block aus der kastenförmigen Tasche, schnippte mit dem Kuli neben seinem Ohr und schrieb etwas auf. Das Schwere, Zögerliche war aus seinen Bewegungen verschwunden. Sein Gesicht glänzte, während er zwischen ihr und mir hin und her schaute. Es war ihm anzusehen, dass wohl auch er einen Moment brauchte, um von einem Modus in den anderen zu wechseln.

»Ich hab Ihnen hier noch mal alles aufgeschrieben«, sagte er und räusperte sich. »Vielleicht denken Sie mit dran, dass sie sie diesmal wirklich nimmt.«

»Das sagst du der? Wenn bei der nicht der Kopf angewachsen wär, würd sie sogar den vergessen!«, rief meine Mutter, bei der man manchmal den Eindruck gewinnen konnte, ihr größtes Ziel sei es, vor dem Tod noch mal jeden, aber auch wirklich jeden Kalauer durchzuleiern.

Dem Arzt schien es zu gefallen. Er presste die Lippen aufeinander, um ein Lachen zu unterdrücken, das immer schuldbewusster wurde, je öfter er zu mir rübersah. Das Bügelschloss an seiner Tasche rastete mit einem Klacken ein. Dann drehte er sich zu meiner Mutter und bog Daumen und Zeigefinger auseinander, als würde er eine Pistole auf sie richten. »Ich seh dann morgen wieder nach dir«, sagte er und schnalzte mit der Zunge.

»Kann's nicht erwarten«, sagte sie und schoss zurück. Sie behielt die gespreizten Finger in der Luft, während er um das Bett herumging, noch mal kurz auf den Pfosten schlug, »na dann« sagte. Erst als die Tür hinter ihm zufiel, ließ sie sich nach unten sinken. Ihr Gesicht verzog sich, als würde sie Hustensaft schlucken.

Ich fuhr ihr über den Arm, zog die Decke glatt, wartete darauf, dass ihre Muskeln sich wieder entspannen würden.

»Bin gleich zurück«, sagte ich, aber sie behielt die Augen zusammengekniffen.

Der Arzt wartete im Flur auf mich, die Arme mit der Tasche vor dem Bauch gekreuzt. Wieder ging er mit drei Schritten Abstand hinter mit her, als sei ich seine Zellenwärterin. Vor der Haustür blieb er stehen und fragte, wann es mir das nächste Mal passen würde, dabei kam er jeden Tag zur gleichen Uhrzeit. Wieder fuhr er sich über das spärliche Haar. Seine Lippen formten einen langen Strich, während er den Kopf schüttelte.

»Sie sieht nicht gut aus«, sagte er endlich.

Gut sah sie doch noch nie aus, dachte ich, behielt es aber für mich.

Er beugte sich nach vorne und begann zu flüstern, eine Hand am Mund, die Augen ständig in Bewegung, als würde er mir jetzt den Code zum Banksafe verraten.

Ich versuchte, mir wenigstens ein paar der Wörter so lange zu merken, dass ich sie irgendwie nachstottern und er sie mir mit noch mehr Wörtern, die ich auch nicht verstand, erklären konnte, aber schließlich gaben wir beide auf. Sein Hals verschwand zwischen den Schultern. Ich machte einen Schritt zur Tür, aber er wandte nur den Kopf zu mir und sah mich mit traurigen Augen an. Statt zu gehen, stellte er seine Tasche auf den Boden und rollte die Hemdsärmel wieder nach unten, rieb sich über den Schädel. Seine Finger hinterließen Schlieren auf der Stirn. Ich fragte mich, warum er sich eigentlich so viel Zeit für meine Mutter nahm. Der Tod musste für ihn doch Routine sein. Dass ihm ihr Sterben offenbar trotzdem so nahging, machte mich ein bisschen stolz, und ich ärgerte mich, dass es mich stolz machte. Als hätte ich irgendwas damit zu tun. Das ganze Leben will man von seinen Eltern weg, alles, nur nicht »du bist ja genau wie deine Mutter«, und am Ende glaubt man plötzlich, sich die Liebe oder Freundschaft oder wenigstens Achtung für sie einfach überstreifen zu dürfen, wie einen Pullover, den man im Schrank gefunden hat. Aber ich konnte nicht anders. Es schmeichelte mir, und wenn er mir beim Abschied zum x-ten Mal sagte, dass ich ja wirklich ganz wie meine »werte Frau Mutter« sei, spürte ich, dass auch er nicht anders konnte.

Er schüttelte wieder meine Hand und schob sich umständlich

an mir vorbei ins Treppenhaus, drückte auf den Fahrstuhl. Bevor sich die Türen schlossen, hob er noch mal die Hand und sagte: »Dann morgen um fünf, ja?«

Ich legte die beiden Schlösser vor, die meine Großmutter mir aus Sorge, sich auch noch um mich sorgen zu müssen, hatte einbauen lassen, wie immer ohne mich zu fragen. Die Handwerker waren eines Morgens einfach vor der Tür gestanden und ich hatte sie machen lassen, weil mit meiner Großmutter zu streiten noch anstrengender war (und, nebenbei gesagt, *ist*) als mit meiner Mutter. Letztere drohte einem wenigstens nicht ständig mit dem Tod. Selbst dann nicht, als sie allen Grund dazu gehabt hätte.

Ich ging zurück ins Schlafzimmer. Sie lag jetzt ganz flach ausgestreckt da. Das Kissen war auf den Boden gerollt oder dort hingeworfen worden. Als ich die Vorhänge, die der Arzt zur Untersuchung immer schloss, wieder auseinanderschob, legte sie sich die Hand auf die Augen und zog die Luft durch die Zähne.

»Alles klar?«, fragte ich.

Sie stöhnte laut. »Was ist denn das für eine Frage?«

»Wieso denn?«

»Der Arzt war doch grad da. Wenn was wär, hätt ich's ja wohl eher mit ihm besprochen, als jetzt auf dich zu warten, meinste nicht?«

Ich biss mir auf die Lippe. »Ich wollte nur wissen, wie's dir geht.«

»Hervorragend!«, sagte sie höhnisch und stöhnte wieder. Sie drehte den Kopf von mir weg, so, als wolle sie, dass ich sehe, dass sie den Kopf von mir wegdreht, fast schon in die Matratze hinein. Die Sehnen am Hals traten heraus. Sie atmete stoßweise, schob den Arm unter die Hüfte, zog ihn ein paar Sekunden später wieder hervor.

Ich merkte, dass ich noch immer am Fenster stand, die Augen auf dem sich unruhig windenden Körper, aber doch noch in sicherem Abstand, wie wenn man im Zoo ein wildes Tier beobachtet. Nur dass ich aus irgendwelchen Gründen auf die falsche Seite der Scheibe geraten war.

»Willst du ein bisschen weitererzählen?«, fragte ich.

Sie rollte sich auf die Seite, schob die Decke unter die Hüfte, versuchte sich in eine bequeme Lage zu bringen, aber bequem gab es schon lange nicht mehr. »Was soll ich denn erzählen?«

»Dann nicht; wie du willst«, sagte ich. Ich hob das Kissen auf und legte es zurück aufs Bett.

»Mein Gott, das war doch auf dem dreckigen Boden!«, rief sie und sah mich an, als hätte ich einen Klumpen Hundescheiße aufs Laken geschmissen.

Ich zog erschrocken das Kissen hoch.

»Jetzt ist es auch egal«, stöhnte sie und schüttelte den Kopf.

Ich stand neben ihr, das Kissen in der Hand, und wusste nicht, was ich damit machen sollte, nahm es endlich unter den Arm und ging zur Tür. Ich war schon halb draußen, als sie sich ein Stück aufrichtete. »Und fang endlich mit dem Schreiben an«, rief sie, »ich geb mich nicht als Ausrede her, damit du dich vor der Arbeit drücken kannst. Wie soll das denn erst bei einem ganzen Buch werden, wenn du dich schon für einen kleinen Artikel so anstellst?«

Ich weiß nicht mehr, ob ich damals wütend war. Wahrscheinlich schon. In meiner Familie hat man's nicht so mit mildernden Umständen. Erinnern kann ich mich allerdings nur noch an die Warterei, darauf, dass es endlich vorbei sein würde, dass sie sich wieder abgeregt hätte.

Ich ging zurück ins Arbeitszimmer, strich wieder ein paar Sätze an, schaute aus dem Fenster, auf meine Hände. Begann endlich zu tippen. Nach jedem dritten Absatz unternahm ich einen Alibigang zur Toilette oder in die Küche, um zu hören, ob sich im Schlafzimmer etwas tat. Erst als ich den Text zu einem, *dem* darf man das gar nicht nennen, Ende gebracht hatte, traute ich mich, ihre Tür einen Spalt zu öffnen.

Sie lag jetzt auf der anderen Seite und rührte sich nicht, schlief vielleicht sogar. Erst als ich einen Schritt ins Zimmer machte, sah ich, dass ihre Augen offen waren. Sie sah zum Fenster, obwohl sie unmöglich etwas erkennen konnte, ohne ihre Brille, die ordentlich zusammengeklappt neben dem noch immer randvollen Wasserglas lag.

Ich machte kehrt und setzte mich nebenan ins Wohnzimmer, blätterte in einem der Bücher, die ich ihr aus ihrer Wohnung hatte holen müssen, hörte sie plötzlich nach mir rufen.

»Haben wir noch was von dem Kuchen, den du von der Oma gebracht hast?«, fragte sie, als ich ins Zimmer trat und versuchte, mir nicht anmerken zu lassen, wie sehr es stank. Schon wenn ich da war, hatte sie Mühe, ihre Blähungen einigermaßen zu kontrollieren. Aber sobald ich sie allein ließ, versuchte sie nicht mal mehr, sich zu beherrschen. Ihre Verdauung war völlig aus dem Ruder. Umso mehr wunderte ich mich, dass sie jetzt ausgerechnet etwas Süßes wollte.

»Klar. Sicher. Jede Menge«, sagte ich und lief schnell in die Küche, bevor sie es sich anders überlegen würde. Ich lud eins der feinst säuberlich vorgezirkelten Dreiecke auf den Teller und zerteilte es mit der Gabel in mundgerechte Stücke. Während sie kaute, fasste sie sich immer wieder an den Kiefer, aber sie aß fast den ganzen Teller leer. Danach ließ sie sich anstandslos den Mund abwischen und sogar eine Tablette in die Hand legen. Ich hielt ihr das Wasserglas hin, damit sie die blassrosa Perle herunterschlucken konnte und dachte schon, ihre Wutreserven seien erschöpft.

»Könnt ich jetzt wieder mein Kissen haben?«, fragte sie, und es klang tatsächlich wie eine Frage. Ich lief hinaus und holte es, aber bis ich mit dem neuen Bezug zurückkam, war sie schon eingeschlafen. Die Decke hatte sie zu einer Wurst zusammengedrückt und hielt sie zwischen den Armen. Sie sah fast friedlich aus.

Am nächsten Morgen wirkte sie ruhiger als sonst, wenn auch irgendwie abwesend. Selbst beim Umbetten wehrte sie sich nicht, obwohl ihr das sonst verhasst war, diese Geste der Schwäche, ihr Arm um meinen Hals, das Auf-den-Stuhl-Hieven und dann dort Ausharren, während ich die völlig durchnässten Laken abzog.

»Geht schon«, murmelte sie, während ich mich entschuldigte, dass es so lange dauerte.

Aber am Mittag fand sie einen neuen Grund, einen Streit vom Zaun zu brechen, und am Abend einen nächsten. Das ist nicht besonders schwer, wenn man mit einem hühnereigroßen Karzinom ans Bett gefesselt ist. Ihr Rücken tat weh, ihre Hüfte tat weh, und das alles nur, weil ich versäumt hatte, eine anständige Matratze zu kaufen, ihre Zähne taten weh, die Luft war stickig, im Fernseher, den ich ihr ins Schlafzimmer geschoben hatte, lief nur Unsinn, die Fernbedienung war kaputt. »Die Menschen werden wirklich immer dümmer«, sagte sie, als ich die Batterien rausfriemelte, die ich versehentlich falsch herum eingelegt hatte.

Wenn der Arzt kam, riss sie sich eine halbe Stunde zusammen, aber danach schlug der angestaute Zorn umso heftiger über die Dämme. Wenn ich es nicht mehr aushielt und sie eine Weile allein ließ, lag sie einfach nur da, kratzte sich an der Hüfte, im Nacken, am Hals, bis sich die Hautschüppchen unter ihren Nägeln sammelten, während ihr Blick ins Leere ging. Oder sie sah doch ein bisschen fern, ohne Brille. Die reibe ihr so hinter den Ohren, sagte sie. »Es reicht, wenn ich hör. Das ist schon schlimm genug.«

Und dann war sie eines Morgens plötzlich bereit.

»Hast du Schmerzen?«, fragte ich, als ich sah, dass sie wieder ihr Hustensaftgesicht machte.

»Der Arno war schon vor mir wach«, sagte sie statt einer Antwort.

»Was?«, fragte ich, »hat er angerufen?«

»Nicht heut«, sagte sie ungeduldig, »da, an dem Morgen, nachdem ich den Sekt verschüttet hab.«

Ich ließ den Lappen sinken, mit dem ich sie gerade gewaschen hatte.

»Und Kopfweh hatte ich natürlich auch nicht«, fuhr sie fort, so als wären nur ein paar Sekunden, nicht Tage seit dem Ende des letzten Satzes vergangen.

Ich hielt ihr das Nachthemd so hin, dass sie den Arm hineinstecken konnte. Aber ihr Körper war steif. Wie eine Schaufensterpuppe ließ sie sich von mir anziehen. Erst als ich den letzen Knopf geschlossen hatte, sah sie mich an.

»Das hat mich verrückt gemacht«, rief sie und presste meine Hand zusammen.

Er war schon aufgestanden und hatte Frühstück gemacht. Aus der Küche drang Geschirrklappern, das von der besonders nervtötenden Sorte, das dem noch im Bett Liegenden verborgen bleiben will und darum mit Sicherheit nicht verborgen bleiben wird, das sachte Aus-dem-Regal-Ziehen der Teller, die vor lauter Angst, einander zu berühren, so zu zittern beginnen, dass sie schließlich ganz aus den Fingern springen, auf die Theke krachen, die Zuckerdose mit- und den Löffel darin herausreißen, jeweils von einem erschrockenen Zischlaut gefolgt, weil es hssss, verdammt noch mal, schon wieder passiert ist, die scheiß Kanne aber auch.

Meine Mutter linste auf die Uhr, aber nein, es war noch vor der Zeit, noch nicht mal kurz. Sie hatte sich nichts vorzuwerfen. Tat es aber natürlich doch. Und meinem Vater sowieso. Angeblich, weil er sie geweckt hatte – »als würd ich nicht eh zu wenig Schlaf kriegen, stiehlt er mir auch noch die letzte halbe Stunde« –, tatsächlich, weil er sie hatte wecken können, weil sie nicht schon längst selbst wach geworden war, ruhelos im Wissen um all das, was an ungemachten Häkchen auf sie wartete.

Aber jetzt war es halt doch passiert: Er war auf. Sie nicht. Daran ließ sich nichts mehr ändern. Der Tag war im Eimer, noch ehe er begonnen hatte, aber der Eimer noch lang nicht voll, da blieb noch jede Menge Platz für neue Fehler, auch wenn meine Mutter das zu dem Zeitpunkt natürlich noch nicht wusste. Gähnend schob sie die Hand auf die Augen und drehte sich zur Wand, Gefahr erkannt, aber nichts, überhaupt gar nichts gebannt, zog sogar die Decke noch mal ein Stück über den Kopf, ehe sie sich wie eine Nacktschnecke zusammenrollte, »dabei ging sogar schon die Sonne auf!«, wie sie jammerte und dabei so bußfertig schaute, als habe sie gerade gestanden, die Katze überfahren zu haben.

Sie hob den Kopf zu mir und atmete schwer.

»Aha«, sagte ich, weil ich wohl etwas sagen sollte. Was sie offenbar als »Wie konntest du nur? Schande auf dein Haupt« verstand. Auf jeden Fall begann sie selbiges wie wild zu schütteln, während sie ihre Schläfen zwischen Daumen und Zeigefinger einkeilte.

»Ich weiß«, sagte sie mehrfach, und dann in etwa genauso oft,

»ich weiß ja auch nicht«, was sie sonst sicher auch ein bisschen lustig gefunden hätte. Aber sie war schon wieder so tief in diesen Entschuldigungs-/Erklärungs-/Erläuterungssumpf eingesunken, dass sie gar nicht merkte, dass mir ihre Selbstzerfleischung Spaß machte. Vor allem nachdem sie mich tagelang mit ihren Launen gequält hatte. Wie oft hat man schon mal die Gelegenheit, seiner fehlerlosen Mutter beim mea culpa zuzusehen?

Händeringend blätterte sie das Synonymregister durch, um ihrer »Disziplinlosigkeit!« und »Faulheit!« noch ein paar weitere -keits und -heits zur Seite zu stellen. Ich lehnte mich zurück und ließ sie weiterreden, bis sie sich so niedergemacht hatte, dass eigentlich höchstens noch mein Vater drunter durchpasste, »der Idiot«, dem natürlich nicht eingefallen sei, »einfach die Scheißtür zuzumachen«, wie sie endlich rief, geradezu erleichtert, dass sie angesichts seiner »Rücksichtslosigkeit!« oder vielleicht besser »Blödheit!!!« mit ihrem Brustgehämmere wieder aufhören konnte.

Sie drehte den Kopf zur Seite, vielleicht um sich vor meiner Missbilligung zu verstecken, die natürlich in Wahrheit nur ihre eigene war. Vielleicht weil ihr die Erinnerung so deutlich vor Augen stand, dass sie die Szene automatisch nachstellte, die mühseligen Schluckbewegungen, als sei ihr ganzer Mund von morgendlichem Schleim verklebt, die Finger auf Stirn und Nase, um die Augen vor dem Licht zu schützen, das unter dem Vorhang hindurchdrängte, so hell, dass man es schon in einem ausgefransten, weißen Streifen an der gegenüberliegenden Wand sehen konnte.

Die Klospülung ging. Dann ächzten die Dielen, denn das mit der Partitur konnte Arno sich natürlich nicht merken. Er schob die Tür mit den Fingerknöcheln, dann aber natürlich: quietschend, auf. Trippelte zum Bett. Ein Luftzug strich über ihre Beine. Die Matratze rutschte unter ihr weg. Seine Füße waren eiskalt.

Meine Mutter drückte ihr Gesicht in die Ritze. Stellte sich tot. Aber da hatte sie die Rechnung ohne ihren Körper gemacht. Erst geriet ihr Atem aus dem Tritt, dann kam der Arm dazu, der trotz aller Ermahnungen beiseite zuckte, das Haar, das ihr so an der Nase kitzelte, dass sie es sich schließlich aus dem Gesicht wischen musste und dabei vielleicht sogar ganz kurz blinzelte, sodass Arnos Arm endlich über sie hinweggriff.

»Guten Morgen«, flüsterte er. Seine Lippen streiften ihren Nacken.

Meine Mutter streckte sich auf die Bettkante zu. Er hinterher. Sein Becken rieb an ihrem Po. Die Härchen auf seinem Arm, der sich wie ein Gebirge unscharf vor ihren Augen erhob, schimmerten golden.

Sie warf einen Blick auf den Wecker. Aber von dem war ebenfalls keine Unterstützung zu erwarten.

»Meinetwegen«, sagte sie, ob nun nur zu sich oder wirklich laut, war nicht ganz klar, und beugte ihren Oberkörper ein Stück nach vorne, um Arno die Arbeit zu erleichtern.

Aber mein Vater dachte natürlich wie immer nur an das eine: an Liebe. Die Hand um ihr Kinn legend drehte er ihren Kopf zu seinem und sah sie mit tellergroßen Augen an, ließ seine Nase über ihre Stirn streichen, über die Augenlider, die Wangen, begann endlich ihr Gesicht mit spitzlippigen Küsschen zu umrunden, so leicht, als würde eine Fliege darüberlaufen. Erst als sie den Mund ein wenig öffnete, sodass er seine nachttrockene Zunge hineinstecken konnte, war er bereit, seine Hand unter ihr T-Shirt zu schieben.

»Jetzt nicht wirklich ablehnend«, aber auch nicht sonderlich interessiert, beobachtete meine Mutter das aufgescheuchte Tier, das unter dem dünnen Stoff hin und her rannte, einen Finger aus dem Ausschnitt steckte, sich zwischen ihren Beinen verkroch.

Sie griff hinter sich, weil: wenn schon, denn schon, berührte die Wölbung, die wie eine ausgeleierte Sprungfeder gegen ihren Rücken drückte. Seine Hand zog sich aus ihren Haaren zurück und riss stattdessen aufgeregt an seiner Schlafanzughose, dann an ihrer, hier natürlich nicht »riss«, sondern »lupfte«, »streifte ab«, ganz behutsam, ganz umsichtig, damit das Gummi auch ja nicht zurückschnalzte. Er fummelte an ihrem Po herum, schob ihr Knie nach vorne, damit sein Bauch zwischen ihren Beinen mehr Platz hatte. Es ging so leicht, dass sie nachtasten musste, um sicher zu sein, dass er auch wirklich in ihr drin war.

Der Rost knarrte. Sie schob den Kopf ein wenig über die Bettkante, um besser Luft zu bekommen, ließ den Blick durch den Raum schweifen, über den Mahagonischrank, an den Holzverzierungen entlang. Unter den Klumpfüßen kam das Muster des Perserteppichs zum Vorschein, der früher im Arbeitszimmer meines Großvaters gelegen hatte. Die Reiter mit den Speeren waren verblasst, ihre Pferde leicht gräulich. Nur ganz am Rand, da, wo damals der Schreibtisch gestanden und sie vor der Sonne geschützt hatte, war das Fell noch leuchtend blau.

Das Geschaukel wurde stärker. Meine Mutter versuchte, sich am Bettrahmen festzuhalten, aber mit jedem Stoß rutschte sie ein Stückchen weiter über die Kante, bis ihr Kopf wie eine abgeknickte Blüte von der Matratze fiel. Vor ihr baumelte ein Stück Decke. Der frische Bezug duftete nach Weichspüler.

Sie betrachtete den Boden, den sie in der letzten Woche endlich mal ordentlich gelaugt hatte. Die Eiche war davon kohlrabenschwarz geworden. Sie hatte jede Diele einzeln mit Zitrone einreiben müssen, bis die Farbe wieder normal war, und danach einen halben Tag damit verbracht, die Bretter mit Bohnerwachs zu polieren, aber jetzt glänzten sie wirklich schön.

Arnos Hand streifte über ihren Hals. Immer wieder versuchte er, ihr Gesicht zu sich zu drehen, was jedoch jedes Mal scheiterte, zum einen, weil die Schwerkraft ihm den Kopf meiner Mutter hartnäckig entriss, zum anderen, weil Letztere auf einmal ein Staubflockennest unter dem Bett entdeckt hatte. Sie schob die Hand unters Bett, tastete sich vor, reichte mit den Fingerspitzen schon fast an die strahlendweiße Kette heran, die wie ein Schwanenseegrüppchen hin und her hüpfte.

Seine Hand fuhr auf ihren Arm. »Alles ok?« Er hielt in der Bewegung inne, zog wieder an ihrem Kinn.

Meine Mutter robbte zurück auf die Matratze. »Ähä«, sagte sie und nickte heftig. Aber mein Vater hatte schon den Rückzug angetreten. Die Hände rechts und links an ihrem Becken, als wolle er ein liegengebliebenes Auto anschieben, schlüpfte er aus ihr heraus und rollte sie vorsichtig auf den Rücken.

Sein Gesicht schob sich über ihres. Seine Wangen glänzten rosig, als sei er gerade vom Spielen im Garten reingekommen. Aber die Stirn zog sich besorgt zusammen.

»Wo bist du?«, fragte er und strich mit dem Handrücken an ihren Schläfen entlang. Seine Augen wurden wieder ganz weit, sodass die riesigen Fragezeichen reinpassten. Er drückte die Finger neben ihr in die Matratze und versuchte sich aufzustützen, aber meine Mutter schob schnell ihre Hand unter sein Schlafanzugoberteil und hielt ihn fest, drängelte sich ihm entgegen, weil: mittendrin abzubrechen, nur, weil's ein bisschen mühsam wird, »das hab ich einmal gemacht. Danach musst du dir stundenlang anhören, wie schlecht er sich fühlt, dass er dich nie, nie, nie zu was drängen würde, ich betrachte dich nicht als meinen Besitz, dein Körper gehört dir, dann ist dir eben mal nicht danach, du bist für mich keine Maschine, blablabla. Als wär ich irgendwie gestört!« Sie schüttelte so heftig den Kopf, dass die Morphiumpumpe neben ihr ins Schwanken geriet. »Ich konnt's vielleicht nicht ab, aber das heißt noch lange nicht, dass ich's nicht konnt.«

Sie warf also das Becken hin und her, machte ein Hohlkreuz, zog sich schließlich selbst das T-Shirt über den Kopf. Und das war dann doch zu viel für meinen armen Vater. Ergeben ließ er sein Gesicht auf ihre Brüste fallen, machte »Mmm« und »Ahh«, während seine Zunge über ihre Brustwarzen fuhr, von unten nach oben und mit einem Schlenker an der Seite entlang, als würde er ein tropfendes Eis vorm Sturz auf den Boden wegschlecken.

»Ja«, sagte sie, »ja, ja.« Sein Arm begann zu zittern, dann gab sein Ellenbogen nach, ließ Arno auf meine Mutter sacken. Und die griff sofort zu.

Mit beiden Händen packte sie seinen Po und zog ihn auf sich. »Ja, ja, jaja«, rief sie wieder und steckte die Fäuste unter ihr Steißbein, spreizte die Beine, weiter und weiter, bis er endlich, Mmm, in sie, Aaaaaah, zurückflutschte.

»Gut so«, feuerte sie ihn an, und »genau so«, »ja«, und als seine Augen noch immer ängstlich in ihrem Gesicht herumtapsten, »ja, ja«, bis er endlich wieder rhythmisch zu ruckeln begann, ein

Stückchen neben ihrem Kopf, um auch ja nicht dagegen zu stoßen. Sie wühlte die Finger in seine Löckchen, während sie über seine Schulter hinwegschaute, am Vorhangsaum entlang, der jetzt gleißend hell in Flammen stand. Das Licht spiegelte sich auf den Heizungsrohren wider.

Dahinter müsste auch mal wieder geputzt werden, wer weiß, was sich da angesammelt hat, dachte sie.

Arnos Lippen schnappten nach ihren. Sein Oberkörper war so lang, dass er ein ganzes Stück über sie hinwegklappte und einen runden Buckel machen musste, um ihren Mund wenigstens annähernd zu treffen, aber der Großteil seiner Küsse landete auf ihrem Kinn, ihrer Nase.

Ihr fiel ein, mal wieder zu stöhnen.

»Ahhhh«, stieß sie hervor, etwas schwächlich, wie sie selbst merkte, sodass sie schnell noch mal ein »so ist gut«, »ja, genau so« hinterherschob.

Arno freute sich sichtlich über ihr Engagement. Das Knarren des Rosts wurde schneller. Zwischen den schmalen Lippen, die jetzt weit nach hinten gezogen waren, malmten seine Backenzähne, was meine Mutter, nach dem anfänglichen – also nicht wirklich anfänglichen, ganz am Anfang ihrer Beziehung hatte er sich ja kaum zu kommen getraut, erst nach ein paar Monaten hatte er sich so weit entspannt, dass die Fratzen der Leidenschaft hinter seinen feinen Gesichtszügen durchbrechen konnten – was sie also nach dem ersten Schrecken mit der Zeit als ein sicheres Zeichen des Ansetzens zum Endspurt nicht nur zu deuten, sondern auch zu schätzen gelernt hatte.

»Genau richtig« und, warum auch eigentlich nicht, »fick mich«, rief sie, damit ihm nicht noch auf den letzten Metern die Puste ausginge, krallte ihre Finger in seinen Rücken, warf sich so ins Zeug, dass sie einen Augenblick fast selbst ein bisschen »Interesse an der Sache« zu entwickeln glaubte, wie sie sagte und dabei sicherging, so gelangweilt wie nur irgend möglich zu kucken.

Sie schloss die Augen, bemühte sich, sich ganz auf das Kribbeln zu konzentrieren, das zaghaft an ihren Beinen hinaufkroch. Aber noch ehe es an ihren Knien vorbei war, schob sich schon wieder Arnos »Mmm« in ihre Dunkelheit, »Mmm, MMm, MMM.« Meine Mutter hielt den Atem an, versuchte, das Gefühl durch sein Geseufze hindurch festzuhalten. Aber ihr bisschen Erregung war zu schwach, um auch noch seine zu ertragen. So schnell die Lust gekommen war, so schnell löste sie sich auch wieder auf. Meine Mutter blieb allein unter dem bebenden Körper zurück, klamm und plötzlich überdeutlich nackt. Und gereizt, klar, das auch. Das ja sowieso.

Mit einem diesmal ernstgemeinten Stöhnen schlug sie die Augen auf und blickte in die gelben Härchen, die in den Nasenlöchern über ihr hin und her wehten wie Ähren im Wind. An Arnos Wange seilte sich ein Schweißtropfen ab. Er strich ihr Haar aufs Kissen, zupfte sich eine Strähne aus dem Mund, bevor er seine Zunge wie eine Spirale in die Ohrmuschel schob. Dadurch kam er zwischen ihren Beinen ein wenig aus dem Takt. Oben kreisen, unten klopfen, das ist wie bei dieser Übung im Sportunterricht, wenn man sich gleichzeitig den Bauch reiben und auf den Kopf schlagen soll, jeder, der das mal gemacht hat, weiß, es ist nicht so leicht, wie es aussieht. Seine Beckenknochen knallten gegen ihre Hüfte, während ihm die Kringel immer mehr zu Rauten gerieten. Seine Zunge glitt über das Ziel hinaus, benetzte ihr ganzes Ohr mit einem klebrigen Film, bevor er endlich so fest daran saugte, dass es zischte. Irgendwo krachte es. Dann zog er plötzlich die Lippen weg und begann stattdessen, an ihrem Ohrläppchen zu knabbern. Es dauerte ein paar Sekunden, bis die feuchte Speichelblase über ihrem Trommelfell aufplatzte und meine Mutter die zurückschwingende Tür hörte, den Stopper auf den Kacheln, Schritte, immer näher, genau unter ihrem Fenster, zwei Männerstimmen, Tuscheln, dann ein Lachen, noch ganz leise, aber doch so klar, dass ihr das Grinsen sofort wieder in den Magen schoss.

Sie reißt den Kopf nach oben, versucht Arnos Schulter wegzuschieben. Ihre Finger krallen sich in seinen Rücken.

Aber mein Vater versteht natürlich mal wieder alles falsch. Statt still oder wenigstens die Klappe zu halten, spornt ihn das Gestrampel meiner Mutter nur noch an. »MMM«, macht er wieder, noch lauter als ohnehin schon. Die Luft, die zwischen seinen Zähnen entweicht, pfeift.

Sie robbt nach oben, steckt ihm panisch eine Brustwarze in den Mund, während sie wie eine Krake die Beine um ihn schlingt. Aber jetzt hat er plötzlich keine Lust mehr auf lieb. Fast ein bisschen grob zieht er ihre Knöchel von seinem Rücken und drückt stattdessen ihre Oberschenkel auseinander. Das Knarren schlägt in Quietschen um.

»Pscht«, wispert sie und streicht über seinen Kopf, immer entlang der Haarwuchsrichtung, wie man es macht, um einen Fleck aus dem Teppich zu reiben, »pscht« und »mein Schatz«, aber da bricht das Gelächter im Hof schon richtig los, laut und schallend, für so was ist die Akustik in einem Berliner Innenhof ja perfekt. Von vier Wänden hallt es wider, schwillt so an, dass es auch die Fensterscheiben nicht dämpfen können.

Sie grapscht nach dem Bettgestell, versucht das Quietschen irgendwie abzustellen. Aber Arno kommt jetzt immer mehr in Fahrt. Ein tiefes, dunkles Grollen drängt seine Kehle nach oben, ins Freie, wo es sofort mit neuem Gelächter beantwortet wird.

»Ja, mach's mir, Baby«, hört sie eine, seine, warum sollte es denn ausgerechnet seine, es könnte doch genauso gut die von, nein, sie ist sich ganz sicher, dass es seine Stimme ist, die da hässlich über den Hof schallt, sie zwischen die Rippen boxt, endlich im Takt mitzustöhnen beginnt, »ahhh« und »ihhh« und »ahhh« und »ihhh.«

Meine Mutter zieht die Bettdecke über Arno, hält sie hinter ihrem eigenen Kopf fest. Aber das von immer neuem Lachen unterbrochene Stöhnen folgt ihr, legt immer mehr an Tempo zu, bis es wie das Röhren eines Esels klingt, »ih-ah-ih-ah-ihahihahihah.« Sie packt die Hüfte meines Vaters und schiebt sie vor und zurück, verzweifelt bemüht, die Sache zu Ende zu bringen, während Arno richtiggehend zu röcheln beginnt. Er umklammert ihr Handgelenk und drückt es auf die Matratze, reckt den Oberkörper in die Höhe. Seine Augen treten aus den Höhlen, und endlich, ja, ja, ja, fällt er mit einem Ächzen nach vorne. Sein Unterleib zuckt ein letztes Mal, wie ein abgetrenntes Wurmende, dann, ja, jaaaaa, JAAAAAAAAAAAAAAAAAAAAA!!!

Sein Kopf sackt neben ihre Schulter. Ein paar Härchen verirren sich zwischen ihre Lippen, während sein Atem heiß und schnell über ihre Wange wischt. Sie rutscht Richtung Fenster, so gut es eben geht mit dem ganzen, elend langen Mann auf und in sich. Drückt die Hand auf seinen Mund. Lauscht.

Aber es ist nichts mehr zu hören.

In dem Spalt unter den Vorhängen wird es dunkel und wieder hell, als hätte der Himmel einmal geblinzelt.

»Ahhh«, macht Arno noch mal, aber jetzt schon wieder als er selbst. Seine Glieder werden schwer, die Züge weich, während er den Kopf in die Mulde zwischen ihrem Kinn und ihrem Schlüsselbein schmiegt. Ein Bild völligen Friedens.

Wäre da nicht das unruhig hin und her springende Augenpaar meiner Mutter.

Die Schläge gegen ihre Rippen sind so heftig, dass Arnos Rücken davon hin und her geworfen wird, zumindest kommt es ihr so vor. Sie versucht erneut, sich zu befreien, aber er scheint geradezu in ihr festzustecken. Oder sie unter ihm, das ist schwer zu sagen. Ihre rechte Seite ist eingeklemmt, Arm und Bein sind nicht zu sehen. Nur die Hand hängt schlaff über die Bettkante.

Ruhig, sagt sie sich, ganz ruhig, ist doch nichts passiert.

Arno kippt zur Seite. Er greift nach ihrem Nacken, krallt die Finger um die Schulterblätter, als würde er sich auf unruhiger See an der Reling festklammern. Sie steckt die freie Hand in seine Locken, an deren Wurzeln noch immer die Feuchtigkeit steht, streichelt hektisch hin und her, bis sein Kopf in die Mulde zurückfällt.

Ob er Arno erkannt hat? Er hat ihn ja bloß einmal reden gehört. Reicht das, um sich an eine Stimme zu erinnern? Wenn er das überhaupt war. Es könnte doch auch jeder andere gewesen sein, wer weiß, wie viele Menschen in diesem Haus wohnen. Vier Stockwerke, Vorderhaus, Hinterhaus, Seitenflügel rechts und links, in jeder Wohnung zwei, vielleicht auch vier Leute, oder noch mehr?, vorausgesetzt die Wohnungen sind gleich groß, macht zusammen

150, 200 Bewohner? Warum sollte denn dann gerade er es gewesen sein, mach dir doch nichts vor, natürlich war er es.

Ein Knacken ist zu hören, so leise, dass meine Mutter eine halbe Sekunde lang glaubt, es käme aus ihr. Dann bricht der Alarm los.

Sie tastet über Arno hinweg, aber der rutscht schon bereitwillig aus ihr heraus und schlägt selbst auf den Wecker.

»Was en Timing, he?« Er reibt sich die Augen. Rekelt sich. Runzelt plötzlich die Stirn. Sie folgt seinem Blick. Wie ertappt drückt sie die Knie zusammen.

»Du zitterst ja«, sagt er und schiebt ihre Finger von den Beinen. Er betrachtet die Venen, die unter ihrer Haut hüpfen, zieht plötzlich die Lippen zu einem diebischen Lächeln auseinander und drückt ihr einen Kuss auf den Mund. »Ich fand's auch wunderbar«, sagt er und läuft aus dem Zimmer.

Sie hört ihn in der Toilette klappern, dann kommt er mit einer Handvoll zusammengeknülltem Klopapier zurück.

»Für dich«, sagt er, als mache er ihr ein ganz besonderes Geschenk, und platziert den Knäuel zwischen ihren Beinen. Die Matratze dopst, als er wieder aufspringt, zum Fenster läuft, den Tag aufreißt. Das Licht fällt warm auf ihren Bauch.

»Arno!«, ruft sie und dreht sich zur Seite.

»Ups«, sagt er und breitet die Arme aus, als könnten die dünnen Stecken irgendwelche Blicke abwehren.

Sie drückt das Papier zwischen die Beine und rennt auf die Toilette, lässt sich auf die Brille fallen.

Wenn er Arnos Stimme erkannt hat, weiß er auch, dass ich dazugehöre, denkt sie, während sie sich trocken zu wischen versucht. Aber ihre Hand ist eingeschlafen. Die Finger, die sich zwischen ihre Beine schieben, fühlen sich fremd an, eine versteinerte Kralle, die hart und spitz an ihrer Scham vorbeikratzt.

Ob er es sich vorgestellt hat? Wie wir uns miteinander wälzen, wie wir schwitzen? Ob er sich mich vorgestellt hat, auf dem Bett, die Beine gespreizt?

Sie springt auf, läuft zum Waschbecken, hält die Hand unter den Hahn, die in dem matten Licht, das aus dem Flur kommt, noch immer aussieht, als hätte sie einen Mord begangen. Sie nimmt die Seife aus der Halterung und reibt die Finger ein, die langsam wieder lebendig werden, lässt sich das Wasser an den Armen hinablaufen. Erst als sie zurück ins Schlafzimmer geht, merkt sie, wie sehr ihre Beine noch immer zittern.

Arno hat einen Fuß auf der Matratze aufgestellt und zieht seinen Socken bis zum Knie, lässt die Hosenbeine darüberfallen. Als sie an ihm vorbeigeht, drückt er ihr einen Kuss auf die Schulter.

Sie nimmt die Brille vom Nachttisch, zieht einen BH aus der Schublade, streift die Träger über die Arme. Die Finger meines Vaters an ihrem Rücken sind noch immer feucht.

»Geht schon«, sagt sie und macht einen Schritt nach vorne.

Arno bleibt hinter ihr stehen, wartet geduldig, bis sie den Haken durch die Öse bekommt, in den Slip steigt, ein Unterhemd aus dem Schrank nimmt. Sie zieht einen Pullover darüber, einen Rock an. Greift darunter und zurrt das Unterhemd straff wie einen Streckverband. Sein Bauch stößt an ihren Rücken. Er streicht mit den Händen ihre Arme entlang, über ihre Hüfte, berührt ihren Magen, der unter seinen Fingern hörbar aufstöhnt.

»Da ist jemand hungrig!«, lacht er und zieht sie zu sich herum. Sein Zeigefinger springt von seiner Schläfe zu ihr und wieder zurück, während seine Mundwinkel nach oben klettern, so stolz macht ihn sein Wissen um ihre Innereien, als sei nur er in der Lage, die geheimen Botschaften ihrer Magensäfte zu entschlüsseln.

»Alles schon vorbereitet. In ein paar Minuten können wir essen!«, ruft er und läuft aus dem Zimmer, mit seinen riesigen, komischen Schritten, Kopf voran, die Arme bis zu den Knien schlackernd.

Meine Mutter schließt die Schranktür, ein bisschen zu heftig, dreht den Schlüssel um. Sie hört die Geräusche, die aus der Küche dringen, das Kratzen des Pfannenbodens auf der Herdplatte, das Knistern des Anzünders, einmal, zweimal, dann das Fauchen der Gasflamme, sieht jede von Arnos Bewegungen vor sich, wie einen Film, den man so gut kennt, dass seine Bilder auch dann noch vor einem ablaufen, wenn der Fernseher ein Zimmer weiter steht.

Sie packt die Zipfel des Deckbetts und reißt es nach oben. Sie streicht den Bezug glatt, drapiert die Kissen am Kopfende. Sie nimmt ihr in sich verschlungenes T-Shirt vom Bettpfosten, dreht es auf rechts. Legt es zusammen, immer kleiner, als würde sie Origami falten. Dann auch die Hose. Sie zieht noch mal den Pullover straff. Fährt sich über die trockenen Lippen. Atmet die Luft ein, die so alt und dick ist, dass sie glaubt, daran zu ersticken. Oder vielleicht muss sie das auch nur glauben, um endlich, endlich zum Fenster gehen zu können.

Sie klappt das erste Flügelpaar auf, dann das nächste, beugt sich hinaus, nur ein wenig, als wolle sie bloß mal nachsehen, was die Vögel da unten auf den kahlen Ranken machen, die sich über die Müllstation strecken. Ihre Augen wandern zu den Dachluken hinauf, zu dem Handtuch hinab, das im ersten Stock an der Wäscheleine weht, kreisen das kleine Milchglasfenster von allen Seiten ein, bis sie sich endlich nicht mehr beherrschen können und sich direkt daraufstürzen.

Meine Mutter kneift die Lider zusammen, versucht, etwas hinter dem Glas auszumachen.

Aus der Küche ist wieder Tellerklappern zu hören, Schüsselrücken, das Rauschen des Radios. Es dauert eine Ewigkeit, bis Arno einen Sender findet, der ihm zusagt, und laut mitzusingen beginnt.

Die Sonne schiebt sich zwischen zwei Wolken durch und tunkt das Viereck in glänzendes Blauschwarz. Meine Mutter schirmt die Augen mit der Hand ab, schaut zu den Fenstern daneben, glaubt eine Sekunde, ein Gemälde mit einer Frau zu sehen, dann einen Schrank.

Merkt in der nächsten, dass es nur die gegenüberliegenden Fensterläden sind, die sich in der Scheibe spiegeln.

Sie presst die Handkante gegen die Stirn, lehnt sich noch weiter hinaus. Und fährt im nächsten Moment wieder zurück.

Sie wickelt eins ihrer Küchengummis um die Haare, wischt noch mal über die Bettdecke, bevor sie endlich zur Tür geht.

»At the Copa, Copacabana«, hört sie Arno singen, während sie den Flur entlangläuft.

Sein Kopf taucht in der Tür auf. In seinem Lächeln hängt ein Stück Petersilie. Er streckt die Hand aus, als würde er sie zum Tanz auffordern, zieht sie mit sich in die Küche, auf den Kühlschrank zu. Das Radio beginnt aufgeregt zu rauschen, bis er endlich die Milch gefunden hat und so albern vor ihr zurück zum Herd tänzelt, dass es kaum auszuhalten ist.

Meine Mutter macht sich los, rupft das Gummi aus ihrem Haar und wurschtelt es neu zusammen.

»Setz dich, setz dich«, ruft er und zeigt zum Tisch.

Auf dem Tresen neben ihm reihen sich Glasschälchen mit klein geschnippelten Zutaten, Zwiebeln, Tomatenwürfel, Grünzeugs, wie in einer Kochsendung.

»Ich muss doch los!«, sagt meine Mutter unwillig.

»Keine Sorge, ist so gut wie fertig«, ruft Arno und kippt die Pfanne ein wenig, sodass das flüssige Eigelb auf den Rand zutreibt. Er schüttet die Zwiebeln dazu, fummelt an den Wärmereglern herum. Über dem Herd raucht es wie aus einem Industrieschlot.

Meine Mutter setzt sich auf den Stuhl, auf dem sie gestern schon die halbe Nacht verbracht hat, lässt den Blick über den Tisch schweifen. Er hat sogar schon gedeckt, Messer rechts, Gabel links, Brotkorb in der Mitte, zwei weiße Teller auf Platzdeckchen. Sie hält eine der Servietten hoch, in deren Mitte ein Christstern prangt. »Sind die noch von der Weihnachtsfeier?«

»In de Nod frisst de Deufel Fliege«, ruft Arno lachend.

»Wenn schon, dann *Deiwel*«, sagt meine Mutter. Sie lässt die Serviette fallen. »Und *Fliesche*.«

Mein Vater lacht wieder, während er umständlich die Omelettes wendet.

Meine Mutter stützt das Kinn in die Hand. Sieht Arno beim Kochen zu, um nur ja nicht aus dem Fenster zu sehen. Er beginnt wieder zu singen, mal mit Barry Manilow, mal gegen ihn, leert die restlichen Schälchen in die Pfanne, reißt Schränke auf, zieht Gewürztütchen heraus, kommt endlich mit der Pfanne auf sie zu, in der ein fettig glänzender Lappen knistert. Er zieht eine Linie mittendurch und schubst ihr eine der beiden Hälften auf den Teller.

»Sonntagsfrühstück für die Dame«, ruft er und befördert die zweite Hälfte auf den anderen Teller. »Dann wollen wir mal!«

Er stellt die Pfanne ins Waschbecken und setzt sich meiner Mutter gegenüber, stopft sich seine Serviette in den Kragen. »Guten Appetit«, sagt er feierlich und beginnt sein Omelette mit schnellen Hieben in Dreiecke zu zerlegen. »Mmm«, macht er, während die Gabel in seinem Mund verschwindet, und noch mal beim Rausziehen, »mmm«, genau wie ein paar Minuten zuvor.

Aus dem Wasserhahn fällt ein Tropfen. Die Pfanne jault auf.

Meine Mutter nimmt ihr Besteck in die Hand, schneidet sich ein mikroskopisch kleines Stückchen ab und schiebt es in den Mund.

»Und?«, fragt Arno.

Meine Mutter hebt den Kopf. »Und was?«

»Wie schmeckt's?«

Sie schaut ihn an, nimmt einen Schluck Wasser, behält ihn im Mund, als müsse sie erstmal über die Frage nachdenken. Sie fischt mit der Zunge einen Rest aus den Backenzähnen, aber tatsächlich schmeckt sie gar nichts. Das Einzige, was sie überhaupt beschreiben könnte, ist der verkokelte Rand, der an ihrem Gaumen kratzt.

»Hm«, murmelt sie schließlich, weil ihr nichts Besseres einfällt.

»Ich find's auch wunderbar«, sagt Arno zufrieden, auch das genauso wie ein paar Minuten zuvor.

Er piekt ein neues Dreieck auf. Sein Fuß wippt unterm Tisch, »Music and passion were always the passion, at the Copa ...«

Im Hof klappert ein Fahrradschloss.

Meine Mutter lässt die Hand zur Schläfe gleiten, baut eine Wand zwischen sich und das Fenster.

Arnos Messer bleibt in der Luft hängen.

»Kopfweh?«, fragt er.

Ihr Arm fällt auf den Tisch. »Nein, nein.«

»Na siehste. Ich hab doch gesagt, ein Glas Sekt kann nicht schaden. Ich kenn dich halt.« Er streut sich Salz in die Hand und verteilt es über seinem Teller.

Die Hoftür fällt krachend zu.

Meine Mutter dreht sich noch weiter vom Fenster weg, beobachtet, wie mein Vater immer wieder, immer wieder erfolglos, ein Stück Tomate aufzuspießen versucht. Wie einen Hockeyschläger schiebt er die Gabel am Tellerrand entlang und treibt den Würfel vor sich her. Er nimmt das Messer zur Hilfe, schafft es endlich, das Ding in die Schaufel zu bugsieren, aber gerade als die Zacken seine Lippen berühren, fällt das Tomatenstück wieder nach unten.

Sie folgt seinem Blick auf seinen Teller, betrachtet das Gemetzel, das er dort angerichtet hat, das zerfetzte Omelette, die gelbverklebten Petersilienblättchen, die auf den Tisch hängen, sieht die weinroten Kreise, die sich wie Pusteln durch die bräunliche Eierhaut drücken.

Überrascht schaut sie auf ihren eigenen Teller, zurück zu seinem.

»Was ist das?«, fragt sie.

»Chorizo«, sagt er, und »Ha!« Er reißt die Gabel nach oben und hält die aufgespießte Tomate in die Luft.

Das Besteck meiner Mutter sinkt auf den Tellerrand. »Und warum hab ich davon nichts?«

»Das schmeckt dir nicht«, antwortet Arno leichthin, während er stolz die Lippen um den Würfel schließt.

Die Brauen meiner Mutter laufen wieder auseinander. »Ach ja?«

Arno schiebt ein wenig Ei hinterher. »Die magst du doch nicht.«

»Wer sagt das?« Sie spürt, wie die Wut von vorhin wieder in ihr hochsteigt. Aber jetzt, wo sie sich nicht mehr gegen sie, sondern nur noch gegen Arno richtet, fühlt es sich großartig an.

Seine Kaubewegungen ziehen sich in die Länge. Sie kann dem Bissen förmlich zusehen, wie er von einer Seite zur anderen wandert, immer langsamer wird, endlich stecken bleibt, als habe mein Vater eine dicke Backe.

»Du«, sagt er endlich, »du hast das gesagt, damals, am Anfang, als wir in dieser Tapasbar in Mitte waren. Weißt du nicht mehr? Ich hab dich gefragt, wollen wir uns die Chorizo-Spießchen teilen, und du hast gesagt, nein, Knoblauchwurst ekelt mich an.« Er schüttelt den Kopf. Die Löckchen hüpfen hin und her. »Aber bitte, wenn du probieren möchtest?«, er schiebt ihr seinen Teller hin. Seine Augen werden weit vor Kränkung, einmal wegen des Vorwurfs, aber mehr noch, weil sie diesen gemeinsamen Moment vergessen hat. Er hebt den Zeigefinger und wischt sich einen Tropfen Fett von der Oberlippe. Fast sieht es aus, als habe ihm jemand eine blutige Nase geschlagen.

Aber so schnell will meine Mutter sich ihren Ärger noch nicht nehmen lassen.

»Für was hast du denn die Servietten rausgekramt, wenn du dir doch wieder mit den Händen im Gesicht rummachst?«, fährt sie ihn an.

Der Bissen flutscht aus Arnos Backe in den Hals und drückt sich am Kehlkopf vorbei. Er schluckt so angestrengt, dass sich die ganze Brust davon bläht. Seine Augen werden noch größer, während er sie stumm anblickt. Der Kühlschrank macht Geräusche, als würde es regnen, was es aber ausnahmsweise mal nicht tut. Die Sonne hält noch immer durch. Wie ein goldenes Geschenkband läuft der Lichtschein zwischen ihnen über den Tisch.

»Die Sache mit dem neuen Laden macht dir wirklich zu schaffen, was?«, sagt er plötzlich, und auf einmal klingt er gar nicht mehr verletzt, eher wie ein Professor, der das Ergebnis seiner Forschungsreihe präsentiert.

Meine Mutter schüttelt verwirrt den Kopf. »Was hat das denn damit zu tun?«

Er schiebt seinen Arm durch das Lichtband und greift nach ihrer Hand.

»Schon ok«, fährt er fort, als habe er sie gar nicht gehört. »Ich weiß, es ist ziemlich viel im Moment, das Examen vor der Tür und dann die ganze Arbeit im Laden. Aber du musst einfach daran denken, dass du es fast geschafft hast. Nur noch ein paar Monate, dann bist du am Ziel.« Er legt den Kopf zur Seite. »Dann fällt das alles von dir ab.«

Sie versucht ihre Hand wegzuziehen, aber er hält sie fest, presst ihre Fingerknochen zusammen.

»Nur noch ein paar Monate«, murmelt er wie eine Beschwörungsformel, »dann geht das Leben los.«

Er verbiegt seinen Oberkörper, bis er ihren Blick findet, versucht mit dem linken Auge zu blinzeln, wobei sich auch das rechte ein Stück weit zusammenzieht.

»Ja, ja«, sagt sie und schafft es endlich, sich loszumachen.

Arno lächelt aufmunternd. Dann beginnt er wieder, sein Essen zu malträtieren, kaut so angestrengt, als sei es Schwerstarbeit.

Sie fragt sich, ob er schon immer so gegessen hat. Wie bei einer Schlange zwängt sich Bissen für Bissen den Hals hinab. Die Brocken scheinen sich richtig nach außen zu beulen. Jedes Mal wenn er schluckt, steigen ihm kleine Spuckebläschen in die Mundwinkel. Sie sieht ihm zu, halb fasziniert, halb angeekelt, bis endlich ein zufriedenes Seufzen seinen Bauch hebt und er die Gabel sinken lässt.

Meine Mutter steht auf, nimmt seinen leeren und ihren noch immer fast vollen Teller vom Tisch, geht zur Spüle.

»Lass stehen, ich mach das später«, sagt er.

»Später ist alles eingetrocknet«, sagt sie.

»Dann kümmer ich mich gleich drum!« Er steht auf, greift an ihr vorbei ins Becken und nimmt ihr das Besteck aus der Hand. »Na los, mach, dass du hier rauskommst«, sagt er in gespieltem Ernst. Er stößt sie mit der Hüfte zur Seite, schiebt den Ellenbogen nach oben, um sie vom Waschbecken wegzuhalten, macht dann aber sicherheitshalber doch noch mal einen Kussmund, während sie widerwillig aus dem Zimmer geht.

Sie läuft ins Badezimmer, zieht die Zahnbürste aus dem Glas, drückt einen Berg Paste darauf. Sie hält den Bürstenkopf unter den Wasserstrahl, steckt ihn sich in die Backe, schrubbt grob darin herum. Sie spuckt ins Becken. Gurgelt. Wischt sich den Mund ab. Zieht das Handtuch gerade. Sie reißt zum dritten Mal das Gummi vom Zopf, oder was auch immer das sein soll, was sie da mit ihren Haaren macht, kämmt die Strähnen mit den Fingern nach hinten, so straff, dass es sich anfühlt, als habe sie einen zu engen Hut auf, aber die Nervosität lässt sich nicht bändigen, wird nur noch größer, während sie das Bad verlässt und aufs Arbeitszimmer zugeht, in dem vielleicht schon, ob Arno so früh bereits daran gedacht hat?, tatsächlich, der Rollladen ist schon hochgezogen, die Sicht ist frei und damit auch die Versuchung wieder da. Meine Mutter muss alle Kraft zusammennehmen, um ihren Blick auf dem Boden festzuhalten. Sie zieht den Ordner vom Tisch, einen Block, das Mäppchen, packt alles in ihre Tasche, krampfhaft bemüht, dem Fenster den Rücken zuzuwenden, was natürlich auch nichts hilft. Was es natürlich nur noch schlimmer macht. Was sie natürlich nicht weiß, wie soll sie auch, sie weiß ja überhaupt nichts von diesen Dingen. Von der Macht, die Gedanken über den erlangen, der sie zu unterdrücken versucht. Von der Sehnsucht, die aus einem Zufall, einer Geste, im Grunde aus gar nichts erwachsen kann, die umso wildere Triebe schlägt, je dünner ihre Wurzeln sind, als wolle sie die Kläglichkeit des Ursprungs in der Krone wieder wettmachen. Davon, dass ein einziger unbedachter Moment genügt, um das Herz derart aus dem Takt zu bringen, dass es nicht mehr zurückfindet, vor allem ein so sperriger, unbeweglicher Fleischklumpen wie der ihre. Sie weiß es nicht, und so glaubt sie tatsächlich noch, sie könne die Oberhand gewinnen, sie brauche einfach ihre Tasche fertigpacken, die Schnalle zumachen und da rausspazieren. Glaubt, es sei genug, einen Schritt vor den anderen zu setzen, bis er irgendwann in der Ferne verschwindet.

Und merkt dabei nicht, dass sie geradewegs auf ihn zuläuft.

Erstmal stellt sich ihr aber wieder Arno in den Weg.

»Du kannst doch auch hier lernen«, hört sie ihn im Flur, »ich versprech auch, mucksmäuschenstill zu sein.« Er kommt zur Tür herein, die nassen Arme vom Körper gespreizt.

»Du weißt doch, dass ich hier nicht alle Bücher habe.« Sie hebt die Tasche vom Tisch. Dreht sich um. Ist schon fast an der Tür, als sie doch über die Schulter schaut, ganz kurz nur, hin her, so schnell, dass sie nicht mal die richtige Stelle findet, dass sie versehentlich in irgendein anderes Fenster kuckt, über was sie sich schon wieder aufregt. Was Arno ihr Gott sei Dank schon wieder falsch auslegt.

»Ich weiß, ich weiß«, ruft er, »der Rauch steht bis hier. Keine Sorge, wenn du weg bist, lüfte ich durch.« Er drückt ihr einen Kuss auf die Lippen. Sein Atem riecht nach Wurst.

Meine Mutter schiebt sich an ihm vorbei, läuft den Flur entlang, nimmt den Mantel vom Haken, dreht den Schlüssel im Schloss. Aus der Küche dröhnen die Scorpions.

Sie schlüpft ins Treppenhaus, eine Hand schon im Mantel, die andere an der Klinke. »Ich dich auch«, hört sie meinen Vater rufen. Dann fällt die Tür ins Schloss.

Sie steigt die Treppe hinab, fädelt den anderen Arm in den Ärmel, knöpft den Mantel zu. Ihre Finger haben Mühe, die passenden Löcher zu finden, so sehr werden die Schöße von ihren Knien aufgeworfen, aber sie erlaubt sich nicht, stehen zu bleiben, läuft immer weiter, am zweiten Stock vorbei, in den ersten, wird schneller und noch schneller. Nur ihre Augen kommen nicht mit. Immer wieder huschen sie nach oben. Ihr Blick klettert die Spirale hinauf, in der sich das Treppengeländer in die Höhe schraubt, klammert sich am höchsten Punkt fest, bis ihre Füße endlich dem Zug nicht standhalten können. Wehrlos lassen sie sich zurückschleifen, stolpern die Stufen, die sie gerade erst hinabgelaufen sind, wieder nach oben, an ihrer Wohnungstür vorbei. Die Schnalle an der Tasche meiner Mutter klacktklacktklackt bei jedem Schritt gegen ihre Mantelknöpfe. Sie drückt sie an sich, presst den Arm darum, als versuche sie, ein schreiendes Baby zu beruhigen. Erst als die Treppe umknickt, hält sie an und lässt sich gegen die Wand sinken.

Sie ringt nach Luft, legt die Hand an den Hals. Das Rasen ihres Atems mischt sich mit Arnos Stimme, der jetzt so laut singt, dass man es bis hier oben hören kann. Sie presst die Finger um den Hals, setzt endlich einen Fuß auf die Delle, die sich in der Mitte der Stufe vor ihr wie ein Flussbett dunkel abzeichnet. Das morsche Holz heult auf. Sie greift nach dem Geländer, versucht ihr Gewicht so gut wie möglich auf den Arm zu verlagern, ist nur noch zwei, vielleicht drei Meter vom Ziel entfernt, als ihr einfällt, dass jemand von unten ihre Hände sehen könnte. Sie lässt erschrocken los, fällt nach vorne. Ihr Knie stößt gegen etwas Spitzes. Sie beißt sich auf die Lippen, um keinen Ton zu machen, während sie zu den beiden Türen linst, die linke wie ihre aus Holz, nur dass diese nicht weiß, sondern vom unzähligen Überstreichen in allen möglichen Brauntönen gescheckt ist; die andere aus Metall, ohne eine Klingel oder auch nur eine Klinke, eher wie die Tür eines Tresors als die einer Wohnung.

Ihre Finger bewegen sich hin und her, während sie überlegt, auf welcher Seite er wohnt, wenn ich aus meinem Fenster schaue, liegt sein Fenster links von mir, die Treppe geht rechts hoch, knickt dann um. Sie schließt die Augen, biegt den Oberkörper von der Wand zum Geländer, versucht logisch zu denken. Aber ihr Verstand hat wahrscheinlich auch keine Lust mehr, jedes Mal zu Diensten zu stehen, wenn ihr danach ist, nur um sich im nächsten Moment wieder wie Dreck behandeln zu lassen.

Sie drückt das Knie auf die nächste Stufe, schiebt sich noch ein Stückchen weiter nach oben, sodass sie das Tonschild neben der linken Tür lesen kann. »Willkommen« steht in kindlichen Schnörkelbuchstaben darauf, daneben ist eine Blume eingeritzt. Sie schaut nach rechts, aber das einzige Anzeichen, dass hinter der Metalltür überhaupt jemand lebt, ist ein gelber Abholzettel an der Wand, von der sich die Tapete rollt.

Ihr angewinkeltes Bein beginnt zu zittern. Sie betrachtet das schmutzige dunkelbraune Holz darunter, folgt den Ritzen, die sich tief ins Innere fressen. Dagegen sieht ihr Bein darauf seltsam glatt und neu aus. Ihr Blick gleitet die gespannte Haut hinauf, streicht über die Nylonstrumpfhose.

Die Schritte im Inneren kommen so plötzlich näher, dass sie ein paar Stufen rückwärts nach hinten torkelt, bevor sie ihr Gleichgewicht wiederfindet und losläuft. Die Tasche schlägt ihr zwischen die Beine. »Listening to wind«, ruft es ihr nach, während sie die Treppe hinabfliegt. Das Geländer schreit auf, so fest zerrt sie an der Stange. Sie rennt durch den Innenhof, ins Vorderhaus, reißt die Haustür auf, stürzt auf den Gehsteig. Sie rennt die Straße entlang, über die Kreuzung, sieht gerade noch rechtzeitig den Graben, der sich vor ihr auftut und da gestern noch nicht war. Sie rennt durch den Schlauch, der statt des Gehwegs über die Kabel und Rohre hinweg führt, stolpert auf den schwankenden Brettern, auf den staubigen Gehweg zurück, in den U-Bahnhof hinein. Sie hetzt die Stufen zu den Gleisen hinunter, läuft den Bahnsteig entlang, setzt sich auf eine der Bänke. Schlägt die Beine übereinander. Stellt die Tasche darauf.

Sie steht wieder auf. Schaut unruhig von rechts nach links, als befürchte sie, jemand könne ihr gefolgt sein.

Jemand könne ihr gefolgt sein?

Du bist es doch, die ihn verfolgt!

Sie denkt an die Schäfer Marie mit ihrem Kissen im Fenster und ihren hinter vorgehaltener Hand geraunten Informationen. Aber selbst die hätte es nicht so weit getrieben, jemandem bis vor die Haustür nachzuspionieren.

Sie fährt in die Bibliothek. Will lernen. Lernt aber natürlich nichts, außer was es heißt, lernen zu wollen und es nicht zu können. Sie drückt die Nase in die Bücher. Starrt auf die Seiten. Und sieht doch nur sein Grinsen. Sie fährt mit dem Finger die Zeilen entlang, wie eine Erstklässlerin, natürlich nicht wie sie als Erstklässlerin, wie eine ganz normale Erstklässlerin. Versucht zu verstehen, was da steht. Und versteht nichts, am wenigsten sich selbst. Sie wartet darauf, dass der Raum endlich seine Wirkung tut, der Geruch der Bücher, die unterdrückten Stimmen, die typischen, gedämpften Geräusche einer Bibliothek, die sie sonst noch immer in diesen magischen Zustand hundertprozentiger Aufmerksamkeit versetzt haben, in dem sie selbst die ödeste Lektüre mühelos weglesen konnte. Aber jetzt kommt sie nicht mal über den ersten Absatz hinaus. Sie ärgert sich über die anderen Studenten, von denen hier, in dieser Scheißstadt, erst recht an einem Sonntag, jetzt schon Sonntagmittag oder Sonntagabend – oder vielleicht nicht mal mehr das, so zäh zieht sich der Tag dahin, dass sie sich im Rückblick nicht mal mehr sicher ist, ob es tatsächlich nur einer war, ob seit diesem Morgen mit Arno nicht vielleicht doch schon Wochen vergangen sind –, ärgert sich also über die Studenten, von denen hier und jetzt natürlich keiner auf die Idee kommt, auch nur ansatzweise etwas zu dämpfen oder zu senken oder sonst wie vorsichtig, rücksichtsvoll, leise zu sein. Sodass sie sich einredet, es läge vielleicht nur am Lärm, dass sie nicht vorankommt. Oder an der stickigen Luft. Oder am Hunger. Sie müsse nur mal raus, nur mal ein paar Schritte gehen, nur mal was essen, der ganze Stuss, den jeder Konzentrationsmangelerprobte sofort als Selbstbetrug erkennen würde. Aber meiner armen, bis dato völlig verlockungsimmunen, zerstreuungsresistenten, unablässig, unablenkbar Nächte durchbüffelnden, Wie-du-bist-müde?-Bist-du-fertig?-Na-dann-kannst-du-dir-die-Frage-ja-wohl-selbst-beantworten!-Mutter fehlt eben auch hier die Erfahrung. Sie hat keine Abwehrkräfte gegen die Ausflüchte, die sich als Vernunft tarnen, glaubt tatsächlich an die Reinheit ihrer Motive. Und so packt sie ihre Sachen zusammen und läuft zurück ins Freie.

Wo sich zu ihrem Leidwesen allerdings schon die ganze restliche Stadt versammelt hat. Vor der Uni, auf der Straße, soweit das Auge reicht: Menschen. Die meisten davon ein Eis im Gesicht, Letzteres gen Sonne gereckt, »als hätten sie zu Hause kein elektrisch Licht!« Der Himmel ist strahlend blau, als sei es plötzlich Frühling geworden, während meine Mutter in der Bibliothek war. Was sie ja andererseits vielleicht auch wochenlang war, »also, jetzt nicht am Stück, immer wieder halt, das ist doch jetzt auch egal.«

Sie sucht die Bänke am Straßenrand ab, die aber alle voll sind, die Cafés, die auch alle voll sind, überlegt sich schon, einfach nach Hause zu fahren und stattdessen am nächsten Morgen zu lernen, wenn sie noch früher aufstehen würde als sonst, könnte sie vielleicht, aber nein, das geht auch nicht, da hat sie ja schon meinem Großvater versprochen, die Bewerbungen für die neue Verkäuferin durchzusehen, was dann wohl bedeutet, dass tatsächlich bereits Wochen verstrichen sein müssen, denn wie sollten heute schon die Bewerbungen da sein, wenn der Verkäuferin gestern erst gekündigt wurde?

»Vielleicht ging es auch darum, Ersatz für eine andere Primel zu finden, die er vorher entlassen hat«, sagte meine Mutter ungeduldig, »der Opa hat ja gerne mal reinen Tisch gemacht.« Sagte: »Eigentlich gab es immer irgendwelche Löcher zu stopfen.« Endlich: »Mein Gott, halt dich doch nicht mit so einem Scheiß auf«, als sei ich es, die die Geschichte in die Länge zieht, »das ist über 20 Jahre her, da wird man doch mal das eine oder andere Detail vergessen dürfen!« Wichtig sei allein, dass es Bewerbungen gegeben habe, die durchgesehen werden mussten, und das von meiner Mutter und das so schnell wie möglich, am nächsten Morgen, noch vor der Uni, so hatte sie es meinem Großvater versprochen.

Sie macht wieder kehrt, will zurück in die Bibliothek.

Und läuft, als ihr auffällt, wie nah sie am Haus meiner Großeltern ist, stattdessen zu ihnen, weil sie sich die Bewerbungen ja genauso gleich vornehmen kann.

Wer weiß, wenn du erstmal wieder in den Arbeitsmodus zurückgefunden hast, klappt es vielleicht sogar wieder mit dem Lernen, denkt sie, während sie die Straße entlangeilt.

Die Vorstellung, den Eimer noch mal auszuleeren, von vorne anzufangen, den Tag am Ende vielleicht sogar von einem Reinfall in einen Erfolg zu verwandeln, beflügelt ihren Schritt. Schon sieht sie das spiegelnde Schaufenster, in dem sich die breitmäulig lächelnden Puppen rekeln.

Sie geht um den Laden herum, über die Steinplatten, zwischen denen sich kein Grashalm heraustraut, sieht die Nachbarin am Eingang, einen Fuß im Türspalt. Mit dem einen Arm zieht sie einen Holzroller nach draußen, mit dem andern greift sie nach dem »Pimpf«, der irgendwas in den Blumentöpfen meiner Großmutter zu suchen scheint. Die kleinen Hände sind tief in der Erde vergraben, während ihm das Rauscheengelhaar ins Gesicht hängt.

»Tag«, sagt meine Mutter.

Der Junge schaut auf, zieht die braunen Finger zwischen den Blättern hervor.

Die Nachbarin lugt unter dem halb geschlossenen Lidervorhang hervor. »Los jetze, wenn de hier noch lange rumdallerst, falln uns de Sterne uffn Kopp!«, ruft sie und zieht den Roller ganz nach draußen. Die Wimpel, die um den Lenker gewickelt sind, schleifen über den Boden, während sie wieder nach dem Jungen grapscht. Aber der huscht unter ihrer Hand hinweg, stolpert über die Räder. Und fällt geradewegs meiner Mutter in die Arme.

Die Nachbarin zieht den Pimpf am Kragen zurück. »Wat isn heute los mit dir? Biste mit de Neese in Kacke jefalln, oda wat?«, ruft sie und schüttelt ihn so durch, dass sofort wieder das altbekannte Geschrei einsetzt.

»Äh, ich geh dann mal«, murmelt meine Mutter und schiebt sich ins Innere, läuft die Treppe hinauf, während sie nun auch den Nachbarsmann hört, der sich offenbar vom Balkon aus an der Schreierei beteiligt.

Sie steigt in den zweiten Stock und klingelt.

»Hallo«, kommt die Stimme meiner Großmutter ängstlich hinter der Tür hervor.

»Mama, ich bin's!«

»Bist du's?«

»Ja, ich bin's.«

»Was machst du denn hier?«

»Maaama, kannst du mir vielleicht erstmal aufmachen?«

»Ja, äh, Moment.« Die Eisenkette rutscht aus dem Scharnier, die Schlösser, zu diesem Zeitpunkt erst zwei, klacken auf, dann öffnet sich die Tür und gibt den Blick auf das marineblaue Zelt frei, in dem meine Großmutter steckt.

»Wieso bist du denn nicht in der Bibliothek?«, ruft sie und drückt meine Mutter an sich, als habe sie sie seit Jahren nicht mehr gesehen.

»Da komm ich grad her.«

»Jetzt schon? Du musst doch lernen!«

Meine Mutter stößt ein bitteres Lachen aus. »Wie denn bitte, wenn hier ein Stall voll Arbeit auf mich wartet? Die Bewerbungen lesen sich doch nicht von selbst!« Sie zieht den Mantel aus, hängt ihn an den Kleiderständer.

Meine Großmutter schüttelt den Kopf. »Was denn für Bewerbungen?«

»Für die neue Verkäuferin. Ich hab dem Papa versprochen, dass ich jemanden raussuche, eigentlich erst morgen ...«, aber meine Großmutter schneidet ihr das Wort ab.

»Wie siehst du denn aus?«, ruft sie und reißt den Pullover meiner Mutter nach oben.

Meine Mutter blickt an sich herab, sieht erst jetzt die braunen Flecken, die sich bis auf den Rock ziehen.

»Was hast du denn angestellt?«, ruft meine Großmutter, sie klappert ins Bad, kommt mit einem tropfenden Waschlappen zurück.

»Ich?«, ruft meine Mutter, »das war der Sohn von den Nachbarn.« Sie zupft die Erdbröckchen, die sich in der Wolle verfangen haben, vom Pullover. »Ist förmlich auf mich draufgefallen, nachdem er davor zwischen den Blumen rumgebuddelt hat.«

»An meinen Blumen war der?«, ruft meine Großmutter, »ich glaub dem geht's zu gut!« Sie lässt sich vor meiner Mutter auf die Knie fallen, zieht den Pullover zwischen den Händen straff und beginnt daran herumzurubbeln. Aus den kleinen, braunen Flecken werden große, schwarze Seen. »Es wird wirklich immer schlimmer mit dem Jungen!«, stöhnt sie, »der macht, was er will und die Eltern lassen ihn gewähren!« Der Waschlappen fährt auf die Oberschenkel, wieder zurück zum Pullover, bis die Vorderseite komplett durchnässt ist. »So kannst du nicht rumlaufen!«, sagt sie endlich und rappelt sich schnaufend auf.

Sie scheucht meine Mutter vor sich her ins Schlafzimmer, geht zum Kleiderschrank. »Zieh dich aus!«

Meine Mutter winkt ab. »Das geht schon.«

»Nein, nein«, ruft meine Großmutter, »so gehst du mir nicht aus dem Haus!« Sie wedelt mit den Fingern, bleibt ungeduldig an der Schranktür stehen, bis meine Mutter widerwillig den Rock nach unten schiebt. Die Brille aufs Bett legt. Den Pullover hochzieht. Ihre Ellenbogen drücken gegen die Maschen, während sie den Ausgang sucht, die Hand aus dem Ärmel wringt, plötzlich die Finger meiner Großmutter spürt, die ihr mit einem Ruck den Stoff von den Schultern reißen.

Wie durch eine Plastiktüte sieht sie den Raum vor sich, das Bett, dessen Konturen ineinanderlaufen.

»Die Wäsche auch, das ist doch alles völlig durchnässt.«

Meine Mutter streift das Unterhemd ab, klackt den Büstenhalter auf und steigt aus der Unterhose, wartet frierend, bis meine Großmutter ihr endlich etwas Weiches reicht. Sie muss den Stoff direkt vor die Augen halten, bevor sie den riesigen Feinrippschlüpfer erkennt.

»Der ist doch viel zu groß.«

»Ja soll ich mir was aus den Rippen schneiden?«, ruft meine Großmutter, »wenn du nicht darauf bestanden hättest, deine ganzen Sachen in deine Wohnung zu schaffen, hätte ich jetzt was Passendes!« Das »deine« vor Wohnung spricht sie aus, als sei es etwas Anstößiges.

Die Schranktür ächzt. Verschwommen sieht meine Mutter, wie sich die Hand meiner Großmutter zur Brust hebt und hin und her fährt.

Sie steigt in das Ungetüm einer Unterhose, knotet den überschüssigen Stoff an den Seiten zusammen, legt einen Arm vor die Brust.

»Mein Gott, dir wird schon keiner was abkucken!«, kommt es dumpf aus dem Nebel. Ein zweites Stück Stoff landet vor meiner Mutter, das sie bei näherer Betrachtung als genauso überdimensionierte Bluse identifiziert. Wenigstens die Hose, die meine Großmutter zu Tage fördert, stammt aus den mageren Nachkriegstagen meines Großvaters, sodass sie zumindest sporadischen Hautkontakt mit dem Körper meiner Mutter aufnimmt.

Sie tastet auf dem Bett herum, findet ihre Brille.

Das aufgeschwemmte Gesicht meiner Großmutter wird scharf, die Stirn, die sich in Falten legt. »Warum trägst du denn eigentlich nicht deine Kontaktlinsen?«

Meine Mutter stülpt den Hosenbund um, bis sich eine dicke Wurst in der Taille staut. »Die reiben mir in den Augen.«

»Dagegen gibt's doch Tropfen.«

»Muss ja nicht sein, wenn ich nur in die Bibliothek geh.«

»Trotzdem. Schad't doch nicht.«

»Das ist keine Modenschau, ich geh dahin, um zu lernen.«

»Ja, ja«, ruft meine Großmutter, und: »Ich wasch dir die Sachen, dann kannst du sie beim nächsten Mal wieder mitnehmen.«

»Danke«, murmelt meine Mutter.

»Es sei denn, du willst sie hier lassen. Falls du mal wieder was brauchst.«

»Mama, ich muss jetzt wirklich anfangen«, sagt meine Mutter und läuft ins Arbeitszimmer, wo die Mappen tatsächlich schon auf dem Schreibtisch bereitliegen.

Sie lässt sich auf den Stuhl nieder, zieht den Stapel zu sich heran. Schlägt eine Mappe auf.

Sie lässt die Schultern kreisen, beugt sich nach vorne.

Sie steht auf. Schließt die Tür. Klatscht sich auf die Wangen.

Sie fährt über die Klarsichthülle und beginnt zu lesen, sehr geehrte Damen und Herren, hiermit bewerbe ich mich auf die Stelle in Ihrem Wahrenhaus …

Sie wirft die Mappe neben sich auf den Boden. Zieht die nächste zu sich heran, das handschriftliche! Anschreiben heraus. Nur aus Neugier überfliegt sie ein paar Zeilen, bis sie beim Anblick des gemalten Herzchens vor »-lichen Grüßen« selbst die verliert.

Sie nimmt die dritte Mappe in die Hand, freut sich schon auf den Unsinn, der sie wohl hier erwartet. Aber der Anfang ist überraschend erträglich, mit Begeisterung habe ich Ihre Ausschreibung, während meiner Ausbildung zur Kauffrau, daraufhin hatte ich die Gelegenheit, Erfahrungen im Einzelhandel, Hochachtungsvoll, Anlagen, 1., 2., 3.

Widerstrebend blättert meine Mutter zum Lebenslauf weiter, lässt den Zeigefinger den Werdegang hinabwandern, Grundschule, Polytechnische Oberschule, Erweiterte Oberschule. Fächer gut, Noten gut, nicht spektakulär, aber so rundum durchschnittlich in Ordnung, dass es nichts zu beanstanden gibt. Und noch weniger, woran sich meine Mutter hätte festhalten können. Ohne auch nur von einem kleinen Tippfehler abgebremst zu werden, gleitet ihr Blick über die Seite hinweg, verliert sich im Leeren, findet ganz von alleine zu den gelben Augen zurück, die sie so anstarren, dass meiner Mutter vor Schreck die Mappe aus der Hand fällt.

Sie schüttelt den Kopf, grapscht nach dem Stapel, bringt sich hinter einer neuen Klarsichthülle in Sicherheit. Doch zu allem Überfluss liest auch die sich gar nicht so schlecht. Ein Komma ist falsch gesetzt, aber das ist nicht genug, um das Kribbeln aufzuhalten, das an ihren Armen entlangkriecht. Ihr Finger in der Zeile beginnt zu zittern. Sie schlägt sich wieder auf die Wangen, diesmal schon richtig fest, blättert weiter, Diplome, Urkunden, hangelt sich an irgendwelchen Kopien vorbei bis zum Abiturzeugnis, aber natürlich muss die blöde Kuh auch noch Russisch in der Schule gehabt haben.

Und das war's dann.

Die Bilder schlagen über ihr zusammen, die Fliege in seiner Tasche, die Fingerspitzen auf dem Quittungsblock, dann die scheckige Holztür, ja, plötzlich ist sie sich ganz sicher, dass es diese Tür sein muss, hinter der er lebt. Sie sieht ihn im Rahmen stehen, sein Grinsen, das sich wieder in ihren Bauch wühlt.

Die Tür fliegt auf. »Willst du vielleicht ein Stück Streuselkuchen?«

Meine Mutter fährt sich übers Gesicht. »Ich hab keinen Hunger.«

»Aber du musst doch was essen!«

»Ich ess ja, nur nicht jetzt.«

»Offensichtlich nicht genug. Kuck dich doch an!«

»Das weiß ich doch«, antwortet meine Mutter, »tut mir leid«, und weil die Unterlippe meiner Großmutter schon bedrohlich nach vorne rutscht, auch noch: »Entschuldigung, ich hat ne schlimme Nacht.«

»Ich auch!«, ruft meine Großmutter, »seit der Papa mit dieser Idee von der neuen Filiale angekommen ist, mach ich kein Auge zu. Ich hab sogar ...«, aber die letzten Worte fallen einem neuerlichen Hustenanfall zum Opfer, für den es jetzt aber ja auch wirklich mal wieder Zeit ist, man hätte sonst ja fast vergessen können, dass sie noch immer sterbenskrank ist. Um Luft ringend greift sie in die Taschen des Kleiderzelts, wühlt zwischen den Gegenständen auf dem Tisch herum, aber der Inhalator ist unauffindbar. Dafür entdeckt sie ihre gesammelten Gebrechensvorräte wieder. Die alte Lunge. Die neuen Magenbeschwerden. Und der Rücken erst!

Meine Mutter nickt und schüttelt den Kopf, lässt die Papierkanten in der Mappe wie ein Daumenkino durch ihre Finger laufen, bis meine Großmutter endlich, endlich geht.

Und das Drama von vorne beginnt: Brille auf, Brille ab, Haare auf, Haare zu. Rumgezappel. Kopfgeschüttel. Die Bewerbungsmappen landen eine nach der anderen auf dem Boden, obwohl meine Mutter kaum zu sagen wüsste, was sie da eigentlich liest. Sie betrachtet irgendein Passfoto, den bläulichen Hintergrund, merkt plötzlich, dass sie die Anschrift und Telefonnummer der Bewerberin so oft gelesen hat, dass sie sie schon auswendig kennt, als sie die Wohnungstür hört.

»Da bist du ja endlich!«, ruft meine Großmutter und beginnt aufgeregt von meiner Mutter zu erzählen und den Flecken und dem Nachbarsjungen, »der wirklich immer schlimmer wird!« Ein Paar donnernder Schritte kommt den Flur entlang. Der Blick meiner Mutter fährt panisch von rechts nach links. Sie rutscht vom Stuhl, sammelt die verstreuten Mappen auf und wirft sie auf den Tisch.

»Und? Welches hoffnungsvolle Talent wird uns in Zukunft unterstützen?«, bellt mein Großvater und stürmt herein. Unter der Jacke blitzt seine Freizeitkleidung hervor, ein anthrazitfarbener Anzug statt des üblichen schwarzen. Dazu trägt er ein winziges Hütchen und ein riesiges Strahlen. »Bei trockenem Wetter macht der Bauplatz gleich noch mehr her!« Ohne sich umzudrehen lässt er die Jacke in die ausgestreckten Arme meiner Großmutter gleiten, die hinter ihm hergeeilt kommt. »Von der Schnellstraße aus siehste das Gelände schon aus drei Kilometern Entfernung. Rundum gähnende Leere, nicht mal ne Raststätte haben sie da. Die Leut müssen allein schon zum Pinkeln bei uns rausfahren!«

Er zieht sein Hütchen ab und hält es hinter sich, wo es ebenfalls von meiner Großmutter in Empfang genommen wird, während er mit eiferrotem Gesicht von seinem neusten Plan berichtet, statt einer weiteren Filiale eine Art Resterampe auf dem Grundstück hochzuziehen. »Alles, was am Ende der Saison liegen bleibt, karren wir da hin, kleben ein rotes Ermäßigungsschildchen drauf und schon verkauft sich das Zeug wie von selbst.« Er federt auf den Zehenspitzen und reißt die Brauen nach oben. »Was meinste?«

Meine Mutter schluckt. »Klingt gut.«

Mein Großvater runzelt die Stirn. »Ist das alles?«

Meine Mutter schiebt unruhig die Mappen vor sich zusammen. »Ich würd's vielleicht nicht grad *Resterampe* nennen. Wie wär's mit *Outlet?*«

»Meine Gene!«, ruft mein Großvater und klopft in Ermangelung eines greifbaren Oberschenkels auf den Tisch. Er umfasst die Kanten wie ein Pfarrer die Kanzel und beginnt die deutsche Pfennigfuchserei zu preisen, »gerade im Osten. Die haben doch so lange nur Einheitspreise gekannt, dass sie gegen Worte wie *Sonderangebot* oder *Schnäppchen* völlig machtlos sind. Im Grunde könnten wir ihnen auch einfach die Stoffbahnen hinlegen!« Der Tisch beginnt hin und her zu schaukeln.

»Dann wollen wir uns mal die Nachfolgerin ankucken«, sagt er plötzlich und schaut zu dem Stapel, auf dem gerade noch fünf oder sechs Mappen liegen. »Sind das die, die in Frage kommen?«

Meine Mutter folgt seinem Blick, schüttelt kaum merklich den Kopf.

»Na, dann zeig her.« Er lässt die Tischkanten los und streckt den Arm aus.

Meine Mutter schaut auf die Finger, die sich vor ihr ausstrecken, sieht den Ring, die zusammengequetschte Haut darüber. Sie zieht irgendeine Mappe aus dem Durcheinander neben sich und legt sie in die Hand.

»Na dann wollen wir mal«, sagt mein Großvater. Er klappt den Schutzumschlag auf und hält die Mappe nach oben. »Jaqueline«, liest er laut.

Sein Blick wandert die Seite hinab. Er blättert langsam weiter, schiebt die Zunge von innen an seiner Oberlippe entlang. »Na, ja, überwältigend ist das nicht, oder?«

Meine Mutter nickt.

Er drückt den Zeigefinger in sein Grübchen. »Man muss wohl nehmen, was man kriegen kann, was?«

Sie nickt wieder.

Mein Großvater schaut schräg nach oben. »Scha-kö-li-nö«, sagt er noch mal, als könne ihn der Klang versöhnen, rollt die Mappe wie einen Rohrstock zusammen.

Meine Mutter atmet tief ein. Sie spürt die Augen meines Großvaters auf sich liegen, sieht den Mappenstock, der sich in seiner Faust hin und her bewegt, endlich in die Höhe schießt und so fest auf die Tischplatte knallt, dass die Mappe in der Mitte einknickt. »Na gut, dann soll's wohl die sein«, sagt er, »vorausgesetzt, du bist dir sicher, dass das die Richtige ist?«

Meine Mutter schaut auf. »Ja, die ist es«, sagt sie und nickt wieder.

Das ist das erste Mal, dass sie meinen Großvater anlügt.

Meine Großmutter kommt zurück ins Zimmer. »Und?«, ruft sie schon an der Türschwelle, »ist eine dabei?«

»Natürlich«, ruft mein Großvater, »und was für eine!«

»Gott sei Dank!«, ruft sie und lässt sich genauso dienstfertig wie zuvor die Mappe nach hinten reichen. »Was denn, aus Jena?«, stöhnt sie, noch ehe sie die erste Seite richtig gesehen hat, »da kam die Berenth doch auch her! Heijeijei, hoffentlich ist die nicht genauso deppert.«

»Woher denn«, ruft mein Großvater, »dann würden wir sie ja wohl kaum zum Vorstellungsgespräch einladen.«

Meine Mutter steht auf und zieht die Tasche vom Boden.

»Die Berenth hast du doch auch eingeladen! Und dann sogar eingestellt«, ruft meine Großmutter. »Wo willst du denn hin?«

»Nachhause«, sagt meine Mutter, fast tonlos, als sei sie im Kino und wolle die Darsteller auf der Leinwand nicht übertönen.

Mein Großvater reißt meiner Großmutter die Mappe aus der Hand. »Von wegen Berenth. Was Jena an berühmten Söhnen und Töchtern hervorgebracht hat, da können sich andere Städte mal umkucken. Hegel, Novalis, Goethe, Schiller!«

»Ich dachte der Schiller kommt aus Marbach«, ruft meine

Großmutter. »Du hast doch gesagt, die Schneider-Oma sei extra zu seinem Geburtshaus geradelt!«

»Ich? Ich soll das gesagt haben? Niemals!«

»Ach, dann lüg jetzt ich wohl.«

Meine Mutter drückt sich an den beiden vorbei. »Ich muss gehen.«

Meine Großmutter kommt ihr nachgerannt. »Bleibst du nicht zum Essen?«

»Würd ich ja gerne, aber ich muss noch lernen.«

»Dann pack ich dir wenigstens was vom Kuchen ein.«

»Nicht nötig.«

»Vielleicht für den Arno?«

Mein Großvater tritt aus dem Arbeitszimmer. »Schau dir doch mal die Noten an! Eins, zwei, zwei«, er piekt mit dem Finger auf die Mappe wie ein Huhn in den Sand, auch wenn meine Großmutter von der Wohnungstür aus unmöglich etwas lesen kann, »eine mit solchen Noten ist doch nicht blöd!«

»Das sind doch Ostnoten«, schreit sie trotzdem, »die können doch sonst was bedeuten!«

»Hilde, diese negative Haltung geht mir allmählich wirklich sowas von auf den Senkel. Merkst du denn nicht, dass wir an einem Wendepunkt stehen?«

»Wieso denn schon wieder Wendepunkt? Es geht doch nur um eine Verkäuferin!«

»Warum regst du dich denn dann so auf?«

»Ich reg mich gar nicht auf!«

»Dann regst du halt mich auf!«

»Ich geh dann mal«, flüstert meine Mutter.

Meine Großmutter hält sie am Arm fest. »Wart noch kurz!«, ruft sie und läuft ins Schlafzimmer. Schubladen schrappen, die Schranktüren fliegen auf, dann kommt sie keuchend zurück und hält eine Strickweste in die Luft.

Meine Mutter schüttelt den Kopf. »Mir ist nicht kalt.«

»Papperlapapp, gleich wird's dunkel. Dann frierst du!«, ruft meine Großmutter und drückt die Arme meiner Mutter in die Ärmel.

»Was ist das denn?« Mit drei Schritten steht mein Großvater neben ihnen und schiebt meiner Mutter die Hand in den Nacken. »*Made in China?*«, ruft er und zieht das Etikett so weit nach oben, dass ihr der oberste Knopf in den Kehlkopf schneidet, »was macht denn bitte so was in meinem Haus?«

Meine Großmutter zuckt die Schultern. »Ich glaub, die hat die Ilse mal geschickt.«

Mein Großvater stößt einen verächtlichen Ton aus. »100 Prozent Acryl, das kratzt doch wie 'd Sau.«

»Unsinn, das kratzt überhaupt nicht«, ruft meine Großmutter.

»Ich muss los.« Meine Mutter dreht den Kopf, versucht sich aus dem Griff meines Großvaters zu befreien. Aber schon langt ihr auf der anderen Seite meine Großmutter in den Hosenbund und stopft die verrutschte Bluse in den Schlüpfer. Wie zwei Kinder, die sich um eine Puppe streiten, ziehen sie meine Mutter zwischen sich hin und her, bis die sich endlich fast gewaltsam losreißt, ihren Mantel vom Kleiderständer zieht und irgendeine Entschuldigung murmelnd ins Treppenhaus schlüpft.

»Was ist denn jetzt mit dem Streuselkuchen für'n Arno? Hat ihm der's letzte Mal nicht geschmeckt?«, hört sie meine Großmutter noch rufen, während sie die Stufen hinabsteigt, gefolgt von dem mindestens doppelt so lauten »Herrgott Hilde, rufste ihn am besten selbst an!« meines Großvaters.

Dann fällt endlich die Tür hinter ihr ins Schloss.

Sie tritt auf die Straße hinaus, auf der es langsam dunkel wird. Geht den Bordstein entlang. Versucht den Bund noch weiter umzuschlagen, aber die Wulst lässt sich kaum noch drehen. Der Saum der Großvaterhosen ritscht und ratscht und ritscht und ratscht über den Asphalt, wie ein zweites Paar Schritte, das ihren eigenen folgt.

Sie beginnt zu laufen, immer schneller, bis sich ihre Schritte dem rasenden Herzschlag angepasst haben, durchsucht ihr Hirn nach einer Erklärung für das Chaos in sich und findet doch auch im hintersten Winkel nichts anderes als Beschimpfungen, reiß dich zusammen, was ist denn los mit dir?, hör endlich auf mit dem Scheiß!

Sie rennt zur Haltestelle, an der glücklicherweise auch schon eine Tram steht. Sie steigt ein, drückt sich zwischen den Menschen durch. Sie setzt sich, sieht die Beine vor sich, die Absätze, die zwischen den anderen Schuhen trippelnd nach Halt suchen. Immer wieder rutscht ihr die Tasche weg, während die Tram sich in die Kurve legt, hält und anfährt und wieder hält. Irgendjemand drückt die schon piepsenden Türen auf, stemmt ein Bein dazwischen. Aus dem Lautsprecher tönt die ungeduldige Stimme des Fahrers, aber das fällt ihr wohl erst später auf, oder vielleicht besser ein, Stunden, vielleicht sogar Tage später, als sie im Bett liegt und verzweifelt versucht, sich das alles so genau wie möglich ins Gedächtnis zu rufen, als würde sich ihr, wenn sie das Davor und Danach so sorgfältig freirubbelt, dass kein noch so kleines Fitzelchen Grau übrig bleibt, am Ende auch das Stück dazwischen erschließen. Aber zum wirklichen Erinnern wird ihr auch da der Mut fehlen. Alles, was sie schafft, ist, logisch zu kombinieren. Sie kann nur rekonstruieren, dass es ziemlich voll gewesen sein muss, warum sonst hätte sie auf dem schmalen Vorsprung unter den Stühlen gesessen? Dass wohl viele Leute ein- und ausgestiegen sind. Dass es ziemlich lange gedauert haben muss, bis die Bahn sich endlich wieder in Bewegung setzte, sodass meiner Mutter das Piepen noch in den Ohren hallt, als sie plötzlich nach vorne geworfen wird.

Sie fällt in den Gang, rutscht bäuchlings an den Sitzreihen entlang, Füße kratzen an ihrer Seite vorbei, bis sie endlich gegen das Fahrerhäuschen knallt.

Die Räder quietschen. Es kracht und krächzt und ächzt. Das Gesicht meiner Mutter wird gegen die Wand gedrückt. Dann bleibt die Bahn stehen.

Eine Dose schlägt scheppernd neben ihr ins Eck.

»Sind Sie verletzt?«, schreit ein Mann und lässt sich vor meiner Mutter auf die Knie fallen, biegt den Kopf zu ihr nach unten.

Meine Mutter winkt ab, was, so auf dem Bauch liegend, gar nicht so leicht sein kann, aber der Mann scheint nicht sonderlich beeindruckt.

»Geht's Ihnen gut?«, schreit er noch mal und legt sich fast neben sie auf den Boden. Hinter ihm sammelt sich eine Menschentraube.

Meine Mutter stützt sich ein Stück auf, aber in dem Moment fliegt die Tür neben ihrem Kopf auf. Blaue Beine stolpern über sie hinweg. Der Fahrer murmelt Unverständliches, während er sich durch die Menge nach draußen drängt. Ein paar Leute springen hinter ihm her auf die Gleise, Schotter knirscht unter ihren Füßen.

»Ist Ihnen was passiert?«, ruft der Mann, als hinge ihre Antwort von der richtigen Formulierung der Frage ab.

Meine Mutter zieht die Beine unter den Körper, richtet sich ganz auf. Erst als sie sich an der Wand anlehnen will, merkt sie, dass schon die ganze Zeit die Hand des Mannes auf ihrem Rücken liegt.

Von draußen hört man einen spitzen Schrei.

»Alles in Ordnung«, sagt sie, aber auch das scheint den Mann nicht zu befriedigen.

»Tut Ihnen was weh?«, ruft er wieder. Meine Mutter sieht, wie er seine Hand auf ihre Schulter schiebt, an ihrem Arm hinabfahren lässt.

»Nein, nein«, sagt sie.

Und tatsächlich spürt sie keinerlei Schmerz. Sie spürt gar nichts. Nicht die Wand, an der sie lehnt. Nicht den Druck um ihr Handgelenk. Nicht die blutige Stelle am Ellenbogen, die der Mann plötzlich findet und dabei zischend die Luft durch die Zähne zieht.

»Nur ein Kratzer«, sagt sie schnell und entwindet ihm den Arm.

Der Fahrer kommt zurück. »Lassen Sie mich doch durch!«, ruft er verzweifelt, dabei fahren die Passagiere ohnehin schon auseinander. Meine Mutter drückt sich ins Eck. Der Mann kommt hinter ihr her gekrochen.

»Von der Tür weg!«, schreit der Fahrer über seine Schulter zum Ausgang, während er an den beiden vorbei in sein Häuschen läuft. Die Mütze auf seinem Kopf rutscht ihm ins Gesicht.

»Weg!«, ruft er noch mal, »alle weg!« Ein schriller Ton erklingt. Dann ruckt die Bahn zurück. Die Achsen stöhnen auf. Meine Mutter sieht das Cola-Rinnsal, das sich an ihrem Po entlangschlängelt, in den Gang fließt, dann zurück auf sie zu, während die Räder erneut kreischend zum Stehen kommen.

Die Passagiere drehen die Hälse, während der Fahrer wieder nach draußen rennt. Diesmal laufen sie ihm gleich scharenweise hinterher. Die Traube um meine Mutter sieht immer abgenagter aus. Selbst der Mann scheint ein wenig das Interesse an ihr zu verlieren.

»Geht's Ihnen auch wirklich gut?«, fragt er noch mal, aber seine Augen huschen schon zum Ausgang.

»Ja, ja«, sagt meine Mutter. Sie greift nach ihrem Unterschenkel und zieht ihn mit beiden Händen zu sich heran.

»Nicht aufstehen!«, ruft eine Frau hinter dem Mann. »Was, wenn was gebrochen ist? Beim Meiser sagen sie immer, dass man sich nicht bewegen soll, bis der Rettungswagen kommt!« Sie dreht sich um und sucht nach Zustimmung, aber die verbliebenen Passagiere drängen jetzt alle nach draußen.

»Keine Sorge«, sagt meine Mutter und drückt wieder die Finger auf den Boden.

»Nein, nein, nicht, dass Sie am Ende querschnittsgelähmt sind«, ruft die Frau und stellt sich ihr in den Weg.

Meine Mutter schüttelt den Kopf. »Mir geht's gut«, sagt sie, und als das noch immer nicht hilft, »ich bin Ärztin«, auch wenn das ja nun noch nicht ganz stimmt, »glauben Sie mir, alles in Ordnung.«

»Achso, sagen Sie das doch gleich«, sagt die Frau beleidigt und tritt zur Seite, während meine Mutter endlich aufsteht.

»Sicher?«, fragt der Mann, der wohl selbst den Überblick über seine Fragen verloren hat. Er schafft es kaum noch, einen Augenblick vom Ausgang wegzusehen.

»Sicher«, sagt meine Mutter und tut ihm den Gefallen, auch einen Schritt zur Tür zu machen, sodass er ihr endlich auf den Arm tätschelt, »na dann, alles Gute« murmelt und hinter den anderen ins Freie rennt.

Der Wagen ist jetzt fast leer. Die letzten Fahrgäste laufen an ihr vorbei, sehen sie unsicher an, als seien sie ohne Ticket unterwegs und meine Mutter die Kontrolleurin, nur dass sie ja nicht in die Bahn, sondern aus ihr heraus wollen.

Sie senkt den Kopf, wischt sich über den Mantel, sieht plötzlich den Schlüpfer, der unter dem Bund hervorgerutscht ist. Sie reißt die Hose meines Großvaters nach oben, schaut sich nervös um, während sie die Bluse darüberstreicht.

Wieder hört sie einen Schrei, aber diesmal will er nicht abbrechen, sondern zieht sich gellend immer weiter in die Länge.

Meine Mutter wischt sich die Haare aus dem Gesicht und steigt endlich selbst aus, läuft hinter den anderen her, die sich den schmalen Streifen neben den Rädern entlangdrücken. Die Laterne an der Kreuzung schafft es nicht ganz bis zum Ende der Karawane. Im Halbdunkel rutschen die Hinterköpfe vor meiner Mutter unruhig hin und her, als versuche jemand vergeblich, ein Puzzle zu legen.

Vor ihr gehen zwei Mädchen und drücken sich eng aneinander. Ein Junge schließt sich ihnen an, auch wenn er wahrscheinlich nicht wirklich dazu gehört, aber je weiter sich der Trupp an der Schnauze der Bahn vorbeiarbeitet, desto langsamer werden die vorderen Reihen, sodass die hinteren zwangsläufig in sie hineingequetscht werden. Eines der Mädchen stellt sich auf die Zehenspitzen. »Und?«, flüstert das andere, aber da fällt ihr die erste schon in die Arme. Über das Gesicht, das an ihrer Schulter auftaucht, strömen Tränen.

Meine Mutter wird gegen die Rücken gedrückt, die den Blick auf die Gleise verstellen. Alles was sie sehen kann ist ein Kerl mit Bomberjacke und Stiernacken, ganz am Rand des Lichtkegels. An einer Kette hält er eine Dogge oder einen Pit Bull oder so was, was solche Kerle eben haben, groß, breit, auch mit ziemlich viel Nacken und rappelkurzem Fell, durch das sich die Muskeln abzeichnen.

Das Schreien schwillt an, ein schreckliches, markdurchdringendes Schreien.

Die Kette um den Hals der Dogge spannt sich.

Vor dem Restaurant auf der anderen Straßenseite glühen Wärmepilze. Kellner mit schwarzen Fliegen und weißen Hemden kommen heraus und schauen neugierig herüber. Ganz leise ist Musik zu hören.

Meine Mutter versucht die Melodie zu erkennen, aber das Schreien fährt immer wieder dazwischen, als würde jemand falsch singen, dafür ohrenbetäubend laut.

Ein paar der Passagiere beginnen zu tuscheln, andere weinen, drücken sich die Hand auf den Mund, als wollten sie vermeiden, die Hauptstimme mit ihrem Geheule zu übertönen.

Die Dogge zieht wieder nach vorne, aber diesmal hält der Kerl sie nicht mehr fest. Die Kette gleitet aus seiner Hand und schleift hinter ihr her, während sie schnüffelnd auf die Gleise läuft.

Das Gemurmel gibt die ersten Wortketten frei, man muss doch, hat denn schon, sollte nicht einer, wieso denn keiner. Eine junge Frau läuft auf die Gleise. »Einen Krankenwagen! Hat jemand einen Krankenwagen gerufen?«

»Das Mädchen, das gestürzt ist«, hört meine Mutter jemanden rufen, »die war doch Ärztin!«

»Ja, genau. Wo ist denn diese Ärztin?«, fragt es nur ein paar Meter von ihr entfernt.

Meine Mutter duckt sich zur Seite. Aus den Augenwinkeln sieht sie den Mann, der sich suchend umblickt. Und dann auch den Fahrer, ganz vorne, die Mütze in der Hand.

Jemand rennt über die Straße, auf das Restaurant zu.

Meine Mutter schaut zu der Dogge, deren Kette wie eine Kinderrassel auf den Schienen klirrt. Sie sieht die Umstehenden, die wie gebannt geradeaus starren. Sie sieht ihre eigenen Arme, den Kratzer am Ellenbogen, aus dem es noch immer blutet, obwohl sie überhaupt nichts spürt, weder den Schmerz, noch ihre eigene Hand, die sich auf die Wunde legt.

Sie setzt den Daumennagel neben der aufgeschürften Haut an und lässt ihn nach unten ratschen, betrachtet verwirrt die drei weißen Linien, die ihr Nagel hinterlassen hat. Wartet darauf, dass sie verblassen. Eine Minute. Zwei. Aber auch nach fünf heben sie sich noch deutlich vom Untergrund ab, wie Kreidestriche auf einer Schiefertafel.

Auf dem Gehsteig sammeln sich Schaulustige.

Sie streicht wieder über den Ellenbogen, jetzt schon richtig grob, presst Daumen und Zeigefinger um den Arm und drückt zu, bis die Fingerkuppen aneinanderstoßen. Die Haut staut sich unter dem Ring auf. Aber noch immer ist das Einzige, was sie spürt, die Unruhe darüber, noch immer nichts zu spüren.

In der Ferne hört man ein Martinshorn.

Sie lässt los, rubbelt über die tiefen Halbmonde, lässt die Hand auf ihre Brust gleiten, auf den Bauch, sucht durch die Bluse hindurch nach ihrem Magen.

Wenn nur endlich das Schreien aufhören würde, denkt sie, während sie sich verzweifelt zu erinnern versucht, welche Stelle in ihrem Kopf bisher für das Fühlen verantwortlich war. Immer unruhiger streicht sie über die taube Haut, die Hüfte hinab, auf den Oberschenkel.

Er berührt so plötzlich ihre Finger, dass sie vor Schreck zusammenfährt.

Sie reißt den Arm weg, zieht die Hand zu sich nach oben. Betrachtet die Innenfläche, als erwarte sie, einen Abdruck darauf zu finden. Aber die Haut sieht aus wie immer. Höchstens vielleicht ein bisschen schmutziger nach dem Sturz.

Sie macht eine Faust. Drückt den Daumen über die übrigen Finger. Lässt den Arm wieder sinken. Ganz leicht nur holt sie aus, er kann höchstens ein paar Zentimeter hinter ihr stehen, so schnell stoßen ihre Fingerknöchel gegen sein Hosenbein.

Und sausen sofort wieder zurück, wie ein Tennisball, der vom Boden zurückdopst.

Die Dogge hebt den Kopf, schnappt, wahrscheinlich aus purem Überdruss, nach dem Ärmel ihres Herrchens, zieht daran, springt an ihm hoch. Der Kerl schubst sie so brüsk von sich, dass sie in die Büsche fällt. Die Zweige knacken, während sie sich aufrappelt, aber sie dreht sich nicht mal um. Als sei es ein Spiel, nimmt sie wieder Anlauf und rennt auf ihn zu.

Meine Mutter holt wieder aus, berührt erneut sein Bein, weiß sie da schon, dass es *sein* Bein ist? Hat sie ihn doch gesehen, so kurz, dass es nur ihr Unterbewusstsein gemerkt hat? Sie verharrt, wartet, ob der Gegendruck stärker wird. Vor Anspannung beginnt ihre

Schulter zu zittern. Was machst du denn da, du kannst doch nicht, lass das sein, denkt sie. Und drückt doch den Arm durch.

Sie öffnet die Faust. Spürt den kalten, glatten Stoff. Spürt ihre eigene Haut daran, so deutlich, als würde jemand mit dem Messer daran entlangfahren. Das Blut beginnt in ihren Fingern zu kribbeln, als habe es nur einen Widerstand gebraucht, um sie wieder zu fühlen.

Der Krankenwagen drängt sich an den Straßenrand.

Sie schiebt die Hand nach oben, den Oberschenkel entlang. Als würde sie Mehl auf einer Arbeitsfläche verteilen, lässt sie den Handballen in kleinen Kreisen weiterwandern, den Blick stur auf die Gleise gerichtet, als habe sie überhaupt nichts mit dem zu tun, was da hinter ihrem Rücken passiert, als würde es sie brennend interessieren, wie die Rettungshelfer auf die Gleise gerannt kommen, eine Trage zwischen den Armen.

Die Dogge springt um den Kerl herum, schlägt mit den Vorderläufen gegen die Bomberjacke.

Das Blaulicht huscht über die Reihen. »Wir wollen Ihnen doch nur helfen!«, hört sie einen der Sanitäter.

Sie schließt die Augen, versucht die Hand stillzuhalten. Wartet auf eine Regung, ein Zeichen von ihm, bis sie es endlich nicht mehr aushält und die Finger auf den Reißverschluss schiebt.

Der andere Sanitäter redet auf den Fahrer ein, während die Dogge immer weiter hochspringt. Der Kerl stößt sie weg, ohne sie anzusehen, aber das Ignoriertwerden scheint sie nur noch anzuspornen. Wie ein Bumerang fliegt sie zurück und lässt sich noch härter auf den Boden schmettern. Ihre Hinterläufe rutschen den Hang hinab.

Meine Mutter verlagert ihr Gewicht auf das andere Bein, schiebt den Po an seinen Oberschenkel. Ihr Daumen streicht langsam auf und ab, zieht den Zeigefinger hinter sich her.

Die Dogge beginnt zu bellen, rast zurück, springt erneut den Kerl an, der sie immer wieder und immer heftiger wegstößt. Erst als sie den Kopf so zu schütteln beginnt, dass die Kindersandale zwischen ihren Zähnen gegen seine Jacke knallt, fährt der Kerl plötzlich herum.

Wild schreiend grapscht er nach der Sohle, aber die Dogge windet sich unter seiner Hand weg. Der Sabber läuft über den Lederriemen, während sie wartet, bis er gleichauf ist. Dann rast sie wieder los, der Kerl ihr hinterher. Wie eine Kellerassel, von der man einen Stein gezogen hat, läuft er im Scheinwerferkegel umher, versucht ein ums andere Mal ihre Hinterläufe zu fassen zu kriegen, wirft sich endlich auf sie. Er packt die Kette und lässt sie auf ihren Kopf sausen. Die Dogge heult auf.

»Aufhören!«, schreit die junge Frau. Aber der Kerl ist nicht zu bremsen. In blinder Wut reißt er der Dogge die Sandale aus dem Maul und schlägt ihr mit der Faust in den Bauch. Die Beine strampeln gegen die Bomberjacke, während er erneut mit der Kette ausholt. Die Frau schaut sich verzweifelt um. Von hinten kommt der Sanitäter angelaufen, aber an der Kette traut auch er sich nicht vorbei. Wie erstarrt stehen die beiden da und schauen zu, wie der Kerl mechanisch auf das Tier eindrischt. Immer wieder stößt sein Ellenbogen nach hinten, als bediene er eine Pumpe. Es dauert eine Weile, bis meine Mutter merkt, dass ihre Hand im gleichen Rhythmus auf und ab reibt.

Sie lässt nicht nach, spürt den Druck an ihren Fingern.

Und dann löst sich der Reißverschluss auf einmal aus ihrer Hand.

Sein Arm streift ihre Schulter. Sie sieht den Rücken, der sich vor ihr durch die Reihen drängt, die schwarzen Schuhe und dann ihre eigenen, die ihm folgen, hinter ihm her zum Bahnübergang laufen, die Wimpel auf den Gleisen zertreten. Sie wird schneller, weicht Armen, Tüten, Kindern aus, während sein Hinterkopf in der Menschenmenge abtaucht, auftaucht, wieder abtaucht. Ihr Blick schlängelt sich zwischen den Stoßstangen durch, auf den Gehsteig, rennt zur Kreuzung voraus und wieder zurück und dann sieht sie ihn doch wieder, die Straße überqueren, den Blick nach hinten gewandt, zu ihr gewandt, als würde er sich nach ihr umsehen. Oder vielleicht schaut er auch nur, ob ein Auto kommt.

Sie rennt los, fällt fast über ihren Hosensaum. Der Bund rutscht nach unten. Sie hält die Gürtelschlaufen fest, tschuldigung, darf ich mal, entschuldigen Sie bitte, die Tasche knallt an ihre Seite, während sie über die Straße rennt, am Restaurant vorbei. Die Schreie von den Gleisen werden leiser, und die in ihr immer lauter. Bitte, hallt es in ihrem Kopf, für mehr ist kein Platz, bitte. Bitte. Bitte, bitte, bitte. Das Küchengummi rutscht von ihren Haaren, aber sie hat keine Zeit, sich danach umzudrehen, wagt nicht, ihn aus den Augen zu lassen. Sie läuft über eine Kreuzung, über eine zweite, sieht nichts als seinen Rücken, das weiße Hemd, das sich über dem Gürtel plustert, die schwarze Weste darüber, dann ganz plötzlich seine Augen.

Er tut nicht mal so, als würde er sich wundern, sie zu sehen, schaut sie nur an, nicht abweisend, aber auch nicht wirklich interessiert, wie man einen Katalog anschaut, der einem ungefragt in den Briefkasten gesteckt wurde. Seine Oberlippe biegt sich schräg nach oben, wie vor ein paar Tagen im Spätkauf. Sie fühlt seine Hand in ihrer, dann den Zug daran, während er ohne jegliche Vorwarnung wieder losläuft.

Sie stolpert hinter ihm her, sieht die Pflastersteine unter sich, sieht die Häuser am Straßenrand, wie vor einem Bahnfenster, ein langer Faden, der in Wellenlinien auf und ab springt.

Er biegt in einen kleinen Weg, die Laternen reißen ab. Nur mit Mühe kann meine Mutter das Schild entziffern, »Für Kinder bis zu 12 Jahren. Benutzung auf eigene Gefahr«, während er sich an einem rostigen Zaun zu schaffen macht. Das Türchen springt auf.

Er zieht sie an einer Schaukel vorbei, auf das größere von zwei Holzhäuschen zu, zwischen denen sich eine Hängebrücke spannt.

»Du zuerst!«, sagt er und lässt ihre Hand los.

Sie schaut ihn fragend an.

Er zeigt in das Häuschen. Sie folgt seinem Arm, blickt in die dunkle Höhle. Vor dem Eingang steckt eine Schippe im Sand.

Was tust du denn hier?, denkt sie. Mach, dass du hier wegkommst! Noch ist es nicht zu spät!

Sie dreht sich um, schaut an ihm vorbei zurück auf den Weg, aber sofort spürt sie wieder diese Taubheit an ihren Gliedern. Ihre Beine sacken zu Boden.

»Vorsicht«, sagt er und legt die Hand an den Torbogen, während er sie auf allen vieren ins Innere schiebt.

Sie kriecht ins Eck, sieht ganz kurz seinen Körper, der den Eingang ausfüllt, während von oben Sand auf sie rieselt, dann dreht er sie mit dem Kopf zur Wand. Mit einer einzigen schnellen Bewegung schiebt er ihre Hose und den Schlüpfer auf die Knie. Die Kälte eilt seiner Hand voraus, bevor er seine Finger in sie hineinschiebt und meine Mutter gegen die feuchten Latten drückt.

Sie starrt auf seine freie Hand, mit der er sich neben ihr abstützt, sieht die kurzen Nägel, die abgeknipsten Kanten, das ausgerissene Häutchen, versucht sich alles ganz genau einzuprägen, wie sie es damals im Zeichenunterricht gelernt hat, um auch aus dem Gedächtnis skizzieren zu können, unnötigerweise, wie sich herausstellte, weil sie letztlich kurz darauf das Zeichnen schon wieder aufgeben musste. War es das Turnen, das dazwischengekommen ist? Oder schon das Singen. Die Autofahrt huscht an ihr vorbei, wie sie auf der Rückbank sitzt, den riesigen DIN-A2-Block auf dem Schoß, als meine Großmutter plötzlich statt rechts Richtung Zeichenlehrer nach links abbiegt. Ach, hat der Papa nichts gesagt? Wir versuchen heut mal was Neues. Sein Reißverschluss ratscht auf. Er drückt ihre Beine auseinander. Sie spürt ein Stechen an ihren Rippen, schnappt nach Luft. Dann stößt er mitten in sie hinein.

Der Schmerz schießt durch ihren Körper. Sie greift nach den Latten, krallt sich fest, aber es gibt ohnehin keinen freien Platz, auf den sie fallen könnte. Eingepfercht zwischen ihm und den schwarzen Wänden, kann sie sich gerade so weit bewegen, wie er es zulässt. Ihr Gesicht wird gegen das Holz gedrückt. Er fährt unter ihre Bluse, in den BH, zieht ungeduldig die Brustwarzen heraus und quetscht sie zusammen, bevor er seine Hand auf ihren Bauch presst. Seine gespreizten Finger krallen sich ins Fleisch, als würde er sich selbst in ihr festhalten. Sie lugt durch die Ritzen zwischen den Brettern ins Freie, sieht die Unterseite der Rutsche, das Gras davor.

Seine Hand löst sich von den Brettern und fährt ihr auf den

Mund. Ein künstlicher, bitterer Geschmack schiebt sich zwischen ihren Lippen hindurch. Sie schließt die Augen, stellt sich vor, wie er hinter ihr kniet, auf ihren Po schaut, wie sein Blick über ihren Rücken gleitet, auf dem sein knittriges Hemd aufstößt. Sieht er zufrieden aus? Gierig? Verzieht er das Gesicht zu einer Grimasse, wie Arno es tut? Sie denkt an seine hochgezogene Oberlippe, die nackten Wangen, wenn sie denn noch nackt sind, waren sie schon wieder stoppelig? Er fühlt sich schon wie eine ferne Erinnerung an, obwohl er noch immer in ihr ist.

Sie gräbt ihr Gesicht in seine Hand. Ihre Schneidezähne streichen über die Fingerballen. Sie atmet den seltsamen Geruch ein, etwas Chemisches, vielleicht ein Reiniger, merkt gar nicht, wie sie auf einmal zubeißt, bis das Zischen über ihr Ohr fährt. Er reißt die Hand weg, drückt sie neben die andere in ihren Bauch. Ihre Brust knallt gegen die Wand. Gleich, denkt sie und hält sich an den Latten fest, um sich auf das Ende vorzubereiten.

Aber es ist schon vorbei. Er rutscht so schnell aus ihr heraus, dass sie nicht mal Zeit hat, den Kopf zu drehen, schon ist er vor dem Häuschen.

In der Hocke kauernd, wie ein kleines Mädchen, das zum ersten Mal im Freien pinkelt, sitzt meine Mutter da, spürt, wie es tatsächlich an ihren Beinen hinabtropft. Die Hose und der Schlüpfer schnüren sich um ihre Waden. Sie muss erst hinter ihm her nach draußen krabbeln, um sie hochzuziehen.

Er sitzt ein paar Meter weiter auf der Schaukel, scheint sich die Hand zu reiben, aber es ist zu dunkel, um sicher zu sein.

»Tschuldigung«, sagt meine Mutter sicherheitshalber, als sie bei ihm ankommt. Eine Flamme blitzt auf. Die Zigarettenspitze leuchtet rot zwischen seinen Fingern.

Meine Mutter fährt sich übers Haar, tastet in ihren Nacken, aber das Küchengummi scheint endgültig verloren. Sie sieht ihm zu, wie er schaukelt, zu ihr hin, von ihr weg, zu ihr hin und wieder weg, denkt darüber nach, sich auf die zweite Schaukel zu setzen.

Und bleibt doch stehen.

Wie eine Mauer ragt die Dunkelheit zwischen ihnen auf. Nur die glühende Zigarettenspitze wirft ein wenig Licht auf seine Wangen, die tatsächlich noch rasiert sind. Oder schon wieder? Wie lange dauert es, bis ein Bart nachwächst? Einen Tag, eine Woche, ein paar Stunden? Mein Großvater rasiert sich jeden Morgen und wenn er ein Essen hat auch noch mal am Nachmittag. Aber das ist natürlich auch Mache, damit alle merken, was für Massen Testosteron in ihm toben. Bei Arno reicht einmal am Tag. Glaubt meine Mutter zumindest. Er geht immer erst ins Bad, wenn sie aus dem Haus ist, um sie nicht aufzuhalten. Außer am Wochenende, da lässt er es manchmal ganz und bleibt bis abends im Schlafanzug. Sie denkt daran, wie er jetzt auf sie wartet, wie er in der Küche sitzt und aus dem Fenster schaut, die Serviette vom Morgen zu einer Ziehharmonika gefaltet. Was, wenn meine Großmutter ihn tatsächlich wegen des Kuchens angerufen hat und ihm erzählt hat, dass meine Mutter schon vor einer Ewigkeit losgegangen ist?

Geh heim, denkt sie, du hast gekriegt, was du wolltest, was hält dich denn noch hier? Aber stattdessen glotzt sie weiter reglos auf die Zigarette, die der Nacht in kurzen Abständen neue Bilder entreißt, wie wenn die Blende einer Kamera sich schließt und wieder öffnet, seine Stirn, seine Nase, seine Augen, die sich am Filter festklammern. Fast scheint es, als würde er schielen. Mit jedem Zug scheint er sich weiter von ihr zu entfernen, als stünde die Länge der Zigarette umgekehrt proportional zu ihrer Distanz. $y = k \cdot 1/x$, denkt meine Mutter und denkt das wirklich, ypsilon gleich k mal 1 durch x, flüchtet sich vor lauter Verzweiflung wieder in den Verstand. Aber der hat jetzt wohl wirklich die Schnauze voll davon, ihr zu helfen. Wie ein Kaugummiautomat, bei dem man alle Knöpfe auf einmal gedrückt hat, spuckt er wahllos irgendwelches Zeug aus, Hyperbel, asymptotische Annäherung, die voluminöse Expansion subterraner Knollengewächse steht in reziproker Relation zur intellektuellen Kapazität des Agrarökonomen, mein Großvater hat sich halb kaputt gelacht, als sie in der fünften Klasse mit diesem Spruch nach Hause kam. Bei jeder Gelegenheit gab er ihn zum Besten, bis er ihn eines Morgens, kurz bevor sie Abitur machte, dann sogar wieder ihr erzählte. Sie denkt daran, wie er sie ansah, so erwartungsvoll, dass sie ihm endlich den Gefallen tat und lachte.

Er nimmt wieder einen Zug, obwohl der Stummel bereits so kurz ist, dass es aussieht, als würde er die Lippen direkt um seine Fingerspitzen legen. Asche weht auf den Boden. Wieso denn eigentlich voluminöse Expansion?, fällt ihr ein. Wieso nicht einfach Volumen? Das ist doch redundant. Der Filter fährt über den Holzbalken. Dann sieht sie ihn loslaufen, genauso unvermittelt wie zuvor. Die Schaukel schwingt hin und her, während er mit großen Schritten über den Rasen stapft. Sie schafft es gerade noch durch das Türchen, bevor ihr die Klinke gegen das Bein stößt.

Er läuft den Weg entlang, zurück auf die Straße. Und sie ihm hinterher, ein paar Meter Abstand haltend, als sei eine Schnur zwischen ihnen gespannt, die sich nicht durchhängen darf. Der Verkehr rauscht an ihr vorbei, eine Ampel springt auf Rot. Wütendes Hupen folgt ihr auf die andere Straßenseite. Die Haut an ihren Innenschenkeln spannt. Sie hält wieder die Gürtelschlaufen fest, während sie abbiegt, wo er abbiegt, anhält, wenn er anhält, weiterläuft, sobald er weiterläuft. Sie riecht den Knoblauch, rutscht fast auf ein paar Zwiebeln aus, als sie endlich aufschaut, den Dönerladen sieht, merkt, dass sie auf dem Weg nach Hause sind, dass er auf dem Weg nach Hause ist, das auch ihr Zuhause ist, auch wenn ihr dieser Gedanke plötzlich absurd erscheint. Wie kann es denn sein, dass die Häuser, an denen sie jeden Tag vorbeigeht, dieselben sind, an denen er jeden Tag vorbeigeht? Wie kann die Straße, die in ihr Leben führt, gleichzeitig in dieses andere Leben münden, von dem sie absolut nichts weiß? Sie betrachtet die Fassaden, die ihr plötzlich völlig unbekannt vorkommen, als würde sich seine Fremdheit auf sie übertragen, die Eingänge mit den winzigen Briefkästen, die Parkbuchten, ihre Tür, die jetzt auch seine ist. Sie versucht sich seine Wohnung vorzustellen, ein Zimmer um ihn herum zu bauen. Sie faltet ihr eigenes Wohnzimmer auf, wirft die schweren Mahagonimöbel raus und stellt ihm einen neuen Stuhl hinein, vielleicht einen Drehstuhl, wie der im Spätkauf. Sie hängt das Gemälde mit der Frau dahinter, zieht die Vorhänge auf, aber sofort drängt sich ihr eigener Kopf in den Hintergrund, ihre Augen, die im Fenster lauern, und plötzlich wird ihr klar, dass es genauso sein wird, dass alles wieder von vorne anfangen wird, sobald sie den Hauseingang erreichen. Sie wird in ihre Wohnung gehen und er in seine. Aber in ihrem Kopf wird er umdrehen und stattdessen sie verfolgen, sich hinter ihr durch die Tür zwängen, sie durch ihre Wohnung jagen. Sie wird ins Bad laufen, das Sperma von den Beinen waschen, wird ihre eigenen Sachen anziehen, ihre Bücher aufschlagen, wird versuchen, weiterzumachen, als sei nichts passiert. Aber er wird sie nicht lassen, wird sich zwischen die Seiten drängen, ihren Kopf verwüsten, keine Ruhe geben, bis sie wieder am Fenster steht und zu ihm herüberstarrt, nur dass es diesmal noch schlimmer sein wird, weil mit ihr die Erinnerung vor der Scheibe kauern wird. Wieder wird sie warten, darauf, dass sie einen kurzen Blick auf ihn werfen kann. Darauf, dass er einen Blick auf sie wirft. Aber das wird nicht passieren. Nie wieder wird er sie so ansehen, wie damals in der Bahn. Stattdessen wird sie sich selbst sehen, mit dem Schlüpfer um die Waden, das plattgedrückte Gesicht an der Bretterwand, wie sie ihm nachläuft, wie er vor ihr wegläuft, genau diesen Moment wird sie sehen und die Scham spüren.

Ihre Beine werden schwer. Je mehr sie sich anstrengt, mit ihm Schritt zu halten, desto weiter fällt sie zurück, als würde sie rückwärts gehen. Verzweifelt schaut sie ihm nach, wie er unter das Vordach läuft, die Hand in die Hosentasche steckt, den Schlüssel herauszieht. Die Tür springt auf.

Aber er geht nicht hindurch, hält nur die Tür auf, gerade so weit, dass sie nicht wieder zuschnappt.

»Geh besser vor«, sagt er, als sie endlich bei ihm ankommt.

»Wieso?«, fragt sie. Fast ist sie ein bisschen verwundert, dass er sich überhaupt noch an sie erinnert.

Er stößt die Tür weiter auf, fängt sie im Zurückschwingen wieder auf. »Damit dein Mann uns nicht zusammen sieht«, sagt er und grinst, das gleiche, schiefe Grinsen, das sie die ganzen Stunden oder Tage oder Wochen so gequält hat. Aber diesmal dringt es an einer anderen Stelle in sie ein, nicht als Angreifer, diesmal kommt es als Freund, ein alter Freund aus der Vergangenheit, der eine Geschichte mitbringt, die nur sie kennen.

Uns. Mit unbeweglichen Lippen spricht sie das Wort vor sich her, wie eine Vokabel, die man auf keinen Fall vergessen darf, uns, uns, uns. Vor Freude über die unerwartete Verbundenheit, die in diesem Wort liegt, traut sie sich kaum, zu antworten, als könnte es sonst zwischen den anderen verloren gehen.

»Na gut«, bringt sie endlich heraus, mühsam, als täte sie ihm einen Gefallen. Sie schiebt sich an ihm vorbei in den Gang, spürt das Geheimnis zwischen ihnen plötzlich so deutlich wie einen Gegenstand, wie etwas Schweres, das sie zusammen tragen, seine Hände an der einen Seite, ihre an der anderen. Sie schaut kurz auf, gerade lang genug, um sich zu versichern, dass der gelbe Zahn noch immer unter der Oberlippe hervorblitzt.

»Warte lieber ein paar Minuten«, kann sie nicht widerstehen, ihre Komplizenschaft noch etwas in die Länge zu ziehen. Ihr Blick huscht zum Innenhof. Sie versucht, verschwörerisch zu kucken, während sie wieder den Kopf hebt. »Nicht, dass mein Mann misstrauisch wird.«

Er nickt langsam. Seine Mundwinkel zucken, und zum ersten Mal wird auch der andere Schneidezahn sichtbar.

»Gut«, sagt sie und nickt ebenfalls, als ginge es darum, eine Geschäftsvereinbarung zu besiegeln. Sie macht einen Schritt Richtung Innenhof. Dann dreht sie sich doch noch mal um, als habe sie etwas vergessen. Sie fühlt sich geradezu verwegen, als sie die Hand nach ihm ausstreckt und einen unsichtbaren Fleck von seiner Weste wischt.

»Jetzt ist es gut«, sagt sie, bevor sie den Gang entlangrennt, an den Mülltonnen vorbei. Ihre Fingerspitzen brennen, während die Tür hinter ihr ins Schloss fällt.

9. Kapitel

Als sie am nächsten Morgen erwachte, fühlte es sich an, als würde eine Spinne hinter ihrer Stirn sitzen und die Beine um den rechten Augapfel krallen. Ihr Mund war trocken, der Nacken feucht, sie brauchte mehrere Anläufe, bis sie die Wimpern so weit auseinanderbekam, dass sie den Wecker sehen konnte, bei dessen Anblick sie entsetzt hochfuhr.

»Nicht aufstehen«, hörte sie Arnos Stimme, »du gehörst ins Bett.« Eine glühendheiße Hand legte sich auf ihre Stirn und drückte sie zurück auf die Matratze.

»Ich muss doch arbeiten!«, protestierte meine Mutter.

Aber ihre Lippen ließen keinen Ton aus dem Mund. Die Zunge blieb an ihren Zähnen kleben. An ihrem Gaumen machte sich ein süßlicher Geschmack breit.

Sie versuchte, sich zur Seite zu drehen, wollte die Hand abschütteln, bevor sie ihr die Stirn noch ganz versengte, aber sie konnte sich keinen Millimeter rühren. Verwirrt betrachtete sie den Oberarm, der schräg über ihr aufragte und eigentlich gar nicht so kräftig wirkte, ein mickriger Hügel, der zwischen Schulter und Armbeuge kaum merklich anstieg. Dann sah sie Arnos Zeigefinger, der unvermittelt in ihr linkes Auge fuhr. Sein Daumen kroch hinterher. Als würde er einen eingetrockneten Schmutzrest vom Teller kratzen, grub er sich in die Falte zwischen den Lidern und rieb darin herum, fuhr an ihrem Nasenflügel entlang, nur um ein ums andere Mal enttäuscht in die leeren Fingerkuppen zu blicken und von vorne anzufangen, bis er endlich etwas Gelbliches zwischen den Nägeln herausschnippste.

»Schlaf noch ein bisschen«, flüsterte er. Die Klinke schnalzte nach oben, dann knarrten die Dielen im Flur.

Meine Mutter rieb sich über die Lider, die sich sofort wieder aneinanderklammerten, stemmte sich mühsam mit einem Arm nach oben. Ein dumpfer Schmerz fuhr ihr in die Schulter. Sie versuchte, sich mit dem anderen Arm abzustützen, aber stattdessen sackte der erste zurück aufs Bett. Vielleicht hat sich da gestern bei dem Sturz was verkeilt, dachte sie, und mit einem Mal ist alles wieder da, seine Hand in ihrer, zwischen ihren Beinen, unter der Bluse, um ihre Brustwarzen, sie zuckt zusammen, was war das warst doch nicht du hättest doch nicht, sie reißt den Mund auf, schnappt nach Luft.

Ihre Nägel bohren sich ins Laken, während sich ihr Körper in schnellen Schlucken mit Erinnerung vollsaugt. Die Bilder schießen ihr in die Venen, blähen sich so auf, dass es unter der Haut zu kribbeln beginnt.

Sie streckt die Hand unter der Decke aus, Finger für Finger für Finger für Finger für Finger, lässt sie nach unten gleiten. Trödelt einen Augenblick an der Hüfte herum. Malt Kreise auf den Beckenknochen, als habe sie vergessen, wo sie eigentlich hin will. Dann stößt sie die Hand zielstrebig auf die Stelle zu, an ihrem Bauchnabel vorbei, dahin, wo er sie …

Das Bettgestell kreischt auf, so heftig tritt sie aus.

Sie reißt die Augen auf, schlingt die Arme um ihren Körper, als habe sie Angst, es könne ihn sonst auseinanderreißen. Der Druck in ihrem Kopf wird noch größer.

Sie bohrt die Nägel in die Schläfen, hat das unbestimmte Gefühl, sich konzentrieren zu müssen, als gäbe es ein kompliziertes Problem zu lösen. Denk nach, ruft sie sich zu, denk!, während sie sich zurück an die Tram versetzt. Sie sieht die Menschenmenge und sich selbst darin, ihre eigenen Konturen, die Härchen, die ihr ins Gesicht wehen, das selbst ein blinder Fleck bleibt, die Ahnung einer Nase, darunter den Bauch, ihren Arm, der sein Hosenbein berührt, ihre Hand auf seinem Reißverschluss, das Rutschbahnhäuschen, seinen Körper im Torbogen. Nein, nicht so schnell, versucht sie sich zur Ordnung zu rufen, schön der Reihe nach, aber schon wird sie von der Schaukel mitgerissen, vor und zurück, und vor, und zurück, du musst nachdenken, nachdenken musst du, du musst nachdenken, nachdenken musst du, die Worte verfangen sich in der Eisenkette, wickeln sich umeinander, bis nur noch die bloßen Laute übrig bleiben, DEEEnk, NAAAch, NAAAch, DEEEnk.

Sie zwingt sich, zurück zur Haltestelle zu gehen und dort zu warten, bis ihr Atem ein wenig abgeflacht ist, sich zu sammeln, erstmal alles zu sortieren, Restaurant, Krankenwagen, Sanitäter, aber ihre Gedanken reißen sich wieder los und eilen weiter, an der Ampel vorbei, die Straße entlang. Sie sieht die Hose an ihren Knien, seine winzige, brennende Zigarette, spürt ihn hinter sich, während sie gegen die Bretterwand knallt. Sie schaut durch die Latten, betrachtet das Ende der Rutsche, die Sandmulde, die sich davor auftut, da, wo die Kinder mit den Füßen aufkommen und aufspringen, »Papi, noch mal!« Die kurzen Beine stolpern auf den Rasen. Elternhände heben sie hoch, tragen sie um das Häuschen herum und setzen sie oben wieder ab. Ihre Wange reibt über das nasse Holz. »So ist gut«, sagt er zufrieden. Die Kindersohlen poltern über sie hinweg. Was, wenn einer von denen nach unten kuckt und uns sieht?, will sie sagen, aber da drängt er sich schon in ihren Mund. Der Saft läuft ihren Rachen hinunter. Es schmeckt so widerlich, dass sie fast ausspuckt.

»Ja, so ist gut«, hört sie Arno sagen, während er den Löffel zwischen ihren Zähnen herauszieht. Er dreht eine braune Flasche auf den Kopf, beginnt zu zählen. Durch die angelehnte Tür fällt ein wenig Licht ins Zimmer. Meine Mutter folgt seinem Arm, der auf sie zu balanciert. Der Löffel ist so voll, dass die Flüssigkeit sich an den Rändern aufzutürmen scheint.

Sie presst die Lippen aufeinander, aber er scheint ihren Widerstand nicht mal zu bemerken, schon ergießt sich die bittere Flüssigkeit abermals in ihren Mund.

»Na siehst du«, sagt er und fängt mit dem Löffel einen Tropfen am Kinn auf.

Er zieht die Decke nach oben, hebt ihren Kopf an, um das Kissen darunter auszuschütteln. Wieder wundert sie sich über seine plötzliche Kraft. Ihre Augen folgen ihm, während er zum Vorhang geht und nach einem Spalt sucht, den er noch zuziehen könnte. Er ist so groß und breit, dass das Fenster dahinter gar nicht mehr zu sehen ist, nur Wand und er und wieder Wand.

Ich muss wirklich ganz schön schwach sein, wenn er mit einem Mal so stark ist, denkt sie – in Wahrheit wahrscheinlich noch nicht in diesem Moment, sondern erst etwas später, als sie wieder halbwegs bei Sinnen ist. Aber mit der Chronologie darf man es hier nicht so genau nehmen. Das Zeitgefühl meiner Mutter ist unter den Fieberschüben, die immer wieder von ihr Besitz ergreifen, fast vollends dahingeschmolzen. Und Arno tut sein Übriges, indem er den Radiowecker aus der Steckdose zieht. Oder schon gezogen hat. Oder erst ziehen wird. Dazu sagt er Sätze wie »schlaf jetzt«, »keine Widerrede«, »du bleibst liegen!« Und meine Mutter, überrascht, dass er den Imperativ überhaupt kann, lässt sich gehorsam nach hinten fallen und sinkt zurück in den Schlaf, wo er schon auf sie wartet. Sie geht auf ihn zu, streckt die Hand nach ihm aus, aber in dem Moment, in dem sie seinen Arm berührt, dreht er sich unter ihren Fingern weg und läuft los. »Warte!«, ruft sie, »wart!« Sie rennt ihm nach, in den Wald hinein. Die Bäume stecken die Köpfe über ihr zusammen, schlingen die Äste um ihre Schultern wie Lianen. Sie dreht sich nach rechts und links, wirft panisch den Kopf herum, entdeckt endlich die roten Flecken auf dem Gehweg. Ein Luftzug fegt über sie hinweg. Die Bahn rast auf sie zu. Sie springt zur Seite, knallt gegen die Frontscheibe, und dann sieht sie die Nachttischkante, die sich in ihre Stirn bohrt, spürt ihre Glieder blank und ungeschützt auf dem Laken liegen, völlig starr, als seien sie von einer Eisschicht überzogen.

Sie zieht den Kopf zurück auf die Matratze, tastet hinter sich. Findet die zusammengeknüllte Decke am Fußende und zieht sie mit den Zehen nach oben. Ihre Zähne schlagen aneinander. Ihr Atem steht weiß in der Luft, was, wenn draußen angeblich schon frühlingshafte Temperaturen herrschen sollen, nun nicht wirklich glaubhaft wirkt, aber vielleicht ist meiner Mutter da ja etwas von der Nacht nach Michaelas Party in die Erzählung hineingerutscht, der Unfall, die Krankheit danach, die wirren Träume. Vielleicht musste sie Platz in ihrem Gedächtnis schaffen für all die verbotenen Erinnerungen und hat die beiden Geschichten kurzerhand in dieselbe Kiste gepackt, sodass sie im Laufe der Jahre durcheinandergekommen sind. Oder vielleicht stimmt es auch, dass sich alles wiederholt. Vielleicht steht uns wirklich nur eine begrenzte Zahl unterschiedlicher Szenarien im Leben zur Verfügung, ein paar Komödien, ein paar Dramen, und wer die durch hat, darf nur noch auf Variationen hoffen. Warum sonst sollte jemand so scharf darauf sein, in einem neuen Stück mitzuspielen, dass er dafür sein Dauerengagement für die seit mehr als zwei Jahrzehnten mit Bravour gezeigte Hauptrolle riskiert?

Aber bei Erklärungen sind wir noch nicht. Zumindest ist es meine Mutter noch nicht. Dazu müsste sie ja auch erst mal das mit dem Denken hinkriegen, und noch verweigert ihr Verstand die Mithilfe. Stattdessen liefert er sie schutzlos dem Schlaf aus, der sich immer wieder auf sie wirft. Stundenlang. Tagelang. Wochen-, monate-, jahrelang, bis er endlich den Griff ein wenig lockert und sie hochfahren lässt, kalten Schweiß im Rücken, einen verräterischen Schrei im Hals. Doch zum Glück ist auch ihre Stimme noch nicht zurück. Wie eine Kindersicherung versperren ihr die geschwollenen Mandeln den Weg in die Freiheit und schützen meine Mutter vor sich selbst.

Arno kommt zurück, um ihr noch mehr von seinem Saft einzuflößen, ein Hausmittel seiner Mutter. Der Glaube daran ist das Einzige, was ihm von ihr geblieben ist.

»Was zum Teufel hast du dir da nur eingefangen?«, sagt er und macht ein besorgtes Gesicht.

Das ist wahrscheinlich Gottes Strafe, denkt sie und schämt sich sofort dafür. Und dann dafür, dass sie sich schämt. Als gäbe es nichts Schlimmeres, für das sie sich zu schämen hätte. Die Hand wie einen Schutzschild auf der Brust, bereitet sie sich auf das schlechte Gewissen vor, die Reue, den Selbsthass, der jede Sekunde zuschlagen kann. Muss. Soll. Aber es aus unerfindlichen Gründen nicht tut.

Du hast ihn betrogen, versucht sie sich auf die Sprünge zu helfen. Du hast das wirklich getan. Du bist eine Betrügerin, eine miese kleine Betrügerin. Sie formt die Worte mit den Lippen, hält sie im Mund fest, wartet darauf, dass die Schuld darin zu wirken beginnt, wie eine Chilischote, die man schon leichthin in die Runde lächelnd runterschlucken will und die einem dann plötzlich doch mit ihrer Schärfe die Tränen in die Augen treibt.

Sie denkt an den letzten Abend zurück, erinnert sich daran, wie sie ohne ein Wort im Bett verschwunden ist. »Tut mir leid wegen heute Morgen«, hatte sie Arno in ihrem Rücken murmeln hören. Und sie? Hatte noch immer nichts gesagt, hatte nur nickend seine völlig unbegründete Entschuldigung akzeptiert und sich unter der Decke verkrochen, bis sie tatsächlich eingeschlafen war, einfach so, als sei nichts passiert. Ist das etwa nicht genug? Sollte das nicht reichen für ein paar Gewissensbisse?

Sie bohrt die Finger zwischen die Rippen, aber nichts kommt, keine Beklemmung, keine Angst, keine inneren Geständnismonologe, nur mein Vater natürlich, schon wieder.

»Zeit zu duschen!«, sagt er mit seiner neuen Ich-bin-hier-der-Mann-im-Haus-Stimme und legt ihren Arm um seine Schulter.

Meine Mutter lässt sich hinter ihm her ins Badezimmer schleifen, sieht ihre Kleider, die neben ihr auf den Boden segeln, und dann wieder Arnos Gesicht, das jetzt noch besorgter aussieht.

»Wo hast du denn die ganzen blauen Flecken her?«, fragt er und fährt mit dem Zeigefinger über ihre Hüfte.

Sie weicht zurück. Ihr Rücken stößt ans Waschbecken. Das Badezimmer läuft schwarz an.

»Obacht!«, ruft er lachend und greift nach ihrem Ellenbogen. Er wartet, bis sie wieder das Gleichgewicht gefunden hat, hebt ihre Beine behutsam eins nach dem anderen über den Wannenrand. Meine Mutter spürt, wie er ihre Haare mit den Fingern nach oben kämmt und zusammenbindet, dann die Feuchtigkeit an ihren Fesseln. Er hält die Düse ans entgegengesetzte Beckenende und lässt das Wasser über seine Hand rinnen, bis es warm genug ist, kommt endlich langsam mit dem Strahl auf sie zu. Sie kneift die Oberschenkel zusammen, verschränkt die Arme darüber, aber das Wasser strömt unaufhaltsam unter ihren Ellenbogen hindurch, bahnt sich seinen Weg zwischen ihre Beine. Der Geruch des Duschgels steigt ihr in die Nase, während mein Vater sie mit schnellen Bewegungen einseift. Mit hängendem Kopf schaut sie zu, wie er den Schaum von ihrem Körper spült, ihr die Düse zwischen die Pobacken hält, sieht auf einmal den Spreißel an ihrem Knöchel. Die Haut darum ist rosa, ein wenig kann man schon den Eiter in der Mitte erkennen, um den das Wasser herumfließt wie um eine Insel.

Sie schaut auf. Aber Arno scheint vollauf damit beschäftigt, sicherzustellen, dass ihr Haar auch ja keinen Tropfen Wasser abbekommt, während er die letzen Krönchen von ihren Schultern wischt. Er dreht den Hahn zu, nimmt das Handtuch vom Haken und rubbelt sie sorgfältig trocken. Dann streift er ihr ein frisches Nachthemd über und zieht sie mit sich zurück ins Schlafzimmer.

Er hebt sie ins Bett, deckt sie zu. Schenkt ihr ein Glas Wasser ein, falls sie etwas trinken wolle. Hängt eine Steppdecke über das Bettgestellt, falls ihr kalt werden solle. Scheint sich ständig neue Dinge einfallen zu lassen, die er noch für sie tun könne. Meine Mutter schafft es kaum, die Hand über der Decke festzuhalten, bis er endlich das Zimmer verlässt und sie, schwindelig vor Angst, überprüfen kann, ob ihre Haut sich noch erinnert.

Aber zu ihrer Überraschung sind die Spuren noch genauso klar zu erkennen wie zuvor. Sie fährt über ihre Innenschenkel, nicht dazwischen, ein, zwei Zentimeter Abstand sind genug, um ihren ganzen Körper davon erschauern zu lassen, fühlt, wie das Kribbeln von innen nach außen brandet, wie die Wellen hochschlagen, sich brechen, langsam flacher werden, endlich in den Finger- und Zehen- und Haarspitzen versiegen. Einen Augenblick spürt sie dem Gefühl nach, schüttelt Arme und Beine aus, tut so, als würde sie sich im Zimmer umsehen. Nur um im nächsten Moment gleich wieder über die Stelle zu fahren, die einfach nicht taub wird (und ja, ich weiß, auch das hatten wir schon mal). Wieder und wieder pirscht sie sich an, peitscht das Blut aufs Neue durch ihre Venen, bis sie so erschöpft ist, dass sie schon wieder einschläft.

Sie wacht erst wieder davon auf, dass jemand etwas ruft. Einen Moment lang glaubt sie, es sei wieder er, der im Innenhof steht und lacht. Dann merkt sie, dass die Stimmen aus dem Inneren der Wohnung kommen. Eine Tür fällt zu. Absätze klappern näher.

»Ich wollte halt nicht, dass du dich sorgst«, hört sie Arno sagen.

»Ich bin ihre Mutter«, kommt es doppelt so laut hinterher, »was hab ich denn noch im Leben, wenn ich mir nicht mal um mein Kind Sorgen machen darf?«

Meine Mutter zieht die Decke über den Kopf, versucht in den Traum zurückzukriechen. Aber da fliegt die Tür schon auf und meine Großmutter herein.

»Da bin ich!«, ruft sie und schält sich im Laufen aus Schal und Mantel, »mein Gott, was ist denn das für eine Luft hier! Bei dem Mief würd ich auch krank werden. Mein armes Kind, jetzt bin ich ja da!«

Der Lattenrost biegt sich durch. Meine Großmutter wischt meiner Mutter die Haare aus dem Gesicht, drückt die Hand auf ihre Stirn.

»Es ist schon viel besser«, beeilt sich Arno zu sagen, »als ich das letzte Mal gemessen habe, hatte sie nur noch erhöhte Temperatur.« Er kommt hinter meiner Großmutter hergelaufen. Jetzt, wo sie da ist, ist er wieder auf seine normale Größe zurückgeschrumpft.

»Geh ma fort«, sagt meine Großmutter, »das sind doch mindestens 39,9!«

Sie reißt das Fenster auf und meiner Mutter die Decke weg, bohrt rechts und links die Hände in die Matratze, als sei sie im Begriff, ein paar Liegestütze auf ihr zu machen. »Ihre Augen sind ja völlig entzündet«, ruft sie.

»Ich wollte ihr gerade Kamillenkompressen machen«, sagt mein Vater.

Meine Großmutter schüttelt energisch den Kopf. »Auf Kamille bin ich allergisch.«

Arno schiebt die Hände in die Hosentaschen. »Ich wollt sie ja auch eigentlich nicht auf deine, sondern auf ihre Augen legen«, kratzt er sein letztes bisschen Autorität zusammen.

»So was wird oft familiär weitergegeben«, sagt meine Großmutter beleidigt. Der Rost springt zurück. »Mein Gott, diese Luft aber auch!« Sie läuft durch die Wohnung, um auch alle übrigen Fenster aufzureißen.

»Glaubst du nicht, sie braucht noch Ruhe?«, hört meine Mutter Arno durch die offene Tür.

»Unsinn. Wenn ich den ganzen Tag im Bett rumliegen würde, würde ich mich auch nicht gut fühlen.«

Töpfe werden auf den Herd geknallt, Schränke aufgerissen, »Gas? Was, wenn da mal einer vergisst, auszumachen? Das ist doch lebensgefährlich!«

Meine Mutter reibt sich die Augen. Wie ein Marder, der nach langem Winter zum ersten Mal aus seiner Höhle gekrochen kommt, blinzelt sie ins Licht. Ihr Blick gleitet an dem Löffel auf dem Nachttisch entlang, der von einem grünlichen Film überzogen ist, über die braune Flasche daneben, wagt sich endlich auf den Innenhof hinaus. Sie schaut nach links, dreht den Kopf so weit, dass ihr unwillkürlich die Hand in den Nacken fährt, aber von hier aus kann sie nur die Dachrinne erkennen.

Sie setzt sich auf, überrascht, wie leicht das plötzlich geht. Vergräbt die Zehen im Perser. Sie legt die Hände um die Bettkante, versucht sich aufzurichten.

»Was machst du denn?«, schreit meine Großmutter und drückt sie zurück aufs Bett. »Schön warten.«

Und meine Mutter wartet, wenn auch nicht schön, soviel kann sie dann doch in den Augen meiner Großmutter lesen, während die ihr abermals das Haar aus dem Gesicht streicht.

»Du hättest mich wirklich früher anrufen sollen«, sagt sie vorwurfsvoll zu Arno, als sei er jetzt auch an dem traurigen Anblick schuld.

»Ich wollte doch nur …«, murmelt er, aber meine Großmutter hört ihm gar nicht zu. Sie läuft zurück in die Küche, klappert wieder ein wenig herum, erbittet sich lauthals eine Wegbeschreibung zum Salz, Pfeffer, habt ihr Thymian? Die Dunstabzugshaube schnauft. Dann kommt sie mit einem Teller zurück, lässt sich den

Stuhl dicht ans Bett heranziehen und beginnt meine Mutter zu füttern.

»Das tut gut, was?«, sagt sie und pustet.

Arno setzt sich auf die andere Seite. Er greift nach der Hand meiner Mutter und zieht sie zu sich heran. Der Oberkörper meiner Großmutter gerät ins Schwanken, so weit muss sie sich übers Bett lehnen, um an den Mund meiner Mutter heranzukommen. Sie versucht sich abzustützen, drückt die Hand auf den Oberschenkel unter der Decke. Meine Mutter stöhnt auf.

»Was ist denn?«, ruft meine Großmutter und zieht die Hand zurück.

»Sie hat da lauter blaue Flecken«, erklärt Arno beflissen und, etwas unsicher, »ich dachte, die kommen vielleicht auch von der Erkältung.«

»I wo!«, ruft meine Großmutter. Sie stellt den Teller auf den Nachttisch und reißt das Nachthemd nach oben, starrt mit großen Augen auf die zerschundenen Beine. »Mein Gott! Wie ist denn das passiert?«

Meine Mutter schluckt, obwohl längst keine Suppe mehr in ihrem Mund ist. »Da muss ich mich gestern gestoßen haben, als der Nachbarsjunge auf mich gefallen ist«, krächzt sie heiser, was dann wohl bedeutet, dass ihr Verstand langsam wieder kooperiert.

Sie fragt sich, woher die Flecken denn nun eigentlich wirklich stammen, von den Stößen im Rutschbahnhäuschen oder doch eher von dem Aufprall in der Tram. Aber bevor sie sich entscheiden kann, beginnt meine Großmutter schon den Kopf zu schütteln.

»Das wisst ihr ja noch gar nicht!«, ruft sie und schlägt erneut auf die Decke.

»Was denn?«, fragt Arno brav.

Meine Großmutter richtet sich auf. »Der Nachbarsjunge ist tot.«

»Mein Gott!«, ruft diesmal mein Vater, »der Pimpf? Der war doch sicher erst fünf oder sechs!«

»Sechs«, sagt meine Großmutter und, als fühle sie sich genötigt, in der Abwesenheit meines Großvaters auch seinen Part zu übernehmen: »Was biste denn so überrascht? Haste geglaubt, Kinder sterben nicht? Ich sag dir, wenn de damals nach em Kriesch übern Friedhof gelaufen bist, war die Hälfte der Gräber grad mal so groß.« Sie hält die Hände hüftbreit auseinander. »Aber ihr kennt so was heit ja nur noch vum Fernsehe.«

Arno schüttelt fassungslos den Kopf. »Was ist denn passiert?«

»Überfahren«, sagt meine Großmutter, »von der Tram.« Sie kratzt den letzten Rest aus dem Teller und befördert ihn zwischen die Lippen meiner Mutter, die ein wenig zittern, aber zum Glück achten die beiden nicht mehr auf sie. »Anscheinend ist er vor irgend so nem Köter weggelaufen und dabei auf die Gleise gerannt.« Sie wirft meinem Vater wieder diesen tadelnden Blick zu. »Ich hätt's euch ja schon früher erzählt, aber ihr meldet euch ja nicht.«

Arno legt meiner Mutter die zweite Hand auf den Arm. Die Suppe scheint in ihrem Inneren wieder nach oben zu kochen. »Können wir denn irgendwas tun?«

»Ich hab schon einen Kuchen runtergebracht«, sagt meine Großmutter und lacht verdruckst. »Nicht, dass es der Frau schaden würde, mal ein bisschen zu fasten.«

Sie fährt fort, ihre Suppe in meine Mutter hineinzulöffeln, erzählt, dass die Nachbarsfrau gar nicht mehr aus dem Haus käme, nicht mal zur Beerdigung habe man sie aus dem Bett gekriegt. »Und der Mann sieht aus, als hätte er unter der Brücke geschlafen. Völlig zerlumpt. Eine Schande ist das!«

Dann wird ihr die Anteilnahme meines noch immer kopfschüttelnden Vaters aber allmählich doch zu viel, und sie kommt wieder zu ihren eigenen Problemen, also denen meiner Mutter, um die sie sich ganz furchtbar sorge, nein, vielmehr schon seit Tagen gesorgt habe, denn, »ihr werdet es nicht glauben!«, sie habe ja schon die ganze Zeit gespürt, ganz deutlich gespürt, dass etwas nicht stimme, das Band zwischen einem Kind und seiner Mutter sei eben unzertrennlich. Und jetzt, wo Arno ihr »endlich!« Bescheid gesagt habe, da sorge sie sich natürlich erst recht. Wie solle sie, also meine Mutter, nur den ganzen Stoff aufholen, den sie in der Uni verpasse. Und das Examen! Und die neue Filiale! Und ach herrje, die neue

Verkäuferin! Einer müsse die doch einarbeiten. Was, wenn meine Mutter noch länger flach liege? »Am Ende bleibt ja doch wieder alles an mir hängen!«

»Jetzt mal langsam«, sagt mein Vater, der den Text ja schon kennt, sowohl ihren als auch seinen, »das wird schon.«

»Hast du eine Ahnung«, wischt meine Großmutter seine Bemerkung beiseite. »Ich bin völlig am Ende. Wenn du wüsstest, was ich in der letzten Zeit für Zeugs zusammenträume!«

»Das scheint wohl wirklich in der Familie zu liegen«, sagt mein Vater und lacht. Er streichelt meiner Mutter über den Rücken. »Ich möchte nicht wissen, vor was du gestern Nacht wieder weggerannt bist. Ein paar Mal hast du sogar laut geschrien« – soviel zur Kindersicherung – »und dabei haben die ganze Zeit deine Füße gezuckt.«

»Gut, dass du mich erinnerst!«, ruft meine Großmutter und rennt wieder los, um eine Wärmeflasche zu holen, damit meine Mutter auch keine kalten Zehen kriegt, denn »damit ist nicht zu spaßen! Gute Besserung übrigens auch vom Papa.«

Meine Mutter schiebt die Hand auf die Augen. In Zeitlupe ziehen die Erinnerungen an ihr vorbei. Und endlich schafft sie es auch, die Tonspur darunter freizulegen. Das Schreien, die weinende Menschenmenge, die Musik am Restaurant, die Kellner davor.

Das ist es, deshalb war er neulich so elegant angezogen, die Fliege, die schwarze Weste, er ist ein Kellner, er kellnert da, in dem Restaurant auf der anderen Straßenseite, denkt sie, während meine Großmutter sich verabschiedet, nicht ohne Arno das Versprechen abzunehmen, sie stündlich, »hörst du, alle 60 Minuten!«, anzurufen und auf dem Laufenden zu halten.

»Irre, das mit dem Nachbarsjungen, was?«, sagt er, als er zurückkommt. »Man merkt wirklich erst, wie flüchtig das Leben ist, wenn so etwas passiert. Hast du Kopfschmerzen?«

»Geht schon«, sagt meine Mutter und zieht erschrocken die Hand von der Stirn.

Er betrachtet sie so eindringlich, dass sie sich ganz sicher ist, dass er alles sehen kann, ihren nackten Po, die Lippen, die über die

Bretterwand schrabbeln. Sie hält die Luft an, wartet darauf, dass er etwas sagt, dass er sie zur Rede stellt.

Aber er steht nur auf und schließt das Fenster.

»Schlaf noch ein bisschen«, sagt er und stopft die Decke unter die Matratze.

Meine Mutter nickt wieder, schaut ihm nach, während er aus dem Zimmer läuft und behutsam die Tür schließt. Aber an Schlaf ist jetzt nicht mehr zu denken. Jetzt, wo sie wieder denken kann. Jetzt, wo sie gar nicht mehr damit aufhören kann.

Warum bist du denn so überrascht? Hast du dir etwa eingebildet, er sei wegen dir da gewesen? Mach dir doch nichts vor! Was er sehen wollte, warst nicht du, sondern Blut!

Aber warum hat er denn dann mit mir geschlafen?

Ach wirklich, *mit dir geschlafen* hat er? So nennen wir das jetzt? Meine Güte, er hat dich gefickt. Du bist ihm nachgelaufen und er hatte wahrscheinlich einfach nichts Besseres zu tun.

Sie schlägt den Kopf auf die Matratze, wirft sich hin und her, reißt die Decke aus ihrer Verankerung, und dann steht sie plötzlich am Vorhang, hält sich am Fensterbrett fest, während sie nach oben schaut und wieder den Frauenkörper auf dem Gemälde sieht. Sie lässt den Blick hin und her gleiten, von rechts nach links und wieder zurück, als müsse sie nur gründlich genug kucken, um ein Zeichen von ihm zu entdecken. Und dann endlich findet sie es tatsächlich, auf dem Sims vor einem der großen Fenster: drei Zigarettenstummel, bis auf den Filter runtergebrannt.

Da ist er, denkt sie, das sind seine, so winzig wie die sind.

Sie drückt die Hand auf den Mund, versucht das Rasen ihres Atems zu unterdrücken. Spürt die noch immer wie mit Uhu überzogenen Zähne an ihren Fingern.

Der Biss fällt ihr ein.

Sie nimmt sich vor, sich das nächste Mal, wenn sie ihn sieht, bei ihm zu entschuldigen.

Aber wer sagt denn, dass ihr euch wiedersieht? Hat er etwa versucht, mit dir Kontakt aufzunehmen? Ich war doch krank. Davon hat er doch keine Ahnung. Ja, aber er kann doch nicht einfach so vorbeikommen. Was, wenn Arno daheim wäre? Unsinn, er hätte ja warten können, bis er Arno im Innenhof weggehen sieht. Wahrscheinlich war ihm das zu riskant. Oder vielleicht, vielleicht, war er gar nicht da. Ja klar, er wird die ganze Zeit rund um die Uhr außer Haus gewesen sein. Bestimmt doch!

Die Gedanken rasen durch sie hindurch, schütteln sie durch, bis sie es tatsächlich mit der Angst bekommt und zurück zum Bett stolpert, endlich Arno ruft, oder vielleicht besser seinen Namen flüstert, aber das reicht schon.

Beim ersten Ton ist er da, so froh, dass er gebraucht wird, so verängstigt, dass er vielleicht wirklich gebraucht wird, dass seine Mundwinkel sich kaum entscheiden können, in welche Richtung sie sich biegen sollen.

»Nichts ist los«, sagt meine Mutter, »ich wollte dich nur sehen«, und ärgert sich im nächsten Moment schon wieder darüber.

»Ach du!«, ruft er und drückt ihr einen Kuss auf den Mund.

»Nicht! Ich will dich nicht anstecken«, sagt sie, aber er küsst sie noch mal, kriecht zu ihr unter die Decke und schlingt die Arme um sie.

»Ist dir kalt«, fragt er und beginnt schon mal, ihre Handgelenke zu rubbeln.

»Ein bisschen«, flüstert sie, während er sich bäuchlings auf sie rollt.

»Schon wärmer?«, fragt er lachend.

»Ja«, stöhnt meine Mutter unter seinem Gewicht.

»Ich hab dich so vermisst«, seufzt er und drückt das Gesicht wieder in die Mulde zwischen Schlüsselbein und Schulter.

Meine Mutter schiebt die Hand über seinen Hinterkopf nach unten, streichelt nervös seinen Rücken. »Ich war doch die ganze Zeit hier.«

»Nein, du warst ganz weit weg.« Er greift hinter sich, zieht sein T-Shirt hoch, schiebt den Arm meiner Mutter auf die nackte Haut.

Sie lässt die Hand an seiner Wirbelsäule hinabgleiten. Mein Vater beginnt zu schnurren.

»Tu mir das ja nicht noch mal an. Mich so lange allein zu lassen! Du musst wirklich besser auf dich aufpassen.«

»Ich hab auf mich aufgepasst«, sagt meine Mutter und fragt sich im nächsten Moment, ob das schon wieder eine Lüge ist.

Sie streckt den Zeigefinger aus und zeichnet ein großes Fragezeichen, von unten nach oben, drückt einen Punkt zwischen die Schulterblätter.

»Mmh«, macht er.

Sie fährt wieder nach oben und schreibt in langen, weich ineinander fließenden Buchstaben »G«, »E«, »F«, »I«, »C«, »K«, »T.«

»Arno?«, fragt Arno.

»Genau«, sagt sie. Sie hält das T-Shirt mit der anderen Hand in seinem Nacken fest. Und dann schreibt sie ihm die ganze Geschichte auf den Rücken. Ich habe mit einem anderen Mann gefickt. Es war schrecklich. Und wunderbar. Besser als mit dir. Besser, als es je mit dir sein wird.

Mmh, mmh, mmh, macht Arno und wackelt mit den Zehen, so sehr genießt er ihr Geständnis.

Fick, fick, fick, schreibt sie, bis ihr Finger lahm wird. Sie schüttelt das Handgelenk aus.

»Nicht aufhören«, jammert er.

Meine Mutter wechselt den Arm und beginnt, die Szene nachzumalen, vier Geraden für ein Rutschbahnhäuschenquadrat, zwei Strichmännchen, erst ein kleines, dann ein großes, gleich obendrauf. Mein Vater wackelt mit den Schultern, hat noch immer nicht genug, bis sie endlich das Wort aus dem Keller holt, das sie so ängstigt. Aber jetzt, hier auf Arnos Rücken, hat sie endlich den Mut, es auszupacken. Sie braucht lange, um es zu schreiben. Ihre Linke will ihr nicht recht gehorchen. Immer wieder verwackeln ihr die Buchstaben auf seinem Steißbein, sodass sie von vorne anfangen muss. Erst als alle fünf klar und deutlich nebeneinanderstehen, lässt sie die Arme sinken. Aber Arno ist schon eingeschlafen. Sein gleichmäßiger Atem schlägt warm an ihren Hals, während ihr Mund mit Tränen vollläuft.

10. Kapitel

Ilse hatte recht gehabt. Wut war tatsächlich leichter zu ertragen als Trauer. Oder Angst. Oder Sehnsucht. Oder wie das sonst hieß, was ihr den Magen zusammenschnürte. Meine Mutter hatte keine Übung im korrekten Bestimmen von Sinnesempfindungen. Ein bisschen fühlte es sich an wie Hunger, eine Gier, die ihr Körper vergessen hatte. Oder nie gekannt. Eine unbestimmte Unruhe, die sich auch durch noch so viel Rumgerenne nicht vertreiben ließ.

Aber eins half: Wut. Eine schier unbändige Wut auf meinen Vater, der sich natürlich tatsächlich angesteckt hatte. Jetzt hatte sie ihn zu pflegen, so wie er sie gepflegt hatte. Musste ihm die verschwitzte Stirn tupfen, Saft einflößen und Großmuttersuppe zuführen. Auch wenn er sie natürlich mehrfach täglich aufforderte, es nicht zu tun. »Geh ruhig arbeiten«, hauchte er und griff mit seinen Fliegenbeinfingern nach dem Löffel, »ich komm schon zurecht«, sagte: »Ich weiß doch, dass du nicht den ganzen Tag zu Hause sitzen möchtest. Mach dir um mich keine Sorgen«, »Ich sterb schon nicht, wenn du mich mal kurz allein lässt.«

»Geht schon!«, sagte meine Mutter, zog ihm den Löffel wieder weg und die Mundwinkel nach oben. Aber mein Vater ließ sich viel Zeit mit dem Gesundwerden. Er bekam Husten und Fieber und genauso entzündete Augen wie meine Mutter. Und natürlich vergaß er irgendwann, dass er selbst daran schuld war. Vielmehr begann er, seine verstopfte Nase für einen Liebesbeweis zu halten. Wenn meine Mutter ihn fragte, wie es ihm gehe, achtete er peinlichst darauf, von *ihrer* Krankheit zu sprechen, von *ihrem* Husten, *ihrem* Fieber, *ihren* entzündeten Augen. »Deine haben sich mittlerweile beruhigt, was?«, hängte er mit einem tapferen Lächeln an, als habe er ihr die Krankheit tatsächlich abgenommen. Aber natürlich meinte er es auch damit mal wieder zu gut. Schwächlich wie er von Haus aus war, hatte er es geschafft, sich zusätzlich zu ihrer Erkältung noch einen Magendarminfekt einzufangen. Alle paar Minuten rannte er aufs Klo, wobei er alle paar Meter Taschentücher fallen ließ, als habe er Angst, den Weg nicht zurück zu finden. Meine Mutter sammelte sie ein, desinfizierte die Toilette, spülte das Geschirr. Erst wenn sie sich sicher sein konnte, dass er wieder eingedöst war, schlich sie auf Zehenspitzen ins Schlafzimmer und kroch vor den Vorhang, sein Schnarchen im Rücken, das fast etwas Beruhigendes hatte, als sei sie eine Mutter, die über den Schlaf ihres Kindes wachte – was meine Mutter nie machte, selbst dann nicht, wenn ich sie darum bat.

»Ich kann doch nicht ewig hier sitzen und warten, bis was passiert«, sagte sie.

»Du sollst ja auch nicht hier sitzen, bis was, sondern damit nichts passiert«, sagte ich.

»Geh ma fort, für so was hab ich keine Zeit«, rief sie ungeduldig und lief aus dem Zimmer, was ich ihr jahrelang übel nahm, bis ich verstand, dass sie tatsächlich nicht anders konnte. Dass sie sich einfach am Warten verschlissen hatte. Dass nichts mehr übrig war, als habe sie das Soll für ihr Leben bereits aufgebraucht, in diesen Tagen, in denen sie wieder und wieder aus diesem Fenster starrte. Und aus dem im Arbeitszimmer. Und aus dem in der Küche, ein Alibibuch in der Hand, für den Fall, dass Arno überraschend aufwachen würde. In denen sie, aufgeschreckt von einem Geräusch im Treppenhaus, in den Flur rannte und sich mit hungrigen Augen ans Guckloch drückte, stillstand, standhielt. In denen die Tochter meines Großvaters schreckliche Qualen litt. Und die Tochter meiner Großmutter die Angst zu lieben lernte. Angst, ihn nicht mehr wiederzusehen. Angst, ihn doch zu sehen und keine Angst mehr haben zu brauchen. Angst, die ihren ganzen Körper erfüllte, sie jeden Wirbel einzeln spüren ließ, die sie von morgens bis abends begleitete, während er immer weiter verschwunden blieb.

Der einzige Beweis, dass es ihn überhaupt gab, dass das alles tatsächlich passiert war, war der Spreißel in ihrem Knöchel. Er saß nicht besonders tief, es wäre ein Leichtes gewesen, ihn herauszuziehen. Aber meine Mutter schob ihn nur noch tiefer ins Fleisch. Wie um sich ihrer Tat zu vergewissern, strich sie pausenlos darüber, lupfte das Häutchen an, das sich in der Nacht darübergelegt hatte, bohrte mit angespannter Miene die Nägel hinein. Um die schwarze Spitze, die wie ein Gipfelkreuz auf schneebedecktem Berg aus dem Eiter ragte, bildete sich ein flammendroter Kranz, der sich immer weiter entzündete, bis das Holzstückchen endlich herausgeschwemmt wurde. Aber meine Mutter konnte noch immer nicht die Finger davon lassen, krubbelte die Kruste ab, bis es erneut zu bluten begann, drückte eins der runtergefallenen Taschentücher meines Vaters darauf, nur um zwei Minuten später wieder daran herumzufummeln. Am Ende sollte sie eine Narbe davon behalten, einen großen, verfransten Fleck, der noch weißer war als der Rest ihrer Haut und von dem sie mir in meiner Kindheit erzählte, er stamme von einer Felsspalte, in die sie beim Wandern gerutscht sei.

Noch war die Wunde jedoch hellrosa. Noch bestand die Möglichkeit, dass sie vollständig heilen würde, als sei nie etwas gewesen. Und wer weiß, vielleicht wäre sie das tatsächlich, wenn mein Vater sich nur ein bisschen beeilt hätte. Wenn meine Mutter einfach wieder zu ihrem normalen Leben hätte zurückkehren können und nicht soviel Zeit gehabt hätte, sich selbst zu malträtieren. Aber Arno blieb seinem mangelnden Durchhaltevermögen treu. Mal ging es ihm ein paar Stunden besser, dann stieg sein Fieber wieder und er schwitzte so, dass meiner Mutter die Ausdünstungen seiner Liebe kaum erträglich waren. Je länger seine Genesung dauerte, umso sicherer war sie sich, dass er mit Absicht krank geworden war, nur um sie an sich zu fesseln. Dass das alles ein Trick war. Dass er sie einfach davon abhalten wollte, nach oben zu gehen.

»Wolltest du denn nach oben gehen?«, fragte ich.

»Ich hätte zumindest gerne nach oben gehen können«, antwortete sie.

»Aber hättest du es denn gemacht, wenn der Papa nicht da gewesen wäre?«

»*Der Papa*? Wo kommt das denn jetzt plötzlich her?«, sagte sie und bemühte sich sichtlich, sich etwas aufzuregen.

Im Grunde blieben ihr nur zwei Gelegenheiten, das Haus zu verlassen. Die erste war das Holen der Post. Vor zehn brauchte man mit der nicht zu rechnen, meistens wurde es elf, aber spätestens, wenn Arno, vom Frühstück gestärkt, wieder mit seiner Fragerei anfing, rief sie krampfhaft unverkrampft »ich seh mal nach, ob die Briefträgerin schon da war«, und lief hinaus.

Sie ging sehr langsam, weil sie ja doch noch ein bisschen krank war, wie sie sich sagte. Weil sie die Zeit, in der sie ihn treffen konnte, so weit wie möglich in die Länge ziehen wollte, wie ihr ihr Körper sagte, der vor Aufregung zitterte. Sie hielt sich am Geländer fest, setzte auf jeder Stufe beide Füße auf. Hielt inne, um zu verschnaufen. Und kam doch immer viel zu schnell unten an.

Sie schloss ihren Briefkasten auf, nahm die Umschläge heraus, friemelte noch unten die Laschen ab. Sie zog die Bögen heraus, faltete sie auseinander, tat so, als würde sie das Angebot der Brandenburger Leben, ihre »Zukunft heute noch finanziell absichern!« zu lassen, mächtig interessieren. Sie schaute zur Treppe, in den Innenhof, fragte sich, welcher der Briefkästen wohl seiner sei. Und stellte erschrocken fest, dass sie nicht mal wusste, wie er hieß.

Den aufgeschlagenen Briefbogen vor dem Gesicht wie ein etwas dümmlicher Fernsehdetektiv, lugte sie zu den Schildern, suchte nach einem Namen, der ihm gehören könnte. Aber außer einem »Ambuktu, H.« war nichts dabei, was irgendwie ausländisch klang.

»War nichts Besonderes dabei«, rief sie, als sie endlich zurück in die Wohnung kam, und lief ins Schlafzimmer, um Arno zum Beweis den Brief unter die Nase zu halten. Aber der schlief mal wieder tief und fest. Was ihr die Möglichkeit gab, eine Stunde später gleich noch mal runterzugehen.

Es brauchte noch mal eine ganze Woche, bis sie den Zufall endlich genug gequält hatte, dass er ihn ihr in die Arme trieb.

Sie war gerade dabei, den Müll runterzubringen – die zweite Gelegenheit, das Haus zu verlassen, auch wenn sie jedes Mal ganz schön lange suchen musste, bis sie etwas fand, was sie den Taschentüchern im Eimer hinzufügen konnte. Sie aßen kaum, verbrauchten nichts, der Zwei-Liter-Sack war so leer, dass sie ihn mit dem kleinen Finger hätte tragen können.

Trotzdem kracht er ihr aus der Hand, als wöge er eine Tonne, als sie auf einmal seine Stimme im Vorderhaus hört.

Das Erste, was sie sieht, ist seine Jacke. Wie eine Kugel hat er sie auf dem Arm zusammengerollt. Der Pelz bauscht sich auf, als würde er ein Tier mit sich herumtragen. Mit dem anderen Arm hält er die Tür auf, genau wie er es an jenem Abend für sie gemacht hat.

Der eine Teil meiner Mutter möchte wegrennen, der andere Teil will zu ihm hin, stattdessen gewinnt, was sie doch so hasst, die Mitte. Wie angewurzelt bleibt sie neben den Mülltonnen stehen und hört, wie er weiterredet, wie er zu lachen beginnt, sieht, wie er den Ellenbogen noch weiter nach oben schiebt, um die Frau darunter durchzulassen, die ihm nachkommt, neben ihm hergeht, so dicht, dass sie zweimal mit der Hüfte an ihn stößt. Aber das kann auch an den absurd hohen Absätzen liegen, die sie trägt. Im Gegenlicht sieht sie aus wie eins von den jungen Mädchen, die schon mittags in der Kurfürstenstraße stehen. Ihre Beine reichen ihr mindestens bis zum Hals, die Haare bis zum Po, dazwischen trägt sie etwas von der Größe eines Küchenhandtuchs. Erst als die Tür hinter den beiden ins Schloss fällt und das Licht von der Straße aussperrt, sieht meine Mutter das flächige Gesicht, das fast so alt wirkt wie das meiner Großmutter, was wahrscheinlich übertrieben ist, aber doch sehr alt und sehr, sehr bunt. Ihre Lippen glänzen leuchtend pink, die Haut drum herum auch, als wäre ein Kind mit dem Stift über die Linie hinausgerutscht. Erst als sie sich zum zweiten Mal zur Seite dreht und ihn am Arm stößt, merkt meine Mutter, dass sie sie gesehen hat und im nächsten Moment er wohl auch, selbst wenn sich in seinem Gesicht kaum eine Reaktion ausmachen lässt. Seine Augen sind von einer Sonnenbrille verdeckt. Zusätzlich wirft das Hausdach einen breiten Schatten auf seine

Wangen, sodass meine Mutter sich später, also in nicht mal einer halben Minute, immer wieder fragen wird, ob er vielleicht nur deshalb so finster gewirkt hat. Was dazwischen passiert, ist so wenig, dass sie es mit unendlich viel Bedeutung auffüllen muss, um es überhaupt zu einer Szene zusammenzuhalten:

Da ist erst er, wie er ganz leicht das Kinn nach oben bewegt.

Dann kommt sie selbst, wie sie die Mülltüte nach oben zieht, die gerissen ist, sodass der halbvolle Joghurt vor ihr auf den Asphalt tropft.

Und schließlich das alte Mädchen, das offenbar als Einzige etwas zu sagen hat, auch wenn meine Mutter nicht versteht, was. Aber auch er geht nicht darauf ein, fährt sich nur durchs Haar, das jetzt schon so lang ist, dass man es als braun erkennen kann, während das Mädchen ungeduldig mit den Knien wackelt.

Meine Mutter öffnet den Mund, fasst sich an den Kehlkopf, der in ihre Finger pocht. »Schönes Wochenende«, kommt es endlich klebrig zwischen ihren Lippen hervor.

Sein Kinn bewegt sich wieder nach oben. Dann geht er an ihr vorbei, hält erneut dem Mädchen die Tür auf, das sich immer wieder nach meiner Mutter umdreht, bis es endlich unter seinem Arm durchschlüpft.

Meine Mutter schaut ihnen nach, sieht die verschwommenen Silhouetten hinter den Glasbausteinen, im ersten, im zweiten, ganz kurz auch im dritten Stock. Erst als sich oben ein Fenster öffnet, reißt sie die Tonne auf und schmeißt die Mülltüte hinein.

Sie läuft nach oben, schließt auf, fährt sich über die Augen, dabei hat sie doch eben noch den Müll angefasst!, was ist denn nur los mit ihr?, sie wirft die Tür hinter sich zu und stürzt ins Bad, hält sich am Waschbecken fest.

»Hallo?«, hört sie Arno, der offenbar endlich aufgewacht ist.

Ausgerechnet jetzt, denkt sie ärgerlich.

Und das hilft ein bisschen.

»Ich komm gleich!«, ruft sie und dreht den Hahn auf. Seift sich die Hände ein. Merkt zum ersten Mal, dass die Sektspuren ganz verschwunden sind. Sie klatscht sich Wasser in den Nacken, auf die Stirn, trocknet sich so lange ab, dass Gesicht und Arme völlig rotgerubbelt sind, als sie endlich das Schlafzimmer betritt.

Arno sitzt aufrecht im Bett. »Ich glaube, es ist vorbei«, sagt er und strahlt.

»Wie schön«, erwidert meine Mutter, »ich geh und wärm dir was von der Suppe auf«, aber mein Vater möchte jetzt keine Sekunde mehr allein im Bett bleiben.

»Ich möchte jetzt keine Sekunde mehr allein im Bett bleiben«, ruft er und kommt hinter ihr her in die Küche gelaufen.

Im Schlafanzug sitzt er am Tisch und sieht ihr zu, wie sie der Suppe beim Kochen zusieht.

»Was für ein Wetter!«, sagt er und öffnet das Fenster. »Es ist wirklich Frühling geworden, während wir krank waren, was?«

Es ist Frühling geworden, während *ich* krank war, denkt meine Mutter, und: eigentlich sogar noch kurz davor.

»Ja, stimmt«, sagt sie und sieht seinen Hintern, der ihr entgegenragt und von dem wahrscheinlich nicht wirklich die Hose so weit gerutscht ist, dass man die Pofalte sieht, aber so will sie es sich merken. Und auch, dass in diesem Moment die Musik losdröhnt und das natürlich aus seiner Wohnung, das weiß sie sofort, aber mein Vater sagt es auch noch mal.

»Da oben geht's ja ganz schön ab, was?« Er hebt den Arm über den Kopf und schlägt mit der Faust in die Luft. Lacht ein wenig, damit sie auch ja merkt, dass er nicht etwa Spaß hat, sondern nur Spaß macht. »Hyper Hyper!«, ruft er, was nicht wirklich der Song ist, der gerade läuft, aber einen Beat hat er eben auch.

Meine Mutter senkt den Kopf, sieht die Bläschen, die unter ihr platzen. »Mach lieber zu, sonst bist du gleich wieder krank.«

»Ich dachte, jetzt sind meine Abwehrkräfte am stärksten«, sagt Arno und lässt den Arm sinken. Wartet auf eine Antwort. Schließt, als meine Mutter nur weiter in die Suppe starrt, die richtig zu spucken beginnt, dann aber doch das Fenster. »Naja, du bist die Ärztin.«

»Bin ich doch noch gar nicht.«

Er kommt auf sie zu, schiebt sein Kinn auf ihren Rücken, wie ein bettelnder Hund auf den Frühstückstisch. »Das ist doch nur noch eine Formalie.«

Meine Mutter macht ein Hohlkreuz. »Ich glaub, sie ist fertig«, sagt sie und rutscht unter ihm davon.

Sie essen im Wohnzimmer, weil man in der Küche ja kein! Wort! Ver! Steht! Aber auch da ist es nicht viel besser. Selbst durch die Doppelfenster, die Arno endlich ebenfalls zumacht, weil meine Mutter es trotz all des Gestöhnes und Geschnaufes nicht macht, hört man die Musik weiter über den Hof hallen, nur unterbrochen von dem Schmatzen meines Vaters, der zwar seinen Appetit zurück-, aber noch immer eine verstopfte Nase hat. Er schafft es kaum, den Mund länger als zwei Sekunden geschlossen zu halten, schon reißt er die Lippen wieder auseinander und ringt nach Luft, als stünde er kurz vorm Ersticken. Meine Mutter sieht die körnigen Suppenreste auf seiner Zunge, die Karottenbröckchen am Rachenzäpfchen, fragt sich wieder, ob er beim Schlucken schon immer so furchtbar ausgesehen hat.

»Danke«, sagt er endlich, »danke, das hat gut getan«, und schiebt seinen Teller von sich.

Meine Mutter schüttelt den Kopf. »Dank nicht mir, dank meiner Mutter.«

Er küsst sie auf die Wange. »Bleibt ja in der Familie.«

Sie sehen fern, *Wetten dass …?* oder irgendwas ähnlich Hirnloses, weil mein Vater ja noch ein bisschen matt ist und »man so was dann mal darf.«

»Er war immer ziemlich großzügig mit sich«, sagte meine Mutter, und: »Das hast du von ihm.«

Draußen wird es dunkel, was die Musik nur noch lauter wirken lässt, im Vergleich zu diesem friedlichen, nachtschweren Licht. Oder vielleicht drehen sie oben auch einfach wirklich auf. Oder vielleicht ändert sich auch gar nichts. Zumindest scheint Arno nichts davon zu merken. Aber der scheint sowieso von gar nichts etwas zu merken. Nicht von dem Beat, der wie wild schlägt, nicht von dem Herzen meiner Mutter, das noch wilder schlägt, nicht, wie sie die Beine auf die Couch zieht, den Kopf darauflegt, wie sie die Arme darum verknotet, als müsse sie nur ausreichend Körpermasse vor ihre Brust packen, um das Hämmern zu unterdrücken.

Sie versucht sich auf den Traktor zu konzentrieren, der irgendetwas hinter sich herzieht oder irgendwohin schiebt oder über jemanden drüberfährt, »man versteht ja nix bei dem Krach!«

»Schau doch«, sagt Arno und wiederholt geduldig, was der Gottschalk eben schon dreimal erklärt hat. Aber meine Mutter ist viel zu sehr davon abgelenkt, wie er sich plötzlich an sie schmiegt, so nah, dass sie sich sicher ist, dass er das Schlagen ebenfalls hören muss.

Sie springt auf, holt eine Decke aus dem Schlafzimmer.

»Danke«, sagt er noch mal, während sie ihn so sorgfältig einwickelt, als ginge es um eine zerbrechliche Lieferung, nur dass der Schutz nicht ihm, sondern ihr gilt.

Sie setzt sich wieder. Schiebt die Finger unter den Po. Zittert trotzdem noch so, dass mein Vater endlich »ist dir kalt?« fragt.

Meine Mutter schüttelt den Kopf. Aber er zieht schon die Decke um sie beide herum, sagt »Mmm« und »Ahh, jetzt geht's mir wirklich wieder gut«, während seine Nasenspitze über ihre streicht.

Der Beat wird schneller und ihr Herz wird es auch, als seien das Hämmern über und das in ihr aneinandergekoppelt.

»Mein Gott, man versteht ja wirklich kein Wort!«, ruft meine Mutter und wirft Arno einen fast schon flehentlichen Blick zu.

Aber der will sich einfach nicht mit ihr aufregen.

»Na, na«, ist alles, was er sagt, während er unvermindert lächelnd zum Bildschirm schaut, offenbar so von dem Treiben dort fasziniert, dass er im ersten Moment gar nicht kapiert, was meine Mutter will, als die plötzlich ihre Lippen auf seine presst.

Mit einem Eifer, den sie sich selbst am allerwenigsten erklären kann, wirft sie sich ihm entgegen und beginnt ihn zu küssen, schlingt die Arme um seinen Hals, steckt die Finger in seine Locken.

Aber auch an dieser Aktion will mein Vater sich heute nicht so richtig beteiligen. Seine Zähne versperren meiner Mutter den Weg, halten sie am Eingang fest, wie einen Besucher, der nicht auf der Gästeliste steht. Sie zappelt herum, macht sich an seinem Gummibund zu schaffen, versucht hektisch, seinen lahmen Mund in Bewegung zu versetzen – bis mit einem Mal Arnos Zunge herausspringt und ihr wie ein nasser Waschlappen über Mund und Nase wischt.

Meine Mutter fährt zurück. »Dann halt nicht«, sagt sie und reibt sich ärgerlich übers Gesicht.

Arno lächelt schuldbewusst. »Tut mir leid, ich muss grad echt erst verdauen«, sagt er, »ich glaub, das ganze Essen war einfach ein bisschen viel auf einmal.« Er streckt die Hand aus und streichelt ihr Bein. »Morgen geh ich wieder schwimmen, dann hab ich schnell wieder alle Energie, die du dir wünschst.« Er lächelt und diesmal soll es wohl ein wenig schmutzig sein. »Nicht böse sein, ja?«

»Schon gut«, sagt meine Mutter und ärgert sich, wie gereizt sie klingt. »Das ist ja nicht zum Aushalten«, ruft sie schnell hinterher und rollt die Augen gen Himmel oder zumindest gen oberes Stockwerk, »da muss doch mal einer was sagen! Kann doch nicht jeder, wie er will!«

»Irre, die kriegen die 1000 echt zusammen!«, ruft Arno und kuschelt sich wieder in die Decke. Er stopft die Enden unter den Zehen fest, kriecht noch näher an den Bildschirm heran.

»Wenn's dich so stört, geh doch hoch und sag ihnen, sie sollen leiser machen«, murmelt er plötzlich.

Meine Mutter zuckt zusammen.

»Meinst du wirklich?«, fragt sie.

Ein Schauspieler, der sich ständig den kleinen Finger ins Ohr bohrt, schüttelt den Kopf. »Don't let me down, you guys!«

»Klar«, sagt Arno. Nickt ein wenig. Tut ihr endlich den Gefallen, »ist schon ganz schön laut« zu sagen, sodass meine Mutter erleichtert »gut, dann geh ich!« ruft und aufspringt. In den Flur läuft. In ihre Schuhe schlüpft. Den Schlüssel vom Bord zieht.

Und dann doch zurück ins Bad rennt und das Spiegelschränkchen aufklappt.

Die Hand am Kinn, bereit, das Bild zur Not sofort zu verdecken, blickt sie in die drei Gesichter, die ihr entgegenstarren, jedes einen halben Zentimeter an ihr vorbei, sodass sie sich im Halbprofil sieht, das spitze Kinn, die Nase, die dunklen Ringe unter den Augen. Sie streicht sich übers Haar, zupft ein paar Strähnen in die Stirn. Die drei Münder zucken. Dann wirft sie die Schranktüren zu.

Sie wäscht sich die Hände und geht wieder in den Flur, fragt sich erst, als sie an der Tür steht, wieso eigentlich.

»War nur noch mal auf dem Klo!«, ruft sie Arno zu. Aber er scheint sie nicht zu hören.

Wie soll er denn auch bei dem Krach?, denkt sie und versucht sich – und später dann auch mich – einen Augenblick lang tatsächlich davon zu überzeugen, dass sie deshalb nach oben geht, »ganz unabhängig jetzt von ihm.« Aber in dem Moment, in dem die Tür zufällt, huschen alle Ausreden hinter ihr in die Wohnung zurück.

Die Bässe wummern in ihrem Magen. Sie presst eine Hand auf den Bauchnabel, spürt, wie die Suppe meiner Großmutter wieder nach oben drängt, während sie die Bleiklumpen, zu denen ihre Füße geworden sind, von einer Stufe auf die nächste hievt. Fast wundert es sie, dass das morsche Holz nicht unter ihrem Gewicht nachgibt, was ein so alberner Gedanke ist, dass der Ärger darüber sie dann doch wieder ein paar Stufen auf einmal nehmen lässt. Aber auch so kommt sie noch derart langsam voran, dass das Licht auf halber Strecke erlischt.

Blind steigt sie den restlichen Weg nach oben, tastet sich an der Wand entlang, bis sie endlich den Schalter unter den Fingern spürt und die scheckige Holztür vor ihr auftaucht.

Die Zähne in die Unterlippe gebohrt macht sie einen Schritt darauf zu. Legt das Ohr daran. Hält den Atem an. Schaut verwirrt nach rechts. Und begreift mit einem Mal, dass sie auf der falschen Seite steht.

Sie wendet sich der Metalltür zu, lässt den Blick daran entlanggleiten. Aber tatsächlich scheint es keine Klingel zu geben.

Ihre Finger verkriechen sich in der Faust. Sie holt Luft, federt auf den Zehenspitzen, als stünde sie auf dem Zehn-Meter-Brett, dann lässt sie die Fingerknöchel gegen die kalte Oberfläche schlagen. Und macht sofort wieder einen Schritt nach hinten.

Sie streicht die Haare glatt. Fährt mit den Handkanten am Scheitel entlang, während sie wie gebannt auf die Tür starrt. Aber außer der ohrenbetäubenden Musik ist nichts zu hören.

Sie klopft noch mal, diesmal mit der flachen Hand, wie sie das im Fernsehen machen, wenn einer zu Unrecht eingesperrt wird und dabei »rauslassen, rauslassen!« schreit. Nur dass sie ja rein will. Und unschuldig ist sie natürlich auch nicht.

Sie biegt die Finger nach hinten, hämmert immer fester, wirft sich richtiggehend gegen die Tür, bis endlich ein Poltern zu hören ist, Schritte, dann kracht es so laut im Schloss, als handle es sich tatsächlich um die Tür eines Tresors.

Ein Mädchen taucht im Türspalt auf, nicht das vom Müll – »aber doch vom gleichen Wurf«, wie meine Mutter sagte und dabei verächtlich mit der Zungenspitze an die Vorderzähne stieß –, das Gesicht nach hinten gewandt, sodass zuerst nur die weißblonden Flusen zu sehen sind, die ihr vom Kopf stehen wie ein aufgeplatztes Kopfkissen. Über ihrer Brust steht mit glitzernden Strasssteinen »Surfing girl« geschrieben. Dazu trägt sie einen Rock, der sehr rot und sehr, sehr kurz ist.

Die Musik kreischt ins Treppenhaus und das Mädchen etwas nach hinten, wobei sich die Tür noch weiter öffnet und ein langer, am Ende abknickender Flur sichtbar wird, genau wie der meiner Mutter. Nur völlig anders. Viel schmaler, höchstens anderthalb Meter breit und völlig mit Schuhen bedeckt, haufenweise Schuhe, die durcheinanderfliegen, sodass es aussieht, als stünde das Mädchen inmitten eines Schlachtfelds.

»Entschuldigen Sie bitte die Störung«, sagt meine Mutter.

Das Mädchen dreht sich um und klatscht sich mit den Händen auf den Mund. Durch die flamingoroten Nägel ist ein Kichern zu hören.

»Wären Sie vielleicht so freundlich, die Musik ein bisschen leiser zu machen?«

Das Mädchen lässt die Arme sinken, entblößt ihr Gesicht, das genauso vermalt ist wie das der anderen. »Ich nix deutsch«, sagt sie und schüttelt sich, als hätte sie einen grandiosen Witz gemacht.

Dann dreht sie sich um und tänzelt um die Schuhe herum in die Wohnung. Von hinten sieht meine Mutter den dunklen Einsatz ihrer Strumpfhose.

Sie steht da und wartet. Vom andern Ende des Flures hört man einen Mann etwas rufen.

Sie streicht sich wieder die Haare glatt, dreht den Kopf nach hinten, damit sie, wenn das Mädchen oder jemand anderes oder vielleicht tatsächlich er, hoffentlich er, auch wenn jetzt, wo er so nah ist, die Vorstellung, ihn wirklich zu sehen dann doch …, also, so richtig … damit sie sich also, wenn wer auch immer kommt, nach vorne drehen kann und es nicht so aussieht, als würde sie nur dastehen und warten.

Aber es kommt niemand.

Meine Mutter hebt die Hand und klopft noch mal an die Tür, auch wenn die jetzt weit offen steht. »Entschuldigung?«, sagt sie etwas lauter.

Vielleicht sollte ich einfach wieder runtergehen, denkt sie.

Als plötzlich doch jemand den Flur entlangkommt, ein Mann, vielleicht, nein, nicht er, dieser hier ist viel größer, riesengroß, fast sieht es aus, als müsse er sich bücken, um mit seinem riesigen, quadratischen Schädel nicht an der Decke anzustoßen. Dafür sind seine Augen so klein, dass nicht mal Platz für eine Farbe ist.

Er bleibt direkt vor ihr stehen, führt das Glas zum Mund, das in seiner riesigen Pranke fast verschwindet, und nimmt einen Schluck. Mit der andern packt er ihre Finger und quetscht sie zusammen, während er sie von Kopf bis Fuß mustert.

»Dima«, sagt er. Die Fahne aus seinem Mund ist nicht zu überriechen.

Meine Mutter ist sich nicht ganz sicher, ob das sein Name ist oder nur wieder ein Wort, das sie nicht versteht. »Ich, äh, ich komm wegen der Musik«, sagt sie und zeigt in die Wohnung, während er ihren anderen Arm weiter durchschüttelt.

Seine Zunge fährt über die Oberlippe. »Dawai!«

Meine Mutter schaut ihn verwirrt an.

Er hebt die Pranke und holt aus, reißt den Arm nach vorne,

als würde er einen Tennisball in den Flur schleudern. »Kommst du!«

Meine Mutter schaut zurück ins Treppenhaus, in dem wieder das Licht erlischt, presst die Hand auf den Bauch.

»Kommst!«, sagt er noch mal und zieht die Tür noch weiter auf, bis meine Mutter schüchtern einen Fuß über die Schwelle setzt.

Er läuft voraus, kuckt immer wieder über die Schulter, während ihm meine Mutter ins Schlafzimmer folgt, nur dass das hier offenbar das Wohnzimmer ist. An der Wand neben dem Fenster, da, wo bei ihr das Bett steht, liegt eine Matratze und ein, nein, zwei Körper darauf. Meine Mutter sieht die Frauenbeine, die über den Rand hängen, braucht einen Augenblick, bis sie in dem schummrigen Licht auch einen schwarzen Kopf erkennt, der offenbar zu dem zweiten Körper gehört. Daneben stehen ein Sofa und ein Ohrensessel, auf dem das Mädchen sitzt, das ihr aufgemacht hat und sich jetzt mit einem dicken Kerl zu ihren Füßen unterhält. Oder zumindest bewegen sie mal beide die Lippen. Wie sie sich bei dem Lärm verständigen, ist meiner Mutter ein Rätsel. Und ohne den auch, aber das wird sie erst ein paar Minuten später denken, wenn der Dicke auf ihre Bitte, zu übersetzen, »Russisch? Quatsch, ich sprech nur Wodka« bellt und dabei so lacht, dass es sich anhört, als würde ein Meerschweinchen stranguliert. Erstmal ist meine Mutter jedoch vollauf damit beschäftigt, den Raum nach den Katzenaugen abzusuchen. Aber die sind nirgendwo zu sehen.

Vielleicht wohnt er ja doch hinter der Holztür, denkt sie, was nun aber doch ein ziemlicher Zufall wäre. Nicht nur wegen des Posters, das eine Frau in Unterwäsche zeigt und wohl das Gemälde ist, das meine Mutter vom Fensterbrett aus zu sehen geglaubt hat. Sondern auch wegen des ganzen anderen russischen Krams, der überall herumsteht. Auf der Kommode neben der Tür reiht sich von groß nach klein ein Set Babuschkapüppchen aneinander. Darunter hängt ein Stoffband mit einem kyrillischen Schriftzug, wahrscheinlich der Schal eines Sportvereins oder vielleicht auch ein guter Spruch fürs Leben. Auf der Flasche, die der Dicke in seinen Wurstfingern hält, kann sie ein »G«, ein »o« und ein »r« entziffern, bevor er die Hand beiseiteziehung und auch das »batschow« sichtbar wird, und als wäre das noch nicht genug, wechselt die Frauenstimme, die gelegentlich etwas zwischen den Beat stöhnt, in dem Moment von »Baby, Baby« zu »dragoi«, oder »dorogoi« oder zumindest zu sonst etwas, was wohl Russisch sein soll. Die Dichte an Sowjetklischees ist so groß, dass man fast glauben könnte, die Anwesenden würden diese ganze UdSSR-Enklave-Nummer nur spielen, was meine Mutter jetzt aber auch nicht wirklich überraschen würde. Die Situation scheint ihr völlig unwirklich, diese Wohnung, die so aussieht, als habe man ein Foto von ihr zusammengeknüllt, Kaffee darübergeschüttet und mit Fettfingern wieder glatt gestrichen, wie ein Traum, ganz am Anfang der Nacht, wenn man sich noch hellwach glaubt, bis man plötzlich wie von einem Sturz aus großer Höhe aufschreckt. Und genau das tut meine Mutter in diesem Augenblick, fährt richtig zusammen, als sich mit einem Mal die Pranke auf ihre Schultern legt. Wieder riecht sie die Fahne, während der riesige Kerl etwas in den Raum ruft. Köpfe drehen sich zu ihr um. Das Mädchen auf dem Sessel kichert.

Er stellt sein Glas auf dem Fernseher ab und nimmt die zweite Pranke dazu, schiebt meine Mutter mit beiden Armen vorwärts.

»Verzeihen Sie bitte die Störung«, sagt sie, weil sie das Gefühl hat, jetzt dran zu sein. Aber niemand reagiert.

»Verzeihung«, wiederholt sie und fragt sich, warum sie sich eigentlich dauernd entschuldigt.

»What?«, ruft es von der Matratze. Der schwarze Kopf taucht wieder auf. An dem Hals darunter erkennt meine Mutter das alte Mädchen von vorhin.

»Entschuldigung«, versucht sie es ein drittes Mal, »ich wollte Sie nur bitten, vielleicht etwas ...«, aber das Ende des Satzes schafft es nicht mehr, sich an die Oberfläche zu hangeln. Als sei mit einem Mal das Seil gerissen, stürzen die Worte von der Zungenspitze, rutschen zurück in die Tiefe, während sich in dem Spalt zwischen Sofa und Tisch unübersehbar etwas bewegt. Die Haarstoppel schieben sich an der Lehne entlang. Dann blitzen seine Augen auf, huschen über ihr Gesicht, bevor sie wieder in der Dunkelheit verschwinden.

»Da schau an, wer aufgewacht ist!«, ruft der Dicke und richtet sich halb auf.

Meine Mutter folgt der Flasche, die sich zum Spalt hin bewegt. »Na Alex, alles fit Schritt?«

Alex!, denkt sie.

Das Gorbatschowschild schlägt gegen einen Bierkrug, der aus dem Spalt aufsteigt. Die Hand, die ihn hält, kann sie nicht sehen, aber jetzt kommt auch auf der Matratze Unruhe auf. Der Schwarze, »ne, nicht weil es dunkel war«, »so wie die in Afrika«, endlich »ein Neger halt, mein Gott« stützt sich weiter auf. »What she want?«, fragt er.

Gute Frage, denkt meine Mutter, was will ich denn eigentlich hier?

Sie sieht, wie die Handfläche, die nicht ganz so schwarz, sondern eher dunkelbraun ist, über die Fessel des alten Mädchens streicht, sieht das Mädchen selbst, das ebenfalls hochkommt und jetzt wirklich furchtbar alt wirkt. Statt des Fetzens Stoff hat sie ein Nachthemd an, das aber auch nur ein Fetzen ist. Die Farbe ist von ihrem Gesicht gewichen, und eigentlich sieht es aus, als habe sie gar kein Gesicht, so wenig ist da, was sich aus der kreisrunden Fläche heraustraut. Die Nase ist flach, die Lippen scheinen geradezu nach innen zu zeigen, nur die Wimpern, die wahrscheinlich angeklebt sind, rollen in einem langen Bogen nach vorne. Sie zuckt die Schultern und schaut zum Sofa, sagt etwas, das wie eine Frage klingt. Oder vielleicht auch wie ein Vorwurf. Das Einzige, was meine Mutter aus den sich an den Stirnhöhlen entlang quetschenden Lauten herausfischen kann, ist »Sascha«, und so nervös sie ist, so stolz ist sie doch, dass sie weiß, dass auch damit er gemeint ist. Auch wenn er nichts tut, woraus man schließen könnte, dass auch er das weiß. Der stoppelige Hinterkopf hängt unbeweglich nach vorne. Erst als das Mädchen noch mal lauter ruft und schließlich mit der Hand gegen den Tisch stößt, sodass eine der leeren Flaschen neben ihm auf den Boden fällt, brummt er etwas zwischen den Knien hindurch, bevor er wieder das Gesicht dahinter versteckt.

Der mit dem eckigen Schädel, dessen Name wohl wirklich Dima ist, das hat sie irgendwie mitgekriegt, auch wenn ihr die Szene dazu verloren gegangen ist, zieht seine Pranken von ihren Schultern und redet auf sie ein.

»Entschuldigen Sie bitte, ich versteh leider nicht«, sagt meine Mutter und versucht Alex, den sie jetzt auch in ihrem Kopf so nennt, einen Blick zuzuwerfen. Aber zwischen den Knien ist kein Durchkommen.

»Können Sie vielleicht …?«, fragt sie in Richtung des Dicken, woraufhin der sich als »Paul« vor-, ansonsten jedoch wie gesagt als völlig nutzlos herausstellt. »Ich versteh auch nur Bahnhof!«, brüllt er gegen den Lärm an. Das Mädchen mit den blonden Flusen lacht schon wieder.

Meine Mutter dreht sich zu den anderen. »Die Musik«, ruft sie, obwohl ihr die mittlerweile völlig egal ist, »zu laut!«

Das alte Mädchen setzt sich ganz auf und ruft Alex erneut etwas zu.

Der Bierkrug bewegt sich langsam nach oben. Und wieder nach unten. Ein, ja, tatsächlich *sein* Arm fährt auf die Sitzfläche.

»Sie fragt, warum du überhaupt an einem Samstagabend zu Hause bist«, hört meine Mutter ihn endlich sagen.

»Wie?«, fragt sie und lehnt sich nach vorne.

Dima nimmt sein Glas vom Fernseher. Er schiebt das pausenlos kichernde Mädchen vom Sessel und setzt sich selbst darauf.

»Wochenende!«, ruft er und nickt meiner Mutter zu. Das Wort kommt so ungelenk aus seinem Mund, als habe er es gerade eben erst gelernt. Er lässt im Takt der Musik den Zeigefinger nach oben springen, fast so wie zuvor Arno. Ruft etwas. Sieht zu Alex, während seine Hand eine kreisende Bewegung macht.

»Er sagt, Sie sollen einfach mitfeiern«, kommt es aus dem Spalt.

Wieso siezt er mich denn jetzt plötzlich?, denkt meine Mutter und tritt noch näher an den Tisch, bis sie endlich undeutlich sein Gesicht sehen kann.

»Würd ich ja gerne«, sagt sie, »aber, also, wir müssen schlafen.«

Sie legt die Handflächen wie ein Kommunionkind flach aneinander und den Kopf darauf. »Schla-fen!« brüllt sie.

»Um halb elf?«, kreischt Paul, der jetzt zwischen Dimas Beinen hockt, »wie seid ihr denn drauf?«

Er wirft Alex einen Blick zu, vielleicht, weil der auf Augenhöhe sitzt, vielleicht, weil er offenbar der Einzige ist, der deutsch spricht. Vielleicht starrt auch einfach nur meine Mutter Alex so an, dass in ihrem Kopf auch alle anderen Blicke auf ihn gerichtet sind. Einen Augenblick glaubt sie sein Grinsen zu sehen, aber das kann auch mal wieder das in ihrem Bauch sein.

»Wessi, he?«, sagt Paul, der, »das hab ich vorhin vergessen zu erwähnen«, ganz furchtbar berlinert, was sie aber leider beim Erzählen nicht nachmachen könne, »das denkste dir halt jetzt dazu.« Er schlägt sich auf den Mund, als würde er gähnen. »Trautes Heim, Glück allein, he?«

Diesmal ist meine Mutter sich ganz sicher, das schiefe Grinsen gesehen zu haben.

»Es ist ja nicht wegen mir«, sagt sie schnell, »aber ...«, sie schaut von einem zum anderen, »aber das Kind braucht halt seinen Schlaf.« Die Worte fallen so schnell aus ihr heraus, dass sie sie nicht aufhalten kann.

Alex' Hals biegt sich herum. Er dreht ihr sein Gesicht zu, öffnet ganz langsam die Lider. Zum ersten Mal seit diesem Moment damals in der Bahn spürt sie seinen Blick auf sich, sieht ihn nicht nur, sondern fühlt ihn auch.

»Du hast ein Kind?«, fragt er, jetzt offenbar wieder per du.

Ihr Kinn nickt. Hüpft immer weiter auf und ab, bis ihm endlich die Zunge folgt. »Ja«, sagt sie.

Das ist das erste Mal, dass sie ihn anlügt.

Dima kurbelt wieder mit der Hand. Aber diesmal sagt Alex nichts. Erst als auch das alte Mädchen wieder an den Tisch stößt, brummt er etwas auf Russisch.

Das ist das erste Mal, dass er seine Freunde anlügt.

Aber das kann meine Mutter in diesem Moment natürlich noch nicht wissen. Alles, was sie wahrnimmt, ist, dass Dima wie irre zu lachen beginnt. Seine Augen schrumpfen auf Stecknadelgröße, während er den Kopf in den Nacken wirft.

»Was?«, fragt meine Mutter und versucht auch ein bisschen zu lächeln.

Von oben sieht sie Alex' Hand, die eine wegwerfende Bewegung macht.

Das alte Mädchen stellt eine Frage, beginnt, als Alex wieder etwas murmelt, ebenfalls sich zu schütteln.

Dima kriegt sich gar nicht mehr ein. Er grölt immer weiter, zuckt mit dem Becken. Und plötzlich erkennt meine Mutter das Lachen wieder.

Das Blut schießt ihr in den Kopf.

Das Meerschweinchenquieken erklingt wieder.

»Was?«, fragt auch Paul, bekommt jedoch ebenfalls keine Antwort. Aber die Tatsache, dass er keine Ahnung hat, um was es geht, scheint ihn nicht am Mitlachen zu hindern. Sein ganzer, wabbeliger Körper springt auf und ab, bis er vor lauter Freude einen Schluckauf bekommt. Er setzt die Flasche an die Lippen und lehnt sich weit zurück.

»Dawolna!«, ruft das alte Mädchen.

Paul reißt den Kopf noch weiter nach hinten. In seinen Backen bilden sich tiefe Kuhlen.

»Genug«, ruft das Mädchen.

Es tropft auf Pauls Bauch. Auf allen dreien, die ihm zur Verfügung stehen, krabbelt er über den Boden und hält dem alten Mädchen die Flasche hin.

Sie drückt sie an den Mund und nimmt einen langen Schluck, lässt sich wieder auf die Matratze fallen. Der Schwarze legt den Arm um sie. Und endlich hört auch Dima auf zu lachen. Er lässt sich neben Alex in den Spalt sinken, schaut dann aber doch noch mal zu meiner Mutter und bohrt die Zunge in die Backe, wobei sich seine Äuglein wieder zusammenziehen.

Meine Mutter steht da, schaut zu, wie sie mit ihrem Abend weitermachen, als habe nur mal kurz jemand »Pause« gedrückt und den Knopf gleich wieder losgelassen.

Paul kriecht zur Matratze und holt sich seine Flasche zurück. Er dreht sie auf den Kopf, hängt sich darunter und steckt die Zunge weit heraus, während die schwarzen Hände hinter ihm über den Nachthemdrücken streichen.

»Hören Sie«, sagt meine Mutter, was aber niemand zu tun scheint.

Sie krallt die Finger in die Lehne, beugt sich nach vorne, aber Alex' Blick lässt sich nicht einfangen. Aus den Lautsprechern hallt jetzt etwas, das wie ein Volkslied klingt. Ein Männerchor singt eine immergleiche, kurze Melodie, bei jedem Mal ein bisschen schneller, während der unvermeidliche Beat darüber hinwegschmatzt.

Sie sieht die Frau auf dem Poster, sieht, wie das Mädchen mit den Flusen mitsingt. Und dann wieder ihn, wie er sie nicht sieht, wie er weder an ihr vorbei- oder über sie hinweg-, sondern sie anscheinend ganz einfach wirklich nicht sieht. So vollständig ignoriert er sie, dass er ihr dazu nicht mal den Rücken zuwenden muss, plaudert ganz ruhig mit Dima, als sei meine Mutter nicht nur aus seinem Kopf, sondern tatsächlich verschwunden.

»Das ist Ruhestörung, verdammt noch mal!«, schießt es mit einem Mal aus ihr heraus, so laut, das sie selbst davor erschrickt, »wenn Sie nicht leiser machen, ruf ich die Polizei«, und das Wort haben sie offenbar alle schon gelernt.

Als stoße er sich von einem Trampolin ab, schießt Dimas Kopf nach oben.

»What the fuck man!«, schreit der Schwarze und wirft die Decke von sich. Er springt auf, macht einen Schritt auf meine Mutter zu, und jetzt sieht sie auch wieder die Katzenaugen, die sie über die Lehne hinweg anstarren. Ihre Haarwurzeln beginnen zu brennen, als habe man sie mit Säure übergossen. »Ja, also, das wollte ich nur sagen«, stottert sie, und »äh, schönen Abend noch«, bevor sie rückwärts aus der Wohnung stolpert.

11. Kapitel

Er taucht zur Hälfte im Türspalt auf, in einem von diesen synthetisch glänzenden Jogginganzügen, das Haar auf einer Seite platt gedrückt, und macht sich nicht mal die Mühe, überrascht zu sein.
»Stör ich?«, fragt sie.
Seine Schläfe reibt am Türrahmen. Er lässt sich viel Zeit, wenigstens so weit zu öffnen, dass sie ihn ganz sehen kann, und ein Stückchen Flur daneben, in dem noch genauso viele Schuhe liegen, wie in der Nacht zuvor.
»Ich wollt mich nur entschuldigen«, kommt es etwas zittrig aus ihr heraus, »das ist gestern irgendwie blöd gelaufen.«
Er zieht seine Jogginghose nach oben, fährt sich mit der Zunge an den Zähnen entlang. Es sieht aus, als würde ein Wurm unter seiner Oberlippe hin und her kriechen. »Wenn dein Kind halt schlafen muss.« Seine Stimme klingt tief und feucht.
»Ja, schon, aber ich hätte ja nicht gleich, also, ich wollte nicht ...« Sie ist sich nicht sicher, wie sie den Satz zu Ende bringen soll, aber er scheint sich auch nicht sonderlich dafür zu interessieren. Mit starrer Miene schaut er an ihr vorbei, während seine Schulter an den Rahmen sackt, dann seine Hüfte, der Oberschenkel, als würde man einen Reißverschluss zuziehen. In seinem Rücken kreischt eine wütende Männerstimme.
Meine Mutter wischt sich die Hände am Po ab, hält sich an den Hosentaschen fest. »Es ist nur, weil die Schule halt so früh anfängt.«
Er zieht schwerfällig den Kopf nach oben.
»Ich wollte euch wirklich nicht den Abend verderben. Wo du

ja auch Gäste da hattest. Ich versteh natürlich, dass man da auch mal laut Musik hören will. Da kann man schon vergessen, auf die Uhr zu kucken. Ist ja eigentlich auch völlig in Ordnung, wenn, also wenn nur das Kind nicht wäre. Das braucht eben seinen Schlaf. Aber ich hätte mich natürlich trotzdem nicht so aufführen müssen, wie gesagt, tut mir echt leid ...«

Ein langes Gähnen wischt ihr die letzten Worte von den Lippen. Seine Zunge rollt nach hinten, während er sich übers Gesicht fährt. Das Lid zieht sich nach unten, sodass man das glibberige Zeugs unter dem Augapfel sehen kann. Seine Finger hinterlassen rote Streifen auf den Wangen.

»Bin gerade erst aufgestanden«, sagt er endlich und schüttelt den Kopf, vielleicht, um die Müdigkeit zu vertreiben, wahrscheinlicher, weil er nicht glauben kann, mit was er sich da schon am Morgen herumschlagen muss, »auch wenn es natürlich längst Nachmittag war, sonst hätte ich mich ja gar nicht wegstehlen können. Ich hab extra gewartet, bis der Arno beim Schwimmen war, aber, also, du weißt schon, was ich meine.«

Sie bohrt die Hände in die Hosentaschen und wartet darauf, dass er sie reinlässt, oder wegschickt, oder vielleicht auch einfach ein bisschen anschreit, damit sie das nicht mehr ständig selbst besorgen muss, im Grunde ist ihr alles recht, Hauptsache Alex, ja, wenigstens das hat sie noch, Hauptsache *Alex* zeigt irgendeine Reaktion. Aber der klebt nur bewegungslos am Türrahmen, wie ein Tier, das sich tot stellt. Sein linker Arm ist zwischen Metall und Hüfte eingequetscht, der andere hängt schlaff nach unten. Die Augen hat er halb geschlossen, sodass er nicht mal richtig blinzeln muss. Meine Mutter schaut auf seine Brust, um sicherzugehen, dass er noch atmet, aber seine Jacke ist zu weit, um etwas darunter zu erkennen. Sie versucht, den Schriftzug auf der Brust zu entziffern, von dem nur noch ein paar zuckergussweiße Klecks übrig sind, als die plötzlich aus ihrem Blickfeld rutschen. Ohne ein Wort dreht er sich um und läuft den Flur entlang, stößt eine Tür mit dem Fuß auf, geht hinein. Es klappert. Dann hört sie einen Wasserstrahl.

Sie zuckt zusammen, macht unwillkürlich einen Schritt zurück.

Der Strahl wird noch stärker, hallt in der Schüssel. Die Spülung gurgelt los.

Meine Mutter schiebt den Kopf in die Wohnung. Als würde sie das Gezwitscher einer vom Aussterben bedrohten Vogelart studieren, lauscht sie den Geräuschen, die zu ihr nach draußen dringen, dem Gluckern der Rohre, dem Rauschen des Wassers, jetzt aber wohl aus dem Hahn. Ihre Finger beginnen zu kribbeln, dann macht sie schnell einen Schritt über die Schwelle und läuft den Flur entlang, zur Tür, sieht ihn durch den offenen Spalt vorm Waschbecken stehen, nach vorne gebeugt, sodass zwischen dem Hosenbund und der Jacke ein Streifen Rücken aufblitzt. Sein Mund hängt unter dem Hahn. Über der Wanne fährt das blaue Flämmchen der Gastherme hoch.

Vorsichtig, gerade so, als wolle sie ihre Bewegungen vor sich selbst verbergen, schiebt sie sich an die Wand heran und betrachtet die weiße Haut, auf der drei, nein vier dicke, schwarze Leberflecke sitzen, wie Lakritzschnecken, einer davon vielleicht eher braun, dafür mindestens dreimal so groß wie die anderen. Sie sieht die Rückenwirbel, die sich messerzackenspitz nach außen drücken, während er laut gurgelt, sich noch weiter nach vorne beugt, ausspuckt.

Der wütende Mann kreischt noch lauter.

Alex' Hände klatschen auf die Wangen. Das Jackenbündchen rutscht nach unten, während er sich aufrichtet und sein nasses Gesicht in den Spiegel springt. Sie folgt den Tropfen, die von seiner Stirn in die Augenhöhlen rinnen, an der Nase entlanglaufen, zum Mund hinunter, bis sie schließlich vom Kinn aus ins Becken fallen. Erst als sich seine feucht glitzernden Brauen zusammenziehen, merkt sie, dass auch er sie sieht. Sein Blick bohrt sich in sie, während er mit der Ferse der Tür einen Tritt versetzt.

Sie weicht zurück, drückt die Hand auf die Brust, was ist denn los mit dir reiß dich gefälligst zusammen reißen sollst du machst doch alles nur noch schlimmer, sie schnappt nach Luft, Schritte nähern sich, die Klinke rast auf sie zu oder sie auf die Klinke, sie wischt sich die Haare hinter die Ohren, sieht schon, dass sich das

Schlüsselloch verdunkelt, was, wenn man bedenkt, wie klein so ein Loch ist, mal wieder ein bisschen unglaubwürdig klingt, andererseits hat meine Mutter natürlich in den letzten Tagen mehr Zeit damit verbracht, auf und durch winzigkleine Gucklöcher zu starren, als ich in meinem ganzen Leben, also stimmt es vielleicht doch, vielleicht kann sie durch all das Training tatsächlich erkennen, dass sich etwas vor die Öffnung schiebt, vielleicht steht er wirklich schon hinter der Tür, aber das ändert auch nichts, denn öffnen, öffnen tut er nicht.

Sie presst die Hand auf den Mund, beißt die Zähne aufeinander, aber nicht der kleinste Mucks dringt durch die Tür, als habe er sich in Luft aufgelöst.

Vielleicht kommt er ja gar nicht mehr raus, schießt es ihr durch den Kopf. Vielleicht bleibt er im Bad, bis ich wieder gehe. Vielleicht ist ihm meine Anwesenheit so unangenehm, dass er lieber den ganzen Tag auf der Toilette verbringt, als zu mir herauszukommen. Ihr Blick fährt an der Tür entlang, an den Scharnieren hoch ins linke Eck, rüber ins rechte, vertikal nach unten und wieder nach links. Ihr Kopf folgt den Bewegungen ihrer Augen, als würde sie die Umrisse nachzeichnen. Bis die Klinke plötzlich doch nach unten gedrückt wird.

Den Kopf gesenkt, die Hand vor der Stirn, wie ein Angeklagter vorm Gerichtssaal, erscheint er in der Tür. Er macht einen Schritt in den Flur, bleibt dann aber doch ein paar Meter von ihr entfernt stehen, was gar nicht so leicht ist, wenn man bedenkt, dass der Flur gar keine paar Meter breit ist. Ein Räuspern zwängt sich seinen Hals nach oben. Er öffnet den Mund, aber statt irgendwelcher Worte kommt wieder nur ein Gähnen heraus, wenn auch jetzt schon ein bisschen halbherzig. Aber um meine Mutter sich richtig schlecht fühlen zu lassen, reicht es noch.

»Tut mir wirklich leid«, sagt sie, obwohl ihr nicht mal selbst ganz klar ist, ob sie damit die Sache von gestern oder die Sache von eben meint. Oder die Sache von gerade jetzt. Dass sie noch immer da ist. Dass sie nicht einfach abhaut.

Er nickt. Aber es kann auch sein, dass er einfach den Kopf nicht mehr oben halten kann. Das bloße Stehen scheint ihn bereits zu erschöpfen. Zumindest fallen ihm fast die Augen zu.

»Ich hab ja auch eigentlich gar nix dagegen, wenn es mal laut ist«, fährt sie zappelig fort, »ist wirklich nur wegen der Schule.«

Er hebt wieder die Hand und reibt sich über die Lider. »An einem Sonntag?«, fragt er durch das Fingernetz vor seinem Gesicht.

»Ist eine Privatschule!«, ruft sie, »da, äh, da haben sie auch sonntags Unterricht.«

Er lässt die Hand sinken. »Ah«, sagt er und scheint tatsächlich aufzuschauen, jetzt vielleicht nicht gerade direkt zu ihr, aber doch wenigstens in ihre Richtung.

Er tritt die Schuhe aus dem Weg und schlurft den Flur entlang. Meine Mutter läuft ihm nach, setzt die Füße in die Schneise, die er freimacht, während sie vor lauter Unsicherheit weiter von der Schule erzählt, die ja, äh, tatsächlich eine ganz besondere, also nur für ganz besonders begabte Kinder, sei, »da lernen sie schon ab der ersten Klasse Englisch. Und Französisch. Ab der zweiten.«

Er geht durchs Wohnzimmer, auf den Fernseher zu, drückt an den Knöpfen neben dem Bildschirm herum. Das Kreischen wird leiser. Dafür wird meine Mutter immer lauter.

Als sei sie die Direktorin und er ein unentschlossener Vater, den es zu überzeugen gilt, beschreibt sie in glühenden Farben all die Zusatzleistungen, die die Schule biete, baut ihr ein Labor, dann ein Musikzimmer, denkt sich immer neue Kurse und Tests aus, mit denen die Spreu vom Weizen getrennt werde, denn »da können natürlich nur die Besten der Besten mithalten.«

Ein stimmloses Lachen, eins von denen, die fast nur aus Luft bestehen, drückt sich zwischen seinen Lippen hervor.

»Was?«, fragt sie und versucht es ihm nachzutun.

»Ach nichts.« Er lässt sich aufs Sofa fallen, friemelt ein Zigarettenpäckchen aus der Ritze. *Gauloises* liest sie und spricht sich das Wort vor, als müsse sie es auswendig lernen. Er stößt die Kante auf seinem Knie auf, zieht eine Zigarette heraus und wirft das Päckchen auf den Tisch. Der Filter steckt schon zwischen seinen Lippen, als er unvermittelt »ihr Deutschen habt einfach was übrig fürs

Selektieren, was?« sagt. Die Spitze glüht auf. Die Buchstabenreste auf seiner Brust ziehen sich auseinander.

Meine Mutter starrt ihn an, während er in aller Seelenruhe den Rauch vor sich ausstößt, sieht, wie er die Zigarette an den Mund führt, die Pupillen, die sich wieder an der Spitze festhalten, als würde er schielen. Ihr Arm verschwimmt vor ihren Augen, während sie auf den Ohrensessel zeigt. »Darf ich?«

Er zuckt die Schultern.

Meine Mutter stolpert durch das Flaschenlabyrinth. Setzt sich. Glotzt weiter auf seine Hand, aus der die Zigarette wächst wie ein sechster Finger. Ihr fällt ein, dass es nur ein paar Tage her ist, dass dieselben Finger in ihr drin waren, aber es gelingt ihr nicht, die Hand aus dem Rutschbahnhäuschen und die von heute zusammenzubringen.

»Und? Was hast du so gemacht?«, fragt sie.

Er reibt sich über den Hinterkopf, zieht ein Bein zu sich auf den Sitz. »Geschlafen.«

»Nein, ich meine, seit neulich, die ganze Zeit.«

»Das Gleiche.« Er lacht wieder. »Na, und halt gearbeitet.«

»Ach? In diesem Restaurant?«

Er bohrt den Zeigefinger neben seinen großen Zeh, nickt langsam.

»Dann bist du wahrscheinlich abends immer da, was? Ich mein nur, weil ich dich die ganze Zeit nicht gesehen hab.«

Er zuckt wieder mit den Schultern. »Ich hock nicht gern zu Hause rum.« Sein Finger hüpft über den zweitgrößten Zeh, über den mittleren, bis zum kleinen und wieder zurück, wie bei diesen Straßenkünstlern, die in immer schnellerem Tempo mit einem Messer in die Fingerzwischenräume hacken. »Und du?«

Nichts, denkt sie.

»Ich war krank«, sagt sie.

Er nimmt einen tiefen Zug, legt den Kopf nach hinten, stößt den Rauch zur Decke. »Und, geht's dir jetzt besser?«

Sie denkt daran, wie sie mit zugeschwollenem Hals im Bett gelegen und an sein Gesicht gedacht hat, an die verwarteten Tage, die vielen, vielen Stunden am Fenster, vor der Tür, an denen sie ihn vor Sehnsucht und Unruhe und Hoffnung am ganzen Körper gespürt hat, denkt daran, wie nah er ihr in dieser Zeit gewesen ist. Und wie fern jetzt, wo sie endlich neben ihm sitzt. Geht es ihr jetzt besser? Wie eine hängende Schallplatte eiert die Frage in ihrem Kopf. Ist das besser?

Sie schaut auf die brennende Spitze, während sie verzweifelt nach einer Antwort sucht, aber er hat die Frage offenbar schon vergessen. Oder vielleicht auch meine Mutter selbst. Die Stille zwischen ihnen wird dick und dicker, bis es unmöglich ist, sie noch zu überbrücken.

Das Einzige, was zu hören ist, ist die leise Wut aus dem Fernseher.

Sie lässt den Blick durch den Raum schweifen, betrachtet die Wand, die wohl mal weiß war, aber jetzt, wahrscheinlich von all dem Rauch, völlig gelb ist, wie Löschpapier, stumpf, mit winzigen, schwarzen Fädchen darin. Sie schaut zum Fenster. Schaut wieder zu ihm.

Wie konnte sie nur glauben, es sei eine gute Idee, noch mal hier hochzukommen? Was hat sie denn erwartet? Dass sie ihr Verhalten einfach ungeschehen machen könne? Gut, gestern wollt ich dir noch die Polizei auf den Hals hetzen, aber jetzt ist alles wieder in Butter?

Hast du etwa gedacht, dass er sich freut, dich zu sehen? Dass ihr da weitermachen würdet, wo ihr aufgehört habt? Wo soll das denn bitte sein? Es hat doch nie einen Anfang gegeben! Was tust du überhaupt noch hier? Du kannst dich doch nicht einfach in seine Wohnung drängen, wie eine Geisteskranke? Mach, dass du nach Hause kommst! Na los!

Sie steht auf, streicht sich die Weste glatt, stößt vor Nervosität gegen die Wodkaflasche, die offenbar doch noch nicht ganz leer war. Unter ihren Füßen bildet sich eine dunkle Lache.

Sie hebt den aufgeweichten Gorbatschow auf und stellt ihn auf den Tisch, der, wie sie jetzt sieht, doch nur ein umgedrehter Wäschekorb ist.

Alex schaut auf. Seine Erleichterung ist nicht zu übersehen.

»Kann ich mal auf die Toilette?«, hört sie sich fragen.

Er holt tief Luft. »Ähä.«

Sie läuft den Flur zurück ins Bad, wirft die Tür hinter sich zu. Lässt sich auf den Klodeckel fallen. Ihr Blick rast über die Fliesen, immer acht gelbe, die sich wie Blütenblätter um eine braune gruppieren, bis das Muster kurz vor der Wanne abbricht, wen interessiert's, konzentrier dich, was machst du denn hier, so kann man sich doch nicht aufführen, spinnst du jetzt total? Sie atmet ein, presst die Hände in den Bauch, atmet aus.

Ein Telefon klingelt.

Sie hört ihn Russisch sprechen. Zumindest glaubt sie, dass er es ist, auch wenn er überhaupt nicht mehr wie er selbst klingt, wenigstens nicht wie die träge, verschlafene Version von ihm, der sie gerade noch gegenübergesessen hat. Er lacht sogar, so richtig mit Stimme und allem Drum und Dran.

Die Galle schwappt ihr in den Mund. Sie stürzt zum Waschbecken, hält den Kopf darüber. Aber nichts kommt. Die Hand um den Hals gepresst, starrt sie auf den verkalkten Hahn, den braunen Rand, der sich um den Ausfluss zieht, sieht die Zahnpastareste am Beckenrand.

Aus dem Wohnzimmer hört sie wieder sein Lachen, diesmal von Pausen unterbrochen, in denen offenbar der Anrufer redet.

Sie denkt an die Stimmen vor ein paar Tagen im Hof, versucht sich zu erinnern, ob er damals schon so gelacht hat, so, als würde der Ton direkt aus seiner Lunge kommen, tief und voll, als spare er sich einfach den Umweg durch den Mund, fragt sich, ob das vielleicht doch eher Dima war, während sie verstohlen den weißgrünen Rest Zahnpasta berührt. Ihr Zeigefinger gleitet die Beckenkurve hinab. Sie kratzt über die Keramikoberfläche, betrachtet die winzigen Stückchen, der sich unter ihrem Nagel sammeln. Ganz leicht nur fährt sie mit der Zunge darüber.

Das Lachen überschlägt sich.

Meine Mutter reißt den Arm zurück.

Sie dreht den Hahn auf, hält den Finger darunter, bohrt den

Nagel fast in die Mündung. Sie wäscht sich den Mund ab und aus, trocknet sich die Hände ab, wäscht sie, als sie merkt, wie furchtbar das Handtuch stinkt, noch mal. Und sieht plötzlich ihr feuerrotes Gesicht im Spiegel.

Sie berührt die Nase, die geradezu grotesk nach vorne sticht, klemmt den Knorpel mit der Faust ab. Ihre Finger wandern nach oben, als würden sie eine Tonbüste modellieren, schieben die lose Haut auf dem Knochen umher, als könnten sie sich nicht ganz entscheiden, wie und ob das Werk noch zu retten ist, fahren endlich auseinander und bohren sich rechts und links unter die Oberlippe. Wie eine Zange spreizen sie den Mund. Die Schneidezähne kommen zum Vorschein. Über dem breiten Clownsgrinsen staut sich das Blut.

Meine Mutter fährt herum. Sie reißt die Tür auf, stolpert in den Flur, läuft zurück ins Wohnzimmer.

Das Lachen ebbt ab.

Seine Hand fährt über die Muschel, als erzähle er dem Anrufer gerade ein unglaublich geheimes Geheimnis, das sie nicht hören darf, dabei versteht sie ja ohnehin kein Wort. Die Ringelschwanzschlaufen des Telefonkabels legen sich um seine Finger, während er den Hörer zwischen Schulter und Kinn einkeilt.

Unschlüssig geht sie zur Kommode und sieht sich die Babuschkas an, betrachtet das Rosenmuster auf den Holzkörpern, das bei jeder der vergnügt lächelnden Großmütter ein paar Blüten verliert, bis auf dem Bauch der Kleinsten so wenig Platz ist, dass der Strauß vom Anfang nur noch aus einer einzigen Rose besteht. Daneben reihen sich weitere Figürchen auf, die meisten offenbar aus einem Überraschungsei, abgesehen von der porzellanenen Balletttänzerin mit dem Schwanenkamm, die hinter den andern auf einem Sockel thront. Das weiße Röckchen steht steif nach oben. Darunter hat ihr jemand mit Kugelschreiber ein schwarzes Dreieck zwischen die Beine gemalt.

Meine Mutter dreht sich um, geht zu dem Poster der Unterwäschefrau, spaziert durch den Raum, als sei sie in einem Museum, während ihr die Laute aus seinem Mund jetzt wieder in normaler

Lautstärke folgen. Sie geht um die Matratze herum, am Fernseher vorbei, der jetzt ausgeschaltet ist, sieht die klebrigen Glasränder darauf, und irgendwie hat es etwas Tröstliches, dass sie weiß, wo die herkommen, dass sie das alles schon kennt, als sei sie am Ende doch nicht so fremd. Als sei es das Zuhause eines Freundes, ein Ort, der ihr vertraut ist, und im Grunde ist er das ja auch. Tatsächlich könnte sie die Wohnung mit geschlossenen Augen nachzeichnen, das lang gezogene L mit den drei kleinen Zimmern am Schaft und den beiden großen nach dem Knick, die Speisekammer in der Küche, die Nische an der gegenüberliegenden Seite. Sie kennt die verschnörkelten Türen, die schmalen Dielen, auch wenn von denen hier das Ochsenblut splittert, kennt die Ecke im zweiten Zimmer, wo eben jene Dielen plötzlich abreißen und stattdessen ein Quadrat aus hellem Holz aus dem Boden bricht, da, wo früher der Ofen stand. Sie kennt die hohen Decken, die dünnen Wände, und vor allem kennt sie die Fenster, vier große Flügel unten, vier kleine oben, den Sims davor. Sie schiebt die Gardine beiseite, die ebenfalls völlig gelb ist, und schaut in den Hof, auf die Mülltonnen, lässt den Blick über die immer grüner sprießenden Ranken schweifen, genau wie sie es die ganze Zeit auf der anderen Seite gemacht hat, an der Wand entlang, bis sie ihre eigene Wohnung findet, das offene Fenster, hinter dem sie eben noch gestanden und genau hierher geschaut hat. Sie sieht den Nachttisch, den Bücherstapel darauf, so hoch, dass er von hier aus wie ein Schrank aussieht, betrachtet ihr Schlafzimmer, während er sich verabschiedet, fragt sich, woher sie das eigentlich wissen will, aber tatsächlich legt er keine drei Sekunden später auf.

»Was Wichtiges?«, fragt sie und dreht sich um.

Er schaut kurz auf. In seinem Gesicht hängt noch ein Lächeln, zu herzlich, als dass es ihr gelten könne. »Nur die Arbeit.«

»Ah«, sagt sie, auch wenn sie es etwas seltsam findet, dass ein so langes und intim wirkendes Gespräch beruflich sein soll.

Er zündet sich eine neue Zigarette an. »So ein reiches Tier will, dass wir einen Kindergeburtstag für seine Tochter ausrichten«, sagt er, als habe er ihre Zweifel gehört.

Sie geht einen Schritt nach vorne. »Macht ihr so was oft?«
Er schüttelt den Kopf.

»Ah«, sagt sie noch mal. Sie schaut von rechts nach links, als würde sie eine Straße überqueren, dann setzt sie sich kurzerhand neben ihn aufs Sofa.

Er sinkt zur Seite, lässt den Oberkörper über die Lehne hängen, als habe man ihn darüber ausgekippt.

So schnell es gekommen ist, so schnell rinnt das bisschen Leben wieder aus ihm heraus. Das Lächeln fällt von seinen Lippen, die Augen nehmen diesen leeren Ausdruck an, während er über seine Knie hinweg auf den Fernseher starrt. Die Zigarettenspitze spiegelt sich auf dem leeren Bildschirm. Meine Mutter sieht sein Gesicht in schwarz-grau, darunter, ganz klein im Eck, sich selbst, die Augen, die in den tiefen Höhlen unruhig herumschwimmen, bis sich der Rauch wie eine nach unten rollende Lawine über ihrer beider Köpfe schiebt.

»Wie heißt sie eigentlich?«
Sie dreht sich zu ihm. »Wer?«
»Deine Tochter?« Seine Stimme erstickt im Rauch.

»Anna.« Der Name flutscht aus ihrem Mund, als läge er dort schon ewig bereit, als habe er nur auf den richtigen Moment gewartet, herauszuplatzen. Anna. AaaNaa. Die denkbar einfachste Buchstabenkombination, Aaaanaaaa, im Grunde selbst nicht mehr als ein langes Gähnen. Dann merkt sie, dass er aus ihrem Kind ein Mädchen gemacht hat. Sieht sie aus wie eine Mädchen-Mutter, wie jemand, der Zöpfe flicht und Rüschenkleider näht? Warum kein Junge? Warum eine Sie? Oder ist das etwa nur ein Test? Hat er etwas gemerkt und will ihr eine Falle stellen? Schon ist sie bereit, alles zuzugeben, ihr ganzes kinderloses, unverheiratetes Streberleben, aber er sagt: »meine kleine Schwester heißt auch Anna.«

»Wirklich?«, ruft sie, »wirklich?«, als sei es ein irrwitziger Zufall, dass sich zwei Menschen den wahrscheinlich häufigsten Namen auf der ganzen Welt teilen, und für einen Augenblick glaubt sie fast selbst daran, dass es Fügung ist, ein Wink des Schicksals, er hat ihr eine Tochter gegeben und sie ihr den Namen seiner Schwester, nur damit sich ihrer beider Geschichten ineinander verhaken, erst in der Vergangenheit und dann hoffentlich auch in der Zukunft.

Er fischt einen zerschlissenen Geldbeutel unter dem Sofa hervor und zieht ein Foto von einer Menschengruppe heraus, die dicht gedrängt vor einem grauen, viereckigen Haus steht, 15, 20 Leute, mit alten Mänteln und alten Gesichtern. Auf dem Dach liegt Schnee.

Sein Gesicht wird weich.

Er sagt: »Das ist sie«, und lächelt, »das ist meine Anna.«

Sie muss sich zwingen, sich von seinem Lächeln loszureißen, das wieder nichts mit ihr zu tun hat, das schönste Lächeln, das man sich überhaupt denken kann, zu schön, als dass man es sich verdienen könnte. So ein Lächeln bekommt man nur geschenkt.

Die Augen meiner Mutter folgen seinem Zeigefinger, betrachten eifersüchtig die schmale Gestalt am Bildrand.

Sie sieht ihm überhaupt nicht ähnlich. Ihre Lippen beschreiben eine Wellenlinie, die Augen sind dunkel und stehen so dicht beieinander, dass sie fast etwas beschränkt aussieht. An ihren Ohrläppchen, die zwischen wattigen Löckchen hervorkommen, hängen winzige, goldene Kreolen. Darüber trägt sie eine dicke Wollmütze, die sie bis kurz über die Brauen gezogen hat.

»Ist ein ziemlich altes Foto«, sagt er, »damals war sie noch ganz klein.«

»Wie alt ist sie denn heute?«, fragt meine Mutter und gibt sich Mühe, interessiert zu klingen, während ihr Blick wieder zu seinen Lippen steigt.

»Neunzehn«, sagt er.

»Ah«, sagt sie und nickt, als würde es auf ihre Zustimmung ankommen.

Er zieht eine leere Flasche vom Boden und ascht hinein.

»Lebt sie noch da, in der Ukraine?«, fragt meine Mutter. Sie freut sich, dass sie sich das gemerkt hat und hofft, dass es ihn auch freut.

»Ähä«, sagt er. Er klemmt die Zigarette im Mundwinkel ein. Der Trikotstoff, der sich an seinem Arm plustert, berührt ganz leicht ihren Ellenbogen.

»Was macht sie so?«

»Nix.« Er nimmt einen Zug, ohne die Zigarette dabei mit den Fingern zu berühren. »Sie ist ihr ganzes Leben noch nicht aus Odessa rausgekommen.«

»Ah, aus Odessa seid ihr«, sagt meine Mutter und nickt wieder, denkt darüber nach, was sie ihn als Nächstes fragen könnte, aber zu ihrer Überraschung redet er ganz von alleine weiter. »Ihr geht's nicht gut. Hat irgend so nen Säufer geheiratet. Ein Kind hat er schon gehabt, drei haben sie zusammen gemacht. Jetzt wohnen sie bei seiner Mutter und schlafen alle sieben in einem Zimmer. Keine Arbeit, sitzen nur den ganzen Tag in der kalten Wohnung rum und streiten.«

Er lässt das Foto auf sein Knie sinken.

Von all den Worten, die er plötzlich für sie übrig hat, ist meine Mutter fast ein bisschen benommen. Etwas unsicher, ob er noch mehr sagen will, wartet sie ab, aber er nimmt nur den nächsten Zug und stößt den Rauch schief durch den Mundwinkel wieder aus.

»Könnten sie nicht auch nach Deutschland kommen so wie du?«, fragt sie, als sie sich ganz sicher ist, dass nichts mehr nachkommt.

Alex grinst. »Anna kann die Deutschen nicht leiden.«

Meine Mutter dreht ein wenig den Kopf zu ihm, während sie peinlichst darauf achtet, ihren Ellenbogen still zu halten. Ihre Augen huschen über die gelben Zähne, während sie zu entscheiden versucht, ob das diesmal ein gutes oder ein böses Grinsen ist. »Warum denn nicht?«, fragt sie endlich.

Er zuckt die Schultern. »Wer mag die schon?«

Er steckt das Foto zurück in den Geldbeutel, beugt sich nach vorne und nimmt das Gauloises-Päckchen vom Wäschekorb. Sein Po hebt sich ein wenig und senkt sich wieder, ein paar Zentimeter neben der ursprünglichen Stelle, noch weiter von meiner Mutter entfernt, wie ihr scheint. Sie sieht zu, wie er die Zigarette festhält und nicht sie, sieht, wie sich seine Lippen um den Filter legen und nicht um sie, wie er den Rauch ausstößt und irgendwo hinsieht, aber nicht zu ihr, und hält es plötzlich nicht mehr aus. Sie beugt sich zu ihm, so nah, dass ihr Gesicht fast schon seines berührt. Als er plötzlich aufschaut. Seine Brauen springen nach oben.

»Kann ich, äh, kann ich einen Zug haben?«, stottert sie.

Er atmet aus. Der Rauch wabert ihr ins Gesicht. »Kriegst auch ne ganze Zigarette.«

Meine Mutter schüttelt den Kopf, »einmal ziehen ist genug«, sagt sie und spreizt Zeige- und Mittelfinger zu einem weiten V.

Er schaut sie zweifelnd an, nimmt dann aber doch den Filter aus dem Mund und schiebt ihn ihr zwischen die Fingerknöchel.

Sie zieht die Hand zu sich. Die Spitze zittert ein wenig, während sie den Filter weit in den Mund schiebt.

»Aaah«, macht sie und schaut dem Rauch hinterher, so wie Alex es tut.

Er kneift ein Auge zusammen, als würde er ins Licht blicken. »Du rauchst doch gar nicht.«

Meine Mutter nimmt die Zigarette aus dem Mund. »Nur manchmal«, sagt sie und, weil er das Auge noch mehr zusammenkneift, »wegen Anna, ich will nicht, dass sie mich dabei sieht.«

Jetzt lüg ich schon meine fiktive Tochter an, denkt sie und hält ihm wieder die Zigarette hin.

Sein Mundwinkel zuckt ein wenig.

»Was denn?«, fragt sie unsicher.

Er nimmt ihr die Zigarette ab, ohne sie dabei aus den Augen zu lassen, sein Mundwinkel biegt sich noch weiter nach oben.

»Was?«, fragt sie wieder.

Er zieht selbst, lässt sich viel Zeit, bevor er antwortet. »Du atmest nicht in die Lunge.«

Meine Mutter fühlt, wie ihr die Röte ins Gesicht steigt. »Was?«, fragt sie zum dritten Mal, aber diesmal erwartet sie keine Antwort. Ihre Finger beginnen noch mehr zu zittern. Sie macht eine Faust, schaut von rechts nach links, sucht nach einer Erklärung, mit dem sie das Lächeln, das sie jetzt plötzlich gar nicht mehr erstrebenswert findet, aus seinem Gesicht wischen könnte. Aber ihr will beim besten Willen keine einfallen.

Ich muss hier raus, denkt sie, ich muss sofort hier raus! Sie legt die Finger an die Sofakante, schiebt sich nach vorne, ihr Bein streift sein Knie und dann spürt sie plötzlich seine Lippen, die sie zurück in den Sitz drücken, sich auf ihre drücken, so fest, dass sie kaum noch Luft bekommt.

»Was?«, tönt es schon wieder in meiner Mutter, aber seine Zunge schiebt sich so tief in sie hinein, dass an Reden nicht zu denken ist, fährt an der Innenseite ihrer Wangen entlang, über ihren Gaumen, in den Hals, als wolle er ihre ganze Mundhöhle damit ausfüllen. Etwas Altes, Abgestandenes mischt sich mit dem Geschmack der Zahnpasta. Es ist eklig und erregend, wenn das überhaupt ein Unterschied ist.

Ihre Zähne stoßen aneinander, so eilig hat sie es, auch ihre Zunge in seinen Mund zu bekommen. Er umfasst ihre Hüfte, zieht sie auf seinen Schoß und beginnt sie auf und ab zu stoßen. Wie eine Flickenpuppe hüpft sie auf seinen Oberschenkeln, als habe sie weder Gelenke noch Muskeln, die sie anspannen könnte, schlackert mit den Armen, fällt von rechts nach links. Was?, denkt sie immer wieder. Was? Was? Was? Ihre Knie rutschen von der Sitzfläche, während das Gehüpfe noch schneller wird. Sie flicht ihre Finger in seine, zieht sie um sich herum und knotet sie hinter ihrem Rücken ineinander. Wie damals im Turnen, wenn die DDR-Meisterin ihr Hilfestellung gab, beugt sie sich über den Ring nach hinten, macht eine Brücke, aber er lässt sich die erzwungene Umarmung nicht gefallen. Finger für Finger enthedert er ihrer beider Hände und greift ihr stattdessen in den Nacken, zieht sie mit einem Ruck zurück nach oben, sodass sie das Gefühl hat, nur an seiner Hand zu hängen. Sie zerrt seine Joggingjacke zwischen Rücken und Sofalehne nach unten und das T-Shirt darunter den umgekehrten Weg hinauf, bis es an seinem Hals stecken bleibt. Er hebt die Arme, fasst hinter sich und zieht das T-Shirt am Kragen über den Kopf, während sie sofort seine Schultern zu küssen beginnt, die Brust, die zarte Haut, die sie unter der Achsel findet. Der abgestandene Geschmack wird noch stärker. Sie lässt ihre Lippen hin und her gleiten, wirft den Kopf herum, verausgabt sich in ihrem Aktionismus, den sie für Leidenschaft hält, während sie sich fragt, wann er denn jetzt auch endlich mal sie auszieht. Aber er küsst sie nur mit der gleichen, langsamen Bestimmtheit weiter, sodass sie sich endlich selbst aufknöpft. Mit fahrigen Bewegungen stößt sie die Finger durch die Knopflöcher, schüttelt die Schultern, sodass die Weste von ihnen fällt, drängt sich ihm entgegen, bis seine Lippen sich von ihrem Mund lösen. In großen Sprüngen steigen sie ihren Hals hinab. Er legt seine Hand auf ihre rechte Brust und zieht den BH nach unten, fährt mit den Zähnen um den Hof herum, während sie vor Ungeduld aufstöhnt.

Und er plötzlich zurückrutscht. Als habe ihn ihre Stimme mit einem Mal wieder daran erinnert, wer sie ist, schiebt er sie von sich runter und steht auf. Seine Finger fahren an den Augenwinkeln entlang, als klebe noch immer der Schlaf darin, ziehen die Lippe so weit zum Kinn, dass meine Mutter zum ersten Mal auch seine untere Zahnreihe sieht, die sogar noch ein bisschen gelber ist als die obere, an manchen Stellen fast schwarz, als habe jemand einen Haufen abgebrannter Streichhölzer in den Sand gesteckt.

Er liest die Kleidungsstücke vom Boden und drückt sie ihr in die Arme. Dann dreht er sich um, geht um den Wäschekorb herum und lässt meine Mutter mit ihrer Brust alleine sitzen.

Sie sieht ihm nach, wie er mit großen Schritten zur Tür läuft. Presst den Stoff an sich. Das leere Körbchen hängt wie eine dritte Brust unter den andern beiden, während sie langsam aufsteht, einen Fuß vor den anderen setzt, ihn plötzlich »nicht hier« sagen hört, »da.«

Er kommt zurück, legt seine Hand auf ihren Rücken. Ohne sie anzuschauen schiebt er sie den Flur entlang, unter einen Perlenvorhang hindurch, in ein kleines Zimmer hinein. Es dauert eine Weile, bis meine Mutter merkt, dass es der gleiche Raum ist, in dem sie in ihrer Wohnung das Arbeitszimmer hat, nur dass dieser hier so vollgestellt ist, dass er nicht mal halb so groß wirkt. Rechts und links sind die Wände je mit einem Stockbett verstellt, daneben Spinde, wie im Schwimmbad, aus denen aller mögliche Kram quillt. Ein paar Meter weiter lehnt eine ausgehebelte Tür. Das Fenster ist von einem Schal abgehängt. Auf den Dielen, die hier noch schlimmer aussehen, verkratzt, verspritzt, vermalt, liegt einer von diesen fusseligen Fellteppichen, wie sie in Tankstellenromanen vorm Kaminfeuer liegen.

Er sagt: »Das ist meins« und zeigt auf das rechte untere Bett. Die Matratze ist genauso voll wie das Zimmer selbst. Rucksäcke, Kleidung, unzählige alte Fotos wie das aus seinem Geldbeutel, Formulare. Unter dem Kissen lugt ein aufgeschlagenes Buch hervor, das bäuchlings auf einer Papiertüte liegt.

Er hebt die Tür von der Wand und stellt sie an den Rahmen wie eine Barrikade, geht zum Nachttisch. Knipst ein Lämpchen an. Der Schein reicht kaum bis zum Bett. Sein Gesicht bekommt etwas Gespenstiges, wie wenn man sich beim Gruselgeschichtenerzählen eine Taschenlampe unters Kinn hält, was meine Mutter natürlich, ja, ist ja gut, ebenfalls nie gemacht hat, »aber wie gesagt, man kriegt so was halt mit.«

Vorsichtig, als nehme sie auf einem antiken Möbelstück Platz, setzt sie sich auf die Kante, hält den Kopf gebeugt, um sich nicht am oberen Bett zu stoßen. Sie legt die Kleider in ihren Armen neben sich aufs Kissen, nimmt eins der Fotos in die Hand. »Wer ist das?«

»Meine Mutter«, sagt er. Wieder huscht dieses warme Lächeln über sein Gesicht.

»Lebt die auch noch bei euch zuhause?«

Er schüttelt den Kopf, »ist gestorben.«

»Das tut mir leid«, sagt meine Mutter. Sie legt den Kopf zur Seite, versucht, ihm einen tröstenden Blick zuzuwerfen. Aber Alex lässt ihre Betroffenheit ungewürdigt verstreichen, schaut nur weiter auf das Bild, bis er endlich hörbar schluckt. »Sie war sehr schön, nicht wahr?«

»Ja. Sehr«, sagt meine Mutter. Und fragt sich, warum er von allen möglichen Adjektiven ausgerechnet dieses gewählt hat. Er hätte doch auch sagen können, dass sie klug oder witzig oder irgendwas anderes gewesen sei. Warum müssen Mütter immer schön sein? Vor allem tote Mütter? Ist das ein ungeschriebenes Gesetz? Warum kann eine tote Mutter nicht auch mal hässlich sein? Alles andere geht doch auch, gemein, verlogen, brutal, nur nicht hässlich.

Sie greift wieder in das Chaos, findet etwas, das wohl sein Personalausweis ist. Ihr Finger fährt über die kyrillischen Zeichen. »Ist das dein Geburtstag?«, fragt sie und zeigt auf ein paar Ziffern, das Einzige, was sie lesen kann.

Aber Alex scheint keine Lust mehr auf Erzählen zu haben.

»Kann sein.« Er nimmt ihr den Ausweis aus der Hand, wirft ihn ohne einen Blick darauf zu werfen auf den Nachttisch.

Meine Mutter betrachtet seinen nackten Oberkörper, während er sich vors Bett kniet, sieht ihm zu, wie er sein Leben zusammensammelt und es in einem der Spinde vor ihr wegschließt. Das Körbchen rutscht noch weiter nach unten. Sie fragt sich, ob sie es wieder hochschieben oder den BH ganz ausziehen soll. Oder vielleicht will er das ja machen, vielleicht sollte sie besser warten. Aber Alex macht keine Anstalten, auch nur irgendetwas zu machen. Ganz ruhig steht er neben seinem Spind und malt mit dem Finger daran entlang, als habe er sonst nichts mehr zu tun, als sei Aufräumen alles, für das er hierher gekommen ist.

Meine Mutter streicht das Laken glatt. Sie zieht ihre Schuhe aus. Stellt sie ordentlich nebeneinander vor den Nachttisch. Hakt endlich doch ihren BH auf und lässt sich nach hinten sinken. Aber wieder hört sie nur seine Stimme: »Was ist denn mit Anna, wenn du so lange weg bist?«

Sie setzt sich verwundert auf, sieht seinen nach unten hängenden Kopf.

»Ihr Vater ist bei ihr«, sagt sie, »mein Mann.«

»Stellt der keine Fragen, wo du bist, wenn er da unten mit dem Kind allein sitzt?«

Meine Mutter verkreuzt die Arme vor der Brust. »Er, äh, hat sie ins Kino mitgenommen.«

Ein bisschen unentschlossen, als sei er noch nicht vollends überzeugt, kommt er näher, setzt sich dann aber doch ans andere Ende der Matratze. »Wie lange geht denn der Film?«

»Mach dir mal keine Sorgen, wir haben Zeit«, sagt sie und rückt auf ihn zu. Aber noch immer berührt er sie nicht. Den Oberkörper nach vorne gebeugt, die Hände auf den Knien, sitzen sie nebeneinander wie zwei Kinder auf dem Töpfchen. Nur seine Augen fahren über sie hinweg. Sie hält die Luft an, spürt, wie sich die Haut unter seinem Blick von den Wangenknochen schält, wie damals in der Bahn, und dann drückt er sie endlich doch nach hinten. Unendlich langsam, als nehme er das mit der Zeit, die sie angeblich haben, wirklich ernst, zieht er erst sich und dann sie zu Ende aus, streift ihr die Hose, die Unterwäsche, zuletzt sogar die Socken von den Füßen und fährt an der Innenseite ihrer Schenkel wieder hinauf. Seine Hände fühlen sich feucht an, wie sie erst sich und später dann auch mir sagen wird, mit einem Lächeln um die Lippen, als wäre das das Schönste auf der Welt. Warme, feuchte Hände, die sie hoffen lassen, dass auch er nervös ist. Hände, die plötzlich riesengroß werden, als könnten sie mit einer einzigen Berührung ihren ganzen Körper auf einmal bedecken. Er breitet meine Mutter auf dem Laken aus, nimmt die Arme, die ihn zu umfassen versuchen, von seinem Rücken und legt sie sorgfältig neben ihrem Oberkörper ab. Sein Körper, der nur noch Hände ist, legt sich auf sie, und sie versinkt in der ausgeleierten Matratze, spürt, wie er sie Glied für Glied flach drückt, als würde er sie mit einem Nudelholz ausrollen, als sie plötzlich die Kälte über sich hinwegwischen fühlt.

Sie öffnet die Augen, sieht, wie er vom Bett rutscht, unter die Matratze greift, erkennt das Kondom in seinen Händen, das er mit konzentrierter Miene abrollt.

Vielleicht ekelt er sich ja wirklich vor mir, denkt sie, beim letzten Mal ging es doch auch ohne, aber da zieht er auch schon ihren Po an die Bettkante. Sie klappt sich so weit wie möglich auf, hält sich am Rahmen fest, und dann stößt er endlich in sie hinein. Sie schreit auf, ob vor Lust oder Schmerz, weiß sie nicht. Ihre Finger krallen sich ins Laken, während er ihre Unterschenkel nach oben reißt. Wie eine Schubkarre hält er sie unter den Armen fest und stößt sie mit dem Becken von sich weg. Sie versucht den Kopf zu heben, ihn anzusehen, fühlt sich plötzlich unglaublich weit von ihm weg auf dieser Matratze, während er auf dem Teppich kniet, aber das einzige, was sie ausmachen kann, ist seine Hand, die über ihr Schamhaar hinwegkriecht und sich ins Fleisch bohrt.

Sie fällt nach hinten, knallt mit dem Schädel gegen die Wand, während er immer fester in sie hineinstößt und es immer lauter aus ihr herausschreit. Sie sieht den Rost über sich, den graubraunen Matratzenbauch, der sich wie Bienenwaben durch das Drahtgitter drückt, und dann fällt er mit einem Mal nach vorne, ganz ohne Vorwarnung. Kein Laut, nichts, nur sein Gesicht ist ein klein bisschen verschwitzt, als er wie ein Schiffbrüchiger aufs Bett krabbelt, zu sehr damit beschäftigt, nach Luft zu schnappen, um den Strand, an dem er da zufällig angespült wurde, eines Blickes zu würdigen.

Er rollt sich zur Seite, hechelt erschöpft ins Laken.

Meine Mutter zieht die Beine nach oben, bleibt einen Moment so liegen, wie ein dicker Käfer auf dem Rücken, bis ihr einfällt, dass sie ja gar nicht auf das Klopapier warten muss.

Sie kriecht ihm nach und schmiegt sich von hinten an ihn. Streichelt seine Schulter. Stützt sich auf und sucht seinen Blick.

Aber Alex ist schon eingeschlafen.

Sie lässt sich zurück aufs Kissen sinken. Hustet ein wenig. Winkelt die Beine an. Streckt sie wieder aus, als würde sie nach einer bequemen Position suchen. Etwas fällt auf den Boden, aber er rührt sich nicht, atmet nur mit seinen langen Zügen immer mehr Schlaf zwischen sich und meine Mutter.

Sie legt einen Arm um ihn, bewegt ihre Finger auf seinem Bauch.

Sie nimmt den zweiten Arm dazu, fährt über seinen Po.

Dreht sich doch auf die andere Seite und presst ihren Rücken an seinen.

Sie schiebt die Hände unters Gesicht, sieht den Diddlmausbecher unter dem gegenüberliegenden Bett, an dem vielleicht, vielleicht auch nicht, ein Lippenstiftabdruck zu sehen ist.

Vielleicht schläft er ja gar nicht wirklich, fällt ihr ein, vielleicht tut er nur so. Vielleicht sitzt er gerade jetzt hinter mir, hellwach, und lacht mich heimlich aus.

Sie sieht die gelben Zähne, diesmal alle beide Reihen, die Lippen, die sich darüber auseinanderziehen, bis das Bild so lebendig wird, dass sie tatsächlich hinter sich greifen muss, um das gleichmäßige Pulsen seines Rückens in ihrer Hand zu spüren.

Ihr wird kalt. Sie streckt den Arm über die Bettkante, zieht ihre Weste nach oben. Setzt sich auf, halb bemüht, ihn nicht zu wecken, halb, es doch zu tun, schlüpft in die Ärmel, schaut kurz über die Schulter, um zu sehen, ob er sich rührt.

Sie lässt sich wieder auf die Matratze sinken, und plötzlich dreht er sich doch um, fällt förmlich auf sie drauf. Ohne die Augen zu öffnen, schiebt er sein Gesicht auf ihre Schulter, wickelt ein Bein um ihres, aber es kommt ihr doch eher vor, als verwechsle er sie einfach mit der Decke. Sein Atem beginnt zu stottern, als habe er Schluckauf, dann hört sie wieder den regelmäßigen Rhythmus seiner Gleichgültigkeit.

Ihr fällt ein, dass es nur ein paar Tagen her ist, dass sie sich das letzte Mal unter einem Mann wiederfand, der nach getanem Sex eingeschlafen war, selbst hellwach, nur dass sie damals an einen andern dachte, und jetzt an genau den, der auf ihr liegt, auch wenn er genauso weit entfernt ist.

Sie schließt die Augen, versucht, ihn sich vorzustellen, wie sie es die ganze Zeit getan hat, aber in seinem Bett wollen sich die Teile nicht mehr zusammenfügen.

Sie macht die Augen auf, hat auf einmal fast schmerzhaft Sehnsucht nach seinem Gesicht. Sie legt die Hand auf seinen Kopf und versucht, ihn so weit von sich zu schieben, dass sie einen Blick auf ihn werfen kann, aber er lässt sich nicht bewegen.

Sie schaut zum Nachttisch, will ihn wenigstens auf dem Foto in seinem Ausweis betrachten, aber ihr Arm reicht nicht ganz heran. Das Einzige, was sie zu fassen bekommt, ist die Spitze eines weiteren Buchs. Als sie mit den Fingern daranstößt, rutscht eine Zahnbürste darunter hervor.

Mit was hat er sich denn dann vorhin die Zähne geputzt?, denkt sie und schubst das Buch weiter zur Seite. Sie sieht den Bürstenkopf, der völlig zerrupft ist, den Schal vorm Fenster, durch den sich die schwarze Nacht ins Zimmer drängt.

Und merkt plötzlich, wie spät es ist.

Erschrocken schiebt sie ihn von sich und kriecht vom Bett, sucht auf allen vieren ihre Kleider, kann den BH nicht finden. Sie hebt den Fellteppich an, schaut unters Bett, kriecht ein Stück weit darunter, aber da ist nur noch mehr Kram. Sie tastet in den Spalt zwischen Nachttisch und Bett. Reißt die Hand zurück. Sieht, als sie sich der Stelle zaghaft wieder nähert, das volle Kondom, das dort auf den Dielen liegt, durchsichtig, wie ein Stück Kuchengelatine. Sie sucht das Bett ab, das er jetzt völlig einnimmt, die Arme überm Kopf, die Beine weit von sich gespreizt. Ein Mann, der es gewohnt ist, alleine zu schlafen. Im Schein der Lampe wirken seine Glieder fast so gelb wie alles andere in der Wohnung, nur sein Rücken und der Po sind weiß, wie die Umrisse der Bilderrahmen auf einer leeren Tapete, wenn die Bewohner ausgezogen sind.

Sie klopft die Matratze ab, hebt das Kissen hoch, entdeckt endlich den Träger, der unter seiner Hüfte hervorschaut. Sie muss die Finger ein wenig unter ihn schieben, um den BH heraus zu bekommen, aber er wacht nicht auf, setzt nur wieder kurz mit dem Atmen aus. Und fängt sofort wieder an. Sie hakt den Verschluss im Rücken zu, zieht die Weste darüber, betrachtet seinen offen stehenden Mund, die vier dicken Schlangenlinien, die sich in die Haut über sein Ohr graben, wie die Reifen eines Traktors auf einem Feldweg. Sie lässt den Blick übers Bett gleiten, sieht das Laken, das völlig glatt ist, und dann plötzlich ihren eigenen Arm, das Strickmuster darauf, das sich in genau den gleichen Linien dahinschlängelt.

Für einen Augenblick spürt sie, wie auch ihr Atem aussetzt. Dann springt sie auf, hebt die Tür an und schiebt sie so weit zur Seite, dass sie sich daran vorbeiquetschen kann. Sie rutscht unter dem Perlenvorhang hindurch, rennt den Flur entlang nach unten. Sie steckt den Schlüssel ins Schloss, erinnert sich erst, als die Wohnungstür aufspringt, daran, dass sie ja gar nicht weiß, wie sie Arno ihre Abwesenheit erklären soll.

Vielleicht war ich kurz etwas einkaufen.

Aber wo sind dann die Sachen?

Ich war bei einer Freundin?

Ach, und wer sollte das denn bitte sein? Schon wieder Babsi? Du hast ja nicht mal eine Jacke an.

Ach was, ich werd ihm einfach die Wahrheit sagen. Dass ich oben war, um mich für mein Verhalten zu entschuldigen.

Und was machst du, wenn er schon länger daheim ist? Was wollt ihr denn so lange da oben gemacht haben?

Aber die Wohnung ist völlig dunkel. Sie knipst das Licht an, sieht sich um. Keine Jacke am Haken, keine Schwimmtasche. »Arno!«, ruft sie trotzdem, »Aaarnooo! Aaarnooo! Aaarnooo!« Aber er ist wirklich noch nicht da.

Sie geht ins Bad, dreht die Dusche an, lässt das Wasser heiß werden. Aber gerade als sie über den Wannenrand steigen will, fällt ihr ein, dass Arno sie ja schon am Morgen duschen gesehen hat. Womöglich wird er misstrauisch, wenn er nach Hause kommt und sie schon wieder unter der Brause steht.

Sie dreht den Hahn wieder zu, nimmt einen Waschlappen aus dem Schrank, wäscht sich vor dem Becken. Und bekommt, als sie sich anziehen will, plötzlich doch Angst, er könne Alex an ihr riechen. Sie steigt in die Wanne, hält sich den Strahl, der jetzt natürlich wieder kalt ist, zwischen die Beine, seift sich so hektisch ein, dass ihr immer wieder die Düse aus der Hand rutscht und sie das halbe Bad unter Wasser setzt. Lass ihn bitte nur noch fünf Minuten brauchen, denkt sie und ist so aufgeregt, dass sie sich ausnahmsweise nicht mal über diese halbe Beterei ärgert, nur noch vier Minuten, nur noch drei, nur noch ...

Sie zerrt die frischen Kleider über den noch nassen Körper, stopft die alten Sachen ganz nach unten in den Wäschekorb. Mit dem benutzten Handtuch trocknet sie die Dusche ab, die Armaturen, den Boden, wirft es schließlich ebenfalls in den Korb. Sie kämmt sich die Haare, bindet sie wieder zusammen, aber auch als sie sauber und ordentlich aus dem Bad tritt, ist Arno noch nicht da.

Sie schaltet den Fernseher an.

Und wieder aus.

Sie geht zurück ins Bad, schaut nach, ob sie auch hinter dem Duschvorhang abgetrocknet hat. Was sie natürlich hat.

Sie geht ins Wohnzimmer, rückt hier etwas zurecht, schiebt da etwas beiseite, kommt endlich beim Fenster an. Sie schaut zur Hoftür, eher höflichkeitshalber, um zu sehen, ob Arno vielleicht gerade in dem Moment hindurchkommt, bevor ihre Augen ungeduldig nach oben zu dem Fenster eilen, von dem sie jetzt wissen, dass Alex dahinter schläft.

Was, wenn er jetzt aufwacht und merkt, dass sie gegangen ist. Ob er enttäuscht ist? Ob es ihm überhaupt auffällt? Vielleicht hat er sie schon ganz vergessen. Vielleicht steht er einfach auf, als habe sein Tag eben erst begonnen, geht ins Bad, pinkelt – und sieht plötzlich das Relief über seinem Ohr im Spiegel. Ob er wissen wird, woher es kommt? Ob er sich an ihre Weste erinnert? Wenn es bis dahin überhaupt noch da ist. Wie lange werden sich die Rillen schon in der Haut halten?

Sie läuft zurück ins Bad, zieht die Weste aus dem Wäschekorb und nimmt sie mit ins Wohnzimmer. Sie legt sie auf die Couch und sich darauf, drückt die Wange so fest wie möglich in das Muster. Sie rennt wieder ins Bad und untersucht den Abdruck im Spiegel, der tatsächlich zu sehen ist. Sie schaut auf die Uhr an der Stereoanlage, überprüft den Radiowecker im Schlafzimmer, der jetzt wieder eingestöpselt ist. Sie geht in die Küche, sieht, dass in der Zwischenzeit 40 Sekunden vergangen sind, beginnt wieder, die Minuten zu zählen, wie vorhin, nur jetzt in umgekehrter Reihenfolge, schon drei Minuten, schon vier, fünf.

Sie läuft in den Flur, wählt die Nummer vom Laden, dann die meiner Großeltern, aber niemand nimmt ab.

Vielleicht ist ja wirklich was passiert. Was, wenn er einen Unfall hatte?

Oder vielleicht liegt er ja selbst noch in einem fremden Bett.

Der Gedanke kommt ihr so lächerlich vor, dass sie laut auflacht. Mein Arno? Nein, das passt wirklich nicht zu ihm.

Aber zu dir passt das ja auch nicht.

Sie stellt sich vor, wie er mit einer anderen Frau zusammen ist.

Vielleicht wohnt sie ja sogar auch im selben Haus, vielleicht im anderen Seitenflügel, oder im Vorderhaus.

Sie macht sich einen Spaß daraus, ein Fenster auszusuchen, hinter dem sie leben könnte, malt sich aus, wie er dort im Bett liegt und schnarcht, als sie endlich den Schlüssel im Schloss hört.

»Da bist du ja!«, ruft sie und fliegt ihm entgegen.

»Langsam, langsam«, lacht er und setzt seine Tasche ab.

»Wo warst du denn so lange?«

»Schwimmen«, sagt er.

»Bis jetzt?«

»Ich musste doch bis nach Reinickendorf, weil sie die Schwimmhalle bei uns renovieren«, sagt er, »das hab ich dir doch gesagt.«

»Ach so, ja, stimmt«, sagt meine Mutter, obwohl sie sich kein bisschen an dieses Gespräch erinnern kann.

Sie hält seinen Arm fest, lässt sich hinter ihm herziehen, während er ins Schlafzimmer geht, seinen Schlafanzug vom Bett nimmt und zurück ins Bad will, aber sie lässt nicht los.

Er lacht, halb froh, halb verwundert. »Lass mich doch erstmal schnell duschen.«

»Kannst du doch gleich«, sagt sie und zieht ihn zu sich. Sie lässt sich auf die Decke fallen. »Setz dich erstmal. Ich will dir was sagen.«

»Aufs Bett?«, fragt er, wohlerzogener Schüler, der er ist, »ich hab doch überall Chlor an mir.« Er schüttelt den Kopf, lässt sich dann aber doch nach unten ziehen.

Sie küsst ihn auf den Mund. Aber ihr plötzlicher Übermut ist ihm nicht ganz geheuer. »Na, was ist denn so wichtig, dass es nicht warten kann?«, fragt er ein wenig unsicher.

Meine Mutter greift nach seiner Hand und legt sie sich auf den Schoß, in dem es plötzlich wieder zu brennen beginnt. Sie holt tief Luft, behält sie einen Moment in der Lunge, bis der Schmerz an ihren Rippen unerträglich wird. »Ich liebe dich«, sagt sie dann und drückt sich so stürmisch an meinen Vater, dass sie fast selbst glaubt, damit ihn zu meinen.

12. Kapitel

»Was haltet ihr von einer Hochzeit im Spätsommer?«, fragte mein Großvater über seinen Teller hinweg, einen Tropfen am Kinn, einen zweiten auf der Serviette, die ihm wie eine Krawatte vom Kragen hing. Er saß am Kopfende, daneben, zusammengedrückt auf der Eckbank, VaterMutterGroßmutter, Familienessen wie jeden Sonntag, Kalbsbraten mit Knödeln und Rotkraut wie jeden Sonntag, »wenn wir jetzt nicht …, stehen wir vor dem Aus, wenn wir jetzt nur …, stehen wie vor dem Durchbruch, blühende Landschaften, lauernder Bankrott, Kohl, Bensheim!, Einigkeit und Recht und Freiheit, mein Gott Hilde, dann wird's halt kalt!«, wie jeden Sonntag, aber das war neu: »Was haltet ihr eigentlich von einer Hochzeit im Spätsommer?«

Meine Mutter war so überrascht, dass sie erstmal gar nichts zu sagen wusste.

Nein, meine Mutter wusste doch was zu sagen, aber traute sich nicht, es auch laut zu tun.

Nein, meine Mutter traute sich schon, war aber nicht schnell genug.

Es spielt keine Rolle. So oder so sagte sie nichts. Und es erwartete auch gar keiner eine Antwort von ihr. Wussten ja ohnehin alle, dass mein Großvater die richtige bereits kannte.

»Das wäre perfekt«, verkündete er, »Staatsexamen ist bis dahin vorbei. Und wenn wir irgendwo ein paar Bauarbeiter auftreiben können, die so weit entkommunisiert sind, dass sie vielleicht auch mal einen zweiten Stein hochheben können, ohne ne Zigarettenpause einzulegen, unglaublich, dass das noch erlaubt ist, bei allem was die Wissenschaft heutzutage weiß, pures Gift ist das, puuures Gift!, müsste auch der neue Laden stehen. Dann könnten wir den Empfang gleich da machen!«

»Und die Ware?«, fragte Arno.

»Ja, das muss natürlich über die Bühne gehen, bevor die kommt«, sagte mein Großvater und trommelte mit der Gabel auf den Tellerrand, als würde er schon mal den Countdown runterzählen. »Aber beim Termin seid ihr doch flexibel, oder?«

Meine Mutter schluckte, aber das Stück Knödel, das sie sich gerade in den Mund gesteckt hatte, wollte nicht nach unten rutschen.

»Klar«, sagte Arno und nickte eifrig.

»Zwei, drei Monate vorher muss ich aber schon Bescheid wissen!«, rief meine Großmutter, »sonst schaff ich das nie, alles rechtzeitig zu organisieren!«

Mein Großvater bohrte seine Gabel in den Braten. »Was gibt's denn da groß zu organisieren? Bierbänke und Klapptische haben wir noch von der Einweihung. Essen wird bestellt. Und in der Kinderabteilung wollt ich eh so'n Parkettoptikzeugs verlegen lassen. Das gibt ne super Tanzfläche.«

»Und die Musik?«, fragte meine Großmutter herausfordernd.

»Herrje, da fragen wir den Max, der hat doch sicher irgendwelche Freunde, die sich ein paar Mark dazuverdienen wollen und ein bisschen was klimpern können.«

»Was klimpern?«, rief meine Großmutter und griff sich an die Brust. »Das ist eine Hochzeit, nicht die Betriebsfeier der Stadtsparkasse! Da verlassen wir uns doch nicht auf Laien!«

Mein Großvater rollte die Augen. »Dann suchen wir uns halt irgendjemand anderen.« Er rammte die Gabel in seinen Braten, zog die ganze Scheibe auf einmal nach oben und riss sich ein Stück davon mit den Zähnen ab.

»Na du hast leicht reden!«, rief meine Großmutter, »hast du eine Ahnung, wie schwer es ist, so kurzfristig anständige Musiker zu finden?«

»Wieso denn jetzt kurzfristig? Ist doch noch ewig hin.«

Meine Mutter schluckte wieder, aber das Knödelstück wollte

nicht nach unten rutschen. Wie ein Pfropfen saß es am Eingang ihres Halses und rührte sich nicht, während sie angestrengt versuchte, durch die Nase zu atmen.

»Ich möchte halt, dass alles perfekt ist! Wie oft im Leben hat man schon die Chance, dabei zu sein, wenn das einzige Kind vor den Traualtar tritt?«

»Wie jetzt Altar?« Die Bratenscheibe fiel zurück auf den Teller. »Wir schmeißen doch nicht irgend so nem Pfaffen Geld in den Rachen, dafür dass er einmal *Vater unser* brabbelt. Das Kind tritt vor niemanden außer einen Standesbeamten. Dass das klar ist.«

»Was? Keine Kirche?«, schrie meine Großmutter und tastete nach dem Inhalator, den sie wie zu Beginn jeder Mahlzeit unübersehbar auf dem Tisch platziert hatte. »Was soll das denn für eine Hochzeit sein ohne Kirche? Das ist doch überhaupt nicht festlich!«

»Natürlich wird das festlich! Da muss man sich halt was einfallen lassen. Bisschen dekorieren. Paar Blümchen. Dann kriegt das schon Pepp.«

»Und wer soll sich um das alles bitte kümmern?«, kreischte meine Großmutter über die bereits an ihren Lippen sitzende Mündung hinweg wie ein Säufer über seine Bierflasche.

»Mein Gott, Hilde, jetzt mach doch nicht so einen Wind! Was hast du denn sonst schon groß zu tun?«

»Was ich zu tun hab?« Meine Großmutter drückte endlich ab.

Die Hand meines Großvaters klatschte auf den Tisch. »Herrje, wenn's dir zu viel ist, lässt' es halt bleiben. Glaub nur nicht, dass hier alles zusammenbricht, nur weil du von en bissel Schleifchenbinden einen Schwächeanfall kriegst!«

»Ach ja?«, schrie meine Großmutter, »ach ja? Dann mach doch deine eigene Hochzeit!« Sie riss den Mund auf und hustete über die gefüllten Schüsseln, in die Teller hinein, endlich doch in die hohle Hand, wollte sich schon einen zweiten Schuss versetzen, als ihr vor lauter Aufregung der Inhalator aus den Fingern glitt.

»Natürlich wollen wir deine Hilfe, Hilde«, sagte Arno und lächelte, während er über meine Mutter hinweg aus der Bank kletterte und dem Plastikfläschchen nachlief.

Nein, lächeln tat er eigentlich schon, seitdem mein Großvater das Wort »Hochzeit« in den Mund genommen hatte.

Nein, lächeln tat er sogar schon, seitdem meine Mutter am Tag zuvor die »Liebe«, endlich, endlich die Liebe in den Mund genommen und ihn damit überglücklich gemacht hatte.

»Nicht über*glücklich*, sondern *über*glücklich«, wie sie mir zur Sicherheit noch mal erklärte, »so wie *über*trieben, *über*zogen, *über*mäßig, verstehste?«, sie schüttelte den Kopf, »so musst du dir das denken.«

Ich nickte folgsam, aber wir waren schon wieder in die Phase eingetreten, in der meine Reaktionen keine Rolle spielten, in der sie das Unverständnis einfach als gegeben voraussetzte, wahrscheinlich weil sie sich selbst so wenig verstand. Als habe sie ein bockiges Kind vor sich, schwang sie den Arm nach oben und ließ die Finger aus der Faust schnalzen, während sie im Militärstakkato Arnos Strafregister vortrug: das ewige Auf-die-Wange-Küssen, Hüfte Kitzeln, Knuddeln, Tuscheln, ihr durchs Haar-Wuscheln-Müssen, wann immer sie sich auf Armlänge näherte; das Atmen, dieses die ganze Welt umarmen wollende, himmelhochjauchzende, die Last des Lebens von sich werfende Aaaaaaaatmen, das ihm die Brust blähte und den Körper streckte, als würde er über den Boden schweben; die Gier, es nicht mal dabei bewenden lassen zu können, sondern jedwede Situation mit immer noch mehr Glück füllen zu müssen, ach, wie toll, wir haben ja doch noch Milch!, ach wie schön, die Sonne scheint!, du hast schon die Zeitung geholt? Ach wie lieb von dir!, bis er sich mit seinem Freudentaumel in so schwindelerregende Höhen schraubte, dass meine Mutter ihm unmöglich folgen konnte. Die noch größere Gier, mit der er ihre Liebe pausenlos versichert haben wollte, denn jetzt, wo sie den Giftschrank einmal geöffnet hatte, ließ er sich mit dem alten »don't ask, don't tell« natürlich nicht mehr abspeisen. Selbst in der Nacht drückte er sie vor Seligkeit immer wieder so fest an sich, dass sie davon aufwachte, und ließ sie erst wieder los, wenn sie die magischen Worte erneut ausgesprochen hatte.

Auf jeden Fall war er aber viel zu glücklich, um sich vom ersten

Überraschtsein bremsen zu lassen. Denn überrascht war er sicher auch, wenn auch vielleicht nicht so sehr wie meine Mutter, immerhin hatte er nach eigenem Bekunden ja schon tausendmal darüber nachgedacht, um ihre Hand anzuhalten. Jetzt hatte das eben mein Großvater übernommen. Aber wie er ihr einige Monate später gestehen würde, da schon weinend vor der Wohnung stehend, die jetzt nur noch ihre war, hielt er in jenem Moment auch das für ein Zeichen ihrer Liebe, glaubte, sie sei es gewesen, die meinen Großvater gebeten hatte, das Thema anzuschneiden. Was Arno natürlich noch viel, viel, viel glücklicher machte.

»Mach dir keine Sorgen«, sagte er mit einem Gesicht, das ganz offensichtlich vergessen hatte, was Sorgen überhaupt sind, »wir sind ja auch noch da.« Er stellte den Inhalator wieder auf den Tisch und stieß meine Mutter mit der Hüfte an.

»Ich will mich aber nicht aufdrängen!«, erwiderte meine Großmutter und drückte sich aus ihrem Sitz.

Arnos Hüfte stieß wieder gegen meine Mutter, die endlich begriff und »Tschulligung« nuschelnd in die Lücke rutschte.

»Nicht doch, Hilde!«, rief er überschwänglich, während er sich auf ihren Platz setzte, »wie sollten wir das denn ohne dich schaffen?«

Einen kurzen Augenblick hellte sich das Gesicht meiner Großmutter auf, dann sackte die Unterlippe sofort wieder nach unten. »Ich will ja nur, dass ihr's schön habt«, jammerte sie.

»Natürlich haben sie's im Laden schön!«, rief mein Großvater, jetzt auch ein bisschen trotzig, und stopfte sich einen Ballen Rotkraut in den Mund. »Das wird alles tip top. Schalldämpfende Böden. Deckenfluter. Die Front komplett verglast. So schön kriegen sie's in keinem Saal der Stadt!«

Meine Mutter griff nach ihrem Glas, trank es in einem Zug aus. Aber das Wasser schien den Knödelmatsch in ihrem Hals nur noch aufzuschwemmen.

Meine Großmutter hob die Platte mit den Bratenresten an. »Als ich neulich beim Arzt war«, kleines Hüsteln, »hab ich gelesen, dass man in Brandenburg für solche Anlässe alleweil auch Schlösser mieten kann.«

Mein Großvater lachte laut auf. »Ja, und zum Pissen raus aufs Plumpsklo rennen. So kommst du mir vor!«

Meine Großmutter fuhr herum und funkelte ihn böse an.

»Ich bin mir sicher, wenn du im Laden Hand anlegst, kann jedes Schloss dagegen einpacken«, rief Arno, und, sich den zerfledderten Knödel vom Teller meiner Mutter in den Mund stopfend, »mmh, köstlich!«, »da hast du dich mal wieder selbst übertroffen«, »wie kriegst du das nur immer so hin?«, bis sich meine Großmutter endlich von meinem Großvater ab- und meinem Vater zuwandte.

»Lass aber noch ein bisschen Platz für den Nachtisch«, sagte sie, hin und her gerissen zwischen Stolz und Kränkung, während sie ihm das letzte bisschen Braten auf den Teller schob.

Arno strahlte. »Für deinen Nachtisch hab ich immer Platz.«

»Ich wünschte, andere Mitglieder dieser Familie wüssten meine Mühe genauso zu schätzen«, sagte meine Großmutter und zog unter Aufwendung aller Gesichtsmuskeln die Schnute wieder in Form. Sie stapelte die leeren Teller auf die Platte, ging schnaubend in den Flur hinaus.

Mein Großvater rollte die Augen. »Bist du dir sicher, dass du die als Schwiegermutter haben willst?«

Aber mein Vater war nicht mal in der Lage, seine Freude auch nur einen Halbsatz lang spaßeshalber auszuknipsen: »Nichts würde mich glücklicher machen«, rief er und seufzte auch, aber natürlich andersrum, auf die Art, die circa zwei Oktaven höher ansetzt, eher AAAHHH, als aaahhh, während er den Arm, den er nicht zum Essen brauchte, unter den Tisch gleiten ließ. Seine Finger krochen über den Schoß meiner Mutter, zogen ihre Hand aus der Kuhle zwischen den Beinen und quetschten sie in seiner zusammen.

Mein Großvater stopfte sich das letzte bisschen Rotkraut in den Mund. »Dann mal Butter bei de Fisch«, rief er, »von wie vielen Gästen sprechen wir?«

»Keine Ahnung«, sagte mein Vater und schob seinen Daumen in die Handfläche meiner Mutter, »wie viele passen denn rein?«

»So um die 50?« Mein Großvater leckte sein Messer ab und legte es quer über den Teller. »Es sei denn, wir ziehen die ganze Chose gleich im August durch, bevor die Regale kommen. Dann können wir noch mal 30 dazuquetschen. Das sollte doch reichen, oder?«

»Klar!« Arno nickte. »Oder wolltest du mehr Leute dabeihaben?« Er drehte sich zu meiner Mutter, sah sie zum ersten Mal seit Beginn dieses Gesprächs direkt an. Sein Daumen grub sich so tief zwischen ihre Sehnen, dass sie es bis in den Ellenbogen spürte.

Sie versuchte ihre Hand zu befreien, aber je mehr sie daran zog, desto fester schlossen sich seine Finger um ihre. Der Druck in ihrer Kehle wurde immer stärker, bis sie fürchtete, der Bissen könne sich jede Sekunde durch die Haut bohren.

Sie öffnete den Mund und klappte ihn wieder zu, fuhr sich nervös den Hals entlang, auf der Suche nach einer Lücke, durch die ihre Stimme an dem Pfropfen vorbei in den Mund schlüpfen könnte. Oder zumindest stelle ich mir das so vor. Wahrscheinlicher ist, dass ich das auch wieder irgendwo abgekupfert habe, wer klappt schon wirklich den Mund auf und zu, wenn er nicht gerade den gehörnten Ehemann im Theaterstadl spielt? Aber meine Mutter selbst lieferte weder Bild noch Erklärung. Alles was sie sagte war: »Ich konnte nichts sagen.« Und dann: »Und dann konnte ich irgendwann doch etwas sagen.« Wenn auch nicht besonders viel.

»Nein, wollte ich nicht«, war alles, was sie herausbrachte.

Aber mehr wollte auch niemand hören.

»Na wunderbar, dann wäre das ja geklärt!«, rief mein Großvater und schlug auf den Tisch. Er schob Salz, Pfeffer und Inhalator aus dem Weg, schleckte auch seine Gabel ab und malte mit der äußersten Zacke ein Viereck auf die Tischdecke.

»Da kommt der Eingang hin«, sagte er und ritzte zwei Striche nebeneinander. »Vorne dran der Parkplatz. Da können wir das Baumstamm-Sägen machen.«

Mein Vater beugte sich über den Tisch, zog meine Mutter mit sich nach vorne, während er aufgeregt der Gabel folgte, die das Büfett umriss (vorne links, bei den Kassen), den Kindertisch einzeichnete (hinten rechts, bei, nein besser *in* der Umkleide, dann haben wir unsere Ruhe!), eine Schlangenlinie beschrieb, Kreise zog. Aber je mehr meine Mutter sich auf die Linien zu konzentrieren versuchte, umso undeutlicher wurden sie. Alles, was sie wahrnahm, war der Bissen in ihr, als habe sich Innen und Außen verkehrt, dieser Brocken, der sich durch ihre Speiseröhre kämpfte, von den Magensäften umspült wurde, immer weiter zerbröckelte.

Und plötzlich zurück nach oben schoss.

Meine Mutter sprang auf, presste die Finger auf den Mund.

Die Gabel ratschte durch die Sitzreihen, während mein Großvater und Arno die Köpfe zu ihr drehten.

»Ich, äh, ähm, ich sollte besser mal der Mama helfen«, sagte meine Mutter und begann fahrig das übrig gebliebene Geschirr einzusammeln. Sie lief in die Küche, wo meine Großmutter kopfüber im Kühlschrank steckte, drückte sich an ihrem massigen Hinterteil vorbei.

Meine Großmutter fuhr mit einem spitzen Schrei nach oben, warf die Tür zu und sich davor. »Kind, hast du mich erschreckt!«, rief sie und wischte sich über den Mund.

Meine Mutter lud das Geschirr in die Spüle, drehte das Wasser auf, als meine Großmutter die Arme um sie schlang. »Ich wollt das vorhin vorm Papa nicht so sagen, aber du kannst dir gar nicht vorstellen, wie sehr ich mich freue!«, flüsterte sie von hinten an ihr Ohr.

Einen Augenblick lang glaubte meine Mutter, Schokolade zu riechen.

»Mhm«, antwortete sie, während sie steif in der Armschlinge hing. Sie glotzte auf den Strahl, der unablässig weiter auf die Teller donnerte, sah die Essensreste nach oben treiben, bis das Wasser so hoch stand, dass meine Großmutter endlich losließ und eilig den Hahn zudrehte.

»Hoppla, vor lauter Liebe keine Augen im Kopf, was?«, rief sie und strich meiner Mutter die Haare aus dem Gesicht.

Sie ging zurück zum Kühlschrank und nahm ein Plastikschälchen mit Erdbeeren heraus, kippte sie neben meiner Mutter auf die Arbeitsplatte.

»Weißt du schon, ob du mein Kleid anziehen willst?«, fragte sie und begann, die Blätterköpfe abzuschneiden.

Meine Mutter zuckte die Schultern.

Meine Großmutter lächelte verträumt. »Ich hab mir vorgestellt, dass wir es wieder enger machen könnten, so wie es früher bei der Schneider-Oma war. Und vielleicht ein paar Blüten drauf. Dann schaust du nicht so kränklich aus, hier und hier, und vielleicht auch ein paar ganz oben«, sie fasste sich, zwei Erdbeeren in der Hand, an Rock, Bauch, Dekolleté.

Meine Mutter drückte Spülmittel ins Becken. »Wann hast du dir das vorgestellt?«, fragte sie. »Du hast es doch gerade erst erfahren.« Genauso wie ich, dachte sie und fuhr mit dem Schwamm in eine der winzigen Espressotassen, die sich mein Großvater extra von einem seiner Lieferanten aus Italien hatte schicken lassen, wie er bei jeder Gelegenheit erwähnte.

Meine Großmutter zuckte die Schultern. »Als Mutter macht man sich halt über so was Gedanken«, sagte sie, und fast mechanisch: »Du bist doch alles, was ich habe!« Sie legte das Messer auf die Arbeitsplatte. »Ich hab das Kleid bei mir im Schrank. Wenn du willst, können wir's gleich mal anprobieren.«

Meine Mutter zog den Schwamm aus der Tasse, schaute hinein, aber am Boden klebte noch immer etwas Braunes. »Das hat doch noch Zeit.«

»Weiß ich ja, ich freu mich halt so!« Meine Großmutter seufzte, natürlich auf die Vater-Art. »Dass du den Richtigen gefunden hast, Kind!« Sie griff sich wieder an die Brust, die ihr vor Erleichterung fast bis zum Kinn schwoll, schüttelte plötzlich den Kopf. »Lass doch! Ich mach das später alles selber.«

Meine Mutter winkte ab. »Nicht der Rede wert«, sagte sie und kratzte mit dem Daumennagel über den Fleck.

»Unsinn«, rief meine Großmutter, »der Abwasch kann warten.« Sie nahm den Kopf meiner Mutter zwischen ihre Hände, zog ihn zu sich heran. »Das ist doch heute dein Freudentag!«

Diesmal war sich meine Mutter ganz sicher, Schokolade zu riechen.

Meine Großmutter holte die Rührmaschine aus dem Schrank, rollte das Kabel ab. Ein Papiertütchen ratschte auf.

»Woher weißt du denn, dass der Arno der Richtige ist?«, fragte meine Mutter plötzlich, selbst überrascht, wo die Frage so schnell herkam.

Meine Großmutter friemelte die Rührbesen in die Öffnung. »Natürlich ist er der Richtige!«

»Aber wieso denn?«

»Na, weil er dich nimmt, wie du bist.« Sie streute Vanillezucker auf die Sahne.

»Wie bin ich denn?«, fragte meine Mutter leise. Aber meine Großmutter hatte die Rührmaschine schon angeschaltet. Die Besen knatterten gegen die Schüssel, übertönten jedes andere Geräusch.

Meine Mutter trocknete sich die Hände ab, griff nach den Schälchen im Schrank.

»Nur drei«, rief meine Großmutter und schaltete die Rührmaschine aus, »ich muss ein bisschen auf meine Linie achten.«

Meine Mutter füllte die Erdbeeren in die Schälchen, wartete, bis meine Großmutter Sahne darauf geklatscht hatte.

»Wirklich, ich könnt nicht glücklicher sein, wenn es meine eigene Hochzeit wäre«, hörte sie ihr nachrufen, während sie in den Flur hinaus lief, zurück ins Esszimmer, in dem mein Großvater und mein Vater jetzt nebeneinander auf der Eckbank saßen. Auf dem Tischtuch war noch schwach die geplante Hochzeit zu sehen, aber anscheinend hatten die beiden mittlerweile das Thema gewechselt. Schulter an Schulter saßen sie über einen Schnellhefter gebeugt und ließen die Finger über die aufgeschlagene Seite fahren. Erst als meine Mutter näher kam und die Schälchen vor ihnen abstellte, erkannte sie die Bewerbungsmappe wieder.

»Es fängt schon in der Adresszeile an, *Mode-Schneider GmbH und Kokage*«, sagte mein Großvater und pickte auf das Papier, »ka, o, ka, a, ge, e – da denkste doch, du wirst blind!«

Mein Vater hob den Kopf und klopfte neben sich auf die Bank.

»*Sehr geehrter Herr Schneider,*« las mein Großvater weiter, »*nach dem glücklichen Fund der Ausschreibung Ihres Unternehmens über eine Anstellung in der Berliner Zeitung, möchte ich mich hochachtungsvoll für die ausgeschriebene Stelle bewerben.*«

Arno grinste. »Will sie jetzt zur Zeitung oder zu uns?«

Mein Großvater wedelte mit den Fingerspitzen in die Luft, während er weiterlas, das Lachen mühsam unterdrückend. »*Im Laufe meiner Ausbildung zur Einzelhandelskauffrau hatte ich das Glück, in dem Verkauf von Waren und in dem Umgang mit Menschen ausgebildet zu werden, welches mir große Freude bereitete.*«

Arno schaute wieder auf und rieb ungeduldig mit der Hand über das leere Stück Bank neben sich, bis meine Mutter um den Tisch herumkam und sich setzte.

»*Ihr Unternehmen hat in mir ein großes Interesse erweckt und ich wäre Ihnen äußerlichst dankbar, wenn wir miteinander kommunizieren könnten.*« Das Lachen brach endgültig aus meinem Großvater heraus, zeriss die nächsten Worte, sodass er kaum zu verstehen war, während er »und erst die Hobbys!« rief, »*Spazieren gehen.* Spazieren gehen! Warum denn nicht einfach *gehen.* Oder besser gleich: *atmen.*« Er fuhr sich über die Lippen, in deren Mitte ein lilafarbener Abdruck zu sehen war, wie ein schlampig gemalter Kussmund.

»Wie bist du nur auf so eine gekommen?«, sagte er zu meiner Mutter gewandt. Die sofort wieder rot anlief.

»Tut mir leid, ich dachte wirklich, die hat Potential.«

Vielleicht ist es ganz gut, dass wir heiraten, dann bin ich wenigstens eine Lüge los, schoss es ihr durch den Kopf.

»Und das zu Recht! Das ist ja das Irre!«, kreischte mein Großvater und lachte noch lauter. »In den paar Wochen, in denen die da ist, hat sie mehr verkauft, als andere in einem ganzen Jahr.« Er schüttelte den Kopf, hielt scheltend oder lobend, da war meine Mutter sich noch nicht ganz sicher, den Zeigefinger nach oben. »Ich hab zwar keine Ahnung, was dich geritten hat, ausgerechnet die auszusuchen, aber was es auch war«, er tippte mit dem Finger an ihr Grübchen, »du lagst goldrichtig.«

»Da zeigt sich mal wieder, dass das, was auf dem Papier nach einer Katastrophe aussieht, manchmal das Beste ist, was einem passieren kann«, sagte Arno. Oder zumindest will meine Mutter sich erinnern, dass er das gesagt habe, auch wenn es sich doch arg so anhört, als habe sie meinen armen Vater da zur Vertonung ihrer eigenen Verteidigungsschrift missbraucht. Die mein Großvater wiederum im Dienste ihres inneren Dialogs so nicht stehen lassen durfte.

»Das kann ich so nicht stehen lassen«, sagte er und: »unter dem Besten stell ich mir aber mal noch was anderes vor«, da läge schon noch einiges im Argen, Stichwort Haare!, Stichwort Sprache!!, Stichwort Umgangsformen!!!

Er lud seinen Löffel voll und schob ihn sich in den Mund. »Man kann ihnen ja nicht mal böse sein. Haben hinter ihrer Mauer halt nicht gelernt, dass Stil nix ist, was es nur mit Eis am gibt.« Er sah von Arno zu meiner Mutter, wartete, dass einer von ihnen lachte. Was mein Vater natürlich sofort machte.

Mein Großvater klopfte ihm auf den Rücken. »Einmal Ossi, immer Ossi, was?«, rief er und warf den Kopf nach hinten, sodass man ihm tief in den Rachen sehen konnte, in dem die von Erdbeerbrei bedeckte Zunge auf und ab hüpfte.

Meine Mutter griff sich unwillkürlich mit der Hand an den Mund.

Arno schaute zu ihr. »Bist du müde?«

Wie ertappt ließ sie den Arm fallen, wollte schon widersprechen, aber stattdessen begann sie tatsächlich zu gähnen, als würde ihr Körper die Lügen jetzt schon von ganz alleine in Wahrheit umwandeln.

»Kein Wunder, wenn du die ganze Nacht in der Wohnung herumtigerst«, rief Arno, und: »die Examensvorbereitung macht ihr wirklich zu schaffen.«

Meine Mutter machte eine abwehrende Handbewegung. »Unsinn, ich hab das alles im Griff.«

»Ja, man sieht ja, wie du das im Griff hast«, rief mein Vater und schaffte es fast, ein wenig spöttisch zu klingen. »Erst hockst du bis tief in die Nacht in der Bibliothek, und dann wunderst du dich, wenn du mit Fieber im Bett liegst!«

Meine Mutter versuchte die Galle herunterzuschlucken, die ihr erneut in den Mund schoss. »So spät war es doch gar nicht.«

»Es ist ja nicht nur das!«, rief Arno. »Ich kann mich nicht erinnern, wann ich dich das letzte Mal ohne ein Buch in der Hand gesehen hab.« Er schaute wieder zu meinem Großvater. »Ständig ist sie am Büffeln, dabei weiß sie selbst, dass sie übertreibt. Jedes Mal wenn ich überraschend ins Zimmer komme, tut sie so, als würde sie nur mal aus dem Fenster kucken«, er tippte sich an die Stirn, »aber mir machst du nix vor. Ich kenn dich!«

»Ist doch nur vorübergehend«, sagte meine Mutter, und, einer spontanen Eingebung folgend, »weil, wegen, wegen dieser Studie da.«

Mein Vater runzelte die Stirn. »Was denn für eine Studie?«

»Für, also, für, für den neuen Professor.« Sie riss erneut den Mund auf, drückte die Hand aufs Gesicht, um etwas Zeit zu gewinnen, aber diesmal wollte ihr kein Gähnen gelingen. »Für diesen Wedekind. Von dem hab ich dir doch erzählt!« Ihr Blick huschte über meinen Vater, der sie verwirrt ansah. »Also der soll demnächst einen Vortrag an so einer Eliteuni in den USA halten, und da hat er mich gefragt, ob ich ihm bei der Vorbereitung helfe.«

»Das sind mir die liebsten«, rief mein Großvater, »gerade neu und lassen schon eine Studentin die Drecksarbeit für sich machen.«

»Das geht schon.« Meine Mutter schaute auf ihr eigenes Schälchen, schob eine Erdbeere auf ihren Löffel. »Das ist eher eine Investition in die Zukunft. Der hat tolle Kontakte. Wenn ich dem jetzt helfe, besorgt er mir vielleicht eine Stelle.«

Mein Vater schüttelte den Kopf. »Du hast doch schon zwei Angebote.«

Mein Großvater schüttelte seinen noch mehr. »Man sollte sich immer alle Optionen offen halten.«

»Ich will ja nur nicht, dass sie uns irgendwann zusammenklappt«, versuchte es Arno noch mal, aber mein Großvater rief: »Ferz, eine Schneider kann das ab. Da muss man einfach die Koffeindosis ein wenig erhöhen, dann laafd die Gschicht!«, und, mit den Fingern in die Luft schnippsend, »Hilde, drei Espressis!« Er lud seinen Löffel erneut so voll, dass er auf dem Weg zum Mund ein wenig Sahne verlor. »Glaub mir, nach einem von denen löst sich die Frage ob Schlaf oder nicht ganz von selbst!« Der zartrosagefärbte Tropfen rann über die Serviettenwellen und vermischte sich mit den Soßenflecken von vorhin.

Meine Großmutter kam den Flur entlanggeklappert, ein silbernes Tablett in den Händen.

»Und?«, rief sie schon in der Tür.

»Wunderbar, Hilde«, sagte Arno und begann schnell selbst zu essen.

Mein Großvater nahm sich ein Tässchen vom Tablett und schwenkte es unter der Nase wie ein Parfümeur sein Schnupftuch.

»Die Tassen hab ich mir extra von einem Lieferanten aus Italien schicken lassen«, sagte er, »aus diesen Kübeln, die sie einem hier andrehen, kann man ja nicht trinken.« Er nahm einen Schluck, rieb seine Kussmundlippen genießerisch übereinander, während er den obersten Hosenknopf öffnete.

Einmal Bauerntrampel, immer Bauerntrampel, dachte meine Mutter.

»Jetzt geht das schon wieder los!«, rief meine Großmutter unvermittelt und riss die Hände in die Höhe.

»Was denn?«, fragte mein Vater.

»Hörst du das nicht?« Meine Großmutter tippte sich mit dem Finger ans Ohr. Gedämpft aber tatsächlich so flehentlich, dass es, hatte man es einmal wahrgenommen, nicht mehr zu überhören war, kroch ein Weinen von unten herauf.

»Kommt das von den Nachbarn?«

»Das *sind* die Nachbarn! Vor allem die Frau!«, stöhnte meine Großmutter, »die kriegt sich überhaupt nicht mehr ein.«

»Wir mussten uns neulich auch mit einer Lärmstörung herumschlagen«, warf Arno eifrig ein, »irgendwelche Ausländer! Haben die Musik voll aufgedreht, nachts um elf! Und das, wo wir beide so krank waren!«

Mein Großvater schüttelte den Kopf. »Das hätte sich früher mal einer erlauben sollen!«

Arno nickte, während er den Arm um meine Mutter legte. »Sie musste sogar hochgehen und mit der Polizei drohen, bevor sie endlich leiser gemacht haben.«

»Wenn das denn bei denen da unten mal helfen würde!«, jammerte meine Großmutter, und, etwas leiser, die Hand vor den Mund schiebend, »die haben hier ja null Respekt vor Autoritäten.«

»Vor gar nichts haben die Respekt!«, rief mein Großvater, gar nicht leise. »Nicht vor dem Staat, nicht vor uns. Nicht mal vor sich selbst!« Er riss die Serviette aus dem Kragen und knüllte sie zusammen. »Die ganze Nacht hat die Frau gestern rumgekreischt!«

Arno schüttelte den Kopf. »Es ist sicher nicht leicht, über so was hinwegzukommen.«

»Schon möglich, aber da muss man doch nicht das ganze Haus dran teilhaben lassen«, rief mein Großvater, »kann doch nicht jeder, wie er will.«

Meine Mutter sah, wie er sich einen Löffel in den Mund schob, sprang plötzlich auf. »Ich, äh, ich glaub, wir müssen dann auch mal los.«

»Ihr habt ja noch gar nicht aufgegessen!«, rief meine Großmutter.

Arno rieb sich über den Bauch. »Ich schaff keinen Bissen mehr, Hilde«, sagte er und legte bedauernd den Kopf zur Seite, während er schon hinter meiner Mutter herlief, die es plötzlich furchtbar eilig hatte. Meiner Großmutter blieb kaum Zeit, ihre Küsse auf den Wangen zu verreiben, schon stürzte sie nach draußen, lief an der Tür der Nachbarn vorbei, hinter der es tatsächlich laut und flehentlich schluchzte.

Sie trat auf den Gehweg, der in der Sonne gleißend hell war, wich den Spaghettikleidchen und Jesuslatschen aus, die ihr entgegenkamen, sah ihr eigenes schwitzendes Gesicht in den verspiegelten Sonnenbrillen, und Arnos daneben, auch verschwitzt, aber anders als ihres. Der Sommer machte ernst. Und mein Vater tat es auch.

Als habe er beim Scharadespielen »Glück« aus der Trommel gezogen und sich vorgenommen, den Begriff auf jede nur erdenkliche Weise darzustellen, strahlte er und seufzte er und summte er. Warf den Kopf in den Nacken, um die Vögel zu betrachten. Ließ ihn wieder fallen, um meine Mutter zu betrachten, mit diesem irgendwie wehleidigweinerlichen Blick, der wohl für Verliebtheit stand, auch wenn er damit eher so aussah, als habe man eine Tonbüste seines Gesichts angefertigt und sie kurz vorm Trocknen fallen lassen. Seine Augen rutschten schräg auf die Nase zu, die sich lang nach unten zog, die Lider hingen schräg über die Iris, der Mund versank im Kinn. Und dabei redete er so beharrlich über Nebensächlichkeiten, dass kein Zweifel bestand, dass er nur an eine einzige Sache dachte, die Hauptsache überhaupt, jetzt, für immer, in guten wie in schlechten Tagen: die Liebe. So aufgekratzt von dem, was da gerade passiert war, dass ihn die Frage, *wie* das da gerade eigentlich passiert war, nicht wirklich kratzte, begann er fast zu hüpfen, zog ihren Arm nach oben, küsste ihre, beziehungsweise zwangsläufig natürlich auch seine Finger.

»Alles klar?«, fragte er und meinte: Jetzt ist alles klar!

»Klar«, sagte meine Mutter und meinte eigentlich dasselbe.

Jetzt ist es wenigstens entschieden, dachte sie, wusste doch eh jeder, dass es am Ende so ausgehen würde, warum also das Unvermeidliche hinauszögern. So brauchte sie sich wenigstens keine Gedanken mehr zu machen.

Aber ihr Schädel begann dennoch wie verrückt zu hämmern. Ihre Gedärme bogen sich auseinander, ihr Nabel brannte vor Schmerz, »als würde ein Baby treten«, wie sie sagte, obwohl sie zu dem Zeitpunkt, von dem hier die Rede ist, natürlich noch gar nicht wusste, wie sich so was eigentlich anfühlt. Aber sie bestand darauf, dass das die Vorstellung gewesen sei, die sie im Kopf hatte, die, dass ein Leben in ihr heranwachse, dass da etwas aus ihr herausdränge – ein Bild, das für eine wie meine Mutter eigentlich ein bisschen arg von Symbolik triefte. Aber was *eine wie meine Mutter* bedeutete, war da ja auch schon lange nicht mehr klar.

Das noch unfertige Leben in ihr trat also um sich, versuchte nach besten Kräften, sich bemerkbar zu machen. Und meine Mutter versuchte nach noch besseren Kräften, es nicht zu bemerken. Starrte auf den Gehweg, der wirklich wahnsinnig hell war. Auf das neue Mode-Schneider-Schild, das mein Großvater gerade an der Kreuzung hatte anbringen lassen. Auf den Spatz an der Ampel.

»Wahnsinn, wie hell es ist«, sagte mein Vater, und »Ach, das neue Schild ist ja schon da«, »Schau mal, ein Spatz«, immer wieder »Was für ein Wetter!«, »Herrlich!«, »Ahh« und dann plötzlich »Alles klar?«, womit er diesmal tatsächlich »Alles klar?« meinte. Sein Lächeln wurde zu einem Strich, während er mit sorgenvollem Gesicht auf die Hand meiner Mutter schaute, die sich unbemerkt auf ihren Bauch geschlichen hatte.

»Klar«, antwortete sie und meinte »verdammt«.

»Ich glaub, die Knödel sind mir nicht so bekommen«, sagte sie.

Aus dem sorgenvollen Gesicht meines Vaters wurde ein mitleidiges Gesicht. »Du Arme«, sagte er und schob seine Hand ebenfalls auf ihren Bauch, was das Gehen nicht eben leichter machte. Seltsam ineinander verdreht torkelten sie den Bürgersteig entlang, waren nur noch ein paar Meter von der Haltestelle entfernt, als sie den gebeugten Rücken vor sich sahen.

»Ist das nicht der Nachbar?«, flüsterte mein Vater.

Meine Mutter nickte, spürte, wie ihr wieder schwindelig wurde. Sie schob meinen Vater zur Seite, wollte so schnell und so unauffällig wie möglich vorbei. Aber unglücklicherweise stellte sich ihnen genau in diesem Moment ein Gerüst in den Weg, »Typisch Berlin! Ich hasse diese Stadt«/»Nicht so sehr wie ich« – das aber erst später auf dem Nachhauseweg und seitens meiner Mutter auch nur, weil sie irgendetwas sagen musste, um den Lärm in ihrem Kopf zu übertönen. Jetzt versuchte sie erstmal gar nichts zu sagen, streckte nur den Arm aus. Aber statt unter der Plane hindurchzugehen, machte der Nachbar die gleiche Geste, »nein, Sie zuerst«/»Bitte!«/»nicht doch«, bis endlich keiner von ihnen mehr so tun konnte, als habe er den andern nicht erkannt. Zuerst nickte der Nachbar zum Gruß, dann formte auch meine Mutter ein tonloses »Tag«. Aber es war mein Vater, der sich endlich ein Herz fasste und »unser herzlichstes Beileid« flüsterte.

»Ah, haben Sie's also gehört?« Der Nachbar spielte sich am Augenwinkel herum. Seine Stirn begann an allen möglichen Stellen zu zucken, dann schossen ihm mit einem Mal die Tränen über die Wangen. Die Hände zu Fäusten geballt, rieb er sich die Augen, zog die Nase hoch, fuhr sich immer wieder mit dem Ärmel übers Gesicht, bis Arno meiner Mutter die Handtasche vom Arm nahm und ein Tempotaschentuch herauszog.

»Hier«, sagte er und hielt ihm das weiße Viereck hin. Faltete es auseinander. Drückte es ihm endlich selbst zwischen die Finger.

»Jeden Morgen nach dem Aufstehen lauf ich in sein Zimmer und suche ihn, bis mir wieder einfällt, dass er nicht mehr ist«, rief der Nachbar. »Ich kann das alles nicht begreifen.«

Mein Vater legte ihm die Hand auf die Schulter, was der Nachbar nun offensichtlich als Umarmung deutete. Schniefend ließ er sich nach vorne fallen, drückte sein nasses Gesicht an Arnos Hemd, während das Taschentuch weiterhin ungenutzt nach unten hing.

»Es ist nur …«, wimmerte der Nachbar, begnügte sich dann aber doch mit einem leichten Heben der Hand, ob jetzt um abzuwinken oder um sich zu verabschieden, war nicht ganz klar, aber auch nicht wirklich wichtig, denn meine Eltern mussten ihm ja sowieso folgen, erst unter dem Gerüst hindurch, dann, als der Nachbar seinerseits den Weg zur Haltestelle einschlug, auch dahin, auf den Bahnsteig, zum Wartehäuschen, wo sie, irgendwie zusammen und irgendwie auch nicht, zum Stehen kamen.

Mein Vater nahm wieder die Hand meiner Mutter, lächelte dem Nachbarn betreten zu, woraufhin der sich wohl ebenfalls zu einem Lächeln genötigt fühlte, das jedoch arg aus der Form geriet, »ungefähr so«, wie meine Mutter sagte und dabei etwas machte, was man heute wohl ein *duckface* nennen würde. Ihre Unterlippe bog sich so weit nach unten, dass das Zahnfleisch zu sehen war, während sie die Oberlippe fast über die Nase stülpte. Aber allmählich ärgerten mich diese Spott-Wut-Hohn-Haken, die sie jedes Mal schlug, wenn sie sich einem gefährlichen Punkt in der Geschichte näherte, nicht mal mehr, schienen mir sogar fast hilfreich, wie das Warnpiepen im Auto, das verhindert, dass man beim Einparken die Stoßstange des Hintermanns rammt. Ich ließ sie sich also weiter über den Nachbarn lustig machen, ihn neben meinem Vater und ihr in die Tram schleichen, sich auf die gegenüberliegende Bank setzen und wieder die Nase hochziehen. Ließ sie mir mit böser Lust an seiner Hilflosigkeit, die in Wahrheit doch nur ihre eigene war, vorführen, wie sein Gesicht erneut loszuckte, wie er auf den Fahrplan starrte, wieder zu weinen begann, bis Arno sich endlich neben ihn setzte und wieder den Arm um ihn legte.

»Ich weiß nicht, wie ich das schaffen soll«, heulte der Nachbar.

»Natürlich schaffen Sie das«, sagte mein Vater, »Sie dürfen nicht so streng zu sich sein. So was braucht eben Zeit.«

Der Nachbar schüttelte den Kopf. »Nein, ich meine«, er drückte die Hand auf seine Brust, »ich meine, mir das anzusehen.«

»Was ansehen?«

»Das ..., da wo er, ...«, der Nachbar rang nach Luft. »Die Unfallstelle, ich dachte, wenn ich mir ansehe, wo es passiert ist, kann ich es vielleicht auch endlich glauben. Aber jetzt, jetzt weiß ich nicht ...« Sein Atem raste ihm so schnell davon, dass zum Sprechen nichts mehr übrig blieb.

Arno beugte sich nach unten und legte dem Nachbarn auch die zweite Hand auf die Schulter. »Sollen wir vielleicht mitkommen?«

Das Leben trat so plötzlich wieder aus, dass meine Mutter richtig zusammenzuckte.

Der Nachbar wischte sich mit dem Ärmel übers Gesicht, dann nickte er langsam.

»Gut«, sagte mein Vater bestimmt.

Der Nachbar nickte noch mehr. »Die nächste«, sagte er und zeigte zur Tür, und, als habe er auf einmal das Gefühl sich erklären zu müssen, »ich weiß ja auch nicht, ob das hilft, aber die Psychologin hat gesagt, es ist wichtig, den Verlust zu realisieren.«

»*Es realisieren*!«, schnaubte meine Mutter in ihrem Krankenbett und drehte, dankbar für die schöne Vorlage, den Hass voll auf. »Wenn ich so was schon höre! Als würde das irgendeine Rolle spielen! Der Schmerz ist ja doch derselbe, ganz egal ob der, um den man trauert, jetzt tot ist oder einfach nicht mehr wiederkommt!«, rief sie. Und schien im nächsten Moment so erschrocken über ihre eigenen Worte, dass sie das Thema sofort wieder fallen ließ und hinter meinem Vater und dem Nachbarn ausstieg.

Sie traten auf den Bahnsteig, an den meine Mutter ja eigentlich noch gar keine eigene Erinnerung haben konnte. Aber für einen weiteren Schlag gegen die Bauchdecke reichte die Vorschau auf die Rückschau schon aus.

»Ist es hier?«, fragte Arno in das Fiepen der anfahrenden Tram hinein.

Der Nachbar atmete schwer. »Ich glaub, weiter vorne.«

»Na dann.« Arno lief los.

Aber der Nachbar rührte sich nicht. Wie eine Schnecke, der man das Haus gestohlen hat, rollte er den Oberkörper nach vorne und zog den Kopf ein.

Mein Vater machte kehrt, legte dem Nachbarn die Hand auf den Arm. Versuchte, ihn nach vorne zu ziehen.

»Na kommen Sie«, sagte er, »Sie können doch nicht ewig die Augen vor der Realität verschließen«, aber der Nachbar schien es auf einen Versuch ankommen lassen zu wollen. Mit einer ungeahnten Sturheit starrte er zu Boden, wich dem Blick meines Vaters aus, der endlich meine Mutter herbeiwinkte. Zögerlich kam sie näher und griff nach dem anderen Arm des Nachbarn, half Arno, ihn über den Bahnsteig zu ziehen, den Grasstreifen entlang, bis mein Vater offenbar das Gefühl hatte, angekommen zu sein. Oder vielleicht auch einfach nur nicht mehr konnte.

Stöhnend ging er vor dem Nachbarn in die Hocke und versuchte erneut Blickkontakt herzustellen.

»Ich weiß, es ist hart«, sagte er und senkte den Kopf, bis der Nachbar endlich aufschaute.

Sein Gesicht war aschfahl. Die Äuglein unter den zusammengezogenen Brauen hüpften nervös hin und her. Er kreuzte die Arme vor der Brust, stopfte die Fingerspitzen in die Achseln.

»Und jetzt?«, sagte er endlich.

Mein Vater stand auf und knackte mit den Knien. »Das liegt ganz bei Ihnen.«

Der Nachbar sah ihn an wie ein Kind, das sich im Supermarkt verlaufen hat.

»Lassen Sie sich Zeit«, sagte mein Vater. »Wenn Sie so weit

sind.« Fünf Minuten später: »Keine Eile.« Noch etwas später: »Sind wir denn an der richtigen Stelle?«

Der Nachbar zuckte die Schultern.

»Was hat denn Ihre Frau gesagt?«, fragte Arno.

»Nur, dass es in der Nähe der Kreuzung passiert ist.« Der Nachbar zog das Armkreuz noch weiter nach oben. Seine Ellenbogen waren weiß, als habe er sie in Mehl gestippt. »Ich hab gedacht, wenn ich da bin, werd ich's schon sehen. Aber es sieht ja alles aus wie immer.«

Mein Vater legte ihm eine Hand auf den Rücken und streichelte langsam auf und ab. »Waren Sie denn vorher schon mal da?«

Der Nachbar nickte. »Das Arbeitsamt ist gleich da hinten.« Er stieß mit den Zehenspitzen einen Erdbrocken hin und her, schaute zur Ampel, sodass meine Mutter endlich einen Vorwand hatte, es auch zu tun. Als habe man zwei ausgehungerte Hunde von der Leine gelassen, rannten ihre Augen zum Restaurant weiter, vor dem tatsächlich schon ein paar Gäste saßen, an den Tischen vorbei, zum Fenster, schlichen um die Tür herum, in der Hoffnung, oder besser Sorge, oder doch besser Hoffnung, dass …

»Und meine Frau ist manchmal mit dem Pimpf auf'n Spielplatz dahinten gegangen.«

Meine Mutter fuhr herum. Aus ihrer Lunge entwich ein hoher Ton, wie wenn man die Zehen in zu heißes Badewasser steckt. Aber keiner der beiden beachtete sie.

»Es muss doch irgendwas übrig geblieben sein!«, sagte der Nachbar stattdessen.

Mein Vater senkte den Kopf. »Wahrscheinlich hat die Stadtreinigung alles weggemacht.«

»So schnell?«, fragte der Nachbar, mehr überrascht als verletzt. Er schirmte die Augen mit der Hand ab, rieb sich mit dem Daumen die Schläfe, als brüte er über einer komplizierten Aufgabe. »Ist für die wahrscheinlich nicht das erste Mal, was?«

»Wahrscheinlich«, flüsterte Arno.

Der Nachbar nickte. »Es werden sicher dauernd Kinder überfahren, nur fällt es einem nicht auf, solange es nicht das eigene ist.«

Mein Vater schluckte. Vor lauter Verlegenheit kam er mit der Streichrichtung durcheinander. Seine Hand rutschte ungelenk auf dem Nachbarrücken herum, während der, plötzlich richtig redselig, weitersprach.

»Da kann man natürlich nicht jedes Mal einen Volksaufstand machen. Was mir das Leben zerstört hat, ist von außen betrachtet wahrscheinlich eine Kleinigkeit, ein Fehltritt wie tausend andere auch. War halt mal wieder ein Kind zu blöd, sich umzukucken, bevor es losgerannt ist. *Personenschaden* nennt man das, oder?«

Er ließ den Blick über die Schienen schweifen, zupfte an seinem Pullover.

»Sieht doch aus wie immer, oder?«, sagte er endlich und schaute, sicher aus purem Zufall, zu meiner Mutter, die erschrocken nickte.

Aber tatsächlich war selbst das eine Lüge. In Wahrheit waren die Zeichen des Unfalls deutlich erkennbar. Nicht, weil auf den Gleisen irgendetwas zu sehen gewesen wäre. Sondern weil gar nichts zu sehen war. Keine Schlieren, kein Dreck, keine Graffitikürzel, nicht mal Müll. Die Bahnsteigkante war so weiß, wie sie in einer Stadt wie Berlin nur direkt nach dem Streichen ist, die Kiesel alle von dem gleichen Grau, als habe man sie eben im Baumarkt geholt. Dazwischen funkelten die Schienen wie zwei parallel verlaufende Bächlein.

»Sie müssen jetzt stark sein«, sagte Arno schwächlich.

Der Nachbar zog wieder die Lippen auseinander. Aber diesmal blieb meiner Mutter keine Zeit, die Grimasse lange zu betrachten, denn in dem Moment schüttelte er ganz plötzlich Arnos Hand ab und rannte los. Ohne sich umzusehen sprang er in den Graben, warf sich auf die Knie und begann zu buddeln.

»Vorsicht!«, rief Arno. Seine Arme schlackerten hin und her, während er sich am Grasstreifen entlangdrückte, den Ästelchen der Büsche am Wegrand auswich. »Was machen Sie denn da? Das ist doch gefährlich!« Wie ein Nichtschwimmer am Beckenrand lief er auf und ab, bückte sich, streckte die Hand nach unten.

Und meine Mutter? Blieb an der Kreuzung stehen. Sah den beiden nach. Aber wirklich hin sah sie nicht. Hörte Arno auf den

Nachbarn einreden. Aber hin hörte sie nicht. Spürte nur, wie sich ihr der Kopf umdrehte, so sagte sie es, »und dann drehte sich mir der Kopf um«, als sei es kein aktiver, sondern ein passiver Vorgang, als habe eine unsichtbare Hand ihren Kopf gepackt und ihn gewaltsam herumgebogen.

»Jetzt seien Sie doch vernünftig. Das hat doch keinen Sinn!«

Ihr Blick strich über die Familie am Eck, fuhr weiter zu den beiden Frauen, die in der Sonne saßen.

»Lassen Sie mich!«, kreischte der Nachbar.

Meine Mutter sah, wie sich eine der beiden nach hinten lehnte und den letzten Tropfen aus ihrem Glas trank, schaute aufgeregt zurück zum Eingang, als erwarte sie, dass sofort ein Kellner käme und nachschenke.

»Was, wenn die Bahn kommt?«, schrie Arno, und: »Siehst du was?«

Meine Mutter machte einen Schritt auf die Bahnsteigkante zu, kniff die Augen zusammen. Aber das Einzige, was sie erkennen konnte, war ein Glaskasten, in dem wahrscheinlich die Speisekarte eingeschlossen war, ein Blumenkübel darunter, ein portugiesisches Fähnchen darin.

»Kommt was?«, schrie mein Vater noch mal, während er versuchte, den Nachbarn gewaltsam wegzureißen, auch wenn meine Mutter das nicht sah, sondern sich wohl eher mal wieder nachträglich dazudachte, denn um sich selbst von der Tür wegzureißen, fehlte ihr die Kraft. Oder die Schwäche. Das ist manchmal schwer zu unterscheiden.

»Nein«, rief sie, während sie unablässig auf den Vorhang starrte, der in der offenen Tür hing. Ihre Augen fuhren am Saum entlang, dessen Wellen sich ganz leicht bewegten, als würde jemand von hinten an den Stoff stoßen. Ihr Herz schlug so laut, als sei sie ein einziger, hohler Klangkörper, in dem das Pochen endlos widerhallt.

Im Vergleich dazu war das Fiepen so leise, dass sie es erst hörte, als es schon direkt neben ihr war. Vielleicht auch noch ein paar Meter entfernt. Aber doch so nah, dass der Panik keine Zeit blieb, den Umweg über ihren Kopf zu machen, sondern ihr sofort in die

Glieder schoss. Ohne noch begriffen zu haben, was geschah, flog sie herum und rannte los, auf meinen Vater zu, schrie, vielleicht, schrie vielleicht auch nicht, aber warum denn nicht, also wahrscheinlich doch, schrie hoffentlich, auch wenn sie sich später nicht daran erinnern können würde. Nur dass Arno die Tram offenbar schon bemerkt hatte, das wusste sie noch, wie er auf den Gleisen gestanden hatte, mit ausgestrecktem Arm, die Hand geflext, als sei er der Schulwart.

Aber die Bahn fuhr trotzdem weiter, sei es, weil der Fahrer nicht aufpasste, sei es, weil er doch aufpasste und sich dachte, die beiden Idioten würden schon noch rechtzeitig abhauen – wozu der Nachbar jedoch keinerlei Anstalten machte. Die Hände tief in den Kieseln vergraben, ignorierte er meinen Vater, der ihm hinterhergesprungen war, buddelte immer weiter, bis Arno ihn endlich an den Schultern packte. In blinder Verzweiflung zerrte er den schlaffen Körper von den Schienen, stieß und schob und schubste ihn auf den Bahnsteig, bevor er sich, vielleicht nicht unbedingt actionfilmknapp, aber doch, sagen wir mal, *zeitnah* zum Vorbeifahren der jetzt zumindest bimmelnden Bahn, selbst nach oben hievte.

Als meine Mutter ankam, rollte er sich gerade vom Rücken auf den Bauch.

Sie fiel neben ihm auf den Boden, versuchte, ihm aufzuhelfen.

»Du solltest doch Bescheid sagen!«, schrie er und ließ die ausgestreckte Hand meiner Mutter unangetastet in der Luft hängen. Mit einem Satz sprang er auf die Füße und wischte sich den Dreck von den Knien. Sein Gesicht war klatschnass.

»Tschuldigung. Die Sonne«, stammelte meine Mutter und zeigte nach oben, für den Fall, dass mein Vater vergessen hatte, wo sich die Sonne befand, »es hat so geblendet.«

»Was sollte denn das?«, brüllte er noch lauter, jetzt offenbar den Nachbarn meinend, »wollen Sie, dass es noch einen Toten gibt?«

»Tut mir leid«, murmelte der.

»Was wollten Sie denn da überhaupt?«

»Ich weiß auch nicht«, nuschelte der Nachbar. Er rieb sich über den Kopf, presste die Lippen so fest aufeinander, dass die Haut drumherum weiß wurde.

»Ich dachte, es muss doch noch was von ihm da sein«, sagte er endlich. Eine Träne lief ihm übers Kinn, während er sich die weißen Ellenbogen rieb.

Mein Vater holte tief Luft. »Ich weiß ja«, sagte er und drückte das zitternde Bündel erneut an sich.

»Warum hat er sich denn nicht umgesehen? Nur weil man Angst hat, kann man doch nicht einfach so losrennen«, wimmerte es an seiner Brust.

»Er war doch noch ein Kind«, sagte mein Vater sanft.

Und was ist dann meine Ausrede?, dachte meine Mutter, sagte es dann auch, zu mir, ein bitteres Lachen im Hals, so herausfordernd, dass ich einen Moment lang fast versucht war, ihr zu antworten. Aber ich wusste, dass sie mich sowieso hätte abblitzen lassen. Dass sie nicht verstanden hätte, dass die Erklärung für ihr Verhalten genau dieselbe war, nur dass es in ihrem Fall eben nicht die Regeln des Verkehrs, sondern die des Herzens waren, die sie noch nicht verinnerlicht hatte, wenn sie sie denn überhaupt kannte.

Das Weinen des Nachbarn ließ langsam nach. Seine Arme fielen einer nach dem anderen zur Seite, dann zog er auch den Kopf von der Schulter meines Vaters. »Kann ich jetzt nach Hause?«, fragte er.

Arno zupfte ihm den Nickipullover nach unten, der so weit hochgerutscht war, dass man den nackten Bauch sehen konnte, und meine Mutter dachte, dass mein Vater sicher ein guter Vater sein würde.

»Natürlich«, antwortete er und wischte ihm die Tränen von den Wangen. Er drehte sich nach rechts und links, legte die Stirn in Falten. »Es sei denn, Sie wollen sich nach dem Schreck erstmal kurz hinsetzen. Wir können auch irgendwo einen Schluck trinken, bis es Ihnen wieder besser geht.«

Diesmal war der Schlag gegen die Bauchdecke so heftig, dass meine Mutter sich vor Schmerz zusammenkrümmte.

Aber der Nachbar schüttelte den Kopf. »Nein, ich will nach Hause«, sagte er und sah meinen Vater fast bettelnd an.

»Natürlich. Wie Sie wollen«, sagte der. Er rieb sich die Handflächen aneinander ab, hakte sich bei dem Nachbarn unter und setzte sich wieder langsam in Bewegung, meine Mutter, die, jetzt noch dienstfertiger als zuvor, die andere Seite ergriff, neben ihm her, wie zwei Ackergäule, die einen Lastzug schleppen.

Sie zerrten ihn zurück zum Bahnsteig, halfen ihm in die nächste Tram, wollten sich verabschieden. Und fuhren dann doch mit ihm zurück. An der Haltestelle meiner Großeltern stiegen sie aus, wandten sich zum Gehen, gingen doch noch nicht, weil der Nachbar es augenscheinlich kaum allein über die Straße schaffte, und brachten ihn lieber auch noch zum Haus, und dann auch noch zur Haustür, und dann auch noch die Treppe hinauf, wollten wieder gehen, und kehrten wieder um, weil der Nachbar sie mit dünner Stimme zurückrief.

»Ja?«, sagte mein Vater und stieg die Stufen erneut hinauf, während meine Mutter sich fragte, wie lange sie dieses Hin und Her noch durchhalten würde.

Der Nachbar stand in der Tür, einen Fuß auf der Schwelle, den anderen in der Wohnung, und klappte den Mund auf und zu wie ein Fisch. Sein Pullover war schon wieder hochgerutscht, aber diesmal zog er ihn selbst nach unten, so weit, dass über dem Halsausschnitt ein paar lange, hellbraune Haare zum Vorschein kamen. »Ich begreife es noch immer nicht«, sagte er.

»Das braucht Zeit«, antwortete Arno. Er kam ganz nach oben und legte die Hand auf seine Schulter, als könne er nicht mit ihm reden, ohne ihn irgendwo anzufassen.

Der Nachbar ließ das Bündchen los. Der Pulli schnalzte zurück. »Was, wenn ich es gar nicht begreifen will?« Er blickte zwischen meinen Eltern hindurch ins Treppenhaus. Dann drehte er sich um und schloss die Tür.

13. Kapitel

Hinter den Gardinen funkeln Lichtpunkte. Meine Mutter linst durch die Spitzenborte, drückt sich die Nase an der Scheibe platt, wie ein Kind vorm Spielwarenladen, während hinter ihr der Verkehr vorbeirauscht. Sie legt die Hand an den Fensterrahmen, zieht sie wieder weg, rennt zur Haltestelle zurück, und dann steht sie plötzlich doch im Eingang, zittrig erregt von dem Wissen, eine Dummheit zu begehen. Der Samtvorhang stößt sie in den Rücken. Sie greift nach den Mänteln an der Garderobe, hält sich an den Ärmeln fest, so wenig traut sie den Beinen, die es eben noch so eilig hatten, hierherzukommen, nur um jetzt unter ihr weg zu schmelzen, wie Schokolade, die zu lange in der Sonne gelegen hat. Ihre Augen hasten in den Raum voraus, über die Tische hinweg, um die Barhocker herum, zur Schwingtür, hinter der hin, her, hin weiße Fliesen aufblitzen, Töpfe, Geschirr, noch mal ein Topf, dann die Tür selbst und ein Schild darauf: »кухня«, liest meine Mutter, das heißt, in Wahrheit ergeben die fremden Buchstaben, wenn sie sich denn überhaupt die Mühe macht, sie zu einer Lautkette aufzufädeln, wohl noch gar nichts, höchstens vielleicht einen unverständlichen Brei, vergleichbar mit dem Geräusch, wenn jemand Schluckauf hat, »kükshr« oder »kikshr.« Erst in ein paar Stunden wird sie verstehen, dass dieses »Kuchnja!«, das Alex jedes Mal ruft, wenn es ihm in der Küche wieder zu lange dauert, eben jenes »кухня« ist, und versuchen, es genauso tief und fordernd wie er zu schreien, »Kuchnja! Dawai!«, wofür er sie eine halbe Sekunde lang fast so schön anlächeln wird wie seine Anna auf dem Foto.

Noch aber ist meine Mutter so damit beschäftigt, sich auf den

Beinen zu halten, dass sie eigentlich gar nichts versteht. Nicht die »Entschuldigung, könnten Sie vielleicht, würden Sie bitte ein wenig« hüstelnden Senioren, die die Handflächen aneinanderlegen und auf sie zuschieben, als seien sie Brustschwimmer und meine Mutter in ihrer Bahn. Nicht das Getuschel, während sie sie erwartungsvoll anschauen, sich endlich doch an ihr vorbeidrücken und die Kleiderbügel vom Haken ziehen. Nicht den Mann, der auf einmal mit wackelnden Hüften angetänzelt kommt, eine Serviette über dem Arm. Zweimal muss er »Wie viele?« fragen, bis sie endlich schwächlich den Zeigefinger in die Luft hebt, als habe sie das Sprechen verlernt.

Der Mann macht ein Gesicht, als habe sie ihn gerade über den Tod einer nahen Verwandten informiert.

»Gans allein?«, fragt er bestürzt. Er fährt sich durch die grauen Kringellöckchen, die ihm wie ein verblichener Heiligenschein um den Kopf stehen, schiebt meine Mutter kopfschüttelnd zu einem der Tische.

»Nix mahe Sorghe, Schnuggibuudsi, jetz isch kummre umme dia«, sagt er und drückt ihr die Stuhlkante in die Kniekehlen.

Er legt eine Speisekarte vor sie auf den Tisch und tätschelt ihren Arm, klappt, als sie selbst keinerlei Anstalten dazu macht, dann aber doch die erste Seite für sie auf, hält ihr die Karte vor die Nase, bis sie endlich zugreift und er zufrieden »bringhe dia vor die allhe andere Dinghe bisshe Wassa« rufend wieder davonwackelt.

Meine Mutter starrt geradeaus, hält sich an dem dicken Ledereinband fest und er sich an ihr mit all dem Öl und Fett und was sonst noch alles darauf klebt. Die Worte unter der Klarsichthülle werden dick und wieder dünn, wie wenn der Optiker beim Sehtest an der Blende spielt.

Sie drückt die Handballen auf die Schläfen, versucht ihre Augen durch den Fingertunnel nach vorne zu schießen. Aber statt die Vorspeisen zu studieren, huschen sie über den Rand hinweg und laufen einem der Kellner nach, folgen dem Arm, auf dem ein dampfender Teller schwankt, wagen nicht zu blinzeln, bis sich ihnen ein Gesicht zuwendet, das nicht das von Alex ist. Sie klettern über die Schulter meiner Mutter, zur Schwingtür, zur Empore, heften sich an eine neue schwarze Weste, dann an ein Anzughosenbein, springen von rechts nach links, bis sich ihnen wieder die Kringellöckchen in den Weg schieben.

»Haben Sie gewählt?«, fragt der Mann, den ich der Einfachheit halber jetzt schon mal *Schnuckiputzi* nenne, auch wenn es noch etwas dauern wird, bis auch meine Mutter ihn so nennen wird, weil ihn auch sonst jeder so nennt, weil er jeden so nennt, Frauen, Kinder, Männer, sich selbst, mit lang gezogenem »U« am Ende und bis zur Unkenntlichkeit verweichlichten Plosiven, Schnuggibuuuuuuuuudsi!

»Haben Sie gewählt?«, fragt also Schnuckiputzi und stellt eine Karaffe neben ihr ab, oder wohl eher: »Hast du gewählt?«, weil er meine arme, sprachlose, alleinessende Mutter bereits jetzt so in sein riesengroßes portugiesisches Herz geschlossen hat, dass ihm ein *Sie* zu distanziert wäre. Vielleicht auch: »Habe du gewählt?« oder: »Gewalt habe du?«, das lässt sich schwer sagen, denn was das Niveau seines Deutschs betrifft, war meine Mutter nicht sonderlich konsequent. Mal war es einwandfrei, mal kaum verständlich, mal ließ sie ihn zwei Sätze lang statt mit portugiesischem mit russischem Akzent sprechen, wie ein Stand-Up-Comedian, der seine Rollen durcheinanderbringt. Oder sie versuchte sich tatsächlich an einem portugiesischen Akzent, warf in ihrer Ungeduld dann aber so hektisch alle ihr geläufigen Phonetik- und Grammatikfehler durcheinander, dass sie irgendwo zwischen französischem Chansonnier und italienischem Mafiaboss aufschlug.

In jedem Fall aber fragt Schnuckiputzi meine Mutter also nach ihrer Bestellung.

Sie tippt irgendwo auf die Karte.

»Iste essellente Wahl«, sagt Schnuckiputzi, »unde zue drinke?«

Meine Mutter macht eine abwehrende Handbewegung.

»Não!«, ruft er, »bei Schnuggibuudsi keina Mahn bleibe mit eina Durst nischt, bringhe dia unssere Hausewein!«

Meine Mutter versucht so etwas wie ein Kopfschütteln, aber entweder sieht Schnuckiputzi es nicht, oder es ist ihm egal.

»Essellente«, ruft er und holt eine Flasche von der Bar, neben der ein weiterer Kellner in einer weiteren schwarzen Hose und einer weiteren schwarzen Weste steht. Der aber auch nicht er ist.

Er schenkt meiner Mutter ein, zieht die Flasche nach oben, während der Wein wie aus einem Springbrunnen in hohem Bogen in ihr Glas plätschert, wartet, bis sie nippt, unendlich langsam, aber diesmal zumindest wirklich nickt, wieder schnell zur Schwingtür blickt, während er ihr Glas ganz auffüllt.

»Saúde«, sagt er. Er zieht die Laute in die Länge, knetet sie zwischen Gaumen und Zunge weich und sieht sie erwartungsvoll an. Erst als meine Mutter auch einen zweiten Schluck nimmt, ist er bereit, sie allein zu lassen, um nach ihrem Essen zu sehen.

»Sehe nahe deina Esse«, sagt er und tätschelt ihr den Arm. Er stößt die Schwingtür auf, so ruckartig, dass es diesmal sogar für eine ganze Pfanne reicht, ein Stückchen Herd darunter, dann eine Kochmütze, кухня, noch mal die Fliesen.

Die Augen meiner Mutter verweilen am Türrahmen. Warten auf ein weiteres Hin oder vielleicht auch ein Her.

Streifen doch zur Bar.

Um die Hocker herum.

An der Gitarre vorbei, die an der Ecke steht, als habe sie dort jemand vergessen.

Aber er ist nirgends zu sehen.

Sie starrt in die Kerze in der Mitte des Tischs, die aufgeregt hin und her zuckt, obwohl, noch mal schnell zur Schwingtür gekuckt, nein, von nirgendwoher ein Luftzug zu spüren ist, sieht den Docht, über dem die Flamme völlig durchsichtig ist, langsam bläulich wird, dann gelb, leuchtendgelb, gleißendgelb, immer höher und schneller und nervöser auszuschlagen scheint, als wolle sie sich von der Kerze losreißen.

Das Wachs türmt sich an den Rändern auf. Neigt sich immer mehr zur Seite. Ergießt sich endlich auf den Zeigefinger meiner Mutter, der blitzschnell an den Schaft fährt.

Sie zieht die Hand zu sich heran, begutachtet die undurchdringlich weiße Perle, zu der der Tropfen auf ihrer Haut erkaltet.

Lässt den Daumen über die glatte Oberfläche gleiten.

Drückt den Nagel hinein.

Schüttelt sich plötzlich, verwirrt, beschämt, was soll denn das?, kratzt ärgerlich den Dreck vom Finger und richtet sich auf.

Sie schiebt sich eine Metallstange in den Rücken, macht sich steif, macht sich lang. So lang, dass ihr viel Zeit bleibt, dem Zittern ihrer Hand zuzusehen, bis das Glas endlich ihre Lippen erreicht.

Sie nimmt wieder einen Schluck, und gleich noch einen, obwohl sie diesmal nicht mal jemand dazu auffordert. Schaut über den Rand hinweg zu den andern Gästen, den Familien, Freunden, Pärchen, die sich nicht um-, sondern einander anschauen, die niemanden suchen, sondern schon gefunden haben, die reden und lachen und sich anfassen. Sie sieht ihre Arme auf dem Tischtuch nebeneinanderliegen, sieht die Hände, die einander berühren, als sei es das Einfachste auf der Welt.

Denkt plötzlich, dass sie auch so zusammen sein könnte, dass sie ihren Arm genauso neben den meines Vaters legen, seine Hand umfassen, ihn ansehen könnte, dass sie nicht hier sein muss, dass sie einfach nach Hause gehen könnte, dass sie nach Hause gehen sollte, jetzt, jetzt sofort.

Und bleibt doch sitzen.

Am Nebentisch kommt Bewegung auf, Köpfe fahren auseinander, Rücken drücken sich in die Lehne, machen einem weiteren Kellner Platz, der zack, zack, zack die Teller im Kreis herum auf den Tisch pfeffert, als gebe er ein Blatt Karten aus.

»Die Garnelen sind für mich«, sagt der Herr am Kopfende höflich und deutet über den Tisch.

Der Kellner tauscht zwei Teller aus, dreht sich zum Gehen.

Die Dame auf der andern Seite hebt ihr leeres Glas in die Luft. »Könnte ich vielleicht noch eine Apfelschorle haben?«

Der Kellner schaut über die Schulter. »Ich nix Bestellung, nur bringen«, brummt er und schlurft weiter zur Tür.

Schnuckiputzi kommt angerannt und hält ihn am Arm fest, zischt ihm etwas zu.

Der Kellner schüttelt die Hand ab, brummt wieder irgendwas. Seine winzigen Augen gleiten an meiner Mutter vorbei zu dem Tisch, von dem er gerade kommt, fahren zurück, werden noch kleiner, und dann erkennt sie ihn plötzlich, nein, nicht ihn, den andern, das eckige Gesicht und dann das Lachen, dieses schreckliche Lachen, von dem ihr sofort wieder die Röte in den Kopf schießt.

Schnuckiputzi stößt ihn beiseite, läuft auf die Dame zu.

»Apfelschorle, kommt sofort«, flötet er, »bom apetite!«, dreht sich um und greift wieder nach dem Arm des Kellners. Aber Dima, das war doch sein Name, oder?, ja, Dima schaut nur weiter zu meiner Mutter. Noch immer lachend hebt er seine riesige Hand in die Luft, ruft irgendetwas, was sie nicht versteht, und dann kommt er, also diesmal wirklich er, woher, weiß sie nicht, ist plötzlich einfach da, nur ein paar Meter von ihr entfernt, den Arm voller verschmierter Teller, und sieht sie an, sieht ihr direkt in die Augen, während sich ihr Magen um sich selbst wickelt, wie ein Waschlappen beim Auswringen.

Sie fährt sich über den Scheitel, versucht die Ameisen abzuschütteln, die mit einem Mal über ihren Hinterkopf rennen, ihre Haarwurzeln anfressen, in ihren Nacken krabbeln, als habe jemand ein Nest angestochen, streicht das Kleid glatt, das sie extra angezogen hat, auch wenn sie doch gar nicht gewusst haben will, dass sie hierherkommen würde?, fummelt an sich herum, stößt mit dem Ellenbogen gegen das Glas, die Tischkante, wirft endlich die Gabel zu Boden. Sie bückt sich, sieht die schwarzen Lederschuhe, die sich ihrem Kopf nähern, wie damals im Spätkauf, während sie an den Stuhlbeinen herumtastet, wieder nach oben fährt, in seine Hand blickt, die sich unter ihrer öffnet. Aber anstatt die Gabel hineinzulegen, schiebt sie sie vor lauter Verwirrung nur ein Stück über den Tisch, gerade so auf ihn zu, als müsse er sie schon selbst aufheben, wie eine Gutsherrin, die ihre Dienstboten aus Lust an deren Elend schikaniert.

»Wie geht's?«, fragt er endlich, wie immer ganz ruhig.

»Gut«, haucht sie, »ich, äh, ich wollte was essen.«

»Da bist du hier richtig.« Alex lächelt, vielleicht wieder etwas spöttisch. Aber diesmal ist da auch etwas Weiches, etwas Wohlwollendes, fast so, als würde er sich freuen, sie zu sehen.

»Ah, nix gewusst, dass kenne du unssere Alexandre, Schnuggibuudsi«, ruft Schnuckiputzi. Er kommt näher, beginnt richtig zu strahlen, so glücklich scheint es ihn zu machen, dass meine Mutter doch nicht ganz mutterseelenallein auf der Welt ist.

Dima wiehert wieder los.

Schnuckiputzi runzelt die Stirn. »Was so lustig, dass du gans Seit lahe?«, fragt er und schaut von einem zum anderen, schüttelt den Kopf, stimmt dann aber schließlich doch in das Lachen ein, während er »dann bringhe deine Freundin mal ihra Esse. Brauhe Kraft heute Naht, was?« sagt und seine Hüften kreisen lässt.

Meine Mutter drückt das Glas an die Lippen, kippt den Wein hinunter, der in ihrem Mund zu kochen beginnt.

Alex lehnt sich nach vorne. Wie eine Prothese ragt der Arm mit den Tellern neben ihm zur Seite, während er endlich die Gabel aufhebt.

»Bin gleich wieder da«, sagt er und geht hinter Dima und Schnuckiputzi her in die Küche, oder vielleicht auch ihnen voraus, oder vielleicht gehen die beiden andern auch nirgendwo hin, die Freude, die meine Mutter mit einem Mal durchfährt, ist so überwältigend, dass sie jede andere Wahrnehmung verdrängt.

Er kommt wieder, denkt sie. Gleich. Gleich kommt er wieder!

Sie streicht sich erneut übers Kleid, versucht sich irgendetwas Kluges einfallen zu lassen, das sie sagen kann, wenn er zurückkommt, oder etwas Lustiges?, vielleicht eine Frage über das Essen, irgendetwas, das ihn dazu bringen könnte, ein Weilchen an ihrem Tisch zu verweilen.

Sie lässt die vergangenen Stunden an sich vorbeiziehen, sucht den Tag nach einer Geschichte ab. Aber natürlich findet sie nichts, wie sollte sie auch, sie macht ja nichts, außer an ihn zu denken.

Sie sieht zur Tür, hofft fast, dass sie noch geschlossen bleibt, dass es noch etwas länger dauert.

Bis sie merkt, dass es schon ganz schrecklich lange dauert, wie kann es denn nur so lange dauern, der Herr am Nachbartisch piekt schon die letzten Blättchen aus seinem Beilagensalat, aber noch immer kommt er nicht. Und mit einem Mal packt sie die Furcht, er könne womöglich gar nicht kommen. Was, wenn das nur eine Floskel war, bin gleich wieder da, was man halt so sagt, bis später, man sieht sich, auf Wiedersehen?

Sie setzt erneut das Glas an, schaut über die Köpfe hinweg, die sich über ihre Teller beugen, die Kinder, die unter einem der Tische herausschlüpfen, immer wieder zur Schwingtür, die völlig unbeweglich in ihrem Rahmen hängt.

Und dann ganz plötzlich doch auffliegt.

Das Schild knallt gegen die Wand. Aber statt seines stoppeligen Kopfes, hatte er überhaupt noch Stoppeln?, sie hat vergessen, darauf zu achten, warum hat sie denn nicht darauf geachtet?, statt seines Kopfes ist es Schnuckiputzis graue Mähne, die dahinter auftaucht.

Bitte komm nicht zu mir, denkt sie, bitte, bitte, bitte geh zu jemand anderem hin!

Aber natürlich kommt er direkt zu ihr, gönnt ihr nicht mal eine Sekunde des Zweifels, bevor er auf sie zustürmt und eine gusseiserne Pfanne vor ihr abstellt.

»Cozido à portuguesa«, sagt er und »lase dia schmege, Schnuggibuudsi!«

Sie wirft einen Blick auf das wild blubbernde Durcheinander, biegt wieder den Hals nach hinten. Aber statt der Tür sieht sie nur Dima, der breitbeinig neben der Bar steht und natürlich wieder lacht, laut und breit, sodass seine Augen zu winzigen Strichelchen werden, wie bei japanischen Zeichentrickfiguren, wenn sie sehr froh oder sehr traurig sind.

Sie legt die Hände um die Sitzfläche, spürt, wie ihr schwindelig wird, während die Enttäuschung die Luft aus ihrer Lunge quetscht. Nur ganz dumpf hört sie Schnuckiputzis Stimme, »hast du keine zu drinke, Schnuggibuudsi, hier, hop, hop, eine Vinho da casa auf die funf!«, hört die Schritte, die näher kommen. Den Wein, der in das Glas plätschert, das sie noch immer in der Hand hält. Der Stiel kippt zur Seite. Fast schwappt es auf ihr Bein, als sich plötzlich seine Finger um ihre seine Katzenaugen auf sie fährt zusammen heben sie das Glas an ihre Lippen berühren fast seine Haut riecht nach Zigarette.

»Saúde«, sagt er, aber aus seinem Mund klingt das Wort ganz anders als bei Schnuckiputzi, härter, abgehackt, eher, als erteile er einen Befehl: Sa! U! De!

Er lässt ihre Hand los. Der Arm meiner Mutter beginnt zu zittern, als könne sie das Glas ohne seine Hilfe nicht halten.

»Iss, bevor es kalt wird«, sagt er.

»Ich, äh …«, sie deutet auf die leere Stelle neben der Pfanne, in der es noch immer bedrohlich zischt.

»Ah, Moment.« Er lächelt entschuldigend, läuft zur Bar. »Bitteschön«, sagt er, während er wiederkommt, und schlägt eine Serviette vor ihr auseinander. Meine Mutter greift hinein, vorsichtig, als ziehe sie keine Gabel, sondern ein Diadem heraus.

Der Dampf schlägt ihr ins Gesicht, während sie sich über die Pfanne beugt und unsicher ein von einer dicken Fettschicht umrandetes Irgendwas anhebt.

»Was ist das?«, fragt sie, fragt ganz ehrlich, nicht nur um etwas zu sagen, sondern weil sie tatsächlich keine Ahnung hat, was da vor ihr liegt.

Sein Finger springt über der Pfanne hin und her. »Rind, Blutwurst, Schweinefüße, Kartoffeln, Kohl.« Er macht einen Schritt zur Seite. »Kuck doch nicht so!«, ruft er und lacht.

Meine Mutter fasst sich erschrocken ins Gesicht.

Wenn ihr Körper nicht mal dazu in der Lage ist, den Ekel vor ein paar Brocken Fleisch für sich zu behalten, welche Geheimnisse wird er ihm dann noch verraten, denkt sie.

Aber Alex fährt schon fort, »keine Sorge, wir essen das hier jeden Abend, du solltest echt probieren« zu sagen.

Er will, dass ich probiere. Er will, dass ich das Essen probiere, das er jeden Tag isst, denkt sie und schiebt sich einen Bissen in den Mund.

Es knirscht zwischen ihren Zähnen. Ein seltsamer Geschmack macht sich an ihrem Gaumen breit.

»Mmm, köstlich«, sagt sie.

Er kuckt zufrieden.

Sie sticht erneut in die Pfanne, einen Löffel für den Alex, einen Löffel ... wieder für den Alex.

Am Nachbartisch hebt jemand die Hand, ruft irgendetwas.

»Moment«, sagt er wieder und läuft auf die schimpfenden Gäste zu. »40 Minuten ... unerhört ... wir haben heute noch was anderes ...«, hört meine Mutter die Stimmen herüberschwappen. Sie betrachtet seinen Rücken, während er schweigend die Beschwerden über sich ergehen lässt, sieht seinen Hosenboden, dann plötzlich seine Augen, die über die Schulter huschen und sich gen Himmel drehen, ganz kurz, sodass nur sie es sehen kann, als sei sie seine Komplizin.

Genau wie nach unserer ersten Nacht, denkt sie, auch wenn es natürlich nicht wirklich eine Nacht war, sondern höchstens ein paar Minuten, aber der andere Teil des Gedankens ist wichtiger, der, dass es ihre *erste* was-auch-immer war, der eine zweite folgte und womöglich eine dritte folgen wird, der Teil, der sie daran erinnert, dass sie bereits auf eine Vergangenheit zurückblicken und nicht mehr am Anfang stehen. Dass das nur das nächste Kapitel ihrer Geschichte ist.

Er geht zur Schwingtür, stößt sie ein Stück weit auf. »Kuchnje, dawai!«, ruft er und macht einen Schritt nach vorne. Die Tür stößt an seine Hüfte, aber anstatt ganz hindurch zu gehen, dreht er sich wieder um und kommt zu ihr zurück.

Meine Mutter lächelt. »Was wollten sie denn?«

»Meckern.« Seine Zähne schieben sich unter seiner Oberlippe hervor. »Das wollt ihr Deutschen doch immer.« Er lacht leise, verdreht wieder die Augen. »Das Essen ist zu kalt. Das Essen ist zu heiß. Warum braucht das Essen so lange, schnell, schnell, wir müssen heute noch Polen überfallen.« Er lässt die Fersen aneinander knallen, presst die Ellenbogen an die Seite.

Meine Mutter sieht, wie seine Oberlippe ganz nach oben springt, während er sich durchs Haar fährt, ja, tatsächlich, es sind keine Stoppeln mehr, sondern schon richtige Haare, die er sich von einer Seite zur anderen streicht, bevor er seine Hand plötzlich herauszieht und stattdessen auf ihren Rücken legt.

»Nichts für ungut«, sagt er und lacht noch lauter.

Meine Mutter senkt den Kopf. »Wie, äh, wie heißt das Gericht noch mal?«, fragt sie, um etwas zu sagen.

»Cozido à portuguesa«, sagt er, »ist das portugiesische Nationalgericht.« Die Augen meiner Mutter fahren über seine Wangen, die jetzt perfekt glatt rasiert sind, folgen seinen Mundwinkeln, die sich ganz langsam zurück in die Waagerechte bewegen.

»Ach wirklich?«, fragt sie.

Seine Hand rutscht ein wenig nach unten, aber er nimmt sie auch nicht weg, warum nimmt er seine Hand nicht weg?, bitte nimm die Hand nicht weg!

»Keine Ahnung«, sagt er, »wenn's nach Schnuckiputzi geht, ist jedes Essen auf der Karte das portugiesische Nationalgericht.«

»Nach wem?«, fragt meine Mutter und drückt die Wirbel nach hinten.

Alex' Oberlippe macht kehrt und klammert sich wieder an die Nase. »Nach dem Besitzer des Restaurants«, sagt er grinsend. »Irgendwann hat einer von uns angefangen, ihn Schnuckiputzi zu nennen. Weil er jeden Schnuckiputzi nennt, Männer, Frauen, Kinder, sogar sich selbst.« Er schenkt meiner Mutter nach, stellt die Flasche zurück auf den Tisch. »Er ist der einzige richtige Portugiese hier. Ist also niemand da, der es merken würde, wenn er Schmonzes erzählt.«

Meine Mutter überlegt sich, noch mal nachzufragen, aber da schiebt er schon von alleine »wenn er Blödsinn erzählt, mein ich« hinterher und fasst sich an die Stirn.

»Ah, ach so«, sagt sie. Nickt. Wartet darauf, dass er fortfährt. Aber stattdessen löst sich plötzlich sein Daumen von ihrem Rücken.

»Ist ja witzig, dass er der einzige Portugiese hier ist«, ruft sie schnell.

»Äh, ja.« Sein kleiner Finger zieht sich ebenfalls zurück. Der Stoff bleibt an ihrem Rücken kleben, während er seinen Körper zur Tür dreht.

»Aus welchen Ländern kommen denn die andern?«

Er zuckt die Schultern. »Alles Mögliche.«

»Und äh, wie kommst du dazu, hier zu arbeiten?«

Seine Zähne verschwinden wieder hinter den Lippen. »Irgendwo muss man ja arbeiten.«

Sie nickt eifrig, macht sich noch runder, aber auch der Buckel kann nicht verhindern, dass die verbliebenen drei Finger einer nach dem andern von ihr abfallen.

»Warst du schon mal in Portugal?«, fragt sie nervös.

»Nein, noch nie.« Seine freigewordene Hand verschwindet in der Hosentasche, während sein Blick über sie hinweggleitet und sich in die gegenüberliegende Wand bohrt.

Sie kramt in ihrem Kopf herum, durchforstet das ganze, blöde, in 27 Jahren angehäufte Wissen nach einer weiteren Frage, irgendeiner Bemerkung über Portugal, die sie machen könnte, über Restaurants, über Essen, ihretwegen sogar über Schweinefüße.

Aber zum Reden ist es zu spät.

Und das Schweigen besorgt schon er.

Stumpf starrt er geradeaus. Spielt an seiner Fliege herum. Sagt plötzlich: »Ist aber bestimmt schön da, am Strand.« Er bläst seine Oberlippe auf, schiebt die Luft von rechts nach links. »Ich vermisse das Meer.«

»Ich auch«, ruft meine Mutter.

»Bei uns zu Hause war ich den ganzen Sommer über am Wasser, bin mit meinen Freunden zu den Schiffen rausgeschwommen, hab bei den Docks geholfen.« Sein Kopf fällt zur Seite. »Früher war der Hafen von Odessa der wichtigste in der ganzen UdSSR, sogar die Tataren haben da schon gehandelt.«

Meine Mutter reißt die Augen auf. »Mein Vater war bei den Tataren in Gefangenschaft!«

Er dreht sich zu ihr. »Weißt du wo?«

»In Kasan«, ruft sie triumphierend.

Alex schüttelt den Kopf. »Das liegt bei den Wolgatataren. Bei uns waren die Krimtataren. Die haben nichts miteinander zu tun.« Er schaut über die Schulter zur Tür, während meine Mutter meinen Großvater verflucht. Hätte er sich denn nicht von den richtigen Tataren gefangennehmen lassen können? Es muss doch auch auf der Krim irgendwelche Lager gegeben haben, aber zu ihrer Überraschung sagt Alex: »Mein Onkel war auch in Gefangenschaft, bei den Deutschen.«

»Wirklich?«, ruft meine Mutter, ganz begeistert von diesem Krieg, an dem sie beide sich festhalten können.

»Ja«, fährt er fort, »aber nur ein, zwei Wochen. Dann haben sie alle Kommunisten und Juden erschossen.«

»Wirklich?«, fragt sie wieder, wenn auch jetzt etwas weniger euphorisch, »was war er denn? Kommunist oder Jude?«

»Beides«, sagt Alex.

»Ah«, sagt meine Mutter, »heißt das, du bist auch, äh, du gehörst auch, also, zur jüdischen Bevölkerung?«

Alex lacht wieder. »Ja, irgendwie schon. Zum Einwandern hat's mal gereicht.«

Meine Mutter sieht, wie er sich wieder zur Schwingtür dreht, überlegt sich schon, ihm die Geschichte von Mischa Sergewitsch, dem antisemitischen Menschenfreund, zu erzählen, als Schnuckiputzi angelaufen kommt.

»Schnuggibuudsi, was mahen mit meina Kellner?« ruft er, »was sollhe Gaste denkhe, wenne ganse Seit quatsche?« Er macht ein Gesicht wie ein Großvater, also natürlich nicht wie mein Großvater, eher wie einer von diesen im Schaukelstuhl sitzenden, Münzen aus den Ohren ziehenden, Werthers Echte verteilenden Großvätern.

»Dann nehme dein Freundin halt mit, dass muss nix esse ganse allein«, sagt er und schüttelt den Wuschelkopf über seine Gutmütigkeit.

Meine Mutter schaut zu Alex, wartet gespannt auf eine Veränderung seiner Mimik, auf ein Zucken, ein Lächeln, ein Runzeln, irgendwas, das sie positiv oder negativ werten könnte.

Aber er stellt nur die Pfanne auf seinen Unterarm, nimmt ihr Glas in die Hand, die Flasche unter den Arm, dreht sich nicht um, während meine Mutter unsicher aufsteht und, die Gabel in der schweißnassen Faust wie ein Kind einen Lutscher, hinter ihm hergeht. Erst als die Schwingtür hinter ihr zufällt, greift er plötzlich nach ihrem Arm und beugt sich zu ihr.

»Sag ihnen nicht, dass du verheiratet bist, ja?«, flüstert er.

Im Hintergrund hört man Geschirrklappern, sie hat Mühe, ihn überhaupt zu verstehen.

»Wem nicht sagen?«, fragt sie verwirrt.

»Den andern.« Er stopft sein Hemd in die Hose, schiebt den Gürtel in den Schlaufen herum.

»Klar«, sagt meine Mutter und nickt. Wartet darauf, dass er weitergeht. Aber stattdessen lässt er den Kopf nur noch tiefer sinken.

»Wieso denn nicht?«, fragt sie endlich.

Er schaut auf, das heißt, eigentlich schaut er natürlich noch immer zu ihr herab, aber tatsächlich fühlt es sich so an, als sei sie auf einmal die größere von beiden, während er den Mund öffnet, nach Worten sucht. »Nur so«, sagt er schließlich, »das brauchen die einfach nicht zu wissen.«

»Klar«, sagt meine Mutter wieder, auch wenn es ihr schwerfällt, ihre Freude über seine ungewohnte Verlegenheit zu verbergen.

Der Geruch gebratener Zwiebeln steigt ihr in die Nase, während sie ihm in die Küche folgt, an den Metalltischen entlanggeht, die genauso aussehen wie die, an denen sie in der Uni sezieren.

»Look what the cat dragged in«, hört sie jemanden rufen.

Sie sieht eine Kochmütze zwischen den Regalen aufblitzen, das schwarze Gesicht darunter. »The fucking neighbour is here!«

Ihr Blick fährt über die Töpfe hinweg, an den Bergen von Fleisch und Gemüse vorbei, bleibt an einem anderen Gesicht hängen, das ihr sofort bekannt vorkommt, auch wenn es einen Moment dauert, bis sie merkt, dass es das alte Mädchen ist, so anders sieht sie aus, ganz ohne Schminke, geradezu nackt, dabei hat sie diesmal im Vergleich zum letzen Mal richtig viel an. Weiße Hosen, weißer Kittel, weiße Haube, auch das wie im Krankenhaus. Nur vor dem Bauch trägt sie eine rotkarierte Schürze, die über und über mit Mehl bestäubt ist.

Ein asiatisch aussehender Junge, ebenfalls mit Fliege und Weste, drückt sich an meiner Mutter vorbei. Er blinzelt ihr zu, sagt irgendetwas, was für allgemeines Gelächter sorgt.

Das alte Mädchen zieht den Pfannenwender unter den Sardinen hervor, die vor ihr auf dem Herd brutzeln, hebt ihn in die Luft, als wolle sie ihn damit verprügeln, während sie irgendetwas kreischt, von dem meine Mutter wieder nur das »Sascha!« am Ende versteht. Alex ruft etwas zurück, aber auch diesmal hat seine Stimme nicht die geringste Ähnlichkeit mit der, die er für sie benutzt, so tief und laut und voll klingt sie.

Er geht zum Waschbecken und deutet auf einen Trittschemel daneben. Auf den Stufen zeichnen sich die Abdrücke unzähliger Schuhe ab.

Meine Mutter zieht ihr Kleid um den Po herum zusammen, lässt sich vorsichtig auf die Kante nieder. Von der Spülmaschine lächelt ihr eine ältere Frau zu, einen hellblauen Kittel auf den schmalen Schultern, wie ihn Klofrauen tragen, ein Haarnetz auf dem Kopf. Nur ihre Füße stecken in hochhackigen, goldenen Sandalen, deren über Kreuz geschnürte Riemchen ihr bis zu den Knien reichen.

Alex schiebt meiner Mutter die Pfanne auf den Schoß, stellt Glas und Flasche neben sie auf den Boden ab, wendet sich schon zum Gehen.

»Bleibst du nicht bei mir?«, ruft sie erschrocken.

Er hält in der Bewegung inne, schaut sie an, jetzt wieder von oben herab und diesmal wirklich von oben herab, mehr von oben herab geht gar nicht. Seine Augen laufen auseinander wie Eidotter.

»Willst du denn, dass ich bleibe?«, fragt er ganz ruhig, als sei das tatsächlich eine Frage.

Die Oberschenkel meiner Mutter werden warm unter der Pfanne. Sie krallt sich am Sitz fest, hat wieder das Gefühl, getestet zu werden, eine Situation, die sie, die ewige Einserschülerin, ja sonst eigentlich durchaus genießt. Aber anders als in der Schule oder an der Uni oder auch einfach nur bei meinem Großvater hat sie diesmal nicht die leiseste Ahnung, welche Antwort von ihr erwartet wird.

»Ja«, sagt sie endlich.

Alex nickt zufrieden. »Gut, dann bleibe ich.«

Er murmelt etwas zum Waschbecken hin. Die Frau mit den Riemchensandalen taucht hinter einem Regal ab, kommt mit einem dunkelblauen Putzeimer zurück. Er nimmt ihn ihr ab und stellt ihn kopfüber neben den Trittschemel. Das Plastik ächzt, als er sich setzt.

So leicht ist das also, ich muss einfach nur sagen, was ich will, und schon bekomme ich es, denkt meine Mutter verblüfft, während er über sie hinweg in die Pfanne greift.

Ein Stück Blutwurst verschwindet zwischen seinen Lippen, über die ein fast spitzbübisches, nein, nicht fast, über die ein extrem spitzbübisches, aber das Wort passt so gar nicht zu ihm, ein schelmisches, listiges, vielleicht auch einfach nur ein böses Lächeln huscht. »Iss!«, sagt er.

Meine Mutter beugt sich nach vorne, merkt erst jetzt, dass ihr irgendwo unterwegs die Gabel abhandengekommen ist. Ihr Blick fährt suchend umher, während sie versucht, sich den Weg vom Tisch bis hierher ins Gedächtnis zu rufen, sie hat doch gar nichts angefasst, oder doch?, hat sie sie etwa gar nicht mitgenommen? Aber es gelingt ihr nicht, sich in die Vergangenheit zu denken, selbst die zwei, drei Minuten zurück scheinen unerreichbar, so riesengroß türmt sich die Gegenwart vor ihr auf, zieht alle Aufmerksamkeit auf sich, sodass sie endlich aufgibt und ebenfalls mit Daumen und Zeigefinger in die Pfanne piekt.

Er grinst vergnügt, während er mit vollen Backen kaut. Seine Hand kommt auf sie zu, streift, vielleicht, vielleicht auch nicht, vielleicht doch ihr Knie, packt dann aber doch die Flasche und schenkt ihr wieder ein.

Meine Mutter setzt das Glas an die Lippen, leert es in einem Zug. Sie hört etwas zu Boden fallen, dann die Stimme der alten Frau.

»Sie heißt dich willkommen«, sagt er.

Meine Mutter schaut zu dem Kittel. »Ist sie die Besitzerin des Restaurants?«

Alex stößt die Luft durch die Nase. »Nein, das nun wirklich nicht, sie macht nur den Abwasch.« Seine Finger schieben sich halb über den Mund. »Früher war sie Tänzerin, lang, lang ist's her, aber sie glaubt noch immer, dass jeden Moment einer durch die Tür kommt und sie zurück auf die Bühne holt.« Er hebt den Kopf, seine Wangenknochen drücken sich durch die glatte Haut. »Stimmt's, Nadja?«

Meine Mutter folgt seinem Blick, sieht, wie sich der Mund der alten Frau wie eine verwelkte Rose kräuselt.

»Das mag sie gar nicht, unsere Nadja, wenn man über sie redet und sie einen nicht versteht, hab ich recht?«, ruft er und nickt ihr zu.

Die alte Frau ruft etwas zurück. Ihre Stimme überschlägt sich, so schnell redet sie. Es ratscht und knackt und knistert, als würde jemand ein Bündel Reisig abfackeln. Oder vielleicht brennt auch wirklich irgendwo etwas, so genau kann meine Mutter das nicht sagen. Die Bilder und Geräusche kommen mit unterschiedlicher Geschwindigkeit bei ihr an, die einen rasend schnell, die anderen mit sekundenlanger Verspätung. Dann sieht sie die alte Frau auf sich zukommen, die goldenen Sandalen direkt voreinander setzend, als balanciere sie auf einem Seil, bis sie endlich direkt vor meiner Mutter stehenbleibt und graziös die Hand ausstreckt.

»Nadeschda Andrejewna Ponomarjow«, sagt sie feierlich, als rufe sie gerade einen Staat aus. Sie legt die aufgescheuerten Fingerkuppen in die Hand meiner Mutter, holt Luft, bevor sie weiterspricht. Aber diesmal klingt es angestrengt, als bereite es ihr große Mühe, die Laute aus ihrem Rachen an die Oberfläche zu drücken: »Nix glauben alle, was sagen Sanja.« Sie setzt den Zeigefinger an die Schläfe und dreht ihn hin und her, als wolle sie ein Loch hineinbohren.

Alex steht auf und legt den Arm um die Kittelhüfte. »Ich hab ihr nur erzählt, was für eine große Tänzerin sie vor sich hat«, sagt er, und das scheint die alte Frau zu verstehen. Als müsse sie eine Horde Fotografen abwehren, streckt sie die Handflächen aus, winkt ab, deutet endlich doch eine kokette Verbeugung an. Sie fasst sich an den Hals, braucht eine Weile, bis sie bereit ist, sich von ihren imaginären Bewunderern ab- und stattdessen wieder meiner Mutter zuzuwenden. »Wie lange, du und Sanja schon?«, fragt sie und zeigt von einem zum andern.

Meine Mutter folgt ihrer Hand, die sogar noch mitgenommener aussieht, als sie sich anfühlt. Einen Augenblick ist sie fast neidisch auf Nadjas Sprachlücken, in denen das, was sie und Alex sind, einfach verschwindet.

Wie schön muss es sein, wenn einem die Worte schlichtweg fehlen, wenn man sich mit einem kurzen Fingerzeig begnügen darf, schießt es ihr durch den Kopf, während sie nach einer Antwort sucht.

Aber Alex kommt ihr zuvor. Keine Sekunde muss er nachdenken, bevor die dunklen Laute aus seinem Mund rollen, drei Silben, vielleicht vier, als brauche es nicht mehr, um alles zu erklären.

Nadja nickt. Fast wirkt sie beeindruckt, wie sie so die Unterlippe nach vorne schiebt und sich erneut zu meiner Mutter dreht. »Und wie ihr treffen?«

Der Putzeimer quietscht wieder.

Meine Mutter wirft Alex einen fragenden Blick zu, aber diesmal macht er keinerlei Anstalten, ihr beizuspringen. Halb erwartungsvoll, halb vergnügt sieht er sie an und stützt das Kinn in die Hand, während meine Mutter an ihren Nagelhäutchen zupft.

»Bei der Arbeit«, sagt sie endlich, warum weiß sie selbst nicht, vielleicht, weil sich die Katzenaugen in der U-Bahn jeder halbwegs sinnvollen Erzählung widersetzen. Vielleicht, weil sie fürchtet, eine ehrliche Antwort könne sofort andere ehrliche Antworten nach sich ziehen wie eine Laufmasche. Vielleicht, weil ihr das Lügen schlichtweg zur Gewohnheit geworden ist.

Nadja runzelt die Stirn. »Hier?«

»Nein, äh, bei meiner Arbeit«, sagt meine Mutter.

»Ah, was dein Arbeit?«

Meine Mutter denkt an den Laden, an die Uni. Aber beide Orte passen so wenig zu Alex, dass ihr beim besten Willen kein glaubhaftes Kennenlern-Szenario einfällt.

»Frisöse«, stammelt sie endlich, »ich bin Frisöse.«

Die alte Frau schaut sie verständnislos an, dreht sich zu Alex. Aber dessen Augen bleiben nur amüsiert auf meiner Mutter liegen.

Sie fasst sich an den Kopf, nimmt eine Strähne zwischen Zeige- und Mittelfinger und klappt sie wie eine Schere auf und zu. »Ich äh, ich hab ihm die Haare geschnitten und, also, dabei sind wir ins Quatschen gekommen.« Ihr Daumennagel stößt gegen ihre Stirn.

Sie schaut zu Alex, dessen Haare nicht im geringsten einen Schnitt vermuten lassen, geschweige denn die traurigen Fädchen auf ihrem eigenen Kopf. Dann fallen ihr plötzlich Dima und das alte Mädchen ein, der schwarze Koch, die sie alle oben in seiner Wohnung gesehen haben.

»Und zufällig wohnen wir auch noch im selben Haus!«, schiebt sie mit trockenem Mund hinterher, kann kaum glauben, wie dilettantisch sie sich plötzlich anstellt.

Aber Nadja klatscht begeistert in die Hände. Irgendetwas rufend fasst sie sich in den Nacken und zieht das Haarnetz vom Kopf, unter dem dicke, blondgraue Locken hervorkommen.

»Sie will, dass du ihr auch die Haare schneidest«, übersetzt Alex, und, während ihm Nadja ungeduldig auf den Oberarm trommelt, »wie die von Jane Fonda.«

»Kann du?«, fragt Nadja. Sie greift nach der Hand meiner Mutter und legt sie sich auf den Kopf, wartet, bis die zögerlich die Finger durch das Haar streichen lässt, das sich unendlich viel kräftiger anfühlt als ihres, fast wie Pferdehaar. Sie kämmt den Scheitel von der einen zur andern Seite, versucht möglichst fachmännisch dabei auszusehen, als plötzlich Dima angerannt kommt.

Er reißt die Arme in die Luft, sodass er wirklich wie ein Riese aussieht, beginnt auf Alex oder auf Nadja oder auf beide einzubrüllen. Aber die Einzige, die sich schuldbewusst unter seinen Worten wegduckt, ist meine Mutter.

Alex grummelt etwas, so leise, dass sie nicht mal sagen kann, ob es deutsch oder russisch ist. Er hebt den Putzeimer auf und gibt ihn Nadja, nimmt meiner Mutter die Pfanne vom Schoß, die auf einmal leer ist.

»Ich muss mal wieder ran.« Den Fuß schon am Trittschemel, wartet er, dass sie sich ebenfalls erhebt, schubst ihn ins Eck. Dann läuft er hinter Dima her zur Tür.

Meine Mutter sieht ihm nach, hält sich an einem der Metalltische fest, während sich die Küche vor ihren Augen auf den Kopf dreht. Die Obstkisten laufen auseinander wie eine Kreidezeichnung im Regen. Etwas stößt gegen ihre Schulter. Der asiatische Junge schiebt sich an ihr vorbei, so mit Geschirr vollgepackt, dass er dahinter kaum zu sehen ist. Eine Serviette fällt zu Boden, während der Turm auf seinen Armen ins Schwanken gerät.

Meine Mutter springt herbei und stützt die Teller von der Seite ab, läuft neben dem Jungen her, bis er seine Last stöhnend auf die Ablage hievt.

»Sbasiba«, sagt er und wischt sich den Schweiß mit dem Handrücken ab.

Meine Mutter lächelt, glücklich, dass sie wenigstens dieses Wort versteht, bevor sie eilig beginnt, das Geschirr in die Spülmaschine zu räumen, nicht, dass ihr noch einfällt, von wem sie es gelernt hat.

In ihrem Rücken hört sie Nadja protestieren.

»Nicht der Rede wert«, sagt meine Mutter und legt sogar noch einen Zacken zu, lädt die erste Reihe voll, ist schon an der zweiten, als Nadjas Arme zwischen ihre fahren und sie unnachgiebig beiseiteschieben, sodass meine Mutter endlich selbst das saubere Geschirr sieht, das noch immer im unteren Schieber steht.

Und sofort wieder blutrot anläuft.

»Nix schlimm«, ruft Nadja. Mit drei Handgriffen dreht sie ihre Locken zu einer Kordel, dann zu einem Dutt und zerrt das Haarnetz darüber. Sie nimmt einen Bierkrug aus der Maschine, wischt die Soße ab, kickt mit der Sandalenspitze einen Mülleimer nach hinten. »Da. Du. Dreck«, sagt sie.

Meine Mutter nimmt einen Teller vom Stapel und kratzt die Essensreste in die Tüte. Aus den Augenwinkeln sieht sie, wie Nadja dem Jungen vier, fünf, sechs, geht noch einer?, sieben Krüge in die Hände drückt, wie er an ihr vorbei zu einer Theke läuft, an etwas herumfummelt, was wohl ein Zapfhahn ist, bevor er mit den vollen Gläsern wieder hinausrennt.

»Atenção«, hört sie jemanden rufen, während sie den Oberkörper so weit wie möglich nach hinten biegt. Aber die Tür zum Restaurant fällt so schnell zu, dass sie nichts dahinter erkennen kann.

Sie stellt den Teller vorsichtig in, nein, dann doch lieber neben die Spüle, greift nach dem nächsten, während ihr Kopf immer wieder über ihre Schulter springt.

Nadja lächelt wieder. »Komm Schura gleich«, sagt sie.

Meine Mutter schaut sie verwirrt an.

»Komm Schura gleich«, sagt Nadja noch mal lauter.

Meine Mutter schüttelt entschuldigend den Kopf. »Wer kommt?«, fragt sie und, noch viel entschuldigender zu mir, mal wieder die Schamprioritäten verkennend, »ich hatte halt doch schon einiges getrunken.«

Nadja reckt den Kopf nach vorne, wie eine Schildkröte, die unter ihrem Panzer hervorschaut. »Komm Schura gleich!«, ruft sie zum dritten Mal, als sei es eine Frage der Lautstärke. Sie schaut meine Mutter an, schlägt sich plötzlich mit der flachen Hand gegen den Schädel. »Alexander!«, ruft sie und schüttelt den Kopf, ob jetzt über ihre eigene Begriffsstutzigkeit oder die meiner Mutter, »komm Alexander gleich.«

»Ach so, Alex«, sagt meine Mutter, und »danke.«

Nadja beugt sich zu ihr und stupst sie in die Seite. »Ist gut Mann, Alexander, viel klug.« Sie setzt den Zeigefinger an die Schläfe, genau wie vorhin, auch wenn sie jetzt offenbar das Gegenteil meint.

Dima stürzt wieder herein. Diesmal beginnt er schon an der Tür mit dem Schreien. Er lässt die Bierkrüge in seinen Händen neben die Spüle donnern, fuchtelt wie wild herum. Meine Mutter macht einen Schritt nach hinten. Aber natürlich muss Dima genau dahin. Rüde schubst er sie beiseite, zieht das letzte verbliebene Glas aus dem Regal und hält es in die Luft, als präsentiere er das entscheidende Beweisstück der Anklage, woraufhin nun auch Nadja in sein Geschrei miteinstimmt, nein besser: sein Geschrei übertrifft.

Nicht nur was die Lautstärke betrifft, sondern allem Anschein nach auch den Inhalt. Obwohl meine Mutter natürlich kein Wort versteht. Aber auch so bemerkt sie die nur von Schnauben gefüllte Kluft, die jedesmal hinter Nadjas Worten aufreißt, bevor Dima mit sekundenlanger Verspätung ein paar eigene einfallen, sieht, wie sich Nadjas Glieder strecken, als würde ihr Kopf von einer unsichtbaren Schnur nach oben gezogen, nur um beim ersten Luftholen Dimas augenblicklich die nächste Salve auf ihn abzufeuern, bis er plötzlich herumfährt.

Er packt die schmutzigen Gläser, die er gerade erst abgestellt hat, rennt zum Zapfhahn.

»Viel Mensche, wenig Glas«, raunt Nadja meiner Mutter zu, während die mit Entsetzen sieht, wie Dima die alten Krüge mit frischem Bier füllt.

Seine Finger schnipsen in die Luft. »Caneca! Schnell!«, kreischt er und versucht wohl, in ihre Richtung zu nicken, auch wenn er mit seinem nach vorne stoßenden Kopf eher an einen tobenden Bullen erinnert.

Sie glotzt zurück, braucht einen Moment, bis sie versteht und die Gläser, die Nadja gerade erst eingeräumt hat, wieder aus der Spülmaschine zieht und damit zur Theke läuft. Dima reißt sie ihr aus der Hand, schubst sie, also die Gläser, aber doch genauso rüde wie eben noch meine Mutter, unter den Zapfhahn. Der Schaum rinnt über seine Hand, während er eines nach dem andern volllaufen lässt und zu ihr nach hinten reicht. Ihre Arme werden schwer, beginnen zu zittern, und dann sieht sie plötzlich Alex, ausnahmsweise auch mal ein bisschen rot, eine Glasplatte mit einer ausgeschlachteten Melone auf dem Arm. »Kuchnje, dawai!«, ruft er wieder und diesmal so tief, dass meine Mutter es bis in die Magengrube spürt.

Er lässt die Platte auf die Theke knallen und nimmt meiner Mutter die Gläser ab, als falle ihm gar nichts Besonderes auf, als stünde sie jeden Abend hier und helfe mit den Getränken, redet über ihren Kopf hinweg mit Dima, der sofort erneut zu schreien beginnt.

»Ja, ja, ist ja gut«, murrt Alex und lässt sich noch mehr in die Hände drücken, bevor er wieder losläuft.

Meine Mutter schüttelt die Arme aus, knetet ihre Handgelenke, während er die Tür aufstößt, etwas zu einem anderen Mann mit Kochmütze sagt, sich plötzlich doch wieder umdreht und zurückkommt.

Sie springt zur Seite, will ihm den Weg frei machen.

Aber diesmal steuert er direkt auf sie zu.

»Wir haben gerade eine riesen Gruppe reingekriegt, bisschen stressig deshalb«, sagt er und macht ein Gesicht, das man, wenn man sich sehr anstrengt, als entschuldigend interpretieren kann.

»Kein Problem«, antwortet meine Mutter, »ich mach mich hier schon nützlich.«

»Das seh ich.« Er schnalzt mit der Zunge, spreizt den kleinen Finger ein wenig ab und bedeutet ihr, sich ein Bier zu nehmen.

Sie zieht einen der Henkel von seinem Fingerknochen, hält den Krug nach oben. »Nastrowje«, sagt sie.

Alex lacht laut. »Prost.« Er schüttelt den Kopf, sodass ein wenig Bier auf seine Hände schwappt. Dann rennt er wieder los.

Nadja winkt meine Mutter wieder zu sich, klimpert mit dem Geschirr im Spülwasser. »Ist mehr schnell mit Hände!«, sagt sie und reicht ihr ein schaumiges Weinglas.

Meine Mutter hebt das Handtuch vom Boden, auf das Nadja mit der Sandalenspitze deutet, sucht nach einem freien Fleckchen, auf dem sie ihren Krug abstellen kann. Der Raum saugt sich mit dem scharfen Zitronengeruch des Spülmittels voll, als ihr plötzlich wieder schwindelig wird. Und dann auch übel. Die Schweinsohren drängen zurück nach oben, schwappen hin und her, als wollten sie Anlauf nehmen vor dem Sprung in die Freiheit.

Sie schaut zu Nadja, sieht erstaunt, wie sich das zierliche Gesicht wie eine Spirale um sich selbst dreht, als würde es in einen Strudel gerissen. Ihre Augen kippen zur Seite, versinken im Mund, der plötzlich »Astaroschna!« schreit. Dann spürt sie die rauen Hände, die ihr Wasser auf die Wangen klatschen, sie nach oben stemmen. Oder vielleicht ist es auch andersrum. Vielleicht kommt erst das Stemmen und dann das Klatschen. Sie hält sich am Waschbecken fest, spürt die Kühle, die durch ihren Körper strömt.

»So gut«, sagt Nadja.

Meine Mutter fährt sich über die Augen, vor denen sich Nadjas Gesicht ganz langsam aufdröselt und zurück in den Rahmen sackt.

»Danke«, sagt sie und greift wieder nach dem Handtuch. Nadja streicht ihr über den Kopf, versucht ihr irgendwas zu erklären. Oder vielleicht auch sich selbst. Zumindest unternimmt sie keinen Versuch, etwas von dem, was sie sagt, zu übersetzen. Als sei es ihr völlig egal, dass meine Mutter kein Wort versteht, redet sie stur auf Russisch weiter, zeigt zur Tür, zum Himmel, auf sich, auf meine Mutter, während sie ihr ein Glas nach dem andern reicht, sich endlich wieder an ihr Haarnetz fasst und irgendetwas ruft.

Meine Mutter schaut sie ratlos an.

»Du gut Haareschneider?«, fragt Nadja, jetzt offenbar doch wieder gewillt, es mit Deutsch zu versuchen.

»Frisöse«, sagt meine Mutter, und, vielleicht weil sie dann doch ein bisschen Angst kriegt, Nadja könne mit der Verwandlung in Jane Fonda sofort beginnen wollen, »ich, äh, ich bin eigentlich noch in der Ausbildung.«

»Schul?«

»Ja, noch ein paar Monate.«

»Ah, ich denke, du Profi!«, sagt Nadja und nimmt die Hand aus ihren Haaren.

»Ja, aber, also ich hab schon jede Menge Preise gewonnen«, ruft meine Mutter, genetisch einfach nicht dazu in der Lage, sich den Stempel des Laien aufdrücken zu lassen. Sie hält das Glas, das sie gerade abtrocknet, über den Kopf und stößt es wie einen Pokal in die Luft, »win, win!«

»Tschimpjoon?«, fragt Nadja unsicher.

»Ja, Champion«, ruft meine Mutter erfreut und wackelt noch mehr mit dem Glas.

»So ... du gut?«, fragt Nadja.

»Ja, ich gut.« Meine Mutter nickt.

»Früher ich auch Tschimpjoon, ich Tänzerin, Alexander erzählen, stimmt?« Die goldenen Sandalen bewegen sich hin und her.

»Ja, das hat er erzählt«, sagt meine Mutter.

Nadja nickt zufrieden. »Ich groß Tänzerin, viele Tschimpjoon!« Ihre Hände legen sich auf ihr Herz. »In Russland, ich Star. Ich immer gut, immer lache.« Sie schüttelt den Kopf. »Deutschland, nix gut. Viel traurig.«

»Ach«, sagt meine Mutter, und weil Nadja nicht weiterspricht: »Wann waren Sie denn das letzte Mal zu Hause?« Sie zeigt in die Ferne. »Wann, äh, Familie? Besuchen?

»Oh«, Nadja schüttelt den Kopf, »ich nix Familie viel lang. Viel teuer. Wenn du Hause, du bring Geschenk. Viel Geschenk. Ich nix Geld, so nix Hause.« Einen winzigen Moment lang scheint sich ihr Gesicht zu verdunkeln, aber sofort lacht sie wieder los. »Du auch tanzen?« Ohne eine Antwort abzuwarten, greift sie nach der Hand meiner Mutter und zieht sie mit sich im Kreis, beginnt irgendetwas zu singen.

»Nicht doch!«, ruft meine Mutter. Aber das Regal fliegt schon an ihr vorbei, der Zapfhahn, dann das alte Mädchen. Ihr Körper versteift sich, driftet ungelenk von einer Seite zur andern, bis sie plötzlich gegen etwas Hartes stößt. Die Tassen in ihrem Rücken klappern. Aus der Küche schallt Gelächter.

Durch die Flecken vor ihren Augen sieht sie, wie Nadja zurück zum Becken geht, die Hände ins Wasser steckt. Der Po unter dem Kittel schwingt hin und her, während sie wieder die Melodie von eben zu singen beginnt.

Meine Mutter drückt sich vom Regal ab, lässt sich eine Schüssel geben. Den Bauch fest an die Armaturen gedrückt, damit sie nicht wieder umfällt, trocknet sie Stück für Stück ab, sortiert das Besteck in die Fächer ein, die Nadja ihr zeigt. Erst als die sie an der Hüfte berührt und »nicht Bimi! Lju-bli-mi!« ruft, merkt meine Mutter, dass sie mitsingt.

»Ljublimi«, spricht meine Mutter ihr nach.

»Iiiii«, macht Nadja und drückt den Ton so weit an den Gaumen, dass meine Mutter bei dem Versuch, es ihr nachzutun, unwillkürlich zu gähnen beginnt. Sie schlägt sich auf den Mund, lächelt verlegen, beginnt dann aber doch erneut zu singen, während Nadja im Takt mit dem Fuß auf den Boden stapft.

»Von was handelt das Lied denn?«, fragt meine Mutter endlich, schon ganz atemlos, und greift wieder nach ihrem Bierkrug.

Nadja schaut sie fragend an.

»Um was das Lied geht«, wiederholt meine Mutter, »story?«

»Ah«, sagt Nadja, »ljubos«, sie drückt wieder die Handflächen auf die Brust und wiegt sich hin und her, scheint sich plötzlich zu erinnern, »Lieb!«

»Ah«, sagt meine Mutter.

»Ja, ja, Lieb«, fährt Nadja fort. »Frau sage zu Mann: Bitte, bitte lieb du mir. Kann du sein böse Mann, kann du«, sie holt mit dem Arm aus, schlägt sich selbst auf die Schulter, »kann du mir mache bumm bumm, kann du mache was du wolle, bitte nur mir lieb.«

Meine Mutter runzelt die Stirn. »Wie traurig.«

»Nix traurig«, ruft Nadja. »Ist Lieb gut, auch schlimm Lieb. Schlimm Lieb mehr gut nix Lieb. Nix Lieb, nix Leb«, sie schüttelt heftig den Kopf, »versteh?«

Meine Mutter nickt, was Nadja offenbar als Zuspruch interpretiert. Zumindest nickt sie ihr mal ebenfalls zu.

»Nix Lieb, nix Mensch«, sie klopft auf die Spülmaschine, »nur maschinka, versteh? Ich viel Lieb. Viele Mann. Gute Mann, schlechte Mann, aber immer Lieb.« Sie lächelt versonnen, berührt meine Mutter am Arm. »Du mit Schura, Lieb?«

Meine Mutter schaut zur Seite. Sie hebt den Krug vors Gesicht, behält den Schluck in ihrem Mund, während Nadja noch mal »Alexander mit du, auch Lieb?« fragt und sich dabei heftig über die Brust reibt.

Meine Mutter wischt sich den Schaum vom Mund, zieht die Schultern nach oben, als würde sie nichts verstehen. Aber Nadja beginnt schon zu lächeln. Fast zärtlich fährt sie meiner Mutter über den Rücken und zwinkert ihr zu, drückt ihr endlich ein paar Töpfe in die Hände.

»Du. Kuchnje«, sagt sie.

»In die Küche soll ich das bringen?«, fragt meine Mutter.

»Da, da, Kuchnje«, sagt Nadja, »brauch neu Topf.«

Meine Mutter geht auf den Herd zu, sieht Schnuckiputzi, der sich über eine mannsgroße Pfanne beugt.

»Sal!«, ruft er und kramt zwischen den Gewürzen über dem Herd herum.

Der Schwarze kommt angelaufen. Da sei schon genug Salz drin, ruft er auf Portugiesisch, was ich jetzt leider so nicht wiedergeben kann, denn anders als meine Mutter spreche ich keine vier, fünf oder sonst wie viele Sprachen, »obwohl«, wie sie in solchen Momenten zu sagen pflegte, obwohl sie mit mir ja genauso wie meine Großeltern mit ihr in der Weltgeschichte herumgereist sei, sodass ich durchaus die Gelegenheit gehabt hätte, etwas aufzuschnappen, »aber da haben wohl die Gene deines Vaters reingepfuscht.«

Meine Mutter hingegen versteht natürlich alles.

»Hurenscheiße«, schreit Schnuckiputzi, »so fad wie das ist, essen es nicht mal die Schweine!«

»Schwanz, was mischst du dich ein? Das ist meine Küche!«, antwortet der Schwarze.

»Deine Küche? Du kannst froh sein, wenn ich dich nicht sofort rauswerfe für diesen Fraß!«

»Mach doch, mehr Geld als du Schwuchtel mir zahlst, krieg ich überall!«

»Ach geh doch Affen kämmen!«, brüllt Schnuckiputzi.

»Arschgesicht, geh *du* doch Affen kämmen!«, erwidert der Schwarze (wie man, zumindest laut meiner Mutter, eben so auf Portugiesisch flucht).

Schüchtern tritt sie näher, streckt die Töpfe von sich. »Ich soll Ihnen die bringen«, sagt sie, also, wirklich auf Deutsch, denn so viel Verstand ist anscheinend noch da, dass sie weiß, dass sie selbigen lieber nicht raushängen lassen sollte.

Schnuckiputzi schaut überrascht auf.

»Schnuggibuudsi, biste du noch hier?«, ruft er, und: »Hat geschmegd?«

Meine Mutter nickt, hebt wieder die Arme.

Der Schwarze runzelt die Stirn. Misstrauisch nimmt er ihr die Töpfe ab, schiebt sie unter den Herd.

»Wo ist Alexandre?«, fährt Schnuckiputzi fort, »hat gelasst dia gans allein?« Bevor meine Mutter weiß, wie ihr geschieht, hat er sie am Arm gepackt und mit sich ins Restaurant gezogen, das zu ihrer Überraschung fast leer ist. Die Gäste sind verschwunden, nur die Kellner laufen noch umher, ziehen die Tischdecken ab.

»Schnuggibuudsi!«, ruft Schnuckiputzi und läuft zielstrebig ins hintere Eck, »musst du passhe auf, sonst Schnuggibuudsi nehm nah Haus dein klein Freundin!« Er wackelt wieder mit den Hüften, stößt meine Mutter in Alex' Arme.

»Hallo«, sagt sie und schaut verlegen auf.

»Hallo«, sagt auch er. Er schiebt sie von sich, geht zum nächsten Tisch.

Meine Mutter läuft ihm nach. »Du hast doch gesagt, es wär so viel los«, sagt sie und streicht sich die Haare hinter die Ohren.

»War ja auch.« Er reißt das Tischtuch nach oben.

Meine Mutter schaut sich um. »Wo sind die denn alle so schnell hin?«

Wieder huscht dieses spitzbübische Lächeln über sein Gesicht. »Das ist fast drei Stunden her.«

Meine Mutter reibt sich über die Stirn. »Aber warum kochen die denn dann noch so viel?«

»Das ist für uns«, antwortet er und knäult den Stoff zusammen, »wir müssen ja auch irgendwann was essen.« Er geht zur Bar, die vielleicht doch keine Bar ist, warum sollten sie denn sonst die Getränke den ganzen Weg aus der Küche holen, holt auf jeden Fall einen Packen sauberer Tischtücher von da. Er faltet eines auseinander, dreht sich plötzlich um.

Das alte Mädchen steht in der Tür. »Sascha!«, ruft sie. Er macht eine abweisende Handbewegung, breitet das Tischtuch aus.

Meine Mutter zupft die Ecken gerade. »Wie viele Namen hast du eigentlich?«

»Keine Ahnung.« Er legt den Kopf in den Nacken, scheint tatsächlich einen Moment über die Frage nachzudenken. »Meine

Mutter hat mich *Aljoscha* genannt, mein Opa *Senderl*, die meisten Freunde sagen *Sascha* oder *Schura*, manchmal *Sanja, Sanjok, Saschok, Sanjetschka*«, er zuckt die Schultern, »ich bin für jeden ein anderer.«

»*Alex* hast du vergessen«, sagt meine Mutter.

Er schüttelt den Kopf. »Nein, Alex nennt mich niemand.« Er fährt über das Tischtuch, streicht eine Falte von der Mitte aus auf die Kante zu, sodass es aussieht, als würden seine Finger eine Welle vor sich hertreiben. »Also, die Deutschen halt«, schiebt er hinterher, als stünde das zu der vorherigen Aussage aber auch nicht wirklich im Widerspruch.

Meine Mutter presst den Daumen um die restlichen Finger, fragt sich mal wieder, ob er sie ganz bewusst beleidigt oder ob er diese Kränkung einfach so absondert, wie Schweiß oder Hautschüppchen.

Der Schwarze kommt angerannt, die riesige Pfanne von eben vor sich hertragend. Er lässt die Henkel aus den Topflappen gleiten, sieht meine Mutter gleich wieder stirnrunzelnd an.

»You eat too?«, fragt er.

Meine Mutter schüttelt den Kopf.

»Claro du esse mit uns!«, ruft Schnuckiputzi, der plötzlich wieder direkt hinter ihr steht.

»Ich hab doch schon«, wehrt sich meine Mutter. Sie macht einen Schritt zur Seite, versucht sich an ihm vorbeizuschieben, wenigstens an ihm vorbeizusehen, aber er drückt sie unnachgiebig auf einen Stuhl.

»So wie du schauhe aus, vertrage auh zwei Male.« Er schöpft ihr etwas auf den Teller, das tatsächlich das gleiche Rind-Wurst-Schweinefüße-Durcheinander zu sein scheint wie vorhin, bleibt, die Finger wie die Fangarme einer Krake um ihr Schulterblatt gekrallt, hinter ihr stehen und ruft den nach und nach ankommenden Kellnern Lob, Tadel und Warnung zu, wie ein Trainer nach dem Spiel, warst du gut heute, Schnuggibuudsi, musst du morge mehr anstrenge, Schnuggibuudsi, hör du Schnuggibuudsi, sonst Schnuggibuudsi komm und zeige wie geht! Das alte Mädchen schubst den drohend in die Luft gereckten Zeigefinger beiseite und stellt ein Backblech auf den Tisch, auf dem so etwas wie eine Pizza liegt. Meine Mutter sieht die dunkle Kruste, den Käse darauf, schmeckt plötzlich den weichen Teig zwischen ihren Zähnen, auch wenn sie keine Ahnung hat, wie der da hingekommen ist. Die Krakenarme bohren sich noch tiefer in ihr Fleisch, während sie mühsam den Kopf dreht, sich hin und her biegt. Aber statt Alex' schieben sich nur Dimas winzige Äuglein ins Bild. Er lässt sich auf den Stuhl zu ihrer Rechten fallen, zieht die Fliege aus dem Kragen und steckt sie in seine Brusttasche. Ein anderer Kellner setzt sich neben ihn. Er zündet sich eine Zigarette an, lässt sie zwischen den Lippen zappeln, während er seinen Teller füllt. Dann reicht er sie weiter zu Dima und beginnt selbst zu schaufeln. Wie eine Glocke stülpt sich der Qualm über den Tisch, an dem es immer voller wird.

Nur der Platz zu ihrer Linken ist noch frei.

Nadja stolziert durch den Raum, den blauen Kittel halb aufgeknöpft, sodass das Spitzenunterhemd darunter zu sehen ist.

Meine Mutter schaut zu dem asiatischen Jungen, der vielleicht doch schon ein Mann ist, hört, wie er sich mit seinem Sitznachbarn in einer Sprache unterhält, von der sie erst nach mehreren Minuten merkt, dass es wohl Deutsch sein soll, während der Schwarze und Schnuckiputzi, der sie jetzt wohl doch losgelassen und sich irgendwohin gesetzt hat, einander wieder auf Portugiesisch ankeifen.

»Und? Schmeckt's?« Die schwarze Hand legt sich auf die Schulter des alten Mädchens, das gelangweilt in einer russischen Zeitschrift blättert.

Schnuckiputzi stöhnt. »Was glaubst du denn?«

»Also nicht?«

»Geht so.«

»Dafür schlingst du aber ganz schön!«, ruft der Schwarze und klopft auf die pralle Trommel unter Schnuckiputzis Hemd.

Meine Mutter hört zu, wie die beiden von der Verunglimpfung des Essens zur Verunglimpfung des jeweiligen Äußeren, zu dem der jeweiligen Mutter, Schwester, Ehefrau wechseln, glaubt zu verstehen, dass es sich bei Letzterer im Falle des Schwarzen wohl nicht um das alte Mädchen, sondern um irgendeine »Missgestalt« handelt, die zu Hause, wo auch immer das nun ist, mit den verunstalteten Bälgern auf ihn wartet, während er hier »rumfickt« (wobei ich mich rückblickend frage, wo meine Mutter, ich meine *meine Mutter* bitte solche Worte gelernt haben will, aber was die Übersetzung betrifft, muss ich mich wie gesagt auf sie verlassen). Sie hört also zu, könnte sich fast ein wenig amüsieren, wenn sie nur endlich wüsste, wo denn auf einmal Alex ist.

Aber von dem ist nichts zu sehen.

Der asiatische Junge oder Mann steht auf, kommt mit einer Flasche zurück. Schnapsgläser werden gefüllt, wandern von Hand zu Hand.

»Da! Ist gut!«, ruft Nadja und presst meiner Mutter ein Glas in die Hand, lässt nicht los, bis sie es an die Lippen setzt. Der Wodka, wenn es denn Wodka ist, meine Mutter wüsste ja nicht mal die Farbe, geschweige denn den Geschmack zu bestimmen, brennt in ihrem Hals.

»Gib mir noch einen«, sagt Schnuckiputzi zu dem Schwarzen und knallt sein Glas neben die Flasche, »ich muss den scheiß Geschmack runterspülen.«

»Jetzt hab ich aber genug«, brüllt der Schwarze. »Zwingt dich niemand weiterzuessen!« Er zieht ihm den Teller weg und stößt ihn zur anderen Seite.

»Was regst du dich denn so auf?«, ruft Schnuckiputzi, »ist doch nicht meine Schuld, dass du nicht kochen kannst, du Hurensohn.«

»Ich und nicht kochen? Du bist es, der nicht kochen kann, du Pimmel!«

»Ich und Pimmel, du bist der Pimmel, wer soll denn dieses Zeug runterkriegen?«

»Also ich find's lecker«, sagt meine Mutter plötzlich, also eigentlich »eu acho que é delicioso« oder so was, warum gerade jetzt, weiß sie selbst nicht, vielleicht, weil sie die Streiterei nicht erträgt, wahrscheinlicher, weil sie die Tatsache, dass jemand glauben könne, dass sie etwas nicht könne, nicht erträgt.

Der Schwarze und Schnuckiputzi starren sie an.

»Ich bin natürlich kein Experte«, fährt sie auf Portugiesisch fort, »aber mir schmeckt es.«

Schnuckiputzi schlägt sich mit den Händen an die Wange, reißt den Mund auf.

Aber die Stimme, die »woher kannst du denn Portugiesisch?« fragt, ist nicht seine. Die gelben Augen blitzen über dem eben noch leeren Stuhl auf, kratzen an ihren Wangen entlang.

»Also, äh …, so richtig, also …, wirklich gut kann ich es ja gar nicht«, stammelt meine Mutter.

»Das klang aber doch sehr danach.« Alex' Hosenbein streift ihr Kleid, während er sich neben sie setzt.

»Das ist nur so ein bisschen was, was ich mir gemerkt hab, so, äh, im Urlaub.«

Schnuckiputzi strahlt noch mehr. »Wo denn?«, fragt er.

Meine Mutter denkt an die winzigen Dörfer, fernab aller Touristenorte, in denen die Lieferanten meines Großvaters ihre Warenlager hatten.

»Also, so genau weiß ich das gar nicht mehr«, sagt sie, »irgendwo am Meer«, und, nur zur Sicherheit, »ich liebe das Meer!«

Alex beugt sich über sie hinweg, hält die Hand auf, bis der Kellner neben Dima eine Zigarette hineinlegt. »Und das hast du alles einfach so aufgeschnappt?«, fragt er.

Meine Mutter beißt sich auf die Lippen, überlegt fieberhaft, was schlimmer ist, Wunderkind oder Streberin. »Also, ein bisschen gelernt hab ich schon«, gibt sie endlich zu, »ich hab mir da so ein Buch gekauft, also gefunden mein ich, also, eigentlich hat es eine Freundin gefunden, während ich am Strand lag«, und als sei das noch immer nicht genug, »von der Frisörschule, eine Freundin von der Frisörschule.«

»Alle Achtung!«, ruft Schnuckiputzi.

Er greift nach der Wodkaflasche, oder nach was auch immer, füllt reihum die Schnapsgläser auf.

»Auf Schnuggibuudsi!«, ruft er und reißt den Arm nach oben. Meine Mutter folgt seiner Bewegung, spürt, wie Alex' Glas von der Seite an ihres stößt.

»Nastrowje«, sagt sie und trinkt. Das neuerliche Brennen zieht ihre Lider zusammen. Verschwommen sieht sie, wie Alex wieder lacht.

»Russisch spresch du auh, Schnuggibuudsi!«, ruft Schnuckiputzi und macht noch größere Augen, »bist du eine rischtig Genie!«

Meine Mutter wundert sich, wie schnell ihr altes Leben, ja, in diesem Moment nennt sie es in Gedanken bereits ihr altes, wie schnell sie also ihr altes Leben in ihrem neuen aufgespürt hat. Aber dann sagt Alex: »Nein, kann sie nicht!« Seine Oberlippe springt so weit zur Nase, dass ein Stück Wurst zwischen seinen Zähnen aufblitzt.

Meine Mutter reicht das Feuerzeug weiter, das ihr der andere Kellner hinhält, aber Alex hat schon von irgendwoher ein Päckchen Streichhölzer bekommen und dreht ihr den Rücken zu, während er mit dem alten Mädchen zu reden beginnt, das sofort die Zeitschrift sinken lässt und ihm aufmerksam zuhört.

Meine Mutter betrachtet die Zigarette in seiner Hand, die dem Auf und Ab seiner Geschichte folgt. Der Rauch bleibt an den Höhepunkten hängen, bildet ein Punktemuster, während er wieder mit dieser schönen, vollen Stimme spricht, die er offenbar fürs Russische reserviert hält.

Wenn er nur mit mir so reden würde, denkt sie.

Wenn er nur überhaupt mit mir reden würde, denkt sie.

Wenn er mich nur wenigstens zur Kenntnis nehmen würde, denkt sie.

»Nastrowje!«, brüllt Nadja und blinzelt meiner Mutter zu. Aber diesmal wagt sie nichts mehr zu erwidern.

Ihr Blick gleitet von der Zigarettenspitze auf seinen Oberkörper, fährt die Weste entlang, zu seinem Gürtel. Ihr Kopf sackt nach unten, wird immer schwerer, bis er endlich wie eine übervolle Schublade aus den Angeln bricht und auf ihre Brust fällt. Sie starrt in ihren Ausschnitt, spürt, wie sie ihre eigenen Haare kitzeln, dann seine Hand, die zwischen ihre Beine fährt. Als gehöre sie genau dorthin, kuschelt sie sich in die Nische, macht es sich bequem, während meine Mutter vor Schreck zu atmen vergisst. Wie versteinert sitzt sie da, sieht durch ihr Schnapsglas, das ihr wieder irgendjemand in die Hand drückt, wie Schnuckiputzi aufspringt und die Gitarre von der Bar nimmt. Die Haut unter ihrer Strumpfhose zieht sich zusammen. Sie schiebt sich ein wenig auf die Stuhlkante zu, versucht ihn näher an sich heranzubringen. Aber seine Finger bleiben genau da, wo sie sind. Wieder brandet der Wodka durch ihren Körper. Dann spürt sie plötzlich ein Paar Hände auf ihren Schultern, das sie so durchschüttelt, dass die zwischen ihren Beinen von ihr abrutscht.

»Sie sagt, du sollst singen«, hört sie Alex' Stimme, als käme sie von weit her. Schwerfällig zieht sie das Kinn nach oben, sieht endlich das aufgeknöpfte Hemd, den Leberfleck an seinem Schlüsselbein, der ihr davor noch nie aufgefallen ist, kleiner als die am Rücken, aber mit Haaren darin, wie ein zerfledderter Strauch auf der Spitze eines Hügels. Sie folgt den Knöpfen nach oben, am Hals entlang. Aber bevor sie sein Gesicht erreicht, drängeln sich Nadjas aufgeregt auf und ab springende Lippen dazwischen.

»Du groß Sängerin! Sing du, ist gut!«

Meine Mutter winkt ab, versucht es zumindest, aber stattdessen schlägt ihr Arm auf der Tischkante auf, was Schnuckiputzi offenbar als gescheiterten Aufstehversuch missversteht. Er zieht sie nach oben, wackelt mit seiner Gitarre vor ihr. »O que queres cantar?«

»Was?« Meine Mutter presst die Lider zusammen, drückt die Fingerknöchel hinein.

»Was du willst singhe?«, wiederholt Schnuckiputzi und zupft ein paar Saiten.

Meine Mutter nimmt die Hände von den Augen. »Das kenn ich nicht.«

»Was kennst du denn?«

»Keine Ahnung«, sie schaut sich hilfesuchend um, sieht die unzähligen Augen, die plötzlich alle auf sie gerichtet sind, alle bis auf zwei. Als ginge sie ihn gar nichts an, unterhält er sich weiter mit dem alten Mädchen, während meine Mutter angestrengt versucht, sich an irgendeine Melodie zu erinnern. Sie geht ihre alten Kinderlieder durch, die natürlich alle keine Kinderlieder, sondern Opern waren, denkt an die Stücke, die sie im Gesangsunterricht gelernt hat, aber keine zwei Töne fallen ihr ein, die sich zueinander fügen wollen. Ihr Blick fährt über die Reihen hinweg, bleibt kurz an Dima hängen, der die Haut von einem Stück Blutwurst abzieht, bis sie endlich »her name was Lola …« nuschelt.

»… she was a showgirl!«, ruft Schnuckiputzi begeistert und beginnt loszuschrammeln.

»With yellow feathers in her hair«, singt meine Mutter zaghaft weiter, hört überrascht, wie kräftig ihre Stimme geworden ist, während sie sie all die Jahre unter Verschluss gehalten hat. Die Töne schwellen in ihrem Hals an, kommen laut und klar zwischen ihren Lippen hervor, »across a crowded floor, they worked from eight to four.«

Aus den Augenwinkeln erkennt sie Nadja, die in die Hände klatscht, während sie selbst immer sicherer auf den Refrain zusteuert, »they were young and they had each other, who could ask! For! More! At the Copa …« Durch die Gitarrenklänge hindurch hört sie, wie jemand »Co!« hinterher ruft, »Copacabana!«, sieht Schnuckiputzi aufgeregt um sie herumtanzen. Wieder wird ihr schwindelig. Aber statt sich dagegen zu wehren, beginnt sie, sich mit dem Raum mit zu drehen. Wie ein Kreisel fliegt sie herum, schlägt sich auf ihr Kleid, das in die Luft flattert, wiegt sich im Takt der Musik, und dann sieht sie plötzlich auch Alex, wie er sie entgeistert, begeistert, bewundernd anschaut, während sich ein Arm um ihre Hüfte legt, sie nach oben auf den Tisch zieht. Eine Sekunde lang reißt das Geschrappel ab, dann spielt Schnuckiputzi hinter ihr stehend weiter. Die Kellner zu ihren Füßen beginnen ebenfalls zu klatschen. Meine Mutter wird noch lauter, singt sich in Höhen und Tiefen, von denen sie keine Ahnung hatte, dass sie sie erreichen könne. Ihre Stimme stürmt davon, schlägt Purzelbäume, Saltos, lässt sich kaum wieder einfangen, als Schnuckiputzi endlich doch leiser wird und sie, die Hand an der Hüfte, »don't fall in love!« haucht. Sie dreht den Kopf zu Alex, formt die Worte noch mal mit den Lippen wie ein tonloses Echo. Dann hört sie nur noch Grölen.

»Schnuggi! Buudsi!«, ruft Schnuckiputzi, »tu és maravilhosa!«

Ihre Füße stoßen gegen das Backblech, während er sie vom Tisch hebt und neben Alex absetzt.

»Swisda«, ruft Nadja, »du ...«, sie schnippt mit den Fingern, »du Star, groß Star!«

Meine Mutter lässt sich gegen die Lehne fallen, greift nach ihrem Glas, während Schnuckiputzi die Flasche vom Tisch fischt. Aber außer einem letzten, müden Tropfen kommt nichts mehr heraus. »Muss hole neu«, sagt er.

Meine Mutter holt tief Luft. »KUCHNJE! Dawai!«, brüllt sie, ohne nachzudenken, genauso tief und fordernd wie Alex zuvor.

Er dreht sich zu ihr, lächelt sie eine halbe Sekunde lang fast genauso so schön an, wie seine Anna auf dem Foto.

Der asiatisch aussehende Junge holt eine neue Flasche von der Bar und schenkt meiner Mutter ein, während Nadja mit hüpfendem Oberkörper »Kalin, Ka-ka-lin, Ka-ka-lin, Ka-ma-ja« ruft. Die andern Russen stimmen mit ein, übertönen einander, bis sie so einen Lärm machen, dass meine Mutter »Was?« rufen muss, oder kann, denn im Grunde hat sie ihn schon beim ersten Mal verstanden. Seine Lippen kommen so nah an sie heran, dass sie ihr Ohrläppchen berühren, während er noch mal »heiß« flüstert.

Meint er jetzt, dass ich verschwitzt bin, oder etwas anderes, denkt sie, ja *etwas anderes*, genauer kann sie diese Möglichkeit noch nicht mal denken, aber schon im nächsten Moment begräbt das gleichmäßige Stampfen auch diesen Gedanken unter sich.

Meine Mutter singt mit, füllt die Stellen, in die weder ein »ka« noch »lin« passt, mit irgendwelchem Kauderwelsch. Sie schaukelt auf dem Stuhl, drückt die Lehne nach hinten, brüllt regelrecht, bis sie völlig außer Atem ist und Schnuckiputzi beginnt, ein etwas ruhigeres Lied zu spielen, ein portugiesisches Volkslied, wie er sagt. Aber wenn es nach ihm geht, ist jedes portugiesische Lied ein Volkslied. Das behauptet zumindest wieder Alex. Und der Schwarze, der sich, jetzt endlich etwas zutraulicher, als Romão vorstellt, was aus seinem Mund wie das Miauen einer rolligen Katze klingt, Rrromaaao, kann Schnuckiputzis Aussage weder stützen noch widerlegen. Er kommt nämlich aus Uganda. Nein, Angola, natürlich Angola, ehemalige portugiesische Kolonie, »das weiß man doch! Hast du in der Schule eigentlich überhaupt mal aufgepasst?« Das alte Mädchen wickelt ihre Arme um seinen Nacken, hängt wie eine Toga schräg über seinen Bauch, während er meiner Mutter erzählt, wie, oder in Anbetracht des Krachs vielleicht auch nur *dass* er vor einigen Jahren auf der Suche nach Arbeit nach Portugal gekommen und dann irgendwie in Berlin gelandet sei. »Hab diesen beiden hier den Job verschafft«, ruft er und klopft sich mit den Fäusten auf die Brust, während er von Alex zu Dima schaut, »ohne mich wären die noch immer aufm Bau.« Das alte Mädchen rutscht ganz auf seinen Schoß und schaut meine Mutter und dann ihn und dann wieder meine Mutter so böse an, dass er ihr die letzten paar Sätze schnell auf Englisch nacherzählt. Woraufhin sie das Ganze anscheinend Nadja ins Russische übersetzt, die offenbar ihre Mutter ist. Oder vielleicht auch ihre Tante.

Das Sprachengewirr rauscht in den Ohren meiner Mutter, fast beruhigend, wie Verkehrslärm oder ein nebenher laufender Fernseher.

Dann steht sie plötzlich auf der Straße, sieht wieder die Lichtpunkte hinter den Gardinen, als würde er sie aus allen Ecken auf einmal anstarren.

Noch oder schon wieder singend stolpert sie inmitten der johlenden Menge den Bordstein entlang. Der Wodka schwappt auf ihre Brust. Sie sieht die rosa Zunge, die das Gesicht des alten Mädchens abschleckt, dann die Schlange vorm Dönerstand, die in zwei reißt, »so vor allen Leuten, keinen Funken Anstand!«

»What do you care!«, hört sie Romão brüllen, dann ihre eigene Stimme, mit der gleichen ungebremsten Wucht wie vorhin, »kümmer disch efällischt um deinen eignen Schschschscheiß!«

»Aber, das muss doch nicht sein«, kommt es von hinten, »in aller Öffentlichkeit.«

Meine Mutter fliegt herum. »Wiescho denn nisch?«, kreischt sie. »Isch ja woll nisch vaboten!«

Sie spürt, wie der Boden wieder zu schwanken beginnt, sieht die Pflastersteine auf sich zustürzen. Seine Hand legt sich auf ihre, quetscht ihre Finger in seiner Faust zusammen, während er sie hinter sich herzieht.

»Hey, Dschid!«, brüllt Dima.

Alex ruft etwas zurück, wird noch schneller.

Meine Mutter hebt den Kopf, versucht die Augen zu öffnen. »Ist das auch eine Kurzform für Alexander, *Dschid*?«

Aus Alex' Hals rollt ein böses Lachen nach oben. »Nein, wirklich nicht.«

Meine Mutter zieht wieder an ihren Lidern, schafft es endlich, sie ein paar Sekunden lang oben zu halten. »Waschn dann?«

Alex fährt sich über den Kopf. »So was wie Nigger für Juden«, sagt er, lacht noch mehr, während, nein, weil meine Mutter wieder knallrot anläuft. Er stubst Romão an, der sie gerade überholt, das alte Mädchen loslässt, um den Schlüssel aus der Gesäßtasche zu kramen. Erst jetzt merkt sie, dass sie vor ihrem Haus stehen.

»You coming?«

»In one minute«, antwortet Alex, und auf Englisch hört er sich plötzlich unheimlich Russisch an. Die Silben splittern auseinander, als würde er mit dem Hackebeil darauf eindreschen.

Die andern torkeln an ihnen vorbei, verschwinden im Hauseingang.

Die Faust um ihre Finger wird noch enger, während ihr Rücken über den Putz kratzt.

»Nein, so was gab's nicht in der Sowjetunion«, reißt seine Stimme sie plötzlich aus dem Schlaf, hat sie wirklich geschlafen?, wie kann sie denn geschlafen haben?

Sie merkt, dass sie eine Frage gestellt haben muss, fasst sich an die Stirn, als könnten die Worte da noch herumliegen, aber er fährt schon fort: »Mein Großvater hat zu Hause nur Jiddisch mit uns gesprochen, da war's dann nicht mehr schwer zu lernen.«

»Ah«, sagt sie und nickt so heftig, dass er sie festhalten muss.

Oder vielleicht hält er sie auch nur so fest. Durch den Spalt in ihren Augen, der noch sieht, erkennt sie sein Gesicht, das sich von seinem Hals losreißt, auf sie zukommt, plötzlich einen Zentimeter von ihrem Mund entfernt stehen bleibt. Sie fühlt den Fellkragen an ihrer Wange, sieht seine Lippen, die immer größer werden, bis sie den Platz zwischen ihren Lidern völlig ausfüllen. Und dann küsst er sie oder sie ihn, das weiß sie nicht genau. Und das ist vielleicht das Schönste. Seine Augen fahren ihr in den Magen, streichen ihn von innen mit Butter aus, während seine Lippen auf ihren und ihre auf seinen und seine Zunge und ihre Zunge und seine Hände und ihre Haut auf seiner Haut …

Meine Mutter stolpert vom Treppenvorsatz, auf dem sie plötzlich steht, also stand, fällt ihm in die Arme.

»Du zuerst«, sagt er und drückt sie von seiner Brust weg.

Meine Mutter nickt wieder. Angestrengt bemüht, nicht betrunken auszusehen, was sehr betrunken aussieht, geht sie zur Tür und wühlt in ihrer Tasche. Schaut über ihre Schulter, hofft, dass er noch etwas sagt, noch etwas tut, dass er noch etwas von ihr will. Aber er scheint wie immer gar nichts zu wollen. Mit gewohnt ausdruckslosem Gesichtsausdruck schaut er vor sich hin, während sie durch den Hof läuft, nach oben steigt, die Tür aufschließt.

Sie schlüpft aus den Schuhen, tapst auf Zehenspitzen den Flur entlang. Geht ins Arbeitszimmer. Klettert auf den Schreibtisch. Sie schaut aus dem Fenster, sieht den schwarzen Innenhof, das Licht im Vorderhaus, endlich ihn, eine Zigarette im Mund, von der sein Gesicht rötlich schimmert.

Ihre Finger greifen so schnell nach dem Saum ihres Kleides, dass ihr keine Chance bleibt, sie aufzuhalten. Die Nähte stöhnen, während sie es hektisch vom Kopf reißt. Sie zerrt die Strumpfhose von den Beinen, klackt den BH auf, schiebt die Unterhose auf die Knie. Ihre Brust stößt gegen den Fenstergriff. Sie sieht, wie er neben den Mülltonnen stehen bleibt, den Kopf in den Nacken legt, als würde er die Sterne betrachten, wie seine Augen ihren Fingern folgen, sich in ihren Schamhaaren verheddern, endlich in sie hineinfahren. Wie eine erschlagene Fliege klatscht ihr Körper gegen das Fenster. Ein Spuckefaden zieht sich zwischen ihren auseinandergebogenen Lippen nach unten, während sie immer weiter nach draußen schaut, ihn noch näher kommen sieht, und dann plötzlich ihre eigenen Augen, die sie anstarren, so entsetzt, über das, was sie da tut, dass sie sich diesmal selbst in die freie Hand beißt, um den Schrei zu unterdrücken. Aber das wird sie erst merken, als mein Vater am nächsten Tag erschrocken über das getrocknete Blut streicht und sie schnell »irgendso ne Dogge« beschuldigt, »an der Haltestelle. Hat vor Übermut einfach nach mir geschnappt.«

»Da kannst du ja froh sei, dass die Hand nicht ganz ab ist«, wird er rufen, und sie »war ja nicht ernst. Sie wollte doch nur spielen«, bevor sie zu einer weiteren Verabredung mit Wedekind die Treppe runter und zwei Minuten später wieder hochrennen wird, damit Alex vollenden kann, was seine Augen begonnen haben.

14. Kapitel

So viel Sorgfalt mein Großvater auch darauf verwendet hatte, meine Mutter auf Begabungen abzuklopfen, ihr größtes Talent war ihm entgangen: das Lügen. Sie konnte selbst kaum glauben, wie gut sie darin war. Und das, obwohl sie ihr Potential so lange hatte brach liegen lassen. Umso eiliger hatte sie es jetzt, ihre Fähigkeiten auf die Probe zu stellen, auszutesten, wie viele Lügen sie auf einmal stemmen könnte, ohne darunter zusammenzubrechen. Unnötig zu sagen: Viel, mehr, am meisten. Als gälte es auch diesmal wieder, ein Publikum zu beeindrucken, suchte sie sich immer größere Herausforderungen, log hier einen Satz an, ohne seinen Ausgang zu kennen, huschte da unter einer misstrauisch gehobenen Braue durch, erfand immer neue Handlungsstränge, bis sie so viele Fäden auf einmal in den Händen hielt, dass sich jeder darin verheddert hätte – jeder, außer meiner Mutter. Vor lauter Ehrgeiz begann sie sogar, die Lügen für meinen Vater, die für Alex und die für seine Freunde miteinander zu verschränken, versuchte ihre Welten so dicht nebeneinander herlaufen zu lassen, dass sie sich gerade so berührten, wie drei verschiedenfarbige Soßen auf einem Teller, in die man (also wohl eigentlich: in die Schnuckiputzi, woher sollten sich sonst plötzlich diese Kochassoziationen in die Geschichten meiner essfaulen Mutter stehlen?) vor dem Servieren mit einem Zahnstocher ein Marmormuster malt, sodass sich eine messerscharfe Linie von der einen Pfütze zur nächsten zieht, ohne dass sie ineinanderschwappen. Innerhalb weniger Tage entwickelte sich die ominöse Wedekind, »wie?, ich dachte das ist ein *er*«, »nein, nein, da musst du dich verhört haben, *die* Wedekind« so von der gesichtslosen Professorin zu einer möglichen Freundin, »zumindest soll die das glauben, sonst lässt sie ihre super Kontakte am Ende noch für jemand andern spielen!«, schließlich sogar zu einer weiteren Anna, »hab ich das nicht gesagt?, doch, doch, wir sind jetzt per du«, die für so ziemlich alles herhalten musste. An guten Tagen, wenn meine Mutter vergessen hatte, sich das Lächeln rechtzeitig von den Wangen zu wischen, hatte Anna ihre Arbeit gelobt, sie zum Essen eingeladen, ihr nicht nur einen Job, sondern auch gleich die Promotion in Aussicht gestellt. An schlechten Tagen ließ Anna sie bis zum Umfallen Quellen prüfen und war durch nichts zufrieden zu stellen. Dann, als meine Mutter eines Nachts erst weit nach Mitternacht nach Hause kam und Arnos aufgelöstes Gesicht zwischen den Kissen fand, geriet Anna plötzlich in Streit mit ihrem Mann, dem meine Mutter, immer mutiger oder auch einfach nur dreister werdend, auch gleich einen Namen gab: Alex. Sie erfand ihnen eine ganze Beziehung, mit einer Nebenbuhlerin, die sie auseinanderbringen wollte, Schreikrämpfen, Türenschlagen und schließlich Annas verweinter Stimme am Telefon, die meine Mutter anflehte, sofort vorbeizukommen, sofort!, sodass ihr nicht mal Zeit geblieben sei, einen Zettel zu schreiben, nicht böse sein, ja?

Mein armer Vater glaubte ihr natürlich. Schämte sich sogar ein bisschen für die Vorwürfe, die er ihr gar nicht gemacht hatte. Und als meine Mutter das nächste Mal Romão beim Sardellenausnehmen zusah, bekam auch der Frisörsalon seine Anna, eine Stammkundin, die sich die Haare »ausnahmslos« von ihr schneiden ließ, Bubikopf, Naturwelle, schwer zu bändigen, angehende Medizinerin, forsche gerade über die Identifizierung von HMGA2 interagierenden Proteinen, was auch immer das bedeuten möge, haha, von so was versteh ich ja nichts.

Am meisten Zeit und Energie widmete meine Mutter jedoch der ersten Anna. Wenn auch nicht ganz freiwillig. Vielmehr war es so, dass Alex sich aus unerfindlichen Gründen brennend für ihre Tochter zu interessieren schien. Jedes Mal, wenn meine Mutter vor seiner Tür auftauchte, fragte er sie als erstes, wo denn Anna sei. Ob es ihr gut ginge. Ob sie sie auch nicht allein zu Hause gelassen habe, »nicht, dass sie Angst kriegt!«

Angst? In Kasan haben sie jeden, der ihnen zu langsam war, in ein Kellerloch zu den Ratten geworfen und so lange da hocken lassen, bis es angefangen hat zu stinken, das nenn ich Angst, schoss es meiner Mutter in den Kopf, während sie »nein, nein, die ist den Nachmittag über bei Oma und Opa« murmelte.

Manchmal ließ sie Anna auch eine Freundin besuchen, von denen sie einen ganzen Stall voll hatte, ja, ja, richtig beliebt sei sie, ständig rufe eine andere an und wolle, dass sie vorbeikomme, wenn meine Mutter Alex erst abends erwischte, auch über Nacht bleibe, sodass ihr gar nicht auffalle, dass ihre, also, meine Mutter so viel außer Haus sei.

Aber auch wenn Alex' Bedenken solcherart ausgeräumt waren, ließ er sich nicht erweichen, sich an ihren Knöpfen zu schaffen zu machen, bis sie ihn mit ein paar Geschichten gefüttert hatte.

»Was willst du denn wissen?«

»Keine Ahnung«, sagte er, »was du willst«, und, jetzt plötzlich seinerseits in der Position, ihr auf die Sprünge helfen zu müssen, »was macht sie denn so?«, »was sagt sie denn so?«, »ist sie so wie du?«

Wie bin ich denn?, wollte meine Mutter wieder fragen, murmelte dann aber doch »äh, nett.«

Alex runzelte die Stirn. »Nett?«

»Ja, also ..., nicht einfach nett nett. Was ich meine, ist, dass, also, alle mögen sie eben.«

Die Stirn knitterte noch mehr. »Ach, ist sie so eine Hübsche, mit der alle befreundet sein wollen?«

»Nicht doch!«, rief meine Mutter, dann, weil ihr das doch eine etwas zu harte Reaktion zu sein schien, »also, äh, natürlich ist sie hübsch, aber jetzt halt auch nicht so ...«

»Was ist es denn dann?«, forschte Alex beharrlich weiter, »ist sie super schlau, oder so?«

Als sei das etwas, das Menschen besonders anzöge, dachte meine Mutter bitter. Sie zwirbelte eine Strähne um den Finger, zog an den Haarwurzeln. »Also, sie ist halt so jemand, also, ihr fällt einfach immer was ein«, fiel ihr endlich ein.

»Spiele und so?«

»Ja, auch. Aber ich mein eher so, also, sie kommt einfach mit den dollsten Geschichten an, weißt du?«

Alex nickte, als wisse er das wirklich, als sei das tatsächlich die einzig überzeugende Antwort.

»Ja genau«, erwiderte meine Mutter glücklich, »sie bastelt sich die Welt einfach so zurecht, wie sie will, denkt sich allen möglichen Kram aus.«

»Was denn so?«

»Äh, neulich hat sie mal eine Woche so getan, als sei sie, als, als sei sie eine Prinzessin und hat nur geantwortet, wenn wir sie mit *Eure Hoheit* angesprochen haben.«

Alex nickte erneut, stützte das Kinn in die Handfläche.

»Und ein andermal«, fuhr meine Mutter fort, »ein andermal hat sie die Couchgarnitur zum Shuttle erklärt und so getan, als sei sie Astronautin.«

»Echt?«, rief er und riss die gelben Augen auf, »als ich ein kleiner Junge war, wollte ich auch Astronaut werden«, was jetzt, geht man mal davon aus, dass Alex in etwa im Alter meiner Mutter war und seine Kleine-Jungen-Zeit damit ziemlich genau in die Phase der ersten bemannten Mondflüge fällt, auch nicht sooo überraschend ist. Aber von solchen Feinheiten ließ sich meine Mutter ihre Begeisterung nicht vermiesen.

»Irre!«, rief sie und hängte Anna auch gleich ein Sputnik-Modell an die Decke. Aufgeregt rannte sie durchs Kinderzimmer, ließ da eine Bananenschale aus dem Mülleimer hängen, »hat's die bei euch eigentlich auch nicht gegeben?«, warf dort eine Häkeldecke aufs Bett, damit Anna auch nicht kalt würde, auch wenn die Temperaturen hierzulande im Vergleich zu denen bei ihm zu Hause wohl ein Witz seien, was?, hakte immer mehr Ösen und Schlaufen an, auf dass Alex sich noch einmal darin verfangen würde.

Aber der nickte nur wieder, offenbar nicht gewillt, selbst etwas zu der Unterhaltung beizutragen. Erst als meine Mutter Anna eine

Schere in die Hand drückte, mit der die, jetzt in ihrer Ritter-Phase, ein Loch in ebenjene Häkeldecke schnitt, sagte er: »Toll! Phantasie ist echt wichtig!«

»Ach wirklich?«, fragte meine Mutter erstaunt.

»Klar, wie soll man es denn sonst aushalten in dieser Welt?«

»Ja, äh, schon. Ich frag mich nur manchmal, was aus dem Kind werden soll«, sagte meine Mutter, sei es, weil ihr nichts anderes einfiel, sei es, weil sie beim Versuch, eine Mutter zu mimen, notgedrungen auf meine Großmutter zurückgreifen musste, die außer Sorge eben keine sonderlich große Palette an Handlungsmodellen bot, »wie soll sie denn von all den Flausen im Kopf mal ihre Miete zahlen?«

»Wieso denn Flausen? Wer sagt denn, dass sich mit diesen Geschichten nichts anstellen lässt? Am Ende wird sie eine berühmte Schriftstellerin und macht mehr Geld, als du dir in deinem Frisörsalon träumen lassen kannst.«

»Hast du ne Ahnung!«, rief meine Mutter, selbst um sich eine fiktive Karriere von einer fiktiven Tochter schmälern zu lassen noch zu stolz, »jetzt mag dieses Rumgespinne ja ganz nett sein, aber welcher klar denkende Mensch würde denn sein Leben auf irgendwelchem erfundenen Zeugs aufbauen? Wenn sie wirklich schreiben will, soll sie meinetwegen Journalistin werden, da bleibt sie wenigstens bei der Wahrheit! Aber Schriftstellerin ...«

»Nur weil etwas erfunden ist, heißt es doch nicht, dass es nicht wahr ist«, fiel ihr Alex ins Wort.

Meine Mutter schüttelte verwirrt den Kopf. »Natürlich heißt es das«, erwiderte sie.

Alex grinste. »Wahrscheinlich hat sie das mit der Phantasie eher von ihrem Vater geerbt, he?«, sagte er, und dabei zog er den Mundwinkel so hoch, dass meine Mutter ihre/seine Anna kurzerhand auf einen Schuppen kraxeln und, sich einbildend, ein Vogel zu sein, mit mehreren Knochenbrüchen im Krankenhaus landen ließ, nur um sich selbst zu beweisen, dass er nicht recht hatte.

Erst als sie am Abend, selbst mit wunden Knochen, nach Hause kam, merkte sie, dass sich ihr wahres Leben tatsächlich immer unwirklicher anfühlte. Sie tat so, als würde sie sich freuen, meinen Vater zu sehen, tat so, als würde sie ihn küssen, als würde sie sich mit ihm über die Hochzeit unterhalten, während ihre Lippen Worte formten, die sie nicht hörte. Sie tat so, als würde sie das Geschirr spülen, als würde sie ins Bad gehen und ihre Zähne putzen, die schmutzig waren und schmutzig blieben, von dem fremden Mann, der in ihrem Mund gekommen war und dessen Geschmack sich nicht abwaschen ließ. Sie tat so, als zöge sie sich aus, als sei sie nackt vor ihm, als sei das sie, die sich neben ihn ins Bett legte. Und dann tat sie so, als würde sie es mit ihm tun.

In der Uni war es nicht viel besser. Sie kam sich vor, als sei sie eine Schaupielerin, als gebe sie nur vor, zu lernen, sich Notizen zu machen, der Vorlesung zu folgen – sofern sie denn überhaupt noch hinging. Der Platz in der ersten Reihe blieb so oft frei, dass die Professoren schon bei ihr zu Hause anriefen, um nachzuforschen, wo ihre Musterschülerin steckte.

»Im Laden«, sagte meine Mutter, leider, sie stünden kurz vor dem Bankrott.

»In der Uni«, sagte sie zu meinen Großeltern, leider, sie stünde nun eben kurz vorm Examen.

»Bei meinen Eltern«, sagte sie zu Babsi, leider, die stünden mal wieder kurz vorm Kollaps.

Aber die Wahrheit war, dass sie die meiste Zeit nicht nur nicht da war, wo sie sein sollte, sondern auch nicht bei ihm. Stattdessen kauerte sie auf dem Fensterbrett, die Stirn an die Scheibe gedrückt, und wartete. Wartete, dass er nach Hause käme. Wartete, dass er schlafen ginge, wartete, dass er wieder aufstehen würde, dass genug Zeit vergangen sei, um hinaufzulaufen und nachzusehen, ob die Frau aus der Fensterscheibe noch da war.

In ihrer Erinnerung waren es nur ein paar Tage, in denen das so ging, in denen sie ihrem Alltag den Rücken zuwandte, in denen zum ersten Mal die Hoffnung in ihr keimte, vielleicht doch noch zu einem anderen Leben überlaufen zu können. In Wahrheit müssen es Wochen gewesen sein, Monate, die der Enttäuschung meines Vater über ihr ständiges Weglaufen, Wegbleiben, Weghören genug Zeit ließen, zur Verzweiflung zu reifen, in der die Sorgen meiner Großmutter über ihr seltsames Verhalten so laut wurden, dass selbst mein Großvater aufhorchte, in denen er sie mehrfach in sein Büro zitierte, um mal »ein Wörtchen«, dann auch »ein ernstes« mit ihr zu reden, und sie immer eine Ausrede fand, in denen sie endlich sogar das Richtfest des *Outlet* schwänzte, weil sie sich lieber oben gegens Stockbett nageln lassen wollte.

Aber diesmal war seine Matratze schon besetzt. Und auch auf der darüber lag schon jemand. Genauso wie auf dem Schlafzimmerboden und dem Wohnzimmerboden, man konnte kaum einen Schritt tun, ohne an einen Koffer oder irgendwelche Beine zu stoßen, die, wie Dima mit Händen und Füßen und auch ein ganz klein wenig Deutsch erklärte, seiner Familie gehörten, zwei Frauen, vier Männer, alle mit den gleichen quadratischen Schädeln, selbst der etwas kleinere, der offenbar Dimas Schwager und wohl nicht blutsverwandt war.

»Vielleicht morgen«, sagte Alex und sah tatsächlich fast bedauernd aus.

Aber als er am nächsten Tag den Tresor öffnete, schlug meiner Mutter das Gegröle schon im Flur entgegen. Und auch an dem darauf hockten Dimas Verwandte noch immer in ihren Schlafsacknestern und machten keinerlei Anstalten, die Wohnung zu verlassen.

»Too hot!«, stöhnte Dimas Mutter, »here more good«, und drehte sich sofort wieder zum Fernseher. Offenbar waren sie ganz begeistert davon, so weit von zu Hause noch immer russische Programme empfangen zu können. Die meiste Zeit taten sie nichts anderes, als auf den Bildschirm zu starren. Wenn es ihnen doch zu langweilig wurde, spielten die Männer Karten, und die beiden Frauen probierten ihre mitgebrachten Kleider an, stöckelten den Flur auf und ab, zuppelten vor dem Spiegel im Badezimmer aneinander herum, bis Dima nach Hause kam und sie ihm wie hungrige Wölfe die Tüten aus dem Restaurant entrissen.

»But this is Portuguese food! Have you already tried a real German Bratwurst?«, fragte meine Mutter, verzweifelt bemüht, sie irgendwie nach draußen zu locken, aber Alex erklärte ihr, das sei zu teuer.

»Allein für die Geschenke, die sie mitgebracht haben, sind wahrscheinlich schon zwei Monatsgehälter draufgegangen.«

»Was ist das nur mit Russen und Geschenken?«, fragte meine Mutter, und sofort besorgt, ihn kränken zu können, »ich mein nur, weil, also, weil auch Nadja so was gesagt hat.«

Alex zuckte die Schultern. »So ist das halt bei uns. Wenn man zu Besuch kommt, bringt man was mit. Und je wichtiger dir jemand ist, umso schöner das Geschenk. So weiß er, dass du ihn liebst, auch wenn du vielleicht mal eine Weile nicht in der Nähe bist.« Er schaute auf seine Zigarette, die wie immer zwischen seinen Fingern steckte. »Und dann mussten sie natürlich auch die Tickets kaufen. Für Tschatschkes ist da nichts übrig.«

Für das ganze Gesöff hat's doch auch gereicht, dachte meine Mutter und ließ den Blick über die Flaschen schweifen, die zwischen den leergegessenen Aluschalen herumrollten, begnügte sich dann aber doch damit, »Du fehlst mir« zu sagen.

»Ich weiß«, sagte Alex.

»Wann seh ich dich denn wieder?«

Er drückte ein Auge zu. »Du siehst mich doch im Moment«, sagte er und zeigte ein paar Zähne.

»Nein, so richtig«, insistierte meine Mutter, »allein.«

Er schaute zu Boden, stieß mit der Zehenspitze gegen die Schuhe, von denen jetzt sogar noch mehr herumlagen.

Wie hält er das nur aus, einfach so abzuwarten und zu schweigen?, dachte sie, fast ein wenig beeindruckt, wie unbeeindruckt ihn ihre Anspannung ließ.

»Kann sein, dass sie am Wochenende tanzen gehen«, murmelte er schließlich.

»Also, soll ich am Freitag vorbeikommen?«

»Freitagabend muss ich arbeiten.«

»Dann Samstag?«

Er zuckte die Schultern. »Komm einfach vorbei, wenn du willst. Wenn's nicht geht, geht's halt nicht.«

»Ich, äh, ich hab immer Angst, dass mich jemand sieht«, sagte sie, »wenn ich ständig hier hochlaufe und nach ein paar Minuten zurückkomme, fällt es am Ende noch auf.« Sie suchte nach einem weiteren Argument, mit dem sie ihn dazu bringen könnte, ihr etwas Sicherheit zu geben, irgendetwas, an dem sie sich festhalten könnte. Aber zu ihrer Überraschung tat er das auch so.

»Dann ruf doch einfach an, bevor du kommst.« Er ging zum Telefontischchen, zog einen alten Briefumschlag hervor, fand einen Kugelschreiber. Die Mine drückte das Papier in seine hohle Hand, während er, immer wieder absetzend, um sie mit seinem Atem zu wärmen, etwas auf die Rückseite schrieb.

Meine Mutter griff nach dem Umschlag und steckte ihn in die Gesäßtasche. »Danke. Mach ich«, sagte sie und rannte nach unten, an meinem Vater vorbei, der ihr aus dem Arbeitszimmer mit großen traurigen Augen »Ich warte!« zurief, während er sich so weit über den Schreibtisch beugte, dass die Platzkärtchen darauf zusammengedrückt wurden.

»Gleich!«, rief sie zurück und rannte auf die Toilette. Schloss die Tür ab. Ließ sich auf den Deckel fallen, bevor sie endlich den Umschlag aus der Tasche zog und vorsichtig auseinanderfaltete, als könne die Nummer wieder abfallen, wenn sie ihn zu hart anfasste. Sie betrachtete die dunkelblauen Ziffern, seinen Namen darunter. Ihre Finger fuhren an der Schrift entlang, die den lateinischen Buchstaben noch misstraute, um das wacklige »A« herum, zu den beiden Achten, die sich zu einem »X« aneinanderschmiegten, wie man es in der Grundschule lernt. Selbst seine Zahlen wirkten fremd, als seien auch sie Teil einer anderen Sprache.

Sie sagte sich die Nummer vor, wieder und wieder, bis sie sich sicher war, sie auswendig zu kennen. Dann zerriss sie das Papier und spülte die Fetzen die Toilette runter. Nur um fünf Minuten später doch zum Telefon zu laufen und heimlich die Nummer einzuspeichern. Für alle Fälle, wie meine Mutter sich sagte, die Mutter, die auch nach 30 Jahren noch immer die Postleitzahl der Stadt, in der sie eigentlich dieses Auslandspraktikum hätte machen sollen, kennen würde. Und selbst das war ihr noch nicht genug. »Anna«, tippte sie in das Namensfeld und freute sich so über ihre Unverfrorenheit, nein, besser: Chuzpe, dass sie ungeachtet meines Vaters, der mit noch weiteren Augen, dafür aber schon ganz dünner Stimme »aber wir wollten doch die Tischordnung festlegen« jammerte, ins Bett kroch, um in Ruhe Alex' Gesicht hinter ihren Lidern betrachten zu können.

24 Stunden schaffte sie es, nicht anzurufen. Nein, 24 Stunden schaffte sie es, immer wieder aufzulegen, bevor jemand abnahm. Dann antwortete er gleich nach dem ersten Klingeln, fast so, als habe er nur auf ihren Anruf gewartet, auch wenn er wie immer etwas verschlafen klang.

»Hallo, ich bin's«, sagte meine Mutter, die Bettdecke über dem Kopf, obwohl mein Vater bei der Arbeit war. Sie wartete ein paar Sekunden, bevor sie »äh, die Nachbarin« hinterherschob.

»Ja, ich weiß.«

»Ich wollte nur, also ich wollte fragen, ob sie, ob die Familie von deinem Mitbewohner noch da ist.«

»Ja.«

»Also, ich meinte, ob sie jetzt gerade da sind.«

»Ja«, sagte er wieder.

»Ach so«, sagte meine Mutter und spürte, wie ihre Zunge schwerer wurde, »dann geht's also nicht bei dir?«

»Nein.«

»Und was, äh, was, wenn wir uns bei mir treffen?«

»In dem Bett, in dem du mit deinem Mann schläfst?«, fragte er. »Nein, das könnte ich nicht.«

Er atmete in ihr Ohr. Räusperte sich. Rief etwas auf Russisch. Aber niemand antwortete. Meine Mutter fragte sich, ob er sie womöglich anlog und Dimas Familie in Wahrheit doch nicht da war. Sie schob die Decke vom Kopf, lugte aus dem Fenster. Aber die Vorhänge auf seiner Seite waren zugezogen.

»Wir könnten auch einfach weg«, sagte er plötzlich.

Meine Mutter verkroch sich wieder in ihrer Höhle. »Wie, weg?«, flüsterte sie. »Wo willst du denn hin?«

»Nirgendwo«, sagte er. »Kostet nur unnötig Geld. Lass uns einfach ein Hotel nehmen, hier in der Nähe. Was Billiges. Nur für eine Nacht.«

»Okay?«, sagte sie, versuchte, es wie eine Frage klingen zu lassen, als müsse sie sich das erstmal überlegen, als brauche sie noch mehr Informationen, dabei konnte sie vor Aufregung kaum noch den Hörer ruhig halten.

Er rief wieder etwas, und diesmal glaubte sie doch, einen Mann im Hintergrund zu hören. »Wie lange brauchst du, um was für Anna zu organisieren?«, murmelte er endlich.

Zwei Minuten, wollte meine Mutter sagen. »Zwei Tage«, sagte sie.

»Gut«, antwortete er, »ich kümmre mich um ein Hotel«, und legte auf, so unvermittelt, dass meine Mutter es noch minutenlang in ihr Ohr tuten ließ, bis sie endlich aufstand und das Telefon zurück in den Flur stellte.

Noch zwei Tage, dachte sie und zitterte vor Glück.

Noch zwei Tage, dachte sie und zitterte vor Ungeduld, wie sollte sie es nur so lange aushalten? Ein Tag wäre doch auch genug gewesen. Am Ende würde sie Anna ja doch nur bei den Großeltern übernachten lassen, wie lange sollte das schon dauern, den einen Anruf zu tätigen?

Nur noch zwei Tage, dachte sie und zitterte vor Angst. Wie sollte sie sich so schnell auf eine ganze Nacht mit ihm vorbereiten. Vor allem: Wie sollte sie es schaffen, innerhalb von 48 Stunden schön zu werden?

Sie lief wieder aus dem Haus, fuhr ins Einkaufszentrum und kaufte sich ein Kleid, das erste in ihrem Leben, das nicht von Mode-Schneider stammte, und ein zweites, weil ihr das andere doch zu verwegen schien. Und dann auch gleich ein drittes, weil das zweite nicht verwegen genug war. Sie kaufte lange, hauchdünne Seidenstrümpfe, die an einem Halter über der Unterhose festgeklackt wurden, was in ihrer Kindheit, als Seidenstrumpfhosen noch etwas Neues waren, als unerträglich altmodisch gegolten hätte. Aber jetzt nannte die Verkäuferin sie Strapse, und das Nachthemd, das meine Mutter sich auch gleich einpacken ließ, Negligé.

Sie kaufte zwei BHs, wunderschöne, sündhaft teure Spitzen-BHs, von denen sie damals offenbar noch nicht wundgescheuert wurde. Sie kaufte einen Morgenmantel aus Satin und Schuhe mit Pfennigabsätzen. Und dann kaufte sie Make-up, Tübchen und Tiegelchen und Fläschchen, von denen sie in den meisten Fällen nicht mal wusste, was eigentlich drin war, geschweige denn, was man damit machte.

»Ich dachte, für die Hochzeit könnte ich's vielleicht doch mal probieren«, sagte sie und schlüpfte unter dem *Wir bleiben! Kein Zutritt für Bullen*-Banner in Babsis Wohnung.

»Warum fragen wir nicht gleich den Profi? Als Frisöse lernt man doch auch richtig Schminken!«, rief Babsi euphorisch, und, meine Mutter schon ins Bad schiebend: »Jule, komm mal her!«

»Das wusste ich gar nicht«, sagte meine Mutter und machte sich in Gedanken sofort eine Notiz, während Jule angetrottet kam und sich nach kurzer Prüfung des Materials, sowohl des in den Tüten als auch des von meinen Großeltern zusammengemischten, an meiner Mutter zu schaffen machte.

Sie schloss die Augen, hörte, wie Jule ihr jeden Schritt zur späteren Nachahmung erklärte, »den Lidstrich setzte«, um ihr »Smokey Eyes« zu verpassen, »die Foundation« auftrug, die Übergänge vom »Concealer« verwischte, irgendetwas »akzentuierte« und dafür an anderer Stelle »kaschierte.« Sie versuchte, sich das Vokabular einzuprägen, während sie pausenlos Fragen stellte, »wie lange dauert die Ausbildung denn eigentlich?«, »und was lernt ihr da noch?«, »ah, wirklich, auch Pediküre?«, »was genau ist eigentlich Pediküre?«, »ach, natürlich von lateinisch *pedis*, Fuß, klar« und »und was wird dann im Examen im Einzelnen abgefragt?«

»Hast du ein Glück, dass Jule ausgerechnet heute blaugemacht hat«, rief Babsi und schob den Spiegel vor ihrem Bauch hin und her, bis meine Mutter in das Gesicht blickte, das so gar nichts mit dem zu tun hatte, das ihr eben noch von einer Umkleide zur nächsten gefolgt war.

»Ist das nicht vielleicht ein bisschen übertrieben?«, fragte sie zögerlich.

»Nicht doch, das ist doch ein besonderer Anlass, da muss man klotzen!«, rief Jule.

»Sieht wirklich toll aus«, flüsterte auch Babsi, fast ein bisschen ehrfürchtig, sodass die roten Spiegellippen endlich doch ein bisschen lächelten.

»Wann ist denn der große Tag?«, fragte Jule.

Meine Mutter schaute auf die Uhr. »Steht noch gar nicht ganz genau fest«, sagte sie, »ziemlich bald«, und, nur mit Mühe ein Kichern unterdrückend, »manchmal hab ich das Gefühl, es wäre schon übermorgen.«

»Bist du schon aufgeregt?«

»Und wie!«, rief meine Mutter und fasste sich ans Herz, das tatsächlich wie wild schlug.

Babsi ließ den Spiegel sinken. Sie sammelte das Schminkzeug ein und warf es zurück in die Tüten, schaute plötzlich überrascht auf. »Du warst ja richtig shoppen!«

»Ach was, nur so ein paar Sachen«, wehrte meine Mutter ab. Aber Babsi hatte schon einen Strumpf zwischen den Fingern.

»Uu-hu!«, machte sie, fast so schön wie früher, »da hat aber jemand mal was vor«, und ließ das seidene Bein wie ein Lasso in der Hand schwingen.

»Wow, ist das alles für die Nacht der Nächte?«, fragte Jule und zog das nächste Teil heraus.

Meine Mutter grapschte nach der Tüte. »Für was denn sonst?«

Jule legte die Hände wie ein Megaphon an die Lippen. »ZEI-GEN!, ZEI-GEN!«

Meine Mutter winkte ab, stopfte eilig die heraushängenden Träger zurück.

»Na komm schon!«, rief nun auch Babsi, »das macht Spaß!«

»Nein, nein, ich muss wieder los«, sagte meine Mutter und ging zur Haustür, aber Jule und Babsi stellten sich ihr in den Weg, drängten sie lachend zurück in die Wohnung, bis sie schließlich doch einwilligte, wenigstens den Morgenmantel anzuprobieren.

Verlegen hielt sie den Stoff vor der Brust zusammen und drehte sich um sich selbst, während die beiden jetzt unisono uh-huten!

Als säßen sie in einem Fußballstadion, klatschten sie in die Hände, feuerten meine Mutter an, bis die, langsam selbstsicherer werdend, den Flur auf- und abschritt, die Hand in die Hüfte stützte, als Babsi »you can leave your hat on!« grölte, endlich sogar den Morgenmantel kurz zur Seite rutschen und die nackte Schulter aufblitzen ließ, während sie mit den getuschten Wimpern klimperte.

»Heiß!«, rief Jule und jaulte so, dass meine Mutter es allmählich fast selbst glaubte und gleich noch mal eine Runde drehte.

Aber als sie endlich wieder auf die Straße trat, hatte sie noch immer 44 Stunden totzuschlagen. Ziellos spazierte sie an den Geschäften entlang, wackelte ein wenig mit dem Po, während ihr die Menschen auf dem Gehweg auswichen, innehielten, ihr nachschauten. Oder vielleicht bildete sie sich das auch nur ein.

Sie ging in den Park, legte sich in die Sonne. Spürte die kitzelnden Gräser an ihrem Rücken, die Wärme auf ihrer Haut.

Es war schon dunkel, als sie endlich doch den Schlüssel ins Schloss steckte, so selig-doof, dass sie gerade noch daran dachte, ihre Tüten hinter den Schrank zu kicken, bevor mein Vater »Wo warst du denn so lange?« rufend angerannt kam.

Die Maskerade in ihrem Gesicht fiel ihr ein, die ihr jetzt doch wieder furchtbar lächerlich vorkam.

Aber Arno schien nichts aufzufallen. »Weißt du, wie spät es ist?«, rief er stattdessen.

»Tut mir leid«, sagte sie und legte die Hand über Nase und Mund. »Ich hab nicht auf die Uhr gekuckt.«

Arno trat hinter sie, um ihr aus der Jacke zu helfen. »Du hast ja keine Ahnung, was für Sorgen ich mir gemacht hab! Ich hab sogar Anna angerufen!«

Meine Mutter fuhr herum, starrte ihn an, während sie noch immer halb in den Ärmeln feststeckte. »Was hat sie gesagt?«

»War nur ihr Freund dran.« Arno zog die Jacke von ihren Handgelenken und hängte sie über den Kleiderständer. »Du hattest doch versprochen, dass wir uns heute Abend die Band anhören, von der Max erzählt hat!«

»Tschuldigung«, murmelte meine Mutter. Sie strich sich die

Haare hinter die Ohren, holte Luft. »Hast du mit ihm gesprochen?«

»Ja klar hab ich, er hat gesagt, wir können sie uns am Wochenende anhören, da spielen sie noch mal in einem Club in Kreuzberg, er setzt uns auf die Gäste…«

»Nein, ich mein, mit Annas Freund?«

»Ähm, nicht wirklich, nur ganz kurz.«

»Was hat er denn gesagt?«

»Nichts. Nur, dass du schon nach Hause bist. Klang ganz nett.« Sein Blick wanderte zum Schrank, »gar nicht wie einer, der seine Frau betrügt.«

Wer hat denn was von betrügen gesagt?, dachte meine Mutter. Ahnte er etwas? Testete er sie? Oder verlor sie am Ende doch den Überblick über ihre Lügen?

»Ach was, wie hört sich denn ein Betrüger an?«, fragte sie und täuschte ein Husten vor, um das ein bisschen arg quiekig geratene Lachen darunter zu verbergen.

»Weiß nicht, irgendwie hinterhältiger.« Mein Vater schaute noch mal zum Schrank, sagte aber nur: »Wo warst du denn jetzt so lange?«

»Äh, in so einem Café.« Sie schob sich an ihm vorbei und lief ins Bad, »Anna wollte was mit mir besprechen, und ihr Freund hatte Besuch, also sind wir woanders hingegangen.«

»Was denn besprechen?« Arno kam ihr nach.

»Ähm«, meine Mutter drehte den Wasserhahn auf, hielt die Hände darunter, »sie hat mir angeboten, sie auf diese Konferenz in den USA zu begleiten und den Vortrag mit ihr zusammen zu halten. Der Großteil der Studie stammt ja eh von mir, also meinte sie, es sei nur fair, dass ich auch meinen Teil des Ruhms abbekomme.«

»Und ob!«, rief Arno. Er nahm das Handtuch vom Haken, hielt es ihr hin. »Wann soll das stattfinden?«

Meine Mutter zuckte die Schultern. »Irgendwann nach dem Examen. Im August oder so.«

Das Handtuch fiel zu Boden. »Im August?«, rief mein Vater. Er hielt die leeren Handflächen nach oben wie ein Bettler. »Einen

Monat vor der Hochzeit? Du willst einen Monat vor unserer Hochzeit nach Amerika fliegen?«

Der Magen meiner Mutter begann wieder zu rumoren. »Ach so, ja?«, murmelte sie, »das hatte ich ganz vergessen.«

»Du hast vergessen, dass wir heiraten wollen?«, rief Vater.

»Natürlich nicht, ich dachte nur, also, so ganz genau stand das Datum doch noch gar nicht fest.« Sie bückte sich nach dem Handtuch und hielt es Arno hin. Aber statt es ihr abzunehmen, schlug er auf einmal mit der Faust in die Handfläche.

»Wir haben von Anfang an gesagt, nach dem Examen, vor der Eröffnung des Outlets. Damit bleiben genau die ersten drei Septemberwochen. Was ist denn daran bitte unklar?«

»Ja, äh, stimmt natürlich«, stammelte meine Mutter, »ich hab wohl einfach die Daten durcheinandergebracht.« Sie warf das Handtuch selbst in den Wäschekorb, wischte sich die nassen Hände am Hosenboden ab. »Wahrscheinlich steh ich einfach zu sehr unter Druck. Du hast doch selbst gesagt, es ist ein bisschen viel im Moment.« Sie legte den Kopf zur Seite, »nur noch ein paar Monate, weißt du nicht mehr?«

Arno verschränkte die Arme.

»Tut mir leid«, sagte meine Mutter noch mal, »dann bleib ich eben hier.«

»Darum geht's doch gar nicht«, schrie Arno und stampfte tatsächlich auf den Boden. Er lief in den Flur, stieß so heftig die Tür zum Schlafzimmer auf, dass sie krachend gegen die Wand schlug.

Meine Mutter kam ihm nach. »Was hast du denn?«, fragte sie und berührte ihn zaghaft am Arm. »Das wolltest du doch.«

»Ich wollte, dass du es selbst willst!«, rief Arno und schüttelte ihre Hand ab. »Ich wollte, dass dir unsere Hochzeit wichtig genug ist, dass du vielleicht mal selbst auf die Idee kommst, dass du in der Woche davor nicht um die halbe Welt fliegen solltest. Ich wollte, dass du dich auch etwas einbringst, dass du wenigstens nach dem Examen bei der Planung mithilfst, wo ich ja jetzt schon alles alleine mache. Aber offenbar ist das zu viel verlangt.«

»Natürlich ist mir die Hochzeit wichtig …«

»Das kannst du aber verdammt gut verbergen!«, schrie Arno. »Alles was dich interessiert, ist diese Anna. Den ganzen Tag geht's nur Anna hier, Anna da!«

Meine Mutter holte tief Luft. »Es ist doch nur, weil sie so super …«

»Ja, ja, Kontakte hat«, schnitt ihr Arno das Wort ab. »Ich kann's schon nicht mehr hören! Wer weiß, was da am Ende wirklich bei rauskommt?«

»Natürlich kommt da was bei raus!«, rief meine Mutter, »siehst du doch! Sie hätte ja wohl kaum das mit der Konferenz vorgeschlagen, wenn sie meine Arbeit nicht schätzen würde.«

»Vorschlagen kann man viel, wenn der Tag lang ist!«, rief mein Vater.

»Was soll das denn heißen?«, fragte meine Mutter erschrocken, »glaubst du, jemand würde so was einfach so dahinsagen?«

»Was weiß denn ich?« Er ließ sich aufs Bett fallen, »alles was ich seh, ist, dass sie dich völlig in Beschlag nimmt mit dieser Studie und ihrem ganzen verkorksten Privatleben …«

»Sie braucht mich eben!«

»Mein Gott, du bist doch nicht ihre Mutter!«, rief Arno.

Meine Mutter setzte sich auf die Bettkante. »Ich …, also, ich geb mir von jetzt an mehr Mühe«, sagte sie, »versprochen.«

»Mühe allein wird nicht reichen«, brummte Arno und rollte sich auf die andere Seite.

Eine Weile blieb meine Mutter neben ihm sitzen, überlegte, was sie sagen könnte, um ihn zu beschwichtigen. Aber außer einem dritten »Tut mir leid«, das er nur mit einem Schnauben quittierte, fiel ihr nichts ein, sodass sie sich endlich auszog und neben ihn legte.

Sie kroch an ihn heran, streichelte sich von seiner Schulter über die Brust zu seinem Magen, was ihm sonst immer ein wohliges Schnurren entlockte. Aber diesmal ging er nicht darauf ein, wehrte sich zwar nicht, machte aber auch keine Anstalten, die Berührung zu erwidern.

Vielleicht wäre es das Beste, einfach schnell mit ihm zu schlafen, schoss es ihr durch den Kopf. Wie schlimm kann es schon sein, rein, raus, mit seinem Zorn im Bauch geht es sicher schnell.

Aber ehe sie sich noch dazu durchringen konnte, die Finger unter seinen Gummizug zu schieben, spürte sie schon das gleichmäßige Heben und Senken seines weichen Bauches in ihrer Handfläche, sodass ihre Gedanken erleichtert zurück nach oben wanderten. Sie stellte sich vor, wie Alex sie abholen, wie sie zur Haltestelle gehen und den Fahrplan studieren würden, wie zwei Touristen in einer fremden Stadt. Stellte sich vor, wie sie zusammen an der Rezeption stünden, das Zimmer suchen, die Schränke aufklappen, das Bad begutachten, die Finger in die Matratze drücken würden, um zu sehen, ob sie zu hart oder zu weich sei. Zum ersten Mal befänden sie sich beide auf ungewohntem Terrain, würden gemeinsam etwas Neues erkunden.

Aber tatsächlich kannte meine Mutter das Hotel, dessen Visitenkarte sie am nächsten Morgen im Briefkasten fand, schon ganz nervös, dass mein Vater vielleicht doch recht gehabt und der Vorschlag gar nicht ernst gemeint gewesen war, nur allzu gut. Keine zehn Minuten Fußweg von ihrer Wohnung war es entfernt und so schäbig, dass sie sich erst vor ein paar Wochen beim Vorbeigehen gefragt hatte, wer denn bitte an einem solchen Ort seinen Urlaub verbringen wolle.

Doch der ersten Enttäuschung blieb kaum ein halbes Stockwerk Zeit, an ihrer Vorfreude zu kratzen, schon entdeckte meine Mutter Alex' Buchstaben auf der Rückseite. Er hatte mit Bleistift geschrieben, mitten in die Anschrift des Hotels, sodass man, also wahrscheinlich mein Vater, es auf den ersten Blick auch übersehen konnte. Aber wenn man genau schaute, ließ sich doch »Fr, 1 Uhr« entziffern – was, wie meiner Mutter sofort auffiel, bedeutete, dass sogar etwas weniger als 48 Stunden zwischen Telefonat und Treffen liegen würden.

Wahrscheinlich dürfen wir genau um 13:00 Uhr einchecken und er wollte keine Minute verschwenden, dachte sie. Und das so lang und hartnäckig, bis sie sich endlich derart freute, dass sie meinen noch immer schlafenden Vater vor Übermut mit einem Guten-Morgen-Kuss weckte.

Aber Arnos Ärger vom Vortag war noch nicht verflogen. »Ich hab noch nicht mal Zähne geputzt«, grummelte er und legte die Hand auf den Mund.

»Macht doch nichts«, rief meine Mutter und küsste ihn gleich noch mal auf den Handrücken. Sie drückte das Kinn an seine Fingerknöchel, blinkerte mit den Wimpern wie gestern in Babsis Flur. »Du hattest recht! Ich hätte diese Sache mit den USA sofort ablehnen sollen.«

Die schmalen Lippen zogen sich zusammen. »Ja, hättest du«, sagte Arno und versuchte einen strengen Blick. Aber meine Mutter schlang nur ihre Arme um seine Hüfte und flüsterte »ich weiß, die letzte Zeit war schwierig, aber jetzt wird alles besser«, »ganz bestimmt«, schließlich, »was hältst du davon, wenn ich heute erst mittags in die Uni gehe und den Vormittag über mit dir ins Büro komme?«, weil sie sich dachte, dass sie zu Hause doch nichts machen konnte außer sich verrückt.

Die Visitenkarte in der Tasche, lief sie neben meinem Vater her und fragte ihn über die Blumengestecke aus, über die Einladungen, über den netten Standesbeamten, den er doch neulich erwähnt hatte, nicht wahr?, nickte alles so strahlend ab, dass er sich ihrer guten Laune nicht länger entziehen konnte.

»Schön, dass wir endlich mal wieder etwas Zeit füreinander haben«, sagte er und drückte ihre Hand.

Meine Mutter strahlte noch mehr. »Ich hab doch gesagt, ich geb mir Mühe.«

»Ja, das seh ich«, sagte Arno.

Und mein Großvater sah es auch. »Na, da scheint aber mal jemand aus seinem Koma erwacht zu sein«, rief er, als meine Mutter sich zurück zur Arbeit meldete und ihm nach einer Stunde bereits den ersten Stapel fertig erfasster Bestellungen auf den Schreibtisch knallte, denn jetzt, wo sie ausnahmsweise mal nicht hoffen und bangen und sich sorgen musste, jetzt, wo sie endlich mal wusste, wie und wo und vor allem wann sie ihn wiedersehen würde, konnte sie sich auch wieder konzentrieren. Mit lang vermisster Energie spurtete sie durchs Lager, fand die verschollene Lieferung, lief zurück in den Laden, schleuste einen Kunden nach dem andern zur Kasse, deren Glöckchen gar nicht mehr zu bimmeln aufhörte. Erst als meine Großmutter zum ersten Mal das Mittagessen aufzutragen versuchte, schaute sie erschrocken auf die Uhr und bat meinen Vater, das »wenn ich mal nicht mehr bin« heute an ihrer Statt über sich ergehen zu lassen – zu was der sich so schnell bereiterklärte, dass sie sich doch zumindest ein klitzekleines bisschen schlecht fühlte, auf sein »bis heute Abend!« nur mit »ja, bis später!« zu antworten. Aber ihm gleich zu gestehen, dass sie die Nacht außer Haus verbrächte, hätte ihm nur die Gelegenheit gegeben, Fragen zu stellen, Einwände zu erheben, schlimmer noch, sie aufzuhalten. Da war es doch besser, ihn irgendwann später von einer Telefonzelle aus anzurufen und ihm irgendeine herzzerreißende, in 30 Pfennig Redezeit kaum zu hinterfragende Erklärung aufzutischen.

Sie lief also nach Hause, zog den Koffer unterm Bett hervor, warf ihre Einkäufe hinein. Befand das riesen Ding für eine Nacht doch als übertrieben und wühlte solange im Schrank herum, bis ihr Arnos Schwimmtasche in die Hände fiel. Sie packte ihre Sachen um, legte eine Reisezahnbürste obenauf, Zahnpasta, ein Buch. Nahm Letzteres wieder heraus. Sie cremte sich von Kopf bis Fuß ein, zog ihre neue Unterwäsche an, holte das Make-up und versuchte, die Stifte und Pinsel und Bürstchen genauso leicht über ihr Gesicht gleiten zu lassen, wie Jule es getan hatte. Aber tatsächlich wirkte das Resultat eher, als habe sie gar kein Gesicht, als sei das Make-up das Eigentliche und nur die alberne Fratze dahinter aufgemalt. Die Augen inmitten des Eyelinergitters waren durchsichtig, die Wangen unter dem leuchtenden Rouge noch blasser, selbst die zwei dunkelrot glänzenden Balken schienen sich nur als Lippen auszugeben, während sich der tatsächliche Mund schüchtern zwischen Nase und Kinn verkroch.

Nervös rannte sie auf die Toilette und wusch sich das Gesicht. Begann von vorne. Kratzte auch den zweiten Versuch wieder ab. Fing noch mal an, bis sie endlich so spät, also wirklich so, so spät dran war, dass sie, zufrieden oder nicht, aber: natürlich nicht!, aus dem Haus rannte.

Aber als sie endlich atemlos in der Lobby ankam, war außer einem müde aussehenden Mann hinter der Rezeption niemand zu sehen.

Auf der Uhr über der Tür war es zehn nach eins.

Sie setzte sich auf eine der verranzten Couchen. Betrachtete die Wände. Überlegte sich, was sie sagen sollte, wenn er kam. Überlegte sich, wie sie kucken sollte, wenn er kam.

Wenn er denn kam.

Aber natürlich würde er kommen. Was machst du dir denn schon wieder für Sorgen? Sind doch erst zehn Minuten. Elf. Elfeinhalb. Elf vierzig. Fünfzig. Zwölf.

Sie schlug die Beine übereinander, drückte die Hände darauf.

Versuchte zu lächeln.

Und ließ es besser wieder bleiben.

Sie ging zur Tür. Blickte auf die Straße.

Lief am Fenster entlang und wieder zurück.

Sie schaute auf ihre Füße. Schaute erneut zur Uhr, auf der es jetzt schon vierzehn nach, nein doch erst dreizehn, aber dann schließlich doch vierzehn nach eins war.

Und dachte plötzlich, dass er ja auch schon im Zimmer sein könnte.

Sie lief zur Rezeption, wartete, bis der müde Mann den Kopf hob.

»Kann es sein, dass mein …, also, hat gerade, ich meine, hat vielleicht vor ein paar Minuten mein Bekannter eingecheckt?«

»Name?« fragte der Mann.

»Alexander«, fing meine Mutter an, dann fiel ihr ein, dass sie noch immer nicht seinen Nachnamen kannte. »Ähm, also, ich bin mir grad nicht sicher, wie er weiter …«

Der Mann machte eine wegwerfende Handbewegung. »Bemühn Sie sich nicht, nen Alexander hab ich eh nicht auf der Liste«, sagte er und ließ wieder den Kopf sinken.

Meine Mutter hielt sich an der Theke fest. »Äh, können Sie mir vielleicht sagen, also, sofern das nicht unter Ihre Schweigepflicht fällt, also, unter welchen Namen haben Sie denn Reservierungen vorlie…«

»Lösch, Umlauff«, las der Mann lustlos vor, »Wandt, McCoy, Piecek, von Hauff, Schneider …«

»Das ist es!«, unterbrach ihn meine Mutter. »Das bin ich!« Sie spürte, wie ihr schon wieder heiß wurde. Woher kannte Alex denn ihren Nachnamen? Sie hatte ihn ihm doch nie gesagt. Spionierte er ihr etwa nach? Nein, es reichte natürlich, dass er auf seinem Weg nach unten einmal angehalten und ihr Klingelschild gelesen hatte, aber zumindest hieß es doch, dass er sich diese Mühe gemacht hatte, dass nicht nur er in ihrem, sondern auch sie in seinem Kopf war.

Der Mann kramte wieder irgendwo herum, legte ein Plastikkärtchen auf den Tresen, zog es aber, als meine Mutter die Hand danach ausstreckte, wieder zurück.

»Bei uns ist Vorauskasse.«

»Ach so, ja, äh, natürlich.« Meine Mutter nahm das Portemonnaie aus der Tasche, zog wahllos ein Bündel Scheine heraus und hielt es ihm hin.

»Eine Nacht?«, fragte er skeptisch.

Meine Mutter nickte.

Der Mann nahm sich ein paar Scheine, schien kurz zu überlegen, schob den Rest dann aber doch zurück.

»Frühstück gibt's bis um zehn, um zwölf seid ihr raus, sonst berechnen wir nen Tag extra, viel Vergnügen.«

»Danke«, sagte meine Mutter und griff zaghaft nach dem Kärtchen.

Sie fuhr mit dem Fahrstuhl nach oben und suchte das Zimmer, ließ die Fingerknöchel gegen die Tür schlagen.

Aber drinnen tat sich nichts.

Sie klopfte noch einmal. Steckte endlich die Karte in den Schlitz. Die Tür quietschte wie in einem Gruselfilm, wenn der Mörder reinkommt, während die Blondine unter der Brause steht. Aber die Dusche war leer. Und auch im Rest des Zimmers befand sich so gut wie nichts. Ein Bett, eine braune Wolldecke darauf, ein Tisch, Fernseher, das war's.

Vielleicht hat er ja verschlafen?, dachte sie. Wenn er heute frei hat, hat er gestern sicher länger gearbeitet. Und dann Dimas Besuch! Vielleicht war er so erschlagen, dass er einfach ein bisschen länger liegen geblieben ist.

Sie öffnete den Reißverschluss der Tasche, dachte, dass sie vielleicht schon mal ein paar Dinge auspacken könnte.

Und zog stattdessen die Strapse an.

Sie legte sich aufs Bett, streckte einen Arm über dem Kopf aus. Rutschte zur Seite, um die Position auf dem schwarzen Bildschirm zu überprüfen. Sie winkelte die Beine an. Lag eine Minute so da. Zwei. Zehn. Schob die kratzende Decke beiseite und streckte sich auf dem Laken aus.

Sie schaltete den Fernseher an, erst ganz leise, damit sie Alex' Klopfen hören würde, dann lauter, damit sie es auch nicht hören und sich von ihm überraschen lassen könnte.

Sie schob ein Bein über das andere, warf das Haar nach hinten, spürte, wie die Spannung aus ihrem Körper wich, wie ihre Muskeln erschlafften, den eingezogenen Bauch auf die Decke sinken ließen, während ihr rasender Atem in ihre Handfläche hallte, hörte, fühlte, ja roch sogar die Schwäche in der stechenden Süße des Angstschweißes, schmeckte sie im Salz auf ihren Lippen, sah sie endlich auch, sah die Tränen, die sich zwischen ihren Fingern hervordrückten und unablässig auf das Laken fielen, auf dem sich eine schmutzige Pfütze bildete.

15. Kapitel

Als sie plötzlich eine Hand auf ihrer Schulter spürt.

Sie fährt zurück, stößt sich den Kopf am Bettpfosten, während seine gelben Zähne vor ihr aufblitzen.

Ihr Handballen drückt gegen seine Schulter.

Er lacht. »Hab ich dir Angst gemacht?«, fragt er und kneift ein Auge zu.

Meine Mutter rutscht zur Seite.

Die Luft zischt in seinem Mund. »Was haben wir denn da?«, ruft er und beugt sich nach vorne. Sie spürt seinen Atem zwischen ihren Brüsten, auf ihrem Bauch, dann auf einmal seine Zunge, die über ihre Oberschenkel fährt, so plötzlich, dass sie unwillkürlich die Knie zusammenschlägt.

»Au!« Die Finger an die Schläfe gepresst kommt er hoch, schlägt ärgerlich gegen ihre Beine, »was soll denn das?«

Meine Mutter setzt sich erschrocken auf. »Tut mir leid, das wollte ich nicht«, ruft sie und streckt die Hand nach ihm aus.

Aber noch ehe sie ihn berühren kann, packt er ihren Arm und biegt ihn hinter ihren Rücken. Seine freie Hand gleitet nach unten, malt um ihren Nabel. Verwirrt sieht sie ihm zu, wie er mit den Haken der Strapse spielt, die Strumpfbänder schnalzen lässt, sie angrinst.

Und dann plötzlich ein fast besorgtes Gesicht macht.

»Geht's dir gut?«, fragt er und stützt sich auf. Er streicht ihr die Haare aus der Stirn.

»Ähm, ja, klar«, murmelt meine Mutter und dreht sich zur Seite, so schwer liegt sein Blick auf ihr.

Alex setzt sich auf die Fersen. »Wie lange bist du denn schon hier?«

»Seit kurz nach eins«, murmelt meine Mutter.

»Wieso bist du denn so früh gekommen?«

»Das wolltest du doch.«

Er schüttelt den Kopf. »Nein, um drei.«

»Aber auf der Karte hat eins gestanden.«

»Hat es nicht«, beharrt er, sieht fast wütend aus, sodass sie schnell »naja, ist ja auch egal, jetzt bist du da« hinterherschiebt und ihn zu küssen versucht. Aber er schüttelt sie ab und springt vom Bett. »Hast du die Karte noch?«

Meine Mutter zieht die Träger ihres BHs nach oben. »Äh, ich glaub schon.« Sie schaut sich im Zimmer um, läuft ins Bad, kramt das Portemonnaie aus der Schwimmtasche.

Er kommt ihr nach und zieht ihr die Visitenkarte aus den Händen, hält sie so dicht vor die Augen, als sei er kurz vorm Erblinden. »Da, fünfzehn Uhr!«, ruft er triumphierend.

Meine Mutter folgt seinem Finger, sieht tatsächlich die »5«, die sich neben die »1« quetscht, so eingeklemmt zwischen Straße und Postleitzahl, dass sie kaum zu erkennen ist.

»Ach«, sagt sie dümmlich. Sie steckt die Karte zurück in ihre Tasche, fummelt am Reißverschluss herum, richtet sich schwerfällig auf. Und erblickt plötzlich ihr Gesicht im Spiegel, das jetzt, daran besteht zumindest mal kein Zweifel, tatsächlich eines ist. Entsetzt betrachtet sie die schmutzigen Schneisen, die die Tränen in die zartbraune Oberfläche geschlagen haben. Wie ein Schnittmuster zeichnen sie ihre Züge nach, schmiegen sich an die gerötete Nase, beschreiben einen runden Bogen auf ihren Wangenknochen, bevor sie steil nach unten schießen, direkt auf ihr Kinn zu, in dessen Grübchen sich der Puder sammelt. Von dem Lippenstift ist nur noch ein schmaler rostroter Rand übrig, der wie ein ausgetrocknetes Seebett um ihren Mund steht. Die Tusche ist von ihren Wimpern gewichen und hat sich stattdessen sternförmig um ihre Augen gesammelt, die inmitten der Schwärze wie zwei winzige, grüne Lämpchen blitzen.

Schockiert schlägt sie die Lider nieder. Aber auch hier unten hat der Schmerz ganze Arbeit geleistet. Wie ein Bildhauer hat er die Umrisse ihres Körpers nachgebildet, die Dellen und Hügel herausgearbeitet, hat die weichen Stellen mit roten Striemen verziert.

Meine Mutter stürzt zum Becken, klatscht sich Wasser ins Gesicht, reibt sich grob über die Wangen, während ihr bei dem Gedanken, dass ihr Körper noch immer schutzlos seinem Blick ausgeliefert ist, schon wieder übel wird. Sie grapscht nach einem Handtuch und wickelt es um ihre Brust, hört durch das Rauschen des Wassers sein Lachen, das in dem winzigen Bad grausam widerhallt.

»Na, na«, macht er, als sei das alles ein riesen Spaß, schlingt seine Arme um ihre Taille.

»Nicht«, sagt meine Mutter und beugt sich über das Becken, aber seine Lippen fahren unaufhaltsam über ihren Rücken, küssen ihren Nacken, streichen am Rand des Handtuchs entlang, während er von unten daran zieht.

»Nicht«, ruft sie noch mal und hält die Enden mit beiden Händen fest, reißt sich los. Sie rennt ins Zimmer, wühlt in den Falten der Decke, bis sie endlich ihr Kleid findet und es eilig überzieht.

»Was hast du denn?«, ruft er ihr nach.

»Nichts, ich, äh, ich würde nur gern erstmal was essen gehen.« Sie versucht, das Zittern in ihrer Stimme zu unterdrücken. »Ich hatte noch nichts zu Mittag.«

»Und wo?«, fragt er, während er aus dem Bad kommt, plötzlich gar nicht mehr zu Späßen aufgelegt.

»Mir egal, Hauptsache was zu essen, ich fall gleich um vor Hunger«, sagt meine Mutter und legt sich die Hand auf den Bauch. »Wir können doch einfach raus gehen und ein bisschen laufen, bis ein Restaurant kommt.«

Er fährt sich über die Stirn. »Das kost' doch wieder sonst was!«

»Geht auf mich«, ruft meine Mutter schnell.

Aber Alex schüttelt vehement den Kopf. »So weit kommt's noch!«

»Wieso denn nicht?«, protestiert sie, »ich bin es doch, die was essen will.«

»Der Mann zahlt«, sagt er, »los, gehen wir«, und das in so kategorischem Ton, dass meine Mutter einen Moment glaubt, er würde scherzen. Aber er steht schon im Gang und hält ungeduldig die Tür auf.

Sie folgt ihm zum Fahrstuhl, kann nicht umhin, sich geschmeichelt zu fühlen. Entrüstet, empört, aber eben auch und vor allem: geschmeichelt, denn »der Mann zahlt«, das impliziert natürlich auch, dass sie die Frau ist, eine richtige, Schutz bedürftige Frau, für die man sorgen muss, die auf einen angewiesen ist. Und das klingt auf einmal nicht nur herablassend, sondern auch sehr, sehr schön.

Das Gesicht zu ihm nach oben gewandt, wie ein Hündchen, das auf den nächsten Befehl wartet, läuft sie neben ihm her, bereit, sich ganz in seine Hände zu geben – die sie jetzt jedoch gar nicht mehr nehmen wollen. Die Ellenbogen nach außen drückend, als müsse er einen Sicherheitsabstand wahren, schiebt er die Finger in die Taschen, zieht ein Päckchen Gauloises auf der einen und ein Feuerzeug auf der anderen Seite heraus. Er steckt sich eine Zigarette zwischen die Lippen, rollt den Oberkörper nach vorne, hat offenbar Mühe, die Spitze zum Brennen zu bringen. Meine Mutter springt ihm bei, versucht, die Flamme gegen den Verkehrswind abzuschirmen. Aber statt das Schutzdach ihrer Hände zu nutzen, dreht er sich zur anderen Seite, krümmt sich fast zum Boden, bis er sich endlich mit der brennenden Zigarette wieder aufrichtet und sofort mit Riesenschritten weitergeht.

Meine Mutter läuft ihm nach, kann förmlich dabei zusehen, wie er sich in seinen Kokon einwebt.

»Was ein Wetter!«, ruft sie hilflos.

»Hm«, macht er, oder vielleicht nicht mal das, bleibt aber wenigstens vor einem Café stehen.

»Klar«, sagt sie, als habe er eine Frage gestellt, »sieht gut aus.«

Er steuert auf den einzigen freien Tisch zu, setzt sich, während sie über die ausgestreckten Beine hinter ihm herstolpert, klappernd »darf ich?, tschuldigung, ja?, danke« murmelnd einen Stuhl vom Nachbartisch heranzieht, sich zwischen Tisch und Sitzfläche zwängt.

Schweigend sitzen sie einander gegenüber, warten, bis die Kellnerin zwei Karten auf den Tisch legt.

»Sieht gut aus«, sagt meine Mutter noch mal und tut so, als studiere sie das Angebot statt ihn. Aber er nickt nicht mal, zündet sich nur eine neue Zigarette an und starrt vor sich hin, bis die Kellnerin zurückkommt und er in so herzlichem Ton einen Kaffee bestellt, dass meine Mutter selbst nur noch stumm auf die Karte zeigen kann, um nicht sofort wieder loszuheulen.

Sie erinnert sich daran, wie herrlich sie es sich ausgemalt hat, endlich mal etwas Zeit am Stück mit ihm verbringen zu können. Und jetzt? Keine halbe Stunde ist seit seiner Ankunft vergangen, und schon haben sie sich nichts mehr zu sagen.

Die Kellnerin kommt, stellt einen Teller vor ihr ab. Meine Mutter glotzt auf das Essen, spürt, wie die Verzweiflung gegen ihren Gaumen drückt, den Kiefer spreizt, als würde ihr jemand eine Faust in den Mund rammen, hört das Wimmern, das zwischen ihren Lippen herausdrängt, so erbärmlich, vor allem aber: so laut, dass er endlich: »Ist alles in Ordnung?« fragt.

Meine Mutter schiebt die Hand vors Gesicht. »Äh, ja, klar, ich, äh, ich häng nur ein bisschen durch.«

Die Zigarettenspitze glüht wieder auf. »Ah.«

Der Druck an ihrem Gaumen wird immer schlimmer. »Ja, also, ich mach mir nur Sorgen, weil, ähm, wegen meiner Abschlussprüfung.«

Alex legt den Kopf in den Nacken und stößt den Rauch aus. Schaut ihm versonnen nach, wie ein Kind, das einen Luftballon steigen lässt.

»Wird schon«, sagt er endlich, mit größtmöglicher Knappheit. Nicht mal zu einem Substantiv lässt er sich herab, geschweige denn zu einem Pronomen, das sie auf sich hätte beziehen können. Aber in diesem Moment ist auch das genug, um das Fass endgültig zum Überlaufen zu bringen.

Sei es aus Rührung, weil es ja doch ganz lieb von ihm ist, ihr Mut zu machen, sei es aus Verzweiflung, weil das wohl tatsächlich schon alles an Liebenswürdigkeit ist, was er für sie übrig hat, heult meine Mutter mit einem Mal los. Die Tränen laufen über ihr Gesicht, schütteln ihren Körper durch, als säße sie auf dem Rücken eines Pferdes, das sie abzuwerfen versucht.

»Es ist ja nicht nur das«, stößt sie hervor, weil ihr ein bisschen Prüfungsangst als Erklärung für so einen Ausbruch dann doch nicht zu reichen scheint.

Alex streicht die Asche am Tischrand ab.

»Ich meine, es ist schon unheimlich viel zu lernen. Die meisten wissen das ja gar nicht, aber wir schneiden nicht nur Haare. Wir müssen auch schminken und Maniküre machen. Und Pediküre«, sie tastet nach ihrer Serviette, »aber auch abgesehen davon, also ...«

»Was denn?«, fragt er, fast ein bisschen interessiert.

Meine Mutter faltet die Serviette auseinander, schnäuzt sich, während sie sich krampfhaft ein paar existentiellere Probleme auszudenken versucht. »Ich weiß auch nicht.«

»Was weißt du nicht?«

»Ich weiß nicht ob, also, ich ... ich weiß nicht, ob Frisöse überhaupt das Richtige für mich ist«, ruft meine Mutter endlich, vielleicht eine Spur zu laut, so sehr freut sie sich über ihren Einfall.

Alex schüttelt den Kopf. »Ist doch ein toller Beruf.«

Meine Mutter sieht ihn überrascht an. »Wirklich?«

Er reckt den Kopf nach hinten. »Klar. Im Grunde bist du doch so was wie ein Arzt. Die Leute kommen hässlich zu dir, und du machst sie wieder schön.«

Meine Mutter lacht bitter. »Ja, und das ist natürlich das Wichtigste im Leben.«

»Na, du hast leicht reden!«, ruft er, fast ärgerlich.

»Was?«

Aber Alex dreht ihr schon wieder den Rücken zu. Er hebt den Arm, bittet um einen Aschenbecher, sodass nur die Kellnerin die Ungläubigkeit in den Augen meiner Mutter sehen kann, die sich schnell einen Bissen ihres mittlerweile kalten Essens in den Mund schiebt und angestrengt darauf herumkaut, bis das Zittern in ihrem Kinn nachlässt.

»Komm, gehen wir zurück ins Hotel«, flüstert sie endlich und versucht ihre Stimme verführerisch klingen zu lassen.

Aber Alex möchte jetzt lieber irgendetwas unternehmen.

»Wunderbar!«, ruft meine Mutter so laut, dass ihre Enttäuschung kaum zu überhören ist. Sie versucht, ihm zuzulächeln, aber Alex schaut sie nicht an, blättert nur grummelnd ein paar Scheine für das Essen hin, das sie ja kaum angerührt hat.

»Du hast dein Essen ja kaum angerührt«, sagt er, sodass meine Mutter vor Schuldgefühlen gleich wieder rot wird. Mit heißem Kopf folgt sie ihm zu einem Kino, sieht mit ihm einen Actionfilm, und sieht eigentlich doch nur ihn, starrt im Dunklen seine Hand auf der Lehne an, die sich ihrer keinen Millimeter nähert, starrt sein Knie an, das sich sogar noch etwas von ihr wegbewegt, sehnt endlich nur noch das Ende des Films herbei. Aber als das letzte Hochhaus in die Luft geflogen ist, hat Alex plötzlich Appetit. Sie gehen ein Eis essen, das heißt, er isst und meine Mutter sieht zu, wie er isst, wie er danach eine Zigarette raucht, wie er immer weiter ziellos oder vielleicht auch nur Ziel vermeidend die Straße entlangtrödelt, bis sie endlich nicht mal mehr davor zurückschreckt, ihren Körper vorzuschieben.

»Ich müsste mal«, sagt sie.

Alex deutet mit dem Kopf zum Park. »Geh doch in die Büsche.«

»Das Hotel ist doch nur zwei Minuten weg, können wir nicht einfach zurück?«

»Wie du willst«, stöhnt er und läuft träge hinter ihr her zum Hotel, zum Fahrstuhl, in ihr Zimmer.

Aber als meine Mutter aus dem Bad kommt, in dem sie nicht wirklich gepinkelt, sich dafür aber mindestens dreimal die Hände gewaschen hat, ist er nicht mehr da. Nur seine schöne nackte Brust liegt auf dem Bett, die Arme darauf gefaltet, wie eine Leiche im offenen Sarg.

Sie bleibt in der Tür stehen, hört seinen gleichmäßigen Atem. Hebt sein T-Shirt vom Boden und hängt es über die Stuhllehne. Sie setzt sich auf die Bettkante. Wartet. Legt sich endlich neben ihn und küsst ihn auf die Wange.

»Du, ich bin echt total erledigt«, murmelt er, »musste gestern ne Doppelschicht einlegen, damit ich mir heute frei nehmen konnte. Und dann machen Dimas Brüder die ganze Zeit so nen Krach.«

Ein Lächeln huscht über ihre Lippen. Sie stützt sich auf, streichelt seinen Arm.

Aber Alex schläft ihr unter den Fingern weg.

Vielleicht braucht er ja nur ein kurzes Nickerchen, denkt sie.

Sie spannt die Pomuskeln an.

Lässt sie wieder los.

Sie betrachtet ihre eigene Brust, die sich hebt und senkt, mindestens doppelt so schnell wie seine.

Sie steht auf. Läuft durchs Zimmer. Merkt, dass alles, was er an Gepäck mitgebracht hat, eine Plastiktüte ist. Sie zieht die Henkel auseinander, sieht eine Unterhose, ein Paar Socken, zwei weitere Päckchen Gauloises, vor allem aber: haufenweise Kondome.

Was sie erst freut.

Und dann traurig macht.

Und dann doch wieder freut.

Oder besorgt? Was sagt das denn darüber, wie er sie sieht? Denkt er etwa, dass sie mit jedem ins Bett geht?

Möchte sie nicht eigentlich, dass er das denkt? Versucht sie nicht die ganze Zeit, ihn von ihrer Verdorbenheit zu überzeugen?

Oder vielleicht ist es ja auch andersherum. Vielleicht schützt er nicht sich vor ihr, sondern sie vor ihm. Wer weiß, mit wie vielen Frauen er so schläft? Vielleicht kommt er jede Woche in dieses Hotel, um eine andere einsame Mutter zu ficken.

Na, wenn er dich denn mal ficken würde, hört meine Mutter es in sich höhnen und spürt, wie Panik in ihr aufsteigt, und denkt, dass sie genau wie meine Großmutter ist, und merkt, dass sie noch panischer wird, und läuft zum Fenster und läuft zur Tür und bekommt solche Angst, dass er vielleicht doch nicht schläft und sie heimlich beobachtet, dass sie sich wieder neben ihn legt und ihn heimlich beobachtet und sich im Takt seiner hin und her und hin und her wehenden Nasenhaare hin und her und hin und her wiegt und den Kopf an seine Schulter legt und die Augen schließt, um sich auf das Pochen darin zu konzentrieren und einzuschlafen versucht und es nicht kann und sich wenigstens etwas zu beruhigen versucht und es nicht kann und die schrecklichste Nacht ihres Lebens durchmacht, »ja, ja, noch schlimmer als die auf der Party, bist du jetzt zufrieden, du Klugscheißerin!«

Aber natürlich endete auch diese Nacht irgendwann. Und zum Entsetzen meiner Mutter endete sie nicht damit, dass er aufwachte, sondern damit, dass sie selbst die Augen aufschlug, die ihr irgendwann doch zugefallen sein mussten. Sie ließ den Blick übers Bett wandern, aber er stand schon am Fenster und rauchte. Jedes Mal, wenn er einen Zug nahm, drängelten sich die Sonnenstrahlen unter seiner Achsel durch.

Meine Mutter drehte sich auf den Bauch.

Eine ganze Nacht, schoss es ihr durch den Kopf, noch bevor sie ganz bei sich war, wir hatten eine ganze Nacht für uns, und alles, was wir gemacht haben, ist zu schlafen.

Sie drückte das Gesicht ins Kopfkissen, das sofort wieder feucht wurde. Dann spürte sie plötzlich seine Hände an ihren Fußknöcheln.

Er nahm ihre Unterschenkel über Kreuz, warf meine Mutter mit einer einzigen Bewegung auf den Rücken, als würde er einen Pfannkuchen wenden.

»Morgen«, flüsterte er und drückte seinen Zigarettenmund auf ihren, während er sie nach oben zog, so abrupt, dass sie fast das Gleichgewicht verlor. Er zerrte ihr das Kleid vom Kopf, klackte den BH auf, ohne die Spitze zu würdigen. Meine Mutter schwankte zur Seite, merkte, wie ihr vom schnellen Hochkommen schwarz vor Augen wurde, wollte ihn schon bitten, kurz anzuhalten. Aber da sah sie seine gelben Augen, die so gierig über ihren Körper glitten, dass sie sich schnell lang machte. Sie streckte die Arme nach oben, wühlte sich in den Haaren, als würde sie vor lauter Geilheit den Verstand verlieren, versuchte, die ganzen andern Frauen, mit denen er womöglich schon hier war, zu überficken, während sie immer wieder ängstlich zu ihm schaute, um sicherzugehen, dass er auch nicht wieder einschlief. Aber diesmal schien ihm ihr Auftritt zu gefallen. Die Finger in ihre Pobacken gekrallt stieß er sein Becken auf und ab, riss ihren Kopf nach hinten, grapschte plötzlich nach ihrem Morgenmantel. Er zog grinsend den Gürtel heraus, wickelte ihn um den Bettpfosten, hielt sie fest. Und meine Mutter? Wollte sich so sehr aus sich befreien, dass sie sich bereitwillig fesseln ließ.

Ihr Blick ging ein Stück an mir vorbei, heftete sich irgendwo ins Leere, wo er Raum hatte, die staubigen Bilder wieder auseinanderzufalten. Aber die Zeit, die sie sich nahm, die Worte in ihrem Mund anzuwärmen, änderten nichts an der Kälte, die ihnen innewohnte, an der Brutalität, konnten den Widerspruch zwischen dem *Wie* und dem *Was* nicht auflösen.

Anfangs fragte ich mich oft, warum sie mir das alles erzählte. Warum musste ich das wissen? Warum sollte überhaupt irgendjemand so etwas über seine Mutter wissen?

Aber je weiter ihre Geschichte voranschritt, desto mehr begriff ich, dass es vor allem diese Stellen waren, die, die man ihr nicht zutrauen wollte, die sie erzählen musste, die sie laut aussprechen musste, um sich zu vergewissern, dass sie sich die Frau, die all die Jahre nur in ihrem Gedächtnis weitergelebt hatte, nicht nur ausgedacht hatte. Um zu überprüfen, ob die Vergangenheit auch der Wirklichkeit Stand halten würde. Mein Zuhören sollte ihre Erinnerung beglaubigen. Und ich tat ihr den Gefallen. Stempelte ihr alles ab, jede einzelne Szene. Wie sie sich in den Schlingen wand. Wie sie schrie. Wie ihr Kopf gegen den Bettrahmen stieß, während sein Grinsen über ihr immer schiefer wurde.

Erst danach, als sie neben ihm lag, sah sie die aufgerissene Kondomverpackung, auch wenn sie sich nicht erinnern konnte, dass er eines angezogen hatte. Sie hob den Kopf, folgte seinem Haar, das wie ein Wegweiser zwischen seine Beine führte, sah tatsächlich den Ring um seinen Penis. Aber das Gummi darüber war zu nassen Fetzen zusammengerollt.

»Ach herrje!«, rief sie aus.

Alex öffnete die Augen und schaute an sich herab. »Ah, gerissen?«, fragte er, anscheinend weder besorgt, noch sonderlich interessiert.

Meine Mutter schüttelt verwirrt den Kopf. »Das kann einfach so reißen?«

»Kommt schon vor«, murmelte er und wischte sich übers Gesicht, »wenn's heftig hergeht.«

»Ach, war das denn so heftig?«, fragte meine Mutter mit klopfendem Herzen.

Alex zuckte die Schultern. »Schon.«

»Ist dir das denn schon mal passiert?«

»Kann schon sein, vielleicht ein-, zweimal.«

»Ach, dann ist das also ganz normal?«

Alex grinste. »Keine Sorge, Buba, du bist die Beste.«

Meine Mutter zuckte zusammen, »ich äh, ich hab nicht, also nicht weil …«, stammelte sie, drehte den Kopf zur Seite. Aber diesmal kam er ihr nach. Seine Finger strichen ihr das Haar aus der Stirn, fuhren an ihren Ohrläppchen hinab und wieder hinauf, wie auf einer Schaukel.

»Ich hab Hunger«, sagte er endlich und löste die Knoten um ihre Handgelenke.

Sie liefen an den Geschäften entlang, plauderten über nichts, aber das war schon ziemlich viel im Vergleich zu sonst.

»Danke für alles«, entfuhr es ihr, als sie an einer Ampel warteten, so leicht fühlte sie sich mit einem Mal. Erst als er nichts erwiderte, bekam sie Zweifel, ob sie sich damit vielleicht doch zu weit vorgewagt hatte und schob »ich mein nur, weil du mich gestern so lieb beruhigt hast, wegen meiner Prüfung und so« hinterher.

Alex nickte.

»Ich weiß gar nicht, warum ich mich so aufgeregt habe«, fuhr sie fort, und weil er noch immer nichts sagte und meine Mutter dann eben doch meine Mutter war, »ich hatte bisher bei allen Tests eigentlich nur Einsen.«

Er wandte sich ihr zu, sah einen Augenblick ein wenig verwirrt aus. »Ah, ich vergess immer, dass hier ne Eins gut ist«, er schüttelte den Kopf, »bei uns in der Sowjetunion war die Fünf die beste Note.«

»Ach wirklich?«, fragte meine Mutter.

Er nickte wieder. »Vor einer wichtigen Klausur hat meine Oma mir immer ein Fünf-Kopeken-Stück unters Kopfkissen gelegt. Man sagt, das bringt Glück.«

Meine Mutter sah, wie sein Gesicht wieder diesen neblig-nostalgischen Ausdruck annahm.

»Wie hieß sie denn?«, fragte sie schnell, bevor er sich wieder von ihr wegerinnerte, »deine Großmutter meine ich.«

Er holte tief Luft, als brauche er seinen ganzen Atem für die Antwort. »Wolodja Iwanowna«, sagte er mit seiner schönen Russisch-Stimme und schien fast ein wenig zu seufzen.

»Ach, ist das dein Nachname, *Iwanowna*?«

»Nein, Iwanowna ist der Vatersname.« Er zündete sich eine Zigarette an. »Mein Urgroßvater hieß Iwan, deshalb war der Vatersname meiner Großmutter Iwanowna.«

»Ach wirklich?«, fragte meine Mutter wieder, »gibt's denn auch einen Muttersnamen?«

Alex schüttelte den Kopf.

»Ah, das heißt, wenn wir zum Beispiel ein Kind hätten, dann hieße es nur nach dir?«

Er machte einen Schritt von ihr weg. »Wieso sollten wir denn ein Kind haben?«

»Ich mein ja nur, theoretisch«, beeilte sie sich zu sagen, »also, wenn wir verheiratet wären und ein Kind hätten, hieße es dann auch, also meinetwegen Anna Alexan…«

»Hast du vergessen, dass du schon verheiratet bist?«, schnitt er ihr das Wort ab.

»Nein, natürlich nicht.« Sie versuchte zu lachen. »Ich wollte ja nur sagen, wenn, also, wenn ich noch nicht …«

Alex blieb abrupt stehen. »Wie kommst du denn auf so einen Quatsch?« Seine Brauen verbanden sich zu einem Strich. Er nahm einen langen Zug, drehte den Kopf von ihr weg. »Wir würden auch dann nicht heiraten.«

Meiner Mutter wurde wieder schwindelig. »Warum denn nicht?«, fragte sie, vergeblich bemüht, die Frage als reine Neugier zu verkaufen.

Alex sah dem Rauch hinterher, während sich die Asche an seiner Zigarette sammelte, warf sie auf den Boden, obwohl noch fast ein Zentimeter übrig war. »Weil du keine Jüdin bist«, sagte er endlich.

Das Lachen im Mund meiner Mutter wurde ranzig. »Ich wusste gar nicht, dass du so religiös bist.«

»Religiös?« Er lachte laut auf. »Das letzte Mal, dass ich eine Synagoge von innen gesehen habe, war bei meiner Bar Mitzwa. Und auch bei dem Scheiß hab ich nur mitgemacht, weil's Geschenke gab. Nein, nein, ich bin Atheist.«

»Ich auch«, rief meine Mutter, begeistert, dass sich das Nicht-Glauben jetzt endlich mal auszahlte. Aber Alex wollte nichts von dem Pfaffenhass meines Großvaters hören. »Das hat nichts mit Glauben zu tun«, sagte er gereizt und lief wieder los.

»Mit was denn dann?«, fragte sie, während sie hinter ihm herrannte.

Er zog die Luft durch die Zähne. »Ich hab es meiner Mutter versprochen, bevor sie gestorben ist.«

Eine tote Mutter, dachte sie, wie soll ich denn gegen eine tote Mutter ankommen?

Die Häuser am Straßenrand begannen sich um sie zu drehen. »Und was, wenn ich konvertieren würde?«

Alex schüttelte wieder den Kopf. »Das gilt nicht.«

»Wie, das gilt nicht?«

»Du wärst trotzdem noch keine Jüdin, zumindest nicht für mich.« Er wurde noch schneller, kramte schon wieder in seiner Hosentasche. »Kann schon sein, dass du einen Rabbi findest, der was anderes sagt. Aber wenn dich nie einer *Judensau* genannt hat, wenn du in der Schule nicht gefragt wurdest, warum sie deine Familie eigentlich nicht auch in den Ofen gesteckt haben, wenn du dir nicht jedes Abendessen Holocaustgeschichten anhören musst, dann bist du eben keine richtige Jüdin. Da kannst du Freitagabend noch so viele Kerzen anzünden.«

Meine Mutter sah zu Boden, konnte kaum sprechen vor Traurigkeit, keine schwere Kindheit gehabt zu haben, nicht hatte leiden zu müssen. Und glaubte das wirklich.

Er zog die Gauloises heraus und friemelte eine neue Zigarette heraus.

»Kennst du denn viele richtige Jüdinnen?«, fragte meine Mutter mit zittriger Stimme.

»Nicht wirklich. Ist gar nicht so leicht in Deutschland eine zu finden.« Ein Schmunzeln huschte über sein Gesicht. »Deine Leute haben ganze Arbeit geleistet.«

Meiner Mutter schnürte sich der Hals zusammen. »Warum gehst du dann nicht doch mal in eine Synagoge?«, presste sie heraus, »da gibt's sicher mehr Auswahl.«

Alex lachte wieder, blieb aber wenigstens endlich stehen und schaute zu ihr herab. Er strich über ihr Gesicht, erst nur mit den Augen, dann nahm er den gekrümmten Zeigefinger dazu und ließ ihn über ihre Wangen gleiten. »Weil ich lieber mit einer Nazibrut in Hotelbetten rumliege«, sagte er und stieß sie in ihr Grübchen.

Die Häuser drehten sich immer schneller, zogen einen Schweif nach sich, als er plötzlich: »Ich wünschte, wir hätten noch eine Nacht« sagte.

»Dann lass uns doch einfach noch eine bleiben!«, entfuhr es ihr.

Seine Stirn legte sich in Falten. »Geht das denn, mit Anna?«

»Die bleibt sowieso bis Sonntag bei ihren Großeltern«, rief meine Mutter, froh, wie schnell ihr die Lügen schon von den Lippen gingen.

Alex rieb sich über den Kopf. »Und dein Mann?«

Meine Mutter machte eine wegwerfende Bewegung. »Dem erzähl ich schon irgendwas«, sagte sie und merkte nicht mal, dass sie das tatsächlich würde tun müssen.

Aber Alex war noch nicht ganz überzeugt.

»Sicher?«, fragte er skeptisch, »nicht, dass du es morgen bereust.«

Meine Mutter schüttelte heftig den Kopf, während ihr Kiefer von einem Gähnen auseinandergerissen wurde.

»Was ist denn los mit dir?« fragte er lachend, »wir haben fast elf Stunden geschlafen!«

Sie wischte sich über den Mund, suchte nach einer Antwort, aber weder konnte sie ihm sagen, dass sie die halbe Nacht wachgelegen und ihn angestarrt hatte, noch mochte sie das »wir« zurückgeben.

»Sicher«, sagte sie stattdessen, drehte sich um und rannte voraus.

Aber die Wahrheit war, dass sie längst vergessen hatte, was *Reue* eigentlich war. Und *morgen* erst recht. Sie schaffte es kaum, mehr als drei, vier Sekunden in die Zukunft vorauszudenken. Als blättere sie durch einen Stapel Polaroidaufnahmen, sah sie Alex' Hände, die sie einfingen, sie an ihn drückten, sah seine Lippen, die sie küssten, an jeder grünen Ampel, die sie gerade noch schafften, an jeder roten, die sie gerade nicht mehr schafften, sodass sie sich noch länger küssen konnten. Und als sie sich schließlich wieder dem Hotel näherten und er ihr ins Ohr flüsterte, dass sie auch in dieser Nacht keinen Schlaf kriegen würde, als er ihr auf den Po schlug, während sie die Straße überquerte, als sie über den Filmschatten lachten, den ihre aneinandergepressten Körper auf die gegenüberliegende Wand warfen, dachte sie, dass sie auch nicht mehr nach hinten denken wollte, dass das zu schön war, um etwas davon für ihr Gedächtnis abzuknipsen, dass sie nicht bereit war, mit der Vergangenheit zu teilen. Sie ließ sich fallen, versank ganz und gar in dem Moment. Erst als sie am nächsten Vormittag nach Hause kam, sprangen die Rädchen in ihrem Hirn nach und nach wieder an, so langsam, dass sie eine ganze Stunde auf die leere Schrankhälfte starren musste, bis sie kapierte, dass mein Vater weg war.

16. Kapitel

»Wie weg?«, fragte ich.

»Na, weg halt.«

»Du meinst, dass er dich verlassen hat.«

»Mein Gott, bei dir klingt das immer gleich so dramatisch«, sagte sie und verdrehte die Augen, noch immer mit dieser achselzuckenden Na und?igkeit, mit der sie auch damals reagiert hatte, nämlich: so gut wie gar nicht.

Das erste, was sie tat, war, die Schuhe meines Vaters, die er, wie er auf einem seiner ausnahmsweise mal tatsächlich für eine Nachricht und nicht zur Bekräftigung seiner Gefühle genutzten Zettel erklärte, nicht mehr in den Koffer bekommen hatte und später abzuholen gedachte, »wenn es nicht mehr so wehtut«, vor die Tür zu stellen – was auf den ersten Blick vielleicht grausam scheint.

Aber auf den zweiten ist es noch viel grausamer.

»Wie kommst du denn darauf?«, rief sie überrascht, als ich ihr vorwarf, dass sie ihn ja wohl wenigstens noch mal in die Wohnung hätte lassen können, »klar hätte er rein gedurft. Ich wollte nur, dass Alex die Schuhe sieht.«

»Wieso das denn?«

»Na, nicht, dass er noch was gemerkt hätte! Er sollte doch glauben, dass noch immer ein Mann hier wohnt«, sagte sie und sah mich an, als hätte ich Schnodder im Gesicht.

Sie stellte also die Schuhe vor die Tür, und das so, dass ein Vorbeigehender geradezu darüber stolpern musste. Entblödete sich nicht, irgendwas von »Stinkesohlen« und »lüften« zu rufen, wie alle Lügendebütanten absurd paranoid, als ginge es darum, eine

Gruppe Geheimagenten zu täuschen und nicht einen zwei Treppen entfernten, hinter einer Metalltür verschanzten, von dauerfernsehenden Russen umgebenen und ohnehin höchstens sporadisch aufnahmefähigen Phlegmatiker. Holte, da sie keine weiteren Männlichkeitsbeweise fand, eine ihrer eigenen Blusen, die so weit geschnitten war, dass sie auch als Herrenhemd durchgehen konnte, und hängte sie auf die Wäscheleine, bevor sie sich endlich sicher genug fühlte, den Brief zu lesen, der auf dem Küchentisch für sie bereitlag.

»Ich werde dich immer lieben«, stand auf dem Umschlag, als hätten die sechs in Liebesschwüre getränkten Seiten darin noch nicht gereicht. Er habe viel nachgedacht. Die letzten Wochen seien hart gewesen, die härtesten seines Lebens, aber während er gestern, was offenbar mittlerweile schon vorgestern war, in dem Club in Kreuzberg auf sie gewartet habe und sie auch diesmal nicht zum Hochzeitsband-Hören gekommen war, sei ihm alles klar geworden – was sich in dem endlos verschachtelten Wirrwarr jedoch leider nicht niederschlug. Bei jedem Komma, das einen neuen Nebensatz einleitete, der sich seinerseits durch eine Fülle unnötiger, überflüssiger, irrelevanter, redundanter, anscheinend mit dem Vorsatz, jedem, aber auch wirklich jedem von ihnen eine Chance, sie ins Herz zu treffen, einzuräumen, aneinander gereihter Adjektive in die Länge zog, dass meine Mutter am Ende keine Ahnung mehr hatte, wie der verdammte Satz angefangen hatte, wurde sie gereizter, bis sie kurzerhand zum Schluss sprang. »Offensichtlich bedeutet dir deine Karriere mehr als der Mann, den du liebst. Das muss ich akzeptieren.« Um zu vermeiden, dass sie sich bei der Arbeit über den Weg liefen, habe er meinen Großeltern erzählt, die bevorstehende Hochzeit habe in ihm den Wunsch geweckt, sich mit seiner geflohenen Mutter auszusprechen; er wolle daher in den Westen fahren, um sie zu suchen, »entscheide du, ob du ihnen die Wahrheit sagst, mir selbst fehlt die Kraft dazu, Dein Arno.«

Alle Achtung, vielleicht hat Anna das mit der Phantasie ja wirklich von ihm, sagte sich meine Mutter.

»Das meinst du jetzt als Scherz, oder?«, unterbrach ich sie, und, als sie mich nur mit leerem Blick ansah, »dir war schon klar, dass du dir diese Anna nur ausgedacht hast?«

»Ja, äh, natürlich«, murmelte sie unsicher. Sie zog die Oberlippe mit den Zähnen nach innen, begann sich wieder zu kratzen. Je weiter die Metastasen sich ausbreiteten und ihre Leber am Arbeiten hinderten, desto schlimmer wurde der Juckreiz. Trotzdem war ich mir ziemlich sicher, dass es in diesem Moment eher ihre Verwirrung war als der Krebs, der ihre Finger hektisch hin und her fahren ließ, als würden sie über die Saiten einer Gitarre schrappeln.

»Herrje, ich war gerade verlassen worden, da darf man ja wohl mal nen Moment neben sich stehen!«, rief sie endlich und brachte vor Ärger wieder den Infusionsständer zum Wackeln.

»Ach, jetzt plötzlich!«, erwiderte ich patzig. Wofür ich dann auch gleich wieder ein paar Stunden aus dem Zimmer verbannt wurde.

Aber auch als sie das Buch, in dem zu lesen sie vorgab, weglegte und mich wieder reinließ, als sie sich, offenbar milder gestimmt, nach meiner Großmutter erkundigte und meine Antwort, ich habe die lange Abwesenheit meiner Mutter mit einem Besuch bei Lieferanten in Indien erklärt, von wo aus sich nur Emails schreiben, nicht aber anrufen ließe, mit einem fast stolzen Nicken würdigte, als sie richtig zu kichern begann, während ich ihr erzählte, wie ich meiner Großmutter die Anschaffung »eines von diesen Internets« damit ausgeredet habe, dass sie sich, wenn doch bereits Handys so krebserregend seien, ja wohl bitte selbst ausrechnen könne, wie viel schlimmer so ein Ding wäre, mit dem man die ganze Welt erreicht, als ich die Vertraulichkeit zwischen uns endlich nutzte, um sie ganz vorsichtig zu fragen, ob ihr der Weggang meines Vaters nicht vielleicht doch ein bisschen was ausgemacht habe, schüttelte sie nur den Kopf.

Meine Großeltern seien ein bisschen verstimmt gewesen, dass Arno sich »ausgerechnet jetzt!« auf Spurensuche hatte begeben müssen, sodass meine Mutter die ersten Tage wieder öfter ins Büro gegangen sei, um seine Arbeit mitzumachen. Babsi habe ein paar Mal angerufen, um sie zum Ausgehen zu überreden, »solange du ganz allein bist.« Aber tatsächlich fühlte meine Mutter sich weder allein noch einsam. Nicht mal wirklich in ihrem Stolz verletzt, dabei reichte dazu sonst schon viel weniger. Die Trennung ließ sie völlig kalt. Nein, selbst das wäre zu viel gesagt, sie dachte überhaupt nicht darüber nach. Wie ein Kind, das Fahrradfahren lernt und vor lauter Angst, runterzufallen, so stur auf den Lenker starrt, dass es gar nicht merkt, dass die sichernde Hand längst den Gepäckträger losgelassen hat und es sich immer weiter von zu Hause entfernt, trat sie unablässig in die Pedale. Und dafür, dass es ihr erstes Mal ohne Stützräder war, machte sie ihre Sache erstaunlich gut.

Obwohl jetzt kein jammernder Arno mehr da war, der ihr die Zeit stahl, zwang sie sich, nicht öfter hochzugehen als bisher. Schaffte es einmal sogar, ein bereits verabredetes Treffen abzusagen, weil mein Vater sie angeblich ganz groß ausführen wolle, und erzählte Alex am nächsten Tag bis ins Detail, wo sie gegessen hatten, was sie gegessen hatten, wie schön die Rosen gewesen seien, die Arno ihr geschenkt habe. Unter Aufwendung aller Kräfte widerstand sie der Versuchung, sich mit Alex in ihrer Wohnung zu treffen, was der, nachdem Dimas Familie noch immer keinerlei Anstalten machte, das Haus zu verlassen, geschweige denn abzureisen, jetzt plötzlich doch nicht mehr so abwegig fand.

»Nur ganz kurz, wenn dein Mann bei der Arbeit ist«, versuchte er sie zu überreden. Aber meine Mutter wich auch diesem Schlagloch aus, legte sogar noch einen Zacken zu, so freute sie sich, dass sie sich noch immer aufrecht hielt.

Und sah nicht, dass sie auf einen Abhang zuraste.

Nein, wahrscheinlich sah sie es schon und dachte nur, er sei weniger steil. Nein, wahrscheinlich sah sie auch das, aber dachte, es würde Spaß machen, da runterzufahren, sie könne Alex mitreißen, sich mit ihm gemeinsam in die Tiefe stürzen. Woher sollte sie auch wissen, wie gefährlich es sein kann, seinen Gefühlen freien Lauf zu lassen? Aber geahnt haben, wenigstens geahnt haben muss sie es. Sonst hätte sie sich wohl kaum so viel Zeit damit gelassen.

Das erste Mal, dass sie es ihm beinahe sagte, war nur ein paar

Tage, nachdem mein Vater sein Versprechen, keinen Kontakt zu wollen, das erste Mal gebrochen und ihr eine Karte mit seiner neuen Adresse in den Briefkasten gesteckt hatte, »nur falls was ist«, über was meine Mutter sich so aufregte, dass sie ausnahmsweise doch wieder einfach so, ohne vorherigen Anruf, hochstieg und an die Tür klopfte.

Glücklicherweise war der Besuch zwar da, schlief aber und das, offenbar in Folge eines nächtlichen Gelages zu erschöpft, um wie sonst die Betten zu beschlagnahmen, kreuz und quer über den Wohnzimmerboden verteilt. Selbst Dima kauerte in Embryonalstellung zwischen Bruder und Schwager, Romão war bei der Arbeit, sodass sie das Schlafzimmer für sich hatten, was ihnen mittlerweile schon reichte.

Meine Mutter sah Alex zu, wie er die Tür vor den Türrahmen schob, zog ihr T-Shirt aus, als ihr die Worte plötzlich in den Mund schwappten, wie ein fettiges Essen, das einem aufstößt. Sie konnte gerade noch rechtzeitig die Lippen auf seine drücken, sodass sie irgendwo in seiner Mundhöhle versiegten.

Aber am nächsten Tag stiegen sie ihr schon im Treppenhaus in den Hals, säuerlich, als hätten sie ihr die ganze Nacht im Magen gelegen. Und von da an wurde es immer schlimmer. Ihr Kiefer begann richtig zu schmerzen von den Stunden und Tagen und schließlich Wochen, die sie die Zähne ineinanderbiss, um die Worte zurückzuhalten.

Sogar wenn er nicht da war, drängten sie aus ihr heraus, schlichen sich auf das Eselsohr einer Bestellung oder an den Rand der Zeitung, blinzelten meiner Mutter schelmisch zu, ohne dass sie sich daran hätte erinnern können, sie geschrieben zu haben, obwohl sie die Tatwaffe unübersehbar in der Hand hielt.

Angenehmer war es, wenn sie im Radio oder auf einer der großväterlichen »Zädähs« auf sie warteten, sodass sie sie unbesorgt mitsummen konnte, I love you, Je t'aime, Te amo, Hauptsache der Text war nicht deutsch, was in den 90ern allerdings kaum zu befürchten war. So, in einer fremden Sprache, in der sie das, was sie da sagte, zwar verstand, aber nur mit halbem Herzen fühlte, konnte sie sich in aller Ruhe an den Scheitelpunkt heranwagen, ohne gleich ins Ungewisse zu rasen. Erst als sie auf diese Weise eine Weile geübt hatte, fühlte sie sich mutig genug, zumindest schon mal die Stammkunden-Anna den Abhang hinunterzustoßen und sich einer alten Liebe offenbaren zu lassen, »mitten im Frisörsalon!«, wie meine Mutter erst Schnuckiputzi und dann einigen der Kellner erzählte, um im Schutz des Restaurants auszuprobieren, ob die Worte auch außerhalb ihres Gaumens überleben würden.

Nur wenn sie Alex traf, sagte sie nichts. Weder *das*, noch sonst etwas. Sie schaffte es nicht mal, etwas anderes zu denken. So sehr war der Satz in ihrem Kopf angeschwollen, dass daneben keine noch so flüchtige Bemerkung Platz hatte. Sie saß da, drückte ihr Kinn in die Handfläche, die Finger darüber, damit auch ja nichts herausspritzte, sah ihn stumm an, während sie jeden Moment damit rechnete, dass er sie auf ihr seltsames Verhalten ansprechen würde.

Aber Alex schien ihr Schweigen nicht zu stören. Stattdessen begann er zum ersten Mal, seit sie ihn kannte, von sich aus zu erzählen – und gleich so viel, dass meine Mutter sich ernsthaft fragte, ob er womöglich gar nicht so verstockt war und sie ihm mit ihrer panischen Angst, eine Sekunde Stille aufkommen zu lassen, einfach keine Chance zum Reden gegeben hatte.

Sein bevorzugtes Thema war die Arbeit. Denn in Deutschland gäbe es ja nichts anderes als das. Arbeit, Arbeit, Arbeit. Außer für ihn. Für einen wie ihn gäbe es natürlich keine Arbeit, außer der Drecksarbeit, die kein Deutscher machen wolle, wie die im Restaurant oder die auf dem Bau, wo er zuvor gearbeitet hatte, und davor bei der Stadtreinigung, wo er schon morgens um drei hatte anfangen müssen, als Kehrer, was bedeutete, dass er die McDonald's-Tüten, die die reichen Kinder neben den Mülleimer warfen, in die Mitte des Gehwegs hatte kehren müssen, sodass die Kehrmaschine sie aufnehmen konnte. »Reiche, deutsche Kinder«, sagte er, für den Fall, dass Letzteres noch nicht klar geworden sein sollte. Manchmal habe er unterwegs einen der anderen Kehrer getroffen und eine Weile mit ihm zusammen gekehrt, oder auch nicht. Manchmal hätten sie sich auch neben ihre Kehrbesen in den Dreck gesetzt und etwas geredet, oder auch nicht. Und um neun Uhr seien sie dann alle zum Mittagessen ins Anadolu gegangen, einen Türkenimbiss, und hatten eine türkische Suppe gegessen, die furchtbar schmeckte, naja, so schlimm dann auch wieder nicht. Und dann habe er weiterkehren müssen.

Nach all den Wochen, in denen Alex kaum den Mund aufgebracht hatte, war meine Mutter so ausgehungert danach, seine Stimme zu hören, dass sie richtiggehend an seinen Lippen hing, auch wenn der Großteil seiner Geschichten nur aus der minutiösen Beschreibung seines Tagesablaufs bestand, in dem außer Zeit eigentlich gar nichts ablief. Der andere Teil galt voll und ganz seiner Wut. Wut auf die Deutschen, Wut auf seine Arbeitgeber, Wut auf all die Menschen, die ihn schlecht behandelten, die aber auch alle Deutsche waren, denn in der Ukraine seien alle immer gut zu ihm gewesen. Selbst die, die ihn wegen seines Jüdischseins beschimpft, und ja, ja, ihm auch gelegentlich nach der Schule aufgelauert und ihn verdroschen hatten, seien, wie er auf die schüchterne Nachfrage meiner Mutter widerwillig einräumte, keine wirklich schlechten Menschen gewesen, denn zumindest waren die ehrlich. »Nicht wie die Deutschen, die immer so freundlich tun. Wenn dich bei uns einer nicht ausstehen kann, sagt er's dir wenigstens ins Gesicht«, erklärte er, als verbiete sich damit jede weitere Kritik. Die sich jedoch eigentlich auch sonst immer verbot. Zuwiderhandlungen wurden mit neuer Wut bestraft, von der er offenbar ganz schön viel aufgestaut hatte.

Aber meine Mutter war längst an dem Punkt, an dem Schwächen die Liebe nur stärken, an dem einem die schlechten Seiten lieber sind als die guten, weil es eben *seine* schlechten Seiten sind, die zu verzeihen man allein das Privileg hat. Die Stärken gehören allen, die Schwächen nur dem Liebenden.

Und so wurde, jedes Mal wenn er sich wieder aufregte, wenn er etwas sagte, was wirklich jeder Logik entbehre, wenn er die banalsten Fakten nicht kannte oder sie mal wieder links liegen ließ, der Drang, es ihm zu sagen, besonders groß. Aber hier in seinem

Zimmer, wo jede Sekunde jemand reinkommen und fragen konnte, ob man seinen Socken gesehen habe, zumindest war es das, was Alex ihr übersetzte, auch wenn der Fragende gar nicht so aussah, als würde er sich besonders für Socken interessieren, hier war nicht der richtige Ort dafür. Nein, sie wollte zumindest noch warten, bis sie allein wären. Wenn sie denn überhaupt je wieder allein wären.

Aber die Gelegenheit dazu bot sich schneller als erwartet.

»Wir sind doch nur drei Tage weg«, sagte mein Großvater, der die Einladung zur Hochzeit des Juwelierfreundes, der, wie es sich für Männer seines Standes ziemte, seine Frau mittlerweile sitzen gelassen hatte und stattdessen das Mädchen aus dem Häuschen mit dem Gärtchen in der Toskana ehelichen wollte, natürlich ohne vorherige Absprache mit meiner Großmutter angenommen hatte.

»Ausgerechnet jetzt!«, jammerte die. »Wo doch schon der Arno weg ist!«

»Was hat das eine denn bitte mit dem andern zu tun?«, rief mein Großvater, und, »mein Gott, was freu ich mich auf einen richtigen Kaputschkino!«

Alles, um was sich meine Mutter zu kümmern hatte, waren die Blumen vor der Tür. Ansonsten hatte sie die Wohnung ganz für sich.

Für sich und für ihn.

Sie lud ihn noch am selben Tag ein. Zuerst eigentlich nur mit dem Ziel, da weiterzumachen, wo sie im Hotel aufgehört hatten. Aber als er dann, vielleicht weil es erst zehn Uhr morgens, also für ihn noch mitten in der Nacht war, etwas lahm »und was sollen wir da?« fragte, hatte sie das Gefühl, mit mehr aufwarten zu müssen und behauptete, »endlich mal« etwas für ihn kochen zu wollen.

»Du?«, fragte er, als sei allein der Gedanke absurd, was er, nichts für ungut, tatsächlich war. Seit der damaligen Stippvisite ins Alleinleben, während der meine Mutter sich im Endeffekt ja auch hauptsächlich aus besagten Tupperdosen ernährt hatte, war sie, von Arno und meiner Großmutter umsorgt, vielleicht zwei-, dreimal in die Verlegenheit gekommen, selbst zu kochen (und war, das wieder nur am Rande, zeitlebens so schlecht darin geblieben, dass ich wann immer möglich bei Freunden aß). Aber sie sagte: »Klar, wie eine gute Frau«, und lachte, damit er auch merkte, dass sie nur scherzte. Was er wohl trotzdem nicht merkte. Aber das freute sie dann auch wieder.

Sie plante alles generalstabsmäßig. Die Rezeptesammlung meiner Großmutter wurde durchgearbeitet, der Aufwand der einzelnen Gerichte miteinander verglichen, potentieller Gewinn gegen mögliches Risiko abgewogen. Dann hatte sie die Idee, ihn mit etwas aus seiner Heimat zu überraschen, was sie so begeisterte, dass sie sofort in den Buchladen rannte und »Kulinarische Streifzüge durch die Sowjetunion« kaufte. Und wo sie schon mal da war, auch gleich noch »Russisch in 30 Tagen«, mit dazugehöriger Kassette, die sie im Hintergrund laufen ließ, während sie den von einer dicken Staubschicht bedeckten Band durchblätterte. Soljanka – Borschtsch – Blini. Sdrastwujte – Kak dila? – Charascho! Sie ließ die Finger über die dunklen, angerauten Fotos gleiten, auf denen alles irgendwie gleich aussah, gleich verkocht, gleich grau, gleich matschig, entschied sich schließlich für Pelmeni, weil die a) wie Tortellini aussahen, was sie zumindest kannte, und b) laut Begleittext aus Tatarstan stammten, sodass sie ihm, falls ihnen der Gesprächsstoff ausginge, zur Not doch noch von Mischa Sergewitsch erzählen könnte.

Aber schon der Einkauf stellte sie vor ungeahnte Herausforderungen. Mehrfach musste sie die Dame hinter dem Tresen bitten, ihr bei der Suche der Zutaten zu helfen, bis sie ihr den Einkaufszettel schließlich ganz reichte, wie ein kleines Mädchen, das des Lesens noch nicht mächtig ist. Aber was es mit diesem *Smetana* auf sich hatte, mit dem die Pelmeni verfeinert werden könnten, wusste auch die nicht, sodass meine Mutter, unfähig, sich mit unfeinen Pelmeni zu begnügen, von einem Geschäft zum nächsten lief und, leider noch weniger fähig, an einem Tag auch noch einem zweiten Menschen gegenüber ihre Unfähigkeit einzugestehen, bei jedem ihr unbekannten Produkt mühselig auf der Rückseite die Inhaltsstoffe studieren musste. Erst in einem Laden, von dem man sich nicht ganz sicher sein konnte, ob er noch Restbestände ab- oder schon

Ostalgie verkaufte (die damals aber ganz sicher noch nicht so hieß), stieß sie schließlich auf eine Verpackung, auf der tatsächlich in großen Lettern *Smetana* prangte. Darunter war ein Schälchen mit irgendeiner von Schokoladensplittern bedeckten Creme abgebildet, was meine Mutter zwar etwas befremdlich fand. Aber damals war das gedruckte Wort noch etwas wert. Zumindest Menschen wie ihr.

Sie schleppte die Tüten nach Hause, stellte die kulinarischen Streifzüge hochkant an die Wand und band sich die Schürze meiner Großmutter um.

Aber so geübt sie mittlerweile auch darin war, alle möglichen Rollen zu spielen – die der perfekten Hausfrau wollte ihr nicht gelingen. Der Teig klebte an ihren Fingern, in der Schüssel, an der Arbeitsplatte. Sie musste eine halbe Packung Mehl dazuschütten, bevor er sich halbwegs ausrollen ließ. Und dann mit einem Mal so trocken war, dass die Oberfläche auseinanderbrach wie ein Feld im Sommer, wenn es wochenlang nicht geregnet hat.

Immer nervöser werdend briet und verbriet sie das Hackfleisch, klatschte es, weil sogar sie einsah, dass ihr keine Zeit blieb, neues zu kaufen, trotzdem auf die ausgestochenen Kreise, die nicht wirklich Kreise, sondern eher Ovale und noch mehr einfach nur Teigfetzen waren, strich Eigelb, das auch nicht wirklich Eigelb, sondern auch ziemlich viel Eiweiß und eine ganze Menge Eischale war, auf die Ränder und drückte sie zusammen, bevor sie viel, viel, viel zu spät ins Bad rannte, sich wusch, umzog und doch wieder die Schürze umband, weil sie der perfekten Hausfrau noch eine Chance geben wollte. Sie lief ins Esszimmer und legte das Silbergeschirr auf, zündete, da Alex noch immer nicht da war, Kerzen an, sah plötzlich das Foto von meinem Großvater und seinem Wehrmachtsfreund, das auch hier in Berlin wieder einen Ehrenplatz über dem Küchentisch hatte, nahm es ab, versteckte es unter der Couch, holte ein anderes Bild aus dem Flur, um damit den leeren Nagel zu verdecken, paranoid, wie gesagt, zog, als sie endlich den Rahmen zurechtgerückt hatte, dann aber doch wieder die beiden Hitlergrüßenden unter der Couch hervor, weil ein bisschen Bebilderung dem deutschfreundlichen Judenfeind zur Einleitung vielleicht ganz gut täte und fragte sich gerade, ob sie sich vielleicht wieder mit der Zeit vertan hätten, als es klopfte.

Sie sprang auf, stieß vor Schreck einen kleinen Schrei aus, vor Schreck und weil die perfekte Hausfrau in ihrem Kopf wohl den 50ern entstammte und so was eben machte, riss die Tür auf und rief »Dobro Poschalowat!«, wie es die Frau auf der Kassette an Tag 1 – Begrüßen und Verabschieden – gemacht hatte.

Alex wich zurück, als habe er an einen Kuhzaun gefasst.

»Dobro Poschalowat«, wiederholte meine Mutter, während sie einladend den Arm in die Wohnung streckte.

Alex' Stirn legte sich in Falten.

»Ich will *Willkommen* sagen«, sagte sie und versuchte es zum dritten Mal, jetzt schon nicht mehr rufend, sondern eher tastend, mit einem riesengroßen Fragezeichen dahinter. Aber Alex sah sie auch weiterhin nur so fragend an, dass sie endlich aufgab und stattdessen »Äh, ich hoffe, du hast's gut gefunden?« murmelte, während sie die Tür noch weiter aufzog.

»Bei der Beschreibung war's ja nicht wirklich zu verfehlen«, antwortete er spöttisch und hielt den Zettel in die Luft, auf dem sie ihm den Weg aufgemalt hatte. »Hätte natürlich auch gereicht, wenn du mir einfach gesagt hättest, dass es die Wohnung über diesem komischen Modegeschäft ist.«

Meine Mutter zupfte an ihrer Schürze. »Wieso denn komisch?«

»Hast du dir die Sachen im Schaufenster mal angekuckt?«, er bog die Unterlippe nach vorne und schüttelte den Kopf, kam aber wenigstens endlich rein. »Naja, wenn man's mag. Jedem das seine, was?«

»Ja, äh, wahrscheinlich.« Meine Mutter strich sich verstohlen über den Rock, der natürlich, wie ja alles außer den drei neuen Kleidern, vom Mode-Schneider stammte, fummelte sich im Haar herum.

»Wie bist du denn ins Haus gekommen?«, fragte sie, mehr um das Thema zu wechseln, denn aus Interesse.

Alex deutete ins Treppenhaus. »Der Nachbar ist gerade raus und hat mich reingelassen.«

»Ach«, sagte meine Mutter und merkte plötzlich, dass sie seit der Sache mit Arno auf den Bahngleisen kein einziges Mal mehr an ihn und den toten Rauscheengel gedacht hatte.

Sie überlegte, ob sie während des Kochens wieder das Heulen der Frau gehört hatte, aber sie konnte sich an nichts erinnern.

Vielleicht sind die beiden ja endlich über den Verlust hinweggekommen, dachte sie, wie lange kann so was schon dauern? Aber Alex sagte: »Ganz schöne Fahne, der Alte. Würde man gar nicht denken, dass sich einer wie der so ne piekfeine Wohnung leisten kann.«

Die Übelkeit war so schnell wieder da, als sei sie nie weggewesen.

»Wirklich?«, fragte meine Mutter, und, wenigstens noch ein paar Sekunden an der Hoffnung festhaltend, dass sie sich täusche, »war seine Frau dabei?«

Alex schüttelte den Kopf. »Ne, der hatte nur ne Tüte mit alten Flaschen.« Er lachte ein bisschen, rieb sich den Kopf. »War wahrscheinlich grad dabei, das Leergut zurückzubringen, um sich vom Pfand Nachschub zu kaufen.«

Das Herz meiner Mutter setzte zu schlagen aus.

Was war denn nur mit ihr los? Wie in aller Welt hatte sie denn den Helm vergessen können? Den perfekten Spion, nur ein Stockwerk entfernt?

»Hast du etwas zu ihm gesagt?«, fragte sie mit abbrechender Stimme.

Alex zog die Brauen zusammen. »Was soll ich denn zu ihm gesagt haben?«

»Ach, äh, nichts«, stammelte meine Mutter, und »nur so«, während sie sich eilig an ihm vorbeischob und die Tür schloss, als fürchte sie, der Helm könne jede Sekunde zurückkehren. Und dann offenbar auch gleich versuchen, gewaltsam in die Wohnung einzudringen. Zumindest legte sie die ganzen Schlösser meiner Großmutter vor, war gerade dabei, die Eisenkette mit zitternden Fingern in das Scharnier zu friemeln, als sich seine Hände auf ihre Hüfte legten.

Als habe er nur darauf gewartet, dass sie wieder ihre üblichen Plätze einnähmen, sie an der Tür, er im Inneren, umarmte er sie von hinten und schmiegte sein Gesicht an ihren Nacken.

»Mmm«, machte er und sog hörbar die Luft ein. Seine Nase streifte ihr Ohrläppchen.

Meine Mutter bog sich in seinen Armen zur Seite. »Essen ist gleich fertig.«

»Das hab ich nicht gemeint«, raunte er und kratzte ganz leicht mit den Zähnen über ihre Halsschlagader. Er schob seine Hand auf ihren Oberschenkel, ließ sie langsam nach innen wandern. Die Kette fiel klirrend gegen eins der andern Schlösser, während meine Mutter noch erschrocken oder schon erregt nach der Klinke griff. Ihre Finger krallten sich um das kühle Kupfer, als sie auf einmal den weißen Hemdsärmel auf ihrem Bauch sah, die schwarzen Hosen, die zwischen ihren eigenen Beinen durchblitzten. Verwirrt drehte sie sich um.

»Du hast doch gesagt, heute ist dein freier Tag«, sagte sie, lauter, als sie wollte.

»Ja, war's auch«, antwortete er und lächelte tatsächlich zerknirscht, »aber ich hab mich von Schnuckiputzi bequatschen lassen, doch für ein paar Stunden reinzukommen. Er hat kurzfristig eine riesen Feier reingekriegt. Vierzig Leute. Irgendwelche Promis dabei, kann sogar sein, dass die Presse aufkreuzt.« Er verzog den Mund. »Aber bis zehn gehöre ich ganz dir.«

Meine Mutter schaute auf die Uhr. Es war kurz vor neun.

»Dann, äh, dann essen wir mal lieber gleich, nicht, dass du zu spät kommst«, sagte sie und lief in die Küche. Sie riss den Schrank auf, zerrte so ungeduldig einen Topf heraus, dass ihr der halbe Inhalt entgegenkam. Wieder stieß sie einen kleinen Schrei aus, aber diesmal war er ernst gemeint.

Alex kam ihr nach. »Ich hab heute an dich gedacht«, sagte er.

»Ach ja?« Sie ließ Wasser in den Topf laufen.

»Ja«, sagte er, »ich bin an deinem Frisörsalon vorbeigekommen.« Er lehnte sich an den Türrahmen. »Ich bin reingegangen, aber du warst nicht da.«

Meine Mutter stellte den Topf auf den Herd, versuchte, sich zu erinnern, ob sie dem Salon wirklich einen Namen gegeben hatte oder er sie nur testete.

»Ich, äh, ich hab mir heute freigenommen, um zu lernen«, sagte sie endlich, »für meine Prüfung.«

»Ah«, machte er.

»Ja«, sagte sie, »in drei Wochen ist es soweit«, und merkte erst in dem Moment, dass das tatsächlich stimmte.

»Ah.«

»Ja, erinnerst du dich nicht?«, fragte sie, mehr sich selbst als ihn, sagte, als er keinerlei Zeichen erkennen ließ, dass er wusste, von was sie sprach, dann aber doch an ihn gerichtet: »Das hab ich dir doch erzählt.«

»Kann sein.« Er rieb sich über die Augen, schob etwas schwerfällig »viel Glück« hinterher.

»Glück ist eine Erfindung von Leuten, die sich einreden müssen, das Schicksal sei schuld an ihrem verpfuschten Leben und nicht sie selbst«, kam es aus meiner Mutter geschossen.

Alex schüttelte den Kopf. »Na, dann halt kein Glück«, brummte er, und endlich: »du, mehr als kochen kann's nicht.«

Meine Mutter folgte seinem Finger, sah in den Topf, in dem es wild blubberte. Sie rannte zum Tisch, griff nach dem Tablett mit den Pelmeni und schubste sie ins Wasser.

In ihrem Rücken hörte sie Alex näher kommen. »Wo sind wir jetzt noch mal?«

»Äh, im Haus meiner Eltern«, erwiderte meine Mutter, während sie an den Reglern drehte.

»Was?«, rief er, anscheinend völlig überrascht.

Meine Mutter schaute über die Schulter. »Ja, das hab ich dir doch erzählt«, sagte sie wieder und drehte sich ganz herum.

Alex' Oberlippe sprang zur Nase. »Vielleicht gibst du mir ja später eine Tour.«

»Ähm, äh, klar«, sagte sie und warf einen Blick auf das Rezept, »wie wär's mit jetzt?«

»Jetzt klingt gut«, antwortete er, was aus seinem Mund so anzüglich klang, dass meine Mutter schnell in den Flur vorauslief, um die Röte in ihrem Gesicht zu verstecken.

»Also, äh, das ist das Bad«, sagte sie und drückte die angelehnte Tür ein wenig auf. Alex schaute durch den Spalt, lief dann aber doch weiter, am Wohnzimmer vorbei, steuerte zielsicher auf die einzige geschlossene Tür zu. »Was ist hier?«

»Das Schlafzimmer«, sagte meine Mutter mit belegter Stimme.

Seine Lippe hob sich so weit, dass die ganze Wange davon nach oben gerafft wurde. Er öffnete die Tür, trat ohne zu zögern ein. Meine ihm eilig hinterherlaufende Mutter sah gerade noch, wie er die Finger in die Matratze drückte, genau wie sie es sich vor ihrem Ausflug ins Hotel ausgemalt hatte, bevor er sich aufs Bett fallen ließ.

»Ganz schön hart«, sagte er und fasste sich an den Reißverschluss.

Sie betrachtete seine ungewaschenen Finger, die über die beiden ordentlich gefalteten Decken strichen, sich in die Einbuchtung schmiegten, die meine Großmutter morgens in die Kissen schlug, sodass die Zipfel wie Hasenohren nach oben standen. »In diesem Bett schlafen also deine Eltern?«

Meine Mutter nickte.

Er stand wieder auf und kam auf sie zu, strich mit dem Zeigefinger an dem Band ihrer Schürze entlang. Meine Mutter blickte nervös an sich herab, sah seine Hand, die unter den Stoff fuhr, den Knoten löste, sie plötzlich herumriss und rücklings auf die Matratze schubste. Seine Lippen glitten an ihren Schläfen hinab, zu den Schultern, hangelten sich Millimeter für Millimeter an ihrem Ausschnitt entlang.

»Mmm«, machte er wieder, beziehungsweise behauptete meine Mutter, dass er gemacht habe. Wahrscheinlicher scheint mir, dass sie vor lauter Anspannung über ihre erste richtige Kocherfahrung an die Pelmeni dachte, und sie sich später eine Assoziationsbrücke baute. Mit was sollte sie auch sonst das »warte« und dann »mein Essen!« rechtfertigen, das sich plötzlich aus ihrem Mund stahl.

»Was?«, fragte er, während er sie weiterküsste.

Aber meine Mutter ließ die Chance auf einen Rückzieher ungenutzt verstreichen. »Ich muss nach meinem Essen sehen«, sagte sie noch mal, berührte ihn vorsichtig an der Schulter.

Aber er fuhr schon zurück, vergrub die Finger in den Hosentaschen, während sie, sich sofort wieder selbst verfluchend, von der Matratze kroch.

»Nicht böse sein«, versuchte sie ihn zu besänftigen, während sie sich wieder die Schürze umband, »ich will doch nur nicht, dass die ganze Mühe umsonst war.«

»Ja, ja«, sagte er und lief aus dem Zimmer, auf die Küche zu, bog dann aber doch kurz davor ab. »Toilette war hier?«, grummelte er und verschwand, ohne eine Antwort abzuwarten, im Inneren.

»Ja, äh, ist da«, stotterte meine Mutter mit mehrsekündiger Verspätung, und, »ich mach dann mal alles fertig«, während sie am Bad vorbeiging, mit einem Mal so niedergeschlagen, dass sie selbst die Tatsache, dass er diesmal die Tür hinter sich geschlossen hatte, als verletzend empfand.

Sie lief in die Küche, schaute in das kochende Wasser, auf dessen Oberfläche jetzt die Pelmeni trieben. Aber so eilig sie es eben noch gehabt hatte, so unbeweglich stand sie jetzt vor dem Herd, starrte auf die Schaumkronen, die sich um die Halbmonde bildeten, bis sie die Schritte im Flur hörte.

Sie riss den Schöpflöffel vom Haken und fischte die Pelmeni aus dem Wasser, warf sie abwechselnd auf den rechten und den linken Teller, angestrengt bemüht, möglichst mühelos dabei auszusehen, als mache sie so was jeden Tag.

Aber Alex kam nicht in die Küche.

»Hallo?«, rief meine Mutter.

Sie schaute zur Tür hinaus, schob ein wackliges »Essen ist fertig!« hinterher.

Aber von Alex war weder etwas zu sehen noch zu hören.

Meine Mutter holte die Schokoladencreme aus dem Kühlschrank, klatschte eilig je einen Löffel voll auf die Teller und lief ins Esszimmer, wo er zu ihrer Erleichterung tatsächlich schon auf sie wartete.

Und zu ihrem Entsetzen tatsächlich schon die Bilder über dem Tisch entdeckt hatte.

»Essen ist fertig!«, rief meine Mutter wieder und stellte die Teller auf den Tisch.

Aber er trat nur noch näher an die Wand heran. »Wer ist das?«

Das Blut im Kopf meiner Mutter wurde dickflüssig. »Mein Vater und einer seiner Freunde«, antwortete sie, und, weil Alex sie nur fragend ansah, »sie waren zusammen in Kasan, weißt du noch?, in Tatarstan?, in russischer Gefangenschaft?, und eigentlich haben sie nur überlebt, weil sie so einen Aufseher hatten, der ...«

»Nein, *die* beiden«, unterbrach er sie und zeigte auf das Hochzeitsfoto meiner Großeltern.

»Ach so das, äh, ja, das sind mein Vater und meine Mutter.«

Alex kniff die Augen zusammen. »Sehen dir gar nicht ähnlich.«

»Ja, ich weiß«, sagte meine Mutter, fast entschuldigend.

Alex lachte. »Noch mal Schwein gehabt, was?«

Meine Mutter spürte, wie ihre Knie sich wieder verflüssigten.

»Äh, also, äm, dann, dann wollen wir mal essen«, schaffte sie es gerade noch zu stammeln, bevor ihr bei der Art, wie er sie plötzlich ansah, die drei Worte sofort wieder aufstießen.

Unter- und Oberkiefer fest ineinander verhakt, zeigte sie auf den Stuhl am Kopfende, während sie sich selbst auf die Eckbank setzte.

»Guten Appetit«, sagte sie. Aber Alex war sowieso schon am Schaufeln. Als sei er völlig ausgehungert, stopfte er sich drei, vier, fünf Pelmeni auf einmal in den Mund, die Ellenbogen aufgestützt, hielt nicht mal inne, als meine Mutter direkt vor seinem tief über den Teller gebeugten Kopf die ausgegangene Kerze wieder anzündete, zurechtrückte, endlich selbst die Gabel aufnahm. Sie bugsierte ein Stückchen schwammigen Teigs auf die Zunge und ließ es dort liegen, als habe sie vergessen, was sie damit machen soll. Erst als Alex plötzlich angewidert die Gabel aus dem Mund zog, würgte sie den Bissen in ihrem hinunter.

»Nicht gut?«, fragte sie, denn zum Selbstschmecken waren ihre Sinne zu überlastet.

Alex kratzte mit der Gabel durch die Schokoladencreme. »Was ist das?«

Meine Mutter schob die Hand vor den Mund. »Smetana«, nuschelte sie durch die gespreizten Finger wie durch einen Maulkorb, »im Rezept stand, damit ließen sich die Pelmeni verfeinern.«

»Ach, das sollen Pelmeni sein?« Er hob prüfend eine der Teigtaschen an, betrachtete sie von allen Seiten. Fuhr wieder durch die Creme. Dann ließ er die Gabel sinken und fasste sich an den Bauch.

»*Smetana* heißt einfach nur Schmand«, sagte er, während sich das Lachen unter seiner Hand zusammenbraute, die Brust hinaufgurgelte, seinen Kehlkopf anstieß, endlich schallend aus ihm herausschoss.

»Du hast mir Fleischpelmeni mit Schokosoße gemacht!«, rief er. Und weil's so schön war, gleich noch mal: »Fleischpelmeni mit Schokosoße, ich fass es nicht, Fleischpelmeni mit Schokosoße.« Er schaukelte so begeistert auf seinem Stuhl herum, dass die Lehne zu quietschen begann.

Meine Mutter schlug die Augen zu Boden, die schon wieder feucht wurden, spürte den Druck an ihrer Stirn, an ihren Schläfen, in der Nase, als würde ihr Schädel jede Sekunde explodieren, bis die Verlegenheit sie endgültig aus dem Sitz drückte. Den Blick soweit wie möglich von Alex abgewandt, packte sie die Teller und lief, irgendetwas brabbelnd, was sie selbst nicht verstand, aus dem Zimmer.

»Fleischpelmeni mit Schokosoße«, hörte sie ihn weitergrölen, während sie in die Küche rannte. Sie knallte das Geschirr ins Waschbecken, drehte den Wasserhahn auf, rieb über die Teller, auf denen noch das halbe Essen schwamm, während sie verzweifelt versuchte, die Tränen zurückzuhalten. Und dann, als das nicht klappte, sie möglichst schnell aus sich heraus zu weinen. Als ginge es darum, einen vollgelaufenen Keller leer zu pumpen, stapfte sie auf den Boden und heulte los, heulte die Tränen mit aller Kraft nach oben, heulte so heftig, dass ihr gerade noch genug Zeit blieb, zum Kühlschrank zu stürzen und den Kopf darin zu verstecken, als er plötzlich wieder in der Tür auftauchte und unvermittelt »ich hab ganz vergessen, mich zu bedanken« sagte.

Ihre Brust zog sich zusammen. »Nicht der Rede wert«, sagte sie und kam so schnell hoch, dass sie sich am Gefrierfach stieß.

»Aaaaauh«, rief er an ihrer Statt und legte die Hand auf ihren Kopf.

Meine Mutter drehte ihr verweintes Gesicht weg.

»Espresso?«, fragte sie, schon zur Maschine laufend.

Aber Alex schüttelte den Kopf. »Ich muss los.«

»Ach so, ja, klar, ich will natürlich nicht, dass du Ärger bekommst.« Sie strich sich das Haar hinter die Ohren. »Ähm, vielleicht noch eine Zigarette zum Abschied?«

Er schaute auf die Uhr an seinem Handgelenk, die er plötzlich trug, das heißt, wahrscheinlich auch schon vorher. Aber in diesem Moment kam es meiner Mutter so vor, als habe er sie gerade eben erst angelegt, um einen Grund für sein plötzliches Aufbrechen zu haben.

»Ok«, sagte er etwas widerwillig, »aber nur ganz schnell.«

»Klar«, rief meine Mutter, »super«, als sei ihr *ganz schnell* sowieso am liebsten.

Sie lief durchs Wohnzimmer voraus auf den Balkon, wo so selten jemand hinkam, dass nur ein einzelner schmutziger Gartenstuhl bereitstand, den sie Alex überließ. Oder den er sich einfach nahm.

»Geile Aussicht«, sagte er, während er sich setzte. Er schaute zu den Häusern, in denen die ersten Lichter angingen, zog seine Gauloises aus der Tasche. Sein Feuerzeug klackte.

Meine Mutter legte die Hände um das Geländer und drückte ihren Po nach oben.

»Vorsicht!«, rief er.

Sie schüttelte abwehrend den Kopf, konnte dann aber doch nicht widerstehen, sich ein wenig nach hinten zu lehnen, sodass er fast ängstlich nach ihrem rechten Bein griff.

»Ich pass schon auf«, sagte sie lachend. Seine Finger schlossen sich noch fester um ihr Bein.

Jetzt, dachte sie.

Aber stattdessen sagte sie: »Du bist so still. Liegt dir was auf dem Herzen?«

Und Alex schien tatsächlich zu glauben, dass sie ihn meinte. »Nein«, sagte er. »Alles okay.«

Meine Mutter atmete wieder ein, krallte die Hände um das Schmiedeeisen. Der Wind strich über ihren Rücken. Irgendwo spielte jemand Klavier.

»Ist zurzeit alles ein bisschen schwierig«, drückte er schwerfällig hinterher.

»Ach wirklich?«, rief meine Mutter, froh über ihren Glückstreffer. »Was ist denn los?«

»Nichts wirklich. Gibt ein paar Probleme zu Hause.« Er fuhr sich über die Stirn. »Meine Schwester hat vorhin angerufen.«

Meine Mutter riss die Augen auf. »Anna?«

»Nein, eine von den anderen.« Er nahm einen langen Zug, behielt den Rauch einen Moment in seiner Brust, bevor er ihn in den Himmel stieß.

Sie rutschte vom Geländer und kam auf ihn zu, legte ihre Hand in seinen Nacken. Das Klavierspiel schwoll an. Oder vielleicht war es auch nur so still, dass meine Mutter es jetzt stärker wahrnahm.

Sie kraulte seinen Nacken, während er den Kopf immer weiter nach unten hängen ließ. Erst als sie die Finger nach oben schob, drehte er sich zur Seite und grub sein Gesicht in ihre Handfläche, sodass sein rechtes Auge völlig davon verdeckt wurde. »Und dann die blöde Extraschicht im Restaurant«, seine Lippen stießen gegen ihre Haut, »ausgerechnet heute Abend.«

Er sah sie mit seinem freien Auge an. Seine Pupille war so groß, dass das Gelb fast völlig davon aufgesogen wurde.

Jetzt, dachte meine Mutter wieder.

Aber in dem Moment, oder vielleicht auch ein paar Momente später, die sie wieder ungenützt verstreichen ließ, stand er auf. Er wischte sich den Staub vom Po, drückte ihr einen Kuss auf die Lippen. »Ich muss los«, sagte er und schob sich ins Innere.

»Warte«, rief sie oder dachte es vielleicht auch nur, während sie ihm nachlief.

Aber er war schon draußen.

Meine Mutter starrte auf die Tür, die vor ihr zufiel, hörte seine Schritte auf den Stufen. Hörte das Schlagen der Haustür unten. Sie hörte ihren Atem, als würde ihr jemand eine Muschel ans Ohr halten. Hörte die Worte, die sich in ihr aufbäumten, mit einem Mal so sehr aus ihr herauswollten, dass sie auf der Suche nach einem Ausgang in ihre Fingerspitzen bissen, sie in die Kniekehlen stießen, in die Waden, die Fersen.

Bis meine arme Mutter ihrem Drängen nicht mehr standhielt.

Ohne auch nur die Schürze abzunehmen, stolperte sie die Treppe hinunter und auf die Straße hinaus, rannte den Gehweg entlang.

Aber Alex war noch gar nicht weit gekommen. Meine Mutter musste noch nicht mal ums zweite Eck, schon sah sie ihn auf einer Bank sitzen und mit irgendjemandem plaudern, als habe er alle Zeit der Welt. Erst als er sie erkannte, sprang er auf.

»Was ist denn los?«, fragte er, während sie angehetzt kam, so außer sich, dass sie einen Moment brauchte, bis sie merkte, dass der andere Romão war.

»Hi«, sagte der, mittlerweile fast freundlich.

»Äh, hi«, keuchte meine Mutter. Sie wischte sich den Schweiß von der Oberlippe, griff nach Alex' Hand. »Kann ich kurz mit dir sprechen?«, fragte sie und zog ihn, ohne eine Antwort abzuwarten, mit sich in einen Hauseingang.

Sie fasste sich ans Herz, das so fest gegen ihre Rippen hämmerte, dass sie kaum sprechen konnte, sah, wie er sie ansah, verwundert, verärgert, vielleicht auch einfach nur neugierig.

»Was ist denn?«, fragte er nochmal.

Sie ergriff auch seine zweite Hand, starrte auf seine Finger, die sich wie eine Sichel nach oben bogen, als würden sie sich auf keinen Fall um ihre legen wollen. Der Schweiß lief ihr in die Augen. Und dann sagte sie es, genauso wie die Kassettenfrau an Tag 17 – Gefühle und Meinungen: »Ja tibja ljublju.«

Sie hielt sich an seinen Fingern fest, schaute zu ihm auf. Aber sein Gesicht war verschlossen.

»Das sollte *Ich liebe dich* heißen«, flüsterte sie.

Er zog ihr die Hände weg, rieb sich über die Stirn. »Ich hab schon verstanden.«

Meine Mutter atmete ein, aber die Luft schien nicht in ihrer Lunge anzukommen. »Ah, gut«, sagte sie fast tonlos.

Alex nickte. Er wischte sich über die Weste, kickte ein paar lose Teerbrocken vom Bordstein, zog sie endlich zurück zu Romão, der jetzt wieder genauso skeptisch wirkte wie eh und je.

»What are you up to?«, fragte er, während er meine Mutter stirnrunzelnd ansah.

»Ah, nothing.« Sie fasste sich an die Schürze, hörte wieder ihren Atem, dann Alex, wie er in seinem raunzenden Russenenglisch »we must go work now, is late« brummte.

»Ähm, natürlich«, stammelte meine Mutter, »of course. Bye. Äh, tschüss dann.« Sie drehte auf dem Absatz um und rannte wieder los, als sei sie diejenige, die spät dran war, rannte zurück zum Haus, die Treppe hinauf, ins Schlafzimmer meiner Großeltern, warf sich aufs Bett und die Traurigkeit sich auf sie, so überwältigend, so übermächtig, so unbezwingbar, dass sich die Frage, ob sie dagegen ankämpfen sollte, gar nicht stellte. Völlig wehrlos sank sie zwischen die Matratzen und ergab sich dem Gefühl der Ausweglosigkeit, der Endgültigkeit, spürte die Schwere, die sich so erdrückend auf sie senkte, dass sie sich keinen Zentimeter darunter zu rühren vermochte, dass sie sich sicher war, nie nie wieder aufstehen zu können. Dass sie für alle Zeiten in dieser Position verharren müsste.

Sie stellte sich vor, wie meine Großeltern nach Hause kämen und sie so vorfänden, bäuchlings in der Ritze, als sei sie in eine Gletscherspalte gerutscht.

»Oskar, das Kind!«, würde meine Großmutter rufen.

»Sofort aufgestanden!«, mein Großvater.

Aber meine Mutter würde nicht aufstehen. Würde einfach so liegen bleiben. Und nach einer Weile würden meine Großeltern sich daran gewöhnen. Nachts würden sie sich neben sie quetschen, der eine rechts, der andere links. Vielleicht würden sie auch im Wohnzimmer schlafen, mein Großvater auf der Couch, meine Großmutter im Sessel, damit sie am nächsten Morgen die müdere von beiden sein könne.

Das Schnaufen meiner Mutter brachte ihr Gesicht zwischen den beiden Matratzen zum Glühen. Mit der ganzen Theatralik des Erstverwundeten überzeugte sie sich davon, dass das das Ende sei, dass es das jetzt war, für sie, für sie und ihn, für das Leben an sich.

Aber vielleicht war im Laufe der Jahre doch etwas von Arnos Unbeständigkeit auf sie übergegangen.

Oder vielleicht wusste sie einfach nicht, wie man das machte: aufgeben.

Vielleicht war es auch ihr Verstand, der, beleidigt oder nicht, so viel Irrationalität dann doch nicht einfach ignorieren konnte und sie endlich hochfahren ließ.

Wieso denn zu Ende?, schrie sie sich an. Gar nichts ist zu Ende! Es kann doch nicht zu Ende sein!

Du musst das wieder geradebiegen, dachte sie. Du musst mit ihm reden, dachte sie. Du musst ihm sagen, dass du es nicht so gemeint hast, dachte sie und glaubte, liebeszurückgeblieben, wie sie war, tatsächlich, dass das gehe. Dass sich die Spur, die ein einmal ausgesprochenes Wort hinterlässt, nachträglich wieder verwischen lasse. Dass man es gegen ein anderes umtauschen könne, wie ein fehlerhaftes Kleidungsstück. Glaubte noch, es gäbe so etwas wie einen zweiten Versuch.

Und rannte wieder los, hielt nicht inne, bis sie vor dem *Geschlossene Gesellschaft*-Schild ankam, zu allem bereit, wenn nur alles wieder so werden würde, wie es war.

»Wie war es denn?«, fragte ich, auch wenn ich die Grausamkeit der Frage deutlich spürte.

»Wie *wie*?«, fragte sie, »das hab ich dir doch alles erzählt!«

»Ich meine, was war denn bitte so toll, dass man es unbedingt hätte retten müssen, dass es wert gewesen wäre, einem Kerl nachzurennen, der einen nicht mal liebt?«

»Wer sagt denn, dass er mich nicht ...«, setzte sie an. Aber auch jetzt konnte sie den Satz nicht zu Ende bringen.

»Du hast doch noch gar nicht alle Fakten!«, rief sie stattdessen ärgerlich, sichtlich mit dem Gedanken spielend, es erstmal auch dabei zu belassen. Aber um mir die Aufmüpfigkeit wie sonst mit einer Erzählpause heimzuzahlen, war sie dann doch zu angespannt.

»Hör halt erstmal zu«, war alles, was sie an Tadel zusammenkratzen konnte, dann drängte sie sich und mich ungeduldig ins Restaurant, vor dem tatsächlich ein paar Fotografen lauerten und bei ihrem Erscheinen hektisch auf die Auslöser drückten. Einer folgte ihr sogar ins Innere, wurde aber von Schnuckiputzi sofort laut brüllend rausgeworfen, bevor der, nicht minder laut, meine Mutter umarmte.

»Schnuggibuudsi! Wo habe gestegd so langhe? Habe nix gewese hia fu ima!«, rief er und gab meiner Mutter einen Kuss auf die Wange.

»Tut mir leid, wenn ich störe«, sagte sie, während sie über ihn hinwegschaute, »ich weiß, dass heute eigentlich geschlossene Gesellschaft ist. Alex hat erzählt, irgendwelche Promi…«

»Schnuggibuudsi!«, unterbrach Schnuckputzi sie, »stör du nix eins! Und zwei, du sein bald selber promi.« Seine Augen weiteten sich, als würden sie von dem Einfall, der ihm gerade kam, förmlich aus den Höhlen gedrückt. »Vielleicht du singhe für unsere Gaste?« Er zog die Brauen noch etwas weiter nach oben, nickte schon mal für sie vor.

Aber meine Mutter hatte bereits Schwierigkeiten, überhaupt einen Ton herauszubringen. »Äh, vielleicht später«, murmelte sie kaum hörbar, und dann, sogar noch etwas leiser, »ich …, äh, ich suche eigentlich Alex.«

Schnuckiputzi verschränkte die Arme vor der Brust und schüttelte heftig den Kopf, sodass meine Mutter einen schrecklichen Augenblick lang glaubte, Alex sei gar nicht hier, er habe sie angelogen und müsse überhaupt nicht arbeiten. Aber schon im nächsten begann die Trommel unter Schnuckiputzis Hemd zu hüpfen.

»Was suhe du Alexandre, wenn du kann sein mit mia? Nix brauhe diesa Russ, kann Schnuggibuudsi spiele deina Gitarra!« Er wackelte mit den Hüften und bewegte die Lippen vor und zurück wie ein Fisch, begann endlich zu lachen. »Muss dein Schnuggibuudsi sein in die Kuhe.« Seine warme Hand fuhr auf ihren Rücken und schob sie vorwärts. »Wenn du finde, sage zu er, soll trage Popo hier hoppladihopp. Nix bezahlhe, dass kann er drehe Finghher rund!« Er schob sie durch die Tür in die Küche, lief selbst zurück ins Restaurant.

Meine Mutter ließ den Blick über das übliche Gewusel, Gerenne, Geschubse, Geschimpfe und Geschreie schweifen, suchte nach den gelben Augen. Aber stattdessen sah sie nur Romão, der wütend vor sich hingrummelnd in einem Topf rührte.

Sie huschte an ihm vorbei, lief zur Spüle, vor der wie immer Nadja in ihrem blauen Kittel stand und vor Freude, meine Mutter zu sehen, die Arme aus dem Becken riss. Irgendetwas rufend, was wohl erst an Tag 18 drankam, lief sie auf sie zu und drückte sie ebenfalls an sich.

»Hallo«, sagte meine Mutter schüchtern, während das Spülwasser von Nadjas Händen ihr T-Shirt durchweichte.

Wie bedingungslos sie doch alle hier ihre Zuneigung verschenken, dachte sie, ohne sich entscheiden zu können, ob das nun etwas Gutes oder etwas Schlechtes sei.

Sie löste sich von Nadja, die sofort wieder das Haarnetz vom Kopf friemelte, ihre schönen Locken über die Ohren hob und fallen ließ, während sie meine Mutter mit einem nicht enden wollenden Wortschwall übergoss, den die verständnislos nickend über sich ergehen ließ. Erst als Nadja ihr die, wie sie annahm, kaputten Spitzen direkt vor die Nase hielt, konnte sie sich nicht mehr beherrschen, endlich »wissen Sie vielleicht, wo Alex ist?« zu fragen.

Nadja ließ die Hände sinken und kuckte enttäuscht. »Raus«, sagte sie, so bestimmt, dass meine halt doch schon arg mitgenommene Mutter sofort wieder erschrak. Unsicher folgte sie der Hand, die erst zur Tür zeigte, dann, als meine Mutter nicht reagierte, sich um ihren Unterarm legte und sie Richtung Herd zog. »Raus«, sagte sie noch mal, aber jetzt schon etwas weniger heftig. Sie presste zwei

Finger an die Lippen, zog die Wangen ein und stieß hörbar die Luft aus. »Schura raus«, sagte sie, und: »Sigarijeta?«

Vor Erleichterung entfuhr meiner Mutter irgendwas zwischen Lachen und Schnauben. »Ach so«, rief sie und griff sich an den Kopf.

Nadja strahlte wieder. »Da, da, Schura Sigarijeta.«

Meine Mutter nickte. »Äm, danke«, sagte sie und lief zurück, an den Metalltischen vorbei, bemerkte zum ersten Mal den Gang, der vom Restaurant weg auf eine Tür zu führte, die von einem um die Klinke gewickelten Handtuch am Zufallen gehindert wurde, sodass sie nur ganz leicht dagegen drücken musste.

Sie roch ihn sofort. Roch seinen Rauch, noch ehe sie die Zigarettenspitze sah, die in dem mittlerweile völlig schwarzen Himmel aufglühte. Und dann auch eine zweite, ein, zwei Handbreit tiefer, zitternd von dem Frauenlachen, das über den Hof hallte.

Meine Mutter blieb in der Tür stehen, sah seinen Oberkörper, der sich immer tiefer nach unten beugte. Sah die zierliche Gestalt, die so, zur Seite gewandt, wie eine Scherenschnittfigur wirkte. Und dann sah sie, wie die beiden sie sahen. Zumindest wurden die Profile zu dicken Flecken. Ihre Silhouetten verliefen miteinander. Das Lachen verstummte.

»Hallo«, sagte meine Mutter und trat unschlüssig näher. Sie schaute von Alex zu der jungen Frau, die ihr merkwürdig bekannt vorkam, presste ein dünnes »Wie geht's?« heraus.

Aber er sagte nichts, starrte nur in die entgegengesetzte Richtung, bis schließlich die junge Frau für sie beide »gut« antwortete. Die Zigarette in der Hand, spielte sie mit einem der Zöpfe, zu denen ihr schwarzes Haar geflochten war, wie es auch zu einer Sechsjährigen gepasst hätte, zupfte an ihrem Kleid, das *nur* einer Sechsjährigen gepasst hätte, sagte endlich einen Namen, der wohl ihr gehörte, den meine Mutter in der Aufregung aber sofort wieder vergaß oder gar nicht erst verstand.

»Angenehm«, murmelte sie und streckte die Hand aus. Aber die Frau schien ihre in der Luft hängenden Finger gar nicht zu sehen, rieb sich nur die Arme, während sie ein wenig auf und ab hüpfte. Offenbar fröstelte sie in ihrem Kleidchen. Immer wieder zog sie eine Seite bis zum Knie, woraufhin die andere noch weiter nach oben schnalzte, sodass ihr ganzer Oberschenkel zu sehen war. Aber das schien sie nicht zu stören. Genauso wenig wie das Schweigen. Als sehe sie keinerlei Notwendigkeit, das Auftauchen meiner Mutter in irgendeiner Form zu thematisieren, rauchte sie stumm vor sich hin, mit der gleichen Gelassenheit oder auch einfach nur Gleichgültigkeit, die meine Mutter schon bei Alex um den Verstand brachte, so gedoppelt aber erst recht. Vor allem aber führte es dazu, dass sie selbst noch viel dringender etwas sagen musste, egal was, was endlich in die geistreiche Frage »Na, macht ihr eine Zigarettenpause?« mündete.

»Ja«, antwortete wieder die Frau für sie beide, »ich dachte, wenn ich mich ein Weilchen hier verstecke, ziehen die Pressefutzis vielleicht ab.« Ihr Gesicht blitzte auf, während sie einen Zug nahm.

Meine Mutter nickte.

Die Frau legte den Kopf nach hinten, bog den Hals von rechts nach links, als sei sie von all den ihr im Nacken sitzenden Fotografen schon ganz verspannt. »Seitdem sich mein Ex-Freund aus dem Profisport zurückgezogen hat, lassen sie mir kaum noch eine ruhige Minute. Ständig will irgendjemand ein Statement.«

Meine Mutter fasste sich an die Stirn. Daher kenne ich sie, dachte sie, die Berühmtheit aus dem Laden!

Das Mädchen blickte sie fragend an.

»Woher wissen die Fotografen denn, dass Sie hier sind?«, fragte meine Mutter schnell.

Die Exfreundin des (jetzt offenbar Ex-)Sportlers schmunzelte. »Das ist mein Lieblingslokal.« Sie schlug Alex leicht auf den Bauch. Zwischen seinen Knöpfen blitzte ein winziges bisschen Haut auf. »Das Essen, der Wein, die Musik«, ihr Gesicht nahm einen Ausdruck an, der wohl schwärmerisch sein sollte, »das ist einfach meins!«

»Ah«, sagte meine Mutter.

Die Berühmtheit wickelte einen Zopf um den Zeigefinger. »Es ist mir wichtig, den Kontakt zu meinen Wurzeln aufrechtzuerhalten«, sagte sie, und man konnte sehen, dass sie das nicht zum ersten Mal tat. »Meine Kultur liegt mir sehr am Herzen.« Sie ließ den Zopf wieder fallen, lächelte ein wenig. »Ein Abend hier ist wie ein Besuch zu Hause.«

Der Geruch von altem Fisch zog an meiner Mutter vorbei. »Ihre Familie stammt doch aus Brasilien und nicht aus Portugal, oder?«

»Ja, das stimmt«, sagte die Exfreundin des Exsportlers, offenbar gar nicht verwundert darüber, dass meine Mutter so gut über sie Bescheid wusste, »aber eigentlich ist das fast dasselbe.« Sie tätschelte wieder Alex' Bauch, ließ ihre Finger langsam über seine Weste gleiten. »Und so guten Service wie hier kriegt man sonst nirgends«, sagte sie und begann richtig zu lachen.

Meine Mutter dachte daran, wie bescheiden das Wissen war, das die Exfreundin des Exsportlers bei ihrem Einkauf über ihre ach so geliebte Heimat gezeigt hatte. Sie schaute zu Alex, sah auf einmal, dass er sein Wegstarren aufgegeben hatte und stattdessen die Berühmtheit betrachtete, die sich, plötzlich gar nicht mehr wortkarg, immer weiter zur Südländerin stilisierte, der »das«, womit sie ihren immer wieder zur Faust geballten und dann sprunghaft auseinanderschießenden Fingern nach zu urteilen wohl *Temperament* meinte, »in den Genen« läge. »Ich bin eben ein Heißblut«, sagte sie, »nicht wie die Deutschen, die für alles einen Plan brauchen«, worauf Alex natürlich zustimmend nickte. Worauf meiner Mutter das gar nicht kalte Blut in den Kopf schoss. Erst recht als sie sah, wie sich die beiden Lichtpunkte aufeinander zubewegten, wie Alex seinen Arm aus der Tasche zog, ihn hin und her schwingen ließ, immer näher an das Bein des Mädchen heran zu pendeln schien, bis meine Mutter endlich nicht mehr an sich halten konnte und vor lauter Verzweiflung »ich soll dir übrigens von Schnuckiputzi ausrichten, dass er dich nicht fürs Däumchendrehen bezahlt« schrie. Vielleicht auch nur sagte. Aber der Effekt war derselbe.

Wie eine Spindel flog Alex herum und starrte sie an.

»Von wem ausrichten?«, fragte die Exfreundin des Exsportlers.

»Vom Chef des Restaurants«, antwortete meine Mutter, trotz allem ein bisschen stolz auf ihren Wissensvorsprung.

»Ach so«, sagte die Berühmtheit und lächelte Alex wieder an.

Aber der war ganz damit beschäftigt, meine Mutter mit seinem Blick in den Boden zu rammen. Nicht mal, als die Berühmtheit ihm über den Arm strich und »dann geh ich mal besser wieder rein« murmelnd zur Tür lief, wichen seine Augen von ihr.

Aber darüber konnte meine Mutter sich jetzt nicht mehr freuen. Seine Feindseligkeit war so groß, dass sie richtig davor erschrak.

Im Vergleich dazu klang er überraschend ruhig, als er endlich »Was machst du hier?« fragte.

Meine Mutter überlegte. Aber tatsächlich hatte sie plötzlich keine Ahnung mehr, was sie hier wollte. Warum war sie eigentlich gekommen? Ihre Finger bohrten sich fast durchs Futter, während sie angestrengt nach einer Antwort suchte. Aber diesmal huschten die Worte ganz ohne Vorwarnung heraus: »Ich liebe dich.«

Er sah sie an, als sehe er sie zum ersten Mal. Seine Stirn legte sich in Falten. Dann streckte er plötzlich die Hand aus und griff nach ihrem T-Shirt, wie nach einem Stück Stoff auf einem Wühltisch.

Seine Knie stießen gegen ihre Oberschenkel. Sie wich zurück, stolperte gegen die Mülltonne, aber er hielt nicht an, drückte sie immer fester gegen den Deckel. Seine Küsse schmeckten faulig. Oder vielleicht war es auch der Abfall. Er fasste in ihr Haar, zog ihren Kopf nach hinten. Drehte sie mit einem Mal um und schubste sie vor sich her. Wie eine Handpuppe lenkte er sie zurück in den Flur, den Arm um ihre Taille gelegt, die Finger der anderen Hand an ihrem Rücken, bugsierte sie in irgendeinen Raum, knallte die Tür zu und sie dagegen. Er drehte den Schlüssel um, zog ihr das T-Shirt vom Kopf. Meine Mutter ging in die Knie, half ihm, den Reißverschluss zu öffnen, während sie aus den Augenwinkeln ein Waschbecken erkannte, den Handtuchspender, dann die Toilette selbst. Sie zog ihm die Hose von den Beinen, spürte endlich seine Haut darunter. Aber die Sehnsucht ließ kein bisschen nach. Eher wurde sie sogar noch quälender, bis sie fast glaubte, was sie da fühlte, könne noch gar nicht wirklich seine Haut sein, er müsse noch einen unsichtbaren Strumpf darüber tragen, unter dem sich die echte verbarg. Fahrig ließ sie die Finger über seinen Körper gleiten, suchte nach der Stelle, an der sie endlich zu ihm durchkäme.

Er griff nach ihrer Hand und legte sie auf seine Unterhose, schob sie ruckartig hin und her.

»Was machst du nur mit mir?«, stöhnte er, auch wenn es ja eigentlich er war, der etwas mit sich machte.

Aber meine Mutter wollte kein Lob, das ihr nicht zustand. Verzweifelt bemüht, es sich nachträglich zu verdienen, zog sie ihn ganz aus, ließ ihre Lippen über seine wunderschönen Leberflecken gleiten, legte sie endlich um seine Eichel.

Alex stöhnte noch mehr. Er sank gegen die Fliesen, bohrte seine Finger in ihre Schulterblätter.

Und dann riss er sie plötzlich hoch. Er drehte sie um, klappte den Klodeckel zu und drückte sie vorwärts darauf. Meine Mutter griff nach der Spülung, während er ihr den Rock hochschob, die Unterhose vom Po zerrte, spürte plötzlich einen bestialischen Schmerz, der durch ihren Unterleib fuhr, an ihren Därmen zerrte, ihrem Magen, ihren Nieren, als versuche jemand mit aller Kraft ihre Organe durch ihren Bauchnabel herauszureißen.

Ihre Augen flogen auf, sie sah den Spülkasten, in den sich die bräunlichgelben Punkte unzähliger ausgedrückter Zigaretten fraßen.

»Nein, nicht!«, keuchte sie, während der Schmerz immer schlimmer wurde. Sie bog den Kopf über die Schulter, versuchte ihn wegzuschieben. Aber Alex drückte sie wieder nach vorne.

»Das gefällt dir, was?«, stieß er durch die Zähne. Fragte nicht wirklich. Sagte es einfach, als sei es eine Tatsache. Und meine Mutter wollte ihm glauben, wollte lieber die Frau sein, die »Nein« sagt und »Ja« meint, als die, die sich gegen ihren Willen gegen die Klospülung ficken lässt.

Als müsse sie ihm ihre Geilheit beweisen, zappelte sie herum, streckte, verbog, wand sich, bis sie irgendwann selbst glaubte, es seien Schreie der Gier und nicht des Schmerzes. Und noch etwas später waren sie es tatsächlich. Ihr Körper spielte das Spiel mit, unterwarf sich ihrer Entscheidung, und dieser kleine Triumph steigerte ihre Lust umso mehr. Sie schob sich ihm entgegen, stieß ihren Po gegen seine Hüfte, geriet derart außer Kontrolle, dass ihr schon wieder ein »Ich liebe dich« entwischte. Oder wenigstens glaubte sie das, auch wenn ihr nach ein paar Minuten solche Zweifel kamen, dass sie sich mit den Fingern über die Lippen fuhr, als müssten die Worte eine Spur hinterlassen haben. Aber ihr Mund fühlte sich völlig trocken an. Und auch Alex tat nichts, was darauf schließen ließ, dass er etwas gehört hatte, schob nur seine Hand von ihrem Bauch auf die Brüste und knetete sie hektisch durch.

Bis es plötzlich gegen die Tür hämmerte.

»Alexandre!«, hörte sie Schnuckiputzi brüllen. »Steh du in zwei Minut in die Kuhe entweder, oder nix brauhe komme suruck uberhaupt!«

Der Atem an ihrem Ohr stockte. Seine Finger krallten sich um ihre Brustwarzen. Irgendwo fiel etwas zu Boden. Dann setzten die rhythmischen Bewegungen hinter ihr wieder ein.

Als habe er vor, die zwei Minuten voll auszunutzen, begann Alex ihren Oberkörper erneut vor und zurück zu schieben, stieß sie wieder und immer fester und immer schneller gegen den Wasserkasten, bis er endlich auf ihren Rücken sackte.

Und sofort aus ihr herausrutschte.

Er lief zur Tür, las seine Kleidung zusammen.

Meine Mutter kletterte von der Toilette. Sie stolperte hinter ihm her, ließ zaghaft die Hand über seine Wirbelsäule gleiten. Aber er schob sie weg und zog stattdessen das Hemd über seinen Rücken, knotete seine Fliege zu. Drehte den Schlüssel im Schloss.

»Ich muss«, war alles, was er sagte. Dann stürzte er nach draußen.

Meine Mutter, noch immer nur den hochgeschobenen Rock wie einen Gürtel um den Bauch, blieb in der Tür stehen, hörte, wie er den Flur entlanglief, dann Dimas hässliches Lachen, das näher kam, oder doch nicht?, sich entfernte, doch näher kam, sich förmlich überschlug, auf dem Weg ein zweites in sich aufnahm, bis sie endlich erschrocken die Tür zuwarf.

Sie schaute an sich herab, sah die Schamlippen, die sogar durch das krause Haar hindurch feuerrot flammten, klappte den Deckel auf, legte nicht mal Klopapier unter, bevor sie sich setzte und ihn aus sich herauslaufen ließ. Dann wurde ihr auf einmal entsetzlich schlecht. Nicht übel, wie es ihr ja dauernd war, sondern richtig, richtig schlecht. Sie rutschte von der Klobrille, sackte auf die Knie, hatte nicht mal Zeit, sich abzuwischen, schon schoss die gallige Brühe aus ihr heraus und klatschte in die Schüssel. Im Hintergrund war wieder Dimas Wiehern zu hören.

17. Kapitel

In der Liebe ist Stolz das erste Opfer. Man kann sich mit Verachtung rüsten. Man kann die beiden Späher Hohn und Spott vorausschicken, um das Lager des Feindes auszukundschaften. Aber je stolzer der Mensch, desto weniger wird er ihren Warnungen Beachtung schenken. Und umso verheerender sind am Ende die Verluste.

Fast eine halbe Stunde dauerte es, bis meine Mutter sich in den Gang hinauswagte. Den Kopf so tief zwischen den Schultern, dass sie nichts als ihre eigenen Füße sah, floh sie aus dem Restaurant und rannte nach Hause, wo sie sich gleich noch mal übergab, so unfähig war ihr Körper, die Scham zu verdauen. Die ganze Nacht lang hing sie über der Toilette, den beißenden Frischeduft des WC-Steins in der Nase, und schwor sich, die Sache zu beenden, ein für allemal. Aber das zweite Opfer der Liebe ist die Vernunft. Und so rief meine Mutter, kaum hatte sich ihr Magen so weit beruhigt, dass sie es zum Telefon schaffte, schon wieder *Anna* an. Ließ sich abwimmeln. Versuchte es noch mal. Lief endlich nach oben, wo sie nur noch Dimas Familie antraf, aus der sie irgendwie die Information herausbrachte, dass Alex zum Fischen gefahren sei. Bis die S-Bahn den See erreichte, dessen Namen die Russen ihr mehrfach hatten vorsprechen müssen, hatte meine Mutter sich bereits in eine solche Panik hineingesteigert, dass es selbst meiner Großmutter Ehre gemacht hätte. Ihr einziges Glück war, dass es geregnet hatte. Die meisten Buchten waren verwaist, sodass meine am Ufer entlanghetzende Mutter nur vier, fünf Grüppchen Hartgesottener aufschrecken musste, bis sie tatsächlich seine Stimme hörte, die irgendwas mit »Stelle« oder »Welle« sagte, genau konnte sie das nicht verstehen.

Dima war der Erste, der sie bemerkte.

»Schnuckiputzi!«, rief er und lachte sich über sich selbst kaputt. Hinter ihm tauchte Paul auf, der Deutsche, den meine Mutter damals bei ihrem ersten Besuch in der Wohnung oben kennengelernt hatte.

»Ich glaub, ich spinne«, rief er (also eigentlich wohl »ick gloob, ick tille« oder so, aber um daran zu denken, dass Paul ja eigentlich berlinerte, war meine Mutter auch beim Nacherzählen noch zu nervös), »die Frau Nachbarin! Haben wir wieder die Polizei im Schlepptau?«

»Eins, zwei, Polizei«, rief Dima und fand sich offenbar noch mehr zum Schießen. Er sprang von seinem Klappstuhl auf und rief etwas zum Ufer hin, wartete, bis Alex sich umdrehte. Dann prustete er erneut los.

Meine Mutter versuchte ein Winken, aber Alex blickte sie nur unverwandt an, weder erfreut, noch ärgerlich, eher, als habe sie gar nichts mit ihm zu tun. In der einen Hand hielt er eine Flasche, in der anderen eine Angelrute, die sanft hin und her schwang.

»Hallo«, rief sie, so leichthin wie möglich, was natürlich nicht wirklich möglich war, aber Alex wandte sich ohnehin nur wieder zum Wasser und warf erneut seine Angel aus.

Dafür kriegte Dima sich vor Begeisterung über ihr Erscheinen gar nicht mehr ein. »Drei, vier, great idea«, kreischte er und zappelte herum, wie ein kleiner Junge, der das Pinkeln rauszögert. Er rieb sich das schweißnassgelachte Gesicht, schnappte nach Luft, fragte endlich: »How you know where we?«

»They told me upstairs that you were here«, sagte meine Mutter, und Dima tat ihr den Gefallen, so zu tun, als gelte das »you« tatsächlich ihnen allen.

»Yes, we fish«, sagte er, noch immer mit hüpfender Brust, und zog zwei Bier aus der Kühlbox. Er reichte eines meiner Mutter, schob ihr seinen Klappstuhl hin.

»Und du bist uns nachgekommen, weil was?«, fragte Paul und

schaute über ihre Schulter hinweg, als würde er tatsächlich damit rechnen, dass ihr jemand folgte.

»Äh, nur so«, sagte sie, während Dima ihren Kronkorken mit dem Feuerzeug wegschnalzte.

»Ähä?«, sagte Paul.

»Ich, äh, ich dachte, also dass, äm, ich wollte vielleicht noch ein bisschen schwimmen.«

Paul schaute auf ihren Pullover, zu den dicken Socken, die sich über ihren Schuhen aufstauten, drehte sich dann aber doch wortlos um. Erst als Dima seine Flasche gegen ihre krachen ließ und »Prost!« bellte, wobei er das »R« so lange rollte, dass der Rest des Wortes fast davon verschluckt wurde, rief er »Hopfen und Malz erleichtern die Balz!« und brach in sein Meerschweinchenquieken aus.

Dima stimmte mit ein, auch wenn meine Mutter sich nicht vorstellen konnte, dass er Paul verstanden hatte. Aber wahrscheinlich lachte er einfach zu gern, um sich eine Gelegenheit dazu durch die Lappen gehen zu lassen.

Schüchtern prostete sie Paul zu, der ebenfalls ein braunes Fläschchen an den Bauch drückte, setzte sich auf den Klappstuhl. Dima und Paul ließen sich rechts und links von ihr auf Kühlbox und Boden nieder und begannen, sich miteinander zu unterhalten, was bedeutete, dass der eine von ihnen etwas in seiner jeweiligen Muttersprache sagte, woraufhin der andere seine Flasche in die Luft hob und »Prost« brüllte, sie beide tranken, lachten, noch mal tranken. Den Zeigefinger an die Lippen pressten und mit dem Kinn zu Alex zeigten. »Pscht!« machten. Kicherten. Bevor sie wieder von vorne anfingen.

Hie und da lachte meine Mutter auch ein bisschen, auch wenn nicht mal der deutsche Teil zu ihr durchdrang. Ansonsten konzentrierte sie sich voll und ganz darauf, ihre Augen in Alex' Rücken zu bohren, als könne sie ihn mit der Kraft ihres Blicks zu sich drehen, so wie er es damals in der Bahn bei ihr gemacht hatte.

Aber stattdessen ging er nur noch weiter aufs Wasser zu, schaute sich nicht um, riss nur plötzlich ruckartig die Angel in die Höhe.

Er lehnte sich nach hinten, begann zu kurbeln, zog einen riesigen Brocken aus dem Schilf. Das Wasser spritzte in alle Richtungen, so wild zappelte der Fisch, als er über den Grund geschleift wurde.

Dima und Paul sprangen auf und liefen ans Ufer. Nur meine Mutter blieb sitzen, sah von ihrem Klappstuhl aus zu, wie Alex an seiner Zigarette zog, sie auf dem Flaschenhals ablegte, eine Eisenstange vom Boden nahm und sie auf den Bauch des Fisches sausen ließ, mit der gleichen Ruhe, die jeder seiner Bewegungen innewohnte. Ein einziger kräftiger Schlag genügte und das Zappeln hörte auf. Er frimelte den Haken aus dem glitschigen Maul und warf den Fisch in einen Eimer, wischte sich die Hände an seiner Bundeswehrhose ab. Dann steckte er sich die Zigarette zurück in den Mund.

Paul stieß einen anerkennenden Pfiff aus. »Alle Achtung«, sagte er und hob sein Bier in die Luft, und, als sei ihm das noch nicht genug, »alle Fische wollen bumsen, nur nicht Flipper, der hat Tripper«, worüber erst er und dann auch Dima sich wieder ausschütteten, Letzterer so doll, dass der Großteil seines Biers auf den Boden schwappte. Er trank den Rest in einem Zug aus und warf die Flasche ins Wasser, krallte endlich seine Finger in Pauls Schulterblatt und krächzte mühselig, aber doch deutlich zu verstehen »zu dirrr oderrr zu mirrr?«

Paul prustete wieder los, ließ sich aber doch widerstandslos zurück- und den Rucksack über die Arme ziehen, während Dima selbst die Kühlbox hochhievte. »Paka!« rief. Und dann noch etwas anderes, was diesmal sogar Alex zum Lachen brachte. Die Katzenaugen mit der Hand abschirmend, schaute er über die Schulter und rief etwas zurück. Dima schnalzte mit der Zunge, dann tätschelte er meiner Mutter den Kopf und stapfte, den ihm gerade mal bis zur Achsel reichenden Paul wie einen kleinen Bruder im Arm haltend, davon.

Meine Mutter sah ihnen nach, wie sie schwankend zwischen den Bäumen verschwanden, hörte das Schmatzen der Gummistiefel. Sie drehte sich um, sah, wie Alex die Finger in ein Einmachglas steckte, wie er so damit beschäftigt war, einen Wurm herauszubekommen, dass er gar nicht zu hören schien, wie sie auf ihn zukam. Und es wohl doch hörte. Zumindest zuckte er nicht mal, als sie endlich direkt hinter ihm »Wie geht's?« fragte.

»Hm«, machte er.

»Hast du gestern noch lange arbeiten müssen?«

Er nickte. Oder vielleicht senkte er auch nur den Kopf, um den Wurm am Haken zu befestigen.

»Tut mir leid, dass ich mich nicht mehr verabschiedet habe.«

»Hm«, machte er wieder.

Meine Mutter drückte die Hände auf den Magen, in dem es erneut gefährlich zu rumoren begann. »Mir ging's nicht so gut.«

»Kein Ding«, grummelte er und richtete sich auf.

Meine Mutter trat noch näher an ihn heran, streckte endlich zögerlich die Hand nach ihm aus, aber in dem Moment fuhr sein Ellenbogen nach hinten. Er holte aus, riss die Angelrute über den Kopf.

Sie zog die Finger zurück, sah, wie der Wurm in hohem Bogen durch die Luft flog und an der Wasseroberfläche aufschlug.

Sie folgte den Bewegungen seiner Arme, betrachtete die flachen Wellen, dann die Baumkronen, durch die rotgolden das Licht der untergehenden Sonne schimmerte.

»Bist du sauer, dass ich hergekommen bin?«, flüsterte sie in die Stille.

Alex zuckte die Schultern.

»Willst du, dass ich gehe?«

Er fuhr sich über den Schädel, der jetzt wieder völlig kahl war. Nur über den Ohren standen noch ein paar längere Härchen, die er wohl beim Rasieren vergessen hatte. »Der See gehört nicht mir.«

Er griff wieder nach seiner Flasche, legte den Kopf nach hinten. Die letzten Strahlen fielen genau in seine Augen, färbten sie fast grünlich. Das Herz meiner Mutter schwoll so an, dass die Lunge darunter zusammengequetscht wurde. »Ich versuch doch nur rauszufinden, was du von mir willst.«

Er setzte sein Bier ab. »Gar nichts«, sagte er, »ich will gar nichts von dir.«

Sein Arm schnellte wieder nach vorne. Das Seil spannte sich. Er holte die Angel ein und betrachtete den Fisch, der kaum größer als seine Handfläche war, riss ihn vom Haken und warf ihn zurück ins Wasser.

»Was machst du denn da?«, rief meine Mutter.

»Zu klein.«

»Aber du hast ihn doch gefangen?«

»War ein Versehen«, murmelte er, »man weiß halt vorher nicht, was anbeißt.«

»Aber kann er denn so überhaupt weiterleben?«, fragte sie, so weinerlich, dass sie sich am liebsten eine gescheuert hätte.

Alex zuckte die Schultern. »Keine Ahnung. Vielleicht. Vielleicht auch nicht.« Er griff wieder in sein Einmachglas, hatte schon einen Wurm zwischen den Fingern, als er sich plötzlich umdrehte, ihr endlich sein Gesicht zuwandte, das auf einmal fast beängstigend wirkte.

»Was willst du denn von *mir*?«, fragte er so laut, dass meine Mutter unwillkürlich zurückwich.

»Was meinst du denn?«

»Das sag ich doch gerade«, rief er ungeduldig, »was willst du von mir?«

»Ich will dich«, flüsterte sie.

»Schmonzes!«, schrie er, »du magst mich doch nicht mal!«

Meine Mutter schüttelte verwirrt den Kopf. »Wie kommst du denn darauf?«, sagte sie, »natürlich mag ich dich!« Und merkte in dem Moment, in dem der Satz ihren Mund verließ, dass es eine Lüge war. Ja, sie dachte an ihn, pausenlos, fühlte ihn, träumte von ihm. Aber wirklich mögen tat sie ihn im Grunde nicht.

»Ich liebe dich«, rief sie, denn dass das stimmte, da war sie sich sicher.

»Ach und warum bitte?« Er sah sie herausfordernd an, trippelte auf den Boden.

Weil du nur mir gehörst?, wollte meine Mutter sagen. Weil ich mich nie so deutlich spüre, wie wenn du mich anfasst. Weil ich nicht weiß, was das sonst sein sollte als Liebe.

»Weil du mich angesehen hast«, sagte sie stattdessen.

»Du kannst doch nicht dein ganzes Leben auf den Kopf stellen, nur weil dich einer angesehen hat!« Er schüttelte den Kopf, steckte seine Angelrute in den Boden und setzte sich daneben. »Hast du dir mal überlegt, was passiert, wenn dein Mann etwas erfährt? Was, wenn er dich und Anna verlässt?«

Meine Mutter kniete neben ihm nieder. »Wir kämen schon auch alleine zurecht.«

Alex lachte höhnisch. »Du hast doch keinen Schimmer davon, was es heißt, sich alleine um eine kleine Tochter zu kümmern.« Er schob seine Armbanduhr, die er also wohl doch auch sonst trug, auf dem Handgelenk herum. »Und was, wenn dein Mann sie dir wegnimmt?«

Meine Mutter spürte, wie ihr schon wieder schlecht wurde. Sie dachte daran, ihm alles zu sagen. Dass der Mann, der ja nicht mal wirklich ihr Mann war, sie längst verlassen hatte. Dass es keine Anna gab. Dass es gar nichts gab, was man ihr hätte wegnehmen können. Außer ihn. Aber sie wusste, dass sie ihn dann erst recht verlieren würde. Dass sie dann nicht mal mehr hätte hoffen können, nicht mehr warten, dass sie dann nicht mal mehr das Herzklopfen hätte, jedes Mal, wenn sie Schritte hörte, wenn sie das Haus verließ, wenn sie wieder zurückkam.

Sie drehte sich zu ihm, betrachtete ihn, wie er neben ihr hockte, fast scheu, die Arme um die Beine geschlungen, den Kopf auf den Knien. Sie legte die Hand auf seinen Rücken, rieb über den in sich verschlossenen Körper, als würde sie einen Steinblock schleifen. Aber sein Kopf rutschte nur noch tiefer zwischen die Knie.

Sie ließ den Blick über den See schweifen, in dem die Sonne versank, als würde man einen Eimer Farbe ins Wasser kippen. Sah das letzte Licht, das sich in den Wellen spiegelte.

Und dann machte sie auf einmal den Uwe: Vor lauter Angst wurde sie mutig. Sie zog sich den Pullover über den Kopf, zerrte die Socken von den Fersen, traute sich nicht nachzusehen, ob er wenigstens aufschaute, während sie, endlich nur noch in der Unterhose, losrannte. Sie spürte den Wind an ihren Armen, das Wasser, das gegen ihre Knie schlug, lief immer weiter, bis sie auf dem algigen Boden ausrutschte und vornüberfiel. Der See war so kalt, dass sie einen Moment zu atmen vergaß.

Sie schwamm in das silbrige Dreieck, das noch immer ganz leicht schimmernd zu sehen war, hielt ihren Blick an den Bäumen auf der andern Seite fest. Erst als sie sich ganz sicher war, nicht mehr stehen zu können, drehte sie sich um und sah die leere Stelle am Ufer, an der er eben noch gesessen hatte, dann seinen Kopf, wie eine Boje im Wasser, die ganz langsam auf sie zutrieb.

Er legte sich auf den Rücken, schien sich einen Moment ausruhen zu wollen, bevor er sich unvermittelt zu ihr beugte und »Ich habe noch nie jemanden getroffen, der so ist wie du« sagte.

Meine Mutter schaute auf, konnte nicht umhin zu lächeln, während sie sich eine nasse Strähne aus dem Gesicht strich.

»Nein«, er schüttelte den Kopf, »nicht so.« Seine Stirn kräuselte sich.

Selbst in dem kalten Wasser fühlte sie, wie ihr die Hitze in den Kopf schoss. Sie hielt die Luft an, während sie von ihm wegschwamm, wohl wissend, dass in dem Moment, in dem sie einatmete, nicht nur der Sauerstoff, sondern auch der Schmerz in sie einströmen würde. Sie hörte das Rauschen in ihren Ohren, spürte ihre Beine, schwer wie Sandsäcke, die sie nach unten zogen.

Und dann plötzlich, dass etwas ihren Innenschenkel streifte.

Sie fuhr nach oben, sah die Katzenaugen, so nah, dass sie richtig erschrak. Ihre Zähne stießen an seine, während er ihre Unterhose zur Seite schob und sich in sie. Er hob ihre Beine auf seinen Rücken, schwamm mit ihr unter seinem Bauch auf das Ufer zu, bis ihm das Wasser nur noch bis zu den Unterschenkeln reichte. Die Brake schwappte ihr in den Mund. Sie sah die lose Erde, die sich zwischen ihrem und seinem Körper sammelte, klammerte sich an seinen Nacken. Ihr Po rutschte über den schlammigen Grund, während sie verzweifelt versuchte, den Kopf oben zu halten. Und dann küsste er sie, küsste sie endlich wirklich. Ein Kuss, dem nichts Technisches anhaftete, der weder etwas mit seinen Lippen, noch seiner Zunge, noch mit seinen Händen zu tun hatte, ein Kuss, den sie bis in die Zehenspitzen fühlte, der sich so tief in sie hineinbohrte, dass sie endlich vor Liebe zu ersticken glaubte.

Es ist schon dunkel, als sie aus dem Wasser kommen, bibbernd vor Kälte. Was sehr schön ist, weil es ihnen nicht nur Anlass gibt, einander immer wieder zu berühren, die Arme zu rubbeln, den Rücken zu streicheln, sondern auch, über einander zu lachen, darüber, wie ihrer beider Zähne klappern, wie er mit seinen zitternden Fingern den Gürtel nicht zubekommt und sie ihm helfen muss, wie sie »Ahhh!« ruft, während sie zur Haltestelle laufen und der Wind unter ihren Rock fährt. Bei jedem Schritt kriecht der nasse Stoff weiter zwischen ihre Beine, sodass sie ihn endlich mit beiden Händen festhalten muss, während sie in die Bahn einsteigen. Nicht, dass noch jemand etwas sieht. Denn die Unterhose ist unauffindbar. Immer wieder legt er seine Finger auf ihre Knie, schiebt sie zwischen die fest gekreuzten Beine, und versucht, dazwischen zu kommen. Zum ersten Mal seit Tagen fühlt sie sich wieder gut, fühlt sich sicher, glaubt, nichts befürchten zu müssen.

Und wird natürlich sofort dafür abgestraft.

Sie sind noch zwei, drei Haltestellen von zu Hause entfernt, als er plötzlich seine Hand wegzieht. Meine Mutter hebt verwundert den Kopf, fragt sich, ob vielleicht jemand eingestiegen ist, den er kennt. Aber niemand schaut zu ihnen hin. Sie versucht, ihn anzulächeln, öffnet sogar das Beinkreuz ein wenig. Aber er blickt nur aus dem Fenster, bis sie ankommen. Er kommt an. Und sie kommt an. Aber zusammen tun sie es schon nicht mehr.

Er läuft die Treppenstufen des U-Bahnhofs nach oben, an dem Dönerladen vorbei, sie ihm hinterher, wieder mit ein paar Metern Abstand, als dürfe sie nicht direkt neben ihm gehen. Sie blickt auf seinen Hinterkopf, blickt auf den Gehsteig, blickt an den gelben und weißen und cremefarbenen Häusern entlang, so nervös, dass sie sogar glaubt, die Farbe der Häuser zu nennen, sie sich aufzusagen, bunte Häuser, graue Straße, Himmel: blau, könne ihr helfen, ein Stück Kontrolle zurückzugewinnen. Vor lauter Anspannung beginnt sie sogar laut zu singen, wie ein Kind, das alleine in den dunklen Keller geschickt wird, merkt erst beim Kommet zuhauf, Psalter und Harfe wacht auf, lasset den Lobgesang hööören, wo ihr Unterbewusstsein sie hingeführt hat. Und hört trotzdem nicht auf. Lobe den Herren, der alles so herrlich regiiieret. Der dich auf Adelers Fittichen sicher gefüüühret.

Alex sieht sie irritiert an, beginnt aber doch zu lächeln, während er aufschließt, die Tür aufhält, sie offenbar wieder alleine durchgehen lassen will, sodass meine Mutter schnell »Ich kann auch noch mit hoch kommen« sagt.

Er atmet schwer, als sei er selbst etwas genervt von dem Spiel, das sie erst hinter sich bringen müssen, was ist denn mit Anna?, bei den Großeltern, schon wieder?, ja, ich muss doch lernen, dann hast du doch eh keine Zeit, naja, ein bisschen hab ich schon, und dein Mann?, ist aus, schon wieder?, bevor er endlich »ok« murmelt und ihr voraus nach oben geht, wo es ausnahmsweise völlig still ist.

»Schlafen die etwa schon?«, flüstert meine Mutter.

Aber das Wohnzimmer ist leer. Die Schlafsäcke sind ordentlich zusammengerollt, die Vorhänge aufgezogen. Unter der Unterwäschefrau stehen die leeren Flaschen sauber aufgereiht, daneben drei prallgefüllte Mülltüten.

»Wahnsinn, ich hätte nicht gedacht, dass sie noch mal das Haus verlassen«, sagt meine Mutter lachend, aber auch die unerwartete Zweisamkeit scheint an Alex' Stimmung nichts zu ändern.

»Ich bin todmüde«, sagt er und geht ins Schlafzimmer, zieht sich aus, lässt sich aufs Bett fallen, ohne auch nur die Tür zuzuschieben.

»Es ist doch noch früh«, sagt meine Mutter.

Alex drückt das Gesicht ins Kissen. »Wenn du noch wach bleiben willst, kannst du ja runtergehen.«

»Nein, nein, ich bin auch schon ganz schön geschafft«, sagt sie und streift eilig Rock und Pullover ab.

Sie schlafen. Er schläft. Und sie schläft mal wieder nicht. Und dann irgendwann nach tausend Jahren Starren und Warten und Hoffen doch. Aber auch nicht wirklich. Dafür wird sie zu oft geweckt, das erste Mal davon, dass Romão ins obere Stockbett klettert. Das zweite Mal, als Dimas Brüder im Flur zu schreien beginnen, worauf Romão wieder aufwacht und ebenfalls ein bisschen rumbrüllt, bis endlich Dimas Mutter dazwischen geht und ihre Söhne offenbar in die übrigen Betten schickt. Meine Mutter drückt sich an Alex' Brust, schiebt ihre Nase in seine Achseln. Aber diesmal findet sie tatsächlich keinen Schlaf mehr. Stundenlang liegt sie wach, hört das Schnarchen der Mutter, die sich nach der Schlichtung einfach auf dem Fell zusammengerollt hat. Sie sieht das Licht, das sich Stück für Stück durch den Schal vorm Fenster schiebt, bis das Zimmer taghell ist. Hört die Busse fahren, Fahrräderketten klirren, all die Geräusche, die sie kennt, auch wenn sie ihr hier viel lauter scheinen, hallender, als würden die paar Meter, die seine Wohnung näher an der Straße liegt, einen riesen Unterschied machen. Aber davon aufwachen tut trotzdem niemand.

Es muss schon Mittag sein, als er sie plötzlich von sich wegdrückt und sich aufsetzt. Er lässt den Blick durch den Raum schweifen, tastet nach seiner Uhr.

»Wie spät?«, fragt meine Mutter.

»Scheiße«, sagt er, als sei das Antwort genug, während er das Armband wieder um sein Handgelenk befestigt.

Sie stützt sich auf, küsst ihn.

»Ich muss los«, sagt er und kramt neben dem Bett herum, schiebt ihr ihre Kleider hin, murmelt wenigstens »na komm, Buba«, sodass sie es endlich schafft, ebenfalls aufzustehen und sich anzuziehen.

Sie streicht sich das Haar hinter die Ohren, das noch immer nass ist, steigt auf Zehenspitzen über die Beine hinweg.

Wann?, hallt es in ihrem Kopf, während sie vor ihm hergeht.

Wann?, denkt sie, als er die Tresortür an ihr vorbei nach innen zieht und wartet, dass sie geht.

Wann?, fragt sie endlich, »Wann sehe ich dich wieder?« und drückt sich an seinen Bauch.

»Heute Abend«, antwortet er und schiebt sie ins Treppenhaus, während er selbst in der Wohnung stehen bleibt, als seien seine Füße mit dem Boden verwachsen.

»Was?«, fragt sie überrascht. Und weil sie es so gerne noch mal hören möchte. Aber sein Vorrat an Worten ist schon wieder aufgebraucht. Als wisse er ganz genau, dass sie ihn sehr wohl verstanden hat, lächelt er sie an und fährt ihr übers Gesicht, nicht über die Wange, wirklich über das Gesicht, wie ein Blinder, der die Züge seines Gegenübers erfühlt, lässt die Fingerkuppen von ihrer Stirn über die Augenlider an der Nase entlang ganz langsam zum Mund gleiten, bevor er ganz plötzlich den Arm zurückzieht und die Tür schließt.

Meine Mutter läuft nach unten und schält sich aus den schmutzigen Sachen. Duscht. Putzt Zähne. Föhnt sogar ihr Haar. Und dann wartet sie, den Blick stur geradeaus gerichtet, wagt nicht, sich zu rühren und die Zeit beim Vergehen zu stören, bis es endlich, endlich dunkel wird.

18. Kapitel

Und dann fällt das Fahrrad um. Vielleicht noch nicht an diesem Abend, als ihr niemand öffnet. Vielleicht auch noch nicht am nächsten Morgen, als der Tresor wieder verschlossen bleibt. Aber spätestens am Abend, als endlich Romão in der Tür auftaucht und beim Anblick meiner Mutter erschrocken zurückweicht, gerät sie ins Schlingern.

»Do you know where Alex is?«, fragt sie mit einer Stimme, die ihr noch auf halber Strecke entgleitet.

»Sorry«, antwortet Romão und fummelt an seinen Taschen herum.

Das alte Mädchen kommt aus dem Schlafzimmer, die Lider halb geschlossen.

»She searches Sascha«, sagt er in ihre Richtung und zieht bedeutungsvoll die Brauen nach oben, wie ein Mann, der seiner Frau über die Köpfe der Kinder hinweg zu erklären versucht, dass der Struppi jetzt AUF DEM BAUERNHOF LEBT!

Aber das alte Mädchen scheint zu müde für Subtilitäten. Sie reibt sich ihr Mondgesicht, schüttelt träge den Kopf. »Not say goodbye?«, fragt sie.

Das Herz meiner Mutter schlägt aus. »Why goodbye?«

Das alte Mädchen zieht die Nase hoch. Ihre Zunge drückt von Innen gegen die Wange, als versuche sie etwas zwischen den Zähnen herauszufischen.

»Why would he say goodbye?«, fragt meine Mutter noch mal. Und, als ihr wieder niemand antwortet, »where did he go?«

Die Augenwinkel des alten Mädchens biegen sich unter ihren

Fingern nach unten, während sie wieder an sich herumreibt. Ein wenig sieht sie aus wie ein weinender Clown.

Meine Mutter schaut von ihr zu Romão, dann zu Dimas Bruder, der aus dem Wohnzimmer kommt, eine Jogginghose auf den Hüften, die ihm gerade bis zur Mitte des Unterschenkels reicht.

»When is he coming back?«, stößt sie mühsam hervor.

»Maybe«, antwortet Romão, der das »when« offenbar nicht gehört hat. Oder vielleicht will er meiner Mutter auch nur einen Gedankenschritt ersparen.

Ihre Knie geben nach. »Aber er muss doch arbeiten!«, sagt sie, während sie verzweifelt versucht, das Gleichgewicht zu halten, so verwirrt, dass sie nicht mal merkt, dass sie Deutsch spricht. Und erst recht nicht, dass Romão sie versteht.

»No more work«, sagt er leise.

Meine Mutter beginnt zu schwanken. »Did Schnuckiputzi fire him because of what happened the other day?«

Romão schüttelt den Kopf. »Wasn't fired«, sagt er, »he quit.«

Die Finger meiner Mutter rutschen vom Türrahmen. »Why?«

Romão zuckt die Schultern. »I'm sorry«, sagt er wieder und legt den Kopf schräg. Nuschelt etwas, was sie wohl trösten soll. Aber meine Mutter hört ihn schon nicht mehr, starrt nur zu Dimas Bruder, auf die winzigen Augen, die aufeinander zu treiben, sich miteinander verbinden, bis es nur noch ein Auge ist. Sie sieht das fleischfarbene Männerunterhemd, das ebenfalls zu kurz ist, dann wieder die Hose, merkt endlich, dass es dieselbe, nicht die gleiche, wirkliche dieselbe glänzende Jogginghose ist, die Alex damals angehabt hat, nur dass sie bei Dimas Bruder so spannt, dass seine Pobacken darin wie zwei blank polierte Bowlingkugeln schimmern.

Sie stolpert nach unten, schafft es gerade noch in ihre Wohnung, bevor sie der Länge nach hinfällt, nicht mal mehr dazu in der Lage, die Arme auszustrecken und den Sturz abzufedern, sodass sie mit dem Gesicht frontal auf dem Boden aufschlägt.

Einen Augenblick bleibt sie einfach so liegen. Spürt die Panik in sich pulsen. Dann reißt sie den Kopf nach hinten und lässt ihn noch mal nach vorne sausen. Und noch mal. Und gleich noch mal.

Wieder und wieder donnert ihre Stirn auf die Dielen. Aber so weit meine Mutter auch ausholt, so gewaltsam sie den Kopf auf den Boden knallt – die Schläge außen können die in ihrem Innern nicht übertönen. Wie ein Countdown schwellen sie an, werden immer drängender, als würden sie unaufhaltsam auf den einen Punkt zusteuern, an dem der Schmerz absolut ist. An dem die Erkenntnis sie völlig übermannen wird, sie zerreißen, ihr wenigstens das Bewusstsein rauben. Aber der große Knall will einfach nicht kommen. Mit ungebremster Wucht treffen die Schläge auf ihren Schädel, ihre Brust, die Schultern, lassen die Bretter unter ihr erzittern, bis meine Mutter es endlich nicht mehr aushält. Einen Schrei im Hals, der sich nicht zu befreien weiß, springt sie auf und läuft den Flur entlang, ins Wohnzimmer, in die Küche, dreht sich um sich selbst auf der Suche nach einer Stelle, an der der Boden eine Sekunde still steht, an der sie zu Atem kommen, an der sie denken kann, nur ganz kurz denken, bitte, nur einen einzigen klaren Gedanken fassen. Sie schlingt die Arme um sich selbst, krallt die Finger ins Fleisch. Sie läuft ins Badezimmer, zerrt das Kleid vom Kopf. Sie stellt sich unter die Dusche, lässt sich das Wasser auf den Kopf prasseln. Und kann nach zwei Minuten die Enge zwischen Fliesenwand und Duschvorhang doch nicht mehr ertragen. Sie läuft wieder nach draußen. Reißt die Fenster auf. Hängt den Kopf raus. Spürt den Wind, der an ihren nassen Haaren zieht. Denkt, dass sie sich vielleicht wieder eine Grippe einfängt. Hofft, dass sie sich wieder eine Grippe einfängt. Betet, dass sie sich wieder eine Grippe einfängt, oder wie auch immer man das flehentliche Wimmern, mit dem sie sich immer wieder dieselben Worte vorsagt, eine Grippe, bitte, bitte eine Grippe, ein Infekt, eine Lungenentzündung, irgendwas, je schlimmer desto besser, bitte, bitte, nennen will. Sie legt sich nackt aufs Bett. Schließt die Augen. Läuft zurück ins Bad. Kramt im Medizinschränkchen herum. Findet ein paar Beruhigungstabletten, die mein Vater dagelassen hat. Und knipst, wo sie schon mal dabei ist, noch ein paar weitere Pillen aus den knisternden Alupackungen, grüne, blaue, weiße Kapseln, die sie sich alle auf einmal in den Mund schiebt und mit etwas Hustensaft hinunterspült.

Sie legt sich wieder hin, wartet auf den Schlaf. Und tatsächlich kommt der auch, schnell und übermächtig, zieht sie in die Tiefe und hält sie dort so fest, dass weder der anbrechende Morgen vor dem Fenster, noch ihre volle Blase, die sich stattdessen in die Matratze entleert, sie daraus losreißen können.

Aber die Sorge meiner Großmutter ist stärker als beide zusammen.

»Was ist denn los bei dir?«, kreischt es aus dem Hörer, den die Hand meiner Mutter ganz alleine abgenommen hat, noch ehe sie selbst richtig wach ist.

»Was soll denn los sein?«, murmelt sie.

»Ich hab's mindestens 20mal klingen lassen«, ruft meine Großmutter, »geht's dir gut?«

»Ja, ja, ich hab geschlafen.«

»Um diese Zeit?«

Meine Mutter hebt schwerfällig den Kopf, aber die Ziffern auf dem Wecker verschwimmen vor ihren Lidern. »Mir ist nicht so gut.«

»Kein Wunder, wenn du den ganzen Tag im Bett liegst! In der *Brigitte* schreiben sie, gerade wenn man unter erhöhtem Stress steht, ist Bewegung das A und O!«

Die Finger meiner Mutter legen sich auf ihre Nase, während sie ganz langsam den stechenden Geruch wahrnimmt. »Ich war erst vorgestern schwimmen«, sagt sie, nein, sagt es aus ihr, spuckt ihr Mund die passende Antwort aus, ohne dass die Bilder dazu schon in ihrem Kopf wären, ohne das Davor und das Danach.

»Bei dem Wetter!«, ruft meine Großmutter, »es ist doch viel zu kalt!«

Meine Mutter drückt die zweite Hand vor den Mund, lauscht benommen dem Gezeter an ihrem Ohr, so wie man einem Kinderlied lauscht, das man vielleicht nicht mag, bei dem einem aber doch trotz allem ein nostalgisches Lächeln über die Lippen huscht.

Ihre Augen fallen wieder zu. Fast sackt sie erneut weg, so beruhigend ist die Unruhe meiner Großmutter.

Als ihr Körper sich plötzlich erinnert.

Den Magen schon im Hals lässt sie den Hörer fallen, rennt auf die Toilette und wirft sich über die Schüssel. Ihre Eingeweide krampfen sich zusammen, während sich das Wissen um sein Verschwinden wie ein plötzlich ausströmendes Gift in ihr ausbreitet, ihren Rachen verätzt, ihr die Tränen in die Augen treibt. Atemlos klammert sie sich an die Klobrille, sieht die Kapseln, die noch genauso glatt und bunt wie am Vortag in der braunen Suppe treiben. Ihre Finger streichen hektisch über die Brust, bohren sich zwischen die Rippen, als könnten sie so die Faust, die ihr Herz umschließt, irgendwie losreißen.

Sie torkelt ins Bett zurück, zieht sich die Decke über den Kopf. Stützt sich wieder auf und knallt den tutenden Hörer auf die Gabel.

Sofort klingelt es wieder.

»Alles in Ordnung?«, schreit meine Großmutter. »Du warst plötzlich einfach weg!«

»Tut mir leid«, nuschelt meine Mutter, »musste aufs Klo.«

»Das ist doch kein Grund, einfach wegzurennen! Ich dachte, es sei sonst was passiert!«

»Tschuldigung, war dringend.«

»Bist du krank?«

Vielleicht, denkt meine Mutter und zieht die Decke wieder über den Kopf.

Aber diesmal sollte ihr Körper ihr diese Gnade nicht gönnen.

Nicht mal in den Schlaf ließ er sie zurück. Meine Mutter wälzte sich hin und her, riss erneut den Kopf nach hinten und warf ihn nach vorne, aber hier, auf der Matratze, brachte ihr das nicht mal die Zehntelsekunde Erleichterung des Schmerzes.

Sie kroch aus dem Bett, zog die Laken ab, weil sie glaubte, dass sie ohne den penetranten Uringestank vielleicht leichter zur Ruhe käme. Sie zerrte ein neues Spannbetttuch aus dem Schrank, friemelte es fahrig über die Ecken. Wusch sich. Legte sich wieder hin.

Vielleicht kommt er ja doch zurück, fiel ihr ein.

Vielleicht ist er gar nicht richtig weg.

Vielleicht steht er jede Sekunde vor der Tür.

»Die Deutschen!«, würde er sagen und sein großes, gelbes Grinsen zeigen, »haben sie mal keinen Plan, wie's weitergeht, geraten sie sofort in Panik. Natürlich bin ich noch da!«

»Aber warum hast du denn dann gekündigt?«

»Ach das! Ich hatte einfach mal Lust auf was Neues. Man kann doch nicht sein Leben lang nur Teller schleppen.«

Natürlich kommt er wieder, sagte sie sich und stand wieder auf. Setzte sich aufs Fensterbrett. Starrte zur Hoftür, damit sie ihn nicht verpasste. Starrte zum Fenster, falls sie ihn schon verpasst hatte.

Meine Großmutter rief wieder an.

»Ich wollte nur sehen, ob's dir auch wirklich gut geht«, jammerte sie, den Tränen nahe.

»Ja, ja«, antwortete meine Mutter.

»Wann kommst du denn dann endlich ins Büro?«

Aber meine Mutter konnte ihren Wachposten unmöglich aufgeben.

»Ich muss lernen«, sagte sie und legte auf.

Aber die Tür blieb zu und das Fenster tat es auch, warf nur grau in grau das Spiegelbild der gegenüberliegenden Wand zurück, an der sich ebenfalls nichts tat. Genauso wenig wie hinter irgendeinem der andern Fenster, als sei das ganze Haus ausgestorben.

Vielleicht musste er zurück in die Ukraine fahren, er hatte doch neulich erwähnt, dass es Probleme zu Hause gäbe.

Aber dann hätte er sich doch wenigstens verabschieden können.

Vielleicht wollte er es ihr leichter machen.

Vielleicht wollte er es sich selbst leichter machen.

Mach dir doch nichts vor! Du hast ihm Angst gemacht mit deiner ganzen Gefühlsduselei. Mit deiner Anhänglichkeit. Mit deinem endlosen Ich-liebe-dich-Gelaber.

Ihr fiel ein, dass er damals beim Essen nur von seiner »Schwester« gesprochen hatte, ohne ihr einen Namen zu geben.

Vielleicht hatte er sie ja damals schon belogen. Vielleicht hatte er gar keine zweite Schwester. Vielleicht hatte er nicht mal die erste. Vielleicht gab es überhaupt keine Anna. Vielleicht war alles, was er ihr je erzählt hatte, frei erfunden und er ein Lügner!

Unsinn, hör auf, von dir auf andere zu schließen. Was hätte er denn bitte davon gehabt?

Aber er hätte mir doch wenigstens einen Hinweis geben müssen. Man kann doch nicht einfach so verschwinden! Wer macht denn so was?

Aber es war leichter, sich selbst schlechtzudenken als ihn.

Du warst es! Du hast ihn verjagt! Es ist alles deine Schuld, schrie sie sich an und schlug wieder irgendeinen Körperteil gegen die Wand.

Sie versuchte sich jeden noch so kleinen Moment der letzten Wochen ins Gedächtnis zu rufen. Was er gesagt hatte. Was sie geantwortet hatte. Ihr Gesicht. Sein Gesicht. Versuchte, sich an irgendetwas zu erinnern, an ein Wort, eine Berührung, einen Blick, der das Hin und Her ein für alle Mal beenden würde, der so stark wäre, dass er alle anderen Blicke und Berührungen und Worte verdrängen könnte. Der sie verstehen lassen würde, was passiert war.

Sie stöpselte das Telefon aus, rührte sich nicht, wusch sich nicht, ernährte sich tagelang nur von Konserven. Selbst auf die Toilette ging sie nur widerwillig, um das Erinnern nicht zu unterbrechen, als müsse sie sich nur genug konzentrieren, um das Problem zu lösen, als sei es wieder nur eine Frage des Willens. Immer wieder glaubte sie, einen Weg aus dem Dickicht gefunden zu haben. Eine plötzliche Einsicht, mit der sich das wild wuchernde Gedenke auf einen hübschen, klaren Schlusssatz zurechtschneiden ließ. Es sei nur eine kleine Schwärmerei gewesen, im Grunde sei es gut, dass er weg war. Dann wieder war er alles, was sie wollte, und sie nichts ohne ihn. Sie dachte ihre Liebe groß und klein, drehte sie hin und her, wusste, dass das alles nichts brachte, dass er am Ende doch weg war. Und konnte doch nicht aufhören.

Die Einzige, mit der sie sprach, war Babsi.

Eines Tages hatte sie einfach vor der Tür gestanden und die Klingel gedrückt, die für einen anderen bestimmt war.

»Warum ist bei dir denn seit Tagen besetzt?«, fragte sie, während meine Mutter suchend ins Treppenhaus schaute, als könnte es sich doch um ein Missverständnis handeln.

Babsi schob sich an ihr vorbei ins Innere, rümpfte die Nase. Und als meine Mutter hinter ihr herkam, noch mehr.

»Geht's dir gut?«, fragte sie und strich ihr über das fettige Haar. Meine Mutter schubste rüde ihre Hand weg. »Ja doch.«

Babsi sah sich um, nahm eine leere Dose Ravioli von der Couch, um sich zu setzen.

»Was machst du da?«, fuhr meine Mutter sie an. Sie riss ihr die Dose aus der Hand und stellte sie zurück auf ihren Platz, als bilde das Durcheinander ein fein ausgeklügeltes System.

»Was ist denn los mit dir?«, fragte Babsi, und, etwas sanfter: »Hast du deine Tage?«

»Unsinn«, rief meine Mutter ärgerlich und verschränkte die Arme vor den Ölflecken auf ihrem T-Shirt.

»Jetzt gehst du erstmal unter die Dusche und dann erzählst du mir, was los ist«, sagte Babsi ruhig und lief ins Schlafzimmer, öffnete den Schrank. Aber statt des Handtuchs, das sie suchte, fand sie nur die leeren Kleiderbügel auf der Seite meines Vaters.

Sie stellte meine Mutter zur Rede, die endlich die Trennung von Arno zugab. Babsi war etwas überrascht, wie sehr meiner Mutter der Verlust meines Vaters offenbar zusetzte. Aber zum Fragenstellen war sie nicht der Typ.

»Das wird schon«, sagte sie stattdessen, »als ich mit Bernd/Stefan/Thorsten Schluss gemacht hab, dachte ich auch, ich würde es nicht überleben.« Mit einem Eifer, den meine Mutter bisher nicht an ihr gekannt hatte, begann sie, ihr jede ihrer Trennungen nachzuerzählen, versuchte, sie mit dem Wissen um die gleiche Trauer zu trösten, zeigte ihr endlich sogar die Narbe an ihrem Oberarm, von der Nacht, in der sie vor lauter Verzweiflung, von irgendeinem Idioten nicht wiedergeliebt zu werden, ein Messer genommen und sich geritzt hatte.

»Aber was soll ich denn jetzt machen?«, fragte meine Mutter ungeduldig.

»Nichts«, sagte Babsi. »Du musst das einfach akzeptieren.«

»Aber man muss doch irgendwas tun können!«, rief meine Mutter und schlug sich aufs Knie.

Babsi fuhr ihr über den Arm. »Das Einzige, was du tun kannst, ist dein Leben weiterleben.«

»Welches Leben?«, sagte meine Mutter und ließ sich auf den Boden sinken, starrte solange und dumpf ins Nichts, dass sie Babsi versprechen musste, »keinen Scheiß zu machen«, bevor die endlich zu gehen bereit war.

»Leg dich mal ein bisschen hin«, sagte sie, bevor die Tür hinter ihr zufiel.

Aber der Körper meiner Mutter sträubte sich noch immer gegen Ruhe.

Als sie sich am Abend vor der Prüfung zwang, meine Großeltern anzurufen, nicht, dass die noch auf die Idee kämen, vorbeizuschauen, war sie seit mehr als 60 Stunden wach. Und natürlich in Wahrheit alles andere als das. So übermüdet, dass sie drei Anläufe brauchte, um zurück aufs Fensterbrett zu kommen, stierte sie mit glasigen Augen in den Innenhof, während meine Großmutter in den Hörer hechelte, als stünde sie gleichzeitig auf dem Heimtrainer.

»Bist du auch gut vorbereitet?«

»Klar.«

»Soll ich dich morgen vielleicht abholen und zur Uni fahren?«

Meine Mutter presste die Stirn an die Scheibe, um den Kopf oben halten zu können. »Nicht nötig.«

»Wie du willst«, schnaubte meine Großmutter, sofort wieder beleidigt.

Meine Mutter betrachtete die aufgestellten Härchen an ihren Knien. An ihren Armen pockte Gänsehaut, obwohl noch immer die Sonne schien.

»Was du heute Abend noch machst, hab ich gefragt?«, rief meine Großmutter.

»Äh, ich glaub, noch ein bisschen lernen«, sagte meine Mutter.

»Jetzt noch? Ich dachte, du bist vorbereitet!«

»Bin ich auch, ich wollt' nur noch mal drüberkucken.«

»Dann geh wenigstens kurz spazieren. In der *Brigitte* sagen sie, gerade wenn man unter erhöhtem Stress steht, sei Bewegung …«

»Das ist eine gute Idee«, unterbrach sie meine Mutter, »ich geh gleich los«, und legte auf, bevor meine Großmutter etwas erwidern konnte.

Sie zog ihre Schuhe an, ging ganz langsam, wie jemand, dem gerade der Gips abgenommen wurde, den Flur entlang, drehte den Schlüssel. Stand plötzlich vor der Metalltür, eine Hand an der feuchten Wand, weil sie fürchtete, sonst umzukippen, während sie mit der anderen klopfte.

Dima machte auf, schon in der Anzughose. Sein weißes Hemd stand offen. Im Hintergrund dudelte wie immer der Fernseher.

»Ich, äh, ich kann meinen Schal nicht finden, also dachte ich, ist er vielleicht hier?«, stammelte meine Mutter und zeigte in die Wohnung.

Dima folgte ihrem Finger. Er ging zum Telefontisch, hob eine Tasse hoch und hielt sie ihr hin. »Ist dein?«

»Nein, nein«, sagte meine Mutter. »Ich suche meinen Schal. Scarf?« Sie legte die Hände an den Hals und drückte ihn zusammen, als versuche sie, sich selbst zu erwürgen.

Dima zog die Tür weiter auf und machte eine ausholende Geste. »Du kuck«, sagte er und lief vor ihr her auf den Perlenvorhang zu. »Jetzt mein Zimmer und Zimmer von Romão. Aber Romão Urlaub Angola. Bei Frau.« Er machte eine Faust und ließ die flache Hand zweimal schnell dagegengeschlagen.

»Mach Baby. Du versteh?«, sagte er und lachte breit, schlug wieder gegen die Faust und, offenbar noch immer die Dechiffrierungskünste meiner Mutter anzweifelnd: »Bumbum!«, woraufhin er wieder lachte. Seine Knopfaugen flutschten in die Höhlen.

Das Zimmer war genauso unordentlich wie sonst, was meine Mutter ein bisschen freute, weil es schön war, *wie sonst* denken zu können, ein *früher* zu haben. Und furchtbar war es natürlich auch.

Sie ging zum Bett, zog das Kissen hoch, die Decke, eine Zeitung, als könne der Schal, den sie sich gerade ausgedacht hatte, tatsächlich darunter verborgen sein.

»Muss Arbeit«, sagte Dima und nahm seine Weste vom Stuhl.

»Ach so, ja, natürlich, tut mir leid.« Meine Mutter erhob sich. »Ich will dich nicht aufhalten.«

»Nix! Du bleib!«, rief Dima und drückte sie zurück aufs Bett.

»Nein, nein, ich will wirklich keine Umstände machen«, wehrte meine Mutter ab, aber Dima schüttelte den Kopf.

»Du bleib«, sagte er noch mal und ging aus dem Zimmer, zerrte, so gut das von außen ging, die Tür in den Rahmen. Meine Mutter hörte, wie der Fernseher leiser wurde, dann die unterdrückten Stimmen der Russen im Wohnzimmer. Sie fragte sich, ob sie wohl über sie redeten. Versuchte, einen von Alex' tausend Namen herauszufiltern, denn wie sollten sie schon sonst über sie sprechen als über »Alex' Freundin«, oder jetzt eben »Alex' Exfreundin«, oder »die Deutsche, mit der Alex es getrieben hat«? oder »die, die ihn vertrieben hat«? Worüber ihr wieder die Tränen kamen.

Sie rollte sich auf dem Bett zusammen, grub die Nase in die Matratze, glaubte, ihn noch zu riechen, oder wenigstens den Rauch seiner Gauloises, der in seinem Kopfkissen hing. Ihr Blick wanderte über die Spinde, aus denen die Kleidung hing, verlor sich im Fell des Bettvorlegers.

Und dann stand er plötzlich in der Tür, das Haar wieder kurz, wie damals, als sie ihn das erste Mal gesehen hatte, die schwarze Fliege halb aus der Brusttasche hängend, sodass es aussah, als sei ein Kugelschreiber darin ausgelaufen.

Er lief durch den Raum und setzte sich an die Bettkante, streifte seine Schuhe ab, während seine Hände in den Nacken fuhren. Mit einem Ruck riss er sich das Hemd von den Schultern und warf es meiner Mutter aufs Gesicht.

»Wo warst du denn?«, rief sie und wollte den Stoff herunterziehen, aber ihre Arme ließen sich nicht bewegen.

»Nirgendwo Buba«, murmelte er, während sich sein Gewicht von der Matratze löste. Sie schnaubte, prustete, schaffte es endlich, das Hemd mit dem Mund ein Stück weit beiseitezuschubsen. Sein schöner Rücken mit den Leberflecken hob und senkte sich, während er einen Pullover unterm Bett hervorzuziehen schien. Erst als eine Hand auf seine Schulter kletterte, merkte meine Mutter, dass noch jemand darin steckte.

»Was machst du denn da?«, schrie sie entsetzt.

»Ach Buba«, stöhnte er, »lass es doch gut sein.« Er reckte seinen Oberkörper in die Höhe, sodass sie endlich auch die Frau unter ihm bemerkte, das Lächeln, das immer breiter wurde, die riesigen, viereckigen Zähne, die aufeinanderknallten. Dann kam er plötzlich zurück auf die Matratze und strich meiner Mutter über die Stirn. Das Licht in seinem Rücken blendete, sodass sie sein Gesicht nicht sehen konnte, nur die Anzugweste, die er plötzlich wieder anhatte und deren Knöpfe kalt gegen ihre Haut stießen.

»Du weiter schlaf«, hörte sie ihn sagen, während er sich an ihren Rücken drückte und sofort zu schnarchen begann, den Arm um ihre Hüfte, sodass sie endlich mit in seinen Schlaf gezogen wurde, einen Schlaf, der nichts anderes sein wollte als das, nicht Traum, nicht Krafttanken, einfach nur Schlaf. Ein Schlaf, der diesmal wirklich nicht mehr von ihr wich. Nicht in dieser Nacht. Nicht am nächsten Morgen, als der Wecker unten in ihrer Wohnung klingelte. Nicht, als sich die Türen der Aula öffneten. Nicht, als die Prüfungsbögen ausgeteilt wurden. Und auch nicht, als die letzten Studenten die Stifte wieder aus der Hand legten.

Erst am späten Nachmittag wachte meine Mutter auf. Drückte aber, als sie Dima erkannte, der sich gerade die Schuhe band, die Augen gleich wieder zu und schlief weiter, bis sie, es war schon wieder dunkel, von Dimas Mutter am Arm gerüttelt wurde. Sie trottete hinter ihr her ins Wohnzimmer, ließ sich zwischen Dimas Schwester und Dimas Schwager fallen und eine Aluschale in die Hand drücken. Trank das Glas, das Dima, der offenbar auch schon wieder zurück war, ihr gab, in einem Zug aus und blieb, als sich seine Familienmitglieder nach und nach in das nun leere Schlafzimmer verzogen, mit ihm zurück.

Schweigend hockten sie nebeneinander, tranken und sahen fern, mal deutsche, mal russische Programme, mal mit, mal ohne Ton, und als die andern wieder aufstanden, gingen sie zusammen zurück ins Bett. Am dritten Tag, also in der dritten Nacht, oder vielleicht auch erst in der vierten, wahrscheinlicher aber schon in der zweiten, sonst kann ich mir auch diesmal nicht erklären, wie meine Großmutter einem Herzinfarkt entgangen sein soll, legte

Dima seine Hand auf ihre Brust. Meine Mutter sah ihn kurz an, dann schaute sie zurück zum Bildschirm, ließ die Hand dort liegen, bis er sie von alleine wieder runternahm. Und als Hugo Egon Balder die letzte Erdbeere entblätterte, ging Dima auf die Toilette und meine Mutter zurück nach unten.

Die Wohnung begann mittlerweile schon richtig zu müffeln. Über dem Fensterbrett kreisten Fliegen. Meine Mutter warf die halbvollen Dosen weg, in denen sich in der schwülwarmen Luft bereits Schimmel gebildet hatte. Sie sammelte die verstreuten Kleider ein, an denen noch immer der getrocknete Schlamm vom See hing. Stopfte alles in die Waschmaschine, als mit einem Mal etwas herausfiel.

Verwirrt sah sie das funkelnde Ding, das klirrend über den Boden rollte, unter dem Waschbecken kreiste, hinter der Maschine verschwand.

Sie ging auf alle viere, schob die Finger durch die Staubflocken an den Fliesen entlang, bis sie endlich das kalte Kupfer zu fassen bekam.

Einen Augenblick betrachtete sie verständnislos das fremde Geldstück, das in ihrer Hand zum Vorschein kam. Sie fuhr über das Hammer-und-Sichel-Zeichen, versuchte die angelaufenen Buchstaben zu entziffern, ein »к«, ein »о«, dann etwas, das wie ein Torbogen aussah, zwei »е« und wieder ein »к«. Erst als sie die »5« sah, die auf der Vorderseite prangte, kam die Erinnerung zurück, und das mit einer solchen Wucht, dass meine Mutter, als die Sonne aufging, noch immer vor der Trommel saß, während ihr unaufhaltsam die Tränen übers Gesicht liefen.

19. Kapitel

Die Liebe kämpft nicht mit fairen Mitteln. Sie berauscht den Gegner. Sie täuscht ihm vor, auf seiner Seite zu sein. Sie wiegt ihn im Glauben des Triumphs. Aber die hinterhältigste Waffe von allen ist die Hoffnung. Die Hoffnung ist es, die einen davon abhält, sich zur Wehr zu setzen. Die einen dazu bringt, der eigenen Vernunft zu misstrauen. Die einen immer weiter kämpfen lässt, so aussichtslos die Lage auch ist.

Hätte es die Hoffnung nicht gegeben, vielleicht hätte meine Mutter den Rückzug angetreten. Vielleicht hätte sie das Schlachtfeld doch verlassen und die Geschichte ein für allemal als Dummheit abgetan. Aber die Möglichkeit, dass sie mit ihren Gefühlen doch nicht alleine gestanden hatte, weckte in ihr einen neuen Durchhaltewillen. Alex' Großmutter hatte recht gehabt. Die Münze brachte wirklich Glück. Aber es war ein zerstörerisches Glück, ein Glück, das jedweden Neuanfang verunmöglichte und sie ein Leben lang gefangen halten würde – daran änderte auch nichts, dass es ihr im ersten Moment die Kraft gab, sich wieder aufzurappeln.

»Je wichtiger dir jemand ist, desto schöner das Geschenk«, hallte es in ihr, während ihre Professoren schrien, sie habe ihre Karriere zerstört.

»Damit zeigst du jemandem, dass du ihn liebst«, sagte sie sich, während mein Großvater schrie, sie habe ihr Leben zerstört.

»So weiß er, dass du an ihn denkst, auch wenn du nicht in seiner Nähe sein kannst«, dachte sie, während meine Großmutter schrie, warum auch immer, in jedem Fall aber davon überzeugt, dass nun endlich die ewig befürchtete Katastrophe da sei.

Tatsächlich stellte sich das Lebenskonstrukt meiner Mutter jedoch als sehr viel stabiler heraus, als erwartet. So fest sie immer geglaubt hatte, eine einzige lose Schraube könne genügen, um alles zum Einsturz zu bringen, so sah sie jetzt, dass das Gerüst schier unzerstörbar war. Sie musste sich nicht mal richtig anstrengen, ein paar Anrufe, ein paar Briefe, ein paar leichte Schmerzen bei den Nachwehen der Lügen, »kann nicht diese Wedekind was für dich deichseln?«, »nein, die ist leider schon in Amerika«, »gibt's da kein Telefon?«, »grad versucht, ist schon wieder besetzt«, dann stand es wieder wie eine Eins – was meine Mutter selbst mehr ernüchterte als erleichterte. Das Freuen überließ sie den andern.

»Der Herr hat meine Gebete erhört!«, schrie meine Großmutter, als das Schreiben vom Landesprüfungsamt kann, in dem meiner Mutter mitgeteilt wurde, dass man »unter den gegebenen Umständen« – dazu gleich mehr – die Prüfung als *nicht angetreten* werten würde und sie das Examen im Herbstsemester wiederholen könne.

»Eine echte Schneider kriegen sie eben kein zweites Mal, da sehen sie auch über einen Moment geistiger Umnachtung hinweg«, rief mein Großvater, als auch die Charité schrieb, man werde mit der Besetzung der Stelle warten.

»Schnuggibuudsi! So spiele diese faule Pelse niht meha deina Gitarra. Na uhnd? Ist niht Ende von die Welt! Andere Mutter auch hat hübsch Junghe«, rief Schnuckiputzi, als meine Mutter vor lauter Verzweiflung doch noch mal im Restaurant aufkreuzte.

»Du siehst schon viel besser aus! Richtig rosa Backen haste. Und endlich mal ein bisschen Fett auf den Hüften!«, rief Babsi. »Glaub mir, von jetzt an wird es jeden Tag besser. Noch ein paar Wochen und es ist, als sei nie etwas gewesen.«

Aber davor fürchtete sich meine Mutter am meisten. Sie wurde richtig panisch, wenn sie sich dabei ertappte, dass sie das Loch in ihrem Bauch eine Sekunde lang vergessen hatte. Dass sie dem Alltag erlaubt hatte, die Trauer lange genug beiseitezuschubsen, um zumindest eine Ahnung davon zu bekommen, wie es sein könnte, über ihn hinwegzukommen.

Für meine Mutter war die Vorstellung, ihn nicht mehr zu lieben, als würde sie eine wissenschaftliche Formel widerlegen. Wenn sie ihn jetzt nicht liebte, hatte sie ihn nie geliebt. Ein Gefühl, das verschwinden konnte, hatte es nie gegeben, genauso wie die Erde nicht zur Kugel geworden, sondern niemals eine Scheibe gewesen war. Und sie war nicht bereit, ihre Liebe als Irrtum zu verraten. Immer wieder brühte sie ihren Schmerz auf, kratzte die Haut vom Vortag ab und rührte weitere Erinnerungen unter, bis die ganze Suppe in einer neuen Tränenflut überkochte. Aber ihn zu vermissen, war das Einzige, was ihr noch von ihm geblieben war. Das auch noch aufzugeben, war zu viel verlangt.

Mit all dem Pathos, den es braucht, um eine kleine Affäre überlebensgroß aufzublähen, versprach sie sich, keinen Tag im Leben mehr glücklich zu sein. Und damit sie es auch nicht vergaß, beschloss sie, die Erinnerung an ihn nicht nur *in*, sondern auch *an* ihrem Herzen zu tragen.

Der Juwelier wunderte sich ein bisschen, als sie mit der dreckigen Münze ankam. Ja, aus echtem Silber müsse die Fassung sein, mit einer Kette daran, schön lang, sodass sie bis unter die Kleidung reiche, sagte sie und wartete brav neben den Eheringen, während er im Hinterzimmer ans Werk ging.

Als sie nach Hause kam, das ungewohnte, kühle Gefühl des Metalls auf der Haut, stand mein Vater vor der Tür und beteuerte schluchzend, er wisse jetzt, was er für einen Fehler gemacht habe, er hätte mehr Verständnis haben müssen, ihre Karriere sei ihr eben wichtig, wie sehr sie ihm gefehlt habe, fehle, ihm immer weiter fehlen werde und er sich sein Leben lang dafür hassen, dass er nicht mehr Geduld gehabt habe.

Meine Mutter sah ihn an, wie er so vor ihr stand, so elend wie nur irgend möglich. Er tat ihr leid. Vor allem aber tat sie sich selbst leid. Sie schloss die Tür auf, nahm ihn mit ins Schlafzimmer und erlaubte ihm, sie mit seiner Trauer zu trösten. Es war schön. Auf eine Art, wie es mit Alex nie schön gewesen war. Sie hielten sich aneinander fest, schlangen ihre Körper ineinander, während der Schmerz sich wie ein nasses Handtuch von beiden Seiten an sie schmiegte, und für einen Augenblick dachte meine Mutter, dass vielleicht auch *das* Glück sein könne, dass mein Vater recht habe und sie beide diese »Pause«, wie er sagte, vielleicht einfach gebraucht hatten. Dass sie die Trennung stärker gemacht habe. Ihre Liebe größer. Zumindest seine. Aber doch auch ihre, »nicht wahr, du liebst mich doch noch?«

»Jetzt stehen wir alles durch«, sagte er und kuschelte sich wieder in »seine« Kuhle.

Und dann waren ja auch meine Großeltern so froh, ihn wiederzusehen.

»Arno!«, schrie meine Großmutter, als mein Vater am Sonntag mit zum Essen kam, und: »Mein Gott, hätte ich das gewusst, hätte ich doch was Besonderes gekocht!«

»Hilde, was du kochst, ist immer besonders!«, sagte mein Vater.

»Wie geht's der Frau Mama?«, fragte mein Großvater.

»Hm, gut, äh«, sagte mein Vater, der, wie meine Mutter erst jetzt erfuhr, tatsächlich in den Westen gefahren und dort die seine besucht hatte.

»Werden wir sie denn bald kennenlernen? Kommt sie zur Hochzeit? Herrje, wo setz ich sie denn hin? Neben ihren Exmann geht ja wahrscheinlich nicht. Oder doch? Nicht? Wohin denn dann?«, rief meine Großmutter.

Aber Arno winkte ab. »Ich möchte sie lieber nicht dabei haben«, sagte er und gestand verdruckst, dass das Treffen nicht so verlaufen sei, wie er sich das erhofft hatte. Dabei habe sich seine Mutter durchaus gefreut, ihn zu sehen. Das Problem sei er selbst. »Jedes Mal wenn ich ihr gegenüber saß, konnte ich nur an den kleinen Jungen denken, der sich wimmernd duckt, während der Vater auf ihn eindrischt. Daran, wie schwach ich war. Dass ich nie gegen ihn aufbegehrt habe. Es war, als würde sie mich die ganze Zeit an mich selbst erinnern. So kann man kein neues Leben beginnen.«

»Mein Gott, was soll ich denn den Leuten sagen?«, rief meine Großmutter und ventilierte die möglichen Ausreden gleich mal durch, lief dann aber doch in die Küche, um einen Kuchen zu backen, weil der vorbereitete Pudding anlässlich der Rückkehr des Schwiegersohns in spe zu läppisch war. Mein Großvater begann über die Mode im Westen zu dozieren, die seiner Meinung nach mittlerweile in ihrer Schrecklichkeit fast an die im Osten heranreichte. Arno aß und nickte und aß noch mehr. Meine Mutter hatte keinen Appetit, ließ sich aber bereitwillig ein paar Stücke einpacken.

Und auf dem Nachhauseweg machte sie dann Schluss.

»Wenn du mich wirklich liebst, dann frag mich nicht warum«, sagte sie, was wohl die größte Gemeinheit war, die sie meinem Vater je angetan hat. Aber wahrscheinlich tat es ihr gut, dass es wenigstens einen gab, der nachvollziehen konnte, wie sie sich fühlte.

Dass sie schwanger war, wusste sie da schon.

Babsi war die Erste, der sie davon erzählte. Und so geschockt, dass meine Mutter beim Anblick ihres Gesichts zum ersten Mal seit Monaten wieder laut lachte.

Das Gespräch mit meinen Großeltern verlief weniger lustig.

»Aber das Kind braucht doch einen Vater!«, kreischte meine Großmutter, als meine Mutter den beiden nicht nur die endgültige Trennung von Arno gestand, sondern auch, dass es sich bei jenen Umständen, die sie nachträglich von der Prüfung befreit hatten, tatsächlich um *andere* handle, in denen sie nun eben sei.

»Das Kind hat ja auch einen Vater«, antwortete sie und brauchte eine Sekunde, bevor sie weitersprechen konnte, »es wird nur nicht bei ihm aufwachsen.«

Mein Großvater schüttelte den Kopf. »Geh ma fort, du kannst doch nicht ganz allein ein Kind großziehen!«

»Natürlich kann ich«, rief meine Mutter und erfand mit letzter Lügenkraft ein paar befreundete alleinerziehende Mütter, Anwältinnen, Geschäftsfrauen, natürlich Ärztinnen, die ihre Kinder allesamt ganz hervorragend groß bekämen, auch ohne Mann, gerade ohne Mann, redete so lange, bis mein Großvater, wütender über die Tatsache, dass sie ihn nicht zu Wort kommen ließ als über alles andere, »die Diskussion für beendet« erklärte. Erst als sie auch in den folgenden Monaten auf ihrer Entscheidung beharrte, machte er ihre Argumentation wieder zu seiner eigenen und erzählte jedem, dass er ja schon immer der Meinung gewesen sei, Frauen könnten sehr wohl »ihren Mann« stehen. Aber als der Feminismus noch ihm gehörte, hatte er ihm besser gefallen.

Der Einzige, der nicht informiert wurde, war mein Vater. Das ließ meine Mutter nicht zu, »nicht, bevor man überhaupt weiß ... also, solange noch nicht klar ist, ob ...«

»Ob was?«, fragte meine Großmutter.

»Ob, äh, also, ob auch alles mit dem Kind in Ordnung ist«, stammelte meine Mutter und ließ sie schwören, Arno kein Wort zu sagen.

Aber die Hoffnung schaffte es nicht mal so lange auszuharren, bis meine Mutter mich selbst zu Gesicht bekam.

»Ganz der Vater«, rief meine Großmutter durch den Kreißsaal und fiel der Hebamme vor Erleichterung um den Hals, noch ehe die meiner Mutter das Kind in die Arme gelegt hatte.

»Unsinn«, brummte mein Großvater und bohrte den Zeigefinger in mein Kinn, »eine waschechte Schneider.«

Aber selbst meine Mutter konnte nicht umhin, die schwarzen Löckchen zu bemerken, die sich nass und klebrig auf meiner Stirn kräuselten. Den langgezogenen Körper, den sie immer wieder untersuchte, als könne sich doch eins seiner Gene zu mir verlaufen haben. Mit dem Trotz der Geschlagenen klammerte sie sich an den Gelbstich in meinen Augen, wies jeden darauf hin, die herbeieilende Babsi, die Schwestern, die Ärzte, woraufhin die jedoch sofort mit der Phototherapie begannen, die dann leider auch recht schnell anschlug. Nach zwei Tagen wurde die Iris grünlich, nach drei braun, nach vier schwarz, bis sie sich schließlich so unübersehbar in das Puzzle fügte, dass meine Mutter nur noch entkräftet nicken konnte, als meine Großmutter ungeduldig den Hörer in die Luft hielt.

Mein Vater war ganz kirre vor Freude, dass seine Liebe am Ende doch noch fruchtbar gewesen war. Aufgeregt rannte er zwischen der Neugeborenenstation und meiner Mutter hin und her, die sich inständig bemühte, ihre Tränen als Mutterglück zu tarnen.

Aber ganz hatte sie noch nicht aufgegeben. Obwohl Arno ihr

in den ersten Wochen noch mindestens vier Heiratsanträge machte und, nachdem sie beim ersten Mal noch entschuldigend, dann immer gereizter abgelehnt hatte, pausenlos anbot, auf mich aufzupassen, die Nachtschicht zu übernehmen, wenigstens mal mit mir um den Block zu gehen, falls meine Mutter ein Bad nehmen wolle – »ein Bad! Als würden wir uns überhaupt nicht kennen!« –, achtete sie peinlichst darauf, dass er nicht zu viel Zeit mit mir verbrachte, als bestünde die Chance, ein Fortschreiten der Erstinfektion durch strikte Quarantäne noch aufzuhalten. Entnervt wartete sie darauf, dass er endlich klein beigeben würde. Aber seine Liebe war die einzige Sache, bei der er durchhielt. Fast schon gewaltsam musste sie ihn aus der Wohnung schieben, und meine Großmutter gleich hinterher, um mit mir allein zu sein, sodass sie mir endlich Nadjas Lied von der liebeshungrigen Frau vorsingen konnte. Aber wahrscheinlich sprach sie das *iii* in *Ljublimi* noch immer nicht richtig aus. Zumindest half mal auch das nicht, ein bisschen Alex hinter den schmalen Arnolippen hervorzulocken, auch wenn sie es noch Jahre versucht haben muss. Sonst könnte ich mich ja wohl kaum noch daran erinnern. Aber das tue ich. Nicht an den Text. Bis vor Kurzem wusste ich nicht mal, dass der russisch war. Aber die Melodie kenne ich, und als ich sie, lange bevor meine Mutter krank wurde, mal bei der Arbeit vor mich hinsummte, stimmte eine Kollegin sofort mit ein und erkannte tatsächlich einen alten Sowjetschlager darin.

Aber damals dachte ich mir noch nichts dabei. Genauso wenig wie bei meinem Namen, von dem es immer hieß, meine Mutter habe ihn so schnell auf das Krankenhausformular gekritzelt, dass keiner etwas dazu hatte sagen können.

»Da braucht auch keiner was zu sagen. Das ist meine Entscheidung und nur meine!«, fauchte sie, als meine Großeltern protestierten.

»Ich dachte, du nennst sie nach der Schneider-Oma?«, rief mein Großvater.

»Oder nach meiner Mutter!«, meine Großmutter, woraufhin meine Mutter ihren ersten großen Wutanfall bekam.

»Herrgott noch mal, das ist meine Tochter und ich bestimme, wie sie heißt, geht das vielleicht mal in euern Schädel rein?«, brüllte sie los, brüllte wirklich, und das so laut, dass meine Großmutter, schnell irgendwas von »postnatal« in den Gang flötend, die Tür schloss.

»Ja, ja, ist ja gut«, sagte sie beschwichtigend, »wir dachten ja nur, es wäre schön, wenn das Kind einen Bezug zu seinen Wurzeln hat.«

Aber darüber regte sich meine Mutter noch mehr auf.

Und im Grunde ihr Leben lang nie wieder richtig ab.

Es begann die Zeit, in der sich das Verhältnis zwischen ihr und meinen Großeltern rapide verschlechterte. Nicht mal mein Großvater war noch vor ihren Launen sicher. Sie diskutierten noch immer, aber mit jedem Abend wurden ihre Streitgespräche mehr Streit und weniger Gespräch. Seine Unnachgiebigkeit, die sie früher als Konsequenz bewundert hatte, fand sie nun immer öfter einfach nur noch engstirnig. Sie verlor die Geduld, seine abgestandenen Argumente zu widerlegen, fiel ihm ins Wort, wurde patzig, verletzend, stürmte mitten im Essen Türen knallend aus dem Zimmer. Gerade eben Mutter geworden, kam sie endlich in die Pubertät. Letzteres hätte mein Großvater ihr vielleicht noch verzeihen können, aber Ersteres nicht. Mich konnte er ihr nicht verzeihen. Natürlich sagte er das nicht laut, und wenn Freunde zu Besuch kamen, hielt er mich über den Kopf und zeigte mich herum wie einen Pokal. Aber dass jetzt wieder so ein kleiner Schreihals da war, dass meine Mutter dank dieses Schreihalses über Windpocken sprach statt über metachromatische Leukodystrophie, dass sie nach käsigem Speichel roch, dass er gezwungen war, so zu tun, als würde er die riesigen Brüste nicht bemerken, die nach dem Stillen sekundenlang aus dem BH-Fenster hingen, dass sie unübersehbar zur Frau geworden war, damit konnte er sich nicht abfinden.

Und meine Großmutter litt noch mehr. Natürlich gab auch sie das nicht zu. Natürlich war sie die Erste, die jedem erzählte, wie glücklich sie sei, wie dankbar, dass der Herr ihr auf ihre alten Tage doch noch ein bisschen Familie geschenkt hatte. »Drei Generationen unter einem Dach«, rief sie – auch dazu gleich – und klatschte in die Hände, »was kann es Schöneres geben?«

Aber in Wahrheit hielt sie die Tatsache, dass der Posten der Mutter ohne ihr Verschulden neu besetzt worden war, dass nicht mehr sie gemeint war, wenn jemand »Mama« rief, dass meine Mutter einfach so in ihr Terrain eingedrungen und sie zur Oma degradiert hatte, kaum aus. Neidisch, ängstlich, vor allem aber: zu Tode gekränkt ob der bodenlosen Ungerechtigkeit, ließ sie keine Gelegenheit aus, deutlich zu machen, dass sie selbst besser für den Job geeignet gewesen wäre. Wenn ich schrie, war sie die Erste, die an meinem Bettchen stand. Sie schob mir einen in Honig getunkten Schnuller in den Mund, um mich zu beruhigen. Und meine Mutter zog ihn wieder raus. Sie packte mich in tausend Lagen, um mich vor der Kälte zu schützen. Und meine Mutter wickelte mich wieder aus. Sie prahlte, auf ihrem Arm sei ich am stillsten, »kuck, wie friedlich sie schläft!« Meine Mutter erwiderte, friedlich könne ich im Grab noch lange genug sein, bei ihr habe ich neulich sogar schon »Mama« gesagt. Sie liebten mich um die Wette. Es war ein Rennen, das meine Großmutter ausgerufen hatte. Aber meine Mutter wäre nicht meine Mutter gewesen, hätte sie sich kampflos geschlagen gegeben.

Allerdings war sie im Nachteil: Während meine Großmutter pausenlos Zugriff auf mich hatte, verbrachte meine Mutter die meiste Zeit des Tages außer Haus. Nach der Entbindung, noch so unter Schock, dass ihr die Kraft zur Gegenwehr fehlte, hatte sie zugestimmt, ein, zwei Wochen mit dem Baby zu meinen Großeltern zu kommen. Aber das mit dem *vorübergehend* klappte auch diesmal nicht.

Eines Tages stand der Nachbar vor der Tür und erklärte, jetzt wo der Pimpf nicht mehr da sei, habe seine Frau nun doch die Scheidung eingereicht, er allein könne sich die von meinem Großvater geforderte Miete nicht leisten, weshalb er wohl ausziehen müsse, es sei denn ...

»Das trifft sich ja wunderbar!«, rief mein Großvater und kam gleich mit nach unten, um zu sehen, ob auch die neue Wiege durch die Tür passte.

»Wie umziehen? Muss ich's euch buchstabieren oder was? ICH TREFFE MEINE EIGENEN ENTSCHEIDUNGEN!«, schnaubte meine Mutter, als mein Großvater endlich auch ihr von seinen Plänen erzählte.

»Es ist doch nur zu deinem Besten, Kind«, versuchte meine Großmutter wieder zu schlichten, »wer soll denn sonst auf Anna aufpassen, während du arbeitest?«

»Für so was gibt's doch Kitas, das einzig Gute, was die Ossis mitgebracht haben« (hier noch ohne haha).

»Zu Fremden willst du sie geben! Du hast doch keine Ahnung, was die da mit ihr machen!«, rief meine Großmutter, woraufhin meine Mutter erneut ein paar Türen schlug. Aber so zornig sie auch war, so genau wusste sie doch auch, dass sie tatsächlich Hilfe nötig hatte, dass sie schnellstmöglich wieder einen geregelten Tagesablauf brauchte. Dass sie wieder arbeiten musste, sich ablenken, wenn sie nicht noch mal an den Punkt kommen wollte, an dem sie plötzlich im Jugendamt saß und sich die Adoptionspapiere geben ließ.

Das mit dem Pärchen auf Rügen war vielleicht ein wenig übertrieben, aber tatsächlich hatte sie ein paar Tage ernsthaft darüber nachgedacht, mich wegzugeben, »einen Schlussstrich unter die Sache zu ziehen«, wie sie sagte, wobei nicht ganz klar war, ob sie mit der Sache nur mich oder doch viel mehr meinte.

Was sie letztlich davon abgehalten hat, kann ich nicht sagen. Vielleicht hoffte sie ja doch noch auf einen Funken Alex in mir. Vielleicht hatte sie Angst davor, was mit einem Kind, das ja auch zur Hälfte ihr Erbgut hatte, bei ganz »normalen« Menschen passieren würde. Vielleicht begann sie auch tatsächlich bereits, mich irgendwie zu mögen.

Auf jeden Fall zerriss sie die Papiere eines Tages wieder, spülte sie die Toilette runter und willigte ein, es mit der Wohnung im ersten Stock zumindest »mal zu versuchen« – womit ihr Schicksal natürlich besiegelt war.

Mein Großvater ließ frisch streichen, um die Fettfingerabdrücke des toten Jungen von den Wänden zu kriegen.

»Unglaublich, was die dem haben durchgehen lassen«, sagte meine Großmutter, während die Möbelpacker den Mahagonischrank wieder die Treppe hoch bugsierten. Und meine Mutter still und leise zurück in die Bürgerlichkeit zog.

Nachdem sie, noch hochschwanger, ihr Examen nachgeholt und mit Bravour bestanden hatte, fing sie nun endlich in der Charité an, wo sie sich natürlich mal wieder grandios machte. Sie arbeitete viel. Und wenn sie Nachtdienst hatte und tagsüber zu Hause war, ging sie in den Laden und arbeitete noch mehr. Ich kam doch zu Fremden, nicht in eine Kita, aber wenigstens ein paar Stunden am Morgen in einen Kindergarten, auch wenn meine Großmutter täglich sowohl meinen als auch ihren Tod ankündigte. Aber wir überlebten beide, sodass ich nachmittags weiter oben bei ihr sitzen durfte, bis meine Mutter kam, die dann aber doch fast immer zum Essen blieb und danach so lange mit meinem Großvater über den Laden sprach, stritt, »man kann ja überhaupt nicht mehr normal reden mir dir!«, »vielleicht würd's helfen, wenn du zur Abwechslung mal zuhören würdest!«, »herrje, dann order halt diesen stone washed Scheiß, aber wenn keiner Jeans kaufen will, die schon kaputt sind, mach nicht mich dafür verantwortlich!«, dass ich meist schon eingeschlafen war, wenn sie mich irgendwann von der Eckbank pellte.

Ich kann mich nicht genau daran erinnern, wann sie der Medizin ganz den Rücken kehrte. Als Kind dachte ich, sie habe wegen der Krankheit meines Großvaters aufgehört, um ihn im Laden zu unterstützen. Aber als meine Großmutter während des Leichenschmauses den Todesmarsch jedes einzelnen Familienmitglieds, das sie schon hatte beerdigen müssen, nacherzählte, augenscheinlich die ehrfürchtigen Blicke genießend, mit denen die anderen Frauen sie bedachten, als hätten die ganzen Toten sie selbst unsterblich gemacht, wurde mir klar, dass sein Alzheimer viel später ausgebrochen sein muss.

Natürlich ist es meinem Großvater durchaus zuzutrauen, dass er meine Mutter auch ohne neurogenerative Erkrankung so unter Druck gesetzt hatte, dass sie irgendwann der Doppelbelastung einfach nicht mehr gewachsen war. Aber ich glaube, in Wahrheit war ihr Wille zur Größe einfach aufgebraucht. Die Arbeit im Krankenhaus nervte sie nur noch. Die albernen Machtkämpfe unter den Kollegen. Die Patienten, die ihr ihre Leidensgeschichten ins Gesicht husteten. Die ganze Erbärmlichkeit, die sie überall umgab. Obwohl sie die Schwäche am eigenen Leib erlebt hatte, war sie ihr noch immer zutiefst verhasst. *Weil* sie die Schwäche am eigenen Leib erlebt hatte, war sie ihr verhasster denn je. Also kündigte sie schließlich und widmete sich stattdessen Vollzeit Mode-Schneider, war wieder die rechte Hand meines Großvaters, später, als er immer öfter alles um sich herum und endlich sich selbst vergaß, auch seine linke. Sie arbeitete im Laden, im Büro, im Lager. Sie fuhr zu den Filialen und zeigte den Angestellten, wie es richtig ging. Sie begann auch aus Übersee zu importieren und flog nach China und Indien, um die Ware auszuwählen. Sie war ständig unterwegs, und wenn sie es nicht war, saß sie bis tief in die Nacht am Schreibtisch und erledigte den Papierkram. Aber irgendwie schaffte sie es trotzdem immer genau dann direkt hinter mir aufzutauchen, wenn ich einen Moment untätig herumsaß. War zur Stelle, um mir irgendeine Aufgabe zu erteilen, von der sie sich versprach, dass sie mich schlauer, schneller oder sonstwie *besser* machen würde. Ihr Wille zur *eigenen* Größe mochte aufgebraucht sein – der, mich großzumachen, war noch immer da, und je weniger ich selbst Feuer fing, umso heller loderte er.

Am schlimmsten war es, wenn ich irgendetwas Geistloses tun, mich ein bisschen vorm Fernsehen berieseln lassen oder einfach nur Musik hören wollte.

»Wir können doch was spielen!«, rief sie dann.

Aber das war natürlich ein Trick, denn Spielsachen gab es bei uns nicht.

»Warum denn nicht?«, jammerte meine Großmutter, »was hab ich denn noch im Leben, wenn ich nicht mal meiner Enkelin eine Puppe kaufen darf?«

Aber meine Mutter sagte: »Das Fehlen äußerer Reize regt die Phantasie an.« Und freute sich, wenn sie mich tatsächlich in meinem Zimmer fand, wie ich gerade auf einen über die Faust gestülpten Socken einredete, so sehr, dass sie sofort nach oben lief, um es meiner Großmutter unter die Nase zu reiben.

Manchmal kam sie abends an mein Bett und wollte, dass ich ihr eine Geschichte erzähle, ich ihr, nicht sie mir, und Gnade mir Gott, wenn sie merkte, dass ich mich bei einer meiner Hörspielkassetten bediente.

»Für was hast du denn deinen Kopf? Ein bisschen Phantasie! Denk dir gefälligst selbst was aus!«, rief sie und schlug mit der flachen Hand gegen meine Stirn, was überraschenderweise tatsächlich meistens klappte, als müsse man die Ideen nur aus mir herausklopfen, wie Kristalle aus einem Steinbruch. Und zur Not konnte ich immer noch auf meine Träume zurückgreifen. Nicht auf die der Nacht, die waren ihr zu diffus. Auf die, die ich mir tagsüber machte. Oder vielleicht auch, die sie mir machte. Wer kann das nachträglich schon noch sagen.

Meine Mutter war ganz vernarrt in die Zukunft, mehr in meine als ihre, aber das war für sie sowieso dasselbe. *Später* war immer alles besser. Sie liebte es, Pläne zu schmieden, wie wir mal sein würden, wo wir mal sein würden, stürzte sich kopfüber in den Konjunktiv und riss mich mit, ohne Rücksicht darauf, dass ich noch kaum im Indikativ stehen konnte.

Auf *früher* hatte sie hingegen wie gesagt keine Lust. Für den Teil waren meine Großeltern zuständig, die die Vergangenheit ohnehin schon so eifersüchtig unter sich aufteilten, dass es kaum auffiel, wenn meine Mutter nur schweigend daneben saß. Sie überließ es ihnen, mich mit Legenden zu füttern, das Bild von ihr zu formen, das mir über die Jahre hinweg so vertraut wurde, dass ich nie auf die Idee gekommen wäre, es neben die Realität zu halten. Ich sah nicht die Widersprüche, so sehr sie mir auch hätten ins Auge springen müssen. Sah nur, was ich sehen wollte. Machte es zur Wahrheit.

Aber sie machte mit mir natürlich das Gleiche.

20. Kapitel

Vielleicht hätte ich mich mehr darüber freuen sollen, dass zumindest eine von uns die Chance hatte, das Bild von sich ein wenig geradezurücken. Also natürlich eigentlich schiefzurücken. Aus dem Rahmen zu reißen. Darauf herumzutrampeln und stattdessen neue Farbe an die Wand zu klatschen, direkt auf die Tapete, sodass sie sich auch ja nicht mehr abwaschen ließe. Aber tatsächlich war ich im ersten Moment einfach zu wütend auf meine Mutter. Wütend, dass sie mir das alles nicht früher erzählt hatte. Und natürlich war ich nicht wirklich wütend. Wie hätte ich denn wütend sein können, sie lag ja immerhin im Sterben. Also war ich bestürzt, dass sie das alles so lange mit sich rumschleppen musste. Und natürlich war ich auch nicht bestürzt, man konnte meiner Mutter ja nicht mit Bestürzung kommen, das grenzte ja fast schon an Mitleid. Ich war traurig und verwirrt und vor allem war ich erschöpft, unglaublich erschöpft, als sei ich die Kranke und nicht sie. Morgens schaffte ich es kaum aus dem Bett, wollte einfach nur immer weiter schlafen. Aber das ging natürlich am allerwenigsten. Ich konnte sie ja nicht alleine lassen, durfte nicht riskieren, einen kostbaren Moment zu versäumen, jetzt, wo jeder Tag ihr letzter sein konnte.

»Es geht zu Ende«, sagte ihr Charitéfreund, als sie schließlich ins Krankenhaus eingeliefert wurde, weil die Punktierung nicht zu Hause durchgeführt werden konnte. Da waren wir erst auf Höhe des gerissenen Kondoms, und ich ertappte mich dabei, beim Weiterdenken der Geschichte auf alle verfügbaren Klischees zurückzugreifen, sodass ich mich eines Abends vorm Spiegel sogar davon überzeugte, eine außergewöhnlich große Nase zu haben.

»Wie lange noch?«, fragte ich den Arzt.

»Nicht mehr lange«, sagte er, »es geht jetzt langsam mit ihr zu Ende.«

Aber meine Mutter war zu hart für einen sanften Abgang.

Statt ein paar Stunden verbrachte sie Wochen auf der Intensivstation, magerte schrecklich ab, sah aus wie ein Gerippe, abgesehen von dem kugelrunden Wasserbauch. So schnell wie sie gekommen war, zog die von der Krankheit geliehene Schönheit sich wieder zurück und ließ eine graue Hülle zurück, in der das Leben kaum noch zu erkennen war.

»Bis zu meinem Geburtstag bist du mich los«, sagte sie und lächelte ein Lächeln, von dem ich gar nicht wusste, dass sie es hatte. All die Jahre hatte sie es in ihrem Mund aufbewahrt, als habe sie nur auf den richtigen Moment gewartet, es zu tragen.

Tatsächlich starb sie zwei Tage vor ihrem Fünfzigsten, viel zu jung, wie jeder der Anwesenden auf der Beerdigung mindestens einmal sagte. Womit sie wenigstens ihrem Lebensmotto treu blieb.

Eines Nachmittags, ungefähr eine Woche, bevor ihr Herz tatsächlich zu schlagen aufhörte, hatte sie das Bewusstsein verloren.

In den Tagen zuvor waren die Schmerzen schlimmer gewesen denn je. Sie bekam Fentanylpflaster und Tramalkapseln und Morphin, das sie die meiste Zeit in einen nervösen Schlaf versetzte. Jedes Mal, wenn sie erwachte, brauchte sie mehrere Minuten, bis sie zu zittern aufhörte, die Panik noch in den Augen. Ich tupfte ihr die klatschnasse Stirn ab, aber sie wand sich so, dass ich die Schwestern rufen musste, um das aufgeweichte Laken unter ihr auszuwechseln. Wenn sie sie anhoben, schien es ihr nicht ganz so wehzutun, aber ich musste nur die Finger um ihren Oberarm legen, schon wimmerte sie auf wie ein Hündchen, dem man auf den Schwanz getreten hat. Ich wusste, dass der Doktorfreund das Personal bei unserer Ankunft darum gebeten hatte, die krankenhauseigene gute Laune ein wenig runterzudrehen, und die meisten hielten sich daran, zollten ihm unübersehbar Respekt, dabei war es nicht mal seine Station.

Ab jetzt müssten andere entscheiden, was das Beste für meine

Mutter sei, hatte er in der Nacht gesagt, als es endlich nicht mehr ging und ich den Krankenwagen rief. Aber er sah trotzdem jeden Tag nach ihr, manchmal zwei, drei Mal, sprach mit ihren neuen Ärzten, warf einen Blick in das Krankenblatt, und danach kam er zu mir und versuchte hartnäckig, mir den Medizinerkauderwelsch zu entwirren, dabei hörte ich ihm kaum zu. Es war mir egal, ob ihr Hämoglobinwert 10 oder 100 oder 1000 war, ob ihr Urin an einem Tag eher ins Gelb- oder ins Grünstichige ging. Es interessierte mich nicht, wie die einzelnen Drähte und Kabel miteinander verschweißt waren, welche Zelle welches Hormon produzierte oder blockierte, damit der Organismus funktionierte. Ihrer tat das nicht mehr. Mehr brauchte ich nicht zu wissen.

Ob ich irgendwelche Fragen habe, endete er regelmäßig seinen Monolog, während ich genauso regelmäßig den Kopf schüttelte. Ich bin mir sicher, dass er meine Sprachlosigkeit als ein Zeichen von Beherrschung wertete, wie die Tochter, so die Mutter, aber in Wahrheit fiel mir einfach nichts zu sagen ein. Das Einzige, was ich wollte, war seine Stimme hören. An manchen Tagen klang sie zuversichtlich, fast stolz, als sei es nicht zuletzt sein Verdienst, dass meine Mutter einen ganzen Plastikbeutel mit Urin gefüllt hatte. An anderen schien sie sorgenvoller, schwächlich, sodass ich mich schon, während er sprach, vor ihrem Verstummen fürchtete. Aber alles, was ich hätte sagen können, um ihn am Reden zu halten, hätte nur offenbart, dass ich zuvor nicht aufgepasst hatte. Und um das zuzugeben, war ich dann doch zu sehr die Tochter meiner Mutter.

Abgesehen davon sprachen wir nicht viel miteinander. Wenn meine Mutter gerade gewaschen wurde, wenn er zu Besuch kam, setzten wir uns zusammen vor den Süßigkeitenautomaten und warteten auf den lila-grau-gesprenkelten Stühlen, die ganz so aussahen, als seien sie nur zu dem Zweck entworfen, dass sich der Blick zwischen den stecknadelgroßen Wollschlaufen verirren und so ein wenig Ablenkung finden könne. Er hatte nie etwas dabei, kein Buch oder eine Zeitung, um sich irgendwie zu beschäftigen, rieb sich immer nur die Hände, als würde er frieren. Einmal fragte ich ihn, wie meine Mutter als Ärztin gewesen sei.

»Die Beste«, antwortete er sofort. Sie habe alle Antworten gewusst, keiner der Oberärzte habe es je geschafft, sie dranzukriegen. »Am Ende des ersten Jahres ist einer mit einer Fibromyalgie gekommen. Zwanzig verschiedene Wehwehchen, war müde, depressiv, alle haben ihn für einen Hypochonder gehalten. Aber sie ist als Einzige drauf gekommen: Weichteilrheuma!« Er lachte. »Sie war einfach unschlagbar.«

»Und sonst?«, fragte ich.

Aber er schüttelte nur den Kopf. »Nichts sonst«, sagte er, und das hätte ich mir eigentlich denken können.

Dann ging es ihr eines Morgens plötzlich besser. Als ich sie vor der Arbeit besuchen kam, hob sie den Kopf, richtete sich sogar ein wenig auf und ließ sich von mir ein Kissen in den Rücken stopfen, während sie mir freudestrahlend ihre Augen zeigte, die jetzt endlich auch gelb waren, »weil das Bilirubin durch den Verschluss der Gallengänge nicht mehr abtransportiert wird«, wie sie sagte, und »mein Gott, ich weiß ja, dass du nicht Medizin studiert hast, aber schad't doch nicht, wenn du wenigstens ein bisschen was bei der ganzen Sache lernst!«

Sie fragte, wie es in der Redaktion laufe, ob ich endlich mit einem Roman angefangen habe, wieso nicht, erzählte von einem der Assistenzärzte, der sich besonders gut um sie kümmere und bei dem sie sich gerne erkenntlich zeigen würde.

»Gehste morgen im Geschäft vorbei und lässt dir einen Coupon geben, zwanzig Prozent auf alle Sommerware«, trug sie mir auf. »Und wenn du schon mal da bist, nimm gleich ein paar mehr mit, die Sargträger freuen sich sicher auch.« Sie schmunzelte. »Sagen wir für die nur zehn Prozent, so arg schwer haben sie's ja nicht mehr.«

»Wir sind heute aber gut drauf, was?«, sagte eine Schwester, die ich noch nie gesehen hatte, und drehte an einem Rädchen. Ich nahm mir vor, den Freund zu bitten, das Thema Erste Person Plural ebenfalls anzusprechen, aber meiner Mutter schien nicht mal das noch etwas auszumachen.

Als seien sie Sitznachbarn auf einem Ausflugsdampfer, plauderte sie los, erkundigte sich nach dem Wetter, nach dem Gatten, den

Kindern, stellte, sich plötzlich meiner Gegenwart erinnernd, endlich auch mich vor.

»Und das ist der Unfall, von dem ich Ihnen erzählt habe«, rief sie und lachte sich kaputt, als die neue Schwester betreten zu Boden schaute.

Ich wandte mich ab, probte in meinem Kopf mal wieder den Monolog, mit dem ich ihr ein für alle Mal die Meinung sagen würde. Aber als wir wieder allein waren, fuhr meine Mutter sofort mit dem Erzählen fort, schon so daran gewöhnt, dass ihr nicht mal auffiel, dass ich diese letzten Geschichten schon kannte. Die, wie mein Vater sie in den ersten Jahren meiner Kindheit wieder und wieder angefleht hatte, ihn einen Teil meines, oder auch ihres?, ja, ja, ist ja gut, aber wenigstens einen Teil meines Lebens sein zu lassen. Die, wie sie ihm schließlich erlaubt hatte, mich regelmäßig zu sehen. Die, wie die Krankheit meines Großvaters immer schlimmer wurde und er nur noch vor sich hinbrabbelte, vom Krieg, von Russland, ein paarmal auch von einem der Fräuleins, deren Namen meine Großmutter jedoch standhaft nicht verstand. Wie die noch mehr zu fressen begann, immer fetter wurde, bis sie erst ihn und dann auch sich selbst nicht mehr alleine aufrichten konnte. Wie nur sein Tod ihr das Leben rettete, weil sie, als er fluchend, gurgelnd, röchelnd wie eine Maschine, der das Öl fehlt, endlich abtrat, das Essen von einem Tag auf den anderen einstellte und innerhalb eines Jahres zwanzig Kilo verlor.

Nur die Geschichte vom Ausbruch ihrer eigenen Krankheit war neu, davon, wie eines Tages dieser Schmerz da gewesen sei, der sie jede Pore ihres Körpers spüren ließ, zum ersten Mal seit all der Zeit. Wie sich die ersten zwei Ärzte sicher gewesen waren, es sei Stress und nicht mal irgendwelche Tests durchgeführt hatten. Wie meine Mutter, als der dritte endlich doch ein Pankreaskopfkarzinom gefunden hatte, in die Bar gegangen sei, in der Max sich gerade auf die nächste fristlose Kündigung zukellnerte, und ihm vorschlug, das Geschäft zu übernehmen, »damit es wenigstens in der Familie bleibt.«

»Un was is mit der Anna?«, hatte Max gefragt.

Aber meine Mutter hatte abgewiegelt.

»Nein, nein, die hat schon andere Pläne«, sagte sie und arbeitete ihn heimlich ein, »auch wenn ich schnell kapiert hab, dass ich mir das eigentlich auch hätte sparen können. So wie der sich anstellt, geht das Ding eh den Bach runter. Aber was soll man machen?« Sie stöhnte ein wenig. »Ich sag dir, in zwei Jahren kann sich niemand mehr daran erinnern, dass es Mode-Schneider je gab.«

»Na komm«, sagte ich, »vielleicht überrascht er ja alle.«

Aber meine Mutter schüttelte den Kopf. »Einmal Loser, immer Loser«, sagte sie und lachte schon wieder.

Sie bat mich, nach meiner Großmutter zu sehen, dann scheuchte sie mich aus dem Zimmer, damit ich nicht zu spät zur Arbeit käme.

»Ich hab dich lieb«, sagte ich, drückte ihr einen Kuss auf die Wange, gerade so viel Zärtlichkeit, wie sie gewachsen war.

»Ich dich auch«, hörte ich, als ich mich gerade wegdrehen wollte. Oder zumindest glaube ich das gehört zu haben.

Ich setzte mich in die U-Bahn, fuhr zur Arbeit, wollte gerade in den Fahrstuhl steigen, als der Anruf kam, ich solle besser umkehren.

Es klingt immer nach Hollywood, wenn jemand just in dem Moment stirbt, in dem er seine Lebensbeichte beendet hat. Oder genau dann, wenn er endlich, endlich den Mut gefunden hat, den Menschen zu zeigen, was er fühlt. Aber dass es das tut, ist nur die Schuld von Menschen wie meiner Mutter. Menschen, die all die Liebe und das Leid und das Glück und den Hass nur aushalten, wenn sie das Leben komplett durchrationalisieren, wenn sie einem einreden, Filme seien Filme und Bücher nur Bücher, dass Beerdigungen im strömenden Regen und Geigen beim ersten Kuss, dass jene Momente, bei denen Form und Inhalt perfekt ineinanderfallen, nur Erfindung seien. Aber in Wahrheit ist das Leben kitschig. Viel kitschiger, als man sich das ausdenken könnte.

Oder auch nicht.

Was weiß denn ich.

Ich weiß nur, dass meine Mutter in dem Moment, in dem ich

das Krankenhaus betrat, das Leben einstellte. Auch wenn ihr Körper noch eine Weile ohne sie weitermachte.

Der Doktorfreund wartete schon am Eingang. Ihr Zustand habe sich ganz plötzlich dramatisch verschlechtert, irgendein Spiegel sei gefallen, ein anderer gestiegen, Herzrasen, Schweißausbrüche.

»Wir mussten die Morphiumdosis stark erhöhen«, sagte er und rieb sich die sommersprossigen Arme. Aber, fuhr er fort, nachdem er mir die Vor- und Nachteile haargenau auseinandergelegt hatte, aber man dürfe sich nichts vormachen: »Wir müssen uns auf das Schlimmste gefasst machen.«

»Ich dachte, das Schlimmste hätten wir schon hinter uns«, sagte ich, aber das zeigte nur, wie wenig ich tatsächlich zugehört hatte. Diesmal nicht ihm, sondern meiner Mutter. Denn jetzt begann das Warten. Stunde um Stunde um Tag um Woche, endloses, nervenaufreibendes, unerträgliches Warten.

Sie selbst war zu dem Zeitpunkt schon völlig weggetreten, schien selbst dann noch zu schlafen, wenn sie eine Sekunde lang doch die Augen öffnete.

Die neue Schwester, die schon nicht mehr neu war, versuchte, sich um mich zu kümmern. Immer wieder kam sie ins Zimmer, brachte mir ein Kissen, dann einen Kaffee, schwärmte von meiner Mutter, mit diesem Glühen unter den Lidern, das ich in diesen ersten Wochen dauernd sehen und das mich am Ende ganz verrückt machen sollte, dieses Funkeln, das für die Toten reserviert ist, ganz beseelt von Dankbarkeit, den Verstorbenen gekannt zu haben. Dankbar, glücklich und ein bisschen dümmlich. Aber so sieht Glück ja meistens aus.

»Wir müssen uns auf das Allerschlimmste gefasst machen«, sagte der Freund wieder.

»Aber wie ist das denn möglich, es ging ihr doch besser?«, fragte ich, jetzt doch.

Es sei durchaus nichts Ungewöhnliches, dass Patienten im Endspurt noch mal alle Kraft zusammenkratzen würden, sagte er, ein letztes Aufbegehren, bevor alles vorbei sei.

Ob es etwas Ungewöhnliches sei, dass sie kurz vor Schluss Gefühle zeigten, oder auch das nur ein Symptom der Krankheit, wollte ich fragen, tat es aber nicht.

»Es wird jetzt sehr schnell gehen«, fuhr er stattdessen fort, und feuerte mal wieder eine Medizinersalve auf mich ab, Metastasierung in der Lunge, Cholestaseparameter, CA 19–9, CA 50 und CEA, Aszites, Dyspnoe, ARDS, Leberversagen, »wahrscheinlich ist es nur noch eine Frage von Stunden.«

Aber versagen konnte meine Mutter noch immer nicht.

Die erste Woche kam der Doktorfreund noch genauso oft, dann heiratete seine Tochter in Amerika, und er musste weg. Er entschuldigte sich mindestens vier Mal, bevor er flog, und schickte mir noch eine Email aus Chicago, um mir zu sagen, dass ich ihn unter der Telefonnummer der Eltern seines zukünftigen Schwiegersohns erreichen könnte. Falls ich irgendwelche Fragen hätte.

Ich blieb also alleine an ihrem Bett, wartete darauf, dass ich weinen würde, zusammenbrechen, dass mir irgendeine angemessene Reaktion einfiele. Aber die Keimfreiheit eines Krankenhauses macht es einem nicht eben leichter, sich von Gefühlen übermannen zu lassen. Also versuchte ich, mir wenigstens alles einzuprägen, sodass ich das Fühlen irgendwann nachholen könnte, die Kälte ihres Arms unter meiner Handfläche, die farblosen Wimpern, die Wand, die genauso farblos war, das silbrige Haar auf dem Kopfkissen, das Gesicht der Schwester, die ihr die tägliche Heparinspritze setzte. Aber wenn ich ehrlich bin, habe ich die meisten dieser Bilder wahrscheinlich erst nachträglich hinzugefügt, habe sie den wenigen echten Erinnerungen an die Seite gestellt, damit sie nicht in sich zusammenfielen. Ich schnitt den Tod in Stücke, feilte daran herum, schmolz ihn ganz ein und goss ihn in eine handlichere Form, in der das blubbernde Chaos zu einem Teil meines Gedächtnisses erkalten konnte. Das, was dabei herauskam, ist so gleichförmig und blank poliert, dass meine Mutter nirgendwo mehr darin zu sehen ist. Dass es genauso gut der Tod einer andern Frau sein könnte. Aber vielleicht ist das bei allen Erinnerungen so. Nur macht es einem sonst weniger aus.

Einmal wachte sie noch kurz auf. Ihre Werte hatten sich so weit stabilisiert, dass die Ärzte das Morphium wieder etwas runterfuhren. Aber sie war schon nicht mehr die Alte. Als ich das Zimmer betrat, waren ihre Lippen in ein breites Lächeln gespannt, das jedoch augenscheinlich nicht mir galt. Sie schien mich nicht mal mehr zu erkennen. Die wenigen Worte, die sie zu sagen versuchte, waren völlig unverständlich, und ich wusste, dass es nichts gebracht hätte, einen Sinn darin zu suchen, dass sie nichts mehr zu sagen hatte. Nur meine Großmutter rutschte auf dem Boden herum und las die Laute auf, legte sie zu irgendwelchen letzten Worten zusammen, die sie später auf der Beerdigung wiedergeben könnte.

Ich hatte meiner Mutter versprechen müssen, meiner Großmutter nichts von ihrem Zustand zu sagen, solange sie noch lebte, aber das tat sie jetzt nicht mehr. Das Leben war aus ihr gewichen, noch ehe der Tod da war.

Eine Stunde fuhren ihre Pupillen ziellos durchs Zimmer. Das Lächeln hing sich immer weiter durch. Dann bäumte sie sich plötzlich auf. Ihre Augen traten aus den Höhlen, irgendetwas begann zu ticken. Die Schwester rannte herbei und dann auch einer der Ärzte.

Sie bräuchten Platz, sagte er und schob sich an uns vorbei, um irgendeine Spritze in die Kanüle zu drücken. Aber meine Großmutter drängte immer wieder zurück zum Bett, versuchte fieberhaft einen Zentimeter Haut zu fassen zu kriegen, sodass ich den, trotz Trauerdiät, noch immer stattlichen Leib förmlich ins Wartezimmer zerren musste.

Wir setzten uns auf die gesprenkelten Stühle, gaben einander die Hände, an denen der beißende Geruch des Desinfektionsmittels hing, der mich die letzten Wochen begleitet hatte und mir auch später jedes Mal in die Nase steigen würde, wenn ich an meine Mutter dachte, was so gut zu ihr passte, dass ich mich auch dabei fragte, ob ich mir das nur ausgedacht hatte.

Ein paar Meter weiter wartete eine türkische Familie. Die Kinder rutschten auf dem Fußboden herum, ließen sich gegen den Automaten krachen. Die Frauen in der Mitte schrien abwechselnd eines von ihnen an oder schluchzten, der Unterschied war kaum herauszuhören. Ich starrte auf das Gemälde gegenüber, irgendwelche abstrakte, nach dem großen Ganzen suchende Kunst. Dann kam die Schwester und winkte mich zu sich.

»Sie können jetzt wieder reinkommen«, sagte sie und schaute dabei so überdeutlich zu mir, dass ich mich berechtigt fühlte, das nächste meiner Mutter gegebene Versprechen zu brechen und meiner Großmutter erlaubte, meinen Vater anzurufen, nur um sie ein Weilchen beschäftigt zu wissen.

Meine Mutter war wieder bewusstlos. Nur die Maschinen neben ihr blinkten wie Spielautomaten. Ich sah den Arzt an, wusste nicht, was ich jetzt tun sollte. Was war der Plan? Wie geht es in solchen Situationen üblicherweise weiter?

Aber er sagte, das sei hier keine amerikanische Fernsehserie, ich bräuchte weder einen Knopf zu drücken, noch irgendwelche Formulare zu unterschreiben. Meine Mutter habe sich gegen jedwede Form lebensverlängernder Maßnahmen entschieden. Sie gäben ihr jetzt noch mal etwas gegen die Schmerzen. Und damit gut. Er sah ins Nebenzimmer, wo offenbar der andere Teil der türkischen Familie dabei war, sich zu verabschieden. Eine schwarz gekleidete Frau warf sich über den Körper, der starr unter dem Deckbett lag. Der Arzt kratzte sich an der Stirn und rollte mit den Augen. Meine Mutter hätte ihn gemocht. Und als ich merkte, dass ich von ihr in der Vergangenheit dachte, nickte ich. Auch wenn ich es nicht musste.

Er legte mir die Hand auf den Ellenbogen. Einen Moment lang betrachtete ich seine langen, völlig geraden Finger. Nur die Innenseite des Mittelfingers war ein wenig eingedrückt, sodass sich die Haut auf der Oberseite wölbte, wie bei einem Erstklässler, der gerade Schreiben lernt und den Füller noch wie einen Wanderstock zusammenpresst.

Dann hörte meine Mutter zu atmen auf.

Wir standen da, mehrere Minuten lang, bis er endlich die Hand von meinem Arm zog und mich mit nach draußen nahm.

Der Papierkram dauerte lange. Aber ich war froh, nicht so

schnell zurück ins Zimmer zu müssen, wo Arno und meine Großmutter die türkische Familie zu überbieten versuchten, letztere mit solchem Einsatz, dass sie zum ersten Mal seit Jahren wieder einen waschechten Asthmaanfall zustandebrachte. Sie war nicht in der Lage, sich hinters Steuer zu setzen. Also nahm ich ihren Wagen und fuhr erst sie, dann meinen Vater nach Hause, endlich mich selbst. Es war ein schöner Tag, der Himmel wolkenlos. An jedem Zebrastreifen musste ich für Spaziergänger halten.

Die Luft im Inneren heizte sich auf. Der widerliche Ledersitz, den mein Großvater alle paar Wochen mit Schuhcreme eingerieben hatte, klebte an meinen Oberschenkeln, aber nach all den Wochen, die ich weitgehend in der Dunkelheit der Intensivstation verbracht hatte, war es geradezu angenehm, mal wieder zu schwitzen. Der Wagen fuhr wie von selbst, während ich wie eine Eidechse starr hinter der Scheibe hockte und darauf wartete, dass die Sonnenstrahlen meine Glieder auftauten.

Ich parkte im Halteverbot, ohne Not, einfach weil ich das Gefühl hatte, das Recht dazu zu haben. An der Tür beschloss ich, doch noch nicht gleich nach oben zu gehen. Stattdessen bog ich nach links, in Richtung Arkaden, um mir irgendein schwarzes Kleid zu kaufen. Wieso warten, dachte ich.

Als meine Mutter bei mir eingezogen war, mit nicht mehr als einem Müllbeutel mit Nachthemden und Unterwäsche und einer fast genauso großen Tüte voller Medikamentenschachteln, als klar wurde, dass das keine Krankheit war, die irgendwann vorübergehen würde, hatte ich mir einen graumelierten Damenanzug bestellt, Jackett und Hose, aus echter Wolle, und einen Rollkragenpulli für darunter. Das heißt, in Wahrheit war es sie, die mir eines Abends den Katalog hingehalten hatte, ein Eselsohr in der betreffenden Seite, »den kannst du auch noch zu einem Vorstellungsgespräch anziehen« gesagt und keine Ruhe gegeben hatte, bis ich die Nummer des Versandhauses wählte.

»Nimm 24-Stunden-Lieferung, man kann nie wissen«, hatte sie aus dem Schlafzimmer gerufen, während ich der Dame am anderen Ende der Leitung meine Maße diktierte. Damals war es um die fünf Grad kalt gewesen, keiner von uns hatte in Betracht gezogen, dass sie bis zum Sommer durchhalten würde.

Als ich mit der Einkaufstüte nach Hause kam, stand mein Vater vor der Tür, das Gesicht wundgeweint. Genau wie damals, als er meine Mutter zurückwollte. Oder zumindest so mitleiderregend, dass ich das Bild kopierte und später an der Stelle vor seinem Zurückeroberungsversuch wieder einfügte, die sie in Wahrheit wohl gar nicht groß beschrieben hatte. Und wenn, dann wohl eher mit irgendeiner Beleidigung wie »du kennst ja deinen Vater, die alte Heulsuse« oder »erbärmlich, einfach nur erbärmlich!«

Er habe sich gedacht, dass ich sicher nicht alleine sein wolle, sagte er und meinte natürlich, dass er nicht alleine sein wollte. Ich schob ihn ins Wohnzimmer und machte erstmal einen Tee, weil ich dann wenigstens »ich mach erstmal einen Tee« sagen konnte. Dann teilten wir die Nummern untereinander auf, die angerufen werden mussten. Wir schafften alle an einem Nachmittag.

Ilse, noch immer lebendig, noch immer alleinstehend, noch immer kaum auszuhalten vor grenzenloser Zuversicht, kam am nächsten Abend. Während der Fahrt vom Bahnhof begann auch sie davon zu sprechen, was für ein wunderbarer Mensch meine Mutter gewesen sei, wie schnell sie jede Formel hatte knacken, jedes Rätsel lösen können. Wie fleißig sie war! Wie diszipliniert!! Und wie vernünftig!!! Dieselben Lobeshymnen, die ich schon tausendmal gehört hatte, nur dass sie jetzt noch einen Haufen weiterer Eigenschaften auf die Liste setzen wollte, »empfindsam«, »verletzlich«, »sensibel«, lauter Dinge, die man in meiner Familie sonst auf die Seite mit dem minus vornedran geschrieben hätte, allen voran meine Mutter selbst.

Die Beerdigung fand an einem Freitag statt. Meine Großmutter war nur mit Mühe dazu zu bringen gewesen, meine Mutter wenigstens neben und nicht im selben Grab wie meinen Großvater bestatten zu lassen. Dafür erzählte sie jedem, dass der Sarg, den sie ausgesucht hatte, einer der besten war, den man für Geld kriegen konnte. Helm musste von Max gestützt werden, so betrunken war er, sogar für seine Verhältnisse.

»Glaub mir«, sagte Babsi am Arm ihres Klinikleiters, »von jetzt an wird es jeden Tag etwas besser«, auch das genau wie damals. Oder auch nicht.

Aber die Wahrheit war: Es war schon gut. So sehr sich auch alle ins Zeug legten, mich wieder aufzurichten – ich war gar nicht zu Boden gegangen. Ich war nicht mal verletzt, litt nicht, höchstens vielleicht unter meiner Großmutter, der schließlich aufgegangen war, dass die Rolle ihres »Ein und Alles« jetzt wohl mir zukam. Aber den Verlust selbst konnte ich noch immer nicht fühlen. Ich konnte ihn sehen und hören, die ständigen, lauwarmen Nachfragen, wie und ob es noch gehe, die Einladungen zu irgendwelchen Unternehmungen, die mich ablenken sollten, das verständnisvolle Nicken, wenn ich ablehnte. Aber die Trauer wollte sich einfach nicht einstellen. Halb ungeduldig, halb ängstlich, machte ich mich darauf gefasst, dass sie in einem unbemerkten Moment aus der Deckung springen und über mich herfallen würde, so wie es bei früherem Leid gewesen war. Wenn mich zum Beispiel ein Freund verlassen hatte und ich ausgerechnet dann, wenn ich mir sicher war, ihn vergessen zu haben, plötzlich losgeheult hatte. Aber kein herzzerreißender Song, kein verpasster Bus, kein noch so kleines Unglück schaffte es, das so viel größere freizusetzen. Und jeden Tag, an dem weiter alles gut war, wurde es schlimmer.

Ich versuchte so verzweifelt, ihren Tod zu fassen zu kriegen, sie zu fassen zu kriegen, in der Hoffnung, sie dann loslassen zu können, endlich, endlich trauern zu können, dass ich begann, ihre Geschichte aufzuschreiben. Weil Schreiben eben das ist, was ich tue.

Und fragte mich bei jedem Satz, warum es das ist, was ich tue. Weil ich es will? Weil sie es wollte? Weil ich eben doch auch die Tochter meines Vaters bin und um jeden Preis wollen wollte, was sie wollte?

An den Wochenenden saß ich die ganze Zeit vor dem Bildschirm, auch wenn ich oft nur ein, zwei Absätze zu Stande brachte. Dann ging es eines Sonntags gar nicht mehr weiter. Man könnte es Schreibhemmung nennen, zumindest wenn man nicht die Tochter meiner Mutter ist, die auf eine solche Bemerkung nur spöttisch »Hemmungen hat man, wenn man sich vor etwas fürchtet. Und du willst mir ja wohl nicht erzählen, dass du Angst davor hast, ein paar Worte hinzutippen« erwidert hätte. Auch oft genug erwidert hat, wenn ich mich mal wieder mit einen Artikel gequält oder endlich doch eine Kurzgeschichte zu Papier zu bringen versucht hatte: »Stell dich nicht so an, das sind doch nur Worte«, hatte sie gerufen und dabei die Finger über eine unsichtbare Schreibmaschine tanzen lassen, hatte mir wieder auf die Stirn geschlagen. Aber je älter ich wurde, desto seltener hatte diese Methode funktioniert.

Ich beschloss, ein bisschen spazieren zu gehen. Luft zu schnappen. Auf andere Gedanken zu kommen.

Aber alles, an was ich denken konnte, war meine Mutter, und dass ich sie nicht wirklich denken konnte, dass ich die eine und die andere in meinem Kopf nicht zusammenbrachte, dass etwas fehlte, ein Verbindungsstück, an dem ich Realität und Erzählung miteinander verhaken könnte.

Ich setzte mich in den Park, beobachtete ein paar Kinder, die mit nackten Hintern über die Wiese rannten, hörte die Musik vom Flohmarkt und folgte ihr auf das Gelände. Ich ging an den Ständen entlang, griff hie und da in eine der staubigen Kisten. Kaufte einen Armreif, der früher mal ein Suppenlöffel war. Sammelte zwei, drei Bilderrahmen ein, um ein paar der Fotos aus dem Album aufzuhängen, weil ich mir einbildete, sie könnten mir beim Schreiben womöglich auf die Sprünge helfen, brachte die Rahmen aber, als der Verkäufer pro Stück zehn Euro verlangte, wieder zurück.

Und dann berührte mich plötzlich etwas am Ausschnitt.

Ich fuhr zusammen, kreuzte unwillkürlich die Arme vorm Oberkörper. Aber die Hand schien sich gar nicht für meine Brust zu interessieren. Stattdessen zog sie die Münze nach oben, die ich, seitdem ich die Kette wiedergefunden hatte, fast jeden Tag trug, und drehte sie hin und her.

»Das ist ja noch eine von den alten«, sagte der Mann an der Hand und strich mit dem Daumen über die »5«.

»Äh, ja, kann sein«, sagte ich, ein bisschen verwirrt, wollte dann aber auch nicht unhöflich sein und schob »aus den 60ern, glaub ich« hinterher.

Der Mann zog die Münze noch näher an seine Augen, sodass ich unfreiwillig auf ihn zu stolperte. »Als ich klein war, hat mir meine Oma so eine immer vor Klausuren gegeben.«

»Ach, als Glücksbringer?«, fragte ich, ein bisschen verlegen, weil ich ihn schon fast mit dem Kinn berührte.

Das Geldstück fiel zurück in meinen Ausschnitt. »Ja, genau«, sagte er. Seine Brauen zogen sich zusammen.

»Ich, äh, ich hab so was mal irgendwo gehört«, sagte ich schnell, und, weil er mich noch immer überrascht ansah, »kommen Sie aus Russland?«

»Aus der Ukraine«, murmelte er und griff hinter sich. Er zog einen Energy Drink aus einer Tüte und drückte den Metallverschluss mit einem Zischen nach innen. Ich schaute ihm zu, wie er trank, sah ihn zum ersten Mal richtig an. Sein Hinterkopf war schon ziemlich kahl. Dafür fiel ihm das restliche Haar in einem langen Pferdeschwanz auf den Rücken. Sein Gesicht war von einem ungepflegten, borstigen Bart bedeckt, der ihn ziemlich finster wirken ließ, aber seine Augen waren auffallend hell. Ich fragte mich, ob man ihre Farbe als gelb bezeichnen könnte, aber tatsächlich schienen sie mir eher blau, wie die eines Huskys.

Er legte den Kopf in den Nacken, machte ein Hohlkreuz, als wolle er keinen Tropfen vergeuden. Dann drückte er die Dose zusammen und warf sie an mir vorbei in die Tonne.

»Suchen Sie was Bestimmtes?«, fragte er endlich.

Wie ertappt ließ ich den Kopf fallen und betrachtete den Technikplunder, der auf dem Tisch vor ihm ausgebreitet war, Schnurtelefone, Kameras, Radios mit offenem Gehäuse. »Nicht wirklich«, sagte ich, während ich mit der Kanne einer alten Kaffeemaschine spielte.

Einen Augenblick überlegte ich mir, ihn einfach auf meine Mutter anzusprechen.

Aber einfach war daran natürlich gar nichts. Was sollte ich denn sagen? Hatten Sie mal eine Affäre mit einer Frau, die wirklich hässlich war? Oder vielleicht auch wirklich schön? Die vielleicht ein bisschen so aussah wie ich, nur mit anderen Haaren und einem anderen Mund und einem anderen Körper? Haben Sie mal einer Frau so eine Münze geschenkt und sind dann einfach verschwunden? Und wenn ja: Warum? Mussten Sie woanders hin oder wollten Sie nur weg von ihr? Haben Sie sie geliebt? Ach übrigens, Anna mein Name, klingelt da was bei Ihnen? Ja? Freut mich, Sie hätten mein Vater sein können. Sind Sie nicht. Hätten Sie aber sein können.

»Die ist original aus den 70ern«, sagte er und hob die Kaffeemaschine an, »Top-Zustand.«

»Ah wirklich?«, sagte ich und nahm ihm das leuchtend grüne Ding ab. Meine Finger zitterten, während ich sie an der Kanne entlangfahren ließ.

»Schönes Stück«, sagte ich und stellte sie schnell wieder ab, »was soll sie denn kosten?«

Er beugte sich nach vorne und sagte einen Preis, den ich nicht verstand, war plötzlich wieder so nah, dass ich seinen künstlich süßen Atem riechen konnte.

»Oh, also, soviel hab ich leider nicht dabei«, stammelte ich, und »äh, vielleicht ein andermal«, drehte mich um, bevor er noch etwas erwidern konnte, und lief davon.

Der Heimweg dauerte eine halbe Ewigkeit, weil ich so damit beschäftigt war, mich zu fragen, ob ich ihn doch hätte fragen sollen, dass ich mehrfach falsch abbog. Erst als ich schließlich doch zu Hause ankam, als ich mir das Gesicht gewaschen hatte und an meinem Schreibtisch saß, als ich wieder eine Weile vor mich hingetippt und dann doch den Laptop zugeklappt hatte, kam ich zu dem Schluss, dass ich richtig gehandelt hatte. Weil ja allein die Idee, dieser Mann könne Alex sein, völlig lächerlich war. Weil es, selbst wenn er es gewesen wäre, mir ja auch nichts gebracht hätte. Weil meine Mutter in derselben Situation garantiert gefragt hätte. Mit ein bisschen gutem Willen schaffte ich es sogar, stolz auf mich zu sein, ihn nicht angesprochen zu haben.

Und seither vergeht kein Sonntag, an dem ich nicht zurück zum Flohmarkt laufe und hoffe, dass er wieder da ist.

Die Nachkriegszeit aus der Perspektive eines kleinen Mädchens erzählt

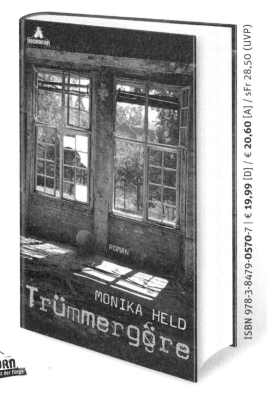

Jula ist ein kleines Mädchen in der Hamburger Nachkriegszeit. Für sie sind Trümmer und halbe Häuser normal. Sie spielt »Der Russe kommt«, »Wir bauen ein KZ« oder »Opa hat sein Bein verloren«. Am liebsten ist sie auf dem Platz, wo ihr Onkel Gebrauchtwagen verkauft, ihre Schularbeiten macht sie in der Kneipe auf der Reeperbahn. Als sie zwölf wird, holt sie ihr Vater – der im diplomatischen Dienst und deshalb abwesend war – , um aus der »versauten Göre« eine höhere Tochter zu machen. Und Jula beginnt ein perfektes Doppelleben zwischen Alstervilla und Ganovenkiez.

Jenny Erpenbeck
Aller Tage Abend
Roman

288 Seiten, Broschur
btb 74764

Wie lang wird das Leben des Kindes sein, das gerade geboren wird? Wer sind wir, wenn uns die Stunde schlägt?

Jenny Erpenbeck nimmt uns mit auf ihrer Reise durch die vielen Leben, die in einem Leben enthalten sein können. Von einer galizischen Kleinstadt um 1900 spannt sie dabei den Bogen über Wien und das stalinistische Moskau bis ins Berlin der Gegenwart. Meisterhaft und lebendig erzählt Erpenbeck, wie sich, was wir Schicksal nennen, als unfassbares Zusammenspiel von Kultur- und Zeitgeschichte, von familiären und persönlichen Verstrickungen erweist.

»Eine der kraftvollsten Stimmen der deutschsprachigen Gegenwartsliteratur.«
Stefana Sabin, NZZ am Sonntag

»Großartig!«
Welt am Sonntag

Johanna Adorján
Eine exklusive Liebe

192 Seiten, Broschur
btb 73884

Die Geschichte eines gemeinsamen Selbstmordes aus Liebe

Zwei Menschen, die miteinander alt geworden sind, beschließen, sich das Leben zu nehmen. Er ist schwer krank, sie will nicht ohne ihn sein. An einem Sonntag im Herbst 1991 setzen sie ihren Plan in die Tat um. Sie bringen den Hund weg, räumen die Wohnung auf, machen die Rosen winterfest, dann sind sie bereit. Hand in Hand gehen Vera und István in den Tod, es ist das konsequente Ende einer Liebe, die die ganze übrige Welt ausschloss, sogar die eigenen Kinder. 16 Jahre später erzählt Johanna Adorján die berührende Geschichte ihrer Großeltern.

»Aus der exklusiven Liebe der Großeltern ist ein sehr feines Buch geworden, sanft geschrieben, bewegend und doch immer wieder auch sehr komisch.«
Christine Westermann / WDR

Anna Enquist
Kontrapunkt
Roman

224 Seiten, Broschur
btb 73969

Ein ergreifender Roman über Musik – und über die Liebe zwischen Mutter und Tochter.

Eine Mutter will sich nicht damit abfinden, dass die Erinnerung an ihre tragisch verstorbene Tochter allmählich schwindet. Sie stemmt sich gegen die Zeit, will die Erinnerung in allen Einzelheiten lebendig halten – und verzweifelt fast daran. Erst als sie, die ausgebildete Pianistin, wieder beginnt, Bachs Goldberg-Variationen am Klavier einzustudieren, erkennt sie, dass ihr die Musik eine Brücke zu ihrer Tochter sein kann.

»Noch nie hatte die Autorin so konsequent, stimmig und bravourös die Symbiose von Gedanken, Gefühlen, Worten und Tönen zu einem Gesamtkunstwerk gefügt.«
Bayern 2, Diwan

»Ein geistiger Abenteuer- und grandioser Liebesroman.«
Elmar Krekeler, Die Welt

»Eine große Erzählung vom Leben und der Musik.«
Claudia Voigt, KulturSPIEGEL

Stephen Uhly
Glückskind

Roman, Broschur, 288 Seiten
btb 74612

»Dieser Roman ... eröffnet ein ganzes Universum!
Ein berührendes, ein grandioses Leseerlebnis!«
Egon Ammann

Deutschland 2012. »Warum war ich überhaupt so, wie ich war?«, fragt sich Hans D. Jahrelang hatte er keine Fragen mehr. Im Gegenteil, er war kurz davor, fraglos aufzugeben. Und dann? Dann bringt er den Müll hinunter, geht zu den Tonnen, findet im Müll ein Kind. Es beginnt ein berührender Prozess über die Entscheidung, was geschehen muss. Das Kind behalten, es verbergen? Und die Mutter? Eine Mordanklage zulassen, wider besseres Wissen? Was ist gerecht? Wie handeln? Am Ende der Geschichte sind die Dinge neu geordnet. Ein Kind wird überlebt haben, und mit Hans D. werden wir wissen, dass Liebe der Schlüssel ist für Erkenntnis, Veränderung, ein gutes Leben.

»Das Buch ist wahrlich ein Glücksfall – auch für den Leser.«
Andrea Steiler, Münchner Merkur